RINGWORLD PREQUEL 2
JUGGLER OF WORLDS

링월드 프리퀄 2
세계의 배후자

세계의 배후자

초판 1쇄 인쇄 2014년 1월 2일
초판 1쇄 발행 2014년 1월 14일

지은이 래리 니븐 · 에드워드 M. 러너
옮긴이 고호관

펴낸이 박대일
편집 이문영 · 임수진 · 임유리 · 신지연
마케팅 송재진
디자인 김은희
일러스트 Silvester Song

펴낸곳 새파란상상(파란미디어)
출판등록 2004년 9월 14일 제313-2004-00214호

주소 121-897 서울시 마포구 성지1길 32-36
전화 02-3141-5589(영업부) 070-4616-2011(편집부)
팩스 02-3141-5590
전자우편 paranbook@gmail.com
트위터 @paranmedia
카페 http://cafe.naver.com/paranmedia

ISBN 978-89-6371-140-9 (03840)

RINGWORLD PREQUEL 2
JUGGLER OF WORLDS

링월드 프리퀄 2

세계의 배후자

래리 니븐 · 에드워드 M. 러너 지음
고호관 옮김

새파란상상

JUGGLER OF WORLDS

차 례

* 본문 속의 주는 모두 옮긴이 주입니다.

| 그들: 지구력 2637년 |

1

지그문트 아우스폴러Sigmund Ausfaller는 몸서리를 치며 깨어났다. 차가운 바닥에 엎드린 채였다. 골치가 지끈거렸다. 손목과 발목은 플라스틱금속 사슬로 단단히 묶여 있었다.

이렇게 끔찍하게 끝날 줄은 알고 있었다. 언제, 어디서, 어떻게, 왜 그리고 누구에게 당하느냐의 문제였을 뿐.

점차 머릿속에서 안개가 걷히기 시작했다.

하지만 어떻게 끌려온 건지, 어디인지도 알 수 없었다. 지그문트는 멀리 떨어져서 스스로를 관찰하듯 최근 기억을 더듬기 시작했다. 기억을 떠올리는 건 또 왜 이리 힘든 걸까?

사람들이 끊임없이 걸어 다니던 야외 상점가가 떠올랐다. 사람들의 옷이며 머리, 피부색은 각양각색으로 상상할 수 있는 모든 조합과 패턴을 이루고 있었다. 머리 위에서는 화창한 파란 하늘을 배경으로 솜털 같은 구름이 흘러갔다. 얼굴에 와 닿는 햇볕이 따뜻했다. 잠시나마 일 생각은 옆으로 치워 두었다. 만족스러운 기분이었다.

행복이란 경계심의 강력한 적이다. 어쩌면 그렇게 부주의할 수 있었는지!

지그문트는 억지로 눈을 떴다. 거의 특색이 없는 방이었다. 벽과 바닥, 천장 모두 탄성 있는 플라스틱 재질이었고, 조명은 한쪽 벽에서 흘러나왔다. 이래서야 어딘지 알 수가 없다.

그때, 두 가지가 눈에 들어왔다. 방이 완전한 사각형이 아니었다. 빛이 나오는 벽은 살짝 휘어 있고, 벽과 바닥과 천장에 움푹 들어간 손잡이가 있었다.

공포심이 솟구쳤다. 그가 갇혀 있는 곳은 우주선이었다! 중력이 보통보다 조금 더 높은가? 아니 낮은가? 분간이 되지 않았다.

몸을 일으키자 플라스틱금속 사슬이 둔탁한 소리를 내며 덜그럭거렸다. 옛날 영화를 너무 봐서인지 사슬은 왠지 '챙' 하는 소리를 내야 할 것 같았다.

방 안이 빙글 돌면서 다시 의식을 잃고 시야가 어두워질 때까지도 지그문트는 그런 생각을 하고 있었다.

차가운 플라스틱이 뺨에 와 닿았다. 눈을 뜨자 마찬가지로 아무것도 없는 방이 보였다. 하지만 이번에는 사슬 한쪽이 바닥의 손잡이에 용접되어 있었다. 감방이었다.

공황 발작 때문에 정신을 잃었던가? 여기는 어디지?

지그문트는 이 새로운 상황에 마음이 가라앉을 때까지 천천히 그리고 깊숙이 숨을 쉬었다. 두려워해 봤자 생각만 흐려질 뿐이다. 좀 더 심호흡을 했다.

이제껏 공황 발작이 와서 정신을 잃은 적은 한 번도 없었다. 정신을 잃은 게 정말 공황 때문이라고는 믿을 수가 없었다. 물론 우주선일지도 모른다고 생각한 직후에 정신을 잃은 건 사실이었다. 하지만 일어나 앉은 직후에 그렇게 된 것도 사실이었다.

지그문트는 머릿속이 흐려서 생각을 제대로 할 수 없었던 것을 떠올렸다. 지금은 머리가 좀 더 맑아진 것 같았다.

약물에 당한 거야! 약에 취해서 간신히 깨어났는데 너무 이르게 몸을 일으키는 바람에 정신을 잃었던 거라고.

이번에는 좀 더 주의를 기울이면서 일어나 앉았다. 머리가 욱신거렸다. 지그문트는 침착하게 고통을 평가했다. 지난번보다는 움직이는 데 방해가 덜 되었다. 어쩌면 약 기운도 사라지고 있는지 몰랐다.

마음 한구석으로는 공황 발작 때문에 부끄러웠다. 지구 태생의 인간 대부분은 평지 공포증*이 그보다 심했다. 그런데 그게 어쨌다는 걸까? 지그문트는 지구에서 태어났다. 하지만 그의 부모는 '알려진 우주'에 안 다녀 본 곳이 없었다. 그렇다 보니 이상한 냄새나 기이한 밤하늘, 다른 중력을 즐기기도 했다.

* flatland phobia, 지구를 벗어나는 것을 병적으로 싫어하는 증상.

따지자면 지그문트도 달에 두 번은 다녀왔다. 그럴 필요가 있을 때 지구를 떠날 수 있을지 알아봐야 했기 때문이었다. 두 번째 여행은 첫 번째의 성공이 요행이 아니었음을 확인하기 위해서였다.

지그문트는 소리에 귀를 기울였다. 환기구의 송풍기 소리가 부드럽게 울렸다. 대화를 나누는 소리도 언뜻 들렸지만, 내용을 알아들을 수는 없었다. 그 자신의 심장박동 소리. 타고 있는 우주선 전체에 퍼져 있는 동력 장치의 배경음은 전혀 없었다. 느끼는 대로라면 중력도 정상이었다.

사실을 인식하고, 패턴을 알아내고, 추측하고……. 생각이 마치 시럽 속을 헤엄치는 듯한 기분을 느끼며 지그문트는 서서히 결론을 이끌어 냈다. 약물의 흔적이 아직 몸 안에 남아 있었다. 억지로 생각을 집중해야 했다.

만약 이게 우주선이라면, 아직 이륙하지 않은 상태다. 지그문트는 누군가가 자신을 공황 상태에 빠뜨리려 했다고 결론을 내렸다. 누군가 그에게 뭔가를 원하고 있다. 그들이 원하는 걸 얻을 때까지는 목숨을 유지할 수 있을 것이다.

'그들'이라…….

지그문트가 기억하는 한 걱정거리가 될 만한 '그들'은 언제나 조금씩은 있었다. 하지만 그런 생각을 갖게 되었을 때조차도 '언제나'라는 표현이 정확하지는 않다는 사실을 잘 알고 있었다.

처음에 '그들'은 충분히 확실했다. 크진인이었다.

3차 인간–크진 전쟁이 일어난 것은 2409년, 지그문트가 태어난 해였다. 지그문트는 다섯 살이 채 되기도 전에 크진인이 무엇인지 알게 되었다. 우뚝 선 오렌지색 고양이. 인간보다 키와 몸집이 훨씬 크고, 쥐처럼 털 없는 꼬리가 달린 생물. 당시에, 그들은 전쟁에서 패하고 있었다. 결국 전쟁배상금으로 개척지 두 곳을 인간에게 양도해야 했다. 지그문트가 살아 있는 동안 크진인은 인간 세계를 세 번 더 공격했고, 세 번 다 졌다.

파프니르는 세 번째 전쟁 뒤에 주인이 바뀐 세계 중 하나였다. 지그문트의 부모에게는 방랑벽이 있었을 뿐, 평지 공포증 같은 건 기미도 보이지 않았다. 부모는 2500년 지그문트를 이모에게 맡기고 모험을 찾아 파프니르로 갔다. 그리고 바라던 대로 모험을 했다.

바로 그해 파프니르에서는 떠나지 않고 남아 있던 크진인 정착민과 인간 사이의 갈등이 폭발했다. 공식적으로 '×차 인간-크진 전쟁'이라고 인정받지 못한 적대 행위—이 사건은 그저 '국경분쟁'으로만 남았다—의 와중에 지그문트의 부모는 사라졌다. 크진인이 사냥감을 먹는다는 건 누구나 아는 사실이었다.

그래서 한동안 지그문트에게 '그들'이란 크진인을 뜻했다. 지그문트는 '쥐고양이ratcat'를 싫어했다. 다들 그걸 이해해 주었다.

지그문트는 자기를 버렸다는 이유로 부모도 싫어했다. 상담사들은 그의 이모에게 그게 정상이라고 말했다. 그는 부모가 자기를 버리고 가게 내버려 두었다는 이유로, 엄마를 떠올리게 하는 —실제로 닮기도 했을 것이다— 이모 역시 싫어했다.

부모가 사라진 바로 그해에 퍼페티어가 인간의 우주 바깥에서 모습을 드러냈다. 크진인과 사뭇 다른 종족을 상상하기는 어려웠다. 퍼페티어는 머리가 둘에, 다리는 셋이며, 날개가 없는 타조처럼 생겼다. 뱀처럼 구불거리는 목 위에 달린 머리는 양말 인형을 떠올리게 했다. 이모 수전의 말로는 뇌가 튼튼한 어깨 사이에 있는 두꺼운 갈기 아래 숨어 있다고 했다.

그래서 이때부터는 '그들'에 다른 외계인도 포함되었다. 이 새 외계인은 별로 무서워 보이지 않았지만, 지그문트는 우연이라는 것을 믿지 않았다. 그러다 '그들'은 마침내 모든 외계인을 의미하게 되었다. 솔직히, 다른 종족의 진정한 속마음을 어떻게 알 수 있겠는가?

그 시점에서 이모는 지그문트를 심리 치료사에게 데려갔다. 지그문트는 첫 상담이 끝난 뒤 이모의 굳은 표정을 기억하고 있었다. 의사와 따로 이야기를 나눈 후였다. 그날 밤 이모가 방에서 밤새 흐느꼈던 것도 기억한다.

지그문트에게는 병이 하나, 아니 여러 개 있었다. 이해는커녕 철자를 제대로 쓰기도 힘든 병이었다. '망상적 오식별 증후군을 동반하는 단일 주제형 망상Monothematic delusion with delusional misidentification syndrome'. 지그문트는 그 병이 치료 가능하다는 희망적인 이야기를 스스로가 믿는지 믿지 않는지도 알지 못했다. 그가 진짜로 믿었던 것은 스웬슨 박사가 이모에게 해 준 위안—편집증은 가장 명민한 사람들이 겪는 고통이라는 것—이었다.

그리고 시간이 지나자 이해하게 되었다. 트라우마는 스트레스를 일으켜 생화학적 불균형을 초래함으로써 정신병을 유발할 수 있다는 사실을. 오토닥에서 하루 낮과 밤만 보내면 뇌 안에 생긴 생화학적 불균형을 바로잡을 수 있었다.

하지만 지그문트에게 한 번의 화학적 처치는 부족했다. 자신을 둘러싼 세계가 위험하다는 사실을 아는 것만으로도 스트레스였다. 석 달의 상담 기간 동안 스웬슨 박사는 지그문트가 이미 익히 알고 있는 편집증적 행동을 다루었다.

스웬슨 박사가 옳았다. 지그문트는 아주 영리했다. 너무 영리해서 의사가 무슨 말을 듣고 싶어 하는지 알아낼 수 있었다. 너무 영리해서 어떤 생각을 혼자만 간직해야 하는지도 알 수 있었다.

지그문트는 몸을 부르르 떨며 약 기운을 떨쳐 버리려고 애썼다. 해묵은 공포심을 되새기는 건 특히 지금 같은 상황에서 아무짝에도 쓸모가 없다. 집중해야 한다.

'그들'부터 시작하자. 크진인은 아니다. 방이 너무 작다. 크진인이었다면 좁아서 미쳐 버렸을 것이다.

'그들'은 나에게서 뭔가를 원한다. 지금 같은 상황에서는 어떻게 반응하느냐가 유일하게 통제할 수 있는 요소다. '그들'은 누구일까?

모르는 사람에게라면 지그문트는 중년의, 중간 계급 금융 분석관으로 보일 것이다. 국제연합의 관료 정도. 다른 사람들이 전부 화려한 색의 옷을 입는 가운데에도 항상 검은 옷만 입는 염세주의자. 하지만 지그문트는 그 이상이었다. 그 오래전, 스웬슨 박사는 그의 생각보다 훨씬 더 정확했다. 지그문트는 단순히 영리한 것을 넘어 날카롭게 번득였다—겉모습만 번지르르한 게 아니라 실제로 중요한 정신이 바로 그랬다.

'그들'은 누구일까? 아마도 지그문트가 조사 중인 누군가일 가능성이 높았다. 그러면 용의자의 범위가 좁혀진다. 퀴토 우주 공항에서 뇌물을 받던 세관원? 은밀히 신분 세탁을 해 주던 국제연합 ID 데이터 센터의 시스템 관리자?

지그문트의 육감은 아니라고 말했다. 다른 쪽 조사와 관련된 자들이다. 트로이 마피아. 트로이 소행성대에 근거지를 둔 것으로 잘 알려진 범죄 집단. 예술 작품부터 무기, 실험용 의약품에 이르기까지 모든 종류의 밀수에 관여하는 자들. 의뢰를 받아 살인을 저지르기도 한다. 당국이 움직이지 못하게 누군가를 죽이는 일은 더 흔하다. 금품 강요, 돈세탁 등 모든 일에 손을 댄다. 조사국의 다른 분석가들은 그들을 건드리기를 거부했다.

확실히 그놈들이야.

어떻게냐는 좀 더 생각해 봐야 했다. 추측하자면, 집 근처 상점가에서 빠르게 작용하는 진정제 주사기를 가진 자와 '우연히' 부딪친다. 지그문트가 넘어진다. 어느 모로 보나 착한 사마리아인 같은 범인이 도와준다며 그를 가장 가까운 이동 부스로 데려간다.

어디로? 지구 어딘가가 아니라면 지금으로써는 추측할 방도가 없다. 이동 부스가 가득한 세계에서는 어느 곳으로든 순간 이동을 할 수 있다.

그렇다면 언제? 뿌옇게 보이는 눈을 깜빡이며 지그문트는 두 손을 들어 올렸다. 왼쪽 손목이 많이는 아니지만 아팠다. 시간 표시는 멎어 있었다. 얄궂은 상황이었다. 엄지손가락 아래 이식한 조그만 구슬 모양의 제어장치가 녹아서 시간, 날씨, 나침반, 계산기, 지도 등 그가 평소 손톱 압력으로 불러내던 기능이 모두 사라져 버렸다. 아마도 자기장 펄스로 이식물을 태워 버린 것 같았다. 방향감각을 잃게 하라는 절차에 충실히 따른 모양이었다.

하지만 생각만큼 영리하지는 못했다. 방 안에 위생 시설은 고사하고 실내용 변기도 없었고, 아직은 오줌이 마렵지 않았다. 입고 있는 검은 옷도 약간 구겨졌을 뿐 깨끗했다. 확신할 정도까지는 아니지만, 지그문트는 길에서 납치된 지 채 몇 시간이 지나지 않았을 거라고 추측했다.

발소리! 손이 닿지 않는 문 너머의 보이지 않는 복도에서 누군가 다가오는 소리가 들렸다. 문이 벌컥 열렸다.

키가 큰 사람이 문가에 서 있었다. 족히 이 미터는 돼 보였다. 거의 대머리였는데 일부만 높게 솟아 있는 머리가 흔들렸다. 고리인 특유의 볏 머리였다. 트로이의 가장 강력한 전사 헥토르가 말총으로 장식한 투구를 쓴 것으로 유명하지 않았던가? 트로이 마피아라는 추측이 맞아떨어졌다.

갑자기 환해지자 지그문트는 눈을 깜빡였다. 앞을 제대로 볼 수가 없었다.

"좋아, 깨어났군. 너와 이야기하고 싶어 하는 사람이 있다."

고리인이 말했다.

"별로 놀란 것 같지 않군, 지그문트 아우스폴러."

이상하게도 마음이 차분했다.

"계속되는 재배치 요청을 처리해야 했던 누군가가 있었죠. 성과 없이 계속되는 조사도 참아 줘야 했을 테고."

"자네 상사지."

납치범이 말했다.

"그런 재배치를 허가한 누군가도 있었죠. 그 부서가 계속 실패만 하는 걸 용인도 해야 했을 테고."

"나 말이군."

조사국 부국장인 벤 그리말디가 편안하게 벽에 기댄 채 말했다. 그런 추측 덕분에 일이 쉬워지겠다는 분위기가 풍기는 자세였다. 물론 그건 스스로를 정당화해 보려는 말도 안 되는 짓이었다. 지그문트가 살아서 풀려날 가능성이 조금이라도 있다면, 그리말디는 모습을 드러내지 않았을 것이다.

한참 이어지던 침묵을 깨며 그리말디가 말했다.

"자네가 뭘 알고 있는지 좀 알아야겠어. 더 중요한 건 어떻게 알아냈느냐지."

그걸 알려 주면 난 죽는다. 지그문트는 생각했다. 몸을 움직이자 사슬이 둔탁하게 덜그럭거렸다. 화제 변경.

"왜 트로이입니까?"

그리말디는 무표정하게 웃었다.

"아킬레스 쪽이 더 좋긴 해. 트로이는 졌잖아."

트로이 소행성대는 두 무리로 나뉘었다. 목성 궤도 육십 도 앞쪽의 L4 라그랑주 지점에 있는 무리와 육십 도 뒤쪽의 L5 라그랑주 지점에 있는 무리였다. 그리스 진영과 트로이 진영이라고도 불렸다. 아킬레스는 그리스 진영에서 가장 큰 소행성 중 하나였다. 헥토르도 그쪽에 있었다. 이런 식의 이름 짓기 전통이 시작되기 전의 일이었던지라…….

지그문트는 머리를 맑게 하려고 다리를 꼬집으며 물었다.

"약을 얼마나 쓴 겁니까?"

"충분할 정도로."

그리말디가 예리한 시선으로 손목 이식물을 보았다.

"난 이제 가야겠군. 자발적으로 잘 대답해 준다면 여기 있는 게 훨씬 더 쾌적할 거야."

기껏해야 좀 나은 정도겠지. 더 짧기도 하려나. 하지만…… 시간을 버는 게 의미가 있을까?

"왜 트로이입니까?"

"왜라고 생각하나? 내가 도와주는 대가로 괜찮은 조건을 제시했기 때문이지. 공식적으로 조사가 들어가면 그자들 사업에 지장이 생기니까. 자네는 희한한 친구야, 지그문트. 능력이 있다는 건 인정해. 끈질기기도 하고. 진심으로 자네를 매수하고 싶었지. 안타깝게도 자네는 물려받은 돈이 많더군. 그런데도 여전히 국제연합에서 푼돈을 받고 일하잖아."

그리말디는 고개를 흔들었다.

"사는 것도 수도승 같지, 옷도 수도승 같고. 있는 돈도 무시하고 사는 인간한테 돈을 준다고 해 봤자 아니겠나? 자네는 원칙을 고수할 게 빤해 보였거든."

그거였다. 떠올리려고 애쓰던 기억을 마침내 찾았다. 돈. 지그문트는 흐리멍덩한 정신을 깨우려고 했지만 실패했다.

"내가 돈을 낼 수 있을지도 모르죠."

그리말디는 반사적으로 모욕감을 드러냈다. 하지만 잠시였을 뿐, 이내 천천히 야비하고 교활한 표정을 지었다.

"그래도 나와 내 동료들에 대해 어떻게 알았는지는 전부 말해야 해. 어떻게 알아냈는지 하나하나 전부. 다른 사람이 자네가 한 일을 알아내면 곤란하니까."

"알았습니다."

"날 속이려고 하지는 않겠지?"

"물론입니다."

그리말디는 두 손을 세게 맞부딪쳤다. 기이하게도, 그렇게 보장하는 것만으로 충분했다.

"이렇게 하지. 협상은 없어. 백만 스타를 내가 알려 주는 고리 은행 계좌에 이체해. 따지지 마. 그 정도 돈은 있는 거 다 아니까. 자네가 매주 올리던 보고서에 진전이 생기기 시작했을 때부터 난 자네에 대해 꾸준히 알아봤지. 이게 거래 조건이야. 돈을 내고 전부 얘기해. 그러면 보내 주지."

풀려날 일은 절대 없을 것이다. 하지만 지그문트는 겉으로 믿는 척했다. 어쨌든 그리말디가 알아낸 백만 얼마쯤 되는 돈은 그가 의도적으로 노출시킨 돈의 극히 일부에 불과했다. 게다가 죽는다 한들 돈을 물려줄 사람이 있는 것도 아니었다. 최악의 경우라 해도 그런 거래는 삶의 마지막 몇 시간을 덜 불쾌하게 만들어 줄지 몰랐다.

지그문트는 팔을 들어 일부러 덜그럭거리는 소리를 냈다.

"백만 스타를 낼 테니 이걸 풀어 주시죠. 좀 더 좋은 방도 주고. 배관이 잘되고 거실도 딸린 방이면 좋겠군요."

"일단 돈이 들어오면 얘기하지. 그때까지는 실내용 변기를 써야 할 거야."

그리말디는 전신복에서 음파 마비 총과 휴대용 컴퓨터를 꺼냈다. 컴퓨터를 향해 잘 들리지 않게 뭐라고 말을 하더니 바닥에 놓고 발끝으로 지그문트를 향해 밀었다. 지그문트의 몸이 닿는 범위 안으로는 절대 들어서지 않았고, 음파 마비 총을 계속 겨눈 채였다.

그리말디가 웃으며 말했다.

"지금은 익명 사용자 계정으로 로그인한 상태야. 다른 통신 기능은 전부 잠겨 있고. 내 돈이 들어오면 그 즉시 다른 곳으로 이체될 거야. 단언하는데, 내 동료들은 익명의 계좌 이체에 아주 능숙하지."

'내 돈'이라고! 지그문트는 화를 꾹 참고 입을 열었다.

"북아메리카 은행에서 자금 이체."

성문을 확인하는 동안 잠시 기다렸다.

"계좌 번호. 오, 사, 일……."

잘못 알아듣는 일이 없도록 느릿느릿하게 또박또박 불렀다. 계좌 번호, 보조 계좌, 접속 코드.

반응 속도는 좋은 소식이었다. 아직 지구다.

마비 총은 꿈쩍도 하지 않았다. 의심스러운 말을 했다가는 한 단어도 끝나기 전에 기절할 판이었다.

"사, 이, 구……."

은행 AI가 본인 인증 코드를 불렀다. 그리말디가 인상을 쓰며 코웃음을 쳤다. 그리고 경고의 의미로 마비 총을 살짝 흔들었다.

지그문트는 어깨를 으쓱했다. 덜그럭. 본인 인증 코드의 답을 넣으면 은행은 실시간으로만 이체 승인을 받아 준다. 강제로 답을 녹음해서 틀어 봤자 소용없다. 합리적인 사람이라면 누구나 이런 식으로 계좌를 설정하는 게 아니었던가?

지그문트는 이체를 승인하면서 협박당하고 있다는 코드를 쓸 수 있었다. 그러면 은행이 알아챌 것이다. 하지만 그다음엔? 돈 세탁은 트로이의 큰 사업이다. 돈이 풀리고 몇 분 뒤면, 이미 열댓 개의 유령 회사와 바깥세상의 조세 피난처 등등 알 수 없는 곳을 거쳐 세탁이 끝나 있을 터였다. 협박 코드는 아무짝에도 쓸모가 없었다. 만약 의도적으로 이체를 중단한다면 그리말디가 바로 알아낼 것이다. 그리고 이어지는 심문은 훨씬 더 불쾌해질 수도 있었다. 아니면…….

스웬븐 박사가 옳았다. 지그문트는 편집증이었다.

내가 정말 충분히 편집증인지 어디 보자고.

사슬은 풀어 주지 않았지만, 의자를 하나 주었다. 임시로 만든 변기와 기름기 묻은 둥근 컵에 담긴 미지근한 물 한 잔도. 백만 스타면 유리잔에 얼음 정도는 띄워 줘야 하는 거 아닌가?

그리말디는 가 버린 지 오래였다. 자세한 질문은 조금 전에 본 멀대 같은 고리인에게 맡겼다. 이름은 알려 주지 않았다. 지그문트는 그자를 '아스티아낙스'라고 부르기로 했다. 헥토르의 어린 아들, 트로이의 성벽 아래로 던져져 죽었다. 아킬레스의 아들처럼 지그문트도 트로이의 왕을 더 접하고 싶지는 않았다.

생각에 잠긴 듯 천천히 물을 마셔 봤자 시간을 많이 끌 수는 없었다.

어떤 범죄든 세금 회피로 이어지게 마련이다. 지그문트는 트로이 진영을 추적했던 일에 집중해서 말했다. 숨어 있는 수입을 찾아내는 수사 기법을 방법론적으로 차근차근히, 그 어느 때보다도 더 아는 체를 하면서 입술에 침을 묻혀 가며 설명했다. 아스티아낙스의 인내심이 한계에 다다른 것 같으면 어떤 은행을 조사해서 후속 수사 방향의 실마리를 얻었는지 슬쩍 흘렸다. 그렇게 조금씩 몇 번 흘리자 놀라울 정도로 날카로운 질문이 들어왔다. 이 고리인 역시 세금 회피 쪽의 전문가인 듯했다.

아스티아낙스의 주머니 속 휴대용 컴퓨터에서 경보음이 울렸다. 복도가 갑자기 어수선해졌다. 쿵쿵거리는 발소리. 누군가 쓰러지는 소리? 의심의 여지 없이 음파 마비 총이 내는 소리였다.

아스티아낙스는 자기 마비 총을 버리고 허리띠에서 다용도 칼을 꺼냈다. 저급 기술이지만 치명적이다.

"그러지 마. 그랬다간 오히려 더……."

갑자기 배에 느껴지는 고통에 지그문트는 말을 잇지 못하고 숨을 몰아쉬었다. 그의 셔츠와 아스티아낙스의 손이 선명한 붉은

색으로 물들었다. 생명의 붉은색.

지그문트가 쓰러질 때, 전투 장갑을 착용한 ARM지역군사연합, Amalgamated Regional Militia 분대가 문을 박차고 들어왔다. 베이컨을 굽는 듯한 마비 총 소리가 들리며 모든 게 어두워졌다.

너무 늦었어…….

2

지그문트는 깨어났다. 배에서 느껴지던 엄청난 고통은 없었다. 단단히 묶여 핏줄이 맥동하던 손목과 발목도 멀쩡했다. 머리는 맑았고, 힘이 넘쳤다. 만족스럽게 푹 쉰 기분이었다.

그 때문에 오히려 매우 겁이 났다.

눈을 떴다. 얼굴에서 몇 센티미터 위에 투명한 반구가 있었다. 거기에 비친 LED 불빛은 초록색이었다.

오토닥 안이었다.

기록을 보니 오토닥은 그의 심장과 간 일부를 대체했다. 그리고 혈액 이 리터와……. 거기까지 읽고 그만두었다.

지그문트는 무거운 문을 들어 올려 열고 일어나 앉았다. 가슴과 배에서 고통의 잔향이 울렸다. 논리적으로 따지자면 그건 순전히 머릿속에서만 느끼는 고통이었다. 오토닥에 의하면 지그문트는 완전히 나았지만, 그래도 괜히 아픈 것 같았다.

방 안은 좀 추웠다. 아무것도 걸치지 않아서 그런 걸지도 몰랐다. 오토닥에는 원래 벌거벗고 들어가게 돼 있었다.

"살아 돌아온 걸 환영해요."

지그문트는 고개를 들었다. 누군지 모르는 사람이 우중충한 색깔의 전신복을 입고 하나밖에 없는 의자에 앉아 있었다. 수척하다고 할 정도로 말랐지만, 한편으로는 근육질이기도 했다. 편집증적으로 운동을 하는 모양이었다. 예쁘다고 하기는 좀 그래도 눈에 띄는 외모이긴 했다. 물론 그것도 지그문트가 놀라 자빠지지 않았을 때 얘기였겠지만.

여자가 자리에서 일어나 문고리에 걸려 있던 로브를 지그문트에게 건넸다. 뒤로 돌아서지는 않았다.

"이게 필요하겠죠, 아마. 그리고 얘기를 좀 해요."

"여기가 어딥니까?"

지그문트의 물음에 여자는 대답 대신 파란색 디스크를 흔들어 보였다. 홀로그램이 희미하게 빛났다. 지구. 그리고 몇 개의 글자. 특수 요원 피오나 필립Fiona Filip.

ARM 요원인 듯했다. 질문에 대한 대답인 셈이었다. ARM은 국제연합의 군사력을 에둘러 일컫는 말이다. 대부분은 ARM을 보는 것만으로도 기가 죽어 버리니 굳이 강한 이름을 쓸 필요가 없었다. 국제연합이 단순한 사회질서를 넘어 통제력을 유지하는 수단이 ARM이라는 사실을 모르는 사람은 없었다.

지그문트는 로브를 걸치고 오토닥에서 나왔다.

사람들은 어떤 사람이 꾸며 낸 내용을 대개 사실로 받아들인다. 그리말디는 어떻게 됐지? 그 패거리는? 어쩌면 구출 작전 자체가 꾸며 낸 일인지도 몰랐다. 믿음직스럽게 보이려고 지그문트도 일부러 찌른 것일 수 있었다. 그러면 지그문트가 속아서 당국에 뭐라고 보고할지 들을 수 있으리라 기대하면서. 누구와 접촉하는지 알아낼 수도 있었다.

"지그문트, 받아들이기 어렵겠지만, 난 당신 생각보다 당신을 더 잘 이해하고 있어요."

여자가 한숨을 쉬었다.

"처음부터 이야기하죠. 난 피오나 필립이에요. 친구들은 페더Feather라고 부르죠. ARM이지만, 당신을 구출한 사람들 같은 종류는 아니에요. 기왕이면 총과 칼은 피하는 편이죠. 그런 걸 갖고 일하면 다치기 쉬우니까. 당신도 최근에 겪어서 알겠지만요."

우리가 언제 친구가 됐지?

"여기는 어딥니까, 피오나 요원?"

여자의 미소는 왠지 어딘가 잘못돼 보였다. 거짓이라기보다는 연습이 부족해 보이는 미소.

"특수 기동대가 모하비 우주 공항 활주로에 있던 행성 간 화물선에서 당신을 구출했어요. 찔린 상처 때문에 죽기 직전이었죠. 아, 거기다 자백제까지 잔뜩 맞은 상태였어요. 그 팀은 작전에 나갈 때마다 오토닥을 가지고 가는데, 팀 지휘관이 당신을 야전 오토닥에 넣어서 가장 가까운 ARM 지부에 데려다 준 거예요. LA였어요. 정확히 말하자면, 할리우드죠. 그 동네를 아는지는 모르겠지만."

지그문트는 그리말디에게 속이는 게 아니라고 말했던 일을 떠올렸다. 그 망할 자식은 그 말을 믿었다. 자백제를 맞은 상태였으니까. 지그문트는 말 그대로 진실을 이야기했다. 그리말디를 속이려 한 적은 없었다. 자기 자신을 속이고 있었을 뿐이다.

물론 지금 이 모든 게 현실일 때 얘기겠지만.

"날 믿어 주면 좋겠네요. 당신에게는 쉽지 않은 일이겠지만, 그런가요?"

피오나는 의자를 돌려 다리로 등받이를 감싸고 앉았다.

"대답을 기다리는 건 아니에요. 아까 말했듯이 난 당신을 이해하니까. 묻고 싶지만 안 묻고 있는 질문에 미리 대답해 주죠. 일단, 당신은 용의자가 아니에요. 어떤 사건에 대해서도."

지그문트는 재빨리 머리를 굴렸다. 오토닥에서 막 나왔을 때 으레 느끼듯이 힘이 넘치는 것만 빼면 정상이었다. 물론 자기 기준에 정상이라는 뜻이었다. 어떻게 그럴 수 있지?

"그러면 가도 되겠군요."

피오나는 '난 알지만 넌 모르지.' 하는 표정으로 웃었다. 이 미소는 자연스러워 보였다.

"그래요. 하지만 안 가겠죠. 왜냐면 더 알고 싶을 테니까."

그녀가 밝힌 신분이 사실이라면 지그문트가 어떻게 도움을 구하는 신호를 보냈는지 알고 있을 터였다. 만약 아니라면…… 신호를 보냈다는 사실을 드러내기만 해도 보복을 받을 것이다. 적어도 트로이 마피아가 지그문트를 더 꼭꼭 숨기게 할 게 뻔했다.

"어떻게 구출됐는지 궁금해 죽겠죠? 아니, 솔직하게 말하죠. 정말 구출된 건지 아닌지가 궁금할 거예요."

지그문트가 깜짝 놀라 움찔하자 여자가 웃었다. 잔인하게 비웃는 건 아니었다.

"진지한 쪽으로는 나름 귀엽군요. 잘 들어요. 부모님이 돌아가셨을 때 당신은 상당히 많은 돈을 물려받았어요. 일부는 유산이었고, 일부는 보험이었죠. 스물한 살이 되자 그 돈에 대한 권리를 얻었고요. 재미있는 건 말이죠, 당신이 그 돈으로 한 일이에요."

"아무것도 안 했죠."

지그문트는 담담하게 말하려고 애썼다. 사실 그는 돈을 몇 개의 계좌에 나눠 넣었다. 두 계좌에는 진짜 자기 이름을 썼고, 나머지는 훨씬 더 교묘한 방법으로 만들었다. 그 과정에서 어떠한 법도 어기지 않았지만 —'그들'은 분명히 그걸 지켜보고 있었을 것이다— 편법의 여지는 있었다.

"그건 내 비상금입니다."

피오나는 고개를 저었다.

"그럴 리가. 당신은 아주 특이한 방법으로 돈을 막 썼어요. 내가 인정하고 싶은 것보다 훨씬 더 많은 돈세탁 감사를 일으켰죠."

지그문트가 입을 열기도 전에 그녀가 제지했다.

"걱정 마요. 당신은 불법행위를 전혀 하지 않았으니까. 안 했어요. 개인 계좌 이체 액수를 은행이 보고해야 하는 한계 바로 아래에서 유지했죠. 그러다가 내 동료들이 그 눈먼 돈이 누구 것인지 조사했을 때 알아낸 건 돈의 주인이 바뀌지 않았다는 거였어요. 당신이 한 일을 생각해 보면, 그나저나 아주 훌륭한 솜씨긴 했어요. 어쨌든 당신은 정확히 무슨 일이 벌어질지 알고 있었어요. 그런 활동 패턴이 계좌에 깃발을 꽂게 만든다는 걸요. 지그문트, 당신은 당국이 앞으로 영원히 감시할 은행 계좌를 만들기 위해 그렇게 귀찮은 일을 한 거예요."

지그문트는 어깨를 으쓱했다. 원한다면 태연자약한 태도를 꾸며 낼 수도 있었다. 하지만 어차피 새로 이식한 심장이 쿵쾅거리는 소리를 센서로 감시하고 있지 않을까?

"비상금이라고요? 하긴, 확실히 어제 모하비에서 비상사태가 일어나긴 했죠."

피오나가 말을 이었다.

"오래된 휴면계좌에서 갑자기 백만 스타가 인출되어 고리에 있는 피난처 은행의 무기명 계좌로 들어갔어요. 그것 때문에 온갖 경보가 울렸죠. 난 궁금했어요. 주의를 끌기 위해서였다면 왜 그냥 협박 코드를 쓰지 않았을까?"

협박 코드가 일으키는 경보는 정보가 충분하지 않으니까! 만약 협박 코드가 눈에 띄면 그것 말고는 더 깊이 들여다보지 않을지도 모르니까. 뻔하지 않은가?

"그래서 좀 더 깊이 조사해 봤죠. 당신은 그렇게 빨간 깃발이 꽂힌 계좌 중 하나를 이용할 수도 있었어요. 뭘 고르는지가 왜 중요했을까요? 계좌 번호는 은행이 지정해 주지만 접속 코드는 계좌 주인이 정해요. 따라서 난 당신의 계좌 접속 코드를 암호해독 소프트웨어로 돌려 봤죠. 당신의 그 웃긴 계좌 비밀번호들은 하나같이 국제연합 조사국의 고위 관료 이름에서 따왔더군요. 비밀번호들은 바뀌었어도 패턴은 바뀌지 않았어요."

피오나는 지그문트의 팔을 두드렸고, 그는 움찔했다.

"그 돈을 보내는 데 쓴 비밀번호를 해독했더니 '그리말디'가 됐죠. 그자는 당신이 이체를 승인했을 때 모하비 우주 공항에 있었어요."

몸이 저절로 떨렸다. 지그문트는 얇은 로브를 잡아당겨 몸에 단단히 감았지만, 피오나의 눈을 속일 수 있을 것 같지는 않았다. ARM이 이동 부스 시스템에서 사람의 움직임을 추적할 수 있다는 게 사실인 모양이었다. 지그문트는 항상 그 점을 걱정했다. 계좌 이체는 청구서 때문에 어떻게든 사람과 엮일 수밖에 없었다.

아니면 트로이 마피아가 지그문트의 우려보다 더욱 영리한 것일 수도 있었다. 이체를 승인했을 때 그리말디가 비밀번호를 기록했을지도 모른다. 그리고 트로이 마피아가 암호를 해독해 내서 바로 지금 지그문트를 시험하는 것일지도…….

"지그문트, 정신 차려요."

피오나가 웃었다. 이번에는 왠지 친근하게 굴었다.

"편집증에 걸린 사람이 아니라면 누가 ARM을 상대로 자기 동료들을 의심해서 함정을 만들어 놓을까요? 당신은 오토닥에 들어가기 전이나 나온 뒤나 똑같이 편집증이에요. 눈에서 그게 보여요. 당신도 알아챘겠죠. 스스로 질문해 봤어요, 왜냐고?"

지그문트는 말하기가 두려워 가만히 있었다. 왜 오토닥이 뇌 화학구조를 원래대로 돌려놓지 않았지?

"이 시점에서 우리는 친구가 되는 거예요, 지그문트. 소문은 들었겠죠. ARM의 고참 요원들은 편집증이에요. 그건 우리 일에 도움이 되죠. 편집증을 유지하는 방법은 화학요법이에요. 일할 때는 편집증을 한껏 끌어 올렸다가 퇴근할 때는 가라앉히는 거예요. ARM 요원은 대부분 그래요. 하지만 난 당신처럼 타고난 정신분열증이에요. 주말에 집에 갈 때면 약을 주입받죠. 오늘은 수요일이니까 일하는 날이네요. 약간의 불운을 겪은 뒤에 당신은 오토닥에 들어갔어요. 우리 오토닥은 다소간의 정신분열증적 뇌화학구조는 비정상적인 게 아니라고 봤어요. 당신이 전과 마찬가지로 엉망인 건 사고가 아니란 거죠. 지그문트, 그래서 내가 당신을 이해한다고 한 거예요. 우리는 똑같으니까."

지그문트는 믿고 싶었다. 물론 그런 소문을 들은 적이 있었다. 못 들은 사람이 있을까? 그건…….

"지그문트, 딴생각하지 마요. 당신이 편집증이라는 사실을 드러내도록 속이기 위해 전부 편집증이라는 소문 얘기를 꺼낸 거라고 생각하고 있죠? 나도 그랬거든요."

피오나는 지그문트가 오토닥에서 나온 이후 처음으로 그의 눈을 똑바로 쳐다보았다.

"영리함과 편집증은 비참하고 외로운 인생으로 가는 길이죠. 비참한 건 내가 도울 수 없어요. 하지만 외로움은 조금 달라요."

지그문트는 피오나가 내미는 새 인식 칩을 받아 들었다. 각도를 제대로 틀면 푸른 지구와 그 자신의 이름이 희미하게 반짝였다. 아마도 그의 DNA를 인식하도록 돼 있을 터였다. 이걸 가지면 런던의 ARM 아카데미에 들어갈 수도 있을 것이다. 그는 피오나가 수납함에서 꺼내 준 평범한 검은색 정장 속에 몸을 집어

넣으려고 애썼다. 그의 체구와 선호하는 스타일에 맞게 만들었다는 점은 놀랍지 않았다.

지그문트는 아무것도 인정하지 않았고, 아무것도 약속하지 않았다. 마침내 자유였다. 분명히.

가도 되는 자유? 미행당할 자유? 아주 조그만 카메라들에 둘러싸일 자유?

문밖에는 활발하게 돌아가는 사무실이 있었다. 아무도 그에게 신경 쓰지 않았다. 지그문트는 이동 부스를 무시하고 걸어서 밖으로 나왔다. 길가에 커다란 오각성五角星이 빛났다. 길 건너편으로 내려가면 '그라우먼스 차이니즈 시어터'가 있었다.

지그문트는 몸을 돌렸다. 방금 빠져나온 이중문 위에 돌로 조각된 글자가 보였다. 지역군사연합, LA 지부. 이런 공공장소에 가짜 ARM 사무실을 만드는 건 불가능했다.

지그문트는 페더라고도 했던 피오나 요원이 준 인식 칩을 만지작거렸다. 한 세기 넘게 홀로 지낸 끝에 마침내 자신에게 알맞은 곳을 찾았다는 사실이 갑자기 그럴듯해 보였다.

| 중력의 임무: 지구력 2641년 |

1

"기괴하지 않아요?"

트리샤 슈워츠는 대답도 기다리지 않고 함교의 망원경 홀로그램을 최대 배율로 키웠다. 그녀의 목소리에는 호기심과 조급함이 묻어났다.

네서스는 감탄했다. 우주선이 하이퍼스페이스에서 나온 지 이제 고작 일 분도 되지 않았다. 그런 호기심이야말로 트리샤와 동료들이 여기에 있는 이유였다. 이곳에는 알아내야 할 게 아주 많았다. 반대로 조급함은 네서스가 여기에 있는 이유였다. 누군가는 판단력을 보여야 하니까.

트리샤가 조급해할 법도 했다. 이론적으로 치면 이건 구조 임무였다. 네서스는 비관적인 생각을 입 밖에 내지 않았다.

왜곡되고 뒤엉킨 별빛이 돌진하듯 다가들더니 사라졌다. 그리고 무無가 나타났다. 현기증이 덮쳤다. 네서스는 가장 가까운 격벽에 몸을 기대고 확대한 홀로그램 속에서 의미를 찾았다.

"질량 표시기에는 보여요. 자기장이 엄청나네요. 심부 레이더에도 잘 보이고, 그리고 여기……."

트리샤가 영상 한가운데를 가리키며 말했다.

"아무것도 없어요."

옆에 앉아 있던 라울 밀러가 커다란 덩치를 움직이자 완충 좌석이 삐걱거렸다.

"기다려 봐요."

그가 말했다.

작고 동그란 빛이 반짝였다가 사라졌다. 몇 초 뒤 두 번째 빛 무리가 깜빡였다.

트리샤가 들떠서 말했다.

"보여요? 바로 뒤로 별들이 지나가니까 중력렌즈 현상*이 일어나잖아요. 아직 우리한테는 안 보이는데 말이죠. 정말 기괴하네요. 그렇지 않아요, 네서스?"

네서스는 편의상 붙인 이름이었다. 진짜 이름은 목이 두 개 있거나 공기의 흐름을 잘 조화시켜야만 발음할 수 있었다. 트리샤는 네서스가 들을 수 있는 거리에 있다는 것도 모른 채 —청력이 실제로 얼마나 좋은지 굳이 드러낼 필요가 있을까— 그의 진

* Gravity lensing. 거대한 타원 은하 따위의 대질량 물질이 지닌 강한 중력 때문에 다른 천체로부터 오는 광선이 굴절되는 효과.

짜 이름을 산업재해 때 나는 소리에 왈츠 박자를 붙인 음악이라 고 묘사한 적이 있었다. 인간들이 그의 종족을 부르는 말인 '퍼페티어'에 비하면 나쁘지 않다고 네서스는 생각했다.

"초자연적인 게 있어 보이지는 않는군요. 무섭다는 뜻으로 받아들이겠습니다."

네서스는 신중히 단어를 골라 가며 말했다. 그는 언제나 모든 일을 신중하게 했다. 예상대로 킬킬거리는 웃음이 따라 나왔다. 퍼페티어는 겁쟁이로 유명했다. 바로 그게 이 우주선에 인간 승무원을 함께 태운 이유였다.

아아, 난 이들을 이끄는 임무를 맡을 정도로 미쳤구나. 네서스는 생각했다.

아는 것이 힘이다.

그 점에 대해서는 모든 지성 종족이 동의한다. 지식을 얼마나 많이 가지고 있느냐에 따라 각 종족의 차이가 갈린다. 네서스의 종족은 탐험을 미친 짓이라고 생각했다. 고향 세계와 무리를 떠나는 일도 제정신이 아니라는 소리를 듣는 마당에 탐험이야 말할 것도 없었다.

그래서 인간이었다. 여러 차례의 시행착오 결과 인간은 훌륭한 탐험대원이라는 사실을 증명했다. 물론 인간들은 실험에 대해 전혀 알지 못했고, 네서스는 그걸 드러낼 의도가 전혀 없었다. 감히 그럴 수도 없었다. 어떤 퍼페티어라도 그러지 못할 것이다.

지금 그들이 공전하고 있는 보이지 않는 '그것'은 최근에 발견된 중성자성으로 'BVS-1'이라는 이름이 붙어 있었다. 다른 중성자성과 마찬가지로 BVS-1도 고도로 압축된 초신성의 잔해였다. 별이 내파되면서 물질을 압축해 평범한 별보다 무거우면서도 지름은 십칠 킬로미터밖에 안 되는 천체로 만든 것이다. 자체 중력 때문에 그토록 작은 크기를 유지할 수 있었다.

얇게 표면을 덮은 보통 물질 아래로 그보다 좀 더 두꺼운 자유 아원자 입자층이 있고, 그 아래에는…… 누구도 뭐가 있는지 정확히 알지 못했다. 안쪽의 구체는 밀도가 원자핵 수준이었다. 물리학자들은 그 물질을 뉴트로늄이나 중성자 축퇴 물질이라고 불렀고, 공학자들은 우노브태늄이라고 불렀다. 물질의 성질을 놓고 두 무리는 뜨겁게 논쟁했다.

중성자성은 대부분 우주먼지와 가스를 격렬한 엑스선 폭발이나 감마선 폭발로 변환시킴으로써 수 광년에 걸쳐 자신의 존재를 소리쳐 알린다. 하지만 중성자성에 가까이 다가가 수수께끼의 뉴트로늄을 자세히 조사하지 못하는 건 이 방사선 때문이 아니다. 소용돌이치는 먼지와 가스 구름 때문이다. 이들은 중성자성으로 빨려 들어가면서 광속에 가깝게 가속된다. 선체를 뚫는 건 불가능하다고 해도 계속 얻어맞는다면 그 안의 장비와 승무원에게 치명적인 것이다.

그런데 눈앞에 있는 BVS-1은 차갑고 어두웠다. 그 존재가 드러난 건 최근 포착된 중력이상* 때문이었다.

* gravity anomaly. 지구를 타원체로 보고 이론적으로 계산한 중력값과 여러 곳을 실측하여 얻은 중력값과의 차. 여기서 얻은 정보로 지구 내부 물질의 밀도 분포를 알 수 있다.

BVS-1은 오래전에 강착 원반을 다 먹어 치우고 맥동도 멈췄다. 표면 온도는 주변의 우주 공간보다 약간 따뜻한 정도였다. 즉, 중성자성이 된 지 적어도 십억 년은 지났다는 뜻이다. 그건 곧 가까이 갈 수 있다는 뜻…….

적어도 이론상으로는 그랬다.

그들은 안전하다고 추정되는 이백만 킬로미터 거리를 유지하며 BVS-1을 공전했다. 네서스는 그 추정을 그대로 믿지 않았다. 피터 라스킨과 소냐 라스킨은 더 자세히 조사하러 가기 전에 좀 더 가까운 궤도에서 BVS-1을 관측하며 하이퍼웨이브를 통해 며칠 동안 정기적으로 보고를 했다.

'할 클레멘트'호는 그 뒤로 연락이 없었다.

"아직 흔적이 없습니까?"

네서스의 차분한 어조는 억지로 꾸며 낸 것이었다. 본능은 그에게 도망가라고 이르고 있었다. 천문학의 수수께끼로부터가 아니라면 최소한 예측 불가능한 인간으로부터라도. 네서스는 선실 안에 숨어 머리를 다리 사이에 넣고 몸을 공처럼 만 뒤 우주로부터 숨고 싶었다.

트리샤가 고개를 저었다.

"통신에도 반응이 없고 레이더에도 안 나와요."

"간섭 때문일지도 몰라요. 장비가 고장 났을 수도 있고."

라울이 희망적인 말을 했다.

물론 라스킨 부부의 통신 장치가 고장 났을 수도 있었다. 그렇다고 해도 레이더에 안 보이는 건 말이 안 되었다.

"계속 시도하십시오."

그렇게 명령하면서도 네서스는 이미 헝클어진 갈기를 쥐어뜯고 싶은 충동과 싸우고 있었다. 뭔가 크게 잘못되었다. 바로 이게 네서스의 동족이 탐험을 하지 않는 이유였다.

한참 침묵이 이어지다가 라울이 미안하다는 투로 말했다.

"아직 아무것도 없네요."

네서스는 함교에 마련된 Y 자 모양의 푹신한 자기 의자에 걸터앉아 인간의 손가락보다 훨씬 더 민첩한 입술 마디로 인간용 컴퓨터를 조작했다. 라스킨 부부의 예상 궤도는 기억하는 대로였다. 쌍곡선으로 하강하는 궤도에 따르면 그들은 미지의 BVS-1 표면으로부터 이 킬로미터 떨어진 곳을 스쳐 지나게 되어 있었다. 만약 자동조종장치가 약간이라도 계산을 잘못해서 충돌했다면…….

그게 고장 났다면, 다른 게 고장 나지 않는다는 보장이 있을까? 네서스는 우주선이 다시 우주로 빠져나가기 위해 실행할 예정인 U 자 형 회전에 대해 생각했다. 라스킨 부부가 실종된 지도 며칠이나 지났다.

"하강 뒤에 자동조종장치가 궤도를 따라가지 않았다면 어떻게 됩니까? 얼마나 멀리 갔겠습니까?"

트리샤가 비어 있던 완충 좌석에 털썩 주저앉았다. 몸에 가려져서 조종 장치로 뭘 하는지는 보이지 않았다.

"레이더 수색 범위를 확장할게요."

그녀는 전에 수색했던 곳에서 수백만 킬로미터 떨어진 곳에서 표류하는 우주선을 찾았다. 불러도 대답은 없었다. 라울이 우주선을 그 옆으로 움직였다.

네서스는 전망 창 너머로 '할 클레멘트'호를 관찰했다. 우주선은 무서울 정도로 빠르게 회전하고 있었다. 라스킨 부부는 왜 우주선을 저렇게 회전시켰을까?

"저렇게 회전하고 있으면 건너갈 수 없습니다. 좋은 생각이 있습니까?"

네서스의 물음에, 라울이 턱을 문지르며 되물었다.

"저 우주선도 착륙용 지지대가 강철인가요, 우리 것처럼?"

네서스는 우주선의 제원을 확인했다.

"강철 맞습니다."

"그럼 자기 도킹 연결기를 이용해서 끌어올 수 있겠네요. 다른 장비도 마찬가지지만 연결기도 성능이 필요 이상이니까요. 자세 유지 추진기로 안전거리를 유지하면서 '할 클레멘트'호의 회전속도를 줄일 수 있어요."

라울은 빠른 속도로 키보드를 두드리다가 조종 장치를 때리면서 안타깝다는 듯이 말했다.

"젠장! 시간이 좀 걸리겠군."

각종 장치의 성능이 필요 이상인 건 당연했다. 그렇지 않았다면 애초에 네서스가 이 우주선에 발굽을 들여놓았을 리 없었다.

"진행하십시오."

네서스가 말했다.

라울은 회전속도에 따라 자기장 펄스를 조정해 가며 회전에 제동을 걸었다. 그동안 트리샤는 항법 컴퓨터와 조용히 중얼거렸고, 네서스는 초조해하고 있었다.

그리고 마침내…….

트리샤가 휘파람을 불었다.

"이렇게 멀리서 회전하고 있는 이유를 알았어요. 질량이 큰 천체가 자전하면 주변의 시공간이 구부러지죠. 아무리 작다고 해도 BVS-1은 태양보다 무겁잖아요. 수치를 계산해 봤더니 이렇게 나오네요. '할 클레멘트'호가 얻은 회전력과 예정 궤도에서 벗어난 정도를 보면 BVS-1은 이 분 삼십 초에 한 번씩 자전해요."

"흥미롭군요."

네서스는 무미건조하게 대답했다. 사실 중성자성의 자전주기를 아는 게 지금 무슨 소용이랴 싶었다. 그들 종족에게 호기심이란 게 있었다면 아마도 이 인간들처럼 어리석을 정도로 용감했을 것이다. 당장 네서스가 관심이 있는 건 계속 조용하기만 한 우주선이었다.

마침내 뭔가 볼 수 있을 정도로, 그리고 조심만 한다면 건너갈 수 있을 정도로 회전이 줄어들었다. 착륙용 지지대가 왠지 이상해 보였다. 아마 기분 탓인 듯했다. 라스킨 부부가 착륙했을 리는 없었다. 착륙했다고 해도 다시 이륙할 방법이 없었다.

트리샤와 네서스는 두 번씩이나 우주복의 각종 계기를 점검한 뒤에야 라울을 에어록으로 들여보냈다. 통신 연결은 확인이 끝났다. 헬멧 카메라도 마찬가지였다. 라울은 가스총을 분사해 몇 미터 밖에서 표류하는 우주선으로 날아갔다. 중력 때문에 별빛조차 휘어 우묵하게 들어가 보이는 우주를 통해 BVS-1의 대략적인 위치를 알 수 있었다.

뭔가 대단히 잘못되었다.

네서스는 트리샤도 똑같이 느꼈음을 알아챘다. 트리샤는 몸을 앞으로 기울인 채 라울이 라스킨 부부의 우주선 에어록으로 들어가는 모습을 초조하게 지켜보고 있었다.

"네서스, 트리샤, 거기 있어요?"

카메라가 에어록 안쪽 모습을 중계했다. 장갑을 긴 손가락이 제어장치를 가리키는 모습이 보였다. 상태 표시등이 깜빡였다. 해치가 돌아가기 시작했다.

"생명 유지 장치는 모두 양호해요."

"듣고 있습니다. 그래도 우주복은 입고 있도록 하십시오."

네서스가 말했다.

"그러죠."

라울이 대꾸했다.

네서스는 안쪽 해치가 열리는 모습을 지켜보았다. 라울과 카메라가 안으로 이동하면서 길게 이어진 복도를 비췄다. 모퉁이를 돌았다.

순간, 네서스는 억제하지 못하고 머리 두 개를 안전한 앞다리 사이로 처박았다. 눈에 보이는 것이라고는 자신의 배 아래쪽뿐이었다.

2

지그문트는 사람이 가득한 우주선 휴게실에서 홀로 작은 탁자에 앉아 있었다. 왼쪽 팔꿈치 바깥쪽은 아마도 얇은 파란색 도료로 덮인 파괴 불가능한 선체일 터였다. 그 밖은 얼마나 많은지 알 수 없는…….

지그문트는 대체 뭐가 얼마나 많은지도 알 수 없었다. 그걸 아는 사람은 아무도 없었다.

하이퍼스페이스의 장점은 하이퍼드라이브다. 하이퍼드라이브는 노멀 스페이스의 일 광년을 사흘에 주파한다. 나쁜 점은 하이퍼스페이스가 뭔지 아무도 모른다는 사실이다. 하이퍼드라이브 우주선은 가끔씩 사라지곤 했다. 이에 대해 과학자들은 항성 규모의 질량 근처에서 공간이 휘어지는 수학적 특이점에 너무 가깝게 다가갔을 거라며 아는 체를 했다.

그런 실종 사건에서 정확히 무슨 일이 벌어진 건지는 불확실했다. 길을 잘못 든 우주선이 웜홀에 빠졌다가 닿을 수도 통신을 할 수도 없을 정도로 먼 곳에 떨어졌을 가능성도 있었다. 어쩌면 하이퍼스페이스에 영원히 갇혀 버렸을 수도 있었다. 아니면, 정말로 어쩌면, 우주선이 존재하지 않게 됐을지도 몰랐다. 관련 수학은 애매모호했다.

몇 센티미터 바깥에 있는 무無보다 못한 공간에 비하면 이상한 냄새와 익숙하지 않은 별자리는 아무것도 아니었다. 지그문트는 세계가 그리웠다. 어떤 세계든.

그는 제너럴 프로덕트 사General Product Corporation, GPC가 보증하는 파괴 불가능한 선체 기술보다는 차라리 둥근 잔에 담긴 맥주에서 위안을 찾았다. 우주선이 통째로 사라질 수도 있는 마당에 선체가 튼튼해 봤자였다.

GPC는 퍼페티어의 회사였고, 퍼페티어는 퍼페티어였다. 선체를 만드는 물질에 대해서는 거의 알려진 게 없었다. 보증 정책만큼은 정말 인상적이었다. 누군가 GPC 선체의 고장으로 죽는다면 그 후손들은 엄청난 부자가 되었다.

어쨌든, 지그문트와는 상관없는 얘기였다. 그는 자녀가 없다. 가질 수도 없다. 출산 위원회가 선천적인 편집증 환자들을 대하는 방식에 대해 개인적인 감정은 없었다. 솔직히 말하자면, 백팔십억 명인 지구 인구는 수십억 정도 더 줄어야 했다. 정상적인 사람이 자손을 보는 쪽을 선호한다고 해서 출산 위원회를 탓할 수는 없는 것이다.

물론 그렇다고 그게 마음에 드는 건 아니었다.

지그문트는 맥주를 삼키며 좀 더 즐거운 생각을 찾아 머리를 굴렸다.

나카무라 우주 항공이 갑자기 무너졌다는 건 다른 우주선의 정원이 가득가득 찰 수밖에 없다는 뜻이었다. 선내의 접견실은 모두 가득 찼다. 승객들은 작은 바에 서 있었다. 지그문트와 전투로 생긴 흉터가 있는 크진인만 탁자 하나를 차지하고 앉아 있었다. 징크스인조차도 작은 탁자를 함께 썼다.

징크스. 징크스인을 생각하면 즐겁지 않았다. 하지만 지그문트는 가능한 한 표정을 담담하게 하려고 노력했다.

징크스는 시리우스 A를 공전하는 거대 가스 행성의 위성으로, 간신히 거주가 가능한 인간 개척지다. 징크스의 표면 중력은 표준중력의 1.78배. 그곳에서 살면 저절로 몸이 만들어진다. 징크스인은 키가 작고 땅딸막하며 바위처럼 단단하다. 팔은 지그문트의 다리만큼이나 두껍고, 다리는 나무줄기만 하다.

대체 왜 그런 곳에서 살까? 거기서 가족까지 이루고 산다고?

평지인과 우주인은 그게 다 징크스인이 미쳤기 때문이라고 입을 모았다. 지그문트의 생각은 달랐다. 징크스는 초인간 군단을 만들 수도 있는 세계였다.

종업원 하나가 우글거리는 손님들과 가득 찬 탁자들 사이를 경이로울 정도로 우아하게 헤치며 지나갔다. 지그문트는 그가 옆을 지나갈 때 새 맥주잔을 집어 들었다. 하지만 음울한 생각은 여전히 징크스인에 고정돼 있었다.

압도적으로 만든 지구의 함대를 물리치기 전에는 아무리 초인간이라고 해도 지구를 위협할 수 없다. 그러므로 지그문트로 하여금 이 여행에 나서게 한 건 사실 근거 없는 확신이었다. 징크스인이 자기네 행성에 있는, 이름도 오만한 '지식 연구소' 말고 기술적인 우월함을 찾을 만한 더 좋은 곳이 있을까?

지식 연구소가 마구 늘리고 있는 박물관과 광대한 공공 데이터뱅크는 개방성을 표방했다. 하지만 대부분의 연구는 징크스 과학자들이 독점했다. 그런 비밀주의에 사람들은 별로 개의치 않는 것 같았다. 공공 연구소를 표방하는 비영리 조직이 도대체 왜 그럴까? 수많은 기부금, 기업 후원금, 학계의 제휴, 정부 지원금 들이 그곳의 자금줄이었다.

지그문트는 맥주 한 모금을 길게 들이켰다. 그리고 미소를 짓고 싶은 충동을 억눌렀다. 한때 그는 잘나가는 법정 금융 분석관이었다. 징크스에서는 공공 기록을 조사했다. 아무 이유 없이 하이퍼스페이스를 거쳐 외계 세계까지 가는 일을 할 리 없었다.

지식 연구소와 제휴한 학계는 대부분 정부가 운영하는 징크스의 대학들이었다. 기업 후원은 상당수가 징크스 정부와 계약을 맺고 있는 사업 분야에서 나왔다. 기부금은 징크스의 엘리트 계급에서 나왔는데, 이들은 전, 현직 관료들과 수도 없이 엮여 있었다. 돈세탁은 돈세탁이었다.

지그문트는 저도 모르게 왼손으로 배를 만졌다. 오토닥이 치료하는 건 물리적인 상처뿐이었다. 승객들이 끊임없이 휴게실을 들락거렸다. 쥐고양이는 누구든 근처에 다가오기만 하면 이빨을 드러냈다. 인상을 쓴 지그문트의 얼굴은 그에 비하면 위력이 없었다.

그래서 탁자 맞은편에 그림자 하나가 나타났을 때도 놀라지 않았다.

"앉아도 될까요?"

약간 쉰 목소리였다.

지그문트가 고개를 들자 녹색 눈을 반짝이는 날씬한 금발 여자가 보였다. 고리인스러운 골격이 아니라 지구식의 날씬함이었다. 여자는 숨기는 것 없는 표정으로 그를 바라보았다.

지그문트는 빈 의자를 가리켰다.

"그러시죠."

여자가 앉았다.

"난 파멜라예요. 분더란트인Wunderlander은 처음 만나 보네요."

"지그문트입니다. 아, 턱수염 말이군요."

지그문트는 이번 여행에 대비해 기른 턱수염을 쓰다듬었다. 어디 출신이냐 하는 것보다도 더 분명하게 턱수염은 지위를 암시했다. 가장 특징적인 모양은 오른쪽 턱에 왁스를 발라 뾰족 튀어나오게 만든 부분이었다. 턱의 나머지 부분은 짧게 자른 수염으로 덮여 있었다. 구레나룻은 검은색 정장과 대비되는 순백색으로 염색했다.

"우스운 이야기죠."

우스운 스타일이기도 했다. 그 스타일의 유일한 '덕목'은 유지하기 위해 들여야 하는 말도 안 되는 시간이었다. 켄타우루스자리 알파성을 공전하는 인간 정착 행성 분더란트에서는 부유하고 한가한 사람들 사이에서 비대칭적인 턱수염이 대유행이었다. 아마도 파멜라는 지그문트가 그곳의 최초 정착민인 '열아홉 가문' 중 하나—전부 기생충이라는 점에서는 다를 바 없지만—의 출신이라고 생각한 듯했다.

"재미있을 것 같은데요."

파멜라가 지나가는 종업원을 향해 미소를 지으며 주문했다.

"버구즈 주세요."

버구즈는 분더란트의 혼합 음료다. 지그문트도 마셔 본 적이 있었다. 몇 년 전에 한 번. 명치에 한 대 맞는 듯한 충격과 뒷맛으로 남았던 박하 향 나는 단맛이 떠올랐다. 파멜라는 그에게 그만큼 인상을 주고 싶은 모양이었다.

"흥미로운 선택이네요. 내 이야기가 더 재미있어지겠어요."

지그문트는 그렇게 말한 다음, 파멜라가 주문한 음료가 도착해 한 모금 마시기 전까지 기다렸다.

파멜라의 눈동자가 동그래졌다. 지그문트는 남아 있던 자기 맥주를 내밀었다. 파멜라는 맥주를 한 번에 들이켰다.

"난 지구에서 왔습니다. 그저 이국적인 외향을 좋아하는 것뿐이죠. 분더란트는 내 원대한 여행의 마지막 장소라고 할까, '로마에서는 로마인들이 하는 대로 해라.' 그런 거 말입니다."

징크스는 여정에서 첫 번째도 아니고 마지막도 아니었다. 마찬가지로 가장 짧은 체류도 아니고 가장 긴 체류도 아니었다. 관심사를 가장할수록 더 유리했다.

지그문트는 맥주 두 잔을 더 주문했다.

"이거 재미있네요."

파멜라가 콜록거리며 말했다. 눈에서는 눈물이 흘렀다.

"평지인 두 명이었군요. 그래도 턱수염은 맘에 들어요."

최고의 위장은 단순한 것이지. 지그문트는 생각했다.

인간의 우주를 통틀어, 대부분의 사람들이 분더란트의 귀족을 혐오했다. 고향 분더란트에서는 혁명주의자들이 그들을 몰아내기 위해 싸우고 있었다. 바보가 아니라면 그들 흉내를 내며 여행할 리가 없었다. 누가 그를 비밀 임무를 띤 ARM 요원으로 의심하겠는가?

파멜라의 눈동자에 뻔뻔스러운 기색이 돌아왔다. 따뜻한 손이 지그문트의 팔을 만졌다.

"지그문트, 당신의 그 원대한 여행에 대해서 말해 줘요."

우주선이 자체적으로 제공하는 유흥은 별로 없었다. 안에서 파는 음료는 비쌌다. 서로 동의하는 두 성인이 즐길 수 있는 뻔한 대체 수단은 공짜였다. 지그문트는 작고 도발적인 파멜라가 강렬한 송별 의식을 베풀어 준 페더에게 상대가 될지 궁금했다—어느새 '피오나'보다는 '페더'가 더 익숙한 이름이 되었다. 물론 페더도 그가 금욕하리라고 기대하지는 않을 터였다.

지그문트는 파멜라의 손을 두드렸다.

"여긴 사람이 너무 많군요. 자리를 옮……."

파멜라가 그의 등 뒤를 보고 있었다. 휴게실 전체가 조용해졌다. 어깨 너머로 시선을 돌리자 선장이 다가오는 모습이 보였다. 지그문트는 선장이 주최하는 저녁 식사에 참석한 적이 있었다. 지금 다가오는 엄격한 얼굴의 남자에게서는 일 등급 손님에게 다정하게 말을 건네던 주최자의 모습을 찾기 어려웠다.

"지그문트 아우스폴러 씨?"

선장이 물었다.

"그렇습니다."

지그문트가 처음 떠올린 생각은 크진인 승객이었다. 지금까지 여섯 번이나 인간-크진 전쟁이 일어났다. 일곱 번째가 없으란 법은 없지 않은가? ARM 본부가 크진인 승객의 신병을 확보하라는 명령을 내렸는지도 몰랐다.

"함께 가시죠."

지그문트는 선장을 따라 정기선의 함교로 갔다. 그리고 ARM 본부에서 온 긴급 하이퍼웨이브 메시지를 해독한 그는 마치 버구즈를 마신 듯한 기분을 느꼈다.

3

퍼페티어는 목 하나를 구부려 지그문트가 내민 ID를 받아 들었다. 그리고 책상 위에 디스크를 올려놓고 면밀하게 조사했다.

등받이 없는 푹신한 의자 몇 개와 달걀형 책상을 빼면 사무실은 '해냈어' 행성의 표준에 걸맞았다. 벽에 있는 홀로그램은 전부 인간 세계의 풍경을 담고 있었다. 장식이 평범한 건 별로 놀라운 일이 아니었다. 퍼페티어들은 자기네 고향 세계에 대한 실마리를 드러내지 않았다. 장소나 설명은 고사하고 이름이나 간단한 특징도 알려 주지 않았다.

퍼페티어가 지그문트를 믿지 않듯 지그문트도 퍼페티어를 믿지 않았다. 지그문트가 퍼페티어를 개인적으로 만난 건 이번이 처음이었다.

견습생과 직원 들이 그를 계속 다음 단계로 보냈고, 마침내 이 마지막 퍼페티어에 이르렀다. 너무 빨라서 어떤 인상을 받을 만한 시간도 없었다.

깜짝 놀란 건 권외 사무실에 나와 있는 퍼페티어들이 모두 인간식 이름을 갖고 있다는 사실이었다. 사티로스와 켄타우로스, 운명의 여신과 복수의 여신, 영웅과 뮤즈……. 시간만 있다면 이 외계인들이 인간의 신화에 매료된 이유에 대해 곰곰이 생각해 보고 싶었다.

이 친구가 결정권자로군. 지그문트는 생각했다. 선키가 지그문트와 거의 비슷했다. 그게 유일하게 비슷한 점이었다.

퍼페티어는 넓게 벌린 앞다리 두 개와 복잡한 관절이 있는 뒷다리 하나로 버티고 섰다. 근육질의 어깨에 붙어 있는 길고 유연한 두 개의 목은 납작한 삼각형의 머리들로 이어지고, 각각의 머리에 귀 하나, 눈 하나, 입 하나가 있었다. 입속의 혀와 마디가 있는 입술이 손 역할을 했다. 가죽으로 된 피부는 흰색보다 약간 회색에 가까웠고 군데군데 황갈색 얼룩이 있었다. 공을 들여 장식한 갈색 갈기가 뱀처럼 생긴 목 두 개 사이에서 뇌를 감싼 뼈대를 덮고 있었다.

지그문트의 ID가 조사를 통과한 모양이었다.

"고향에서 멀리 오셨군요, 지그문트 아우스폴러 요원. 국제연합이 무슨 흥미를 느꼈는지 모르겠습니다."

권외 사무실에 나와 있는 퍼페티어가 으레 그렇듯, '이것'도 깜짝 놀랄 만한 콘트랄토 음으로 완벽하게 공용어를 구사했다.

이것. 퍼페티어의 성별은 기원만큼이나 수수께끼였다. 목소리는 여성스럽지만, 전부 남성형 대명사로 지칭했다.

"이름을 물어도 됩니까?"

지그문트의 물음에, 퍼페티어의 머리가 빙글 돌았다. 두 개의 머리는 잠시 눈을 서로 마주 보았다.

그런 식의 습관은 지그문트에게 아무 의미가 없었다. 그와 함께 들려온 커다란 유리창이 서서히 산산조각 나는 것 같은 소리도 마찬가지였다.

"이름보다는 GPC에서 내가 하는 일을 말하는 게 더 적절하겠군요. 인간의 용어로 말하면, 난 해냈어 행성의 지사장입니다."

만약 이 퍼페티어가 이름을 알려 주기를 거부한다면, 지그문트는 기꺼이 하나 지어 줄 수 있었다. 권외 사무실에 반신의 이름을 가진 자들이 그렇게 많지만 않았어도, 당연히 '깨진 유리'라고 불러야 할 것 같았다.

지그문트는 직업적으로든 성격 때문이든 사소한 데까지 주의를 기울였다. 외계인끼리도 미묘하게 다른 점이 있다는 것을 알고 있었다. 검정색, 갈색, 녹색 눈이라거나 다양한 키와 몸집. 갈색, 황갈색, 하얀색 얼룩이 있는 피부의 무늬도 닮지 않았다.

가장 큰 차이점은 갈기였다. 직원을 하나씩 만나는 동안 점점 갈기의 모양이 정교해졌다—사내 직급순일까? 분더란트 귀족들의 턱수염처럼 공들인 갈기 모양은 사회적 지위를 나타냈다.

갈기가 화려한 걸 보니 이 퍼페티어 책임자를 아도니스라고 불러야겠군. 지그문트는 생각했다.

"다시 한 번 말하지만, 국제연합이 왜 흥미를 느꼈는지 모르겠습니다."

모르는 체하기는. 지그문트는 생각했다. 최근 인간이 새로 만든 우주선 중에 터무니없이 비싼 GP 선체로 만들지 않은 게 스무 척 중 하나나 될까. 난공불락이라는 말만 믿고서 말이지.

아도니스는 녹여서 만든 것처럼 생긴 책상 뒤에서 걸어 나왔다. 줄지어 놓인 인간용 의자들, 아니 의자 다리의 '위험한' 모서리로부터 멀찍이 거리를 유지하고 있었다. 나가는 곳으로 안내하려는 걸까?

"최근 GPC가 후원한 실험에서 태양계 시민이 죽었다는 사실을 접하게 됐습니다."

지그문트가 말했다. 태양계 시민권이라는 건 없지만, 그럴듯하게 들렸다. 어쨌든 피터 라스킨은 고리인이었다.

"아, 라스킨 부부 말이군요."

퍼페티어가 앞발굽 하나로 가볍게 바닥을 찼다.

"더욱 놀랍습니다. 그 우주선을 발견한 건 아주 최근입니다만. 물론 비극이었지요."

ARM 요원들은 전부터 퍼페티어를 연구했다. 바닥을 차는 행동은 반사적으로 도망가려는 행동으로 여겨졌다.

하이퍼웨이브는 경이로운 기술이었다. 작동하기만 하면 반응이 즉각적이었다. 중력우물 깊숙한 곳처럼 예외적인 곳이 아니라면 어디서나 그랬다. 인간이 정착한 항성계의 혜성대에 있는 통신 부이는 내부 전송용 전파와 레이저를 항성 간 통신용 하이퍼웨이브로 변환했다.

ARM은 GPC에 침투하는 작업에 아주 높은 우선순위를 두고 있었다. 아도니스는 의심을 품었을까? 라울 밀러가 ARM에서 일한다는 사실을 알면 얼마나 놀랄까? 인양한 '할 클레멘트'호를 조종해 BVS-1에서 돌아오는 사이에 그가 지구로 보고했다는 사실을 안다면?

그런고로, ARM 본부가 이미 징크스를 떠나 해냈어 행성으로 향하고 있는 지그문트에게 연락한 것도 당연했다. 라스킨 부부는 지식 연구소에서 연구비를 받고 있었다.

지그문트는 아도니스의 말에 깔린 질문을 무시했다.

"비극이었죠. 하지만 그 사람들이 죽은 건 우리 관심사의 일부일 뿐입니다. 가장 흥미로운 건 절대 침투가 불가능해야 하는 GP 선체 안에서 어떻게 죽었냐는 겁니다."

아도니스는 당황스럽다고 항변했다. 그의 관용어와 어조는 나무랄 데가 없었다. 이 퍼페티어의 연기력에는 의심의 여지가 없었다.

"우주선을 보여 주시죠."

지그문트가 요청했다.

아도니스는 다시 두 눈을 서로 마주 보더니 대답했다.

"안 될 것 없지요. 우리 역시 무슨 일이 벌어졌는지 알고 싶습니다. 당신이 설명할 수 있다면 더욱 좋겠지요. 따라오십시오."

그의 사무실에는 이동 부스가 있었다. 그곳을 통과하자 외부에 있는 부스로 나왔고, 그 옆에는 우주선 한 대가 놓여 있었다.

길이는 대략 백 미터에 양 끝이 뾰족한 우주선이었다. GPC는 네 종류의 선체만 팔았다. 이건 2호 선체였다. 한쪽 끝은 색이 칠해져 있고, 나머지는 원래 상태대로 —GP 선체가 모두 그렇듯

— 투명했다.

그때, 지그문트는 올려다본다는 실수를 저질렀다.

해냈어 행성은 인간이 정착한 세계 중에서 가장 거주하기 나쁜 환경 축에 속했다. 여름과 겨울에, 지표면의 바람은 시속 이백오십 킬로미터에 육박했다. 개척민들은 지하에 건물을 지었다. 관광업계를 대상으로 하는 호텔에는 중력 발생기가 있었다. 그 밖의 다른 곳에서는 0.6G에 불과한 약한 중력이나 고리인 같은 호리호리한 현지인을 모르는 척할 수가 없었다. 하지만 지그문트는 실내에서만 지낼 수 있었다—실제로도 그랬다.

이건 격납고가 아니었다.

지그문트는 지표면 높이의 지붕 위에 서 있었다. 구조물이라고는 그 우주선이 유일했다. 사방 어디를 보아도 눈에 띄는 형태가 없는 사막이 지평선까지 뻗어 있었다. 봄이었지만, 어디를 봐도 녹색 얼룩조차 없었다. 계절풍이 지표면에서 생명의 흔적을 싹 쓸어 가 버린 것이다. 너무 밝은 하늘에는 강렬한 빨간 점이 걸려 있었다. 프로키온 B였다.

가슴이 뛰고, 손이 떨렸다. 피부 위로 뭔가가 기어 다니는 느낌이 드는 건 그저 건조한 사막의 공기 때문일 거라고 되뇌며, 지그문트는 눈을 아래로 깐 채 우주선을 향해 걸어갔다.

선체는 투명했지만, 안에 들어 있는 많은 양의 장비가 긴 그림자를 드리웠다. 지그문트는 선미 쪽에 있는, 그나마 쾌적한 그늘에 서서 자세히 관찰했다. 뭔가 잘못돼 보였다. 착륙용 완충장치가 구부러져 있었다. 패널과 장비 들은 녹인 뒤에 엄청난 압력으로 후미에 밀어붙인 것 같은 모습이었다.

바람에 바지가 펄럭였다. 먼지와 자갈이 선체에 부딪쳐 날렸다. 바람 냄새도 이상했다. 지그문트는 서둘러 에어록으로 들어갔다.

승무원이 주로 머무는 곳에 이르렀을 때 아도니스가 다가왔다. 뭔가 가속용 좌석을 찢은 뒤 우주선의 앞쪽으로 던져 놓았다. 계기도 의자도 모두 구겨져 있고, 벽, 갑판, 천장—모두 선수를 향해 있었다—에 알 수 없는 갈색 액체가 두껍게 뿌려져 있었다.

지그문트는 짐작하면서도 물어보았다.

"저 갈색으로 튄 게?"

퍼페티어가 대답했다.

"라스킨 부부입니다."

외계 행성의 하늘 따위는 순식간에 아무것도 아니게 되었다. 지그문트는 욕지기를 참으며 에어록으로 돌아왔다. 둘은 함께 밖으로 나왔다.

선체 아래에서 바람을 피하며 지그문트가 물었다.

"저게 뭡니까?"

아도니스는 갈기를 물어뜯었다.

"BVS-1이라고 들어 봤습니까?"

"아니요."

지그문트는 거짓말을 했다. 얼마 전까지만 해도 그건 사실이었다. 라울 밀러가 메시지를 전달한 뒤로 지그문트는 찾을 수 있는 관련 정보를 모두 읽었다.

"오래돼서 죽은 중성자성입니다. 일 광년도 안 떨어져 있는데, 최근에 지식 연구소가 발견했지요. 가까이 가서 조사해 보고 싶었지만 연구비가 부족했던가 봅니다. 우리는 거기서 발견한 것을 공유한다는 조건으로 평범한 담보만 받고 적당한 우주선을 제공했습니다."

죽어 버린지라, 라스킨 부부는 공유할 수가 없었다.

퍼페티어의 말수가 갑자기 줄어들었다. 지그문트는 조금씩 구슬려서 이야기를 이끌어 냈다. 라울에게서 받은 보고서와 상반되는 점은 없었다. 해냈어 행성에서 '할 클레멘트'호를 정비한 일—고리인인 피터 라스킨이 징크스에 발을 들이고 싶지 않다고 한 때문이었다. BVS-1까지 가는 짧은 비행. 멀리 떨어져서 행한 초기 관측. 하이퍼웨이브로 전송했지만, 별로 주목할 만한 내용은 없었다. 특이점 안으로 돌입하면서 잠시 멈췄다가 영원히 끝나 버린 통신. 라스킨 부부가 알아낸 게 무엇인지는 몰라도, 이제는 영원히 알 수 없었다. 구조 임무는 인양 작업이 돼 버렸다.

GP 선체는 파괴가 불가능하다는 게 일반적인 상식이었다. 유일하게 통과할 수 있는 건 가시광선뿐이었다. 고객들은 선체의 원하는 부위를 불투명하게 만들기 위해 도료를 칠했다. 뭔가 알 수 없는 힘이 선체 안으로 침투해 사람을 죽일 수 있다는 사실이 알려진다면? 지그문트는 아도니스가 겪는 딜레마를 이해했다. GPC가 망할 수도 있었다.

하지만 지그문트가 신경 쓸 문제는 그게 아니었다. 만약 지식 연구소가 그런 약점에 대해 의심하고 있다면? 이 연구 계획이라는 게 사실 징크스가 개발한 무기를 시험하는 것이라면? 지그문트는 죽음의 광선이 지구의 함대가 쓰는 선체를 뚫고 들어오는 모습을 상상했다. GP 선체는 이제 절대 뚫리지 않는다고 말할 수 없게 되었다.

"뭐가 저런 짓을 한 겁니까?"

지그문트가 쉰 목소리로 물었다.

아도니스는 땅을 발로 찼다.

"우리도 모릅니다. 알겠지만, 우리도 그럴듯한 설명을 간절하게 바랍니다. 이것도 알겠지만, 아무리 돈을 많이 준다고 해도 라스킨 부부의 항해를 재현할 자가 없습니다."

모른다고? 지그문트는 쉽사리 그 대답을 받아들이지 않았다.

퍼페티어는 자기 종족에 대한 정보를 아주 조금밖에 밝히지 않았다. 그에 따르면, 그들은 초식동물로 무리 지어 산다. 자신에게 친절하게 구는 자가 있으면 극도로 조심스러워한다. 다른 종족들은 모두 퍼페티어를 겁쟁이라고 부른다. 그리고 퍼페티어는 그것을 칭찬으로 받아들인다.

그럼에도 그들은 절대 뚫리지 않는 선체를 다른 종족에게 판매했다. 그건 퍼페티어의 고향 세계가 절대 드러나지 않는다는 확고한 자신감을 반영하는 것일 수 있었다. 선체가 자신들에게 적대적으로 쓰일 경우에는 언제든지 무력화시킬 수 있는 비밀 수단을 보유하고 있으리라는 설명도 아주 그럴듯했다.

바람이 우주선을 휘감으며 지그문트의 옷을 팽팽하게 조였다.

이 세계의 약한 중력은 지금 그를 짓누르고 있는 임무의 무게감에 어울리지 않는 것 같았다. 지그문트는 굳건하게 두려움을 몰아냈다.

문제의 해답을 원한다는 말이 진심이든 아니든 아도니스는 ARM의 수사에 전적으로 협력해야 했다. 그러지 않는다면 GPC가 그러한 약점을 알고 있으면서도 선체를 판매한 것처럼 보일 터였다.

해냈어 행성으로 오는 비행 도중 있었던 뭔가가 자꾸 지그문트의 무의식을 찔렀다. 파멜라……? 버구즈……?

혼잡함이었다!

"나카무라 우주 항공에서 잘린 조종사들에게 물어봤습니까?"

"물어본 사람 중에 그들도 있었습니다. 전부 거절했지요. 입을 열지 않게 하는 게 문제였지만, 합리적으로 해결했습니다. 향후 침묵을 지키게 하는 데 든 돈은 얼마 되지 않았습니다."

다시 한 번, 지그문트는 우주선 선체는 그대로 둔 채 라스킨 부부만 죽인 무기를 장착한 적 함대의 모습을 상상했다. 징크스인. 크진인. 고리인. 누구든 그게 중요한 건 아니었다. 견디기 힘든 건 지구가 갑자기 적에게 노출되었다는 느낌이었다.

ARM은 퍼페티어에게 없는 자원이 있었다.

"자원자를 찾으면 징크스인과 똑같은 조건으로 우주선을 제공해 주리라 믿습니다."

물어보는 건 아니었다. 아도니스에게는 선택의 여지가 없었다.

4

지그문트는 조종사를 구했다. 물론 베어울프 섀퍼Beowulf Shaeffer를 자원자라고 부른다면 그건 과장이었다.

지그문트가 끈질기게 주장한 끝에, GPC는 앞서 열한 명의 조종사가 거절한 제안을 베어울프에게도 했다. 그가 열두 번째였다. 베어울프 역시 자신에게는 선택의 여지가 없음을 알았다.

지그문트는 당장 일거리가 없는 조종사들의 금전 기록을 데이터 마이닝 기법으로 분석해서 베어울프를 골랐다. 지구였다면 몇 분 만에 끝냈을 일이다. 해냈어 행성에서도 조금만 해킹을 이용했다면 거의 비슷한 시간 안에 끝냈을 것이다. 그러는 대신 현지 당국의 접속 허가를 얻었다. 직업적인 예의였다. 물론 완전히 솔직하지는 않았지만.

성간 정기선을 운영하는 회사는 조종사에게 후한 보수를 지급했다. 베어울프는 나카무라 우주 항공이 무너진 뒤에도 생활수준을 떨어뜨리지 않았고, 몇 달 후에는 빚에 파묻혔다. 대출 신청서를 조작하거나 오래된 빚을 새로운 빚으로 돌려 막고 조금씩 채권자에게 갚는 식으로 교묘한 수작을 부렸지만, 진상이 드러날 시간이 점점 다가오고 있었다.

백만 스타를 받느냐, 감옥에 가느냐. 지그문트가 아도니스를 통해 베어울프에게 조언한 선택지였다.

이 주일 동안, 지그문트는 신중하게 거리를 유지하며 관찰했다. 베어울프는 GPC 건물에서 시간을 보내며 퍼페티어 기술자들이 자신이 원하는 사양으로 우주선을 정비할 수 있게 감독했다. 우주선 이름은 '스카이다이버'라고 지었다. 내일이면 베어울프는 떠난다.

선택의 여지가 없었어. 베어울프가 아니면 누구란 말이야? 지그문트는 생각했다.

지그문트는 GPC 내부의 술집으로 향하는 베어울프를 따라갔다. 그곳의 손님은 대부분 퍼페티어였다. 손님들이 떠드는 소리가 마치 오케스트라 대결이 점점 달아오르는 소리 같았다.

베어울프는 해냈어 행성에서 자랐다. 키는 이 미터가 훌쩍 넘었는데, 이곳에서는 평균에 불과했다. 몸무게는 칠십 킬로그램으로, 지구 기준으로는 말랐지만 이곳 기준으로는 몸집이 있는 편이었다. 상업용 우주선은 보통 인공중력을 표준에 맞춰 놓는다. 베어울프는 자신이 조종하는 우주선의 중력에 익숙해지기 위해 운동을 많이 했을 것이다. 그리고 땅속에 사는 이곳 사람들 중 상당수가 그렇듯 베어울프도 백색증이었다.

한 가지 더. 베어울프는 자기만의 생각이 있는 사람이었다. 그래서 지그문트는 이 대화를 계속 미뤄 왔다. 베어울프가 자유의지라는 망상을 그대로 갖고 있는 편이 나았다.

지그문트는 술집을 가로질러 베어울프가 앉은 탁자로 가서 묻지도 않고 맞은편에 앉았다. 베어울프가 얼굴을 굳히며 의자를 뒤로 밀치고 일어섰다.

"앉으시죠, 베어울프 섀퍼 씨."

"왜?"

지그문트는 ARM 배지를 보여 주었다.

"지그문트 아우스폴러라고 합니다. GPC를 대신해서 이번 임무에 대해 간단히 이야기할 게 있습니다."

베어울프는 배지를 받아 이리저리 기울여 보았다. 이 일을 맡은 뒤부터 그는 마음대로 할 수 없는 처지였다.

"구두 계약 기록은 당연히 우리도 받아 봤습니다."

지그문트가 말했다. '내가 너를 함정에 빠뜨린 거야.'보다는 듣기에 나았다.

"다소 이상한 점이 있어서 말입니다. 당신은 정말로 고작 오십만 스타에 그런 위험을 감수할 생각입니까?"

"그 두 배는 받는데."

"그래도 남는 건 반밖에 안 되겠죠. 나머지는 빚쟁이들에게 갈 테니까요. 세금도 있고……. 하여튼 그건 신경 쓰지 맙시다. 내 눈에 띈 건 이겁니다. 우주선은 우주선인데, 당신 우주선은 무장이 아주 잘 돼 있고 버팀대도 튼튼하다는 거죠."

베어울프가 요구한 사양을 아도니스가 전해 주자마자 지그문트는 무장 부분에 주목했다. 라스킨 부부를 죽인 게 뭔지 모르니만큼 무기를 가지고 가는 건 말이 되었다. 하지만 방어만으로는 말이 안 되었다.

"당신이 이 우주선을 팔 생각만 한다면 멋진 전투함으로 내놓을 수 있다는 말입니다."

"하지만 내 것이 아니잖아."

"그런 걸 묻지 않을 사람들이 있죠. 예를 들면 캐니언이라든가, 아니면…….”

지그문트는 일부러 뾰족한 턱수염을 쓰다듬어 보였다.

“분더란트의 분리당이라든가.”

베어울프는 아무 말도 하지 않았다. 하지만 음침한 붉은 눈 뒤에서 머리가 돌아가는 게 보였다. 의심의 여지가 없었다. 그는 도망갈 생각을 하고 있었다.

있을 수 없는 일이다. 지구가 위험에 처해 있는데. 조종사가 필요하다. 지그문트는 계속 압박했다.

“아니면 해적이 될 생각인지도 모르죠. 해적질이란 위험한 일이라고들 하지만, 난 그 말을 심각하게 받아들이지 않습니다.”

심각하게 받아들이지 않기는!

“내가 할 말은 이겁니다, 베어울프 섀퍼. 단 한 사람이라도, 그가 부정직하다면 인류 전체의 명성에 큰 해를 끼칠 수 있다는 겁니다. 대부분의 종족들은 구성원의 윤리를 감독할 필요를 느끼고, 우리 역시 예외가 아닙니다. 나는 당신이 우주선을 타고 중성자성에 가는 대신 다른 곳으로 가서 그걸 팔 수도 있다는 생각을 했습니다. 퍼페티어는 평화주의자라 난공불락의 전투함을 만들지 않습니다. 당신의 '스카이다이버'호는 독특한 우주선이 되는 거죠.”

물론 이것도 거짓말이었다. 여러 행성 정부가 GP 선체를 상시적으로 전함으로 개조하고 있었다. 그럼에도 '스카이다이버'호가 독특한 우주선이 되는 건 맞았다. 한 개인이 조종할 수 있는 전투함이 될 테니까. 급증하고 있는 빚을 생각하면 베어울프가 지름

길을 택할 수도 있는 노릇이었다.

지구의 안위를 위해서라면 지그문트도 마찬가지였다.

"그래서 나는 '스카이다이버'호에 원격조종이 가능한 폭탄을 설치해 달라고 GPC에 요청했습니다. 오늘 오후에 작업이 끝났죠. 안쪽에 설치했으니 선체도 당신을 보호하지 못할 겁니다. 이제 잘 들어요! 당신이 일주일 안에 보고하지 않는다면 난 그 폭탄을 터뜨릴 겁니다. 하이퍼스페이스로 일주일 만에 갈 수 있는 세계가 몇 개 있지만 전부 지구의 지배력이 미치는 곳입니다. 도망간다면 일주일 안에 우주선을 떠나야 할 겁니다. 그러니까 거주 불가능한 행성에 착륙할 수도 없겠죠. 알아들었습니까?"

베어울프의 몸이 굳어졌다. 한참 만에 그가 부드럽게 말했다.

"알아들었어."

"내 생각이 틀렸다면 거짓말탐지기 검사를 받고 입증해 보여요. 그러고 나면 날 한 대 쳐도 됩니다. 나도 후련하게 사과하죠."

베어울프는 고개를 저었다.

아주 약간의 죄책감만 느끼며 지그문트는 술집을 나왔다.

5

지그문트는 수면판 사이에 떠 있는 베어울프의 모습을 감시카메라를 통해 지켜보았다.

베어울프는 자고 있지 않았다. 그의 손과 얼굴은 화상을 입어

물집이 잡혀 있었다. 별빛에 탔는지 —죽어서 차가워진 별에 어떻게 탈 수 있었는지 의아했다— 아니면 다른 이유가 있는지 모르겠지만, 갓 돌아온 조종사가 고통스러워하는 건 분명했다. 베어울프는 오토닥에 들어가 있어야 했다. 아니면 진통제라도 잔뜩 맞거나.

하지만 이번만큼은 아도니스가 지그문트의 요구를 거절했다.

"답변이 먼저입니다."

아도니스는 그렇게 말하고 천천히 문을 통해 병실로 들어갔다.

베어울프가 고개를 들고 물었다.

"GP 선체를 뚫을 수 있는 게 뭘까?"

"당신이 해 줘야 하는 이야기 아닙니까?"

방 안에는 퍼페티어용 가구가 없었다. 아도니스는 초조한 표정으로 하나밖에 없는 뒷다리에 몸을 기댔다.

"그러지. 바로 중력이야."

"장난하지 마십시오, 베어울프 섀퍼. 중요한 일입니다."

"장난이 아니야. 당신들 세계에는 위성이 있나?"

"그 정보는 기밀입니다."

아도니스가 만약 다른 대답을 했다면 놀랐을 것이다. 베어울프는 어깨를 으쓱하다가 움츠러들었다.

"그럼 위성이 모행성에 너무 가까이 다가가면 어떻게 되는지는 혹시 아나?"

"산산조각 납니다."

"왜지?"

“모릅니다.”

그건 아도니스만이 아니라 지그문트도 몰랐다.

“조석 때문이야.”

“조석이 뭡니까?”

아도니스가 되묻자 지그문트는 흠칫 놀랐다. 방금 아주 흥미로운 정보 하나가 품 안에 들어온 것이다.

베어울프도 같은 생각을 한 듯했다. 한참 동안 말이 없었다.

“설명해 보지. 지구의 달은 지름이 거의 삼천오백 킬로미터고 항상 같은 면이 지구를 향하고 있어. 달에서 돌멩이 두 개를 집어 들고 하나는 지구 가까운 쪽에, 다른 하나는 반대쪽에 놓는다고 생각해 봐.”

“알겠습니다.”

“자, 만약 그 돌멩이 두 개밖에 없다면 둘이 서로 멀어지는 게 당연하겠지? 같은 중심을 두고 서로 다른 궤도를 돌고 있으니까. 하나는 다른 하나보다 삼천오백 킬로미터나 멀리 있어. 그런데 둘은 똑같은 궤도 속도로 돌아야 해.”

“바깥쪽 돌이 더 빨리 움직이겠군요.”

“바로 그거야. 그러니까 달을 양쪽으로 잡아당기는 힘이 있다는 말이지. 중력 때문에 뭉쳐 있는 거지만, 달을 지구 가까이 가져오면 그 돌멩이 두 개는 금세 날아가 버리는 거야.”

“알겠습니다. 즉 이 조석력이 당신 우주선을 잡아당기려 했다는 거군요. 지식 연구소 우주선의 생활 시스템 안에서도 가속용 좌석을 앞쪽으로 당겨 버릴 정도로 강했고 말입니다.”

"사람도 짓이겨 버렸지. 상상해 봐. 우주선 선수는 BVS-1의 중심에서 고작 몇 킬로미터밖에 안 떨어져 있었어. 선미는 그보다 백 미터쯤 더 떨어져 있었고. 둘만 놓고 보면 서로 완전히 다른 궤도를 돌고 있는 거야. 내가 가까이 갔을 때, 내 머리와 발도 그렇게 되려고 하더군."

지그문트의 머릿속에 '스카이다이버'호에 숨겨 놓았던 카메라에서 회수한 영상이 떠올랐다. GPC 직원들이 베어울프를 병실에 데려다 놓는 동안 서둘러 훑어본 영상이었다.

둥근 물컵, 메모판, 녹음기 등 함교에 있던 고정되지 않은 물건들이 마치 살아 있는 것처럼 진동하며 움직여 다녔다. 상황이 이해되었는지 베어울프의 얼굴에 당황스러운 표정이 떠올랐다. 쌍곡선을 그리며 떨어지는 우주선을 끄집어내려는 절망적인 시도. 베어울프는 미친 듯이 주 접근 튜브 속을 기어 조석 효과가 거의 없는 우주선의 중력중심으로 가려고 했다. 독수리처럼 몸을 활짝 펴고 거미 같은 사지를 부들부들 떨면서 매끄러운 접근 통로 벽에 힘주어 붙인 채 움직였다. 미끄러지고 미끄러지고 또 미끄러지고…….

우주선이 중성자성으로 떨어지면서 투명한 선체를 통해 보이는 별빛이 점점 밝아졌다. 중력렌즈 현상이었다.

아! 그게 화상의 원인이었군.

텅 빈 선실에서 아까 그 물컵, 메모판, 녹음기 등이 하나씩 선수로 날아갔다. 부딪칠 때마다 절대 안 뚫리는 선체가 종처럼 울렸다. 가속용 좌석이 뜯겨 나와 뒤를 따랐다. 충돌할 때마다 거대한 성당의 종을 울리는 듯했다. 베어울프는 계속 미끄러졌다. 우주선의 절반에 해당하는 거리를 떨어져 그런 물건과 똑같은 꼴—철푸덕!—이 되지 않기 위해서 힘을 쓰느라 근육이 떨렸다. 선수에 피범벅이 되어 처박히지는 않았지만 베어울프는 거의 떨어질 뻔, 찢어질 뻔했다.

그게 아직도 고통스러워하는 이유였어.

지그문트는 고개를 저었다. 머리가 복잡했다. 죄책감! 물론이었다! 하지만 기쁘기도 했다! 조석은 무기가 아니다. 중성자성을 가지고는 징크스인도 지구의 함대를 위협하지 못할 것이다. 그리고 어떤 중력 발생기도 그렇게 강한 중력장을 만들려다가는 그 전에 붕괴해 버릴 터였다.

아도니스는 계속 써 온 것을 읽고 있었다.

"잔금은 해냈어 은행에 넣었습니다. 지그문트 아우스폴러라는 인간이 당신의 세금이 정산될 때까지 계좌를 동결시켜 둔다고 합니다."

"그러겠지."

베어울프의 짜증 난 표정을 알아봤는지 몰랐는지, 아도니스는 아무 내색도 하지 않았다.

"지금 기자들에게 지식 연구소 우주선에 일어난 일을 설명한다면 일만 스타를 더 지불하겠습니다. 바로 쓸 수 있게 현금으로. 급한 일이니까요. 소문이 무성합니다."

"들어오라 그래."

다른 생각이 들었는지 베어울프가 덧붙였다.

"당신들 세계에 위성이 없다는 얘기도 할 수 있겠군. 어딘가 주석을 달기에 좋을 텐데 말이야."

"무슨 소린지 모르겠습니다만."

말은 그렇게 했지만 아도니스의 기다란 목 두 개가 뒤로 휘었다가 다시 돌아왔다. 병실 바닥을 발굽으로 차지 않으려고 애쓰고 있는 게 분명했다.

"당신들 세계에 위성이 있다면 당연히 조석이 뭔지 알았겠지. 모를 수 없잖아."

아도니스가 간신히 입을 열었다.

"혹시 좀 더……."

"백만 스타? 아주 좋아."

베어울프는 환하게 웃었다.

"숨겨야 할 게 뭔지 명기한 계약서를 만들어 오면 서명도 해 주지. 돈 더 달라는 협박 편지를 받으면 기분이 어떻겠나?"

감시실에서 혼자 지켜보던 지그문트는 죄책감이 조금이나마 줄어드는 기분이 들었다.

지구로 향하는 우주선에 탄 승객 수는 지그문트가 겪었던 최악의 여행에 맞먹었다. 하지만 이번만큼은 우글거리는 사람들 때문에 괴롭지 않았다. 그는 다시 매끄럽게 면도한 턱을 문지르며 집으로 돌아가는 날까지 남은 날짜를 세 보았다.

휴게실에는 사람이 가득했다. 지그문트는 곧장 바로 향했다. 기다리는 자는 모든 것을 얻을 수 있었다. 심심한 미녀들. 차가운

맥주. 그리고 해답…….

엄청난 빚더미는 지그문트가 베어울프 새퍼를 고른 근본적인 이유였다. 채무 관계는 일거리가 없는 조종사를 다루기 쉽게 만들었다. 하지만 빚이 유일한 이유는 아니었다.

아도니스가 두려워하는 소문은 이제 더는 소문이 아니었다. 라스킨 부부의 죽음은 다들 알고 있었고, 기자회견 한 번으로는 부족했다. GPC는 아주 대중적인 —동시에 자신들과 관계없음을 보일 수 있는— 설명이 필요했다. GP 선체 안에서 안전하다고 느낄 수 있는 사람이 필요했다.

그리고 지그문트는…… 물론 완전한 설명이 필요했다. 모든 세부 사항까지. 자신을 자살 임무에 몰아넣은 ARM에 자발적으로 알려 주지 않은 것들까지 알아야 했다.

그런 이유로, 지그문트는 라스킨 부부가 죽은 원인에서 살아남을 수도 있다는 희망을 염두에 두고 두 번째 기준으로 베어울프를 뽑았던 것이다.

베어울프는 교활한 인간이었다. 편안한 매력이 온몸에서 흘러넘쳤다. 지그문트로서는 부러울 따름이었다. 하지만 옛날 학교 기록에는 단순히 이렇게 씌어 있었다.

글을 쓰게 하면 얼어붙음.
형식을 갖춘 메시지를 쓰라고 하면 두 단어도 쓰지 못함.

오늘의 영웅은 기자회견이 끝나자마자 오토닥으로 들어갔고,

이어서 바로 그 증상을 겪기 시작했다. 베어울프는 글을 써 주기로 하고 GPC로부터 이미 돈을 받았다. 뭔가를 쓰긴 써야 했다.

"주문하시겠습니까?"

지그문트는 고개를 들었다. 징크스인 바텐더가 주문을 기다리고 있었다. 지그문트는 해냈어 행성에서 좋아하게 된 소규모 양조장 맥주의 이름을 댔다.

알고만 있다면 —지그문트는 물론 알았다— 유령 작가를 구하는 익명의 광고를 낸 사람이 누군지 금세 찾을 수 있었다.

광고에 재빨리 응답한, 세부 사항에 아주 집착하는 유령 작가의 진짜 고용주가 지그문트란 사실을 알면 베어울프도 놀라지 않을까?

| 희박한 우주로: 지구력 2645년 |

1

GP 타워는 LA의 하늘 위로 우뚝 솟아 있었다.

네서스는 공원처럼 꾸며 놓은 옥상 테라스에서 사방으로 시선이 닿는 곳까지 쭉 뻗어 있는 생태건물과 사무용 건물 들을 내려다보았다. 도시 불빛이 밤하늘의 별빛을 흐려 놓았다.

아득한 아래쪽의 도로와 거리에는 인간의 무리가 빼곡했다. 대부분은 네서스의 종족과 마찬가지로 고향을 떠나지 못하는 자들이었다. 겉모습만큼은 고향 행성과 비슷한 광경에 그는 허스가 더욱 그리워졌다.

사실 네서스는 팔백 층 아래에 있는 외계인 무리를 볼 수 없었다. 가슴 높이까지 오는 난간이 있었지만 가장자리에 도무지 다가갈 수가 없었다.

머리가 안쪽으로 빙글 돌았다. 네서스는 두 눈을 서로 마주 보았다. 웃기는 상황이었다. 한때 그는 중성자성에도 다가간 적이 있었다. 동족 중 그 누구보다도 그런 곳에 수백, 수천 배나 가까이 갔다.

물론 중요한 차이가 있었다. 그 위험은 필요해서 감수한 것이었다. '할 클레멘트'호를 되찾는 일은 심심풀이로 일 킬로미터 깊이의 심연을 내려다보는 것과는 달랐다. 게다가 BVS-1 임무가 니케의 개인적인 관심을 끄는 데는 실패했어도, '비밀 임원회'에 속한 인물의 주의는 끌었다. 덕분에 지구로 발령을 받은 것이다. 어쩌면 여기서, 좀 더 커진 권한을 가지고 잘만 하면 니케의 신뢰를 얻을 수 있을지도 몰랐다.

목 두 개에서 나오는 노랫가락 같은 소리가 네서스의 몽상에 제동을 걸었다. 그는 몸을 돌렸다. 누군가 와 있었다.

"이 너머에는 괴물들이 있습니다."

퍽이 일부러 과장된 동작으로 목을 기울여 멀리 떨어져 있는 난간 너머를 쳐다보는 척하며 말했다. 그는 백 년 전에 인간의 우주로 왔다. 최초로 온 이들 중 하나였다. 관용구에 대해서도 좀 알았다.

"그리고 메인 로비에도 있지요."

미풍이 불어와 퍽의 황갈색 갈기를 나풀거리게 하고 장식으로 달아 놓은 리본이 엉키게 만들었다.

"손님이 왔습니까?"

네서스가 물었다.

"네."

퍽은 대답하면서 다른 쪽 입으로 엉킨 리본을 풀었다.

"잠깐 늦는다고 전할까요?"

"화물 수송선 연구실로 데려오십시오. 거기서 만나겠습니다."

퍽이 가장 가까운 이동 부스로 천천히 걸어갔다.

네서스는 도시에서 나는 낮은 울림 소리를 들으며 잠시 더 머물렀다. 지구 전체에 사는 인구는 허스의 도시 몇 개에 사는 인구보다 적었다. 그럼에도 인간은 여러 항성계로 퍼져 나갔다. 제정신이 아닌, 야망이 넘치는 종족이다. 그건 꼭 기억해야 했다.

네서스는 이동 부스를 통해 실험실로 갔다. 기술자들과 나란히 착륙해 있는 화물 수송선 옆에 퍽과 인간 두 명이 서 있는 모습이 보였다.

발굽 소리를 들은 듯 그들이 고개를 돌렸다. 조달부라고 쓰인 기장이 눈에 띄었다. 물론 ARM 제복에 달린 표식과 이름을 믿을 수 있을 때 얘기지만.

"김 대령님, 로블스 소령님, 네서스라고 합니다. 어떻게 도와드릴까요?"

김 대령은 키가 크고 뼈대가 굵은 남자로 귀가 크고 이마가 넓었다. 반갑다는 듯 그가 손을 내밀었다가 당황한 표정으로 다시 물렸다.

"습관이 돼서 그렇습니다. 사업 개발 쪽 일을 하시죠, 네서스? 맞습니까?"

"맞습니다."

네서스가 대답했다.

'사업 개발'은 '위협 평가'보다 훨씬 더 무난하게 들렸다. 물론 첩자보다도.

화물 부양기는 실험실 바닥에서 오십 센티미터 위에 떠 있었다. 위쪽의 개방형 탱크에 물을 마구 뿌려 대고 있는데도 별로 흔들리지 않았다. 로블스의 손안에서 꿈틀거리는 굵은 호스에서 물이 계속 호를 그리며 뿜어져 나왔다. 물방울이 그의 머리와 얼굴, 셔츠에 맺혔다.

"믿을 수가 없군."

로블스가 중얼거렸다.

물 따위야 처리하기 쉬운 유효 하중이었다. 투명한 플라스틱 금속 탱크의 내부 체적은 비어 있을 때 측정해 두었다. 물이 차오르는 동안에 늘어나는 하중을 계산하는 건 산수에 불과했다.

"최근에 업그레이드한 기능입니다."

네서스는 대수롭지 않게 말했다.

해냈어 행성에 머무는 동안 그리고 지구에 온 후의 짧은 시간 동안, 그는 인간의 본성에 대해 연구했다. 성능이 좋아진 화물 부양기를 시장에 풀자, 그러면 ARM이 바로 GPC를 찾아올 것이다, 네서스는 그렇게 전망했다. 그리고 그대로 실현되었다.

하지만 첫 번째 제품 업그레이드 뒤는 아니었다. 두 번째, 세 번째도 아니었다. 그러다가 ARM 연구소가 약속을 잡자고 요청했다. GPC의 최신 부양기 제품의 시연을 보고 싶다는 것이었다.

"인상적이군요. 적재량도 그렇지만, 실시간 조종이 가능하다는 게 더 인상적입니다. 전혀 떨리는 걸 볼 수가 없다니. GPC가 이걸 많이 팔겠습니다."

김은 그렇게 말하고 휴대용 컴퓨터를 꺼내 글이 빽빽한 홀로그램을 불러냈다.

"이것을 해군에서 사용할 용도로 개조하는 데 관심이 있습니다만."

"해군에서?"

인간은 어리둥절한 퍼페티어가 어떻게 행동한다고 생각할까? GPC는 선체를 팔았다. 선내 중력 제어기는 팔지 않았다. 네서스는 당황스러운 어투로 말하는 쪽으로 결론을 내렸다.

"아, 알겠습니다. 가속을 상쇄할 수 있는 선내 중력 말이군요."

그리고 최선을 다해 당황한 어투를 흉내 내 큰 소리로 읽었다.

"동적 반응. 동력 효율성. 형상 계수. 장 균일도?"

김이 긴 요구 사양 목록을 보여 주는 동안 네서스는 기뻐서 입술 마디가 꿈틀거리지 않게 하려고 애썼다.

선내 중력의 한계를 알면 승무원이 비행 성능에 끼치는 제약을 알 수 있었다. ARM 연구소는 부양기 중력 제어기와 선내 중력 제어기의 비율을 이용해 성능을 추정해 냈다. 네서스는 기술자가 아니었다. GPC의 전문가들이 알아서 역공학 작업을 해낼 터였다. 네서스는 무엇이 중요한지 이해만 하고 있으면 되었다.

가장 최근의 수출 모델인 부양기의 사양에 적용되는 ARM의 공식은 선내 중력 향상치가 현재 극비인 해군 표준을 뛰어넘는 선이 되리라는 사실을 암시하고 있었다. 그래서 이 사람들이 여기 와 있는 것이다. 이전 모델의 사양은 ARM의 흥미를 자극하지 못했다. 네서스의 '사업 개발'이 그 한계 사이에서 ARM 해군의 중요한 성능 한계를 멋지게 알아낸 것이다.

네서스는 다시 입술 마디를 움직이지 않으려고 애썼다. 관심이 있는 척 며칠을 질질 끌다가 마지못한 듯이 김 대령에게 GPC 공학자들이 요구 사양을 충족시키지 못한다고 알려 줄 것이다.

벽에 내장된 스피커가 울렸다. 인간의 가청 범위를 한참 넘어선 소리였다. 전원 대강당으로 모이라는 지사장의 말이었다. 우아한 어조로 짐작건대 비상사태보다는 급한 일 정도에 가까웠다.

"제가 확인해 보겠습니다."

퍽이 같은 음역으로 말했다.

"실례합니다."

인간들을 위해 그렇게 덧붙인 그는, 실험실의 이동 부스에 몰려들어 줄을 선 공학자와 기술자 무리에 합류했다.

"부서 회의가 있답니다. 계속하시지요."

네서스는 시치미를 뗐다.

"GPC는 부양기 기술을 우주선에 적용하는 데 관심이 없습니까? ARM이 독점하게 해 준다면 기꺼이 값을 지불하겠습니다."

김이 수송선을 가리키며 말했다. 사람 키 정도 높이의 탱크는 거의 다 차 있었다.

"나는 영업 담당입니다. 당연히 관심이 있지요."

네서스는 그렇게 말하고 김이 웃음을 멈추기를 잠시 기다렸다.

"우리 공학자들이 요구 사항을 검토해야 할 겁니다."

물론 실험실의 보안 카메라는 김의 모습을 홀로그램으로 담았다. 하지만 세부 사항을 담은 이면의 기록도 있었다.

이제 탱크가 가득 찼다. 물결이 가장자리를 넘어 벽을 타고 흘러내렸다. 로블스는 호스 주둥이를 잠그고는 소매로 얼굴에 튄 물방울을 닦으며 여전히 못 믿겠다고 중얼거렸다.

퍽도 기술자들도 모두 사라지고 없었다. 경보음도 마침내 그쳤다. 무슨 일이 있는 거지?

"아까 보신 시연에 대해 따로 이야기를 하고 싶으시겠지요."

네서스는 손님들을 구석진 곳으로 안내해 기술 이전을 어떻게 해야 최선일지 이야기를 나누게 해 주었다. 그리고 예의 바르게 멀찍이 떨어져 있었다. 자기들만 있다는 착각을 하게 되면 그들은 가지고 있는 도청 방지 장치를 은밀히 작동시킬 터였다.

퍽이 마침내 이동 부스를 타고 돌아왔다. 네서스가 혼자 있는 모습을 보더니 안도하는 표정을 지으며 다가왔다. 평소에는 단정한 갈기가 흐트러져 있었다. 퍽은 두 눈을 마주 보며 동시에 바닥을 발굽으로 찼다.

인간이 시민의 언어를 이해하게 되는 날이 언젠가는 올 것이다. ARM이 도청기를 가지고 다니던가? 나라면 그랬을 거야. 네서스는 머리 하나를 다용도 띠에 달린 주머니에 넣어 도청 방지 장치를 켰다.

"퍽, 무슨 일입니까?"

"좋은 소식과 나쁜 소식이 있습니다."

퍽은 갈기에 몇 개 남지 않은 리본을 물어뜯으며 말을 이었다.

"좋은 소식은 우리가 고향에 돌아간다는 겁니다."

고향! 그건 대단히 좋은 소식이었다. 네서스는 자기도 모르게 마음속으로 니케의 모습을 떠올렸다. 하지만 말이 안 되는 일이었다. GPC—그리고 비밀 임원회—는 인간 세계의 중심지에 누군가를 둘 필요가 있지 않나?

나쁜 소식이랄 건 뭐가 있을까? BVS-1은 아닐 것이다. 네서스는 그곳에서 살아 돌아왔다. 그리고 퍽은 여기 있다. 대강당에서 공처럼 몸을 말고 있는 게 아니라.

"나쁜 소식은 뭡니까?"

네서스가 재촉하자, 퍽은 몸을 부르르 떨며 평소 아주 공들여 장식한 갈기에 남아 있던 마지막 단정함을 날려 버렸다.

"나쁜 소식은, 은하계가 죽어 가고 있다는 겁니다."

2

지구는 너무 오랫동안 평화로웠다.

지그문트는 일어서서 몸을 쭉 폈다. 아주 지루했다. 사 년 전 그가 ARM에 처음 들어왔을 때, 요원들은 주말이 되면 약 기운을 낮췄다. 하지만 지그문트처럼 선천적인 편집증은 반대로 약 기운을 높였다. 일할 때는 편집증, 놀 때는 정상인이라는 식이었다. 그러던 것이 업무 시간이 끝난 후에는 —ARM 시설 안에 있는 때만 빼고— 약 기운을 낮출 수 있도록 확대한 지 여섯 달이 지났다.

아무도 매일 요요 현상을 겪기를 원하지 않았다.

지그문트는 근무 중이 아닌 요원을 위한 휴게실에서 페더, 성격이 더러운 코난 머피, 얼굴이 말라비틀어진 신입 안드레아 지라드와 함께 저녁을 보냈다. 신입은 소파에서 부드럽게 코를 골고, 머피와 페더는 음량을 낮춘 채로 축구를 보고 있었다.

머피는 항상 기분이 좋지 않았다. 어쩌면 담당 임무 때문인지도 몰랐다.

그가 담당하고 있는 크다트인Kdatlyno은 비늘로 덮인, 날개 없는 용처럼 생겨서 무섭게 보이지만, 인간을 사랑했다. 인간이 2차 인간-크진 전쟁에서 크다트인의 세계를 해방시킬 때까지 그들은 크진인의 노예였다. 크다트인이 보이는 건 이곳이 외계 사무국이며, 크다트인은 외계인이기 때문이었다. 아무리 예민한 편집증 환자라도 크다트인에 대해 우려해야 할 만한 점은 찾아내지 못했다.

소파에서 코를 골고 있는 '잠자는 숲 속의 공주'는 퍼페티어 감시가 임무였다. 안드레아가 여전히 퍼페티어를 값비싼 장난감을 파는 양말 인형으로 보고 있다는 건 누구나 알 수 있었다. 지그문트가 아는 대로라면 안드레아는 옳았다. 다만 지그문트는 눈에 보이는 것을 믿지 않을 뿐이다.

퍼페티어는 비밀스러웠다. 그들의 기술은 인간과 크진인을 훨씬 뛰어넘었다. 퍼페티어라고 불려도 기분 나빠 하지 않았다. 빌어먹을. 지그문트는 해냈어 행성에서 아도니스가 그를 속였다는 느낌에서 벗어나지 못했다.

일을 하는 게 나을 것 같았다.

지그문트는 온라인으로 대규모의 다중 사용자 접속 게임을 하며 시간을 죽이고 있었다. 오늘 밤의 순위는 형편없었지만, 곧 바뀔지도 몰랐다. 열의를 자극하기 위해 그는 다른 사람이 선택한 아바타를 마음대로 바꿔 버렸다. 이제부터 홀로그램 화면에 있던 마법사와 보물 사냥꾼은 크진인과 징크스인으로 바뀌어 나타날 것이다. 직업이 징크스인을 감시하는 일이라는 건 아무래도 좋았다. 지그문트는 크진인도 감시했다. 물론 비공식적으로. ARM 고위층은 그의 객관성을 의심했다.

"머저리 같은 놈."

페더가 말했다. 누군가 실수를 한 모양이었다.

지그문트와 시선이 마주치자 그녀는 문가에 있는 작은 수면 공간 쪽으로 눈짓을 했다. 지그문트와 수면 공간. 지그문트와 수면 공간. 페더는 결코 섬세함을 익히지 못했다. 시도조차 한 적이 없었다.

'머피는 어떡하고?'

지그문트가 입 모양만으로 물었다. 머피는 여전히 축구를 보고 있었다.

"소심하기는. 머피, 네 몸 좀 빌려도 될까? 지그문트가 놀기 싫대."

페더가 큰 소리로 말했다.

지그문트는 당황해서 한숨을 내쉬었다.

"생각을 바꿨어."

머피는 둘 다 무시했다.

지그문트는 페더에게 끌려 잠을 자곤 하는 구석으로 갔다. 그가 조용한 건 아무 문제도 되지 않았다. 지그문트는 머피와 잠에서 깬 신입이 서로 쳐다보며 웃는 모습을 상상했다.

잠시 후, 수면판 사이에 뜬 채 지그문트가 물었다.

"머피랑 하려고 했어?"

"둘 다 안 되면, 신입 여자애랑 하려고 했지."

페더가 웃었다.

"질투하는구나."

"아니, 사실은 편집증이지."

지그문트는 그 사실을 큰 소리로 말할 수 있다는 게 좋았다. 어쩌면 정말로 질투하는 걸지도 몰랐다. 물론 페더가 그를 갖고 논다는 건 알고 있었다. 화제를 바꿀 때였다.

"오늘 밤은 조용한 것 같군."

"매일 밤 그렇잖아."

페더는 손으로 머리를 쓸어 올렸다. 오늘 밤은 은빛 점이 반짝이는 에메랄드빛이었다. 연록색의 피부 염색과 잘 어울렸다. 지그문트와 정반대로 페더는 염색을 좋아했다.

"우리는 모두 화석이야. 우리한테 졌을 때 크진인도 결국 알았을걸."

페더도 알 터였다. 그 쥐고양이들을 감시했으니까.

그런데 페더가 떨고 있었다! 맨손으로 크진인의 사지를 찢어버릴 수 있는 페더가. 지그문트는 그녀의 맨 어깨를 토닥였다. 피임 크리스털이 이식된 곳 바로 뒤였다. 일이 없어졌을 때 ARM 요원이 어디로 재배치되는지는 둘 다 잘 알았다.

"나도 알아."

지그문트가 부드럽게 말했다.

"나는 어머니 사냥이 정말 싫어! 그 불쌍하고 겁에 질린 여자들이라니."

페더가 소리쳤다.

아기를 갖고 싶어 필사적인 사람들. 피임 크리스털이 분해돼 버릴 때까지 몇 달 동안이나 숨어 있을 정도로 필사적인 사람들. 무허가 아이와 함께 적발되면 목숨까지 잃어버리는 것을 감수할 정도로 필사적인 사람들.

"나도 알아."

달리 무슨 말을 할 수 있을까? 지그문트는 페더를 안았다.

출산법을 강제한다는 건 어머니 사냥, 부모 처형 그리고 무허가 자녀 불임 시술을 뜻했다. 강제하지 않는다면 심각한 혼란이 일어날 터였다. 출산 위원회로부터 출산 허가증을 얻으려면 좋은 유전자만 필요한 게 아니었다. 끈기가 필요했다.

예전에 지그문트가 어디선가 읽은 바로는, 잠시 동안 지구의 인구가 정체 상태에 놓인 적이 있었다. 그 기간 동안 아이를 간절히 원하지 않는 사람들은 자발적으로 그 수가 줄어들었다. 소강상태가 지난 뒤, 우주를 갈망하는 사람과 마찬가지로 유동적인 사람들이 스스로 유전자 풀에서 빠진 뒤, 지구의 인구는 폭발적으로 늘어났다.

이대로 내버려 두면 백팔십억 명이라는 현재 인구가 한 세대 만에 두 배로 늘어날지도 모른다.

"난 아이가 갖고 싶어. 아이가 필요하다고."

페더가 속삭였다.

그들 두 사람은 타고난 편집증 환자다. 출산 위원회가 편집증이 있는 부모에게 아이를 허가해 줄 리는 만무했다.

지그문트는 페더의 목덜미에 입을 맞췄다.

"나도 알아."

집합실은 지난번 근무를 마치고 떠났을 때와 똑같이 한가로웠다. 사람들은 어슬렁거리거나 책상에 발을 올리고 앉아 잡담을 하고 있었다.

지루함은 경계심의 가장 큰 적이다.

지그문트는 최근에 지구에 도착한 징크스인에 대한 최신 정보와 감시 결과를 훑어보았다. 사업상 회의를 하거나 밤이면 시내의 클럽에서 신 나게 노는 모습밖에 보이지 않았다. 지식 연구소에서 최근에 발행한 출간물의 초록도 훑어보았다. 그리고 징크스인의 이주 패턴에 대한 통계 자료를 요청했다.

다시 근무 중인 신입은 한가하게 손톱을 칠하고 있었다. 외계 사무국에서 얼마나 일을 했다고 벌써 지루해하는 거지? 지그문트는 그녀에게 다가갔다.

"퍼페티어는 어떻게 하고 있지, 안드레아?"

안드레아 지라드는 손가락을 넓게 펼쳤다. 아직 마르지 않은 손톱이 반짝였다.

"아무 변화도 없어요."

그녀는 너무 한가해 보였다. 약의 농도를 조절하는 건 고급 기술이었다. 훈련에 적합한 농도가 꼭 실무에 적합한 농도는 아니었다.

"어떻게 알지?"

지그문트가 묻자, 안드레아는 책상에 올려놓았던 발을 빙글 돌려 내렸다. 말귀를 알아들은 모양이었다.

"지그문트, 솔직히 말해서 전 일을 하고 있어요. 보세요."

안드레아가 빗을 빙빙 돌리자 그래픽 화면에 나타났다.

"퍼페티어의 이동 부스 사용 현황이에요. 북아메리카 쪽을 감시하고 있는데, 다른 데도 물어봤어요. 패턴은 똑같아요. 세계적으로요. 퍼페티어는 사무실에 있어요. 각자 자기 일만 하면서."

그녀가 비꼬듯 덧붙인 말에 지그문트의 입술이 꿈틀거렸다.

퍼페티어는 일 말고는 아무것도 하지 않았다. GPC는 알려진 우주에 그 존재가 알려져 있었다. 그러나 퍼페티어 정부에 대해서는 인간과 크진인, 크다트인, 모두 아는 게 똑같았다. 아는 게 아무것도 없다는 것.

"뭘 하고 있는 건지는 모르겠지만 저런 상태가 계속된 지 얼마나 됐나?"

지그문트가 물었다.

“며칠은 족히 됐어요.”

아무 이유 없이 며칠째 저렇게 안 하던 짓을 하고 있다고? 안드레아의 약 농도를 조절할 필요가 있는 게 분명했다.

“누가 알려 준 거지?”

몇몇 이름이 나왔다. 지그문트는 딱히 문제 삼을 만한 점을 찾지 못해 다시 홀로그램으로 돌아갔다.

“주요 우주 공항의 이동 부스 교통량은 정상으로 보이는군.”

“들어오는 우주선을 맞이하러 가는 거요? 저들은 수입업자잖아요, 지그문트.”

안드레아는 손톱에 입으로 바람을 불었다.

“당신은 징크스인을 감시해야 하는 거 아니에요?”

등 뒤에서 사람들이 키득거리며 웃는 소리가 들렸다. 오늘은 아무도 일을 안 하나? 지그문트는 문득 약 농도가 낮은 게 신입만이 아니라는 사실을 깨달았다. 의사가 전체적으로 농도를 낮췄던 것이다. 당장 위협이 눈에 보이지 않는데 뭐하러 편집증을 유발하겠는가?

바로 그게 지구의 적이 ARM에게 원하는 바였다.

어쩌면 어머니 사냥이 최악의 문제가 아닐지도 몰랐다.

지그문트는 방 안에 퍼진 웃음소리를 무시한 채 계속 홀로그램을 주시했다.

“모하비 우주 공항에는 방문객이 뜸하군. 왜 그렇지?”

누군가 어깨에 손을 댔다. 코난 머피였다.

"좀 봐줘, 지그문트. 얘가 알아서 하게 두라고."

지그문트는 자기 자리로 돌아왔다. 그동안 징크스인은 아무런 수상한 움직임도 보이지 않았다—퍼페티어처럼 납작 엎드려 있는 건가? 퍼페티어와 음모를 꾸미는 건가?

지그문트가 의자에서 벌떡 일어났다. 그리고 누구에게라고 할 것 없이 말했다.

"퍼페티어는 본질적으로 겁쟁이야. 놈들이 피하고 있는 게 누구지? 뭐지?"

아무도 대답하지 않았다. 그리고 아무도 웃지 않았다. 지그문트는 신입의 책상 구석에 앉았다.

"안드레아, 퍼페티어가 전부 GPC 건물 안에 있다고 했지. 그 안에서 뭘 하고 있는지 대답해 봐."

그녀는 대답하지 못했다.

지구에 있는 퍼페티어는 무엇으로부터 숨어 있는 걸까? 지그문트는 영감을 찾아 넷을 검색했다. 월드컵 준결승전이 끝난 뒤 일어난 폭동. 피닉스에서 일어난 순간 이동 시스템 고장. 일종의 데이터 수집 문제였다. 베이징 시의회에서 벌어지고 있는 부패 의혹. 굶주린 퓨마가 샤스타 산에서 캠핑하던 사람을 습격한 일. 유명인에 대한 뜬소문.

"이동 부스가 고장 난 지역의 범위가 어떻게 되지?"

지그문트가 물었다.

다른 사람들도 조용히 모여들어 지켜보고 있었다. 누군가가 지그문트 옆으로 손을 뻗어 지도를 불러냈다. 아메바처럼 생긴 얼룩이 부풀었다 줄었다 하면서 꿈틀거렸다. 이상이 생긴 지역을 시간의 흐름에 따라 보여 주는 영상이었다. 아메바는 이따금씩 꿈틀거리며 모하비 우주 공항을 향했다. 모하비가 바로 퍼페티어가 피하고 있는 유일한 우주 공항인 것 같았다.

겁쟁이라면 시스템 이상의 영향을 받는 곳을 피하지 않을까? 때로는 눈에 보이는 게 다가 아니지. 퍼페티어는 GPC 건물에 모이고 있는 걸까? 모하비 우주 공항을 피하고 있는 걸까?

나쁜 예감이 지그문트를 사로잡았다. 데이터 수집 고장이 꼭 시스템이 작동하지 않는다는 사실을 뜻하지는 않는다. 목록을 작성하는 데 문제가 생겼다는 뜻이고, 넓게 보자면 사람들의 이동을 추적하는 데 문제가 생겼다는 뜻이었다. 혹은 퍼페티어의 이동이나.

"지난 며칠 동안 모하비 우주 공항에 비정상적인 비행 활동이 있었나?"

GPC는 오래전부터 팔리지 않은 이주선을 모하비 우주 공항에 보관해 두고 있었다. 현대 이주선이 으레 그렇듯 GPC가 만드는 가장 큰 선체를 이용했다. 지그문트는 4호 선체를 본 적이 있었다. 거대한 덩치. 지름이 삼백 미터는 너끈히 넘는 구체였다. 그런 우주선이라면 퍼페티어를 아주 많이 실을 수 있었다. 어쩌면 지구에 있는 퍼페티어 전부를? 이동 부스를 통해 몰래 우주선으로 간다면?

이주선은 어제 출발했다.

수사관들이 지구에 있는 GPC 건물이 텅 비었다고 보고했을 때도 지그문트는 놀라지 않았다.

여기저기서 웅성거리는 소리. 격앙된 속삭임과 진심 어린 저주. 일부러 서두르는 듯한 발소리. 이 모든 게 대형 수사의 소리였다. 두려움과 공포가 지그문트의 위장을 물어뜯었다.

지그문트는 잠시 여유를 찾고 페더를 향해 웃어 보였다. 당분간은 어머니 사냥에 배치되지 않을 터였다.

3

흔히 알려진 우주라고 불리는 거대한 공간은 대략 지름 육십 광년의 영역에 해당한다.

'알려진'이라는 단어를 붙이는 데는 상당히 과한 자신감이 필요했을 것이다. 그 광대한 공간에 있는 항성계 중에서 탐사의 손길이 닿은 곳은 극히 일부였다. 정착지가 생긴 곳은 그보다 더 적었다. 하이퍼드라이브의 등장 이후로 별들 사이의 심연을 가로지르기보다는 우회해 갔다. 알려진 우주의 대부분은 사실 알려져 있지 않았다. 마침 적당한 예를 들자면, 그 영역 어딘가에 있을 퍼페티어의 세계의 위치가 바로 그랬다.

거기다 수수께끼가 더 생겼지. 지그문트는 생각했다.

알려진 우주의 정착지—인간뿐 아니라 어떤 종족의 세계든—를 한 번이라도 방문했던 퍼페티어는 전부 사라져 버렸다. 어디로 갔는지 아무도 몰랐다.

갑작스럽게 징크스인은 지그문트의 임무에서 빠졌다. 지구에서 하이퍼웨이브로 미친 듯이 문의가 들어오고 요청하지도 않은 보고서까지 계속 들어오자, ARM 본부는 퍼페티어의 실종 사건을 담당할 특별 수사대가 필요하다고 발표했다. 그리고 지그문트에게 지휘를 맡겼다.

지그문트는 명령에 따라 뉴욕에 있는 본부에 출두했다. 새로 받은 사무실은 그가 입고 있는 금욕적인 검은색 정장만큼이나 아무 장식도 없었다.

지그문트는 벽을 창문 모드로 전환한 뒤 맨해튼을 내려다보았다. 화물선이 항구를 메우고 있었다. 붐비는 거대 도시의 하늘은 수송선으로 가득했다. 정상적으로 보였다.

그러나…….

몇 킬로미터 남쪽, 맨해튼에서 가장 높은 건물이 모여 있는 곳에서는 태양계에서 가장 규모가 큰 주식시장이 붕괴하고 있었다. 높이가 수 킬로미터에 달하는 재계 소유의 고층 건물 꼭대기에서 햇빛이 반짝였다. 사람들이 말하기를, 일단 종단속도*에 이르면 땅에 떨어지기 전 몇 초는 아주 평화롭다고 했다. 어떻게 그걸 알았는지는 아무도 말해 주지 않았다.

건설적인 생각은 아니었다. 지그문트는 창문 모드를 다시 벽으로 바꾸고 어디서부터 생각할지 고민했다.

옆 사무실에서 3V 소리가 울렸다. 알려진 우주 전체에 걸쳐 서

* 물체의 속도가 빨라지면서 증대하여 차츰 일정하게 안정될 때, 그 속도.

서히 재앙이 벌어지고 있었다. GPC는 세 종족의 우주선 선체 제조 회사를 밀어내 버렸다. 그리고 이제 GPC가 사라졌다. 잃어버린 제조 능력을 회복하려면 수년간의 고난이 필요하리라.

경제 위기의 시발점은 우주선 제조 회사와 항성 간 운항 회사였다. 하도급 업체와 투자자에게 퍼진 뒤에는 물론 고용인들에게 이어질 것이다. 그리고 옷 가게, 식당, 부동산, 생활용품까지…….

곧 고통은 세계적으로 퍼질 터였다.

갑자기 여기저기서 웅성거리는 것 같던 3V 소리가 커다란 함성으로 합쳐졌다. 뉴스봇들이 다 같이 속보를 틀고 있었다. 지그문트는 아직 새 사무실 컴퓨터에 즐겨 찾는 채널을 다운로드하지 않았다. 할 수 없이 복도로 고개를 내밀었다.

하지만 뉴스 소리가 어디서 나오는지 확인할 수 없었다.

"들어와요, 지그문트."

이웃이 말했다. 파란색을 좋아하는, 얼굴에 피어싱이 너무 많은 아담한 유라시아 여자였다.

사만다? 셀레나? 산지타? 지그문트는 그날 아침 스무 명은 되는 사람들을 만났다. 지금은 이름이 전혀 기억나지 않았다. 그는 그냥 고개만 끄덕였다.

홀로그램으로 어떤 천문 현상이 떠 있었다. 성운 같았는데, 눈이 아플 정도로 밝았고 검게 얼룩져 있었다.

여자가 말했다.

"저 방사능 수치 좀 봐요. 태양 플레어 안에 있을 때랑 비슷하잖아요. 저 우주선은 수천 광년이나 떨어져 있는데 말이죠. 게다가 저 선실 안의 환풍기 돌아가는 소리 좀 들어 봐요."

떨어져 있다니. 무엇으로부터? 지그문트는 의아했다. 어디서 나오는지 여전히 알 수 없는 목소리가 계속 이어졌다.

"……오래전의 초신성 연쇄 폭발입니다. 저 어두운 점은 별이죠. 뒤에서 나오는 훨씬 더 뜨겁고 밝은 빛을 가리고 있기 때문에 어둡게 보이는 겁니다."

구석에 있는 화려한 로고는 JBC, 징크스의 방송사였다. 오래전부터 하이퍼웨이브로 지켜보던 곳이라 지그문트도 잘 알았다. 과학 방송인가? 교육용 시뮬레이션인가? 저런 게 왜 ARM 본부에서 중요한 뉴스가 된 거지?

"우리가 이만 광년이라는 넉넉한 거리를 떨어져 있는 건 참 다행이죠. 진정 놀라운 이 우주선이 아니었다면 알지도 못했을 겁니다."

빛나던 부분에 GP 4호 선체가 나타났다. 이렇게 작게 축소해 보니 투명한 선체 내부가 모조리 기계로 가득 찬 것 같았다.

"이 우주선에는 아직 시험 단계인 퍼페티어 하이퍼드라이브가 달려 있습니다. 일 분에 거의 일 광년을 갈 수 있죠. 우주선은 반납했고 날 고용한 GPC에 보고서도 제출했습니다. 이제 여러분에게 자유롭게 얘기하는 겁니다."

일 분에 일 광년이라니! 지그문트가 그 의미를 이해하려고 애쓰고 있을 때 홀로그램 하단에 자막이 다시 처음부터 나오기 시작했다.

은하핵 폭발 드러나다!

은하핵이 폭발했다고?

이만 광년 떨어진 곳에서 일어난 일이었다. 퍼페티어는 이만 년 뒤의 미래에 일어날 위험을 피해 도망간 거란 말인가? 그리고 JBC 단독이라니……. 징크스인과의 관련은 뭐지?

자막이 더 지나갔다.

JBC에서만 볼 수 있습니다!

조종사와 단독 인터뷰가 곧 방송됩니다.

홀로그램에 조종사가 나타났다. 목소리가 아주 익숙했다. 얼굴도 그랬다. 마르고, 턱이 뾰족한 백색증.

지그문트는 공포에 질려 고개를 흔들었다. 퍼페티어. 징크스인. 그리고 이번에는…….

조종사는 베어울프 섀퍼였다.

4

위험으로부터 도망쳐라. 안전을 위해 뭉쳐라.

바닥을 발로 차면서 네서스는 영겁의 세월에 걸쳐 형성된 본능에 맞서 싸웠다. 핵폭발 소식이 있은 뒤로 며칠 사이에 시민들은 지구를 떠났다. 다른 곳의 지사에서도 같은 일이 일어났다. 퍼페티어는 수송선을 이용해 최대한 낼 수 있는 속도로 허스를 향해 도망쳤다. 그리고 그곳에서 또 도망칠 예정이었다.

하지만 네서스는 뭉치지도, 도망치지도 못한 채 지구에 남아 있어야 했다. 그는 아웃백 우주 공항 활주로에 있는 수백 대의 우주선 중 익명의 우주선 한 대에 숨어 있었다.

감시의 시선도 도료를 칠한 침투 불가능한 선체를 뚫고 네서스를 볼 수는 없었다. 에어록 문은 가짜였다. 이음매 없이 선체에 붙어 있었다. 이동 부스를 통해서만 안으로 들어올 수 있었다. 그것도 네서스가 이동 부스에 동력을 연결할 때 얘기였다. 연료통은 중수소와 삼중수소로 가득 차 있었다. 네서스에게 전화를 해도 그가 쓰는 인간의 통신시스템에 기본적으로 내장돼 있는 알몸의 집사 형상밖에 안 보일 터였다. 비축품, 재활용, 합성기를 고려하면 공기와 물, 식량은 사실상 영구적이었다.

임무 때문에 남아야 했다.

논리는 그가 안전하다고 일러 주었다.

본능은 그로 하여금 당장 이륙해 무리에 합류하라고 요구했다. 돌아가는 게 불가능하다면 작은 공처럼 몸을 단단히 말고 현실을 부정하라고.

본능은 엿이나 먹으라지. 네서스는 몸을 떨며 두려움을 떨쳐 버리고 전화를 걸었다.

상황실은 시끄러웠다. 지그문트는 이름을 들으면 절반은 엉뚱하게 알아들었다. 그나마 나아진 게 그랬다.

그는 페더를 특별 수사대에 배치했다. 페더가 뛰어났기 때문이다. 안드레아 지라드는 배워야 한다는 이유로 그렇게 했다. 나머지는 퍼페티어나 GPC의 기술 혹은 그 둘 다에 대한 전문가라고 하는 자들이었다. 지금까지는 ARM 컴퓨터의 말을 믿는 수밖에 없었다.

디스플레이 벽에는 온갖 추측이 늘어서 있었다. 질문보다도 훨씬 많았다. 퍼페티어가 사라졌다는 것 이외에 밝혀진 사실은 거의 없었다. 책상 위에서는 홀로그램이 휙휙 스쳐 지나갔다. 여기저기서 통신기가 울리거나 웅웅거렸다. 일단의 대화가 이뤄졌다가 끝났다. 환풍기 소리도 가끔씩 소음을 뚫고 들렸다. 수많은 사람들이 뿜어내는 냄새를 제거하기에는 역부족이었다. 상황실 한쪽 구석에는 누군지 모르는 덩치 두 명이 페더의 분노에 잔뜩 위축돼 있었다. 무슨 일을 만족스럽게 하지 못했는지는 모르겠지만, 다음번에는 잘하는 게 좋을 터였다. 페더를 화나게 만드는 건 결코 바람직한 일이 아니었다.

이 모든 것 위에는 두려움의 아우라가 걸려 있었다.

페더가 신랄한 질타를 끝내고 지그문트를 향해 다가왔다. 그때 지그문트의 휴대용 컴퓨터가 울렸다. 이가 떨릴 정도로 울리는 것으로 보아 꼭 받아야 하는 전화 같았다. AI 비서가 중요도에 따라 전화를 거르고 있었다.

– 이 전화는 받아야 합니다, 지그문트.

메두사가 말했다. 애니메이션 머리 위에 있는 뱀이 쉭쉭 소리를 내며 똬리를 틀었다. 물론 전화를 건 사람에게 녹색 피부의 메두사가 보이는 건 아니었다. 그들에게는 조지아라는 이름의 잘 꾸민 여성이 보일 것이다.

– 퍼페티어입니다.

지그문트는 신음했다. 국제연합이 특별 수사대를 발표한 뒤로 수천 통 단위로 전화가 걸려 왔다. 미치광이나 사기꾼 같은 족속들이 퍼페티어의 소재를 안다거나 혹은 퍼페티어를 자칭하는 전화를 걸었다. 전화는 전부 확인해야 했다. 물론 직접 할 필요는 없었다. 적어도 울리는 베이스 톤 목소리로 '퍼페티어'라고 말하는 전화는 무시해도 좋았다.

"잘 만든 시뮬레이션이겠지. 대기로 돌려, 메두사."

– 잠깐만. 쉭. 전화를 건 자 말이 해냈어 행성에서 만난 적이 있다고 합니다. 날짜도 맞습니다. 그리고 페더가 홀랑 빠질 법한 목소리입니다.

페더가 다가오자 지그문트는 함께 사무실로 들어가 문을 닫았다. 메두사는 전화를 탁상용 통신기로 돌리고 보안 카메라로 감시하기 시작했다.

– 이름이 네서스라고 했습니다. 쉭. 알려져 있는 퍼페티어 이름입니다. '할 클레멘트'호 기록에 처음 등장합니다. 그 파일에 사진은 없습니다. 지난 삼 년 동안 네서스라는 이름은 정기적으로 나타났습니다. 가장 최근의 사례는 사라지기 직전 ARM 조달부가 GPC에 방문했을 때입니다. 그날 회의 때 찍은 감시 영상이 있습니다. 피부색과 무늬가 전화를 건 자와 일치합니다.

"전화 추적은 어떻게 나오지?"

페더가 물었다.

– 쉬이이익. 커내버럴 우주 공항까지 추적이 됩니다. 통신 탑을 이용한 삼각측량법으로는 그 지역까지만 알 수 있습니다. 어떤 우주선에서 나오는 건지는 알 수 없습니다. 이 정도로 조심하는 것을 보면 실제로 전화하는 곳은 다른 장소라고 추측할 수 있습니다.

지그문트도 그 방법을 알았다. 여러 차례에 걸쳐 세탁한 돈으로 만든 계정을 이용해 단계적으로 통신을 중계해 익명으로 만드는 수법이었다. 숨어 있는 퍼페티어라면 그 정도로 조심성이 있는 게 당연했다. 물론 아는 게 많은 사칭꾼도 마찬가지일 것이다.

"거의 아니면 전부가 GP 선체겠지."

페더가 말했다.

메두사는 아무 지적도 하지 않았다.

지그문트는 가슴이 뛰었다. 말이 된다. 만약 퍼페티어가 지구에 남아 있으며 모습을 드러내고 싶지 않다면 GP 선체 안이야말로 가장 안전한 장소일 것이다.

하지만 BVS–1에서 표류하는 우주선을 인양해 온 바로 그 퍼페티어라고? 지그문트는 긴장했다.

"연결해."

메두사 대신 퍼페티어가 나타났다. 하지만 책상 위에 새로 등장한 영상은 메두사만큼이나 물리적 실체가 없을지도 몰랐다.

"우리가 만난 적이 있다고요, 네서스?"

"당신 비서를 통과하기 위해서 살짝 과장했습니다. GPC 건물 안에서 여러 번 스쳐 지났지만 서로 인사한 적은 없습니다."

네서스가 말했다.

지그문트는 시험 삼아 떠보았다.

"해냈어 행성에서는 주로 GPC의 지사장과 일했습니다만."

네서스는 마치 유리가 깨지는 듯한 소리를 냈다.

"그는 회사 내에서 나보다 많이 위에 있었습니다."

"잠시만요."

지그문트는 소리와 화상을 죽이는 버튼을 건드렸다.

"해냈어 행성에서 난 턱수염을 기르고 있었어. 그리고 나와 함께 일한 퍼페티어 이름이 바로 저랬지. 진짜일지도 몰라."

"진짜라고 하면, 저자가 뭘 원하는 걸까?"

페더가 말했다.

"알아보자고."

지그문트는 통화를 재개했다.

"지난주에 퍼페티어들 모두가 다소 갑작스럽게 떠난 듯합니다만. 지금 연락을 하는 건 왜인지 궁금하군요."

네서스는 한쪽 머리는 높이고 다른 머리는 낮추는 자세를 취했다. 위험에 대비하는 게 좋을까?

"당신에게 연락한 이유는 당신이 우리의 대이동에 대한 국제연합의 반응을 대표하기 때문입니다. 당신과 개인적으로 의논을 하고 싶습니다."

작은 스파이봇들이 지그문트를 뒤덮고 있었다. 더 많은 수가 주머니를 가득 채웠다. 영상, 음성, GPS, 환경 등등. 뭐가 됐든 작은 장치로 감시하고 기록할 수 있다면 지그문트는 가져갔을 것이다. 아마도 신호는 방해를 받겠지만, 살다 보면 때때로 기분 좋게 놀라는 경우도 있게 마련이니까. 영원히 궁금해하기보다는 시도했다가 실패하는 편이 나았다.

페더가 이동 부스를 두드리며 말했다.

“이럴 필요 없어. 일단 GP 선체 안에 들어가면 네서스가 내보내 줘야만 나올 수 있다고.”

지그문트는 걱정하는 데 있어서는 남의 도움이 필요 없는 사람이었다.

“알려진 우주의 퍼페티어는 전부 철수했거나 숨어 있어. 지구에 위험이 닥쳤다는 뜻일 수도 있지. 네서스가 개인적으로 내게 해를 입히려고 이 모든 일이 일어났다고 할 수는 없어.”

재미있는 건 지그문트의 말이 진심이었다는 것이다. ARM에서 받은 훈련은 편집증의 방향을 바꿔 놓았다. 다른 생각이 들기 전에 지그문트는 전송 버튼을 눌렀다.

목적지에 도착하자 미처 그가 빠져나오기도 전에 부스 안의 조명이 꺼졌다. 갇혀 버렸다! 지그문트는 우주선 안에 있는 화물칸이 분명한 공간으로 나왔다.

오래전부터 그는 관용어가 수 세기 동안 살아남을 수 있다는 사실을 놀라워했다. ‘분열된 가정은 일어설 수 없다’, ‘캐치-22’, ‘내 형제를 지키는 자’, ‘기력이 사라지다’ 등등. 인구가 넘쳐 나는 지구는 오래전에 공동묘지를 없앴고, 지그문트도 묘지를 본 적이 없었다. 하지만 갑자기 피부가 스멀거렸다. 지그문트는 '휘파람 불며 무덤가를 지나간다'*는 말의 뜻을 확실히 알 수 있었다.

심장이 뛰었다. ARM 본부에서야 퍼페티어가 개인적으로 자기를 노리고 있는 게 아니라는 말을 하기 쉬웠다. 하지만 침투 불가능한 우주선 안에 갇혀서 숨어 있는 퍼페티어의 불확실한 자비에 의존하고 있는 것 또한 지그문트 자신이었다. 아스티아낙스의 이야기가 떠올랐다.

방금 나온 이동 부스 맞은편에 두 번째 이동 부스가 있었다. 가만히 바라보고 있자 그 안쪽에 불이 켜졌다. 불투명한 방울이 주소 창을 가리고 있었다. 말라붙은 접착제인지 뭔지 모르겠지만, 어디로 가는 건지 주소를 읽으려고 힘을 줘 봐도 꼼짝하지 않았다. 지그문트는 안으로 들어가 전송 버튼을 눌렀다.

또다시 부스 안이 어두워졌다. 불이 꺼졌다.

투명한 격벽 —GP 선체를 만드는 물질인가?— 뒤에 퍼페티어가 기다리고 있었다. 피부는 크림색이고, 황갈색 얼룩이 군데군데 있었다. 사회적 지위를 나타내는 갈기 장식이 거의 없는 꾀죄죄한 모습이었다. 놀랍게도 한쪽 눈은 빨간색이었고 다른 눈은 노란색이었다.

"네서스, 맞습니까?"

"맞습니다, 지그문트 아우스폴러. 와 줘서 고맙습니다."

퍼페티어는 잠시 목을 곧게 펴서 방향을 가리켰다. 그곳엔 의

* 절박한 상황에서 억지로 즐거운 기분을 낸다는 뜻.

자가 있었다.

"편히 앉으십시오."

의자, 원격으로 비활성화시킨 이동 부스 그리고 표준 합성기가 유일한 가구였다.

"내가 레이저 총을 가져왔으면 어떡하려고 했죠?"

사실 고려했었다. 투명한 벽이라면 레이저 총으로 관통해 쏠 수 있었다. 선체 구성 물질이라고 해도 가시광선은 통과시킨다.

"아니면 나는 지금 홀로그램과 이야기하는 겁니까? 이건 전부 내가 믿게 만들기 위한 무대이고?"

네서스는 부르르 떨었다.

"나는 실제입니다. 그건 확실히 해 두지요. 아마도 통신 장비를 갖고 왔을 겁니다. 전부 막혔다는 걸 확인해 보시지요. 첫 번째 우주선에서 스캔한 결과 무기가 없다는 걸 확인했습니다. 하지만 내가 속았을 수도 있겠지요. 만약 그렇다면 쏘기 전에 그 이동 부스를 다시 작동시킬 수 있는 게 나뿐이라는 점을 고려하길 바랍니다. 당신이 여기서 무엇을 알게 되기를 원하는지 모르겠지만 그걸 간직하고 나갈 수 있는 길은 그게 유일합니다."

지그문트는 합성기에서 찬물 한 잔을 만들어 와 앉았다.

"난 여기 들으러 왔을 뿐입니다. 왜 날 보자고 했죠?"

레이저 총을 언급한 순간부터 네서스는 몸을 떨고 있었다. 갈기가 정돈된 상태였다면 바로 쥐어뜯어서 망가졌을 터였다.

"나쁜 뜻으로 여기까지 오지는 않았겠지요."

전에 있던 하얀 턱수염만 빼면 지그문트 아우스폴러는 네서스가 기억하는 모습과 크게 다르지 않았다. 키가 작고 얼굴이 둥근 중년 남자. 사 년 전에 비해 몸통은 더 굵어졌다. 원래 머리를 하고 있었다. 검고 굵은 반곱슬머리. 옷은 여전히 검정색이었고, 염색 안 한 창백한 피부색 때문에 더 두드러져 보였다. 인상적일 게 없는 표본이었다. 그 어두운 눈동자를 볼 때까지는.

지그문트의 시선은 꿰뚫어 볼 듯 강렬했다. 마주 보면 당황스러울 정도였다.

"해냈어 행성에서 인사를 하지 못해 아쉽군요. 그랬다면 지금 이 대화가 좀 더 수월해졌을 텐데 말입니다."

네서스가 말했다.

지그문트는 물컵을 다른 손으로 옮겼다.

"나와 일했던 퍼페티어, 지사장이라 했던가, 그는 우리 둘만의 일로 두기를 원했습니다. 이름은 발음할 수 없지만, 그곳에서는 갈기가 가장 정교했죠. 나는 그를 아도니스라고 불렀습니다."

아도니스? 네서스는 입술을 움직이지 않으려고 애썼다. 웃을 때가 아니었다. 지구에 시민들의 습관에 대해 조사할 사람이 있다면, 그건 바로 ARM 요원들이었다.

"미안합니다. GPC에서 일하는 우리 종족은 대부분 인간이 발음할 수 있는 이름을 갖고 있습니다."

허스에서 떠나는 꿈조차 꾸지 않은 시민들도 마찬가지였다. 인간식 가명은 고향에서 꽤 인기였다. 적어도 실험당 안에서는.

한때 네서스의 상사였던 이는 아킬레스라는 가명을 썼다. 정찰대원은 모두 미친 게 사실이었지만, 전설적인 인간 전사의 이름을 쓴다는 건 특별히 더 미쳤다는 뜻이었다. 그나마 아킬레스는 그 이름을 ARM에 알려 주지 않을 정도의 지각은 갖고 있었다. 그런데 아도니스라고? 하기야, 그의 갈기는 너무 화려했다. 패션의 악몽이었다.

하지만 또 인간은 고사하고 시민 정찰대원이 적절한 갈기 꾸미기에 대해 뭘 아느냐는 생각이 들었다. 그런 패션 실패가 중요한 건 아니었지만, 네서스는 갈수록 갈기 장식이 의미 없는 시간 낭비인 겉치레라는 생각이 들었다. 사물을 균형 있게 바라보는 데는 곧 다가올 종말만 한 게 없었다.

지그문트가 의자에 앉은 채 몸을 뒤척였다.

"지구에 있는 게 아닌 한 아도니스의 진짜 가명이 뭔지는 상관없습니다."

"아닙니다, 그는 지구에 없습니다. 그보다 요점부터 이야기하지요. 당연히 최근에 발견된 은하핵의 폭발에 대해서는 알고 있을 겁니다. 다들 추측했겠지만, GPC의 직원들은 그 소식 때문에 고향으로 돌아갔습니다."

지그문트는 몸을 앞으로 숙였다.

"왜 비밀리에 그래야 했죠? 왜 그리 급하게? 방사선이 오려면 앞으로 이만 년은 있어야 하는데요."

위험으로부터 도망쳐라. 안전을 위해 뭉쳐라.

달리 뭐가 있겠는가? 지성을 얻기 훨씬 전부터 그런 본능이 없는 자는 포식자에게 목숨을 잃었다.

"지구인이 퍼페티어에 대해 알고 있는 한 가지가 뭘까요?"

"겁쟁이라는 거죠. 기분 나쁘게 할 의도는 없습니다만."

지그문트는 물을 길게 들이켰다.

"기분 나쁘지 않습니다. 우리는 스스로를 신중하다고 여기지요. 우리 사이에서는 겁이 많은 게 미덕입니다."

네서스는 잠시 말을 멈추고 음료수를 합성했다. 완전히 헝클어져 엉망인 갈기를 쥐어뜯고 싶을 때 그는 머리를 일부러 바쁘게 놀렸다. 인간의 음식에는 그에게 적합한 영양분이 없지만, 따뜻한 당근 주스는 기분을 가라앉혀 주었다.

"우리는 위험하면 도망갑니다. 기다리지 않습니다."

지그문트는 잠시 생각했다.

"그러니까 다들 그 즉시 고향으로 돌아갔군요. 어딘지는 모르겠지만 고향이 딱히 더 안전할 까닭이 있습니까?"

자기도 모르게 머리 하나가 움직여 아무렇게나 튀어나온 갈기털을 쥐어뜯을 뻔했다. 네서스는 머리를 원래 위치로 돌렸다.

"오해가 있군요. 우리는 은하계에서 도망가야 합니다."

"그리고 그 결과는 우리 나머지에게 걸어 놓는 겁니까?"

걸어 놓는다? 퍽이었다면 이 은유를 이해했을지도 몰랐다. '우리 나머지'는 명확했다.

"이 만남의 목적에 가까워지고 있군요. GPC의 철수는 어쩔 수 없이 인간 세계에 영향을 끼칩니다. 크진인의 세계에도 마찬가지지요. 그쪽은 별 관심 없겠지만 말입니다."

"영향이라고요? 겸손하시군요. 내 임무를 확인하고 내 소재를 추적할 정도로 세상일을 꿰고 있지 않습니까. GPC가 사라진 게 얼마나 큰 혼란을 일으켰는지 넷에서 분명히 봤을 겁니다. 마지막으로 확인했을 때 수백만 명이 직장을 잃었죠. 태양계 주식시장에서는 천억 스타 이상이 증발했습니다."

지그문트가 옳았다. 하지만 그게 뭐? 달라지는 건 없었다.

"우리는 위험을 피할 수 있으면 그렇게 합니다. 우리의 사과가 필요하다면 유감을 표합니다."

지그문트는 뺨을 붉혔다.

"사과는 필요 없습니다. 변변찮은 사과나 하려고 만나자고 한 게 아닐 텐데요."

"물론입니다. 우리 종족은 아무리 멀리 떨어져 있어도 위험이 있으면 피합니다. ARM 요원 역시 아무리 가능성이 낮아 보여도 위험을 걱정합니다. 우리가 그렇게 다를까요?"

지그문트는 미소를 지었다.

"하지만 편집증은 정상이 아닙니다. 보통은 치료하죠."

내켜서 보이는 미소가 아니었다. 치료라는 단어 아래에는 적개심이 깔려 있었다. 네서스는 좀 더 사적인 유사점을 알아챘다. 그들 둘 다 사회에 속하지 못했다.

하지만 네서스는 갑자기 밀려오는 연민의 감정을 무시했다.

"GPC가 이번 공황을 의도적으로 일으켰는지 궁금하겠지요. 우리가 이 상황을 이용하길 바라고 있다고 생각할지도 모르겠군요. 하지만 그렇지 않습니다. 이 지역을 떠나면 인간의 자산은 우리에게 쓸모가 없습니다."

지그문트의 얼굴에 경련이 일었다.

"다시 묻죠. 왜 날 보자고 했습니까?"

"우리에게 명성은 중요합니다. 우리가 책임을 다할 것이라는 사실을 국제연합이 알았으면 합니다. 계약을 완료해야 할 것도 많고, 사업상의 관계도 해결해야지요."

"퍼페티어 전체에서 당신 혼자 남아 이 문제를 처리하게 되었다는 거로군요. 네서스, 왜 숨어 있었죠? 왜 지금은 비밀리에 만나는 겁니까?"

네서스는 바닥을 발로 찼다. 그 동작은 책상에 가려져 지그문트에게는 보이지 않았다.

"다른 인간들도 당신처럼 느낄 게 분명하니까요. GPC의 철수에 대해 알았다면 국제연합이 사회 안정을 빌미로 방해하려 들지 않았겠습니까? 우리가 당신 사무실에서 만나도 된다고 생각하겠지만, 말해 보십시오, 일이 끝난 뒤에 내가 무사히 떠날 수 있었을까요?"

질문에 대답하는 대신 지그문트는 이렇게 말했다.

"그러니까 당신은 GPC의 뒤치다꺼리를 하기 위해서 남았다, 퍼페티어의 명성을 지키기 위해서다, 이런 이야기군요."

그것으로 대답을 한 셈이었다.

허스의 위치를 비밀에 부치는 건 가장 중요한, 일 순위의 방어 수단이었다. 네서스는 허스의 좌표를, 설사 강요에 의해서라도 누설할 수 없었다. 시민들은 그런 상황에 이르면 자동으로 심장이 먼저 멈추게 하는 심리 조작을 마음속 깊은 곳에 심지 않고서는 허스를 떠날 수 없었다. 지금처럼 모든 시민들이 우주선을 타고 이동해야 하는 위기 상황에서는 위치가 발각될 가능성이 높아졌을 게 분명했다.

네서스는 정말로 배 아래에 머리를 처박고 숨고 싶었다!

"우리 종족의 명성을 지키는 게 내 임무입니다. 먼 미래 언젠가 우리 후손들은 지금보다 더 안전한 지역에서 만나게 될지도 모르지요."

지그문트가 얼굴을 찡그리며 일어섰다.

"당신 정말로 누굽니까, 네서스?"

"나는 품질보증 부서에서 근무합니다."

퍽이 제안한 '후위대'라는 단어보다는 더 괜찮게 들렸다. 물론 '소모품'보다는 훨씬 나았다.

5

카를로스 우Carlos Wu는 피부가 검고 마른 남자였다. 머리칼은 검은 직모였다. 눈가에는 호기심이 어려 있고, 별난 기색도 엿보였다.

이 정도면 평범해 보이는군. 지그문트는 생각했다. 카를로스는 출산 위원회가 무제한의 출산권을 수여한 사람처럼 보이지 않았다. 그것도 열여덟 살에, 빌어먹을! 세상은 불공평해!

"와 주셔서 감사합니다, 우 박사님."

"카를로스라고 부르시오."

"그럼 지그문트라고 불러 주십시오."

지그문트는 깍지를 끼며 말했다.

"왜 박사님을 오시라고 했는지 궁금하실 겁니다."

"ARM 본부로 부른 적은 별로 없었는데 말이오."

지그문트는 핵폭발이 담긴 홀로그램을 불러냈다.

"이런 일도 자주 일어나지는 않죠. 실제로 일어났다고 가정했을 때 얘기지만요."

카를로스는 의자를 뒤로 기울여 벽에 기댔다.

"이래서 날 불렀군. 아, 저건 실제가 맞소. 자료를 꽤 자세하게 살펴봤지."

인상적이라고 해야 할지 짜증 난다고 해야 할지 판단하기 어려웠다. ARM이 관심을 가지면 대부분의 사람들은 당황한다. 천체물리학자들도 다를 바 없었다. 그 끔찍한 징크스 방송이 있기 전까지만 해도 지그문트는 평생 동안 천체물리학자를 만나 본 적이 없었다.

"그 보도가 맞았군요."

지그문트의 말에 카를로스가 이를 드러내며 씩 웃었다.

"그래요. 꽤 매혹적이지, 사실. 이만 년 뒤면 우리는 다른 데가 있어야 하오."

지그문트는 이 사람을 좋아하기 어렵다—그리고 싫어하기는 더욱 어렵다—는 점을 깨달았다. 지금쯤 이 천재는 얼마나 많은 자손을 봤을까?

"제가 걱정하는 건 근시일 내에 일어날 일입니다, 카를로스.

지금 우리는 심각한 공황을 겪고 있습니다. 경제학자들 말로는 퍼페티어의 철수 때문이라더군요."

ARM의 외계 심리학자들은 네서스의 이야기를 수긍했다. 퍼페티어라면 초신성 폭발로부터 도망칠 것이다. 다른 종족에 끼치는 영향 따위야 알 바 아니다. 시장 붕괴. 경기 침체. 그러거나 말거나.

카를로스가 의자를 똑바로 하자 쿵 소리가 났다.

"아, GPC가 사라진 이유를 알면 안심이 될 텐데 말이오. GPC는 아주 돈이 많은 게 분명하오. 만약 나쁜 뜻이 있었다면, 철수하기 전에 자산을 정리했을 거요. 주식을 공매도했거나."

공매도는 천체물리학과는 거리가 먼 개념이다. 재무와 회계는 지그문트의 영역이지만, 카를로스가 그 사실을 알 리는 없었다.

카를로스는 지그문트의 침묵을 혼란스럽다는 뜻으로 오해한 듯 말을 더했다.

"공매도는 주가가 떨어지는 걸 보고 하는 도박이오. 주식을 빌려서 판 뒤, 나중에 주가가 떨어지면 사서 차익을 얻는 거지. 퍼페티어가 주식시장에 혼란을 일으킬 생각이었다면 상당한 양의 주식을 공매도했을 거요."

역시 천체물리학과는 거리가 있는 이야기였다. 물론 통찰력이 뛰어나기는 했다. 지그문트는 카를로스가 좋아지기 시작했다.

"저희도 살펴봤습니다. GPC는 자산을 여기에 남겨 뒀죠. 공매도했다는 증거는 없습니다."

"그럼 다시 물리학으로 돌아가지. 측정 결과와 장비 상태도 모두 확인했소. 아마 내 동료들도 똑같은 얘기를 해 줬을 거요."

동료. 이자에게도 동료가 있던가?

"저와 이야기했던 사람들은 조언을 했다는 사실 자체를 말할 수 없게 되어 있는데요."

카를로스가 웃었다.

"말해 준 사람은 없소. 다른 사람한테도 물어봤을 거라고 추측한 거지."

얄밉게도 영리한 인간이다. 만약 핵폭발이 사실이라면 퍼페티어의 대탈출도 사실이리라. 굳이 지구의 주식시장을 바닥부터 긁어 갈 까닭은 없었다.

"저는 관측 결과를 따로 확인하고 싶습니다."

지그문트가 말했다.

"나도 마찬가지요. 내가 직접 하겠다는 건 아니고, 누군가 하겠지. 어쨌거나 고성능 하이퍼드라이브가 없다면 불가능하오."

"그게 없다면 어쩌죠?"

지그문트의 물음에 카를로스는 미소를 지었다.

"그때까지는 내 말을 믿는 수밖에 없겠지."

빨간 벽돌이 울퉁불퉁하게 깔린 안뜰. 가지런히 놓인 고전적인 양식의 금속 탁자에 앉은 사람들은 저녁을 먹으며 이런저런 잡담을 하고 있었다. 마차가 따각따각 소리를 내며 자갈로 포장된 식당 앞길을 지나갔다. 파도가 해변에 부딪치며 정박해 있는 요트를 부드럽게 흔들었다. 머리 위에서 갈매기가 선회했다.

밤이 오고 있었다. 하지만 지그문트는 캘리포니아에 순간 이동으로 왔다. 후추와 카레, 생강 냄새가 부엌에서 흘러나왔지만, 식사 생각은 들지 않았다. 그는 피나콜라다를 마시며 기다렸다.

이동 부스가 생기기 전 시절이 떠올랐다. 순간 이동이 생긴 뒤로 관광객 무리와 이런 아름다운 지중해의 섬 사이를 가로막는 건 가격밖에 없었다. 지금 손에 들고 있는 이십 스타짜리 음료수가 놀라운 건 아니었다. 그 정도는 지그문트도 쓸 수 있었다. 다만 —지그문트가 돈을 내는— 갓 잡은 바닷가재를 즐거운 기분으로 게걸스럽게 먹어 치우고 있는 동행자는 그걸 알고 그러는 게 아니었다.

앤더 스미타라시드는 명부에 기록이 없는 정보원이었다. 그는 항상 비밀 유지를 원했고, 그걸 내세웠다. 두 사람은 한 번도 ARM 사무실에서 만난 적이 없었다.

이번에 앤더는 산타크루스와 그곳에 있는 가장 은밀한 식당을 골랐다. 그가 쩨쩨하게 부리는 욕심은 종종 알아낸 사실의 중요성과 비례하곤 했다. 지그문트는 이번이 바로 그런 경우이기를 바랐다.

마침내 앤더가 포크를 내려놓고 트림을 했다. 그는 운동을 즐겨 덩치가 컸다. 분홍색과 자주색이 섞인 전신복 아래로 근육이 물결쳤다. 옷감은 석양을 무색게 할 정도였지만, 그곳에서 식사하는 사람들 사이에서는 딱 어울렸다.

"아주 맛있네요, 요원님. 같이 드시지 그랬어요. 그랬으면 디저트 생각도 났을 텐데."

"그랬을지도 모르지. 여행은 어땠나?"

지그문트는 본론으로 들어갔다.

"재미있었죠. 그 베어울프라는 젊은 친구, 재미있는 사람이더군요. 제대로 된 관광객이었어요."

앤더가 의자를 가까이 당기자 쇠가 벽돌을 긁는 소리가 났다.

"처음부터 얘기해 봐."

"그러죠. 난 수송선을 타고 징크스로 갔어요. 거기서 베어울프를 찾았죠. 사람들의 찬사 속에서 즐거워하고 있더군요. 뭐, 보통은 사람들이 찾아왔어요. 그 사람은 고급 호텔의 중력 제어기를 좋아했거든요."

징크스의 중력은 해냈어 행성의 세 배다. 지그문트는 머릿속에서 그림을 그려 보았다. 소화전처럼 키가 작고 억센 징크스인. 키가 크고 마른 베어울프.

"그 친구, 쫓아다니는 여자들한테 한입 거리도 안 될 거야."

앤더가 웃었다.

"그 친구 성생활에 대해서는 안 물어봤어요. 간단히 요약해서 말하죠. 베어울프는 고급스러운 생활에 약해요. 사 년 전에 퍼페티어가 아무리 돈을 많이 줬다 해도 다 써 버린 것 같더라고요."

고속정 한 대가 굉음을 내며 선착장으로 다가와 말소리가 들리지 않았다. 새들이 비명을 질렀다. 부이가 흔들리면서 나는 소리가 파도가 잦아듦에 따라 점점 부드러워졌다.

앤더가 다시 입을 열었다.

"음, 요원님. 사 년 전에 해냈어 행성에서 말인데요. 베어울프가 들은 걸 요원님도 들었을 텐데, 침묵하는 대가로 퍼페티어가 뭘 줬죠?"

"그런 거 없어."

그 말을 앤더가 믿지 않을 거라는 사실은 알고 있었다. 지그문트 자신이 돈을 거의 필요로 하지 않기 때문만은 아니었다. 만약 억지로 뇌물을 받아 냈다면, 아도니스가 그 사실을 협박의 빌미로 삼았을 것이다. 그리고 이유는 모르겠지만 지그문트는 언젠가 어디선가 누군가 부패를 이유로 체포당한다면 그건 곧 자신일 거라는 사실을 항상 알고 있었다.

지그문트는 이런 생각을 전혀 입 밖에 내지 않았다.

"GPC는 내게 빚을 하나 졌다고만 했지."

앤더가 비꼬듯 웃었다.

"그렇다고 해 두죠. 돈 잘 쓰는 베어울프 얘기로 돌아갈까요. 그 친구는 날 만나서 기뻐했어요. 아마 퍼페티어는 베어울프가 은하핵으로 갔던 경험을 가지고 다큐드라마를 쓰든 말든 별로 상관 안 할 거예요. 그런데 징크스 방송사는 다르죠. 흠. 베어울프는 핵으로 떠나기 전에 JBC와 독점 계약을 맺었어요. JBC는 아직도 그걸 원해요. 지금 경영진이 그를 압박하고 있죠. 중성자성을 지나갔던 이야기를 내가 대신 써 줬다고 아무한테도 말을 안 했기 때문에 그 친구는 갈수록 미룰 핑계가 없어지고 있어요."

그는 마이타이 잔을 비우고 조그만 칵테일 우산을 펄럭거렸다.

"문제가 독특하면 돈이 되죠."

지그문트는 한 잔 더 달라고 손짓했다. 그리고 천천히 자세한 내용을 끌어냈다. 방랑벽과 주머니에 돈을 빨아들이는 구멍이 있는 베어울프. 어쩌다 징크스에 오게 됐는데, GPC가 실험 우주선을 조종해 달라고 요청했다는 얘기였다.

"퍼페티어는 핵폭발 같은 상황을 의심한 건가?"

"베어울프 말이, 그런 것 같지 않대요. 퍼페티어 책임자는 그게 투자자를 끌어오기 위한 공개 시연 같은 거라고 했다네요. GPC는 새 드라이브를 작게 만드는 데 드는 비용을 줄이기 위해 도움을 얻고 싶었던 거죠."

JBC의 영상에서 봤을 때 그 우주선은 빈 공간이 없을 정도로 가득 차 보였다.

"우주선은 어떻지?"

앤더는 어깨를 으쓱했다.

"내가 징크스에 갔을 때는 이미 없어져 버렸어요. 대탈출 뒤에 퍼페티어 조종사가 하나 남아 있었는지도 모르죠. 베어울프가 내린 뒤에 누군가가 가지고 가 버렸어요."

네서스는 지구에 남아 있었다. 몰래. 징크스라고 왜 남은 퍼페티어가 없었겠는가?

하늘이 어두워졌다. 지그문트는 앤더의 입을 열기 위해 계속 술을 주문했다. 앤더는 몇 주 동안이나 그곳에 가 있었다. 보고할 게 많았다.

인간 관리인을 빼고는 아무도 없는 GPC 건물. 지식 연구소에서 만난 천체물리학자 줄리언 포워드 박사와 나눈 긴 대화—포워드는 지구의 과학자들이 했던 말을 반복했다. 베어울프가 갖고 돌아온 데이터에는 모순도 비정상적인 부분도 없었다. 관측 결과가 현존하는 이론과 모든 면에서 일치하는 건 아니지만, 포워드의 말에 따르면 현실이란 게 원래 가끔씩 그렇게 고집스러울 때가 있다는 것이었다.

"이 베어울프라는 친구는 GPC의 경영진을 썩 좋아하지 않더라고요. 그들에 대해서 이야기하는 걸 듣고 있으면 아주 웃겨요. 징크스 지사장은……."

"왜 징크스지? 왜 이 탐사가 징크스에서 출발한 거야?"

지그문트가 끼어들었다. 질문을 더 이상 참을 수 없었다.

"짧게 대답하자면, 나도 몰라요. 베어울프도 모르고."

앤더는 생각에 잠겨 기다란 코를 긁었다.

"징크스에 있는 GPC 조선소에 마침 여유가 있다고 했다네요. 퍼페티어는 실험 우주선을 조종하는 데 소극적이라 인간 조종사를 찾기 위해서 인간의 우주에서 새 드라이브를 만들죠. 베어울프는 마침 자기가 거기 있었던 데다가 BVS-1 사건에 대한 회사 문건에 자기 이름이 있었기 때문에 GPC가 접근했을 거라고 하더군요."

"순전히 소문에다 추측일 뿐이지."

"당연하죠. 저기, 말을 많이 하니까 배가 고프네요. 여기 크렘브륄레가 맛있다던데."

앤더가 즐거운 기색으로 말했다.

복잡한 머릿속. 꼬르륵거리는 위장.

"난 됐어. 먹고 싶으면 먹으라고."

지그문트는 종업원이 앤더의 주문을 받은 다음 돌아가기를 기다렸다가 말했다.

"그러니까 징크스를 고른 게 의미가 있을 수 있다는 말이군. 그걸 어떻게 알 수 있을까?"

앤더는 말없이 디저트를 먹기 시작했다.

지그문트는 혼자서 잠시 생각에 잠겼다. 솔직히 말하면, 퍼페티어가 징크스인과 공모할 이유는 전혀 없어 보였다. 베어울프가 둘 중 어느 쪽과 공모할 이유도.

어쨌거나, 어떤 이유에선지 베어울프는 맞아떨어졌다. 그 점에 대해서는 확실했다. 하지만 해냈어 행성에서 베어울프를 뽑은 건 지그문트였다. 뭘 놓치고 있는 걸까?

"혹시 핵으로 가는 임무가 징크스에서 출발한 건 베어울프 섀퍼가 거기 있었기 때문이 아닐까?"

"그럴 수도 있겠죠. 핵까지 갈 수 있는 우주선은 알려진 우주를 순식간에 가로지를 수 있으니까요."

앤더는 냅킨으로 입술을 닦았다.

"내 얘기를 뒷받침할 자료가 전혀 없으니 요원님 말이 맞다고 봐야겠죠. 베어울프의 협박 편지 수작을 알게 된 건 요원님이 알려 줘서였어요. 하지만 그 친구가 다른 사람한테 말한 적이 있는지는 전혀 모르겠더라고요. 내가 BVS-1 이야기를 대신 써 줬을 때 나한테 얘기 안 한 건 확실해요. 퍼페티어는 협박 편지를 정상적인 사업 수단이라고 생각하니까 GPC도 베어울프를 믿을 만하다고 생각했을지 모르죠."

둘은 마침내 카페를 떠났다. 앤더는 들어왔을 때보다 눈에 띌 정도로 부유해진 상태였다.

지그문트는 앤더를 이동 부스까지 데려다 준 뒤 오래된 나무 선착장 끝에 있는 의자에 앉았다. 바다를 바라보았다. 파도가 물에 비친 달빛을 산산조각 냈다. 거대한 지그소 퍼즐이 지그문트를 조롱했다.

퍼페티어나 징크스인 그리고 베어울프 섀퍼처럼…….

| 가장 기이한: 지구력 2645년 |

1

문을 두드리는 날카로운 소리에 지그문트는 고개를 들었다. 안드레아 지라드가 사무실 밖에 서 있었다. 왜 저렇게 기분이 좋은지 궁금했다.

"들어와. 뭐가 있나?"

안드레아가 안으로 들어와 문을 닫고 섰다.

"짜잔! 베어울프 섀퍼가 지구에 와 있어요."

지그문트는 배에 한 방 맞은 기분이었다.

"어떻게? 언제?"

안드레아는 무의식적으로 손가락을 꺾어 소리를 냈다.

"일주일 전, 그러니까 지난주 목요일 징크스에서 들어오는 여객선을 타고 왔어요. 승객 명단에 '섀프너, B. 울프'가 있었죠. 세관의 이름 비교 소프트웨어로는 별다른 인물이라는 걸 알아내지 못했어요. 제 조수가 방금 알아냈죠."

안드레아가 휴대용 컴퓨터를 꺼내 감시 화면을 투사했다. 영상에서 하얗기 그지없는 머리카락이 튀어나왔다. 군중 사이로 머리 하나가 툭 두드러져 보였다. 볕에 그을린 얼굴에서는 빨간 눈동자가 번쩍였다.

"아웃백 우주 공항이에요. 형태 비교를 해 보니 당신 친구가 맞아요. 확률이 구십구 퍼센트가 넘죠. 탄닌을 먹은 게 분명해요. 꼭 변장을 하려는 건 아니고, 밖에 나가려면 필요했겠죠."

베어울프다! 좋았어.

"우리 초기 대응을 불러일으키지 않을 정도로만 살짝 이름을 바꿨군."

게다가 단순한 실수였다고 주장할 수도 있었다. 베어울프치고는 너무 세심한 계획이었다.

"징크스인의 공모는?"

지그문트의 물음에 안드레아는 고개를 저었다.

"징크스인이 고전 영어 서사시에 대해 뭘 알겠어요? 제 할머니는 항상 말씀하셨죠. '멍청함으로 설명할 수 있는 일을 적의로 설명하려고 하지 마라.'"

지그문트는 그녀의 할머니가 ARM 요원은 아니었겠다고 생각했다. 그는 의자에서 일어나 두 손으로 책상을 짚고 페더가 '내가 이걸 너에게 아주 간단히 설명해 주지.' 자세라고 부르는 자세를 취했다.

"안드레아, 생각해 봐. 이 특별 수사대는 퍼페티어가 대상이야. 놈들이 어디로 갔는지. 그게 무슨 의미인지. 우리가 확실히 아는 건 별로 없어. 그중 하나가 퍼페티어가 사라진 게 지구에 피해를 끼쳤다는 거지. 다른 하나는 베어울프 섀퍼가 퍼페티어와 여러 번 함께 일했다는 것이고. 아마 퍼페티어가 알려진 우주에서 도망가게 된 원인을 제공한 게 그자일 거야. 셋째, 지구에 남아 있다는 퍼페티어는 딱 하나야. 네서스는 해냈어 행성의 GPC에서 날 본 적 있다고 했지. 베어울프도 바로 그때 거기 있었어. 빌어먹을! 안드레아, 이 특별 수사대에서 너는 그자를 최우선으로 추적하고 있었어야 했어. 이건 과거 내가 징크스인에게 관심을 갖던 것과 전혀 무관하다고. 네가 알 바도 아니고."

지그문트는 안드레아를 노려보았다.

"이제 좀 명확해졌나?"

안드레아는 여기서 입을 열 정도로 눈치가 없지는 않았다.

지그문트는 다시 자리에 앉았다. 그리고 몇 번 심호흡을 하며 숨을 가라앉혔다.

"지나간 일은 지나간 일이고. 지금 베어울프는 어디 있지?"

안드레아는 눈을 아래로 깔았다.

"불확실해요. 도착하고 몇 시간 뒤부터 아무 기록이 없어요."

관자놀이에 핏줄이 불끈 솟았다.

"안드레아, 돈을 따라가. 호텔, 이동 부스. 전부 기본이잖아."

"알아요. 솔직히 그걸 추적하려고 했죠. 베어울프가 우주선에서 만난 지구인 친구가 있어요. 그 친구 집까지는 따라갔죠. 만약 그 친구가 계속 계산을 했다면 베어울프가 감시망에서 사라진 이유가 설명이 돼요."

훈련을 시키려고 데리고 온 거잖아. 지그문트는 애써 그렇게 생각했다.

"내 경험에 의하면 베어울프가 네서스와 이야기하고 있다고 해도 감시망에서 사라졌을걸. 베어울프의 상황은 '불확실'한 게 아니야, 안드레아. 빌어먹을, 네가 녀석을 놓쳤다고."

"그 지구인 친구가 누군지는 궁금하지 않아요?"

안드레아가 물었다. 지금 살짝 웃은 건가?

"그레고리 펠턴이에요."

지그문트는 외계인과 인간 등을 감시해 왔다. 같은 평지인은 감시한 적이 없었다. 펠턴은 흔해 빠진 이름이다. 그래서 그 생각이 떠오를 때까지 시간이 조금 걸렸다.

"그 그레고리 펠턴?"

"바로 그 사람요."

안드레아가 처음의 허세를 조금 되찾았다.

"지구에서 가장 돈 많은 사람 중 하나죠."

지그문트는 기운이 다 빠진 채 떠 있었다. 눈을 크게 뜬 페더가 그 위에 축 늘어져 있었다. 지그문트는 전에 오래된 속담을 들은 적이 있었다. 사랑하라, 싸우지 말고. 페더는 둘을 적당히 절충하는 경향이 있었다. 오늘 밤이 바로 그런 날이었다.

"걔 어때?"

페더가 갑자기 물었다.

"걔라니?"

"안드레아, 자기의 그 귀여운 신입이 저번에 실수한 뒤로 많이 나아졌을 거 아냐. 나아졌겠지?"

페더의 손이 감각이 예민한 허벅지의 맨살을 타고 올라왔다. 지그문트는 움찔했다. 하지만 손 때문만은 아니었다.

"별로."

페더가 몸을 굴려 등을 대고 누운 채 한가롭게 기지개를 켰다.

"별로라고? 당신이 동료들하고 놀지 않기 때문에? 그건 왠지 좀 약해 보여."

안드레아가 멍청한 데다 그보다 한 세기나 더 어리기 때문이라는 건 어떨까? 아니, 그건 그녀가 페더보다 얼마나 어린지 지적하는 꼴이었다.

"그만 좀 해."

페더의 손이 좀 더 은밀한 곳에 머물렀다.

"그거 안됐네. 언제나 한 명 정도는 더 들일 공간이 있는데."

지그문트의 대답을 기다리지 않고 그녀는 친밀한 교전 상태를 이어 나갔다.

펠턴의 집 객실은 높이가 오 미터는 족히 돼 보였고, 지그문트의 집 전체보다 컸다. 돈 많은 사람들이 대부분 상징적으로 하나씩 갖고 있는 이동 부스는 구석에 아무렇게나 놓아둔 것처럼 보였다.

안드레아를 기다리던 지그문트는 장식품을 보며 감탄했다. 안마 의자, 색이 연한 플러시 천으로 짠 카펫, 홀로그램 예술품, 고급 요리 합성기……. 한쪽 벽에 있는 이 층 높이의 번쩍거리는 황동색 출입문은 위압적이었다.

안드레아가 이동 부스에서 나왔다. 거의 입을 떡 벌릴 뻔한 모양이었다.

"이 사람은 자기 이동 부스 주소가 비공개라고 생각하나 봐요."

펠턴은 돈이 많고, 인맥도 풍부하다. 지그문트는 영장 없이 그의 순간 이동 기록을 뽑아 볼 생각이 없었다. 반세기 전, 펠턴의 할머니의 할머니의…… 할머니가 이동 부스 시스템을 발명했다. 공개된 기록에 따르면 펠턴은 평생을 그 돈으로 잘 놀고먹은 작자였다.

집에는 아무도 없는 듯했다. 지그문트는 미리 연락을 하지 않았다. 만약 펠턴이 집에 있었다면 미리 경고를 받고 떠나 버렸을 수도 있었다. 베어울프도 함께. 이제는 펠턴이 안에 있다고 해도 그와 이동 부스 사이에는 에메랄드 시티만 한 문짝이 있었다.

황동색 문 근처 벽에 인터콤 화면이 보였다. 지그문트는 ARM 신분증을 들어 올렸다.

"ARM 업무로 그레고리 펠턴 씨를 만나러 왔습니다."

– 곧 사람이 갈 겁니다.

매끄러운 목소리는 AI 집사 프로그램처럼 들렸다. 화면은 계속 어두운 상태였다.

황동색 문이 열렸다. 로브를 입은 여자 두 명이 안에 서 있었다. 한 명은 키가 작고 아담한 체구에, 피부는 빨간색으로 염색했고, 말도 안 될 정도의 은빛인 머리가 허리까지 늘어져 있었다. 다른 여자는 키가 —상대적으로만— 좀 더 크고, 몸집이 더 있으며, 공들여 염색하고 다듬어 강조한 머리를 하고 있었다.

지그문트는 멍한 기분으로 네서스가 저 머리를 봤다면 어떻게 생각했을지 궁금해했다.

"다이애나 거스리예요."

키가 작은 쪽이 말했다. 손은 화려하게 조각한 문고리를 잡은 채였다.

"이쪽은 샤롤 얀스. 우린 펠턴의 친구예요. 무슨 일이시죠?"

"지그문트 아우스폴러입니다."

지그문트는 안드레아를 향해 고개를 까닥였다.

"이쪽은 안드레아 지라드 요원입니다. 펠턴 씨와 이야기를 나누고 싶습니다만. 베어울프 섀퍼와도. 아직 여기에 있다면 말입니다."

베어울프를 언급하자 키가 큰 쪽, 샤롤이 깜짝 놀랐다. 컴퓨터로 이름을 검색하자 다이애나만 펠턴의 동료로 나왔다. 샤롤은 다이애나의 친구가 분명했다.

"둘 다 여기 있습니까?"

지그문트가 재촉했다.

"죄송해요, 여기 없어요."

다이애나가 한 발짝 앞으로 나오면서 등 뒤로 문을 닫았다. 아마도 우연은 아닌 듯, 샤롤을 안에 둔 채였다.

"무슨 일이죠?"

지그문트는 마음속으로 어깨를 으쓱했다. 누군가의 집에서는 뻔히 보이는 곳에 뭐가 숨어 있을지 절대 알 수 없는 법이다.

"우리는 ARM 특별 수사대에서 소위 퍼페티어 대탈출 사건을 수사하고 있습니다."

지그문트는 잠시 말을 멈추고 다이애나가 흥미로운 반응을 내보이는지 기다렸다. 그런 행운은 없었다. 다이애나는 의자에 앉았다.

"그게 펠턴이랑 무슨 상관인지 모르겠네요."

지그문트는 휴대용 컴퓨터를 꺼내 다시 시도했다. 뭔가를 적고 있으면 사람들은 당황하곤 한다.

"베어울프 새퍼라고, 아가씨 친구분과 동행한 사람은 퍼페티어 몇 명을 알고 있습니다. 펠턴 씨는 최근 징크스에서 돌아오는 비행에서 상당한 시간을 그자와 함께 보냈죠."

"그러니까 베어울프가 어디 있는지 펠턴이 알려 줄 수 있다고 생각하는 거군요."

다이애나는 티크재 보조 탁자 위에 놓인 홀로그램 예술품의 위치를 조정했다.

"그래요, 베어울프는 여기 있었어요."

있었다고?

안드레아가 헛기침을 했다.

"다이애나…… 그렇게 불러도 될까요?"

그녀는 대답을 기다리지 않고 물었다.

"펠턴 씨는 애초에 왜 여객선에 탄 거죠?"

원래 안드레아는 듣고만 있기로 했다. 하지만 이 질문은 흥미로웠다. 펠턴은 돈이 아주 많았다.

"요원님들도 알다시피 펠턴에게는 개인 우주선이 있어요. '무한보다 느린'호라고 부르죠. 원래는 그걸 타고 징크스에 갈 계획이었어요. 그 여행에 맞게 개조하고 있었죠. 그런데 그게 오래 걸려서, 아마 부품이 모자랐던가 그랬을 거예요. 맞아요, 그랬어요. 이제 기억이 나네요. 큰 부품 회사 하나가 망하는 바람에 핵심 부품 몇 개를 구하기가 어려워졌죠. 중요한지는 모르겠지만, 아마 퍼페티어 대탈출 때문이었을 거예요. 그래서 수리를 재촉하거나 여행을 미루기보다는 그냥 여객선을 타고 간 거죠."

다이애나가 대답하자, 지그문트는 뭔가 적는 시늉을 하며 물었다.

"징크스에 무슨 급한 일이 있었습니까?"

다이애나의 몸이 굳어졌다.

"그게 퍼페티어가 사라진 거하고 무슨 상관이 있는지 모르겠네요. 그래도 대답은 해 드리죠. 펠턴은 밴더스내치 사파리에 갈 계획이었어요. 무슨 일이 있어도 그걸 하려고 했죠."

지그문트가 반사적으로 몸을 떤 것을 잘못 이해하고 다이애나는 덧붙였다.

"나도 동의해요. 장난 아닌 평지 공포증이거든요."

지그문트는 밴더스내치에 대해 잘 알았다. 하얀 달팽이처럼 생긴 이 징크스산産 짐승은 브론토사우루스보다 큰 궁극의 대형 사냥감이었다. 그리고 지능이 있었다. 사냥 면허증 발급은 이들이 경화硬貨를 얻는 주요 원천이었다. 사파리 사업을 규정하는 계약서에 따르면 사냥꾼은 사냥감에게 공정한 기회를 줄 수 있는 수준의 무기만 갖고 갈 수 있었다. 대략 사십 퍼센트의 사냥꾼이 돌아오지 못했다. 펠턴은 미친 게 틀림없었다.

"다시 좀 돌아가 볼까요. 베어울프 새퍼가 여기 있었다고 했죠. 지금은 어디 있습니까? 펠턴 씨와 함께 있습니까?"

지그문트의 물음에 다이애나는 어깨를 으쓱했다.

"아직 같이 있을 거예요. 어디 있냐고요? 그건 좀 어려운 질문이네요. 펠턴이 베어울프를 다른 모험에 끌고 갔거든요."

안드레아가 친근한 태도로 몸을 앞으로 숙였다.

"다이애나, 우리는 꼭 베어울프와 얘기를 해야 해요. 연락할 방법이 없을까요?"

다이애나는 —할 얘기가 있다면— 어느 정도까지 말해 줄 수 있는지 속으로 가늠하는 듯했다.

"난 평지인이에요. 그게 이상하다고 생각한 적 없어요. 젠장, 자부심도 있다고요. 그런데 펠턴은? 좀 달라요. 펠턴은 태양계를 여기저기 다녔어요. 열 개도 넘는 별에 가 봤죠. 밴더스내치도 사냥해 봤고, 거기서 살아남아서 그 얘기를 하고 다녀요. 하지만 그래 봤자 그 사람이 만나는 우주인들에게는 여전히 평지인일 뿐이에요. 그런데 그렇게 부르면 굉장히 짜증을 내죠."

지그문트가 얼굴을 찡그리자 다이애나는 손을 내저었다.

"지금 대답하고 있는 거예요. 펠턴의 목표는 아주 특이한 곳에 가서 아주 깜짝 놀랄 만한 일을 하는 거예요. 감히 아무도 평지인이라고 부르지 못하게 하려는 거죠. 그래서 베어울프와 같이 갔어요. 뭔가 유명해질 정도로 멍청한 짓을 하려고."

너무 늦은 걸까? 지그문트는 휴대용 컴퓨터를 향해 외쳤다.

"메두사! 개인용 우주선 '무한보다 느린'호의 위치는?"

익숙한 뱀 왕관을 쓴 머리가 형태화되었다.

– 사흘 전에 지구를 떠났습니다. 비행 계획에 따르면 교통 제어 구역을 나간 뒤 열린…….

"최대 가속도로 비행했겠지."

안드레아의 추측에, 메두사는 틀렸다고 하지 않았다.

"이미 특이점 밖으로 나갔을 거예요."

하이퍼스페이스로.

어디로 향한 걸까?

2

수백 명 단위의 군집을 이룬 시민들이 펄쩍 뛰고, 발을 구르고, 발끝으로 회전했다. 보석으로 장식한 갈기가 눈부시게 반짝거렸다. 발굽이 테라초* 바닥에 부딪치며 소리를 냈다. 소리가 때로는 일제히, 때로는 폭발적인 단음으로, 때로는 으르렁거리듯 서서히

* terrazzo, 대리석 등의 부스러기를 다른 응착재와 섞어 굳힌 뒤, 표면을 닦아 대리석처럼 만든 돌.

커졌다.

아킬레스는 불협화음을 내면서 대大무용극 영상을 멈췄다. 갈수록 이 홀로그램 쇼에 빠져 있는 시간이 늘어나고 있었다. 그것만 보며 보내는 날이 대부분이었다. 주의하지 않는다면 언젠가는 떠나지 못할 수도 있었다.

바람에 날려 온 모래가 '회상'호의 선체를 때렸다. 전망 창 밖으로 볼 수 있는 거리는 우주선 길이의 고작 몇 배 정도였다. 아주 불쾌한 세계야. 아킬레스는 생각했다.

징크스는 거대한 달걀 모양의 위성으로 모행성인 거대 가스 행성의 조석력에 의해 고정돼 있었다. 인간의 관습에 따르면 '동쪽'은 모행성이 항상적으로 보이는 방향이었다. 동쪽 끝과 서쪽 끝은 둘 다 대기권 밖으로 튀어나와 있었다. 진공을 필요로 하는 산업의 근거지였다.

징크스의 중위도 지역은 견디기 힘들 정도로 강한 중력에 맞서거나 중력을 상쇄할 수 있다면 거주가 가능했다. 인간은 대부분 동쪽에 모여 살았다.

징크스의 허리에는 짙은 대기 아래로 거대한 바다가 있었다. 적도대 어디서든 살아남으려면 고압에 대비한 장비가 있어야 했다. 방문객도 거의 없었다. 몸집이 산더미 같은 밴더스내치가 열대의 해안에서 어슬렁거렸다.

하지만 밴더스내치는 산에 오르지 못했다. 징크스 적도의 고지대에는 사람들의 흥미를 끌 만한 게 전혀 없었다. 아킬레스가 거기 숨은 이유였다.

대기가 혼탁해서 우주에서도 보이지 않았다. 사방에 널린 간헐천 덕분에 '회상'호의 열 흔적도 눈에 띄지 않았다. 간헐천에서 나오는 짙은 황 연기는 추가로 위장을 제공했다.

여기라면 몇 년이라도 들키지 않을 수 있어. 아킬레스는 생각했다. 하지만 너무 외로워서 그런 생각을 해도 전혀 즐겁지가 않았다.

GPC와 징크스인의 거래를 누군가는 풀어야 했다. 아킬레스가 바로 그 일을 했다. 매일같이 중계인과 통신 중계를 연쇄적으로 거치고, 네트워크 개인 식별 방지 서비스를 여러 겹으로 써서 일했다.

아킬레스는, 알려진 우주에 남은 뒤처리 담당자는 뒤에서 지도하는 자들로부터 사의를 받을 수 있을 것이라고 계산했던 일을 떠올렸다. 그 자신이 자원하면서 당당하게 '아킬레스는 뒤꿈치를 보였을 때만이 약점이다.'라고 외친 순간 다들 충격을 받아 침묵했던 것도 떠올랐다. 그의 상관이 쉽게 잊지 못할 광기의 폭발이었다.

아킬레스는 다시 무용극을 재생했다.

인간은 눈을 크게 뜨고 투명한 난공불락의 벽으로 이뤄진 감옥 밖을 바라보았다. 손을 떨고 있었다. 얼굴과 목에서 땀이 흘러내려 셔츠를 적셨다. 숨은 헐떡거렸다.

이동 부스 천장의 분자 필터는 아주 쉽게 산소를 공급하거나 제거할 수 있었다. 아킬레스는 아직 어떻게 해야 할지 결정하지 않은 채 조용히 지켜보고만 있었다.

"당신은 내 호의를 남용했습니다, 어니스트. 내 지능을 모욕하기도 했지요."

마침내 아킬레스가 말했다. 화가 나서 목소리가 쌀쌀맞았다. 그는 입 하나로 손님이 몰래 들여오려던 작은 전파 송신기를 집었다. 연속적인 순간 이동의 첫 단계에서 인간과 기계장치를 분리해 냈던 것이다.

"다신 그러지 않겠습니다."

어니스트가 나직하게 숨을 헐떡이며 말했다. 잘 알아듣기 어려웠다.

"그럴 겁니다."

아킬레스의 대꾸에 포로의 얼굴에 공포가 번졌다. 누군가는 죽음으로 갚아야 할지도 몰랐다. 하지만 이 졸개는 아니었다. 송신기를 준 건 징크스 신디케이트에서 어니스트보다 훨씬 더 위에 있는 자였다.

아킬레스를 방문하는 사람을 억류하게 만든 나름의 비상사태는 이 정도 수준이었다. 확실히 그 여자는 위험한 모험을 하지 않을 정도의 분별력이 있었다.

징크스에 있는 마지막 퍼페티어의 위치를 알기 위해서 정부는 얼마를 지불했을까? 아킬레스는 궁금했다.

"어차피 이런 수작은 먹히지 않았을 겁니다. 보호 장치가 활성화돼 있어 승인받지 않은 송신은 이곳에서 나갈 수 없습니다."

어니스트의 얼굴은 연한 파란색이었다. 패션이 아니라 저산소증 때문이었다. 그는 절망적으로 눈동자를 굴렸다. 무익함을 깨달아서인지, 아니면 산소를 아끼기 위해서인지 아무 말도 하지 않았다.

아킬레스는 쓸모없는 송신기를 공중에 던졌다가 받았다. 던졌다 받고, 던졌다 받고…….

"어쩌면 당신 주인은 방문객이 오는 경로를 추적할 생각을 하고 있을지도 모르겠군요."

던졌다 받고…….

"내 예방책은 거기까지 서 있었습니다. 만약 차단할 수 없는 신호를 감지했다면 당신이 이렇게 오랫동안 살아 있지는 않았을 겁니다."

그 예방책이 송신기 혹은 무기를 몰래 들여오는 것을 확실히 막을 수 있을까? 증명이 불가능한 문제인 건 확실했다. 그래도 어떻게든 아킬레스는 갈기를 쥐어뜯지 않는 데 성공했다. 그 자신이 의심하고 있다는 것을 내보여서는 안 되었다.

죽었든 살았든 어니스트를 돌려보내는 데는 의미가 있었다. 아킬레스는 혀로 제어장치를 건드려 그의 땀에 젖은 머리 위에 정체돼 있던 공기를 신선한 것으로 교환했다. 작은 감방 안에 숨겨져 있던 팬이 돌아가기 시작했다. 어니스트는 게걸스럽게 공기를 마셨다.

"당신 상관에게 전하십시오. 향후 일 년 동안 내게서 받을 비용을 전부 포기한 셈이라고. 그리고 앞으로 모든 거래는 오로지 영상을 통해서만 가능할 것이라고 이야기하십시오."

아킬레스가 입술 마디를 움직이자 어니스트는 사라졌다. 혼자 남은 아킬레스는 허공을 향해 불협화음처럼 거슬리는 소리를 냈다. 오래된 저주였다.

아킬레스는 바쁘게 시간을 보내려고 애썼다.

좋았던 시절, 그는 연구에 매진했다. 한때 스스로를 물리학자라고 여긴 적도 있었다. 크진인 세계에도 배치된 적이 있었다. 거기서 크진인 과학자들이 무모하게 수행하는 실험들을 통해 조금씩 지혜를 수집했다. 어쩔 때는 크진인의 대담무쌍함에 섬뜩하게 매료되기도 했다.

그러던 중 BVS-1 탐사 건이 생겼다.

아킬레스는 특별히 그 중성자성 임무를 감독하도록 승진해서 해냈어 행성으로 왔다. 하지만 발견한 내용을 완전히 이해할 시간은 없었다. 다시 승진해서 징크스에 있는 좀 더 큰 GPC 지사로 발령받았지만, 연구만 더 늦어질 뿐이었다.

지금은 BVS-1에서 얻은 자료를 마음껏 연구할 시간이 있었다. 하지만 시간이 갈수록 관심을 갖기가 점점 더 어려워졌다.

매일 아침이면, 완전히 홀로 깨어난 아킬레스는 그가 받을 보상—명성과 특권—이 희생에 걸맞기를 기원했다. 그러면 마찬가지로 뒤에 남아 희생하고 있는 다른 이가 떠오르곤 했다. 항성계 하나에 한 명씩. 과거 이런저런 기회에 대부분 만난 적이 있었다. 전부 사회에 맞지 않는 이들이었다. 출세를 노리던 네서스가 특히 그랬다.

마음속 깊은 곳에서 아킬레스는 알고 있었다. 바로 그게 허스에 있는 동족들이 자신을 바라보는 모습이라는 것을. 그리고 앞으로 더 나빠지기만 하리라는 것을.

고향을 떠날 의지가 있는 자들로 이뤄진 정찰대원은 항상 주의해야 할 대상이었다. 그런데 어느 날, 엄청난 재난 소식이 들려왔다. 그 충격은 모두를 절망에 빠뜨렸다. 징크스에서 멀쩡히 움직이는 건 아킬레스를 비롯한 극소수였다. 겁을 먹고 배를 끌어안고 꼼짝도 않는 수백 명을 집결지로 옮기느라 얼마나 고생을 했던가! 탈출선에서 그들을 끌어 내리는 보기 흉한 광경을 상상하면서 얼마나 마음이 아팠던지. 이제 무리는 전보다도 더 정찰대원을 경멸할 터였다.

무슨 일인지 웅웅거리는 바람 소리마저 외롭게 들렸다. 이제 심지어는 인간에게 연락이 오기를 갈구하게 됐으니, 감히 무리를 만날 엄두도 나지 않았다.

아킬레스는 풀과 곡물을 섞은 죽을 합성했다. 그리고 죽을 기계적으로 씹으며 생각했다. 오늘은 무용을 다시 틀기에 너무 이를까? 뒤에서 지도하는 자들에게 안전하게 고향으로 돌아갈 수 있다고 말하기에는 너무 이를까?

귀에 거슬리는 비브라토 경고음이 울리며 그의 생각을 쫓아버렸다. 누가 이 통신 ID를 쓸 수 있는 거지?

아킬레스는 조심스럽게 대답했다.

"팔, 팔, 삼, 이, 육, 칠, 칠, 영."

"내 GP 선체가 고장 났소."

누군지 모르는 인간이 말했다.

아킬레스는 목소리로만 대꾸했다. 연락한 이는 그러지 않았다. 말을 하고 있는 남자는 징크스 기준으로는 체구가 크지 않았지만, 다른 인간 세계의 기준으로는 충분히 덩치가 좋았다. 마치 황소처럼 보였다. 옆에 서 있는 바싹 마른 사내에 비하면…….

베어울프 섀퍼!

하지만 고장이라고? 그건 불가능했다. 하필이면 베어울프 섀퍼라는 우연의 일치는 중요성을 잃고 말았다.

"뭐라고 했습니까?"

아킬레스가 물었다.

"내 이름은 그레고리 펠턴이오. 십이 년 전에 GPC에서 2호 선체 두 기를 샀지. 한 달 반 전에 그게 고장 났소. 집으로 천천히 돌아오는 동안 중재 기간을 써 버렸는데 말이오. 퍼페티어와 이야기할 수 있겠소?"

아킬레스는 카메라를 켰다. 베어울프가 자신을 알아볼지 궁금했다. 그와 GP 선체에 약점이 있다는 뜻밖의 일은 도대체 어떻게 된 걸까? 아킬레스는 치명적일 정도로 짙은 외부 대기와 '회상'호가 자신을 보호해 줄 것인지에 대한 의심이 무너지는 것을 의식하지 않으려고 애썼다.

"이건 꽤 심각한 일입니다. 당연히 전액 보상해 드리겠습니다. 상황을 자세히 묘사해 주시겠습니까?"

펠턴은 기꺼이 그렇게 했다. 사뭇 열심이었다. 그는 얼마 전

자신들이 탐사한 초기 항성계의 기이한 성질을 장황하게 설명해 주었다.

"알았습니다."

아킬레스가 말했다. 진심이었다. 그 둘이 바보라는 사실을 알 수 있었다.

"물론 사과가 충분하지는 않겠지만, 그건 당연한 실수였습니다. 은하계 어디에나, 게다가 그 정도 양의 반물질이 있을 수 있다고는 생각하지 못했습니다."

인간 둘이 몸을 움찔했다.

"반물질이라고?"

펠턴의 목소리가 이상할 정도로 부드러워졌다.

"물론입니다. 당연히 변명의 여지는 없습니다. 하지만 곧바로 알아챘을 텐데요. 보통의 성간가스가 아주 작은 폭발을 계속 일으켜 행성의 표면을 매끄럽게 만들었고, 미성숙 항성의 온도를 상상 이상으로 올려놓았습니다. 그리고 믿을 수 없을 정도로 아주 강한 방사능을 유발하고 있습니다. 이런 점에 대해 의문을 전혀 갖지 않았다는 말입니까? 그 항성계가 은하계 너머에서 왔다는 사실을 알고 있었잖습니까. 인간은 아주 호기심이 많다고 알고 있는데, 그렇지 않습니까?"

"선체 얘기 중이었소만."

펠턴의 굳은 표정에는 물음표가 떠올라 있었다.

"GP 선체는 작은 동력 장치를 이용해 인공적으로 강화한 원자 사이의 결합력을 가지고 만든 인공 분자입니다."

아킬레스는 설명하는 데 정신이 팔려 자신이 귀중한 정보를 흘리고 있음을 깨달았다. 누군가와 이야기하는 것을 얼마나 바랐던가! 말을 멈추기에는 너무 늦었다.

"강화한 분자의 결합력은 어떤 종류의 충돌도 견디고 수십만 도의 온도 또한 견뎌 냅니다. 하지만 어느 정도 이상의 원자가 반물질과 충돌해 폭발함으로써 날아가 버리면 분자로 자연스럽게 분해되지요."

펠턴은 고개만 끄덕였다. 할 말이 없어진 모양이었다.

"보상금은 언제 전달하면 되겠습니까? 사망자가 없으니 운이 좋은 겁니다. 자금이 별로 안 남았거든요."

대꾸 없이 연결이 끊겼다. 아킬레스는 펠턴이 다시 연락할 거라고 생각했다. 그때까지는 그 자신과 두 인간 중 누가 더 기분이 오싹할지 확실히 알 수 없었다.

3

경보가 울렸다.

"ARM에 알린다. 반복한다. ARM에 알린다. 징크스가 공격받고 있다."

지그문트의 책상 위에 갑자기 나타난 홀로그램 속에서 엄숙한 표정의 남자가 빠른 속도로 말했다. 제복 이름표에는 '릭먼'이라고 씌어 있었다.

퍼페티어가 사라지는 바람에 지그문트는 시간을 모조리 그 일에 쏟아야 했다. 징크스 감시는 다른 사람에게 맡길 수밖에 없었다. 아주 중요한 사안만 메시지 필터를 통과해 들어왔다. 릭먼의 메시지 코드는 'COSMIC'이었다. 이보다 우선순위가 높은 건 없었다.

개척지 세계는 하나같이 독립에 예민했다. 징크스는 그 어느 곳보다 더했다. 정말 절박한 상황이 아니라면 ARM에 도움을 요청하지 않았을 것이다.

지그문트는 경보음을 껐다. 홀로그램 구석에서 깜빡이는 아이콘은 이 메시지가 ARM과 징크스 수비대Jinx Defense Force, JDF 표준에 따라 두 겹으로 암호화되어 있음을 나타냈다. 지그문트는 아이콘 바로 아래에 떠 있는 중계지 코드를 흘긋 보았다. 메시지는 명왕성 바깥의 하이퍼웨이브 중계지인 사우스워스 기지와 시리우스 A의 특이점 바로 바깥, 비슷한 궤도에 있는 제임스 P. 밴 기지를 거쳐 왔다. 진짜가 아니라고 부정하려고 해도 할 수가 없었다.

"광속의 팔십 퍼센트로 시리우스계를 향해 돌진하는 우주선 크기의 물체를 포착했다. 반복한다. 광속의 팔십 퍼센트다. 이전의 관측 기록에 따르면 궤도를 변경하고 있다."

조준하는 건가?

지그문트의 사무실 밖 복도에 사람들이 몰려들었다.

"크진인이야?"

누군가 속삭였다. 다른 사람들이 동의하듯 중얼거렸다.

ARM 해군 병력이 집결하고 있을 게 분명했다. 만약 징크스가 공격받고 있다면 지구라고 아닐 이유가 어디 있겠는가? 게다가 쥐고양이 말고 누가 그러겠는가?

광속에 가까운 물체라면 질량 병기라는 뜻이었다. 그 정도 속도로 움직이는 우주선 정도의 질량은 행성을 날려 버릴 수도 있었다. 어떻게 막을까? 그런 충격에는 아무도 살아남을 수 없다. 쥐고양이들이 왜 이런 짓을 할까?

징크스에서 밴으로, 다시 사우스워스에서 지구로. 중력 우물 속에서 광속으로 기어 와야 하는 시간이 있어서 거의 하루는 늦어졌을 터였다. 징크스인이 아직 살아 있을까?

"모두 조용히."

지그문트가 말했다.

그때, 전송되는 메시지 속에서 JDF 제복을 입은 여자가 릭먼의 귀에 뭐라고 속삭였다.

"잠시만."

릭먼은 그렇게 말하고 카메라를 등졌다. 여러 남녀가 모여들었다.

– 음성이 소거되었습니다. 입술을 읽은 결과 전파 신호 이야기입니다. 아마 침입자에게서 온 것 같습니다. 지금은 소리도 들리지 않고 입술을 읽을 수도 없습니다.

메두사가 말했다.

누가 세계의 종말을 알리는 메시지에서 소리를 끈 거야? 지그문트는 의아했다.

릭먼이 다시 카메라를 향했다. 눈 속에는 두려움 대신 분노가 담겨 있었다.

"방금 그 물체에서 메시지를 받았다. 그레고리 펠턴이라는 망할 놈의 평지인 소유라고 한다. 그자는 구조를 요청하고 있다. 감속 중이니 아마도 공격은 아닌 듯하다. 이 머저리에 대해 아는 게 있나?"

지그문트는 '훌륭한 시민. 비행 기록은 없음.'이라고 전송했다. 그리고 생각했다. 적어도 베어울프 섀퍼와 같이 다니기 전까지는 훌륭했지. 하지만 징크스인이 지그문트의 이런 의심까지 알아야 할 필요는 없었다.

그런데 펠턴은 어디서 돌아오는 걸까? 그리고 아인슈타인 공간에서 어떻게 광속의 팔십 퍼센트까지 도달했을까?

이동 부스는 지그문트를 ARM 본부에서 아틀란티스로 데려다 주었다. 아틀란티스? 창문 너머로 가오리 한 마리가 한가하게 물결치듯 움직였다. 햇빛을 받은 수정처럼 깨끗한 물속에는 산호들이 반짝이고 있었다.

카를로스 우가 현관 객실 구석 그늘진 곳에서 나타났다.

"미안하게 됐소, 지그문트. 사람들 반응 보는 게 너무 재미있어서 미리 얘기를 잘 안 해 주지."

"박사님 집으로 이동되는 줄 알았습니다."

지그문트가 말했다. 엄청난 압력으로 유리창을 짓누르고 있는 물에 대해서는 생각하지 않으려 했다. 로비 장식은 주로 조개껍데기, 유목流木, 그물, 바다 풍경을 그린 그림 따위였다. 마치 그것만 생각하는 인테리어 디자이너가 만든 해산물 식당 같았다.

"여기가 집이오. 어쩌다 보니 대산호초 안에 살게 됐소."

카를로스는 장난치듯 말했지만, 이렇게 생태학적으로 취약한 지역에 살기 위해서는 돈만으로는 부족했다. 국제연합의 허가가 있어야 했다. 이 황금 유전자를 지닌 사내가 누리는 또 다른 특전인가?

그때, 페더가 나타났다. 그녀의 얼굴에 떠오른 혼란스러운 표정은 어디서도 보기 힘든 것이었다. 지그문트는 집주인에게 양해를 구했다.

"카를로스 우 박사님, 페더 필립 요원입니다."

"카를로스라고 부르시오."

박사는 정열적으로 페더의 손을 잡고 흔들었다. 그리고 음료와 다과를 권했다. 쏠배감펭lionfish은 산호들 틈에 숨는다는 이야기를 하는 그는 전반적으로 열정에 넘쳐 흥분해 있었다.

짜증 나게 매력이 있단 말이야. 지그문트는 생각했다. 아니면, 박사가 활발하게 구는 데 다른 이유가 있는 걸까?

재빨리 자료를 검색해 보니 카를로스는 예전에 샤롤 얀스와 어울렸음을 알 수 있었다. 베어울프를 만난 뒤에 그 여자가 박사에게 연락했을까?

"불시에 연락드렸는데도 만나 주셔서 감사합니다, 카를로스."

박사가 안마 의자를 향해 손짓했다.

"앉으시오. 여러분은 당연히 환영이지. 도울 수 있어 기쁘오.

그럴 수 있다면 말이지만. 아직 설명을 안 했는데, 바라건대 은하핵이 또 폭발했다는 건 아니겠지?"

"그렇게 극적인 건 아닙니다. 반대죠. 그래도 천재 천체물리학자와 몇 분 이야기를 나누는 건 아직 유용할 것 같아서요."

지그문트가 말했다.

JDF는 사람들을 잠시 당황하게 했던 일을 아직 공개하지 않았다. 만약 침입자의 존재를 아무도 드러내지 않는다면 JDF는 그 사건을 비밀로 할 작정인 거라고 지그문트는 추측했다.

페더가 의자 위에서 몸을 움직였다.

"하나 가정하고 질문할 게 있어요. 제가 커다란 물체를, 우주선 정도 되는 걸, 음, 광속의 팔십 퍼센트쯤으로 가속하려고 한다면 어떻게 해야 하죠?"

"다른 변수가 더 필요한데."

카를로스는 커피 탁자 위에 놓은 소라 껍데기를 만지작거렸다.

"하지만 굳이 왜? 하이퍼드라이브로 가면 빛보다 빠르잖소."

"가정한다면요."

페더의 말에 대답하는 대신 카를로스는 소라 껍데기를 입에 대고 바람을 불었다. 깊고 울리는, 마음을 사로잡는 소리가 났다.

매력적인 거야, 뻔뻔한 거야? 지그문트는 또다시 궁금했다. 마음속 한구석에서 오래전에 게티 박물관에서 본 르네상스 시대의 스케치 하나가 떠올랐다. '소라 껍데기를 부는 트리톤'이라는 제목인 것 같았다. 카라바조Caravaggio였나? 아니, 카라치Carracci였다.

지그문트가 만난 퍼페티어는 전부 인간의 신화에서 차용한 이름을 갖고 있었다. 보통 그리스신화였다. 트리톤은 아직 만난 기억이 없었다. 그렇다고 아예 없다는 얘기는 아니었다. 지그문트는 이름을 잘 기억하지 못했다.

카를로스가 소라를 내려놓았다.

"가장 뻔한 답은 램스쿠프요. 초기 항성 간 무인 탐사선은 전부 램스쿠프였으니까. 승무원을 보호하는 문제가 해결된 뒤에는 개척선도 램스쿠프였고. 물론 전부 하이퍼드라이브를 얻기 전 얘기지만 말이오."

"물론이죠."

지그문트가 대꾸했다.

"물론 이런 대답을 원한 거면 날 찾지도 않았을 테지."

카를로스는 손안에서 소라를 이리저리 뒤집었다.

"시간이 얼마나 있소? 우주선 가속하는 시간 말이오."

"대략 삼 개월입니다."

펠턴과 베어울프가 우주로 튀어나와 징크스인을 위협한 건 지구에서 사라진 지 삼 개월 뒤였다.

"램스쿠프로 하기에는 시간이 너무 짧은데."

소라 껍데기 소리가 더 들렸다. 가오리는 지루해졌는지 어디론가 떠났다. 은빛 물고기 떼가 지그재그로 움직이며 지나갔다.

"어려운 문제군. 우주선이 연료를 충분히 갖고 있다고 가정해도 추진기나 핵융합 엔진으로는 시간이 너무 짧소."

카를로스는 소라 껍데기를 내려놓고 갑자기 일어섰다.

"미안하오. 두 분 마실 거라도 들겠소?"

몇 분 전에도 음료를 가져다주겠다고 했다. 머리가 막혀 있는 걸까, 아니면 그냥 예의를 차리는 걸까? 어쩌면 천재가 되는 건 힘든 일이라 대답하지 못한다는 사실을 당황스러워하고 있을지도 몰랐다.

지그문트는 그냥 고개만 저었다.

"전 됐어요."

페더가 말하며 일어서더니 산호를 보러 갔다.

"기분이 편안해지네요."

그녀는 유리 벽에 등을 돌렸다.

"너무 편안해져요. 카를로스, 다시 일 얘기를 하자면요. 절 멍청하다고 해도 좋지만, 이해가 잘 안 가네요. 전 사흘 만에 일 광년을 가는 우주선에 타 봤어요. 우주선이 삼 개월 만에 광속에 접근하는 게 왜 안 되죠? 단순하게 하이퍼스페이스에서 나와 속도를 조금 줄이면 되지 않나요?"

"멍청하지 않소, 페더. 아주 예리한 질문이오."

카를로스는 유리 벽 옆에 서 있는 페더에게 다가갔다. 그가 바다를 가리켰다.

"물속에 있는 물고기와 공기 중에 있는 물고기는 아주 다르지. 노멀 스페이스와 하이퍼스페이스도 마찬가지로 다르다오."

저 허술한 은유는 뭐지? 지그문트는 의아했다. 카를로스가 수작을 걸고 있는 걸까?

여자들은 그의 아이를 갖기 위해 애원했다. 물론 출산권이 있는 여자들이지만. 지그문트는 카를로스가 ARM의 정신분열증 환자에게 관심이 있다고는 상상할 수 없었다.

"일단 우주선이 특이점 밖으로 나오면 속도가 어떻든 하이퍼스페이스로 도약할 수 있어요. 맞나요?"

"맞소."

카를로스가 말했다.

"그리고 하이퍼스페이스에서 우주선은 사흘 동안 일 광년을 움직이죠."

지그문트가 말을 받았다.

카를로스는 유리 벽 옆에 있는 바다 풍경 그림 속으로 손을 뻗었다. 프리깃함과 폭풍우가 사라지면서 합성기가 드러났다. 보이지 않는 센서가 있는지 물 한 잔을 든 손이 빠져나오자 다시 홀로그램이 복구되었다.

"그게 '롱샷'호가 아니라면 말이오. 맞다면 고작 일 분 남짓에 일 광년을 움직일 수 있지."

"그 우주선이 하이퍼스페이스를 빠져나온다면요?"

지그문트가 물었다.

"하이퍼스페이스에 들어갈 때 속도와 같소. 조금도 빨라지거나 느려지지 않지. 아인슈타인 공간 속의 속도와 하이퍼스페이스는 서로 독립적이오."

"그러니까 가능하단 거네요. 가정해서 말하자면."

페더가 말했다.

"가정이 아닌 것 같은데. 관심을 보이는 걸 보니 실제일지도 모르겠군.”

카를로스는 천천히 잔을 들어 물을 마셨다. 얼음 부딪치는 소리가 났다.

“현실은 항상 이론을 이기지. 추측을 하나 던져 볼까. 음…… 아웃사이더요?”

4

“보고서를 읽어 봤습니다.”

니케가 말했다. 목소리와 밝은 눈빛이 두드러졌다. 몸은 가냘프고 나긋나긋했다. 가죽은 순수한 크림색으로 놀랍게도 아무 얼룩도 없었다. 플러시 천으로 만든 —실험당의 색깔인— 주황색 리본이 화려하게 땋은 갈기를 장식하고 있었다.

“긴급히 자문을 요청한 건 잘한 일입니다.”

아킬레스는 깜짝 놀라 몸을 떨었다. 니케가 직접 나오다니!

비밀 임원회는 성격상 외부 세계의 재난을 다룬다. 하지만 ‘뒤에서 지도하는 자’들은 당연히 허스에 머무른다. 그런데 하이퍼웨이브 통신은 행성의 특이점 안에서는 작동하지 않는다. 니케는 의논을 하기 위해 직접 우주로 나와야 했다.

아킬레스도 마찬가지였다. 물론 징크스에는 아킬레스가 일을 맡길 다른 이가 전혀 없었다. ‘회상’호의 함교 전망 창 밖으로 시리우스가 멀리서 밝은 점으로 빛났다.

"중요한 일이라 아셔야 할 것 같았습니다."

그레고리 펠턴은 아웃사이더로부터 알려진 우주에서 '가장 기이한' 세계의 좌표를 샀다고 주장했다. 반물질 항성을 공전하는 반물질 세계. 가장 기이하다고 할 만했다.

아킬레스는 니케가 그 차분한 설명에 적절히 인상을 받았는지 궁금했다.

여섯 개의 세계에 사는 인구 전체가 이미 비행 중이다. 아킬레스는 그 과정에서 새로운 재앙을 발견한 것이다. 알려진 우주로 들어온 반물질 항성계. 그 존재를 추측해 낸 건 아킬레스였다. 그곳의 위치를 인간이 알고 있다는 사실을 확인했다. 그 위험은 가히 측정할 수 없을 정도였다. 다가오고 있는 은하핵의 폭발보다 훨씬 더 가까웠다.

"GP 선체가 파괴된 건 확실합니까?"

니케가 물었다. 그 낮은 음조는 아무리 작더라도 다른 가능성이 없는지 묻고 있었다.

아킬레스는 확신을 뜻하는 아르페지오로 당당하게 대답했다.

"안타깝지만, 확실합니다. 제가 '무한보다 느린'호의 잔해를 조사했습니다. 하이퍼드라이브, 생명 유지 장치, 핵융합 반응로, 전부 가루가 된 찌꺼기에 덮여 있었습니다. 분광분석 결과 선체 물질임이 밝혀졌습니다. 원인은 의심하셔도 좋지만, GP 선체가 파괴된 건 믿으셔야 합니다."

"좋습니다. 내가 그 보고를 믿고 이곳의 전문가가 당신의 결론을 확인했다는 점을 고려하면 그 인간들이 아주 많은 양의 반물질을 발견했다는 사실을 받아들여야겠지요. 그 인간들 말이 아웃사이더가 반물질 항성계로 데려다 줬다고요?"

그건 떨림이었을까? 니케의 목소리에? 만약 그랬다면 아킬레스는 공감했다.

아웃사이더는 은하계의 원로 종족이다. 그들은 액체헬륨으로 이뤄져 있어 다른 지성 종족이 선호하는 온기를 피해 다닌다. 은하계를 여행하며 다른 종족과 교역을 한다. 주로 지식을 판다. 그들의 과학과 기술은 다른 종족을 크게 능가한다. 아웃사이더는 상상할 수 없는 힘을 지니고 있었다.

물론 아웃사이더가 반물질 항성계에 접근할 수 있다는 사실은 아킬레스를 겁에 질리게 하지 않았다. 아웃사이더는 시민들만큼이나 공격성이 없었다.

하지만 인간은 다르다.

허스의 대형 포식자는 아주 오래전에 멸종당했다. 시민들은 기술적으로 진보한 모든 종족에 대해 걱정이 있었지만, 우주를 여행하는 육식동물은 당연히 본능적인 공포를 불러일으켰다. 크진인에 대한 반감과 두려움은 다른 종족의 위협에 눈을 뜨지 못하게 했다. 인간은 폭력적이고 호기심이 많으며 팽창을 지향한다. 크진인의 대항 세력으로서의 역할 때문에 인간의 그런 성질은 대부분 양해가 되었던 셈이다.

너무 봐줬어. 하지만 반물질을 가진 인간이라면? 아킬레스는 생각하는 것만으로도 벌벌 떨렸다.

"아웃사이더가 데려다 줬다는 건 좋은 소식입니다, 부장관님.

반물질 태양계가 인간이 접근할 수 없을 정도의 속도로 지나가고 있다는 뜻이니까요."

니케가 조심스럽게 동의하며 고개를 까닥였다.

"그걸 믿는다면 좋은 소식이겠지요."

니케를 설득할 수 있으면 난 허스에, 그리고 내 경력에 훌륭한 공헌을 하는 거야. 아킬레스는 생각했다.

"제가 처음 받은 펠턴의 전파 신호는 상당한 청색편이를 보였습니다. 즉 그 고장 난 우주선이 징크스를 향해 상대론적인 속도로 다가오고 있었다는 말니다."

대략 광속의 팔십 퍼센트였다.

"그게 왜 중요하지요?"

니케가 노래하듯 말을 이었다.

"아. 하이퍼드라이브가 있으니까 인간은 노멀 스페이스에서 그렇게 빨리 갈 이유가 없겠군요. 만약 필요하다면 할 수는 있습니까?"

"램스쿠프를 이용하면 몇 달 정도 걸려서 할 수는 있습니다. 하지만 '무한보다 느린'호는 램스쿠프 우주선이 아닙니다. 인간이 현재 사용하는 기술로는 안 됩니다. 남은 우주선에서 제가 본 건 표준 장비뿐이었습니다."

아킬레스는 억제하지 못하고 갈기를 쥐어뜯었다.

랑데부가 가능한 정도까지 감속하는 데는 시간이 오래 걸렸다. 고장 난 우주선으로 몇 번이고 반복해서 시리우스계를 뚫고 지나갔다. 중력 저항을 받아 시뻘겋게 빛이 났다. 한 번 지나가면 우주선은 눈에 뜨일 정도로 느려졌고 다시 하이퍼스페이스로 돌아가 시리우스를 한 바퀴 돈 뒤 같은 과정을 반복했다. 중력 저항은 반대로 작용하지 않았다.

"아웃사이더가 펠턴의 우주선을 끌어 줬습니다. '무한보다 느린'호가 그 정도 속력을 얻을 수 있는 유일한 방법이었지요."

아킬레스가 결론을 지었다.

한참 동안 생각에 잠겨 있던 니케가 중얼거리듯 말했다.

"베어울프 섀퍼가 다시 나타난 게 신경 쓰이는군요."

아킬레스 역시 처음에는 그랬다. 그 뒤로 시간을 갖고 생각하자 다른 결론을 내릴 수 있었다.

"외람되지만, 부장관님, 베어울프의 존재는 상황을 더 잘 설명해 줍니다. 그자가 '롱샷'이라고 이름 붙인 우주선은 실험체였습니다. GPC도 장비를 갖추기에는 끔찍하게 비쌌지요. 만약 은하핵으로 가거나 그곳에서 돌아오는 길에 무슨 일인가 잘못되었다면 우리 능력으로는 복구하기 어려웠을 게 분명합니다. 베어울프를 파견하기 전에 제가 개인적으로 아웃사이더 우주선 몇 척에 하이퍼웨이브로 연락했습니다. 말을 전해 달라고 했지요. 만약 '롱샷'호가 고장 났다면 아웃사이더가 우주선을 구조할 수 있었을 겁니다."

"그렇군요. 그러니까 펠턴의 조난신호는 베어울프가 쓸 수 있도록 당신이 아웃사이더에게 남겨 놓은 넷 주소를 이용했다는 소리군요."

"정확합니다."

"그리고 그 두 인간은 펠턴이 그곳으로 멋지게 원정을 떠날 때까지 그 발견을 비밀로 할 생각이었다는 거고요."

"펠턴은 그렇게 말했습니다. 진심인 것 같았습니다. 그럼에도 반물질 항성계는 아주 빠른 속력으로 움직이고 있는 게 분명합니다. 그 존재를 안다는 것만으로 우리에게 위험이 되지는 않을 겁니다."

"잠시만."

니케 쪽 신호가 멈췄다. 소리도 죽었다. 아킬레스는 긴급히 논의하는 모습을 상상했다.

"이곳에 있는 조언자들도 당신의 이성적인 평가에 동의하고 있습니다. 나 역시 마찬가지고요."

자부심과 안도감이 찾아오며 몸이 떨렸다.

"그러면 이 문제는……."

니케가 말을 잘랐다.

"한 가지 걱정이 있습니다. 이 위협이 단기적이라는 데는 동의합니다. 그러나 이 일에 인간 정부가 관여돼 있다면 우리를 놀라게 할지도 모릅니다. 펠턴과 베어울프를 면밀히 관찰해야 할 겁니다."

5

'갬볼러Gamboler'호의 디스플레이 벽면에 시민들이 하나씩, 혹은 몇 명이서 함께 한가로이 걷거나 종종걸음 치거나 느릿느릿 뛰어갔다. 발굽이 부딪치는 소리. 동료 의식의 조화. 익숙한 얼굴들. 기억에 생생한 버릇들. 위안이 되는 존재들.

이제는 모두 사라졌다.

계속 반복되는 기록이 넌지시 암시하는 바가 네서스의 의식 속으로 뚫고 들어왔다. 그럴 수만 있다면 네서스는 사지 없는 공처럼 둥글게 말고 있는 몸을 절대 풀지 않을지도 몰랐다. 공기가 참을 수 없을 정도로 나빠지자 네서스는 몸을 살짝 느슨하게 풀었고, 잠시나마 시각과 청각이 돌아왔다. 그건 위안일까? 아니면 두 감각을 포기한 데 대한 질책일까? 어쩌면 똑같이 둘 다 의미하는 것일지도 몰랐다.

네서스가 확실히 알 수 있는 것이라고는 기록을 끄면 참을 수 없다는 사실이었다.

대피선은 예정된 시간이 지나도 허스에 도착하지 않았다. 아무 소식도 없었다. 비상 부이도 없었다. 희망도 없었다. 다들 조종사가 너무 고향에 돌아오고 싶었던 나머지, 혹은 핵폭발이 너무나 두려워 멍했던 나머지 하이퍼스페이스에서 나오는 순간을 너무 오래 지체했을 거라고 추측했다. 또 하나의 우주선이 —네서스의 친구와 동료를 태운 채— 굶주린 특이점의 위장 속으로 희생되고 만 것이라고.

바깥 우주에서 퍽의 목소리가 들렸다. 비꼬는 듯하면서도 현명한 목소리. 절망으로 인해 울부짖으며 네서스는 몸으로 머리 둘을 단단히 덮었다.

버려진다는 건 상처받는 일이다.

처음은 그가 네서스라는 이름을 택하기 훨씬 전이었다. 아주 어렸을 때라 다른 세계가 존재한다는 건 알고 있었던가? 다른 지성 종족의 존재는? 아마 몰랐던 것 같다. 그때는 고작 세 살이었고, 키도 어른에 미치지 못했다. 네서스는 할 일 없이 떨어진 나뭇가지에서 껍질을 벗겨 내 입술 사이로 조각을 굴리던 일이 떠올랐다.

'넌 이상해.'

무리 깊숙한 곳에서 누군가 말했다. 누군지는 보이지 않았다.

'이상해.'

알 수 없는 목소리가 똑같이 따라 했다. 더 많이.

'이상해. 이상해. 이상해.'

노랫가락이 허공을 가득 채웠다. 놀이터를 둘러싼 높은 벽에 반사돼 메아리쳤다.

'이상해. 이상해. 이상해.'

멀리서 어른들이 바라보고 있었다. 경멸하듯 입술이 구부러져 있었다.

'난 안 이상해.'

네서스는 우겼다. 하지만 자기 말에 대한 확신은 없었다.

무리의 형태가 눈에 띄었다. 사방에서 무리가 멀어졌다. 네서스 주변에 텅 빈 공간이 생겼다. 그는 굴복하듯 머리를 낮췄다.

'난 안 이상해.'

나직하게 중얼거렸지만, 네서스도 자신이 이상하다는 것을 알고 있었다.

여전히 어른들은 가만히 있었다. 이상하다는 건 나쁜 게 분명했다. 머리가 더욱 낮아졌다. 네서스는 친구들보다 더 많은 일을 알아챘다. 그게 나쁜 걸까? 그는 여전히 동료를 갈구했다. 여전히 무리에 속하고 싶었다.

네서스는 친구라고 생각했던 이들을 향해 슬그머니 움직였다.

'같이 놀자.'

네서스가 노래했다.

그들은 혐오스럽다는 소리를 내며 옆걸음으로 멀어졌다.

네서스는 절망에 빠져 땅에 쓰러졌다. 두 개의 목을 구부려 배 아래에 넣고 단단히 감쌌다.

전에 한번은 부서진 장난감에 베인 적이 있었다. 그 깊은 상처는 아팠지만, 부모님이 두려움에 질려 지은 마비된 듯한 표정만큼은 아니었다. 배척당한 건 그보다 훨씬 더 아팠다.

그때 우연히 향한 시선이 네서스의 인생을 송두리째 바꿔 놓았다. 수천 개의 작은 발굽에 짓밟혀 누더기가 된 초원에 돌이 살짝 튀어나와 있었다. 바위의 결이 반짝였다. 네서스는 머리 하나를 이리저리 움직이며 자세히 살펴보았다. 그런 건 생전 처음이었다.

'이건 왜 이렇게 빛나지?'

네서스는 큰 소리로 의문을 던졌다. 돌에 매료된 그는 풀밭을 물어뜯어 엉켜 있는 뿌리에서 바위를 캐냈다.

언제부터 조롱 소리가 사라진 걸까? 네서스는 눈치채지 못했다. 얼마 뒤 그는 어린 퍼페티어들이 주변에 몰려들어 목을 길게 빼고 왜 따돌림을 무시하는지 살펴보고 있다는 것을 의식했다.

그날 네서스는 자신이 절대로 무리에 끼지 못한다는 사실을 알았다. 그리고 다른 것도. 주변 세계의 경이에서 위안을 얻는 방법이었다.

세월이 지난 뒤에야 깨달았지만, 바로 그게 정찰대원의 길로 가는 첫걸음이었다.

아직 세계를 마주할 준비가 되지는 않았지만, 네서스는 알았다. 시간이 되면, 구원의 손길이 외부에서 뻗어 올 게 분명하다는 것을.

끔찍한 비명이 네서스를 깨웠다. 깊은 긴장 상태에서 깨어난 충격과 공포로 인해 옆구리가 들썩였다. 머리 두 개가 재빨리 움직이며 위험을 살폈다.

메시지 경고등이 주 조종 장치에서 깜빡이고 있었다. 초기에 듣지 못하자 비명처럼 커진 모양이었다. 얼마나 늦었지?

"경보음 소거. 메시지 재생."

홀로그램이 나타났다. 니케였다.

네서스는 무심하게 바라보았다. 비밀 임원회의 지도자인 니케. 실험당의 떠오르는 별 니케. 카리스마가 넘치는 니케. 네서스가 시선을 끌기 위해 —아직 성공적이지 않았다— 연이어 위험한 임무에 자원하는 이유인 니케.

네서스는 자신이 그렇게 무심할 수 있다는 사실에 놀랐다. 억지로 메시지를 재생했다.

홀로그램 속 니케가 말했다.

"시급한 문제가 발생했습니다. 이 문제를 해결하는 것을 최우선 과제로 삼으십시오."

내용을 듣자 점점 무서워졌다. 엄청난 양의 반물질의 위치를 알고 있는 유일한 인간 두 명이 지금 지구로 오는 길이었다. 어찌된 일인지 네서스가 그 인간 둘을 감시해야 했다.

아웃사이더도 물론 좌표를 알았다. 그리고 정보에 대한 대가로 터무니없는 금액을 원했다. 아웃사이더에게 돈을 낼 이유는 없었다. 하지만…….

"가장 중요한 문제는 이겁니다, 네서스. 그 인간들이 다시 갈 생각이 있는지 알아야 합니다. 다시 탐험을 한다고 해도 첫 번째와 마찬가지로 실패하겠지만 그래도……. 이곳의 전문가들은 충분한 자원이 있다면 인간이 위험한 양의 반물질을 갖고 돌아오는 게 가능하다고 생각합니다. 적어도 반물질 항성계가 인간이 닿을 수 있는 범위를 벗어날 때까지 그런 위험이 생길지 알아야만 합니다. 허스에 있는 모두가 당신에게 의지하고 있습니다."

니케가 강조했다.

네서스로 하여금 이곳에 남아 홀로, 몇 년 동안, 감시하고 있으라는 저주였다.

"당신 신용이 좋군."

이리나 고리츠카가 네서스에게 말했다. 네서스의 눈에 보이는 피부는 빨간색과 흰색의 줄무늬로 염색돼 있었다. 막대 사탕이 떠올랐다. 게랄드 하우스라고 소개한, 함께 온 남자의 뺨은 노란색 별무늬로 덮여 있었다. 머리는 둘 다 면도했다.

이제 GPC의 지급—우회 경로를 거친—이 마무리되었다.

네서스는 상대를 관찰했다. 매혹적이면서도 동시에 섬뜩했다. 외계인을 대하는 건 언제나 압박이었다. 게다가 이들은 외계인 중에서도 배신자들이다. 그렇다면 이들의 신뢰도는 얼마나 깎이는 걸까?

네서스가 바라보고 있는 건 실제 사람이 아니라 아바타였다. 그가 원하는 서비스를 제공하는 자들은 이방인에게 모습을 보이지 않았다. 모습을 드러내지 않는 이방인에게는 특히 더.

네서스 역시 모습을 드러낼 생각이 없었다. 지금 그는 인간의 얼굴을 보여 주고 있었다. 상대의 얼굴과 목소리 역시 가짜일 게 거의 확실했다. 저쪽에 있는 건 둘이 아니라 열 명의 남녀일지도 몰랐다. 네서스의 인간 아바타는 내내 무감각한 시선을 던지고 있었다.

"적절한 자금을 갖고 있다고 말했지 않습니까."

"그게 필요할 거야. 이 사람들은 인맥이 좋거든. 그레고리 펠턴을 직접 감시할 수는 없어. 어떤 보호 장치도 할 수 있을 정도로 돈이 많으니까. 우리 초기 조사 결과를 보면 실제로 전부 사용하더라고. 보초, 경보 시스템, 집이랑 사무실은 물론이고 휴대용까지. 방해전파 발신기. 최고 수준의 암호 생성기. AI 데이터는 우리 같은 사람을 찾아 냄새 맡고 다니지. 우리가 감시할 수 있는 건 관련자뿐이야. 그리고 관련자의 관련자. 그러고 나서 그자가 뭘 하는지 조각을 끼워 맞춰야 해."

게랄드가 말했다. 이리나는 헛기침을 했다.

"네서스, 당신도 알겠지만 이건 한 번에 끝나는 일이 아니야. 누가 펠턴과 얼마나 가까워지는지 계속 추적해야 하지. 이미 사생활 보호를 받고 있는 사람들도 있고, 아니면 펠턴하고 가까워지면서 그렇게 될 거야. 누구를 어떻게 감시할지 계속 조정해야 한다고."

말인즉, 계속 돈을 내라는 뜻이었다.

네서스는 간신히 제 할 일을 할 수 있었다. 일에 신경 쓰기가 어려웠다. 친구들의 죽음만이 중요했다. 퇴행, 부정, 우울, 살아 있는 이들과의 재결합. 전부 슬픔의 단계였다. 의무는 잔인하게도 그 과정을 단락시켰다. 이제 네서스는 일종의 반죽음 상태였다. 정신은 먼 곳에 가 있고 감각은 무뎠다. 내부의 자아는 갈가리 찢겼다. 만약 나중에 이런 정신이 충분히 치유된다면 누구와 결합할 수 있을까? 인간? 그럴지도 몰랐다. 가끔씩 네서스는 동족보다 인간을 더욱 가깝게 느낄 때가 있었다. 동료 정찰대원만 빼면. 그리고 그들은…….

"완전한 정산 자료를 가져오십시오."

네서스가 말했다. 억지로 누군가를 대하는 건 힘들었다. 감시 비용이 얼마인지 관심 있는 척할 수가 없었다. 네서스가 원하는 건 다시 몸을 말고 숨는 것이었다.

"그리고 아주 신중하게 처리하십시오."

6

그 호출은 방법이라는 면에서 아주 특이했다.

막스 아데오가 지그문트의 사무실로 들어왔다. 막스는 ARM의 수사부장으로 지그문트의 상관이었다. 마르고 피부가 검게 탄 사내로 상대를 대하는 태도가 편안했다. 지그문트는 그가 마음에 들었다. 상급자만 아니라면. 물론 그는 지그문트의 취향이 어떻든 신경 쓰지 않았다.

안드레아가 밖으로 나가자 막스는 사무실 문을 닫았다.

"지금 오라는군, 지그문트."

"다소 모호한데요, 막스."

그리고 급하기도 했다.

"그래도 가야지."

막스가 접힌 종이 한 장을 내밀었다. 이동 부스 주소만 적혀 있었다. 주소 앞부분을 보니 맨해튼의 중간 지대였다.

"내가 대신 받았어. 이 주소하고 한마디. '지금'."

"누구한테서요?"

막스는 희미한 미소를 지었다.

"조만간 명확해질 거야. 마지막 남은 퍼페티어도 혼자 만나러 갔었잖아. 오후에 거기 가는 것쯤이야 할 수 있겠지."

그러고는 문을 열고 나가면서 덧붙였다.

"지금이라고, 지그문트."

지그문트는 ARM 본부 로비에서 이동 부스에 올랐다. 그리고 목적지의 이동 부스에서 나와 주위를 둘러보았다. 간식을 파는 노점, 돌아다니는 사람들, 높이 솟은 건물. 바로 앞에 칠 층에 불과한 오래된 빨간 벽돌 건물이 있었다. 그 건물이 서 있는 부지에 현대식 고층 건물을 짓는다면 수십억의 가치가 있을 것 같았다. 이런 건물은 존재 자체가 곧 의미를 나타냈다.

지그문트는 넓은 계단을 올라갔다. 제복을 입은 수위가 황동과 유리로 만든 문을 열어 주었다. 그는 지그문트가 내민 신분증을 쳐다보지도 않았다.

"필요 없습니다. 기다리고 계시니까요. 따라오십시오."

천장이 삼 층 높이인 휴게실 곳곳에는 정장을 차려 입은 남녀가 브랜디나 커피를 마시며 책을 읽거나 친밀하게 대화를 나누고 있었다. 다들 속삭이는 듯했지만, 음향 때문일 수도 있었다. 커다란 동양풍의 깔개가 오래되어 색이 검어진 나무 바닥을 덮고 있었다. 벽에 있는 대략 이 미터 높이의 책장에는 가죽 장정을 한 책이 줄지어 꽂혀 있었다. 책장 위의 마호가니 패널에 새겨진 근엄한 얼굴들이 앞을 응시했다. 화려하게 금박을 입힌 틀에는 유화 그림이 있었다. 가끔씩 빨간 가죽으로 된 안락의자에 앉은 사람들이 몸을 움직일 때마다 삐걱거리는 소리가 났다. 벽돌로 만든 사람 키 높이의 벽난로에는 진짜 통나무가 타고 있었다.

이 극도로 사적인 공간, 돈을 바른 시설 안에서 지그문트는 비디오 폰이나 휴대용 컴퓨터를 사용하고 있는 모습을 전혀 보지 못했다. 지그문트의 것을 맡기라고 요청하지도 않았다. 이곳 회원들은 통신 장비를 맡기라는 요청을 절대 참지 못할 터였다. 그

대신 아마 억제 장치가 있을 것이다. 도처에 산재한 네트워크가 방해하거나 끼어들지 못하게 막는 장치. 그리고 도청과 녹음을 막는 장치.

"이쪽입니다."

수위의 손짓에 이끌려 지그문트는 회의실로 들어갔다. 휴게실을 축소한 모습이었다. 다리 아래가 발톱 모양인 커다란 떡갈나무 탁자 너머에 남자 와 여자가 등을 돌린 채 서 있었다. 대화 소리는 들리지 않았다.

남자는 키가 작고 어깨가 넓었다. 거의 징크스인 수준이었다. 그레고리 펠턴이군. 지그문트는 추측했다. 만나 본 적은 없지만, 사진으로는 많이 접한 모습이었다. 여자는 말랐는데, 펠턴과 비교하니 특히 더 그랬다. 백금과 황금 색깔 머리카락를 나선 모양으로 번갈아 꼬아 올린 모습이었다. 눈이 튀어나올 정도로 선명한 청록색 전신복을 입고 있었는데, 그게 그녀 자신을 나타내는 색이었다. 칼리스타 멜런캠프. 국제연합의 사무총장이다.

지그문트의 등 뒤에서 문이 부드러운 소리를 내며 닫혔다. 그 소리를 듣고 두 사람이 몸을 돌렸다. 남자는 그레고리 펠턴이 맞았다. 멜런캠프가 찌를 듯한 시선으로 지그문트를 응시하더니 아무 말 없이 다른 문으로 나갔다. 굳이 말을 할 필요는 없었다. 펠턴은 멜런캠프의 신뢰를 받고 있었다. 그 메시지를 전하기 위해 이곳까지 몸소 왔다는 사실은 —부인할 수 있는 여지는 남긴 채— 그 이상의 의미를 지녔다.

펠턴이 이마를 찡그리며 지그문트를 바라보았다. 검은 턱수염의 일부만 봐도 화난 것을 알 수 있을 지경이었다.

"당신이 내 일에 자꾸 관심을 가지니 참기 어렵소만."

지그문트는 화난 기색 따위에는 신경 쓰지 않았다. 그런 건 가면일 때가 많았다.

"지구에 돌아오신 걸 환영합니다, 펠턴 씨. 재미있는 여행을 하셨다면서요."

펠턴의 얼굴에 미소가 살짝 스쳤다.

"그랬지. 예상할 법한 것보다 더 많은 정보가 있었소. 기뻐하시오. 이제부터 전부 알려 줄 테니. 그리고 나와 내 친구들을 감시하고 괴롭히는 일을 그만두시오."

우아한 곡선을 그리는 주둥이에서 김이 모락모락 솟아오르는 은제 커피포트가 탁자에 놓여 있었다. 리비어*의 작품인가. 추측하면서, 지그문트는 커피를 한 잔 따랐다.

"지구의 안전에 잠재적인 위협이 된다면 조사하는 게 제 임무입니다, 펠턴 씨."

"난 애국자요. 지구를 위협할 만한 짓은 한 적이 없소. 앞으로도 안 할 테고."

펠턴이 두 손으로 푹신하게 덧댄 의자 등판을 움켜쥐자 삐걱거리는 소리가 났다.

"당신 생각이 어떻든 간에 이유 없이 내 일을 방해하면 참지 않을 거요. ARM의 편집증에 대해서는 잘 알지. 난 그 희생자가

* Paul Revere, 1735-1818, 미국의 은세공가.

될 생각이 없소. 다른 사람들하고 달리 내겐 그럴 능력도 있소."

그 능력 중 하나가 사무총장의 신뢰를 얻는 건 아니겠지.

"알겠습니다, 펠턴 씨."

지그문트는 의자를 잡아당겼다. 앉는 편이 좀 덜 대치하는 모양새가 되리라.

"다른 게 아니라 '무한보다 느린'호의 운명 때문에 걱정스럽습니다. GP 선체가 분해되는 건 흔한 일이 아니거든요."

"그런 적이 있다고?"

펠턴은 움켜잡고 있던 의자를 잡아 빼 거기에 앉았다.

"알았소, 무슨 말인지 알았어. 난 내 배로 여행을 떠났소. 도중에 누군가 거절할 수 없는 조건으로 제안을 했지. 선체를 원하더군. 퍼페티어 대탈출 이래로 오지에서는 GP 선체가 절실하거든. 그래서 '무한보다 느린'호를 팔고 다른 걸 샀소. 그 우주선 선체가 망가진 거지. 교훈을 하나 남기고. '가장 좋은 걸 갖고 있어라.'"

누가 그의 우주선 잔해에 남은 가루 흔적의 정체를 조사했던가? 징크스에 있는 ARM 정보원에 따르면 아니었다.

수수께끼의 흔적이 유일한 이상 현상은 아니었다. 지구의 조선소 기록에 따르면 우주선 잔해의 하이퍼드라이브 일련번호는 '무한보다 느린'호와 일치했다. 전문가들 말로는 하이퍼드라이브를 선체 안에서 조립하는 데는 시간이 걸린다고 했다. 분해도 마찬가지일 터. 누군가 GP 선체 안에 있는 하이퍼드라이브를 밖으로 뺀 뒤, 병 안에 배를 넣듯이 다시 넣은 건가? 할 수 있다고 쳐도 도대체 왜? 아니면 펠턴의 주장처럼 기록이 섞여 버린 걸까?

베어울프가 지구에 올 때 단순히 철자를 틀리게 써서 위장한 것처럼 보였다는 말만큼이나 믿을 수 없는 얘기였다.

지그문트의 머릿속에는 질문이 가득했다. 단 하나라도 믿을 만한 대답을 듣고 싶었다.

"우주선을 팔아서 얻은 수익은 어디 있습니까?"

펠턴의 얼굴이 붉어졌다.

"잘 들으시오, 지그문트 아우스폴러. 난 우주선을 세상 밖에서 팔았소. 그 수익도 세상 밖에 보관했지. 그 거래는 지구가 상관할 일이 아니오. 만약 내 재정이 조사를 받는다면 엄청나게 화가 날 거요. 그리고 단언하는데, 난 그런 괴롭힘에 대해 아주 열정적으로 적절한 기관에 항의할 거요."

물론 부적절한 곳에도. 이를테면 사무총장 본인에게.

지그문트는 커피를 마시며 펠턴이 성을 내게 내버려 두었다. 사람이 화가 나면 생각지 않았던 말을 내뱉는 법이다.

펠턴은 아직도 추적할 수 없는 엄청난 돈을 시리우스 메이터 3 은행에 예금했다. 징크스에서 사람들을 고용하기도 했다. 그들은 전부 서쪽 끝의 외진 곳에서 일하고 있었다. 그 정도까지가 ARM이 알아낸 사실이었다. 그가 무슨 일을 벌이는지 정확히 알 수 있으면 좋으련만.

"당신은 아직 당신 행위의 정당성을 보이지 못했소. 이게 왜 나와 내 동료들을 괴롭히는 건지 설명할 수 있는 유일한 기회요. 그렇게 못 한다면, 흠, 내가 모르는 이유가 있기를 빌어 주지."

펠턴의 말에 지그문트는 곧장 대답했다.

"이건 어떻습니까? 펠턴 씨가 아웃사이더와 무슨 일을 했는지 더 잘 알고 싶습니다."

"정보를 샀소."

다이애나 거스리가 펠턴이 하는 일을 뭐라고 설명했더라?

"알려진 우주에서 가장 기이한 세계에 대해서 말이군요."

펠턴은 턱을 내밀었다.

"맞소. 그게 범죄는 아니겠지."

"국가의 방어 체계를 혼란에 빠뜨리면 범죄가 될 수도 있죠."

태양계에서 벌어진 일이었다면 분명 범죄였을 것이다. 징크스인은 펠턴을 감옥에 집어넣지 않았다. 그것 역시 다소 이해가 안 가는 일이었다. 어쩌면 그가 징크스인도 매수했을지 몰랐다.

"우리는 아주 빠른 노멀 스페이스 속도로 어딘가를 갔소. 아웃사이더에게 돈을 내고 우리를 끌어 달라고 했지."

카를로스가 옳았다. 크진인, 징크스인, 퍼페티어. 그리고 이제는 아웃사이더까지? 밀려드는 폭풍이 너무나도 거대해서 지그문트는 자기 머리에 그 사안을 모두 담을 수 있을지 의심스러웠다.

하지만 아웃사이더는 과거에도 인류를 도운 적이 있었다. 하이퍼드라이브가 바로 그들 기술이다. 1차 인간-크진 전쟁 때 아웃사이더가 해냈어 행성 근처에 있던 인간 우주선 한 대를 우연히 만나 하이퍼스페이스 전환기를 팔지 않았더라면, 쥐고양이들이 전쟁에서 이겼을지도 모른다. 그랬다면 지금쯤 지구도 크진의 노예 행성이었을 것이다. 아웃사이더는 인간의 규모를 훨씬 넘어선 미지의 고대 종족이다. 그들의 원대한 계획을 눈치채지 못한 것일 수도 있었다. 아니면 그다음 원로 종족인 퍼페티어는 아웃사이더를 이해하고 있을 수도 있었다. 퍼페티어가 GPC의 사악한 목적을 위해 아웃사이더를 조종했을까?

추측은 많았으나 아는 건 거의 없었다.

한 가지 해석에 따르면, GP 선체가 분해되었다. 증거는 징크스에 숨겨져 있다. 그레고리 펠턴의 요청으로 아웃사이더가 관여하게 되었다.

펠턴과 베어울프는 이 모든 걸 이해하고 있을지도 몰랐다. 그러나 펠턴은 건드릴 수 없는 인물이고, 베어울프는 그의 부하다.

너무 사소해서 지그문트가 거의 간과할 뻔한 게 하나 있었다. 주어가 바뀌었다. '우리'로.

"당신과 베어울프 섀퍼 말이군요."

펠턴은 탁자를 돌아와 커피를 한 잔 따랐다. 정교한 사기잔이 커다란 손 안에 있으니 어딘가 어색해 보였다.

"맞소. 베어울프는 전에 아웃사이더와 거래한 적이 있었지. 과거 나카무라 우주 항공에 다닐 때요."

"그 사람을 징크스에 두고 왔습니까?"

펠턴은 고개를 저었다.

"나와 함께 지구로 돌아왔소. 우린 친한 친구요. 게다가 그가 모험에서 내 목숨을 구하기도 했고."

"그 이야기를 듣고 싶군요."

펠턴은 잔을 비우고 내려놓았다.

"곧 듣게 될 거요. 그 정도가 내가 조만간 들려줄 이야기겠지.

순수한 이야기일 뿐, ARM이 관심을 가질 이유는 없소. 날 심문하거나 감시할 이유도 없고. 나도, 내 친구도, 내 동료도 마찬가지요. 앞으로 다이애나 거스리, 베어울프 섀퍼, 샤롤 얀스, 돈 크레이머나 나와 가까운 누구에게도 관심을 갖지 마시오."

돈 크레이머? 그건 누구지? 지그문트는 나중에 알아보기 위해 기억해 두었다. 게다가 펠턴은 '앞으로'라고 말했다. 지그문트는 크레이머라는 사람을 감시하고 있지 않았다. 누군가는 감시하고 있나?

펠턴의 말이 이어졌다.

"두 번 다시 우리를 불편하게 만들 생각이라면 확실한 증거를 갖고 와야 할 거요. 이해했소?"

"물론입니다, 펠턴 씨."

지그문트는 일어서서 손을 내밀었다. 덕분에 방금 떠오른 배의 상처를 문지르지 않을 수 있었다. 과거에 부국장이 그를 트로이 마피아에게 팔아먹은 적이 있었다. 쉽사리 잊기 힘든 경험이었다. 지그문트가 진심으로 이해한 것은 아무리 고위 관료라도 의심하지 않을 수 없다는 점이었다.

| 폭풍의 눈: 지구력 2648년 |

1

"도망자 한 명이 있어요."

무전기에서 안드레아의 목소리가 들렸다. 그녀는 고립된 공터 북쪽의 숲 속에 숨어 있었다.

"아니, 두 명이에요. 남자 하나랑 여자 하나."

당연히 남자 하나에 여자 하나지. 그래야 아기를 만들지 않나.

"어느 쪽?"

지그문트가 물었다.

"서쪽요. 선배 쪽으로 가고 있어요."

이제 눈에 들어왔다.

그들의 얼굴에는 두려움이 아로새겨져 있었다. 엄마는 뛴다기보다 비척거리며 걷고 있었다. 임신한 게 확실했다. 아빠로 추정되는 남자가 반쯤 끌다시피 하면서 여자를 부축하고 있었다. 그들은 폐허가 된 헛간 수준의 오두막을 떠나 멀리 떨어진 나무를 향해 비틀거리며 움직였다.

현지 경찰을 태운 부양기는 오 분 거리에 있었다. 알래스카의 황야에서 '현지'는 상대적인 단어였다. 부양기가 도착할 때쯤이면 도망자들은 멀어진 지 오래일 터였다. 숲 속에 들어가면 그 남녀를 포착하기가 어려울 것이다.

지그문트는 그들이 갖고 있다는 사냥용 레이저 총을 볼 수 없었다. 그 때문에 ARM 요원 세 명이 지원을 기다리고 있었다.

"빌어먹을."

그는 나직하게 중얼거렸다. 이건 그가 ARM이 된 이유가 아니었다.

페더도 마찬가지였다. 저 예비 부모에게 스스로 모습을 노출한 건 페더가 거의 확실했다. 페더는 오두막 동쪽에 있었다. 임신부가 페더를 봤다면 당연히 서쪽으로 도망쳤을 것이다.

백팔십억 명은 너무 많다. 법은 법이다. 일도 일이다. 강제력이 없다면 모두가 아기를 만들고 있을 것이다.

빌어먹을.

지그문트는 권총을 꺼냈다. 권총에는 은빛 결정의 마취제로 된 인도적인 탄환만 있었다. 아무래도 상관없었다. 저 둘은 조만간 장기은행의 여분 장기가 될 운명이었다.

이건 일 년 전 막스 아데오가 퍼페티어 특별 수사대를 해산했을 때 지그문트가 핵심 팀원을 ARM 알래스카 지부로 재배치해 달라고 요청한 이유가 아니었다.

"좀 걷지."

막스 아데오가 말했다. 책상 위에 떠 있는 영상을 통해 보니 얼굴이 얼룩덜룩한 기괴한 모습이었다.

"무슨 일이죠, 막스?"

지그문트는 물었다.

"좀 걷자고."

"그러죠."

지그문트는 들여다보고 있던 파일을 닫았다. 홀로그램이 사라졌다. 그는 상관을 따라 근처 이동 부스로 갔다.

그들이 다시 나타난 곳은 하얀 말 울타리에 둘러싸인 오래된 주택의 현관이었다. 구름 한 점 없는 하늘에서 햇볕이 내리쬐었다. 풀로 덮인 굽이치는 언덕이 사방으로 눈에 보이는 곳까지 쭉 뻗어 있었다. 근처 능선으로 오르는 길에는 드문드문 도보 여행자들이 보였다.

"여기가 어디죠, 막스?"

"하늘 초원이야."

막스는 멀리 떨어져 있는 낮은 산지를 가리켰다.

"저건 푸른 능선이지. 좀 걸을까?"

둘은 걸었다.

지그문트는 좋은 소식이라면 이렇게까지 분위기를 잡을 필요가 없다고 생각했다.

마침내 막스가 말을 꺼냈다.

“나 승진하게 됐어. 보안 사무국의 부국장보로. 내일 공식 발표가 날 거야.”

지그문트는 흙길에서 눈을 떼지 않았다.

“축하해요. 한데 왜 나한테 처음 알려 주는 거죠?”

그리고 왜 여기서? 나쁜 소식은 뭐지?

“퍼페티어 특별 수사대를 해체할 거야.”

지그문트는 상관의 소맷부리를 움켜잡았다.

“왜죠? 언제요?”

여행객들이 고개를 돌려 두 사람을 바라보았다.

“아, 괜찮습니다.”

막스가 지그문트의 손을 쓸어내리며 말했다. 그리고 잠시 사람들이 멀어지기를 기다렸다가 다시 말을 꺼냈다.

“바로 이래서야, 네가 이렇게 반응할 줄 알았거든.”

“안 돼요! 망할, 왜 특별 수사를 끝내는 거죠?”

“지그문트, 이건 퍼페티어 특별 수사대인데 문제는 퍼페티어가 아무 데도 없다는 거야. 이 년 동안 보이질 않았지. 네서스조차도 떠난 지 오래고.”

“그렇게 생각할 이유가 없어요.”

“그자가 아직 여기 있는지 너도 모르잖아! 네서스를 마지막으로 본 게, 연락한 게 언제지? 일 년도 넘었어, 내 기억으로는.”

지그문트는 마음이 급해졌다.

“수사를 그만두는 조건으로 승진하는 거죠? 펠턴에겐 항상 국제연합에 줄이 있었죠. 그자가 이겼군요."

"어떤 면에서는 맞아. 펠턴 때문에 그만둔다고도 할 수 있지. 왜냐하면 네가 그자에게 집착하고 있기 때문이야. 베어울프 섀퍼에게도. 넌 이게 퍼페티어 특별 수사대라는 걸 잊었어."

어떻게 잊을 수 있겠는가.

"모르겠어요? 전부 다 한통속이에요! 베어울프는 퍼페티어에게 알려진 우주를 포기하고 저버릴 구실을 줬죠. 펠턴은 베어울프와 친구가 돼서 베어울프를 수사하는 일을 불가능하게 만들었고요."

막스는 하늘을 지나가는 그림자를 흘긋 올려다보았다. 아득히 높은 곳에서 매 한 마리가 편안하게 상승기류를 타고 빙글빙글 돌고 있었다. 그 광경이 마음을 가라앉혀 주는 듯했다. 막스는 안타깝다는 표정으로 고개를 저었다.

"베어울프가 어떻게 퍼페티어 계획의 일부가 되나? GPC가 베어울프를 고용해서 핵으로 여행하게 한 건 전에도 그 친구를 고용한 적이 있었기 때문이야. 해냈어 행성에서 베어울프를 고른 건 바로 너였잖아."

지그문트는 아무 말도 하지 못했다.

"이제야 현실을 깨달았군. 잊어버리라고, 지그문트."

막스는 흔들리지 않는 인물이었다. 그게 현실이었다. 퍼페티어가 무관하다고? 그건 전적으로 다른 문제였다.

펠턴은 엄청난 부자다. 그의 재산 중 상당 부분은 세계 밖, 태양계 밖, 추적하기 힘든 곳에 있었다. 지그문트가 시도를 들킬까 봐 함부로 추적하지 않았던 지금까지는 불가능한 것이나 마찬가지였다.

만약 베어울프를 고른 게 나 때문이라면? 그러면 많은 게 말이 되지!

펠턴은 징크스에서 얻은 이익을 지식 연구소에 연구비로 제공했다. 지식 연구소는 BVS-1 임무를 만들었다. 만약 펠턴이 자기 재산을 이용해 나카무라 우주 항공을 파산하게 만들었다면, 이는 곧 지그문트가 해냈어 행성에서 베어울프를 고르도록 유도한 셈이 된다.

GPC, 펠턴, 징크스. 이 중에서 누가 진짜 퍼페티어*일까? 그리고 지금은…….

"지그문트, 내 승진을 합리화하려고 무슨 망상을 꾸며 내고 있는지 모르겠지만 그만둬."

막스가 날이 선 목소리로 말했다.

"그럼 나는 어떻게 되죠?"

지그문트가 물었다.

막스는 흙을 다져 만든 길을 벗어나 언덕 아래로 내려갔다. 그곳엔 아무도 없는 나무 벤치가 있었다.

"그게 여기서 의논해야 할 두 번째 문제야. 난 네 다음 배치에 영향력을 행사할 수 있어. 네 친구들 배치도 마찬가지지."

지그문트는 자신이 뭘 원하는지 자문할 수밖에 없었다.

---

* 인형술사라는 의미.

그는 베어울프와 펠턴을 잡고 싶었다.

가능성이 아주 희박한 계획이 떠올랐다. 될까?

"여긴 너무 따뜻하군요. 사실 여기에 적합한 옷차림은 아니죠. 여기가 어딘지는 모르겠지만."

지그문트는 일부러 팔을 들어 올려 온통 검은색인 정장을 강조하며 말했다.

"셰난도 계곡 꼭대기야. 버지니아 북부지."

"뉴욕보다 훨씬 덥군요. 이렇게 하죠. 좀 더 시원한 곳은 어떨까요? 알래스카 같은. 알래스카에 자리가 있을까요?"

막스는 어깨를 으쓱했다.

"거기에 자리가 없을 리가. 어쨌든 상관없어. 자리는 내가 만들 테니까. 그 정도는 해 줘야지. 한가한 곳이라 좋을 거야."

"고마워요."

지그문트는 말했다. 비록 어디든 원하는 곳을 갈 자격이 있었지만, 진심이었다.

지금 베어울프 섀퍼가 평지 공포증이 있는 샤롤 얀스와 함께 살고 있는 놈* 가까이로 가는 게 나쁠 이유가 있을까?

두 남녀가 절뚝거리면서 나무를 향해 허겁지겁 움직였다. 빈터를 가로질러 그들이 가쁘게 숨을 쉬는 소리마저 들렸다. 엄마의 뺨에는 눈물이 흘러내리고 있었다.

---

* Nome, 알래스카 서쪽의 도시.

안드레아가 무전기로 말했다.

"무장한 것 같지 않은데요. 조준했어요. 지금 잡고 집에 가는 게 어떨까요?"

페더는 아무 말도 하지 않았다. 지그문트는 그러리라고 짐작했다. 굳이 묻는다고 해도 그녀는 도망자들에게 모습을 내보였다는 사실을 부정할 것이다.

"위치 유지해, 안드레아. 내 쪽으로 오고 있어."

엄마가 바람을 받아 흔들리는 풀밭 속에 있는 뭔가에 걸려 비명을 지르며 엎어졌다. 아빠가 엄마를 다시 일으켜 세웠다. 그들은 아무것도 모른 채 거의 곧바로 지그문트를 향해 다가왔다.

저들에게 정말로 죄가 있을까? 번식을 해야 한다는 수십억 년의 진화 과정을 따르는 것뿐인데? 지그문트는 궁금했다.

난 출산 위원회가 백색증인 사람에게 출산권을 주지 않는다는 이유로 샤롤이 베어울프와 이혼했다고 생각하는 걸까? 마찬가지로 출산 위원회는 타고난 편집증 환자에게 절대로 출산권을 부여하지 않는데. 난 솔직히 아이를 원하지 않아. 하지만 페더는 원하지. 그리고 난 페더와 함께 살고 싶어.

계획대로 된 건 아무것도 없었다. 지금 샤롤은 다시 카를로스 우와 맺어져 남태평양에 살고 있었다. 지그문트는 그들의 미래에서 아기를 볼 수 있었다. 베어울프는 지구를 떠났다. 마지막으로 들었을 때 그는 CY 물병자리계에 있는 거밋지에서 관광 중이었다. 펠턴은 여전히 지구와 징크스를 오가며 비밀스러운 일을 하고 있었다.

그리고 난 지금 이런 데서 썩고 있지.

"지그문트! 거의 숲 속으로 들어갔잖아요."

안드레아가 은신한 곳에서 뛰쳐나오며 소리쳤다.

"엎드려, 신입. 저놈들이 총을 숲 속에 숨겼을지도 몰라."

지그문트가 명령했다. 공터 반대쪽에서 페더가 바라보고 있었다. 지그문트는 고개를 살짝 끄덕였다.

"내가 쏠게."

그가 외쳤다.

푸슉. 푸슉.

먼지와 풀 쪼가리가 도망자들의 발치에서 들썩였다.

"빌어먹을! 놓쳤어."

사냥감이 숲 속으로 사라지는 모습을 보자 저절로 이런 생각이 떠올랐다.

어쩌면 오늘만큼은 이게 정의일지도 몰라.

2

네서스가 맞이한 손님은 손에 간식을 든 채 선체 구성 물질로 만든 칸막이 뒤의 안락의자에 늘어져 있었다.

"당신이 합성기를 업그레이드했길 바랐는데. 인간은 다양성을 좋아하거든."

막스 아데오가 말했다.

네서스는 푹신한 의자에 앉아서 잠시 생각했다.

“당신은 이미 충분히 편안한 듯합니다만.”

막스가 웃었다.

“네서스, 오늘 내가 여기 온 이유는 뭐지? 물론 돈과는 별개로 말이야.”

돈은 네서스가 풍족하게 갖고 있는 유일한 자원이었다. GPC가 오랫동안 쌓은 재산. 어려운 건 능력이 있으면서도 믿을 수 있는 앞잡이를 찾아서 고용하는 일이었다.

“지난번 보고에서 확인할 게 있습니다.”

네서스의 말에, 막스는 입에 먹을 것을 가득 문 채 대꾸했다.

“알다시피 서로 통신할 수 있는 더 신중한 방법이 있잖아. 난 여기 올 때마다 가짜 ID를 만들어. 이동 부스 시스템으로 추적이 안 돼야 하니까.”

왜냐면 난 함께 있을 이가 필요하니까. 설령 그게 인간 배신자라고 해도. 우리 둘 사이에 벽이 있어야만 더 안전하게 느낀다고 해도. 네서스는 속으로만 생각했다.

“청구하십시오.”

쩝, 쩝, 꿀꺽.

“뭘 알고 싶지?”

‘갬볼러’호 바깥에는 눈보라가 몰아쳤다. 흩날리는 눈 속에서 뛰어논다는 건 어떤 기분일까?

하지만 네서스는 묻지 않았다. 그런 질문은 허스에 눈이 오지 않는다는 사실을 시사할 수 있었다. 이미 산업화로 인한 과열의 초기 단계에 들어선 지구도 눈이 많이 오는 일은 드물었다.

"ARM이 왜 우리를 계속 찾고 있는 겁니까? 특별 수사대는 해체되었다고 확언하지 않았습니까?"

막스는 자리에서 일어나 기지개를 켰다.

"우리라는 건 GPC를 말하는 거겠지. 퍼페티어 대탈출이 경제를 망가뜨린 지 이제 고작 삼 년이야. 그 정도면 누구에게는 충분한 이유지. 특별 수사대가 있든 없든. 왜냐하면 ARM이라고 할 때 당신이 실제로 생각한 건 지그문트잖아."

믿을 수 없다는 의미의 저음은 막스에게 아무 소용이 없었지만, 네서스는 억제하지 못했다.

"우리가 떠났다는 게 이제 확실하지 않습니까?"

"당신은 안 갔지."

네서스가 갈기를 물어뜯자 막스는 빙긋 웃었다.

"지그문트가 그걸 아는 것 같지는 않아. 오랫동안 당신 흔적을 못 봤거든."

"그러면 왜지요? 지그문트는 당신 밑에서 일하지 않습니까? 왜 그자를 막지 않는 겁니까?"

네서스가 끈질기게 물었다.

"막았어. 내가 안전하게 할 수 있는 정도까지는 막았다고."

막스는 냅킨으로 꼼꼼하게 손을 닦은 다음 말을 이었다.

"지그문트가 어떻게 ARM이 됐는지 말해 주지. 십일 년 전, 그 친구는 금융 분석관이었어. 영웅 회계사였지. 범죄 집단을 조사하고 있었거든. 다시 말해 두는데, 그때는 ARM이 아니었어. 그럼에도 지그문트는 편집증이었지. 오래된 방식으로 편집증이 된 거야, 약을 한 게 아니고. 그런 상태를 비밀로 하고 치료를 받지 않으면서 유지한 건 대단한 성과야. 그때 그 친구가 조사하던 집단이 그를 납치했어. 지그문트는 그때 거의 죽을 뻔했지. 왜 안 죽었는지 물어봐."

"왜 안 죽었습니까?"

네서스는 의무적으로 물었다. 혼잣말하는 것보다는 나았다.

막스가 미소를 지었다.

"편집증 덕분에. 그 친구는 국제연합의 부패한 관료가 범죄 집단을 돕고 있을 거라고 의심했어. 누군지는 몰랐지. 그래서 자기 돈을 이용해 함정을 팠어. 동료 여덟 명을 대상으로 말이야. 부패 관료는 그리말디라는 지그문트의 상관의 상관이었어. 그리말디는 지그문트를 납치해 놓고 잘난 척을 했는데, 지그문트가 몸값을 내겠다고 했지. 결국 은행 이체 덕분에 덜미를 잡히고 말았지만. ARM이 그리말디를 추적해서 지그문트를 찾고 범죄 집단도 박살 냈거든. 멋진 습격이었어. 그러니까 지그문트는 머리가 좋고 편집증이 있다는 말이야. 당연히 영입했지. 이제 알겠어?"

이렇게 어지러울 수가! 네서스는 머리가 아팠다.

"솔직히, 아닙니다."

막스는 인상을 썼다.

"지그문트는 그만두라는 명령을 받으면, 실제로 받기도 했지만, 그걸 더 큰 음모의 일환으로 해석해. 바라건대, 그 명령이 사무총장에게서 나왔다고 생각하면 좋을 텐데 말이야. 당신이나 나나 그가 가까이서 나를 지켜보는 건 바라지 않잖아. 하지만 만약 지그문트가 불행한 사고를 당할지도 모른다는 생각을 하고 있다면 그만둬. 과거를 돌아보면 그는 이미 '내가 죽었을 경우'를 대비한 조치를 취해 놓았을 거라고. 예상치 못한 죽음만큼 편집증적인 헛소리가 갑자기 편집증적이지 않아 보이게 만드는 건 없지."

징크스와 퍼페티어? 국제연합 관료와 부유한 사업가? 네서스는 지그문트가 그림자 속에서 만들어 놓은 계획을 상상할 엄두조차 내지 못했다. 막스도 지그문트가 두려워한 방법으로는 아닐지 몰라도 대부분의 음모를 그림자 속에서 꾸몄다. 전부 미친 짓이었다.

하지만 외로움도 일종의 광증이다. 네서스는 절실하게 동료가 필요했다. 주제는 아무래도 상관없었다.

"지그문트가 어떻게 징크스를 엮었는지 설명해 보십시오."

막스는 큰 소리로 한숨을 내쉬었다. 그리고 고개를 뒤로 젖힌 채 잠시 생각한 다음 말했다.

"지그문트는 몇 년 동안 징크스를 감시하는 일을 했어. 잘했지. 어떻게 보면 당신은 그 친구의 끈기에 감탄해야 해. 만약에 진짜 위험이 있었으면 지그문트가 오래전에 찾아냈을 게 확실하니까."

"계속하십시오. 특히 베어울프 섀퍼에게 집착하는 건 어째서입니까?"

"내가 설명할 수 있으려나. 나카무라 우주 항공이 무너지기 전까지 베어울프는 여러 개척 세계를 오갔어. 재미로 심심해하는 여자 승객을 골라서 놀기도 하고. 수지도 맞고 흔해 빠진 일이지. 그런데 갑자기 큰 모험 세 개에 엮인 거야. 저주받은 BVS-1 임무는 징크스에서 돈을 댔지. 거기에는 GP 선체를 뚫고 사람을 죽일 수 있는 모종의 무기가 관련되었던 것 같아. 그다음, 베어울프는 징크스를 떠나서 핵폭발을 발견하게 된 임무를 맡았어. 그 바람에 퍼페티어는 숨어 버렸고 알려진 우주 전체의 경제가 휘청거리게 됐지. 그다음에는 GP 선체 안에 만든 우주선을 타고 지구를 떠났는데, 하이퍼드라이브는 똑같은데 선체만 없는 우주선을 타고 징크스에 다시 나타났어. 펠턴 말처럼 GP 선체를 판 걸까? 아니면 지그문트가 걱정하는 대로 파괴된 걸까?"

네서스의 머리 둘이 점점 아래로 내려갔다. 지그문트는 아무것도 알지 못한다. 하지만 그가 의심하는 건 상당 부분 진실의 가장자리에 있다.

"펠턴에게 집착하는 건 왜입니까?"

"예쁘군. 장소를 숨기기 위해 투영한 거겠지?"

막스가 눈보라를 바라보며 말했다.

"물론입니다."

네서스는 거짓말을 하고 곧바로 다시 물었다.

"펠턴에 대해서는?"

막스가 다시 네서스를 향해 몸을 돌렸다.

"여러 가지 이유가 있어. 베어울프와 함께 일했던 데 대한 죄책감도 물론 있고. 선체가 사라진 이유. 지그문트가 감시하지 못하는 세계 밖의 돈. 징크스에서 벌어지는 비밀 계획. 가문이라는 배경. 빌어먹을, 지그문트 그 친구가 펠턴을 의심하지 않으면 그게 놀랄 일이지. 그리고 수십 년 묵은, 매력적인 소문이 있지. 퍼페티어가 펠턴의 증증…… 몇 개나 붙여야 하나, 하여튼 그 할머니에게 이동 부스 핵심 기술을 팔았다고 믿는 사람이 많아. 지그문트도 그 소문을 알지."

"그렇군요."

담담하게 대꾸했지만, 네서스는 갑자기 인간의 언어를 말하는 게 힘들어졌다. 왜냐하면 그건 소문이 아니었기 때문이다. GPC가 그 기술을 판 게 맞았다. 바로 퍽이 그 거래를 담당했다. 퍽. 삼 년이 지났지만, 아직도 상처는 아팠다.

네서스는 다시 현실로 생각을 돌렸다. 아무리 부패한 ARM이라도 시민들이 이동 부스 시스템을 공격할 수 있다고 의심할 리는 없었다.

"어처구니없는 생각입니다. 당신이 ARM이라는 걸 믿지 못할 정도군요."

네서스의 말에 막스는 웃었다.

"지구에는 지그문트 같은 사람이 필요해. 하지만 그런 사람은 당국을 소름 끼치게 만들지. 내 위치, 중역들은 정상이야. 우리가 완충장치지."

내가 상관에게 소름 끼치게 보이는 것과 마찬가지겠지. 네서스는 우울한 기분으로 생각했다. 앞으로 나를 다시 고향으로 불러 줄까?

결국 막스가 보고를 마치고 순간 이동으로 떠나자 네서스는 전보다 더욱 우울해졌다.

3

네서스는 갓 합성한 엉킨 풀을 쿡쿡 찔렀다. 급박한 변화 때문에 흥분해서 음식이 넘어가지 않았다.

희망이 다가오는 데 시간이 참 오래 걸렸다.

식욕은 원래 없을 거라고 생각했다. 하지만 이유는 달랐다. 막스와 있다 보면 기분이 더러워졌다. 막스만이 아니었다. 최근 접촉하는 자들이 전부 그랬다. 명예로운 인간은 하나같이 네서스가 지구에서 어떤 비밀스러운 목적을 갖고 있는지 알아내고 싶어 했다. 따라서 네서스가 만나는 인간은 전부 범죄자거나 그들과 공모한 부패 관료들이었다. 막스가 그 예였다.

항상 그랬던 것은 아니다. 한때 네서스는 괜찮은 인간들과 일한 적이 있었다. 능력 있는 인간. 믿고 안전을 맡겨도 될 정도의 인간. 함께 중성자성에 가까이 다가갔다가 살아서 돌아온 인간.

이전의 승무원들은 어떻게 됐을까, 네서스는 궁금했다.

생각은 또 쉽사리 익숙한 구덩이로 빠져들었다. 네서스처럼 허스를 떠나 여행할 수 있는 이들은 언제나 희귀했다. 언제나. 지금은 더 희귀하다. 핵폭발을 상상한 이는 거의 없었다. 정찰대원도 마찬가지였다. 폭발을 발견하자 정찰대원은 대부분 마비 상태에 빠졌고, 결국 네서스의 친구들은 모조리 게걸스러운 특이점에 잡아먹혀 버렸다. 그 모든 일에도 불구하고, 네서스는 마지못해서긴 하지만 명령에 복종해 지구에 남았다. 아직 남아 있는 소수의 정찰대원 중 하나였다.

그렇다면 여행 중인 일조 명의 시민을 안내하는 건 누굴까?

몇 번이나 돕겠다고 탄원했지만 돌아오는 대답은 없었다. 내가 아니라도 누군가는 있어야 해. 네서스는 깨달았다. 몇 년 전 네서스의 승무원이었던 트리샤와 라울은 앞날이 유망했다. 물론 네서스의 지도 아래서. 왜 그런 믿을 수 있는 인간을 쓰지 않는 걸까?

그래서 네서스는 고향으로 대담한 제안을 보냈다. 그레고리 펠턴을 감시하는 일을 아킬레스에게 맡겨 달라고. 펠턴이 만약 반물질 세계로 돌아갈 생각이라면 그 준비가 은밀히 이뤄지는 곳은 징크스가 될 터였다. 지금도 베어울프는 빙빙 돌아서 다시 징크스로 가고 있을지 몰랐다.

풀이 담긴 그릇을 건드리던 머리 하나가 저절로 벌떡 곤두섰다. 네서스는 두 눈을 마주 보았다. 내가 지그문트 같은 추론을 하다니!

그래도 막스보다는 지그문트처럼 되는 게 나았다.

그리고 마침내, 놀랍게도 새로운 명령이 도착했다. 펠턴과 베어울프를 감시하는 일 그리고 태양계에 있는 네서스의 정보원에 관련된 책임을 모두 아킬레스에게 넘기라는 명령이었다. 네서스는 고향으로…….

인간 정찰대원을 훈련시키는 임무였다.

지그문트는 어두운 거실에서 모차르트의 레퀴엠 미사곡을 틀어 놓고 눈을 감은 채 생각에 잠겨 있었다. 세계 반 바퀴 —이동부스 한 번 거리지만— 밖 알래스카에는 절망에 빠진 예비 부모들이 기다리고 있었다.

지그문트의 근무시간이 돌아와도 상황은 여전할 터였다. 그다음, 그다음 근무시간에도…….

"우리는 평지 공포증이 아니잖아. 지구를 떠나면 돼. 태양계를 떠나자고."

페더가 음악 소리 위로 외쳤다. 그리고 가족을 이루자. 굳이 그렇게까지는 입 밖에 내지 않았다. 그럴 필요가 없었다.

지그문트는 한숨을 쉬었다.

"함께는 못 가. 허락받지 못할 거야. 우린 너무 많이 알아."

그는 눈을 떴다.

"메두사, 음악 꺼. 조명 오십 퍼센트로 올리고. 페더, 일이 어떻게 돌아가는지 알잖아. 우리가 어떻게든 여길 떠나서 다른 세계에서 만난다고 가정해 봐. 남은 평생 동안 우리 같은 사람이 나타나지 않나 어깨 너머를 살피면서 살아야 한다고."

그리고 언젠가 —만약이 아니다— ARM이 우리를 찾는다면? 누가 우리 아이를 키울 것인가?

"빌어먹을! 지그문트, 난 어머니 사냥이나 하면서는 살 수가 없어. 안 할 거야. 차라리 나 스스로 임신해 버릴 깡이 있었으면 좋겠다고."

페더가 소리쳤다.

무슨 말을 할 수 있을까? 가장 최근에 외계 사무국으로 다시 발령 내 달라고 했던 요청도 거절당했다. 페더도 알고 있었다. ARM에 들어온다는 건 돌이킬 수 없는 일이라는 걸? 지그문트가 ARM이 된 방법을 고려하면 그런 말을 하는 건 괜한 힐난이 될 뿐이었다. 어쨌든 페더도 그걸 알았다.

"발코니로 좀 나가자."

화분에 심은 야자수 잎이 저녁 바람을 맞아 바스락거렸다. 둘은 나란히 서서 난간을 잡고 한참 아래쪽에 펼쳐진 야경을 바라보았다.

모든 게 정상으로 보였다. 어쩌면 그게 핵심일지도 몰랐다. 퍼페티어는 오래전에 사라졌다. 네서스도 가 버린 게 분명했다. 경제는 아직 회복하지는 못했을지언정 마침내 점점 좋아지고 있었다. 베어울프는 어딘가 먼 곳에 가 있었다. 그레고리 펠턴은 온갖 비밀스러운 음모에도 불구하고 아무에게도 해를 끼치지 않았다. 자기 계획에 너무 복잡한 면이 많다는 사실을 깨달았을지도 몰랐다. 아니면 막스 아데오의 말처럼 처음부터 펠턴은 사악한 계획을 갖고 있지 않았을 수도 있었다. 어느 쪽이든 펠턴이 아무런 말썽도 부리지 않은 현실을 설명할 수 있었다.

그런 동화를 믿을 수 있다면 얼마나 기분이 좋을까.

페더가 다시 입을 열었다.

"아, 뭐. 언젠가는 폭동이라도 일어나겠지. 아니면 자살 충동에 푹 빠진 크진인 배반자라든가, 어머니 사냥에서 정신을 돌려 놓을 뭔가가 나타나겠지."

지그문트는 그녀의 손을 가볍게 두드렸다.

"언제나 낙천적이야."

"당신이 뭔가 생각해 내겠지. 당신은 내가 아는 사람 중에서 가장 영리하니까."

"그럴 리가. 그건 카를로스 우겠지."

카를로스 우! 최근 들어 지그문트는 그에 대한 생각을 끊을 수가 없었다. 은하핵에서 일어난 폭발은 연속적으로 쓰러진 도미노의 첫 번째 조각이었다. 지그문트가 만났던 물리학자들은 전부 베어울프가 '롱샷'호를 타고 가져온 측정치가 조작이 아니라고 확언했다. 그리고 그들 모두는 카를로스 우가 동료들 중에서 가장 뛰어나다고 생각했다.

마음의 눈으로 바라본 지그문트는 심연의 가장자리에서 비틀거리며 서 있었다. 그가 속삭였다.

"페더. 만약 카를로스 우가 핵폭발 데이터를 조작했다면?"

| 해명: 지구력 2650년 |

1

지그문트는 반쯤 잠든 상태로 커피를 마셨다.

아침 식사 자리 위에는 뉴스 요약본이 빛나고 있었다. 주제별로 색이 달랐고, 밀접한 정도에 대한 메두사의 판단에 따라 밝거나 어둡게 나타났다. 뉴스 창이 계속 스크롤되었다. 카페인이 효력을 발휘한 뒤에도 흡수하기에는 만만찮은 양이었다. 메두사의 신호에 따라 지그문트의 시선이 움직였다. 기억에 남는 정보는 거의 없었다.

페더는 맞은편에 앉아서 축구 경기 하이라이트에 관심이 있는 척하고 있었다. 둘 다 먼저 말을 할 준비는 안 돼 있었다.

"카발리어스 머저리들."

몇 분 뒤 마침내 페더가 침묵을 깼다. 불평은 홀로그램 혹은 감독 혹은 우주를 향한 것이었다. 지그문트가 아니었다. 그가 쳐다보자 페더는 음량을 높였다.

대규모 어머니 사냥이 임박해 있었다. 보아하니 국지적인 공세가 아니라 세계적인 규모 같았다. 지그문트가 막을 방법은 없었다. 페더를 뺄 수도 없었다. 페더가 방해한 게 들키면 보호해 줄 수도 없었다.

지그문트는 페더의 비참한 심정을 참을 수가 없었다.

똬리를 틀고 쉭쉭거리는 뱀들을 왕관처럼 얹은 녹색 얼굴이 뉴스 요약본 화면 구석에 나타났다.

– 청록색 경보입니다.

메두사가 부드럽게 말했다.

지그문트는 정신을 차리고 의자를 가까이 끌어당겼다.

"표시해."

새 창이 열렸다. 이동 부스를 비스듬히 잡은 장면이 나왔다. 남자 넷이 나타나더니 부스 주변에 위치를 잡았다. 이내 칼리스타 멜런캠프가 나타났다. 무표정한 경호원들이 사무총장을 둘러싸고 넓은 화강암 계단을 올라 뉴욕에 있는 그녀의 사교 클럽으로 들어갔다.

지그문트는 목을 가다듬고 말했다.

"나 할 게 좀 있어."

페더가 경기를 보다가 고개를 돌렸다.

"뭐라고?"

"나중에 얘기하자."

지그문트가 일어나자 페더의 눈이 가늘어졌다.

"멍청한 짓 하는 거 아니지?"

그건 두고 봐야 알 일이었다.

"내가?"

지그문트는 목적지를 입력하며 잠시나마 페더가 아직 관심을 갖고 있다는 사실을 음미했다.

구름 낀 맨해튼은 시끄러웠다. 지그문트가 멜런캠프의 클럽 계단을 올라가는 걸 보고도 수위는 문을 열지 않았다.

지그문트는 두 계단을 남기고 멈춰 서서 말했다.

"사무총장님께 긴히 전할 말이 있습니다."

환대를 받지 못한다고 해서 놀랄 건 없었다. 내부는 고풍스럽지만, 신원을 확인하는 데 쓰는 보이지 않는 보안 시스템은 최신식이었다. 아니면 수위가 얼굴을 기억하는 능력이 아주 뛰어나거나. 어쨌든 인상적이었다.

"죄송합니다. 회원이 아니시거나 초대받으신 게 아니면 들어갈 수 없습니다."

"알겠습니다."

지그문트는 코트 주머니에서 봉투를 하나 꺼냈다. 어둑어둑한 분위기 덕분에 감상적일 정도인 핏빛 인장이 더욱 선명하게 보였다. 그는 이 기회를 기다리며 몇 주 전부터 그 문서를 가지고 다녔다.

멜런캠프는 지그문트가 여러 단계를 거쳐야만 자기와 소통할 수 있게 해 두었다. 그레고리 펠턴이 우겨서일까? 지금 손에 들고 있는 정보는 직접 사무총장에게 가야 했다.

"세계적으로 중요한 문제입니다. 태양계적으로 중요하죠."

수위는 봉투 아래에 놓인 지폐 다발을 손바닥으로 느꼈다.

"뭘 할 수 있는지 알아보죠. 여기서 기다리세요."

그는 지그문트를 좁은 현관에 두고 떠났다.

십 분 뒤 멜런캠프의 경호원 두 명이 나타나서 지그문트를 안으로 안내했다.

"나가 있어요."

멜런캠프가 경호원들에게 말했다. 그들은 안 된다는 의사를 전달할 수 있을 정도만큼 머뭇거리더니 두꺼운 오크 나무 문을 닫고 방에서 나갔다. 멜런캠프는 약해 보이는 의자를 가리켰다.

"앉아요."

지그문트는 앉았다. 그가 건넨 편지는 사무총장 앞의 텅 빈 탁자에 놓여 있었다.

"궁금해하시길 바랐습니다."

"궁금하지 않을 수가 있나? 날 얼마나 오래 따라다녔죠, 지그문트 아우스폴러 요원?"

멜런캠프는 단어 하나하나를 짧게 끊듯 말했다.

지그문트는 거의 보이지 않을 정도로 작은 ARM 센서로 이 시설을 둘러쌌다. 그걸 인정해 봤자 좋을 건 없었다.

"전 사람이 아니라 돈을 따라다닙니다."

"대답하기 싫단 소리군요."

멜런캠프는 선반 위에 놓인 병에서 커피를 한 잔 따른 뒤 편지가 놓인 탁자 앞에 앉았다.

"추적했다는 돈 얘기를 해 봐요."

지그문트는 그렇게 했다.

GPC가 태양계에서 벌어들인, 하지만 아직 추적되지 않은 상태의 상상할 수 없을 만큼 많은 재산에 대해. 오 년 전 퍼페티어 대탈출 이후에 뒤에 남겨진 재산에 대해. 논리적으로 따지면 휴면계좌여야 마땅하지만 아직도 어디선가 흘러나오는 자금에 대해. 현대 금융 공학자들이 고안해 내는 수준의 익명성과 은밀함을 갖춘 통로를 통해 움직이는 자금의 순환에 대해. 그리고…….

멜런캠프는 날카롭게 한숨을 쉬었다.

"퍼페티어는 집단으로 있을 때도 비밀스러웠죠. 이제 한 명만 남아서 숨어 있는 상황이지만 당연히 직접 나서진 않는군요. 네서스라는 이름 기억나요. 해결이 안 된 의무를 완수하려고 남았다고 했죠. 당신들 특별 수사대가 쓴 보고서를 읽었어요. 특별 수사대가 있을 때 말이에요."

멜런캠프의 이야기는 딴 곳으로 새고 있었다. 그렇게 놓아둘 수 없었다. 자금 추적의 끝 부분부터 이야기를 시작했어야 했다. 처음부터가 아니라 소행성대에 있는 세계 밖 은행부터 시작했어야 했다.

"만약 숨어 있는 퍼페티어가 사무총장님 부하가 관리하는 무기명 계좌에 돈을 넣고 있다면 어떻겠습니까?"

"빌어먹을! 당연히 신경 쓰이죠! 그래서 잠깐이라도 당신을 들여보낸 거 아닌가요. 그게 당신이 몇 년 동안 공격적인 수사를 했음에도 아직 체포되지 않은 이유라고요. 아직까지는. 난 당신이 고발한 내용의 실체를 확인하겠어요. 가능하다면 말이지만. 일단 지금은 당신이 내게 거짓말을 하기 위해서 추적할 정도로 멍청하거나 미쳤다고는 생각하지 않아요."

그건 체포하기 전에 지그문트가 멜런캠프에 대해 얼마나 많이 알고 있는지 확인하겠다는 뜻일 수도 있었다. 아니야, GPC의 돈이 멜런캠프에게 가는 걸 찾지는 못했잖아. 지그문트는 상기했다. 지금은 믿어야 해.

"샅샅이 조사하셔야 합니다. 물론 은밀하게요. 매달 십 일에 예금이 됩니다. 그자가 잔고를 확인하는 건 십일 일에서 십삼 일 사이고요."

멜런캠프의 뺨이 꿈틀거렸다.

"소행성대 은행이 이걸 확인해 줄까요? 내 경험에 따르면 그자들이나 '황금 가죽'들이나 둘 다 협조적이지 않아요."

소행성대의 경찰들은 노란색 진공복을 입는다. 익숙한 은어를 쓴 건 우연이 아니었다. 멜런캠프는 변호사 사무실에서 국제연합 경력을 시작했다. 여러 세계가 얽힌 돈세탁 사건에 참여했던 것이다. 멜런캠프 역시 관할구역이나 증거를 공유하는 문제를 놓고 황금 가죽들과 싸웠다.

위반 행위가 더 있었다고 인정할 필요까지는 없었다. 지그문트가 숭고한 대의를 위해 행동했음을 설득하거나 조만간 장기은행으로 가거나, 둘 중 하나였다.

"협조하는 사람도 있을 겁니다. 누가 누구한테 신세를 입었느냐에 달려 있겠죠."

간단히 얘기하면, 바로 그게 여기까지 오는 데 오래 걸린 이유였다. 지그문트는 지난 오 년 동안 소행성대 당국에 그들로부터 받은 것보다 더 많은 정보를 제공했다. 지난 오 년 동안 아무것도 모르는 소행성대 관광객을 방해하고, 은밀하게 중재했다.

"지금은 제게 후의를 입은 황금 가죽이 충분히 있습니다."

코트 속에는 접힌 종이 한 장이 아직 남아 있었다. 지그문트는 그 종이를 꺼냈다.

"이건 위에서 흘러 내려오는 돈을 안 받았을 가능성이 큰 사무국 금융 분석관 명단입니다. 그중 적어도 둘을 세레스 은행의 프라하 지점으로 보낼 것을 제안합니다."

"둘? 아, 서로 감시하게 하라는 거군요."

멜런캠프는 한숨을 쉬며 접힌 종이쪽을 받아 들었다.

"당신은 참 악마 같은 세상에 사는군요, 지그문트."

지그문트는 사무총장의 대꾸에서 자신을 믿고 있다는 고무적인 느낌을 받았다.

"외람되지만, 이제 우리가 이야기해야 할 건 이다음에는 뭘 하느냐입니다."

멜런캠프가 그를 바라보며 말했다.

"물론 체포죠. 뇌물은 한 푼도 남기지 않고 압수하고. 그자와 함께 장기은행에 보내는 거예요. 그것도 처리할 수 있는 대로 최대한 빨리."

지그문트는 '그러면 저도 참 행복할 겁니다.'라는 말을 마음속으로만 했다.

"아닙니다. 제가 추적한 건 돈의 일부일 뿐입니다. 받은 사람도 일부고요. 아직 모르는 게 아주 많습니다. 전 막스 아데오조차 아는 걸 전부 말해 줄 수 있을지 의심스럽습니다."

멜런캠프가 천천히 미소를 지었다.

"당분간 막스를 감시하겠다는 거로군요."

지그문트는 고개를 끄덕였다.

"사무총장님도 그렇게 해 주십시오. 퍼페티어는 알 수 없는 이유로 국제연합의 핵심부까지 파고들었습니다. 막스라고 해도 그 목적을 알려 주지는 않았을 겁니다. 저는 막스가 사무실 복도에서 보고, 읽고, 듣는 것에 대한 사무총장님의 영향력을 이용해서 GPC의 재산을 조종하고 있는 자를 위협해 모습을 드러내게 하고 싶습니다."

지그문트가 다가가자 페더는 투덜거렸다. 맞이하는 인사라기보다는 왔다는 걸 알았다는 뜻에 가까웠다. 시선은 계속 작업용 컴퓨터에 두고 있었다.

"페더."

그의 목소리에서 뭔가 느껴졌는지, 페더가 마침내 고개를 들었다.

"뭐가 그리 바쁘실까, 지그문트. 나는 당신이 말도 없이 사라져서 그걸 메꾸고 있는데, 참 일도 많으셔."

"미안해."

그는 페더의 팔을 가볍게 건드렸다.

"오 분만. 같이 좀 가자."

페어뱅크스의 하늘은 뚫려 있었다. 차가운 비가 억수로 쏟아졌다. 지그문트는 버지니아의 스카이메도 주립 공원을 입력했다.

대서양 중위도 지역은 맑고 온화했다. 장소도 적절해 보였다. 그는 페더를 데리고 구불거리는 오솔길을 따라 홀로 위풍당당하게 서 있는 소나무 그림자 아래로 갔다. 드넓은 초원과 나무가 우거진 언덕이 지평선까지 쭉 이어져 있었다.

"오 분이라더니, 응? 이미 말썽은 충분히 일으키지 않았어?"

페더가 말했다. 그녀는 멋진 경치에 시선을 돌린 채 지그문트를 무시했다.

지그문트는 허리를 굽혀 오래전에 떨어진 솔방울을 주웠다. 상록수. 언제나 푸른 들판. 손안에 든 씨앗. 이 모든 건 새로 찾은 희망을 상징했다.

"페더, 난 뉴욕으로 돌아가. 국제연합 본부로. 같이 가자."

페더가 고개를 돌렸다.

"본부라고! 왜?"

"공식적으로는 새로운 특별 수사대가 생겨. 사무총장 직할이야. 비공식적으로는……."

"비공식적으로는 뭐?"

"망할 놈의 어머니 사냥 같은 건 아니야. 그건 더 이상 못 하겠다고 했어."

지그문트는 페더의 머리에 입을 맞췄다.

"비공식적으로 우리는 다시 퍼페티어 사냥을 할 거야. 놈들이 아직 주변에 있다는 게 드러났어. 누군가 GPC에서 나온 돈을 쓰고 있는 걸로 봐서 최소한 의심은 가. 그것 때문에 내가 요새 비밀스러웠던 거야. 멜런캠프가 날 안 믿거나 자기도 거기에 끼어 있을 경우에 당신까지 끌고 가고 싶지 않았거든."

페더의 싸늘한 시선이 느껴졌다. 누구의 보호도 필요하거나 원하지 않는다는 표현이었다.

"돈을 어디에 썼다는 거지?"

"일단 보안 사무국의 부국장보."

"막스. 그 망할 자식이 그래서 특별 수사대를 없앴군."

페더가 내뱉었다.

"그래, 막스가 그랬지. 본부에서 일하면 그자를 감시할 수 있을 거야. 막스가 누구랑 얘기하는지 알 수 있어. 은밀하게 사무총장을 통해 일하면서 막스의 임무와 그자의 귀에 들어가는 모든 걸 통제하고 싶어."

갑자기 지그문트의 눈앞에 선 페더가 과거의 페더로 변했다. 먹이를 노리는 즐거운 표정이 얼굴에 떠올랐다.

"막스를 쫓으면 네서스로 이어지겠네."

"네서스는 떠났을지도 몰라."

막스가 받은 보수, 더러운 돈은 암흑가를 통해 흘렀다. 지그문트의 정보원 중 누구도 지난 이 년 동안 네서스와 이야기하거나 네서스에 대해 듣지 못했다. 대신 새로운 이름을 접한 자들이 있었다. 그 이름을 생각하는 것만으로 지그문트는 예전 기억 때문에 배가 아파 왔다.

"내 정보원이 보고한 바에 따르면 배후자는 이름이 아킬레스라고 하더군."

지그문트가 말했다.

2

목구멍 깊숙한 곳에서 으르렁거리는 소리가 끊임없이 울려 나왔다. 털 없는 꼬리가 좌우로 흔들렸다. 두 귀는 머리에 납작하게 붙어 있었다.

꼬리나 귀, 해는 끼치지 못하는 포효 소리에 집중하는 게 나았다. 바늘처럼 날카롭게 드러난 이빨보다는 아무래도 나을 터. 면도날 같은 손톱이 뻗어 나와 손가락 네 개 달린 검은 가죽 장갑처럼 보이는 손도 물론.

아킬레스는 일어섰다. 분노한 크진인 앞에서 홀로인 데다 비무장 상태였다.

"와 줘서 고맙습니다."

크진인이 으르렁거렸다. 공격적인 의도가 있는 건 아니었다. 영웅의 언어는 항상 으르렁거리는 것처럼 들렸다.

"난 아킬레스입니다. 당신을 뭐라고 불러야 할까요?"

크진인은 입술을 더 말아 올렸다. 석양이 이빨에 반사돼 핏빛으로 반짝였다. 크진인이 아킬레스를 내려다보며 말했다.

"장비 관리자라고 불러라."

이름이라기보다는 직함이라는 게 눈에 띄었다. 게다가 낮은 지위였다. 이 크진인이 이렇게 멀리 떨어진 황야에 온 목적은 하나였다. 맨손 격투에서 이름을 얻는 것.

아킬레스는 극도의 술책을 서서 인간 모험가로 위장했다. '창끝'이라는 이름의 이 황량한 크진인 개척지의 하층 계급에게 그는 간단한 허세를 떨었다. 한 번에 하나씩 모든 도전자를 격퇴하겠다고. 고작 크진인 한 명만 찾아왔다는 건 참 신기하면서도 우울한 일이었다. 이 전사 종족이 그렇게 인간에게 위협을 당하고 있는 걸까? 여섯 번의 끔찍한 전쟁……. 아킬레스는 자신의 감정이 놀라움이라기보다는 슬픔이라고 생각했다.

"관리자, 도전자의 정체를 알고 실망한 게 분명하군요."

크진인은 더 깊은 목소리로 으르렁거렸을 뿐이다.

"설명하겠습니다. 난 우리 공통의 적에 대항할 준비가 된 자를 찾고 있습니다."

장비 관리자의 꼬리가 허공을 갈랐다.

"초식동물, 난 너와 이야기하고 있다는 사실만으로도 이미 모욕을 받았다. 공통이라는 말 따위는 하지 마라."

도망가고 싶은 충동을 억누르느라 다리가 떨렸다. 도망가려 한다고 도망갈 수 있는 것도 아니었다. 아킬레스는 어떤 크진인도 초식동물을 공격함으로써 자신의 평판을 떨어뜨리지 않는다는 말을 굳게 믿고 여기까지 왔다.

"하지만 관리자, 우리는 둘 다 인간에게 겸손함을 가르치는 데 흥미를 갖고 있습니다."

그리고 각자 다른 이유로, 우리는 둘 다 비밀리에 목표를 추구해야 하지.

"난 지난 전쟁에서 인간을 맛봤지. 앞으로 다시 그럴 것이다. 초식동물 따위가 내게 조언을 하겠다고?"

장비 관리자는 몸을 돌려 조그만 우주선으로 성큼성큼 걸어갔다. 그리고 화를 모조리 이륙에 쏟아붓는 듯했다. 배기가스가 가죽처럼 생긴 키 작은 관목을 불태우고 먼지와 조약돌을 평원에 흩날렸다. 우주선이 굉음을 내며 마치 깔보듯이 '회상'호 위를 지나 날아가 버렸다.

아킬레스는 평원 위에 홀로 서 있었다. 주위에는 불타고 있는 식물밖에 없었다. 아킬레스가 방문한 오지의 크진인 세계에서 모두 같은 일이 일어났다. 인간이 전쟁에서 이겼다. 더 이상 영웅은 없었다. 우주선으로 돌아가는데 다리가 떨렸다.

아직 적절한 이름을 찾고 있는 크진인조차 안 된다면 어떻게 해야 인간의 불쾌한 감시의 눈길을 돌려 버릴 수 있을까?

3

네서스는 너무 흥분해서 잠이 오지 않았다. 공동 식사 때 받은 곁눈질은 공공장소에 모습을 드러내기에는 아직 그가 너무 긴장하고 있다는 사실을 명백히 보여 주었다. 긴장감에 대처하기 위한 가장 덜 나쁜 대안으로 그는 다리가 아프고 옆구리에서 땀이 흘러내릴 때까지 자신의 작은 생활공간에서 제자리걸음을 했다.

끝도 없이 이어지는 무리가 나타나는 홀로그램만 보면서였다. 친근한 노랫가락과 휘파람 소리가 사방에서 울렸다. 아주 가끔씩—절대 한순간을 넘지 않았다—만 그런 소리의 일부가 알아들을 수 있는 수준으로 올라왔다. 합성된 목소리는 대부분 무작위였다. 진정하는 데는 전혀 도움이 되지 않았다. 잘못되면 잃을 게 너무 많았다. 네서스 자신에게도…….

그리고 세계 전체에도.

마침내 그가 요청한, 아니 요구한 약속 시간이 다가왔다. 네서스는 고속 초음파 세척기로 몸을 씻고 말렸다. 갈기를 모아서 몇 가닥으로 꼬았다. 니케에게 신뢰감을 주기 위해서인지, 아니면 니케를 위해서인지, 그 자신도 잘 몰랐다.

네서스는 자신이 살고 있는 생태건물에서 순간 이동으로 곧장 외무부 건물로 갔다. 고립된 투명한 부스 안에 그가 나타났다. 눈에 보이는 것을 명확히 말할 수 있는 음을 찾으려고 애쓰던 와중에 네서스는 돌연히 나타난 푸른 빛—마땅히 기억하고 있어야 했다—에 깜짝 놀랐다. 그는 망막 지문을 찾아 헤매는 푸른 광선을 향해 머리 두 개를 돌렸다. 동시에 숨어 있는 센서가 부적절한 장비가 있는지 수색했다.

물론 부스는 선체 구성 물질로 밀봉한 거품 모양이었다. 강도를 더 높이면 그 빛은 파괴 불가능한 물질을 뚫고 네서스를 그 자리에서 바로 증발시켜 버릴 수도 있었다. 네서스는 과거 지구에서 자기를 방문했던 인간들에게 미안한 감정을 느꼈다.

아무 알림도 없는 순간 이동으로 네서스는 아늑해 보이는 대기실에 도착했다. 그는 바닥에 내장된 도약 원반에서 벗어나 부드러운 쿠션에 앉았다. 제대로 된 도약 원반을 본다면 지구인들이 얼마나 놀라서 입을 떡 벌릴까! 그들이 쓰고 있는 원시적인 이동 부스조차도 GPC가 아니었다면 감히 손에 넣지 못했을 기술이었다.

문제는 네서스가 인간을 좋아한다는 점이었다. 물론 전부는 아니지만 꽤 많이 좋아했다. 그는 인류의 운명이 자신의 말에 달려 있다는 사실이 두려웠다. 긴장 때문에 몸을 떨면서 네서스는 애써 광기의 상태로 돌입했다. 니케는 설득하기 쉬운 상대가 아니었다.

니케.

최근 기억이 몰려와 네서스를 압도했다. 호젓한 해변을 따라 단둘이서 친밀하게 다녀온 산책, 니케의 개인 관람석에서 즐긴 무용극, 그 뒤에 이어진 고급 파티에서는 니케의 초대를 받은 실험당의 주요 인사들과 인사를 나눴다.

시민들은 보통 무용극 같은 공식적인 의식에서 구애를 한다. 니케가 정식으로 그런 약속을 한 건 아니었다. 하지만 그런 행동이 의미하는 바는 뻔하지 않은가?

네서스도 마음속으로는 니케 같은 존재가 어떤 말—입 밖으로 내는 것이나 참는 것이나—이든 아주 까다롭게 고르도록 교육받는다는 사실을 잘 알고 있었다. 하지만…….

몇 년 동안이나 눈길을 끌기 위해 노력한 끝에 네서스는 비록 원하던 이유는 아니었지만 마침내 니케의 부름을 받았다. 그의 우상은 더할 나위 없이 정중하게 실험적인 정찰 프로그램에 대한 보고와 여행 중인 선단의 진행 방향으로 떠날 첫 임무에 대해 들었다.

그러나 니케의 관심은 앞을 조사하는 게 아니라 뒤를 쫓아오는 위험에 있었다. 지그문트 아우스폴러가 재개한 퍼페티어 추적이었다. 네서스로부터 지구에 대한 정보를 아주 세세하게, 체계적으로 쥐어짜 낸 뒤에야 니케는 함께 무용극에 가자고 말했다.

난 니케의 관심을 끌었어. 네서스는 나름대로 결론을 내렸다. 그게 시작이었지. 그리고 만약 지금 같은 '협약체'의 위기 상황에 내가 다시 태양계로 돌아가야 한다면, 이번에는 적어도 완벽한 확신을 갖고 움직일 수 있어.

만약 니케의 개인적인 관심이 정말로 끔찍한 일련의 행동을 할 수 있도록 네서스를 부드럽게 만들어 줄 목적이었다면? 네서스는 형식적으로 땋아 놓은 갈기를 정돈하며 곧 다가올 만남을 간절히, 동시에 두려워하며 기다렸다.

"이쪽으로 오십시오."

키가 크고 눈이 녹색인 시민 하나가 방 건너편에 실체화돼 나타났다. 다용도 띠에 달린 녹색 브로치는 그가 현재 집권당인 보수당과 뜻을 같이하고 있음을 나타냈다.

"부장관님께서 기다리십니다."

그는 나타났을 때와 마찬가지로 갑자기 사라졌다.

네서스는 일시적으로 활성화된 도약 원반을 향해 종종걸음으로 움직였다. 외무부에는 전에도 와 본 적이 있어서 절차는 이해했다. 네서스는 기억하고 있는 니케의 비서를 따라 도약했다. 둘은 소란스러운 비밀 임원회 사무실 구역을 지나갔다. 개인 장식은 대부분 실험당을 뜻하는 주황색이었다. 정권은 보수당이 잡고 있었지만, 그들은 허스를 떠나는 일을 상상도 하지 못할 정도로 사고의 유연성이 떨어졌다.

과묵한 비서는 네서스를 니케가 쓰는 널찍한 사무실 입구로 데려다 주었다. 사무실 안에는 홀로그램 예술품이 가득했고, 바닥에는 푸른 풀이 깔려 있었다.

니케가 업무 공간 뒤에서 나타났다. 갈기는 숨이 막힐 정도로 아름답게 장식되어 있고, 땋은 갈기 사이에서 한데 꿰인 주황색 보석들이 빛났다.

"들어오십시오."

그가 말했다.

네서스는 긴장해서 몸을 덜덜 떨었다. 비서가 나가면서 문을 잠그는 소리도 거의 듣지 못했다. 광기 상태는 결코 오래가지 않는다. 가능한 한 빨리 제안을 해야 한다. 바로 지금.

"답변을 가져왔습니다!"

네서스가 내뱉었다.

"아주 좋습니다. 그런데 질문이 뭐였지요?"

니케는 안도한 표정이었다! 더 개인적인 용건을 꺼낼까 봐 걱정했던 걸까? 왜 그런 느낌을 받았는지 나중에 알아봐야겠어. 네서스는 생각했다. 지금은 좀 더 큰 문제를 다뤄야 해.

네서스는 몸을 기울여 중심을 옮겼다.

"야생 인간에 대한 문제 말입니다. 제가 해결할 수 있습니다. 그러니까, 인간의 생각을 다른 데로 돌리는 법을 압니다."

"ARM이 우리를 찾지 못하게 할 수 있다는 말입니까?"

니케의 눈에는 의심이 담겨 있었다. 이동 중인 '협약체'는 과거 그 어느 때보다도 취약했다. 우주의 여러 종족 중 야생 인간이야말로 절대 그들을 발견해서는 안 되는 종족이었다.

"그렇습니다, 그래요!"

네서스는 양쪽 머리를 교대로 격렬하게 까딱거렸다. 마치 강요하는 듯이 보일 게 분명했다. 그가 일으키자고 제안할 혼돈이 양심에 무겁게 내려앉았다는 사실은 아무래도 상관없었다. 실패는 그보다 더 비참한 결과를 불러올 터였다.

스텔스 기능을 갖춘 GP 선체가 발견되지 않은 채 고속으로 누군가 살고 있는 세계에 부딪친다면…….

네서스는 몸을 떨며 하려던 말을 계속했다. 간단한 비유를 곁들이면 좀 더 분명해질 터.

"제가 여인의 집에 있었는데, 거기서……."

니케가 움찔했다. 신부를 고르는 일을 아직 염두에 두고 있지 않은 게 분명했다. 하지만 네서스는 멈추지 않았다. 얼마 뒤면 당황스러워서 몸을 말고 있을 테지만, 당장은 억제할 수 없이 말이 쏟아져 나왔다.

"니케, 핵심은 지구인 역시 인구를 조절한다는 겁니다. 우리와 다르게 인간은 화학적으로 피임하는 방법을 씁니다. 의무적으로 사용해야 하지요. 부모가 될 인간은 정부의 허가를 얻어 그해에 해당하는 약물을 면제받아야 합니다. 허가 없이 아이를 가지면 처형당하고, 자녀는 불임 시술을 받습니다."

네서스는 자기도 모르게 왼쪽 앞발로 풀밭을 팠다.

"그들은 우리와 다릅니다, 니케. 지구는 아직 황무지입니다. 기껏해야 수십억 명이 살지요. 인구로 보면 우리의 생태건물 하나하나가 지구의 가장 큰 도시와 맞먹습니다."

왜냐하면 인간은 공간을 필요로 하기 때문이었다. 그들은 인근의 여러 항성계에도 몰려들었다. 하지만 네서스는 그 생각을 입 밖에 내지 않았다. 지금 그가 하려는 주장에 별 도움이 되지 않았다.

"그들은 억압적인 정부에 순응해서 살고 있습니다. 지구는 이미 너무 혼잡하기 때문이지요. 지구의 출산 위원회에 대한 불신을 쌓는 게 핵심인 이유가 바로 이겁니다. 지구의 출산 위원회를 불신하게 만드는 게 핵심입니다."

"협약체 추적을 잊게 할 만한 파문을 일으키자는 거로군요."

니케가 회의적인 듯 목을 움직였다.

네서스는 두 머리로 그를 똑바로 바라보았다. 그런 대담함에 스스로도 놀랐지만, 확신을 보여 줘야 했다.

"만약 시민이 비밀리에 신부와 번식할 권리를 구입한다면 어떨지 상상해 보십시오. 어떻게 반응하겠습니까?"

두려움에 질린 듯한 니케의 표정을 보고 네서스는 간단하게 덧붙였다.

"바로 그겁니다."

니케는 머리 둘을 모은 채 생각에 잠겼다. 공동체적이고 사회적인 시민들 사이에서조차 그런 소문이 불러일으킬 다툼을 상상하고 있는 게 분명했다.

"그게 가능합니까?"

"충분히 여러 자원에 접근할 수 있다는 점을 고려하면 가능하다고 생각합니다. 우선, 우리 요원을 통해 출산 위원회 임원 일부에게 뇌물을 줄 생각입니다. 다른 자들은 그들 이름으로 은행 계좌를 만들어 신뢰성을 떨어뜨릴 겁니다. 게다가 인간 세계의 경제는 GPC의 철수가 일으킨 충격에서 회복해야 합니다. 더 많은 부가 사라질수록 더 빨리 음모론이 일어날 겁니다. 부자들이 출산권을 돈으로 사고 있다고 생각하는 사람들이 많아지겠지요. 여기에 암시적인 말도 좀 흘리고, 정치적 기회주의자들에게 은밀한 자금도 좀 보내고……."

네서스는 퍼페티어 어휘에 없는 단어를 표현하기 위해 자기도 모르는 사이에 점차 공용어로 바꿔 말하고 있었다. 어쩔 수 없는 일이었다. 오로지 인간하고만 대화를 나눈 시절이 너무 길었던 것이다. 열광적으로 뻔뻔해질 수 있는 건 잠시뿐이었다. 곧 따라올 우울증으로 인한 마비 사태에 빠지기 전에 빨리 니케를 설득해야 했다.

니케는 네서스의 집중력이 흐트러지는 걸 눈치채지 못한 것 같았다.

"GPC를 통해 들어온 돈이 일을 진행하는 데 적절합니까?"

"접근 방법만 제대로라면 돈은 걸림돌이 되지 않을 겁니다."

네서스는 땋은 갈기를 쥐어뜯지 않을 수 없었다. 붕괴 직전의 상태였다.

니케는 한참 동안 말없이 서 있다가 말했다.

"아주 의욕이 솟아나는군요. 하지만 그 전에 결정해야 할 세부 사항이 많습니다. 이 일을 최우선순위로 놓았으면 합니다. 빠른 시일 내에 진척 상황을 갖고 다시 찾아오십시오."

네서스가 비틀거리면서 닫힌 문 쪽으로 걸어가고 있을 때 니케가 부드럽게 휘파람을 불었다. 잠깐 기다리라는 소리였다. 니케는 네서스에게 다가와 몸을 기울이고 그의 꾀죄죄한 갈기를 친밀하게 쓰다듬었다. 동작이 너무 딱딱하고 계산된 행동이라는 느낌이 든 건 아쉬웠다.

"빨리 돌아오십시오. 당신에게 달려 있습니다."

회의가 열렸다. 계획이 구체화되었다. 자원이 할당되었다. 우발적인 사태를 분류하고 분석도 마쳤으며, 위험 경감 방법도 확인했다.

네서스의 실험적인 정찰대 프로그램은, 거의 마지못한 듯이, 성공적이었다고 발표가 났다. 네서스의 훈련생들은 아무 감독도 받지 않고 무리의 전방을 탐사해야만 했다. 그들이 네서스가 제안한 임무에 배치될 가능성은 거의 없었다.

태양계로 돌아가라는 니케의 명령이 개인적 감정이 전혀 실리지 않은 녹음 메시지로 도착했을 때 네서스는 조금 슬펐을지언정 놀라지는 않았다.

4

짱그랑. 챙. 짱그랑. 짱그랑. 팅.

유리 조각이 사방으로 날렸다. 이제 꾸준히 날아오는 조각은 대부분 병이었다. 인근 건물의 유리창은 훨씬 전에 산산조각 난 뒤였다.

캅스아이즈 편대가 머리 위를 떠다니며 군중 속이나 숨어 있던 장소에서 튀어나와 원시적인 원거리 무기를 투척하는 시위대와 숨바꼭질을 하고 있었다. 포도알 크기 로봇의 무장은 마비 총뿐이었지만, 적어도 시위대 둘이 창문이 없어진 사무실 밖으로 추락해 목숨을 잃었다.

광장을 가득 채운 수천 명의 군중으로부터 알아들을 수 없는 함성이 다시 일었다. 박수갈채가 광장 건너편에서 들려오는 열변을 묻어 버렸다.

지그문트는 플라스틱금속 방패를 돌려 날아오는 유리병을 막았다. 벌써 몇 번인지 모를 정도였다. 방패를 든 팔이 저렸다.

"제기랄! 다들 미친 거야, 뭐야?"

폭동 진압복 헬멧의 내장 마이크는 개인 채널로 설정돼 있었다. 강습복을 입은 ARM 요원들이 얇은 선을 이루며 시위대를 둘러싼 채 명령을 기다리고 있었다. 지그문트는 지금 이 상황에 어울리는 명령을 도무지 상상할 수 없었다. 그저 다시 욕설을 내뱉었다.

"제기랄."

쨍그랑. 쨍그랑. 챙. 쨍그랑.

"당신, 여기 있을 필요 없잖아."

페더가 잔소리를 했다. 지그문트가 있을 곳은 여기가 아니라는 뜻이었다. 세계 곳곳의 ARM 사무실은 세계적으로 폭발한 폭력 사태를 진압하는 일을 돕기 위해 텅 비어 있었다. 하지만 수사대의 대장인 지그문트는 위험에 노출되어서는 안 되었다.

지그문트는 강경한 태도로 팀이 가는 곳이라면 자기도 따라갔다. 오늘만 지금까지 세 도시를 다녔다는 소리다. 지금 있는 곳은 시카고 같았다.

"이 모든 걸 놓치라고?"

말을 하면서도 그의 두 눈은 꾸준히 사방을 살폈다.

"그래도 당신이 있어서 기뻐."

페더가 숨을 헐떡이며 덧붙였다.

유리병 몇 개를 더 쳐 냈다. 수많은 남녀가 주먹을 휘둘렀다. 위아래로 움직이는 플래카드에는 자손 번식의 정의와 임신할 권리를 주장하는 글이 씌어 있었다. 빌어먹을, 세상에는 사람이 너무 많아. 지그문트는 이런 혼란을 용납할 수가 없었다.

그러나…….

"물론 이건 옳지 않아."

페더가 그의 마음을 읽은 듯했다. 폭동 얘기였다.

"하지만 폭동을 일으킨 이유가 그렇게 잘못된 걸까?"

그와 페더가 아이를 가진다면 그게 그렇게 잘못된 일일까?

페더는 대답을 기다리지도 않고, 어쩌면 아예 생각지도 않은 듯 사무실과 아파트에서 약탈한 잡동사니 무더기를 발로 찼다. 찢어진 그림을 짓밟고 금박 테두리를 부러뜨렸다.

"기생충 같은 놈들. 홀로그램 예술은 놈들에게 과분해. 그런데 이제 아기까지 돈으로 사고 있다니."

"……준비."

지그문트의 이어폰에서 소리가 들릴 때 마침 군중이 큰 소리로 다시 외쳤다. 조금 전 화물 부양기에 올라선 선동가가 추첨에 대해 뭐라고 소리쳤다. 새 구호가 터져 나왔다.

"정의, 정의, 정의, 정의……."

지그문트는 구호 사이에서 간신히 명령을 알아들을 수 있었다.

"광장을 확보하라."

대열이 곧게 펴졌다. 그는 양옆의 페더, 안드레아와 서로 방패를 고정했다. 두 번째 줄은 방패를 높이 들어 머리를 가렸다. 어렴풋이 중세 혹은 고대의 모습을 떠올리게 했다.

쨍그랑. 쨍그랑. 쨍그랑.

뭔가 머릿속을 간질였다. 오래된 기억일까? 뭔지는 모르겠지만 지금은 때가 아니었다. 정신을 딴 데 팔았다가는 죽을 수도 있었다.

캅스아이즈가 하나 둘 광장 바닥으로 떨어졌다. 파편 사이에 놓인 선명한 노란색.

지그문트는 다섯까지 수를 셌다. 한두 개 정도는 우연히 맥주병에 맞아 떨어질 수도 있었다. 하지만 이렇게 많이, 이렇게 가까운 것들이 떨어진다는 건 제대로 된 무기를 가진 저격수가 있다는 뜻이었다. 아마도 사냥용 장총일 터였다. 총이 사람을 향하기 전에 단호하게 행동에 나서야 했다.

"산소 연결."

이어폰으로 명령이 내려왔다.

"십 초 후, 수면 가스 발사한다."

실제로는 십 초도 아니었다. ARM 요원 한 분대씩을 태운 부양기가 광장에 인접한 건물 한 곳 위로 날아오르더니 섬광이 번쩍이면서 짙은 가스 구름을 뱉어 냈다.

지그문트는 주춤했다. 부양기 두 대로 이 정도 규모의 시위대 진압을 시작할 수는 없었다. 아무것도 안 하는 것보다 더 나빴다.

시위대가 도망치며 새된 목소리로 비명을 질렀다.

이어폰에서 다시 명령이 들렸다.

"내 신호에 맞춰 전진한다."

전진?

경찰의 팔랑크스 대형* 위로 인간의 파도가 밀려왔다. 사방에

* Phalanx, 고대 그리스에서 만들어진 중장보병의 밀집 전투대형.

서 사람들이 쓰러졌다. 가스를 마시고, 캅스아이즈 혹은 ARM에게 마비되고, 비처럼 쏟아지는 병에 얻어맞고, 사람들에게 짓밟혔다. 얇은 대열이 끊어졌다. 넓게 흩어져 있던 군중의 수가 ARM을 압도했다. 시위대가 콜록거리면서 ARM 요원의 산소마스크를 빼앗으려고 싸웠다. 뒤이어 또 다른 사람들이 계속 덤벼들었다.

거친 눈을 한 미치광이가 페더의 등 뒤로 돌격했다. 플래카드는 이미 사라졌지만, 튼튼한 각목은 그대로 남아 곤봉처럼 휘두르고 있었다. 지그문트는 방패를 끌어안았다. 마비 총은 혼전 속에서 잃어버렸다. 돌진하던 그는 시야 위쪽에서 다가오는 움직임을 포착했다. 의자가 내리꽂히는 것 같은 느낌이 잠시 들었다.

그리고 의식을 잃었다.

지그문트는 경련하며 정신을 차렸다. 앞에 보이지 않았다. 누군가 헬멧을 비틀었다. 머리와 목이 쑤셨다. 그는 몸부림치며 비명을 질렀다. 발에 뭔가 닿더니 누군가 비명을 질렀다.

"지그문트, 나야!"

페더였다.

"헬멧부터 벗겨 줄게."

지그문트는 아파서 입을 꽉 다물고 가만히 누워 있으려고 애썼다. 헬멧이 돌아가자 다시 앞이 보였다. 페더는 아직 폭동 진압용 장갑복을 완벽히 갖춰 입은 상태로 옆에 무릎 꿇고 앉아 있었다. 그녀가 지그문트의 헬멧을 벗긴 뒤 잘 보이게 들어 주었다.

한쪽이 우그러져 있었다. 몇 층인지 모를 높이에서 떨어져 내린 의자가 생각났다. 그 타격 때문에 헬멧이 회전해서 마스크 부분이 오른쪽 귀에 와 있었던 것이다.

몇몇 민간인들이 근처에 부자연스러운 자세로 쓰러져 있었다. 역장에 붙잡힌 게 분명했다. 대부분은 꼼짝도 않고 누워 있었다. 좋은 선택이었다. 움직이면 움직일수록 구속은 점점 조여든다. 지그문트는 발로 찬 사람에게 미안했다.

페더는 멀쩡해 보였다.

“어떻게 된 거지? 다들 어디 있어?”

지그문트가 쉰 목소리로 묻자, 그녀는 주변을 선회하고 있는 경찰 부양기를 가리켰다.

“기갑부대가 들어왔어. 조종사가 당신이 쓰러지는 걸 보고 시위대 머리 위로 비행하면서 위협했지. 그 뒤로 계속 보호해 주고 있어. 구급차가 오는 중이야. 폭도들은 주택가로 이동했어. 우리 쪽 사람들이 따라가고 있는데, 괜찮을 거야.”

사이렌이 사방에서 울려 퍼졌다.

“페더, 나 좀 일으켜 줘.”

페더는 그의 손을 가볍게 두드렸다.

“안 돼. 구급차 올 때까지 기다려.”

주머니에서 벨 소리가 울렸다. 그러고 보니 꽤 오래전부터 울리고 있었던 것 같았다.

“전화 좀 받아 줘.”

메두사가 연결했다면 그건 급한 일이었다. 장갑복 조끼 아래에서 은은한 녹색 불빛이 새어 나왔다. 장갑 때문에 메두사의 목소리가 잘 들리지 않아 지그문트는 집중해야 했다.

– 배달의 출처를 추적할 수 없습니다. 그게 무슨 뜻인지는 모르겠지만, 중요합니다.

메두사가 말했다.

'아이기스'호의 휴게실에는 인공적으로 만든 동족의 페로몬이 가득했다. 그 자극적이고 짙은 향기도 네서스를 진정시키지는 못했다. 그는 동족으로부터 수 광년 떨어져 있었고, 다른 어떤 우주선이나 정착지와도 몇 광초나 떨어져 있었다. 긴장을 푸는 건 불가능할 것 같았다.

태양계 깊숙이 숨겨진 중계용 스텔스 부이를 여러 단계 거쳐 우주선으로 전송되는 인간의 방송이 배경음으로 울려 퍼졌다. 주로 소행성대 방송을 감시했다. 지구의 미디어는 국제연합의 엄격한 검열을 받고 있는 듯했기 때문이다. 소행성대가 지구의 불행을 아주 즐거워하고 있는 건 아니었지만, 너무 좋게만 그리고 있지도 않았다.

네서스의 양심에는 수백 명의 죽음이 무겁게 내려앉아 있었다.

"내가 일으켰어. 차라리 이쪽이 낫지."

네서스는 자기도 모르게 선실에 둔 니케의 홀로그램 영상—실물보다 큰—을 바라보았다. 그런 게 몇 개 있었다. 니케가 눈에 들어온 지 얼마 되지 않았을 때 실험당 집회에서 찍은 사진이었다. 언젠가 니케의 눈에 들지도 모른다는 기대를 안고 정찰대

프로그램에 자원하기 전의 일이었다.

순수한 시절이었다.

니케의 이미지 역시 위안이 되지 않았다. 죄책감에 너무 젖어 있었다. 차라리 뭐가 낫다고?

"당신이라면 우리 모두를 안전하게 지키기 위해 무슨 일을 했을까요?"

네서스는 니케의 이미지를 향해 물었다. 어떤 식의 대량 학살을 저지를까? 지구와 인간의 다른 세계에서?

어쩌면 그가 비뚤어진 생각을 하는지도 몰랐다. 결국 이 같은 좀 더 섬세한 방법을 승인한 건 니케였다.

혼합 곡물이 담긴 그릇은 처음 상태 그대로 앞에 놓여 있었다. 네서스는 입맛이 없었다.

더 오래 떨어져 있을수록 니케가 애초에 자신에게 감정을 가졌다고 믿기가 어려워졌다. 무용극, 파티, 함께 보낸 시간……. 그 모든 게 네서스를 구슬려 태양계로 돌아가게 만들기 위해서였다. 이렇게 멀리 떨어진 곳에서, 완벽하게 혼자 있다 보면 명령은 의미가 없었다. 정찰대원은 독창성을 너무 많이 발휘하지 않도록 자극을 받아야 했다.

이상하게도 아킬레스는 네서스가 돌아온 것에 대해 기분 나빠했다. 스스로 태양계에 대한 책임을 지고 싶지는 않지만 그와 무관하게 다른 누군가가 그런 권한을 가졌다는 걸 모욕으로 받아들였다.

니케는 계속해서 네서스를 바라보고 있었다. 네서스는 홀로그램을 향해 말했다.

"기다리십시오. 조만간 ARM의 시선이 완전히 다른 곳으로 돌아갔다는 증거를 갖고 가겠습니다. 그러면 당신을 위해 제가 세운 놀라운 계획을 보게 될 겁니다."

지그문트는 국제연합 본부의 긴 복도를 비틀거리며 걸었다. 진통제와 과다 복용한 자극제 덕분에 겨우 움직일 수 있었다. 페더는 불만 섞인 목소리로 투덜거리면서 함께 걷다가 그가 쓰러지려고 하면 잡아 주곤 했다.

그들은 아직 폭동 진압복을 입고 있었다. 등 뒤로 긴장한 관료들과 수면 가스 냄새를 꼬리처럼 늘이면서 마침내 복도 끝에 있는 사무실에 도착했다.

이중유리로 된 문 옆의 명판에는 행정부 부차관이라고 씌어 있었다. 지그문트는 대기실에서 항의하는 비서와 직원들을 비틀거리며 지나쳐 안쪽 사무실로 들어갔다. 페더가 등 뒤로 문을 세게 닫았다.

산지타 쿠드린이 의자에서 벌떡 일어났다.

"무슨 일이에요? 아니, 됐어요. 일단 오토닥에 데려다 줘야겠네요."

지그문트는 소파에 털썩 주저앉았다. 사무총장과 직접 이야기하고 싶었지만, 멜런캠프는 지구에 없었다. 어쨌거나 위장을 위해 진행 사항은 보통 산지타를 통해 전달하고 있었다.

"보고 먼저 하죠."

“페더가 대신 보고해도 되잖아요?”

“그렇긴 하지만. 무슨 생각인지 나한테도 말을 안 해요.”

페더는 그렇게 말하고 지그문트 옆에 앉았다.

“준비되면 알려 줘요.”

지그문트가 성급하게 말했다.

“미안. 무슨 일이죠?”

산지타가 물었다.

“폭동들…….”

옆구리가 너무 아파 지그문트는 말을 멈추었다. 갈비뼈가 부러진 듯했다. 구출되기 전에 누군가 조끼 아래를 제대로 걷어찬 것 같았다. 응급처치 상자에는 진통제가 아직 남아 있지만 더 맞았다가는 말을 제대로 할 수 없을 터였다.

“……배후에 퍼페티어가 있어요.”

산지타는 뺨에 번개를 형상화한 문양을 염색했고, 가짜 눈썹은 과장된 아치 모양이었다. 그래서 실제보다 더 놀란 표정이 되었다.

“그럴 리가.”

머릿속에서는 아직도 유리가 산산이 부서지는 소리가 울렸다.

언젠가 아주 먼 곳에서, 지그문트는 유리창이 천천히 깨지는 듯한 소리의 이름을 가진 퍼페티어를 만나 아도니스라는 가명을 붙인 적이 있었다. 물론 깨진 유리의 가명은 뭔가 다른 것일 게 분명했다. 발음할 수 있는 가명을 알려 주지는 않았지만, 네서스도 그 정도는 인정했다. 지그문트는 해냈어 행성에서 만난 GPC

간부가 아킬레스라는 이름을 쓴다는 데 내기라도 걸 수 있었다.

산지타가 계속 바라보고 있었다. 그녀는 지그문트가 본부로 돌아온 뒤로 계속 안절부절못했다. 뭔가 숨기고 있는 게 분명했다. 하지만 굳이 그럴 필요는 없었다. 산지타와 칼리스타 멜런캠프의 애정 행각은 본부에서 가장 허술하게 지켜지는 비밀이었다. 아마도 사무총장의 남편 빼고는 다 알 것이다. 지그문트는 어쩌면 남편도 알지 않을까 생각했다. 어쨌든 그가 관여할 일은 아니었다. 페더와의 관계를 고려하면 비판할 수도 없었다.

2645년에 이웃 사무실을 쓰면서 처음 만났던 때 이후로 산지타는 경력을 성공적으로 쌓아 왔다. 시기하는 동료들은 그녀의 '관계'에 대해 속삭이고 다녔다. 지그문트와 산지타는 일종의 친구라고 할 수 있었다. 그는 자신이 그 사실을 존중한다는 게 산지타에게 아직 의미가 있다고 믿기로 했다.

빌어먹을! 왜 이런 사소한 일에 신경 쓰는 거지?

약 기운을 너무 잘 받고 있는 게 분명했다. 지그문트는 자세를 다시 바꿔 부러진 갈비뼈에서 찌를 듯한 통증이 밀려와 머리가 맑아지게 했다.

"잘 들어 봐요. 몇 달 동안 일어난 일을 보죠. 난 GPC의 자금이 세탁돼서 막스 아데오에게 가는 걸 추적했어요. 사무총장은 새로 만든 내 특별 수사대가 실제로는 퍼페티어 특별 수사대를 부활시킨 거라는 사실을 막스가 알게 했죠. 출산 위원회를 상대로는 시위가 일어났어요. 지난 몇 세기 중 최악이라고요. 이 폭동은 시선을 분산시키기 위한 거예요."

내 시선을.

"아, 제발."

페더가 말했다. 지그문트는 이런 깨달음을 그녀에게도 말하지 않았다.

"이 소동은 부패 때문이에요. 출산 위원회가 출산권을 빌미로 뇌물을 받았으니까. 단순한 거라고요."

페더는 출산 위원회에 대한 이야기라면 최악을 믿고 싶어 했다. 아이를 가질 수는 없지만, 적어도 피해자가 된 기분을 낼 수는 있으니까. 하지만 예전부터 부패는 언제나 가능했다. 굳이 지금 와서 더 나빠질 이유가 있을까?

"소문을 퍼뜨리는 건 쉽죠. 그런 얘기야 항상 있었으니까. 지금 우리가 이 꼴이 난 건 사람들, 놀라운 사람들, 힘 있는 사람들이 이걸 가능하게 만들었기 때문이에요. 그자들은 폭력을 너그럽게 봐주지 않아요. 하지만 동정은 표시하죠. 그자들은 이 문제에 대해 대중의 의견을 반겨요. 다른 의견과 변화에 대한 희망을 합법화하고. 말해 봐요, 산지타. 왜 그렇게 많은 의원들, 장관들, 방송계 스타들이 갑자기 이렇게 동정적이 됐죠?"

지그문트의 물음에 산지타는 시선을 피했다.

"품위 있는 사람이라면 당연히 어느 정도 동정심을 느껴야 할 거예요."

옆에 있던 페더가 긴장해 몸이 팽팽해졌다. 허술하게 지켜지던 비밀이 하나가 아닌 모양이었다.

"감정이 아니라 행동에 대한 얘기예요. 지난 몇 세기를 통틀어 그 어느 때보다도 더 많은 사회 지도층이 출산 위원회의 정책을 놓고 개정해야 한다고 목소리를 높이고 있어요. 다시 묻죠. 왜 그럴까요?"

"왜냐…… 나도 모르겠어요."

"아주 약삭빠른 누군가 강요하고 있는 거예요."

지그문트는 손을 내저어 산지타의 반론을 막고 말을 이었다.

"그게 누군지 곧 알려 주죠."

그는 장갑복 조끼 아래로 손을 넣어 휴대용 컴퓨터를 꺼냈다.

"메두사. AE_2 자료실 연결해."

몸을 꼰 뱀을 왕관처럼 쓴 메두사의 머리가 나타났다.

"AE_2?"

산지타가 물었다.

대체 자아 2호Alter Ego Two. 지그문트가 유지하고 있는 여섯 개의 정체성 중 하나로 태양계 주변의 데이터베이스 안에만 존재하는, 완벽하게 구현된 인격이었다. 지그문트는 자기 수준보다 훨씬 많은 돈을 쓰며 사는 ARM 요원인 AE_2에 특별한 자부심을 느꼈다.

"정보원의 암호명이죠. 메두사, 최근에 AE_2에게 배달 온 메시지를 재생해."

메두사가 사라지면서 이동 부스에 배달 물품이 나타나는 장면을 찍은 감시 카메라 영상이 떴다. 불빛이 반짝이면서 봉투 하나가 실체화돼 나타났다. 봉투에서 투영되는 홀로그램 영상은 머리 세 개 달린 짐승이 울부짖는 모습이었다.

"케르베로스, 하데스의 영원한 감시자죠."

지그문트가 설명했다. 산지타는 퍼페티어가 그리스신화에서 이름을 차용한다는 걸 기억할까?

"내 정보원이 이걸 받은 건 이틀 전이에요."

페더가 얼굴을 찡그렸다.

"무슨 정보원인데요?"

"경제적으로 불우한 ARM이죠. 그래서 접근이 가능했어요."

산지타는 고개를 돌려 창밖을 바라보았다.

"제대로 좀 설명해 봐요, 지그문트. 무섭게 생긴 봉투. 보아하니 협박당하거나 뇌물을 받을 만한 사람에게 배달되었다는 건데, 이게 폭동하고 무슨 상관이죠? 왜 오토닥에 들어가서 치료나 받지 않는 거예요? 퍼페티어는 또 무슨 상관이고?"

"메두사에게 봉투를 추적하라고 했어요. 쉬울 줄 알았죠. 이동 부스로 왔으니까요. 메두사?"

– 추척할 수 없었습니다. 출발한 주소가 비어 있었습니다. 송신자의 신원을 확인하는 인증 과정을 우회한 듯합니다. 그리고 요금을 지불한 기록도 없습니다.

뱀이 쉬쉿거리며 말했다.

"그건 불가능하잖아. 그렇지 않나?"

페더가 중얼거렸다.

얼굴이 벌겋게 된 산지타가 지그문트를 향해 말했다.

"아, 이런. 이제 대강 알겠어요. 이동 부스 시스템에 누군가 수작을 부렸다, 그리고 그레고리 펠턴의 가족이 그 회사를 좌지우지할 수 있는 권리를 갖고 있다는 거군요. 지그문트, 난 다시 칼리, 아니 사무총장님에게 펠턴을 고발할 생각 없어요. 그걸 못 참으실 거란 걸 알잖아요."

지그문트는 고개를 젓다가 너무 아파서 그만두었다.

"일반 대중은 이동 부스를 추적할 수 있다고 추측만 할 뿐이에요. 펠턴은 확실히 알죠. ARM 장비가 네트워크 전체에 통합돼 있으니까요. 시스템을 전복시키면 혐의는 당연히 펠턴에게 가겠죠. 그가 그런 일을 할 리는 없어요. 펠턴을 의심하도록 누군가 꾸민 거예요."

산지타가 팔짱을 끼며 물었다.

"누가요?"

지그문트는 어깨를 으쓱했다. 애초에 이동 부스 기술을 펠턴 집안에 판 것은 퍼페티어라는 소문을 들어 보지 않은 사람이 있을까?

"봉투 안에는 뭐가 있었어?"

페더가 물었다.

"AE_2가 진 빚의 목록. 그의 계좌에 들어온 의심스러운 예금 내역들."

자극제 기운이 사라지기 시작했다. 지그문트는 피곤한 기색으로 미소를 지었다. 그는 자신이 꾸며 놓은 여러 함정에 심술궂은 자부심을 느꼈다. 하나하나가 제각기 아름다웠다.

"그게 다예요? 아무 요구도 없고?"

산지타가 물었다.

"나중에 오겠죠. 아마 다음 편지에. 먼저 AE_2가 땀 좀 흘리게 만든 거예요."

페더가 추측을 말했다.

깔끔한 계획이야. 지그문트는 생각했다. 할 말을 떠올리기가 점점 힘들어졌다. 말을 입 밖으로 내는 건 훨씬 더 힘들었다.

"다시 퍼페티어 얘기로 돌아가죠. 페더, 내가 오토닥에 들어가 있는 동안 마녀사냥을 하지 않도록 먼저 고백해야겠어. AE_2는 내가 컴퓨터로 만들어 낸 인물이야. 하지만 인사 기록에는 내게 직접 보고하는 ARM 요원으로 돼 있어. 퍼페티어가 아니라면 그 누가 퍼페티어 특별 수사대에 비밀 정보원을 만들려고 이렇게 애를 썼겠어?"

5

푸른색과 갈색, 흰색 빛을 내뿜는 행성이 지평선 위에서 값비싼 보석처럼 빛나고 있었다. 작은 대륙 두 개와 다른 대륙의 일부가 모습을 드러냈다. 바다에 둘러싸인 적도대 위에 폭풍우가 점점이 박혀 있었다. 드넓은 극관이 희미하게 빛나고, 아직 낮이 오지 않은 얇은 가장자리는 달빛을 받아 반짝였다.

아킬레스가 서서 지켜보고 있는, 분화구로 여기저기 패어 있는 위성의 표면도 크게 다르지 않을 것이다.

상황만 달랐다면 머리 위의 원시 행성은 '협약체'의 훌륭한 새

농장 행성이 될 수 있었다. 마찬가지로 크진인과 인간에게도 매력적인 행성이었다. 인간과 크진인의 주목을 끌면 비행 중인 시민들을 숨길 수 있을 것이다. 이곳에서 무슨 일이 일어났는지 동족의 무리가 알 리는 없지만, 알았더라도 승인했을 게 분명했다. 어떤 시민이든 합성 음식을 조금 덜 먹더라도 안전해지는 편을 택할 것이다.

아킬레스는 앞에 놓인 장치를 다루느라 바쁘게 입을 놀렸다. 압력복을 입은 채로 하려니 조작이 어색했다. '회상'호에 실린 장치를 사전에 미리 조정해 두었지만, 현장에서 하나하나 세심하게 조절해야 했다. 기하학과 지구물리학적 구속 조건을 정확히 해야 했다. 아킬레스는 모든 요소를 고려했다. 각 지점의 정확한 경사, 정확한 고도, 표면 질량의 분포에 따른 표면 중력의 미세한 요동 등. 고통스러울 정도로 정교한 조정에는 시간과 고도의 집중력이 필요했다.

지평선이 기괴할 정도로 가깝게 보였다. 이 작은 위성의 중력은 아킬레스를 한자리에 붙잡아 두기에도 부족해 보였다. 우주선宇宙線이 쏟아져 내렸다. 침투 불가능한 우주선 선체 밖에서는 언제라도 운석이 떨어질 수 있었다.

헤드셋에서 들려오는 거슬리는 다중 음성이 아킬레스의 정신을 깨웠다.

– 주목. 위험. 응답하세요.

선내 컴퓨터의 합성음이 울려 퍼졌다.

– 주목. 위험. 응답하세요.

머리 위 아름다운 세계의 명암경계선이 눈에 띌 정도로 움직였다. 위상이 변하는 모습은 조악하지만 쓸 만한 시계 역할을 했다. 아킬레스는 알아차리지도 못할 정도로 빨리 마비 상태로 들어갔던 것이다. 컴퓨터가 가만히 있는 그를 감지했다.

"알았다."

아킬레스는 중얼거린 뒤 마지막으로 미세 조정을 했다.

"계기 수치는?"

– 한계치 이내로 정렬됐습니다.

아킬레스는 사이클을 타고 에어록으로 갔다. 이 작은 위성에서는 모든 지점이 가까웠기 때문에 계속 압력복을 입은 채였다. 세 개의 장치를 위치에 두어야 했다.

'회상'호가 다음 장치를 설치할 장소를 향해 호를 그리며 움직이는 사이, 행성은 지평선 아래로 내려갔다. 두려움과 걱정이 아킬레스를 붙잡았다. 하지만 흥분되는 것도 사실이었다. 지금 시도하는 일은 전례가 없었다. 그는 과학의 경계에 서 있었다. 이곳에서 그가 얻고자 하는 것을 이루기 위해서 자연은 별들을 폭발시켰다. 그는 좀 더 솜씨가 좋았다.

크진인의 소심함 덕분에 아킬레스가 이런 경계까지 오게 되었다니 얼마나 기이한지! 장비 관리자가 요즘 세대에서는 가장 용감한 축에 속한다는 사실을 깨닫고 나니 정말 기이했다. 여섯 번의 끔찍한 전쟁은 '영웅들'을 인간의 대항 세력으로서 가치 없게 만들었다.

아킬레스는 추진기를 가볍게 건드려 우주선이 옅은 표토 위로 내려오게 했다. 착륙하면서 일어난 먼지구름이 천천히 가라앉았다. 대부분은 가루로 덮인 표면 위로 아주 느릿느릿 떨어져 내렸고, 일부는 약한 중력 탓에 우주로 날아갔다.

아킬레스는 도약 원반을 붙잡고 조심스럽게 에어록에서 내려왔다. 바깥쪽 문은 열어 두었다. 그는 원반을 내려놓고 뒤로 물러섰다.

"컴퓨터, 다음 장치 보내."

장치가 눈앞에 실체화돼 나타났다. 도약 원반과 그 장치는 둘 다 다른 종족에게 넘어가면 안 되는 기술을 담고 있었다. 지금은 아무래도 상관없었다. 곧 복구할 수 없을 정도로 망가질 테니까.

아킬레스는 바쁘게 움직이며 섬세하게 조정했다. 항성과 행성 모두 땅 아래로 진 상태였다. 그는 열린 에어록에서 흘러나오는 희미한 불빛에 의지해 작업했다.

별빛이 빛났다. 반짝이는 별은 너무 많아 셀 수가 없었다. 별은 새까맣기 그지없는 밤하늘을 배경으로 빛났다. 새까만 어둠은 마치 바닥이 없는 우물처럼 그의 눈을 빨아들였다. 중력이 붙잡는 미약한 힘은…….

– 주목. 위험. 응답하세요.

우주선 컴퓨터가 소리쳤다.

"난 괜찮아."

아킬레스는 과장해서 말했다. 빨리 끝내야 했다. 그가 아직 돌이킬 수 없을 정도로 미치지 않았다는 게 놀라울 지경이었다. 어떤 시민도 그가 견뎌야 했던 일을 견디지 못할 게 확실했다. 위험한 환경에 둘러싸인 채 홀로, 전례가 없는 변형을 시도하고 있으니 말이다. 다른 누가 이 실험을 생각해 낼 수 있을까? 다른 누가 BVS-1 탐사가 내포하는 뜻을 제대로 이해할 수 있을까—허스에 있는 과학자들이 질문을 하지 않은 건 아니었지만, 아킬레스는 넌지시 암시만 했다. 이건 아킬레스의 승리가 될 것이다. 누구도 그보다 먼저 이 실험을 해서는 안 되었다.

다른 누가 있어 허스에 있는 일조 명의 생명을 보호할 것인가? 네서스가?

어느새 배치를 끝냈다. 아킬레스는 '회상'호를 안전한 장소, 이름 없는 행성의 반대쪽으로 옮겼다. 만약 계산이 틀렸다면, 파괴 불가능한 선체도 조만간 풀려 나올 힘으로부터 그를 보호할 수 없었다.

배치된 장치들은 계속해서 중계용 부이를 통해 상태를 보고했다. 함교의 주 홀로그램 장치는 십이 면체 프레임에 둘러싸인 위성의 영상을 보여 주었다. 꼭짓점 스무 개가 각각 설정한 장치의 정확한 위치를 나타냈다.

다리가 후들거렸다. 아킬레스는 중압감과 두려움, 외로움을 더 이상 참기 어려웠다. 지금 바로 실험을 시작해야 했다. 그러면 성공하든 실패하든 편안한 공 모양으로 몸을 말았다가 다시 활기차게 일어날 수 있었다.

아니면 죽거나.

"향기 추가."

아킬레스가 노래하듯 말했다. 이미 우주선의 생활공간에 스며 있는 페로몬이 더 짙게 뿜어져 나왔다. 그는 자극적인 냄새가 마음을 진정시킬 수 있도록 깊게 숨을 들이마셨다.

"장치 상태는?"

– 모든 장비가 연결돼 있습니다.

"활성화해."

중력파가 원시 세계를 훑고 지나갔다. 하지만 유일한 주민인 단세포생물은 전혀 눈치채지 못했다. '회상'호에 실린 장비에 중력자의 흐름이 기록되었다.

낙관적이 된 아킬레스는 부드럽게 노래를 부르며 심부 레이더 신호를 보냈다. 중성미자는 보통 물질과 거의 반응하지 않았다. 방패로 삼았던 행성도 심부 레이더 화면에는 아주 옅은 그림자로 나타날 뿐이었다. 그러나 반투명한 구체 뒤에는 시커먼 점이 있었다. 중성미자의 전진이 막힌 작은 구역.

아킬레스는 승리감에 들떠 환호했다.

그는 크진인과 인간 사이에서 보낸 오랜 유배 기간 동안 많은 것을 배웠다. 허스에서 가장 뛰어난 시민조차도 이해하기 어려운 개념을 알았다. 그들은 자연으로부터 너무 멀리 떨어져 살았다. 포식자가 있던 세계에 살았던 건 너무 오래전이었다.

하지만 아킬레스는 달랐다.

그리고 그는 이제, 위성을 붕괴시켜 뉴트로늄 덩어리로 만듦으로써 첫 번째 함정을 완성했다.

6

지그문트는 포크로 스크램블드에그를 휘적거렸다. 그사이 앤더는 음식이 쌓인 선반 사이를 한 바퀴 더 돌았다. 그가 징크스에서 돌아온 지는 얼마 되지 않았다. 지그문트는 어느 정도 안쓰러웠다. 그곳 중력에 맞게 몸을 키우느라 많이 먹는 습관이 들었기 때문이다. 올드 윌리엄스버그의 식민지식 사냥 전 아침 식사는 앤더의 배를 채울 수 있을지도 몰랐다.

과거 지금보다 작았던 시절에도 앤더는 어딜 가든 몸집으로는 빠지지 않았다. 지금 그는 마치 불가항력처럼 식당을 뚫고 다녔다. 다른 사람들은 길을 내기 위해 최대한 의자를 식탁에 붙여야 했다. 양털로 허술하게 짠 식민지식 옷을 입은 여주인도 그가 지나가도록 옆으로 피했다.

앤더가 마침내 돌아와 음식이 산더미처럼 쌓인 접시를 식탁에 내려놓았다. 달걀, 소시지, 베이컨, 햄, 닭튀김, 비스킷과 고기 육수. 그는 의자를 잡아당겨 앉았다.

"이거 거기 사람들이 너무 많이 먹어서 그런 걸지도 몰라요. 그런데 그 사람들, 음식을 사실상 종교로 만들어 놨더라고요. 새로운 요리는 있는 대로 맛봤죠. 누벨퀴진, 네오퀴진, 퓨전, 이런 건 요리가 아니에요. 그냥 맛있고 영양가 좋은 자연식품이죠."

게다가 젠장맞을, 비싸기도 하지. 지그문트는 생각했다. 물론 아무리 음식이 비싸도 성간 여행에 비할 바는 아니었다.

"그래서, 징크스는 어땠나?"

"경기가 다시 아주 좋아졌어요."

앤더는 잠시 말을 멈추고 닭 다리를 뜯었다.

"그리고 평지인들의 바보짓 때문에 의아해하고 있죠."

"폭동?"

지그문트가 넘겨짚었다.

"예, 폭동요. 그치들 말로, 우주는 아주 크다는 거예요. 지구가 중심도 아니고. 다른 데로 가서 맘대로 아이를 낳으면 되지 않느냐는 거죠."

앤더의 의견에도 불구하고 이 여관은 진짜 식민지풍과는 거리가 멀었다. 진짜처럼 보이기 위해 3V는 두지 않았다. 그 점은 지그문트도 마음에 들었다. 출산 위원회의 부패나 폭도, 출산권 해방을 주장하는 집회, 시위대와 맞붙은 싸움, 혹은 부패를 최소화한다는 이유로 출산권을 공개적으로 판매하자는 제안, 혹은 이런 시대정신 아래 새롭게 등장한 광기인 검투사 싸움 따위의 이야기—승자는 출산권을 갖고, 패자는 죽기 때문에 인구는 그대로였다—를 듣지 않으니 살 것 같았다.

그렇게 노력했음에도 아직 증명하지는 못했지만, 지그문트는 퍼페티어가 이 모든 일의 원인이라는 것을 알았다. 그는 접시를 옆으로 치웠다.

"페더는 어때요?"

앤더가 물었다.

소원하고 씁쓸하고 감정이 극에 달해 있었다. 지그문트의 삶에서는 떠났지만, 일터에서는 매일같이 옆에 있었다. 허락받지 못한 아이에 집착한 채. 페더는 이민 신청이 거부당하자 분노했다. 전부 꺼내기 싫은 이야기였다. 도대체 무엇 때문에 앤더에게 굳이 사생활 이야기를 하려는 거지?

"페더가 징크스에 있는 건 아니잖아."

"그냥 안부였어요."

앤더가 자세를 바꾸자 의자가 삐걱거렸다.

"다시 일 얘기나 하죠. 일단 그레고리 펠턴을 사랑하는 징크스인이 아주 많다는 건 알아 두세요. 당연히 그렇겠죠. 그 사람이 징크스에 뿌리는 돈 덕분에 지구보다 빠르게 경제가 회복된 셈이니까요. 다들 코끼리라고 불러요, 그 사람을. 펠턴의 별명이 그거인 줄 알았어요?"

오랫동안 은밀히 감시한 덕분에 지그문트는 펠턴에 관한 것이라면 전부 알았다. 징크스에서 무슨 짓을 하는 건지만 빼면.

"그래."

개의치 않고 앤더는 설명을 이었다.

"징크스에서는 밴더스내치가 대형 육상동물이에요. 코끼리는 소형이죠. 애정을 뜻하는 말이에요. 재미있더라고요."

"펠턴이 징크스에서 뭘 하는지나 말해 봐."

지그문트가 재촉했다.

"장난 아니던데요. 서쪽 적도대에서 수백 명을 고용했어요. 서쪽 적도대는 항상 미개하고 가난한 곳이었죠. 그래서 펠턴이 가장 고용을 많이 하는 사람이 됐어요."

오래전 지그문트가 징크스를 찾았을 때 서쪽 적도대에는 진공

외에는 아무런 자원도 없었다.

"뭘 하라고 수백 명한테 돈을 줘?"

앤더는 대답하기 전에 소시지 몇 개를 먹어 치웠다.

"그게 확실치 않아요. 그 사람들 되게 충성심이 높더라고요."

끈질긴 문답을 통해 서서히 그림이 그려졌다.

펠턴은 중개업자를 통해 서쪽 적도대에 커다란 돔을 구입했다. 심우주 탐사를 위한 물품을 쌓고 있었다. 목적지는 확실하지 않았고, 정확한 물량을 감추기 위해 여러 공급업자에게서 구입했다. 고용인들은 입이 무거웠고, 돔 안의 억제용 역장은 앤더가 겨우 갖고 들어간 센서를 쓸모없게 만들었다. 펠턴은 부업에 나선 징크스 경찰로 보안 팀을 꾸렸다. 영리한 발상이군. 지그문트는 생각했다. 그 자체로도 효과적일 뿐 아니라 관공서와의 편안한 관계도 보장할 수 있을 테니. 그리고 그렇게 함으로써 굳이 불법적인 방법을 동원할 필요도 없었다.

펠턴의 계획이 무엇인지는 몰라도 보통 일은 아니었다.

그러나 그 계획이 임박했다는 징후는 없었다. 지그문트는 때가 되면 개조하기 위해 우주선을 보안 구역 안으로 들여올 것이라고 추측했다.

그런 결론을 내리고 편안해진 지그문트는 아직 먹고 있는 앤더를 내버려 두고 좀 더 급박한 —그리고 공식적인— 문제를 처리하기 위해 자리에서 일어났다.

사건이 거대해지면 지그문트의 머리는 팽팽 돌아가곤 했다. 온갖 음모와 가능성, 지구의 수많은 적들 사이에서 벌어지는 자기 편의와 냉소적인 속임수의 연합과 결합. 아웃사이더와 징크스인은 그레고리 펠턴과 연합했다. 불만을 품은 평지인은 알지도 못하는 사이에, 심지어는 퍼페티어가 지그문트를 감시하고 있을 때도 퍼페티어를 부추겼다. 멀리 떨어진 오지 세계에서는 크진인 배신자들이 성가시게 습격해 오기도 했다. 베어울프 섀퍼는 인간이 정착한 세계는 모조리 여행 다닐 작정인 듯했다.

이 모든 일에는 의미가 있을 게 분명했다. 진실이 지그문트를 조롱하며 손아귀에서 빠져나가는 일은 너무 많았다. 하지만 오늘만큼은 아니었다.

여덟 살 생일에 지그문트는 무엇보다도 새끼 고양이를 갖고 싶었다. 평소 특별히 엄하게 굴지 않았던 부모님은 안 된다고 대답했다. 아빠는 지그문트가 애완동물을 책임지고 기르기에 너무 어리다고 했다. 엄마는 고양이가 어지르는 게 싫었다. 지그문트는 책임감을 보여 주려고 방을 깨끗하게 정돈된 상태로 유지했던 일을 떠올렸다. 성실하게 먹이를 주고 물을 갈아 주며 배변 통을 치우겠다고 약속했다. 그래도 부모님은 안 된다고 했다.

그렇게 시간이 지나 생일이 다가왔다. 부모님이 가져온 상자에서 야옹 소리가 났다. 안에서 뭔가 벽을 긁고 때렸다. 상자에는 공기구멍도 있었다.

한 세기 반이 지난 지금 간단한 관측 하나가 지그문트로 하여금 똑같은 기분을 느끼게 해 주었다.

크진인과 벌인 전쟁과 소규모 전투를 제외하면, 인간 세계 전체에서 잃어버린 하이퍼드라이브 우주선은 열두 척이었다. 두 세기 반 동안 열두 척이라면 많은 건 아니었다. 사고는 대부분 태양계 근처에서 일어났다. 대개 우주여행은 그곳에서 시작하고 끝이 났으므로 말이 되는 얘기였다.

가장 최근에 있었던 세 건의 실종은 은하계 북쪽으로 멀리 떨어진 곳 어딘가에서 일어났다. 작년에만 두 척이었다. 세 척 모두 아무 흔적도 없이 사라졌다.

이 년 전, 그레고리 펠턴의 선체를 잃어버린 우주선이 광속의 팔십 퍼센트로 징크스를 향해 던져진 것도 은하계 북쪽이었다. 뭔가 아주 중요한 게 그곳에서 기다리고 있었다.

지그문트는 그것을 찾아낼 작정이었다.

7

"당신이 특별 수사대장이잖아요. 이건 당신 사건이에요."

메시지 속의 칼리스타 멜런캠프는 이렇게 말했다. 첫 번째 깔려 있는 의미는 이 사건을 그에게 맡기면서 동시에 퍼페티어 특별 수사대를 숨길 수 없을 게 무어 있겠느냐는 것이었다. 두 번째 깔린 의미는 이 사건을 맡기는 게 논의의 대상이 아니라는 것이었다.

지그문트로서는 상관없었다. 전자적인 수단으로 출발 명령을 받았기 때문에 얼마 뒤에 런던에 도착할지 굳이 이야기할 필요도 없었다. 이동 부스를 이용하면 거의 순식간에 갈 수 있겠지만,

케르베로스 사건이 일어난 뒤로 지그문트는 이동 부스를 피했다. 흔적을 남기지 않고 봉투를 배달할 수 있다면 승객을 어딘가 다른 곳으로 보내는 일도 불가능해 보이지 않았다. 준궤도 비행과 택시를 이용하면 충분히 빠를 터였다. 어느 모로 보나 그는 경치를 구경하는 관광객 같았다. 누가 왜 그러냐고 물으면, 현지 경찰이 현장을 확보하고 조사하도록 몇 시간 준 거라고 대답할 참이었다.

하지만 아무도 묻지 않았다.

지그문트는 ARM 신분증을 슬쩍 보여 주고 줄지어 선 경찰들을 지나쳐 대영박물관 안으로 들어갔다. 홀로그램 배지를 세 번 더 보여 주자 도둑이 든 전시실에 도착했다. 입구에 서 있던 경찰이 지휘관을 손으로 가리켜 주었다.

대화 중인 두 남자를 향해 긴 전시실을 걸어가는 지그문트의 발소리가 메아리쳐 울렸다. 그 둘이 몸을 돌렸다.

키가 더 큰 남자는 시원하게 유지되는 박물관 안에서 땀을 뻘뻘 흘리고 있었다. 박물관의 보안 책임자인 듯했다. 그렇다면 땀을 흘릴 이유가 충분했다.

"아, 뉴욕에서 오신 ARM 특수 요원이시군요. 박물관의 세실 브레이스웨이트입니다. 세실이라고 불러 주세요."

초조해하던 남자가 말했다.

"특수 요원 지그문트 아우스폴러입니다."

세실은 주춤했지만, 지그문트의 쌀쌀맞은 태도를 말없이 받아들였다.

"런던 경시청의 오웬 베르겐 경감입니다."

당황한 세실을 제치고 베르겐이 신분증을 보이며 말을 걸었다. 넓은 이마와 간격이 넓은 푸른 눈은 성숙함과 예리한 지성을 느끼게 했다.

"만나서 반갑습니다, 경감님."

지그문트가 말했다. 박물관 경비원보다는 런던 경시청이 훨씬 더 신뢰가 갔다.

"아시겠지만, 좀 바빴습니다, 요원님."

세실은 경보기니 센서니 카메라에 대해 주저리주저리 늘어놓았다. 결론을 내리기 전에 쓸데없는 말이 너무 많았다.

"그러니까 보안 시스템에는 아무런 실마리가 없습니다."

베르겐이 고개를 저었다.

"내 생각은 다릅니다. 범인이 보안 시스템을 뚫은 방법을 보면 쓸모 있는 정보가 나오잖습니까."

"내부자 소행을 의심하시는 겁니까?"

지그문트의 물음에 베르겐은 한쪽 눈썹을 치켜 올렸다.

"물론입니다. 밖에서 이걸 전부 무력화시킬 수는 없어요. 이곳은 아주 보안이 철저한 시설입니다."

"센서를 우회하면 들키지 않고 지나갈 수도 있겠죠."

지그문트는 텅 빈 벽을 흘긋 보았다. 어제까지만 해도 고대의 가장 유명한 대리석 조각이 이곳에 전시돼 있었다. 그게 무게가 몇 톤이나 나갔을까?

"그러니까, 야간 경비원이 있는데 도둑들이 이걸 전부 들고 날

랐단 말입니까?"

"아, 아닙니다. 길가에 있는 감시 카메라가 조작된 증거는 없습니다. 게다가 설령 그걸 우회했다고 해도 행운은 우리 쪽에 있습니다. 어제 런던 하늘이 맑았거든요. 연속해서 찍은 이 지역 위성 영상이 있습니다."

세실의 대답에 지그문트는 다소 실망스러웠다. 시선 돌리기가 아니라 결국 시시한 사건이었다니.

"그러면 대리석을 싣고 난 차량이 찍혔겠군요."

"그게 그렇지 않습니다."

그러면 건물 밖으로 나가는 방법은 하나뿐이었다.

"그렇다면 대리석이 이동 부스를 통해 나갔다는 소리군요. 박물관에서 곧바로 감시망이 없는 곳으로. 도둑들이 어디로 순간이동을 했습니까?"

베르겐이 두 손끝을 마주 모았다.

"실은 그게 문젭니다. 이동한 기록이 없거든요. 흥미롭지 않습니까?"

케르베로스!

지그문트는 간신히 그 단어를 소리쳐 입 밖에 내지 않을 수 있었다. 실망스러운 느낌과 함께 케르베로스 협박 사건의 배후에 대해 남아 있던 일말의 의심까지 사라졌다. 지그문트는 누가 엘긴 마블스* 도난 사건을 지휘했는지 정확히 알았다.

---

* Elgin Marbles, 영국의 주 터키 대사 엘긴 경 토마스 브루스Thomas Bruce가 아테네에서 가져간 그리스 조각과 건축의 부분. 파르테논, 아테나, 니케의 신전 등이 포함된다.

신화에 집착하고 있는 퍼페티어가 아니라면 그 누가 한때 파르테논신전을 장식했던 대리석 조각을 훔쳐 가겠는가?

8

위험은 단순해 보이는 푸른 선 안에 숨어 있었다.

네서스는 두 머리 사이의 간격을 멀리 떨어뜨린 상태로 질량 표시기, '아이기스'호 항법 장치의 심장부인 투명한 구체를 응시했다. 구 중심에서 파란 선들이 사방으로 뻗어 있었다. 선 하나가 각각 감지할 수 있는 중력 특이점 하나를 나타냈다. 선이 길수록 질량이 더 가깝고 더 크다는 —그리고 더 위험하다는— 뜻이었다.

중력의 구렁. 네서스는 중력의 배고픔을 느꼈다.

아직은 짧은 선 하나가 곧바로 네서스를 가리켰다. 그 선이 가깝게 붙은 여섯 개의 선으로 갈라지면 고향에 거의 다 온 것이다.

이론상으로는 한 번 교대 때 한두 번만 확인하면 충분했다. 하지만 이론만으로는 위안이 되지 않았다. 하이퍼스페이스에서 잃어버린 친구가 너무 많았다. 그들도 이론을 너무 믿었던 걸까?

그럴 만한 이유가 없다면 제정신인 시민은 하이퍼드라이브로 여행하지 않았다.

네서스는 지구에 좀 더 가까웠을 때 '아이기스'호를 노멀 스페이스로 몇 차례 돌려보내고 휴식을 취했다. 억지로 잠을 청했지만 끝내 푹 쉬지는 못했다. 위험 요소가 너무 많아서 괴로웠다.

긴급히 그를 소환한 일에 대해 짐작 가는 건 많았다. 하지만 구체적인 설명은 거의 듣지 못했다.

정찰선 '탐험가'호가 실종되었다고 비밀 임원회가 알려 왔다. 승무원은 전원 행방불명이라고 했다. 네서스가 직접 뽑은 정찰대원들—비록 외계인이지만 세 명의 친구였다—이었다. 그들은 어떻게 됐을까? 특이점에서 실종됐거나 알 수 없는 힘에 붙잡혔을지도 몰랐다. 이 적대적인 우주에는 잘못될 수 있는 일이 너무나 많았다.

내가 '탐험가'호에 타고 있었다면 더욱 세심한 조심성 덕분에 살아날 수 있었을까?

하지만 실종된 세 명의 승무원보다 훨씬 더 많은 수가 네서스의 양심에 무겁게 얹혀 있었다. 무엇을 얻으려고 그렇게 간섭을 해 댄 걸까. 무의미한 짓일 수도 있었다. 반항적인 생각이 떠오르면서 끝도 없이 머리가 혼잡해졌다. 오랫동안 마비증을 참고 있던 탓에 다리가 떨렸다.

네서스는 마침내 현실에 굴복하고 하이퍼스페이스에서 빠져나왔다. 비틀거리며 푹신한 쿠션이 쌓여 있는 선실을 지나쳐 물건이 가득한 화물칸으로 들어갔다. 피로가 덮치기 직전 마지막으로 눈에 들어온 건 허스로 가져가고 있는 상자 더미였다. 그걸 보자 심난한 마음에 한 줄기 희망의 빛이 보였다.

니케가 이 선물을 받는다면 분명히 뒤를 이어 신부에 대해 언급하게 될 터였다.

'아이기스'호는 고향을 향해 날았다.

바로 지그문트가 기분 나쁜 의심의 눈초리를 던지고 있는 은하 북쪽 깊숙한 곳으로. 네서스는 앞잡이들을 통해 ARM 조사가 얼마나 진전됐는지 파악하고 있었다.

네서스는 갑판을 발로 찼다. 아직 모르는 부분 때문에 짜증이 났다. 두려움이 시민의 행동을 유발하듯, 호기심은 인간의 행동을 유발한다. 인간에 대한 이해는 부족하면서 오만하기 짝이 없는 누군가가 협약체의 가장 어려운 상대의 시선을 끌었다. 어떤 정찰대원에게 책임이 있는지 니케는 확인하지 않았지만, 네서스는 짐작 가는 이가 있었다. 우연히 지그문트를 자극하는 건 아킬레스가 했을 법한 일이었다.

네서스는 잠시 생각에 잠겨 있다가 휴게실로 갔다. 보지도 않은 채 지난번에 합성해 먹은 것을 똑같이 만들었다. 무엇을 먹느냐는 적어도 그가 단순화할 수 있는 결정이었다. 한입 먹자 입에서 침이 돌았다. 네서스는 게걸스럽게 먹었다. 그리고 접시가 비자 고개를 들었다. 방금 뭘 먹었는지도 알 수 없었다.

지그문트의 그림자가 네서스를 괴롭혔다. ARM을 막아야 했다. 하지만 어떻게? 지그문트의 상관도 막을 수 없었다. 네서스의 양심을 괴롭혔던 폭동도 그의 주의를 흩뜨리지 못했다. 아킬레스의 함정만이 그의 주의를 끌었을 뿐이다.

네서스는 물컵 몇 개를 채워서 함교로 가져갔다. 자동 배급기의 반짝이는 앞면에 지저분하고 눈에 핏발이 선 동물이 비쳤다. 그렇게 꼴불견인 자가 그렇게 막중한 책임을 짊어지고 있다는 생각을 할 수 없을 정도였다.

국제연합에 있는 네서스의 정보원 중 가장 고위급도 ARM은 두려워했다.

"아우스폴러를 감시하라고요?"

산지타 쿠드린은 이렇게 내뱉었다. 원시적인 이동 부스 사이를 지나다 납치돼 빠져나갈 수 없는 구형 감옥에 갇힌 채 전적으로 네서스의 자비에 기댈 수밖에 없는 상황에서도 그녀는 지그문트를 두려워했다.

"그 사람은 장난 아닌 편집증 환자예요. 그게 무슨 뜻인지 모르는 모양인데, 그 사람은 누구든지 의심한단 말이죠."

막스 아데오도 설명하려고 한 적이 있었다. 그때 좀 더 이해하려고 해 봐야 했어. 네서스는 생각했다. 산지타가 잔뜩 겁에 질렸을 때, 그가 지그문트의 악마 같은 천재성을 알아챘더라면.

"아마 당신은 아주 영리한 데이터 마이닝 기법으로 희생자를, 적어도 그 일부를 골랐겠죠. 그렇지 않고서는 날 찾았을 리가 없지. 내가…… 국제연합 기금을 유용한 건 아주 독창적인 방법이었으니까요."

산지타는 지그문트가 인사 파일에 외부 인격을 만들어 놓았다고 설명했다. ARM 요원을 협박하려는 자를 함정에 빠뜨리기 위해서 수상한 과거가 있어 보이는 인격을 만들어 놓았다고.

네서스는 그것도 모르고 지그문트에게 케르베로스 봉투를 보냈다! 그리고 지그문트는 그게 퍼페티어의 수작이라는 사실을 추론해 냈다.

네서스는 눈을 깜빡였다. 한참 동안 쳐다보고 있었더니 눈이 말랐다. 질량 표시기는 초능력 장치다. 회로를 완성하려면 의식 있는 정신이 필요하다. 그는 특이점이 다가오는 것을 느꼈다. 정상이었다. 하지만 특이점이 굶주리고 있다고 느껴지는 건? 네서스는 그게 미친 소리라는 것을 알았다.

지그문트의 시선이 느껴진다는 것도 다를 바 없었다. ARM은 무시하기에는 너무 영리했고, 부패시키기에는 너무 헌신적이었고, 따돌리기에는 너무 끈질겼다.

지그문트의 힘은 한편으로 가장 큰 약점이기도 했다. 그렇게 심오한 통찰력을 제공해 주는 편집증은 반대로 동족의 혐오와 불신을 불러일으켰다. 따라서 약점은 다시 반대로 힘이 된다. 지그문트에게 어떤 해를 가하거나, 그런 시도가 실패로 끝난다고 해도, 그건 편집증 환자의 신뢰도를 높여 주는 꼴밖에 되지 않았다. 게다가 막스가 경고했듯이 '내가 죽었을 경우'에 대비한 계책도 있었다.

난 지그문트에게 집착하고 있어. 네서스는 깨달았다. 마음속에는 두려움과 경탄, 동시에 공감이 자리 잡고 있었다. 우리는 둘 다 사회 부적응자야. 우리를 혐오하는 사회를 보호하기 위해 열심히 분투하고 있지.

네서스는 목을 둥글게 구부렸다. 육체적으로 지쳐서 빼근한 거라고 생각했다. 기껏해야 절반만 진실이었다. 본능적으로 그는 어깨 너머로 누가 쫓아오지 않는지 돌아보지 않을 수 없었다.

그래도 스스로를 책망하는 가운데 구원의 손길이 뻗어 왔다. 지그문트가 여전히 추적 중인 건 사실이었다. 그리고 네서스가 태양계에서 떠나라는 명령을 받은 것도 사실이었다.

하지만 그도 바보는 아니었다. 협약체의 과학에 대한 오만하고 과도한 확신은 모든 시민을 발견될 위험에 빠뜨렸다. 그래서 네서스는 태양계를 떠나기 전에 지그문트만큼이나 강박적이고 아킬레스만큼이나 과학적 재능이 있는 인간 하나를 영입했다.

협약체의 안전은 이제 그의 손에 달려 있었다.

| 포위: 지구력 2651년 |

1

사무총장이 신중하게 장거리 탐사 임무에 자금을 전용하는 데는 몇 달이 걸렸다. 지그문트가 은밀하게 '호보 켈리'호를 구하는 데 몇 달이 더 걸렸다.

앞으로 일 년 동안 많은 일이 일어날 수 있었다.

앤더는 지그문트의 속마음을 알아채지 못했다. 아니면 관심도 없었거나.

"내 말 믿으라니까요. 정상적인 세계의 여자 관광객들한테는 욕구가 있어요. 현지인들은 무서워서 여자들이 도망가요. 저하고, 당연히 친애하는 요원님도, 상대적으로 덩치가 위협적이지 않다고요."

그건 요즘 앤더가 즐겨 말하는 주제였다.

지그문트는 우주선을 '조종'하는 데 놀랍게도 별 기술이 필요하지 않다는 사실을 알게 되었다. 자동조종장치를 이용하면 쉽게 항성계를 드나들 수 있었다. 항성계 사이에서 질량 표시기는 거의 곧은 항로를 나타낸다. 그저 자신을 가리키는 선을 향해 우주선을 똑바로 놓기만 하면 된다. 헷갈리게 할 정도로 별이 많지도 않았다. 적어도 알려진 우주에서는 그랬다. 은하핵에는 별이 너무 많아서 헷갈릴지도 모르지만.

일 년이 넘게 감시망 밑으로 사라진 베어울프 섀퍼에 대한 음울한 생각에는 한 가지 장점이 있었다. 앤더가 주절거리는 소리를 흘려들을 수 있게 해 주었다. 지그문트는 왜 페더가 떠난 게 자기에게 일어난 최고의 일인지에 대해 이야기하고 싶은 생각이 없었다. 누구와도. 특히 앤더와는 더욱.

"……하여튼, 그래서 지난번 여행 때 해냈어 행성 출신의 쌍둥이하고 엮였죠."

앤더는 계속 떠들었다. 다행히 그들 둘이 삼교대를 돌아야 했다. 함께 있는 일이 자주 생기지는 않았다. 어쩌다 그런 일이 생기면 지그문트는 일부러 말을 하지 않았다. 앤더는 눈치채지 못했거나 별로 개의치 않았다.

"맞아요, 요원님. 내 임무는 당신한테 더 좋은 것, 그러니까 내 말은 더 근본적인 것, 시리우스 메이터의 환락가를 보여 주는 거예요. 내 임무는 당신의 즐거움이죠."

앤더가 킬킬거리며 웃었다.

날이 갈수록 왜 이 시험 항해에 그를 데리고 왔는지 떠올리기 어려워졌다. 목을 졸라 흔들어 버리고 싶었다. 우주선 바깥에 무無가 기다리고 있다는 사실을 떠올리는 것도 사기 진작에 별로 도움이 되지 않았다. 지그문트는 종종 앤더가 자기 일은 잘한다는 사실을 상기했다. 그저 여행의 동반자로 형편없을 뿐이라고.

마침내 우주선이 시리우스계 외곽에 도착했다. 여러 면에서 안도가 되는 일이었다. 앤더 이외의 사람을 만날 수도 있다는 전망과 더불어 하이퍼스페이스에서 빠져나왔다는 것까지.

제임스 P. 밴 기지에서 날아온 암호화된 하이퍼웨이브 메시지는 그런 안도감을 일시에 날려 버렸다.

지그문트는 십 년 전에 시리우스 메이터에 왔던 기억을 떠올렸다. 몹시 따분했다. 지구의 기준대로라면 징크스에서 가장 큰 도시라고 해 봤자 마을 수준에도 못 미쳤다. 건물도 주민들과 마찬가지로 낮고 땅딸막했다. 이유는 같았다. 참기 어려운 중력 때문이었다.

주요 호텔은 중력을 조절해서 편안히 있을 수 있었다. 게다가 관광객들도 있었다. 그래서 앤더는 지그문트가 곧바로 다른 곳에서 온 관광객이 거의 없는 서쪽 적도대로 가서 펠턴의 계획에 침투해 보라고 했을 때 기분이 과히 좋지 않았다. 어려운 일이었다.

하지만 이곳 ARM 기지의 대장이 보낸 경고가 모든 것을 바꿔 버렸다.

카를로스 우가 징크스에 있었다.

여권 기록에 따르면 카를로스는 십 년 만에 처음으로 지구를 떠났다. 지난 십 개월 동안 태양계 근처에서 우주선 여덟 척이 실종됐는데, 하필 이런 때에 여행을 한다? 그는 태양계를 드나드는 마지막 항공사가 운항을 중단하기 직전에 마지막 우주선을 잡아탔다. 게다가 하고많은 곳 중에서 고른 곳이 하필 징크스였다.

앤더를 제외한 모든 관광객이 시리우스 메이터에서 주로 찾는 곳은 지식 연구소의 박물관이었다. 그곳을 제대로 경험하려면 꼭 징크스의 표준중력 아래서 관람해야 했다. 지그문트는 중력이 1G인 호텔의 로비에서 이동식 부양 좌석을 빌렸다. 그걸 타고 멀지 않은 지식 연구소로 향했다. 카를로스 우를 '우연히' 만날 시간이었다.

지그문트는 예술관에서 카를로스를 따라잡았다.

"은하계도 좁네요."

카를로스도 부양 좌석에 앉아 있었다. 그가 어깨 너머를 흘긋 보더니 뒤늦게 반응했다.

"지그문트 아우스폴러! 정말 은하계도 좁군."

"형식을 갖출 필요는 없을 것 같습니다. 지구에서 멀리 오기도 했고요."

"그럼 지그문트라고 부르지."

그들은 징크스인의 누드화가 있는 전시관에 있었다. 지그문트가 가장 가까운 곳에 있는 그림을 하나 가리키며 말했다.

"루벤스가 그리는 풍만한 여인은 저기에 대면 아담하군요."

카를로스는 턱을 쓰다듬었다.

"이곳 사람들이 덩치가 큰 건 사실이오. 그럴 수밖에 없기도 하고, 물론."

"여기에는 왜 오셨습니까, 카를로스? 그러니까 징크스에요."

카를로스는 홀로그램 그림에서 시선을 떼지 않은 채 대답했다.

"개인적인 용무랄까."

"오신 지 오래됐습니까?"

"오래되었다고 할 수도 있지."

카를로스는 어깨를 으쓱했다. 아니, 그러려고 한 것 같았다. 그 흔한 동작은 도중에 몸이 떨리는 모습으로 바뀌어 버렸다.

"내가 생각보다 더 평지인인 모양이오. 집이 그립군."

"격리 중이라서 갈 수가 없습니다."

지그문트는 부양 좌석을 그림 쪽으로 움직였다.

"결혼하셨다고 들었는데, 부인도 여기 계십니까?"

"최근에 이혼했소. 그래서 멀리 오고 싶기도 했지."

어색한 침묵.

"징크스에는 왜 왔소, 지그문트?"

"일 때문입니다. 자세히는 말할 수 없군요."

그건 사실이었다. 태양계 근처에서 우주선이 흔적도 없이 사라지고 있었다. 잔해도, 조난신호도 없었다. ARM은 현재 해적을 원인으로 보고 수사 중이었다. 퍼페티어 추적은 태양계 근처의 우주선 실종 사건이 해결될 때까지 미뤄진 상태였다.

지그문트는 '호보 켈리'호가 수리를 마칠 때까지는 심심하리라고 예상했다. 해적 이론에서 공공연히 논의 중인 질문은 우주선을 정해서 범행을 저지르느냐, 아니면 무작위로 저지르느냐였다.

공범을 고용하면 조선소에서 일상적인 분해 수리를 할 때 송신기를 숨길 수 있다. 이 가설은 태양계로 들어오는 우주선보다 밖으로 나가는 우주선이 더 많이 실종되는 현상을 설명할 수 있었다. 아니면 이 정도로 적은 차이는 아무 의미가 없을지도 몰랐다.

'호보 켈리'호는 새 임무를 떠나기 전에 대대적으로 개조해야 했다. 그리고 징크스에는 인간의 우주에서 가장 뛰어난 조선소가 있었다. 태양계에서 개조하는 건 너무 위험하다고 주장함으로써 지그문트는 우주선을 끌고 나올 핑계를 얻었다. 거기에는 나름의 이유가 있었다. 격리 상태에도 불구하고 앤더를 다시 징크스로 보내고 싶었다. '호보 켈리'호는 시험비행이 필요했다. 지그문트도 새로 익힌 조종 기술을 연습하고 싶었다.

"자세히는 알려 드릴 수 없습니다."

지그문트가 다시 말했다. 그들은 복도를 떠서 내려가는 중이었다. 마침내 근육질의 누드화 막바지에 이르렀다.

"풍경화 전시관에 가 보셨습니까, 카를로스?"

"아직."

카를로스는 아치를 지나 다른 전시관으로 향했다. 그리고 동쪽 적도대 위에 뜬 초승달 모양의 모행성을 그린 홀로그램을 감상했다.

"내가 태양계에서 떠나는 마지막 우주선을 탄 줄 알았는데, 여긴 어떻게 왔소?"

카를로스가 불쑥 물었다.

"정부 소속 우주선 일부는 아직 다니거든요. 사실, 며칠 뒤에 지구로 돌아가야 합니다."

문득 영감이 떠올랐다. 지그문트는 카를로스를 감시도 없는 이곳에 혼자 두고 싶지 않았다.

"원하신다면 저와 함께 가셔도 됩니다."

카를로스가 놀란 표정을 지었다.

"안전하겠소?"

"안전하지 않으면 저도 안 왔겠죠."

강권하지 말자. 지그문트는 속으로 중얼거렸다.

"어디에 머무십니까? 제 일이 끝나면 연락드리죠. 그때 결정하셔도 됩니다. 저는 시리우스 메이터 힐튼 호텔에 있습니다."

카를로스는 숨을 깊게 들이마셨다.

"난 징크스 타워에 묵고 있소. 집에 가고 싶긴 한데, 생각해 봐야겠군."

"좋습니다. 일정에 여유가 생기면 더 일찍 연락 주세요. 술이나 한잔하죠. 아는 분을 만나니까 반갑군요."

지그문트는 의자 앞으로 몸을 기울이고 손을 내밀었다.

"나도 마찬가지요, 지그문트. 술은 내가 사리다."

그들은 악수를 했다.

지그문트가 초소형 도청기를 삽입했을 때 카를로스는 알아챘는지 몰랐는지 아무 내색도 하지 않았다.

카를로스는 다음 이틀 동안 지식 연구소 박물관에 또 갔다. 첫날에는 두 시간 동안 있었는데, 간간이 들리는 발소리 말고는 들을 게 거의 없었다. 아마도 박물관 관람객인 모양이었다. 지그문트는 감청을 메두사에게 맡기고 조선소와 힐튼 호텔의 스위트룸을 오가며 시간을 보냈다. 적어도 방에 있으면 지구에 있는 기분을 느낄 수 있었다.

방에서 점심을 먹으며 징크스 3V를 보고 있을 때, 벨 소리와 함께 메두사가 나타났다.

– 깜짝 놀랄 일이 있습니다. 이 두 번째 목소리를 알겠습니까?

익숙했지만, 대뜸 짐작이 가지 않았다.

"카를로스랑 얘기하는 게 누구지?"

뱀들이 비비 꼬는 일을 일제히 멈추고 지그문트를 바라보았다.

– 베어울프 섀퍼입니다.

카메라를 심었어야 하는 건데! 아아, 카를로스는 아마 매일 호텔 로비에서 다른 부양 좌석을 빌렸을 것이다. 옷도 당연히 갈아입었을 터. 도청기는 카를로스의 피부 밑에 주입할 수밖에 없었다. 당연히 음성밖에 듣지 못했다.

– 흥미로운 부분은, 이 둘이 서로 아주 잘 아는 사이라는 겁니다.

지그문트는 몸을 떨었다. 예감이 좋지 않았다.

"얼마나?"

– 카를로스는 출산 위원회에 거부당한 베어울프에게 아이를 낳아주었습니다.

카멜롯은 시리우스 메이터 시내에 있는 랜드마크 건물이었다. 살짝 에셔를 떠올리게 하는 상자 무더기가 난잡하게 사방으로 뻗어 나가는 모습을 하고 있었다. 호텔은 객실만이 아니라 전체적으로 1G 중력을 유지했다. 따라서 카멜롯의 바는 외부인이 가장 즐겨 찾는 사교장이었다.

지그문트는 부스 하나를 요구했다. 카를로스와 만나 한잔하면서 지구로 떠나는 일에 대해 논의할 예정이었다. 카를로스는 지그문트가 이미 안다는 사실을 몰랐지만, 또 다른 승객에 대해서도 이야기할 터였다. 베어울프에게 같이 가자고 했던 것이다.

둘은 함께 바로 들어왔다. 베어울프가 카를로스보다 키가 훌쩍 컸다. 지그문트는 일어섰다.

"베어울프 섀퍼! 여기서 만나니 반갑군요! 팔 년쯤 됐나, 어떻게 지냈습니까?"

"죽지는 않았지."

베어울프가 짧게 답했다.

카를로스는 두 손을 맞잡고 문질렀다.

"지그문트, 왜 베어울프의 우주선에 폭탄을 설치했던 거요?"

지그문트는 짐짓 놀랐다는 듯 눈을 깜빡였다.

"그게 이 사람 우주선이라고 하던가요? 아닙니다. 이 사람은 그 우주선을 훔칠 생각이었죠. 그래서 폭탄을 숨겨 놓으면 훔치지 않겠거니 생각했던 겁니다."

카를로스가 부스 안으로 들어와 옆에 앉았다.

"그런데 어떻게 그런 일에 관여한 거요? 당신, 경찰은 아니잖소. 아주 이질적인 상대를 담당하는 외교국에 있지."

외계 사무국이라고 부른다고. 하지만 내가 어디서 일하는지,

아니 일했는지 말할 필요는 없겠지. 특별 수사대는 공식적으로 외계 사무국에 속하지 않았다.

지그문트는 굳이 정보를 제공해서 득이 될 게 없다고 판단했다. 부분적인 사실만으로 충분했다.

"그 우주선은 GPC 소속이었습니다. 퍼페티어 소유죠, 인간이 아니라."

카를로스는 친구…… 동맹이라고 할까, 공모자라고 할까, 하여튼 베어울프에게 말했다.

"베어울프, 부끄러운 줄 알아야지."

"빌어먹을! 그놈들은 날 협박해서 자살 임무를 받아들이게 했다고! 이자들은 놈들을 내버려 뒀고!"

"이 부스가 방음이 돼 있어서 다행이군. 주문이나 하지."

카를로스가 말했다. 베어울프는 결국 낭패한 표정으로 앉았다. 베어울프가 왜 왔는지 아무도 설명하지 않았다. 지그문트로서는 알고 있다는 내색을 할 수 없기에 화제를 바꿨다.

"카를로스, 저와 함께 돌아가기로 마음을 바꾸셨습니까?"

"그렇소, 친구 하나를 더 데려갈 수 있다면."

그렇게 이야기가 시작되었다.

베어울프는 반신반의했다. 무엇인가가 이 둘로 하여금 징크스로 오게 했다. 그들의 계획이 무엇이든 간에 지그문트는 방해하고 싶었다.

무엇보다도 베어울프를 남겨 두고 싶지 않았다. 자유롭게 내버려 두거나 앤더와 마주칠 위험을 감수하는 것 모두 위험했다.

앤더와 두 번째로 우연히 만난 다음에 세 번째도 우연히 마주친다면? 어떤 의심을 불러일으킬지 몰랐다. 그럴 수는 없었다. 감시할 수 있도록 그도 함께 가는 편이 좋았다.

베어울프는 전에 전투함을 훔치려던 적이 있었다. 어쩌면 또 다시 전투함을 미끼로 쓸 수 있을지도 몰랐다. 대화의 주제를 해적으로 돌리는 건 어렵지 않았다.

"절 쉽게 붙잡지는 못할 겁니다. '호보 켈리'호는 속임수죠. 화물선이나 여객선으로 보이지만 전투함입니다. 무장을 하고 있고 30G까지 가속할 수 있습니다."

지그문트는 분명하게 말했다. 적어도 그건 사실이었다. 개조가 마무리됐을 때 얘기지만.

"노멀 스페이스에서는 아무리 강한 적을 만나도 도망칠 수 있습니다. 게다가 이건 해적이잖습니까. 해적은 우주선을 파괴하기보다는 약탈하려고 하겠죠."

"왜? 왜 전투함을 위장했지? 공격받으리라고 생각한 건가?"

베어울프가 흥미를 보였다.

"맞습니다. 정말 해적이 있다면, 우리를 공격하면 좋겠군요. 하지만 태양계에 들어갈 때는 아닙니다. 그때는 대체 우주선이 있죠. 아주 정상적인 화물선이 지구에 착륙할 겁니다. 거기서 나름 가치 있는 화물을 싣고 직선 경로로 분더란트를 향하게 됩니다. 그 우주선이 소행성대를 지나치기 전에 제 우주선이 그걸 대신하는 거죠."

카를로스는 하이퍼스페이스에서 우주선을 때아니게 끌어낼

수 있는 괴이한 천체물리학적 현상이라는 가설을 세웠다. 베어울프는 그보다 좀 더 과감하게 우주선을 잡아먹는 하이퍼스페이스 괴물이라는 가설을 세웠다. 지그문트는 그들이 멋대로 떠들게 내버려 두다가 말했다.

"생각을 바꿔서 우리와 함께 가면 좋겠군요, 베어울프 섀퍼."

베어울프는 놀란 듯했다.

"뭐? 똑같은 우주선을 함께 타고 가자는 말인가?"

"아, 당연하죠! 아니면 당신이 우주선에 폭탄을 숨겨 놓지 않았는지 내가 어떻게 알겠습니까?"

지그문트는 자기 농담에 키득키득 웃었다.

"게다가 자격 있는 조종사를 활용할 수도 있고."

만약 '호보 켈리'호가 미끼라면 지그문트가 조종할 수 있다는 사실을 베어울프가 알아서 득 될 것이 없었다. 그에게 의존하고 있다고 생각하게 하자. 이 둘을 상대하자니 거짓말이 특히 술술 나왔다.

꼭 필요하다면 지그문트는 항상 가지고 다니는 비밀 무기 없이도 둘 중 하나, 혹은 둘 다 —한 명은 책벌레고, 한 명은 해냈어 행성 출신의 말라깽이가 아닌가— 제압할 수 있다고 확신했다. 이제 지그문트가 지껄일 시간이었다. 그는 지난 업적을 들먹이며 베어울프를 치켜세웠다.

베어울프는 하룻밤 더 생각해 보겠다며 바를 떠났다.

그날 저녁 늦게 베어울프가 전화를 걸어 제안을 수락했을 때도 지그문트는 놀라지 않았다.

2

베어울프는 떠나기 전에 징크스를 한 바퀴 돌았다. 불필요한 움직임이어서 지그문트는 반대하려고…… 그때, 모행성이 지평선 위로 떠올랐다. 숨이 막힐 듯한 광경이었다.

베어울프가 잠시 후 침묵을 깼다.

"겉보기는 저래도 목성보다 작아. 징크스가 너무 가까워서 저렇게 크게 보이는 거지. 하지만 저 행성은 특별해. 질량은 목성보다 크거든. 사실 중력이 너무 커서 핵은 축퇴 물질로 돼 있지."

부조종사용 완충 좌석에 앉은 카를로스는 귀까지 찢어질 정도로 미소를 지으며 전망 창을 내다보고 있었다.

"십억 년 전, 하여튼 대충 그쯤에 징크스는 모행성에 더 가까웠어. 그게 조석력 때문에 거리가 더 벌어지기 전이지. 물론 그때도 조석력으로 고정돼 있었지만. 모행성의 중력 때문에 징크스는 지금 아는 그런 모양이 됐어."

정상적으로 보였던 곡면은 멀어질수록 점점 정상과 멀어졌다.

"우주에서 보면 징크스는 신이 만든 부활절 달걀 같지. 양쪽 끝을 봐. 노란 기가 도는 하얀색이지. 그게 대기권 밖까지 솟아 있어. 극에서부터 안쪽으로 시선을 옮기면 대기권 한계쯤에 있는 얼음 고리가 밝게 빛나는 게 보이지. 그다음에는 지구 같은 푸른색이 나와. 안쪽으로 들어올수록 구름이 점점 더 많아지고, 마지막으로 허리께 오면 하얀 구름으로 완전히 덮여. 그 구름 아래 밴더스내치가 포효하는 적도의 바위 해안이 영원히 숨어 있지."

계속 안내를 하는 와중에도 베어울프의 눈은 계기 사이를 바쁘게 오갔다. 손은 결코 조종 장치를 떠나지 않았다.

징크스가 저 멀리 멀어질 무렵 지그문트는 한 가지 깨달음을 얻었다. 컴퓨터의 보조를 많이 받으면 나도 A 지점에서 B 지점으로 우주선을 움직일 수 있겠어. 내겐 그럴 능력이 있어.

베어울프는 조종사 중 하나일 뿐이었다.

베어울프는 닷새 동안 거의 쉬지도 않으면서 '호보 켈리'호를 조종해 복잡한 시리우스계를 통과했다. 자동조종장치도 그렇게 할 수 있었다. 올 때 바로 그렇게 했다. 베어울프는 수동으로 조종하면서 조종하는 느낌을 받는 편을 선호했다.

그들은 앞으로 오랫동안 아무것도 없는, 조종할 필요도 없는 공간을 통과해야 했다. 주 소행성대를 통과한 뒤에 지그문트는 함께 탄 사람들에게 우주선을 안내했다. 그들은 여러 차례 놀라서 눈이 휘둥그레졌다.

'호보 켈리'호는 동체로 착륙하는 형태였고, 삼각형인 단면 지름은 백 미터였다. 위쪽으로 기울어진 선수 아래 조개껍데기처럼 열리는 화물칸 입구가 있었다. 동체 아래에는 제트 분사기가, 선미에는 핵융합 엔진이 있었다. 일렬로 늘어선 창문은 선실이었다. 겉보기에는 위험하지 않은 것 같았다. 그게 핵심이었다. 승객 마흔 명에서 쉰 명을 태울 수 있을 정도로 공간은 넓었지만, 선실은 고작 네 개뿐이었다. 탑승하기 전에 밖에서 볼 수 있는 선실 창문은 홀로그램이었다. 실제로는 무기가 그 공간을 차지했다.

'호보 켈리'호는 지그문트의 개인적인 트로이 목마였다.

우주선 안에는 사방에 ARM의 초소형 센서가 깔려 있었다. 교대를 마치고 베어울프에게 우주선을 맡긴 후 선실로 돌아온 지 얼마 되지 않아 메두사가 지그문트를 깨웠다. 감시 카메라를 통해 베어울프가 무기 조종 장치를 덮은 비밀 패널을 뜯어내는 모습을 포착한 것이다. 지그문트는 황급히 함교로 달려갔다.

베어울프가 고개를 들었다.

"자는 줄 알았는데."

그랬겠지.

"잠이 안 와서요."

지그문트는 열린 패널을 가리키며 말했다.

"우리가 뭘 갖고 있는지 설명해 두죠."

참 많았다. 대형 엑스선 레이저. 그보다는 좀 작지만 서로 주파수가 다른 레이저포. 유도 핵융합폭탄 네 개. 겉으로 드러나 있는 망원경 따위는 조준경 정도로 보이게 만들 정도로 강력한 비밀 망원경. 이 모든 건 밖에서 보이지 않았다.

베어울프는 담배에 불을 붙였다.

"안심해야 할지 겁을 먹어야 할지 모르겠군. 우리가 뭐랑 싸울 거라고 생각한 건가?"

지그문트는 미소를 지었다.

"뭐가 됐든 싸워야죠. 뭐가 됐든지."

그들은 예술과 문학, 각자 가 본 곳 등 수없이 많은 주제를 가지고 대화를 나눴다. 무엇이 과연 우주선을 사라지게 할 수 있는지를 놓고 끝도 없이 궁리했다. 별로 생산적인 일은 아니었다. 이번 여정을 떠나기 전과 아는 것에서는 다를 게 없었다. 지그문트가 카를로스의 멋진 해저 저택을 언급하자, 자연스럽게 카를로스가 페더에 대해 물었다. 그건 건드리지 말아야 했다. 지그문트는 화제를 돌렸다.

둘만 있다는 생각이 들면 카를로스와 베어울프는 샤롤 얀스, 그리고 베어울프가 고향으로 데려가 입양하기를 간절히 바라고 있는 어린 소년과 소녀에 대해 이야기했다. 지그문트는 감시망을 통해 홀로그램을 슬쩍 엿보았다. 루이스와 타냐는 귀여운 아이들이었다.

지그문트는 어느새인가 베어울프를 격의 없이 대하고 있었다. 선실에 홀로 있던 그는 진실을 깨달았다. 평정심을 잃었다. 태양계에 도착하려면 아직 이 주는 더 있어야 했다.

베어울프는 지구를 제외한 어느 곳에서든 아이를 가질 수 있었다. 하지만 그가 사랑하는 여인은 순수한 평지 공포증이었다. 샤롤은 지구를 떠날 수 없었다. 베어울프는 깨닫지 못한 듯했지만, 그의 친구인 카를로스 또한 샤롤을 사랑했다.

익숙함에는 양면성이 있다. 베어울프는 한 번 GPC가 GP 선체에 대한 담보를 지불했다는 이야기를 슬쩍 흘렸다가 황급히 화제를 돌렸다.

"내가 거밋지에서 있었던 일 얘기했나?"

"했습니다. 2645년에 코끼리와 함께 여행 갔던 일 말이죠. 선체가 분해됐을 때잖습니까."

지그문트가 끼어들었다. 심문 규칙 기본. 실제보다 많이 아는 것처럼 가장하라.

"그 사람 친구들이나 코끼리라고 부르는 거지. 당신은 친구가 아닐 텐데."

베어울프가 차갑게 말했다. 그러더니 다시 거밋지에서 있었던 일을 풀어 놓았다.

솔직히 재미있는 이야기였다.

아무도 폭동에 대해서는 이야기하지 않았다. 지그문트는 그 점에 감사했다. 그 문제는 각자에게 다른 방식으로 고통스러웠다. 나 역시 베어울프만큼이나 출산법의 희생자지. 지그문트는 페더와 그 자신의 문제에 대해 생각했다. 때때로 우주는 구렸다. 새 친구들이 주요 용의자, 혹은 최소한 퍼페티어와 비밀리에 협력하고 있다면 더욱 그랬다.

교대 시간은 금방 돌아왔다. 지그문트는 잠을 포기하고 함교로 향했다.

카를로스와 베어울프는 다시 자녀에 대해 이야기하던 중이었다. 지그문트가 나타나자 그들은 조용해졌다.

"안녕하시오, 지그문트."

카를로스가 말했다.

"안녕하십니까."

지그문트는 습관적으로 질량 표시기를 확인했다. 근처에는 아무것도 없었다.

"이번엔 무슨 얘기 중입니까?"

"베어울프의 이야기요. 이야깃거리가 많은 친구라서."

카를로스가 대답했다.

확실히 이야기를 주로 하는 건 베어울프였다. 우습게도 지그문트는 그를 조용히 시키고 싶은 기분이 들지 않았다. 지구를 떠나던 길에서는 이때쯤 앤더의 목을 졸라 버리고 싶었는데.

지그문트가 한 이야기 중 일부는 실제로 일어난 일이었다. 심지어 두 가지는 그 자신이 겪은 일이었다. 그가 ARM이 된 과정을 아주 살짝만 검열한 이야기는 둘의 관심을 끌었다. 아직 풀리지 않은 엘긴 마블스 도난 사건에 대해서도 케르베로스와 퍼페티어에 대한 추측 부분만 빼고 거의 다 이야기했다. 후자는 시험이었다. 둘 다 아무 반응도 보이지 않기에 지그문트는 일단 결론을 유보했다.

카를로스도 이런저런 이야기를 했다. 다만 그게 우주의 신비나 그 자신 말고는 아무도 이해하지 못할 다차원 세계, 때로는 그 둘 다 엮인 이야기였을 뿐이다. 카를로스는 자기 이야기가 재미있다고 우겼다. 따라서 카를로스의 대답은 둘 중에서 베어울프가 입심 좋은 쪽이라는 뜻밖에 되지 않았다.

담배에 불을 붙이느라 베어울프가 말을 멈췄다. 그는 발가락으로 담배를 붙잡고 있었다. 어쩌면 해냈어 행성 출신은 다 그렇게 유연한지도 몰랐다. 지그문트로서는 알 길이 없었다. 하지만 이번 여행 전에는 누가 그렇게 발로 담배 피우는 모습을 본 적이 없었다. 지그문트는 그게 굉장히 거슬렸다. 베어울프가 담배 자체보다 그렇게 피우는 걸 더 좋아할지도 모른다는 생각이 들기도 했다.

“중성자성? 핵폭발? 아웃사이더?”

지그문트가 추측해서 묻자, 베어울프는 카를로스에게 짜증 난다는 듯한 시선을 던졌다.

“나한테 뭐라고 하지 마. 지그문트와 내가 아웃사이더에 대해 이야기한 건 자네를 만나기 전이라고.”

카를로스가 말했다.

“맞습니다. 육 년 전에 당신하고 그레고리 펠턴이 시리우스계로 무섭게 날아왔을 때 아웃사이더의 도움을 받은 건 꽤 분명했죠. 그 이야기를 좀 듣고 싶군요.”

지그문트가 말을 받았다.

“난 승무원이었을 뿐이야. 그러니까 내 얘기가 아니라 코끼리 이야기가 되지.”

베어울프는 이야기하기를 좋아했다. 하지만 말투로 짐작건대 이 이야기는 예외라는 게 분명했다. 그는 발을 얼굴까지 들어 올려 담배를 깊게 빨았다.

“우리가 아웃사이더를 만났다는 사실을 인정하거나 부정하는 게 아니야.”

후우. 후우.

“아웃사이더 얘기가 나와서 말인데, 몇 달 전에 성간 종자가 핀 걸 봤지. 정말 장난 아니더군.”

그러더니 베어울프는 다른 데로 빠져 은하계의 원로 종족에 대한 이야기를 장황하게 늘어놓았다.

아웃사이더는 말할 수 없이 연약한 존재였다. 거대한 구조편* 처럼 생겼으며, 신진대사는 액체헬륨에 의존하고 있었다. 그들은 도시 규모의 우주선을 타고 은하계를 누볐다. 항성계 안쪽은 피했다.

“그런 어마어마한 우주선치고는 은하계에서 가장 특색 없는 이름이었어. 한번 그들과 거래를 한 적이 있는데, 14호 우주선이라고 불렀지.”

그들의 문명은 수십억 년이나 됐고, 따뜻한 세계에 사는 종족으로서는 상상할 수 없을 정도로 느린 속도로 움직였다.

시간의 여명기에 하이퍼스페이스를 발견하고 하이퍼드라이브 전환기를 완벽하게 만들어 낸 것도 항성 특이점 바깥에서만 사는 아웃사이더였다. 그 기술을 인간 개척지인 해냈어 행성에 팔면서 그들은 인간이 크진인의 노예가 되지 않도록 간접적으로 도왔다.

“다른 친척이 아니라 바로 여기에 팔았다고.”

나름의 이유로 아웃사이더는 노멀 스페이스에서만 여행했다.

만약 베어울프의 글솜씨가 말솜씨의 절반만 됐어도 앤더는 아예 이 일에 발을 들여놓지 못했을 텐데. 지그문트는 그런 생각이 들었다. 처음은 아니었다.

“베어울프, 성간 종자 얘기였잖아?”

카를로스가 끼어들었다.

* 九條鞭. 아홉 개의 짧은 가죽 편을 달아 만든 채찍.

"이제 나와. 우리는 아웃사이더에 대해 아는 게 별로 없지. 하나 있다면, 그들이 성간 종자를 쫓아다닌다는 거야."

베어울프는 활짝 웃었다.

"지름이 이 킬로미터는 되는 거대한 생물. 성간 종자는 은하계 외곽에서 핵으로 그리고 다시 핵에서 나오는 패턴으로 서서히 움직여. 그것도 접고 있을 때가 이 킬로미터야. 거밋지로 들어올 때 성간 종자 하나를 지나쳤지. 성간 종자는 대부분 거미줄처럼 얇은 돛이 단단히 감겨 있는 것처럼 생겼어. 그 돛이, 지름이 수천 킬로미터나 되는 돛이 천천히 펴지는 걸 상상해 봐. 근육질의 줄 네 개가 돛하고 가운데 작은 핵을 잇고 있지. 자, 그 거대한 은빛 거울 같은 돛이 별의……."

성간 종자가 눈앞에 보이는 듯했다. 아름다웠다.

그랬다. 만약 베어울프의 글솜씨가 말솜씨의 절반만 됐더라도 그는 앤더를 필요로 하지 않았을 것이다.

카를로스와 베어울프가 만난 건 우연이었다. 베어울프는 지구로 향하는 길이었고, 그 여객선의 선장은 태양계 근처에서 우주선을 잡아먹고 있는 정체불명의 존재와 마주하느니 징크스로 항로를 돌리는 편을 택했다.

한 가지 '우연'으로도 설명할 수 있었다. 그렇게 시작되었다고.

하지만 그레고리 펠턴은 분명히 여객선 선장에게 뇌물을 줄 수 있었다. 그 정도 돈은 써도 티도 나지 않을 터였다.

하이퍼스페이스에서 빠져나갈 시간이었다. 다양한 주제를 오가던 대화가 하나로 집중되었다. 해적, 우주선 잡아먹는 괴물, 성도에 없는 방랑 행성—이제 더 이상 이론은 단순한 지적 훈련에 그칠 수 없었다.

베어울프가 갑자기 말을 꺼냈다.

“세 가지 가능성으로 압축할 수 있어. 크진인, 퍼페티어 그리고 인간.”

카를로스가 웃음을 터뜨렸다.

“퍼페티어? 녀석들은 그럴 깡이 없어!”

“퍼페티어를 후보에 넣은 건 그자들이 항성 간 주식시장을 조작하는 데 관심이 있을 수 있기 때문이야. 보라고, 우리가 가정한 해적은 태양계를 봉쇄해서 외부 세계와 단절시켰어. 퍼페티어에게는 그게 시장에 끼치는 영향을 이용할 자본이 있지. 게다가 돈이 필요하기도 해. 이주를 해야 하니까.”

지그문트가 들은 이야기 중에서 가장 그럴듯했다. 퍼페티어가 사라지면서 대공황이 왔을 때도 그 비슷한 생각을 한 적이 있었다. 베어울프—혹시 카를로스도?—가 그때 관련이 있었…….

그런데 카를로스는 받아들이지 않았다.

“퍼페티어는 겁쟁이 철학자들이라고.”

베어울프도 동의했다.

“맞아. 퍼페티어는 우주선을 털거나 가까이 다가오는 위험을 감수하지 않을 거야. 하지만 멀리서 우주선을 사라지게 할 수 있다면?”

이번에는 카를로스도 웃지 않았다.

"그건 하이퍼스페이스에서 우주선을 끌어내 터는 것보다 쉽겠지. 큰 중력을 만드는 장치만 있으면 되긴 할 텐데……. 우리가 퍼페티어의 기술적 한계에 대해 모르니."

베어울프가 갑자기 그럴듯한 설명을 생각해 냈다. 새로운 정보 없이도. 여행 내내 감추고 있었던 걸까?

"그게 가능하다고 생각합니까?"

지그문트의 물음에 베어울프는 고개를 끄덕였다.

"간신히 될 것 같아. 크진인도 마찬가지고. 크진인은 그 정도로 포악하고도 남으니까. 문제는 만약 그랬다가 들키면 우리가 크진인에게 더할 나위 없는 지옥을 안겨 줄 거라는 점이지. 크진인도 그건 알아, 우리가 이긴다는 거. 오래 걸렸지만, 결국 배웠잖아."

"그러니까 인간이라고 생각한다는 거군."

카를로스가 말했다.

베어울프는 별로 기분 좋아 보이지는 않았다.

"그래, 그게 만약 해적이라면."

질량 표시기에서 태양을 가리키는 좁은 선이 점점 길어졌다. 베어울프는 자기가 조종하겠다고 주장했다. 긴장돼 보였지만, 발로 줄담배를 피울 기운은 있었다.

'호보 켈리'호가 오르트 구름을 뚫고 지나가는 동안 셋은 함교에 모여 있었다. 노멀 스페이스로 돌아가기까지 열두 시간이 남았다. 시간은 점점 줄었다.

열 시간, 다섯 시간, 한 시간…….

"카를로스, 만약 우리를 사라지게 하려면 질량이 얼마나 필요할까?"

베어울프가 갑자기 물었다.

천재 양반은 머뭇거리지 않고 대답했다.

"행성 규모. 화성 이상. 그리고 얼마나 가까운지, 밀도는 얼마나 되는지가 중요하지. 밀도가 충분히 크면 질량이 좀 덜 나가도 우주 밖으로 날려 버릴 수 있고. 하지만 먼저 질량 센서에 보일 거야."

"아주 잠깐만 생긴 거라면…… 그리고 사라진다면. 우리가 지나갈 때 누군가 거대한 중력 발생기를 켠다면?"

"뭐하러? 우주선을 털지도 못하는데 뭘 얻겠다고?"

"주식."

지그문트는 고개를 저었다. 전부 다 끝난 얘기였다. 중요한 순간에 베어울프가 일행의 정신을 산만하게 만들려는 걸까?

"그런 계획을 세우려면 비용이 어마어마할 겁니다. 그런 걸 실현할 정도로 여분의 자금을 많이 갖고 있는 해적 집단은 없어요. 퍼페티어라면 할 수 있겠지만."

태양을 나타내던 긴 선은 거의 질량 센서 표면에 닿을 정도였다. 베어울프가 말했다.

"십 분 뒤에 빠져나간다."

그때 우주선이 심하게 흔들렸다.

3

"벨트 매!"

베어울프가 외쳤다. 그는 열기 띤 눈으로 하이퍼드라이브 조종간을 보고 있었다. 지그문트도 믿을 수 없다는 듯이 바라보았다. 하이퍼드라이브 엔진에서 전혀 동력이 나오지 않았다. 계기도 전부 말이 안 되었다. 혹시…….

베어울프도 같은 생각을 한 게 분명했다. 그는 하이퍼스페이스에서 꺼 두었던 전망 창을 활성화시켰다. 화면이 나타났다. 별이 보였다. 어떻게 된 일인지 그들은 이미 노멀 스페이스에 나와 있었다.

"빌어먹을! 우리가 잡혔어."

카를로스는 두려워하거나 화내지 않았다. 단지 경탄했을 뿐.

그런데 왜 베어울프가 비밀 패널에 손을 대고 있지?

"기다려!"

지그문트가 외쳤다.

하지만 베어울프는 빨간 스위치를 올렸다. 폭발성 볼트가 터져 나오면서 우주선이 부르르 떨렸다. 레이더 화면에 거대한 점이 나타나더니 천천히 멀어졌다. 그 점이 바로 우주선의 대부분을 이루던 가짜 선체, 위장이었다. 이제 누구든 GP 2호 선체가 무기를 두르고 있는 모습을 볼 수 있게 되었다.

지그문트는 자기가 아는 모든 언어로 욕설을 내뱉었다. 베어울프는 알아듣지 못했거나 알아들었어도 상관하지 않는 듯했다.

그는 주 핵융합 엔진을 최대로 가동했다. 지그문트는 완충 좌석의 푹신한 팔걸이를 손가락이 하얘질 정도로 세게 부여잡았다.

"베어울프, 이 머저리, 겁쟁이 같으니라고!"

아니, 반역자라고 해야 하나? 그럴 수도 있었다. 도대체 어떻게 이자를 믿을 생각을 했을까?

"왜 도망가는지도 모르면서 도망가고 있잖아. 놈들은 이제 우리 정체를 정확히 알게 됐다고. 놈들이 우릴 따라올 가능성이 얼마나 되겠나? 이 우주선은 특수한 목적이 있는데, 전부 망쳐 버렸어!"

"내가 당신의 특수 장비를 풀어 놨잖아. 일단 보이는 것부터 보고 얘기하지그래."

베어울프는 짜증 날 정도로 차분하게 말했다.

바깥에 우주선이 세 척 있었다. 지그문트는 그 모습을 확대했다. 고리인 유형의 예인선 세 척이었다. 두꺼운 접시처럼 생겼고, 과도하게 큰 엔진과 강력한 전자기파 발생기를 장착하고 있었다. 소행성을 끌고 가는 우주선이었다. 저 정도 무거운 엔진이면, 적절한 선내 중력을 유지할 수 있다는 가정하에 '호보 켈리'호를 잡을 수 있을 것 같았다.

하지만 그러지 않았다. 예인선들은 삼각형의 세 꼭짓점을 이룬 상태로 천천히 가던 길을 갔다.

"베어울프, 무슨 일이야?"

카를로스가 물었다.

"내가 어떻게 알아?"

조종사가 쏘아붙였다. 당연히 그런 대답이 나올 것 같았다. 하이퍼드라이브 표시등 몇 개는 제멋대로였고, 나머지는 완전히 죽은 듯했다.

"하이퍼드라이브가 전혀 동력을 못 내고 있어. 이런 건 처음 보는군. 카를로스, 이건 이론적으로도 불가능해."

"난 잘…… 모르겠는데. 드라이브를 봐야겠어."

베어울프는 조종 장치에서 고개를 들지 않았다.

"접근 통로는 선실하고 중력이 다르군."

레이더에 보이는 결백한 예인선 세 척은 멀어진 뒤였다. 물론 불과 얼마 전까지만 해도 '호보 켈리'호 역시 완벽히 무해해 보이는 모습이었다. 실제로는 전투함이었지만.

지그문트는 비명을 참고 말했다.

"만약 적이 있었다면 당신이 위협해서 쫓아 버린 겁니다, 베어울프. 이번 임무와 이 우주선은 우리 부서가 엄청난 돈을 들여 준비한 겁니다. 그런데 아무것도 알아낸 게 없단 말이죠."

"아예 없는 건 아니지. 난 아직 하이퍼드라이브 엔진을 보고 싶은데. 베어울프, 1G로 가속을 줄여 주겠나?"

카를로스가 말했다.

"그러지. 하지만…… 기적은 날 긴장시키는데."

한 명씩 접근 통로를 통해 기어간 그들은 기적을 마주했다.

하이퍼드라에브 엔진이 사라지고 없었다.

다들 어안이 벙벙한 가운데 카를로스가 침묵을 깼다.

"이럴 수 있으려면 극단적으로 중력 기울기가 커야 해. 엔진이 거기에 닿으면 그 주변의 공간이 굽으면서 우리가 건드릴 수 없는 좀 더 높은 층위의 하이퍼드라이브로 날아가는 거지. 지금쯤이면 아마 우주 끝으로 날아가고 있겠군."

몇 분 전만 해도 아무 의견이 없던 사람치고는 아주 확신이 넘쳐 보였다.

그들은 걱정스러워하면서 하이퍼웨이브 통신을 작동시켰다. 그건 하이퍼드라이브처럼 사라졌거나 폭발하지 않았다.

지그문트는 사우스워스 기지를 통해 세 척의 예인선 등록 정보에 대한 질의를 암호화해 전송했다. 우주선에서 중계 기지까지는 즉각적이었다. 거기서부터 태양계 안쪽까지가 문제였다. 그곳은 광속이라는 한계가 있었다. 답을 받으려면 왕복 도합 열 시간이 지나야 했다.

그다음으로 카를로스가 통신 장비를 썼다. 그는 우주론과 우주론자, 천문학과 천문학자에 대한 자료를 원했다. 그가 한 요청 중에는 1908년 시베리아에서 발생한 운석 충돌 사건에 관한 것도 있었다. 지그문트가 눈여겨본 건 카를로스가 질문을 던지는 대상이었다. 그 통신은 그레고리 펠턴의 미등록 번호 중 하나를 향해 날아갔다.

베어울프도 이해하지 못했다.

"박사가 뭘 찾고 있는지 전혀 모르겠군."

카를로스는 수수께끼 같은 미소를 지으며 선실로 갔다.

지그문트는 누군가에게서 해답을 쥐어짜고 싶은 생각이 간절했다. 하지만 그럴 수 없었다. 범죄를 저지른 확실한 증거가 없는 한 불가능했다. 카를로스 우는 지구의 선택받은 인간 중 하나였다. 베어울프는 그레고리 펠턴의 비호를 받고 있었다.

빌어먹을.

그들은 서로 교대하며 사우스워스 기지에서 지그문트가 보낸 메시지에 대한 대답이 오기를 기다렸다. 예인선 등록 정보는 쓸모가 없었다. 세 척 모두 로드니의 제육회중교회—자유의지론자인 고리인의 헛소리였다. 국제연합이라면 그런 탈세 행위를 절대 묵과하지 않을 터였다—의 소유로 되어 있는 듯했다.

곧 카를로스가 요청한 정보가 쏟아지기 시작했다. 이 물리학자는 자기 생각을 털어놓지 않았다. 혹시 나중에 틀렸다는 게 밝혀질 바에야 죽는 게 낫다는 바보였다. 흘러 들어오는 자료만 놓고 이야기하자면 지그문트가 이해할 수 있는 수준으로는 히에로글리프*나 마찬가지였다.

지그문트는 자신이 이해할 수 있는 부분에만 집중했다. 태양계에서 가장 뛰어난 중력이론 전문가들의 목록이었다. 여러 이름이 줄줄이 사우스워스 기지 하이퍼웨이브 통신 ID와 짝지어졌다. 그들이 전부 이곳 오르트 구름에 있다는 소리였다. 우주선이 사라지던 바로 이곳에. 오르트 구름 어디냐는 문제가 되지 않았다. 태양계 외곽은 하이퍼드라이브를 장착한 우주선에 있어 사실

* hieroglyph, 고대 이집트의 상형문자. 상형문자이면서 표음문자와 음절문자의 성격을 모두 가졌다.

상 이웃집이나 마찬가지였다.

"카를로스, 이 사람들 중 한 사람과 이론을 가지고 토의할 생각입니까?"

카를로스는 지그문트의 질문을 듣고 놀란 기색이었다.

"맞소, 지그문트."

"혹시 이들 중 하나가 우주선을 잡아먹는 장치를 만들었을지도 모른다는 생각이 든 겁니까?"

"뭐라고? 그래…… 중력에 대해서 아는 사람이 있어야 가능한 일이긴 하지. 하지만 퀵실버 그룹은 의심할 필요가 없소. 만 명이 넘는 사람이 일하고 있는데 누가 뭘 숨길 수 있겠소?"

그는 이렇게 말하면서 똑같은 통신 ID를 공유하는 한 무리의 이름을 가리켰다.

지그문트도 명단을 훑어보았다. 이름 하나가 익숙했다. 내가 아는 중력이론가가 있던가? 그럴 이유가 떠오르지 않았다. 누군지는 모르겠지만, 통신 ID에 따르면 그는 퀵실버가 아니었다.

"이 줄리언 포워드라는 사람은 어떻습니까?"

카를로스는 생각에 잠긴 표정을 지었다.

"포워드라. 그렇지, 전부터 만나 보고 싶었던 사람이오."

"아는 사람이야? 누군데?"

베어울프가 물었다.

"징크스의 지식 연구소와 함께 일하던 사람이야. 몇 년 동안 소식을 듣지 못했군. 은하핵에서 나오는 중력파에 대해 연구를 좀 했는데…… 결국엔 틀린 거였지. 지그문트, 그 사람에게 연락해 봅시다."

징크스. 지그문트는 떨리는 몸을 억눌렀다. 이제야 기억이 났다. 포워드는 베어울프가 수집한 은하핵 폭발 데이터의 무결성을 보증해 준 전문가 중 하나였다. 육 년 전에 앤더가 그와 이야기한 적이 있었다. 그런데 지금 포워드가 여기 있다고?

"그 사람한테 뭘 물어보게?"

베어울프가 날카롭게 물었다.

"왜……?"

그러더니 카를로스는 현재 상황을 떠올렸다.

"아, 자네는 그 사람이…… 그렇군."

"그 사람을 얼마나 잘 압니까?"

지그문트가 물었다.

"명성을 들었을 뿐이오. 꽤 유명한 사람이거든. 그런 사람이 대량 학살을 저지를 거라는 생각은 안 드는군."

지그문트는 의아했다. 그렇게 영리한 사람이 과연 그렇게 결백할 수 있을까?

"아까 우리가 중력 현상을 연구하는 데 뛰어난 사람을 찾아야 한다고 했잖습니까."

"그랬지."

투덜거리는 투인데. 지그문트는 생각했다.

"그 사람과 이야기만 나눠 볼 수도 있을 겁니다. 그는 태양 반대쪽에 있을 테고, 해적 선단을 향하고 있을 테니까요."

카를로스는 고개를 저었다.

"아니, 그가 아닐 거요."

"다시 생각해 보세요. 우리는 태양 특이점 바깥에 있습니다. 해적 선단이라면 당연히 하이퍼드라이브 우주선을 갖고 있겠죠."

"만약 줄리언 포워드가 범인이라면 근처에 있어야 하오. 그, 음, 장치는 하이퍼스페이스에서 작동하지 않을 테니까."

베어울프가 점점 성급해지기 시작했다.

"카를로스, 뭔지도 모르는 게 우릴 죽일 수도 있다고. 장난은 좀 그만하지그래."

하지만 카를로스는 미소를 지으며 고개만 저었다.

"좋아, 포워드를 확인해 보자고. 연락해서 어디 있는지 물어봐! 그 사람도 자네 이름을 알까?"

"당연하지. 나도 유명하다고."

"그래, 만약 그 사람이 충분히 가까이 있다면 집까지 데려다 달라고 할 수도 있겠군. 우리 상황을 봐서는, 여기 있는 한 아무 하이퍼드라이브 우주선에라도 부탁해야 할 거야."

"전 공격을 받았으면 좋겠습니다. 우리가 이길……."

지그문트의 말을 자르고 베어울프가 다시 끼어들었다.

"하지만 도망은 못 가잖아. 놈들은 피할 수 있고 우린 못 피한다고."

"싸우지들 말지, 두 사람. 급한 일부터 하지."

카를로스는 하이퍼웨이브 조종 장치에 앉아 통신 ID를 쳐 넣었다.

동승자 한 명은 어리석은 천재에, 다른 하나는 겁쟁이 혹은 반역자라니. 둘 중 어느 쪽에도 의지할 수 없다. 포워드 역시 믿을 수 없다. 지그문트는 통신 장치에서 보이지 않는 구석으로 물러났다.

“이번 거래에서 제 이름을 빼 줄 수 있습니까? 필요하다면 이 우주선의 주인인 척해도 됩니다.”

카를로스가 대답하기도 전에 화면에 불이 들어왔다. 여위고 하얀 얼굴에 가식적인 미소, 연한 금발을 고리인 특유의 볏 모양으로 꾸민 사람이 나타났다.

“포워드 기지입니다. 안녕하십니까.”

“안녕하시오. 지구의 카를로스 우라고 하오. 줄리언 포워드 박사와 이야기할 수 있겠소?”

“가능한지 알아보겠습니다.”

화면이 정지했다.

카를로스가 외쳤다.

“무슨 장난을 하는 거요? 내가 전투함을 갖고 있는 걸 어떻게 설명하라고?”

누군가 입을 열기도 전에 정지 화면이 풀렸다. 누가 봐도 징크스인인 게 분명한 근육질의 남자가 나타났다.

“카를로스 우! 실레함의 한계 문제를 해결한 바로 그 카를로스 우가 맞습니까?”

포워드가 짐짓 신이 난다는 듯이 말했다. 둘은 알 수 없는 소리로 뭔가를 떠들다가 마침내 포워드가 물었다.

“자, 뭘 어떻게 도와 드릴까요?”

“포워드, 이쪽은 베어울프 새퍼요. 이 친구가 우릴 고향에 데려다 주고 있는데 그만 하이퍼드라이브 엔진이 사라졌다오.”

베어울프가 통신에 끼어들었다.

“사라졌어. 말 그대로 사라졌지. 하이퍼드라이브 엔진이 있던 곳이 텅 비었단 말이야. 지지대는 깨끗이 잘려 있고. 그래서 무슨 일이 일어났는지도 모른 채 하이퍼드라이브도 없이 여기에 처박혀 있는 거야.”

“거의 사실이오. 포워드 박사, 여기서 일어난 일에 대해 생각한 바가 있는데, 당신하고 논의를 좀 하고 싶소만.”

카를로스가 밝은 표정으로 말했다.

“어디시죠?”

베어울프는 포워드에게 위치를 전송했다. 포워드가 좌표를 보더니 말했다.

“지구로 가는 것보다 이쪽으로 오는 게 훨씬 빠르겠군요. 포워드 기지는 현재 위치에서 전방으로 이십 천문단위 안쪽에 있습니다. 여기서 다른 정기선을 기다리면 됩니다. 고장 난 우주선으로 가는 것보다는 낫겠죠.”

지그문트는 등골이 서늘해졌다. 포워드가 그렇게 가까이 있다고? 이 징크스인은 뭔가 관련이 있는 게 분명했다.

“좋소! 경로를 계산해 보고 언제 도착할지 알려 드리지.”

카를로스가 말했다.

“이렇게 우연히 만나게 돼서 반갑습니다, 카를로스 우.”

포워드는 기지 좌표를 보내고 연결을 끊었다.

카를로스가 몸을 돌렸다.

"자, 베어울프, 이제 자네는 위장한 무장 전투함을 갖고 있는 거야. 어디서 얻었는지 생각해 보라고."

베어울프는 걱정스러운 표정을 지었다.

"그보다 더 나쁜 문제도 있어. 포워드 기지는 정확히 우주선 포식자가 있는 곳에 있다고."

카를로스는 고개를 끄덕였다. 하지만 뭔가 혼자만 알고 있는 것 때문에 즐거워하고 있었다.

"그래서 다음엔 어떻게 하지? 우린 하이퍼드라이브 우주선을 따돌리지 못해. 일단 지금은. 포워드가 우릴 죽이려고 할까?"

베어울프는 끈질겼다.

"우리가 제시간에 포워드 기지에 도착하지 않으면 우릴 찾으려고 우주선을 보낼 수도 있겠지. 우리는 너무 많이 아니까. 그렇게 얘기했잖아, 하이퍼드라이브 엔진이 완전히 사라졌다고. 그 사실만 가지고 어떻게 된 건지 알아낼 수 있는 사람을 나는 대여섯 명 정도 알아."

카를로스가 갑자기 미소를 지었다.

"그건 포워드가 그 괴물일 때 얘기고. 아직 모르잖아. 난 어느 쪽이든 진실을 알아낼 수 있는 좋은 기회라고 생각해."

"어떻게? 그냥 걸어 들어가서?"

그때, 지그문트의 머릿속에 아이디어가 떠올랐다.

"포워드 박사는 당신과 카를로스가 의심하지 않고 자기 그물 안으로 들어올 거라고 예상하고 있겠죠. 빈 우주선을 남겨 두고요. 예를 들어, 이게 GP 선체라는 건 예상하지 못할 수도 있습니다. 그리고 내가 여기서 전투를 할 수 있다는 것도."

"그러니까 당신은 파괴 불가능한 선체 안에 있겠다는 건가? 우리는 기지 안에서 무력하게 있고? 아주 영리하군. 나라도 먼저 도망가겠어. 게다가 당신은 경력도 생각해야 하니까."

베어울프가 냉소했다.

뭔가 '호보 켈리'호의 선체를 뚫고 들어와 하이퍼드라이브 엔진을 없앴다. 몇 년 전에는 조석력이 지금처럼 '스카이다이버'호—역시 GP 2호 선체였다—를 뚫고 들어와 그를 갈기갈기 찢어 놓을 뻔했다. 그리고 그사이에 베어울프는 분명히 GP 선체가 완전히 파괴되는 일을 겪었다. 그의 조심성에 대해 조금은 동정심을 느껴도 되지 않을까?

"부인하지는 않겠습니다. 하지만 당신이 준비를 갖추게 할 방법이 몇 개 있죠."

지그문트가 말했다.

4

한쪽으로 기울어진 얼음투성이 바위가 '호보 켈리'호의 주 전망 창에 나타났다. 확대하자 녹아내린 바위 표면 위로 인간의 존재가 여기저기 보였다. 지그문트는 에어록, 창문, 안테나를 알아볼 수 있었다. 관절이 많고 끝에 그릇 같은 게 달린 긴 금속 팔은 뭐지? 그건 용도가 뭔지 전혀 알 수 없었다.

지그문트는 포워드 기지까지의 짧은 거리를 움직이는 작은 개방형 차량으로 주의를 돌렸다. 우주복을 입은 두 사람이 로켓엔진과 연료통 같은 장치에 걸터앉아 있었다. 몸에 딱 붙는 우주복과 둥근 헬멧을 쓴 사람이 일행을 맞으러 나왔다. 그들은 차량을 세워 튀어나온 바위에 고정한 뒤 안으로 들어갔다.

일행을 맞으러 온 사람이 말했다.

"해리 모스코위츠라고 합니다. 사람들은 앤젤이라고 부르죠. 포워드 박사님은 실험실에서 기다리고 계십니다."

앤젤의 목소리는 바로 옆에서 듣는 것처럼 선명했다. 지그문트가 베어울프와 카를로스에게 ARM이 쓰는 장치를 달아 준 덕분이었다.

지그문트는 그 둘에게 ARM의 귀마개에 대해 설명했다.

'송신기와 청력 보조 장치 사이에 음파 패딩이 있습니다. 폭발을 겪거나 음파 총에 맞으면 청력 보조 장치가 송신을 중단시키죠. 갑자기 아무것도 들리지 않으면 공격받고 있다고 생각하면 됩니다.'

송신이 곧 방송을 뜻한다는 사실을 굳이 알려 줄 필요는 없어 보였다. 지그문트가 엿듣고 있다는 걸 알면 자연스럽게 행동하지 못할 수도 있었다.

귀마개는 아주 넓은 대역에 걸쳐서 아주 작은 세기로 전송한다. 포워드 기지의 장비에 간섭을 일으켜서 들킬 염려는 없었다. 몇백 미터 밖에 떠 있는 '호보 켈리'호의 장거리 통신 장비는 그 신호를 쉽게 잡아낼 수 있었다.

카를로스와 베어울프는 앤젤을 따라 안으로 들어갔다. 그들이 우주복을 벗자 지그문트는 영상도 볼 수 있었다. 둘이 입고 있는 점퍼에 달린 단추 하나하나에 전부 카메라가 있었다. 다른 자세한 사항은 굳이 언급하지 않았다.

앤젤의 안내는 특기할 만한 게 없었다. 수천 개의 소행성 광산—아마 과거에 이곳이 광산이었던 듯했다—을 연결하던 길고 지루한 터널, 장비실, 창고, 핵융합 발전기, 우주 택시 격납고 등.

베어울프는 지루해하고 있었다. 그가 경탄스러울 정도로 무심한 척 물었다.

"광산 예인선도 쓰나?"

"물론이죠. 안쪽에서 물과 금속을 실어 올 수도 있지만, 우리가 직접 찾아다니는 게 더 싸거든요. 비상사태가 생기면 예인선이 우리를 다시 안쪽으로 끌고 갈 수 있을 겁니다."

앤젤의 대답은 전혀 의심하지 않는 투였다. 그는 계곡을 안내하면서 아무렇지도 않게 질문을 던졌다.

"우주선 얘기가 나와서 말인데, 여러분이 타고 온 것 같은 우주선은 처음 봅니다. 옆에 나란히 달려 있는 건 폭탄인가요?"

"일부는."

베어울프가 대답했다.

카를로스는 웃었다.

"나한테도 어디서 얻었는지 안 가르쳐 준다오."

"주웠다니까, 주웠다고. 알았어. 훔쳤지. 그래도 아무도 불평은 못할걸."

베어울프는 분더란트로 가는 화물선 조종사로 고용됐던 일에 대해 오직 그만이 할 수 있는 장광설을 늘어놓았다. 그 우주선은 결국 위장용 껍데기 속에 전투함을 숨겨 놓은 것으로 드러났다.

"그때쯤에는 그만두려고 했다가는 사라져 버릴 거라는 두려움에 질려 있었지."

앤젤이 얼굴을 찡그렸다.

"하이퍼드라이브가 작동하는 상태로 당신을 버리고 간 게 희한하군요."

"안 그랬어. 중계기를 떼어 버렸지. 내가 직접 고쳐야 했다고. 확인해 봤길 망정이지, 놈들이 중계기를 조종석 의자 아래에 있는 작은 폭탄에 연결해 뒀더군."

베어울프는 생각에 잠겨 잠시 말을 멈췄다. 그는 타고난 연기자였다.

"어쩌면 내가 잘못 고쳤는지도 모르겠군. 무슨 일이 일어났는지 들었을 거야. 내 하이퍼드라이브 엔진이 그냥 사라졌어. 그러면서 폭발성 볼트 같은 게 터졌는지 우주선 배 쪽이 날아가 버렸지. 그건 가짜였어. 남은 모양을 보면 소형 폭격기 같다니까."

"그럴 줄 알았습니다."

앤젤이 말했다.

베어울프는 어깨를 으쓱했다.

"안쪽으로 가면 황금 가죽 경찰에 넘겨야겠지. 안타깝게도."

그리고 앤젤의 안내는 분기점을 맞이했다.

다음 터널은 거대한 반구형 방 안에서 끝났다. 그 한가운데 거대한 기둥이 우뚝 서서 둥근 천장을 뚫고 올라가, 지그문트가 용도를 알아내려다 실패했던 —베어울프와 카를로스도 마찬가지였다— '관절이 많고 끝에 그릇 같은 게 달린 긴 금속 팔'로 이어졌다.

줄리언 포워드는 기둥 근처에 있는 말굽형 제어장치 앞에 앉아 있었다.

"'손아귀The Grabber'라고 부른답니다."

그가 불길함을 가장하듯 낮게 읊조렸다.

"만나서 반갑습니다, 카를로스 우, 베어울프 섀퍼."

포워드는 의자에서 뛰어오르듯 일어나 활짝 웃었다.

"여기서 가장 볼만한 게 바로 손아귀죠. 이거 말고는 볼 게 없어요."

"이게 뭘 하는 거지?"

베어울프가 묻자 카를로스가 웃으며 말했다.

"아름답잖아? 그거면 된 거 아닌가?"

"이걸 고철 조각 전시회에 출품할까 생각도 했죠. 용도는 뭐냐면, 크고 밀도가 높은 질량을 조종하는 겁니다. 팔 끝에 있는 받침대처럼 생긴 건 복잡한 전자석 구조물이에요. 그 안에서 질량을 진동시켜 양극화된 중력파를 만들 수 있죠."

포워드가 대답했다.

카를로스와 베어울프는 뒤로 기대 손아귀를 감상했다. 거대한 장치였다. 지그문트는 비밀 카메라에 잡히는 모습과 '호보 켈리'

호에서 내려다보이는 전체 모습을 모두 볼 수 있었다. 곡선 형태의 거대한 들보가 돔을 파이 조각처럼 가르고 있었다. 천장과 마찬가지로 들보 역시 거울처럼 빛났다.

카를로스가 정지장을 이용한 강화 운운하며 중얼거리더니 포워드에게 물었다.

"저 안에서 뭘 진동시키는 거요? 납 수백만 톤?"

"연철로 싼 납을 시험용으로 쓰긴 했죠. 그게 벌써 몇 년 전이군요. 최근에는 손아귀를 가지고 연구한 적이 별로 없지만, 정지장으로 둘러싼 뉴트로늄 구를 가지고 만족할 만한 결과를 얻었습니다. 백억 톤이죠."

지그문트는 움찔했다. 뉴트로늄? 그건 중성자성 안에만 있는 물질 아닌가? BVS-1 사건 때 배웠던 게 분명히 떠올랐다. 카를로스라면 할 말이 있을지도 몰랐다.

하지만 베어울프가 먼저 입을 열었다.

"요점이 뭐야?"

"일단 통신이죠. 은하계 전체에 지성 종족이 있을 게 분명합니다. 하지만 대부분은 우리 우주선으로 가기에 너무 멀리 떨어져 있어요. 아마도 중력파가 그런 종족과 통신하는 가장 좋은 수단일 겁니다."

포워드가 대답했다.

"중력파는 광속으로 움직이지 않나? 그러면 하이퍼웨이브가 더 나을 텐데?"

"외계인에게 하이퍼웨이브가 없을 수도 있으니까요. 아웃사이더가 아니라면 누가 항성에서 그렇게 멀리 떨어진 곳에서 실험을 하겠습니까? 아웃사이더와 교류한 적이 없는 종족에게 연락하려면 방법을 완성하는 대로 중력파를 이용해야 할 겁니다."

이후 대화는 좀 더 기술적인 면으로 흘러갔다. 지그문트는 전혀 알아듣지 못했다. 위협적으로 들리지는 않았다. 하지만 그 대화는 왜 중력이론 전문가가 잘못된 시기에 잘못된 장소에 있는지를 전혀 설명해 주지 못했다.

대화 도중 서로 잘 알고 있는 이름이 툭툭 튀어나왔다. 상당수는 퀵실버 그룹에 속해 있었다. 나머지는 태양계 밖, 특히 징크스에 있는 사람들이었고, 그들 대부분은 지식 연구소에서 연구비를 따려고 했다.

"아직 지식 연구소와 함께 일하시오, 포워드 박사?"

카를로스의 물음에 포워드는 고개를 저었다.

"이제 저한테 연구비를 안 준답니다. 결과가 충분하지 않다나. 하지만 연구소 소유인 이 기지는 계속 쓸 수 있습니다. 언젠가 이게 팔리면 다른 데로 가야겠죠."

이런 연구에 돈이 적게 들 리 없었다. 지식 연구소가 아니라면 누가 포워드를 후원하는 거지? 지그문트는 생각했다. 아니면 저 징크스인이 거짓말을 하는 걸까?

포워드 기지에 대한 대화는 마침내 하이퍼드라이브가 사라진 수수께끼의 사건으로 넘어갔다. 포워드는 베어울프의 우주 괴물 이론을 치워 버렸다. 그리고 물리학자들끼리 논의를 시작했다. 중력, 하이퍼스페이스 물리학, 우주론이 전부 알 수 없는 소리로 뒤섞였다.

지그문트는 커피를 마시며 대화가 알아들을 수 있는 내용으로 바뀌기를 기다렸다. 새삼 자신이 우주론에 관해 아는 게 세 가지뿐이라는 점을 깨달았다. 우주론은 우주의 형성에 대한 질문에 대답하려는 학문이라는 것. 이론이 유행에 따라 나타났다 사라진다는 것—관측이 불가능하니 놀라운 일도 아니었다. 그리고 우주론은 그 자신과 상관이 없다는 것.

마지막 세 번째는 잘못된 생각이었다.

지그문트는 대답은 고사하고 질문도 이해할 수 없었다. 하지만 사람은 이해할 수 있었다. 카를로스는 대화를 어디론가 끌고 가려고 했다. 대학원생이 참석한 콜로키움이 아니라 해적의 소굴일지도 모르는 곳에 있다는 사실을 잊은 걸까?

베어울프가 의자에서 뒤척였다. 이 대화의 취지 때문에 불편한 기색이었다.

"당신이 실험용으로 썼다는 그 백억 톤의 뉴트로늄 말인데, 그 정도로는 중력 기울기가 충분히 크지 않소."

카를로스는 다시 우주선 포식자에 대해 추측하고 있는 게 분명했다. 우주선을 하이퍼스페이스에서 끌어내기에 충분하지 않다는 거겠지. 지그문트는 생각했다.

"표면 바로 근처에 있다면 충분할 수도 있죠."

포워드는 씩 웃고는 두 손으로 크기를 가늠해 보였다.

"딱 이 정도 크기거든요."

"우주에서 물질이 그보다 더 압축되기는 힘들지. 아쉽군."

포워드가 고개를 끄덕였다.

"양자 블랙홀이라고 들어 보셨습니까?"

"그렇소."

카를로스가 즐거운 듯이 대답했다.

"잘못된 대답이군요."

포워드는 말하면서 불쑥 뛰어올라 카를로스의 얼굴을 때린 뒤 베어울프를 붙잡았다.

포워드는 이곳의 미소 중력에 적응이 된 상태였고 베어울프보다 몸무게가 두 배는 더 나갔다. 베어울프가 뿌리치려 했지만 아무 효과 없었다. 카를로스는 바닥에 쓰러졌다. 단추로 위장한 마비 수류탄 따위의, 지그문트가 몰래 숨겨 준 무기는 써 보지도 못했다.

몇 초 만에 카를로스와 베어울프는 포로가 되었다. 그들은 중심부의 기둥에 등을 댄 채 손을 뒤로 하고 묶였다.

지그문트는 함교에서 이리저리 뛰었다. '호보 켈리'호의 무기는 포워드 기지를 파괴하기에 충분했지만, 카를로스와 베어울프를 도울 수는 없었다. 만약 기적적으로 우주선과 기지 사이의 거리를 들키지 않고 움직인다고 해도 기습은 거의 불가능했다.

게다가 이제 돔을 통해 간신히 보이는 걸 제외하고는 들을 수도, 말을 할 수도 없었다. 카를로스와 베어울프가 묶여 있는 거대한 기둥인지 그 위에 있는 커다란 금속 팔인지가 귀마개와 비밀 카메라에서 나오는 신호를 흡수하고 있었다. 놀랍게도 아무 일도 일어나지 않자 지그문트는 마음이 급해졌다. 대화 중인 듯 이리저리 배회하는 포워드가 돔 안에서 유일하게 움직이는 존재였다.

그때 가까운 곳에서 경보가 울리며 지그문트에게 새로운 걱정거리를 안겨 주었다. 세 개의 물체가 편대를 이뤄 접근하고 있었다. 레이더를 확인하자 당연하다는 듯이 예인선이 보였다. 전과 마찬가지로 계기에는 무기가 있다는 표시가 없었다. 뭔가 '호보 켈리'호를 하이퍼스페이스에서 끌어냈을 때 보였던 예인선 편대. 카를로스가 너무 많은 얘기를 해 버린 후에 나타난 이번의 세 척 역시 똑같은 대형을 이루고 있었다.

세 척은 지그문트를 향해 곧장 날아왔다.

'호보 켈리'호를 두르고 있는 무기를 보면 예인선 안에 누가 있든 지그문트가 무장을 하고 있다는 사실을 알 게 분명했다. 비록 계기에는 무기가 나타나지 않지만, 논리적으로 생각하면 무장을 하고 있어야 했다.

지그문트는 '호보 켈리'호를 예인선과 기지를 잇는 일직선상에 오도록 움직였다. 거기 잠시 머물면서 동료—이제 친구라고 할 수도 있을 것이다—들을 포기하지 않을 수 있는 선택지를 찾고 있었다. 그 위치에서는 예인선이 발포하면 기지에 맞을 수밖에 없었다.

예인선은 경로를 바꿔 계속 다가왔다. 지그문트가 비무장 —겉보기로는— 우주선을 공격하지 않으리라는 데 걸고 도박을 하는 모양이었다.

과연 그럴까?

"미확인 선박에 알린다. 여기는 ARM 순찰선이다. 즉시 접근을 중단하라."

지그문트는 신호를 보냈다. 반응도 없고 경로도 그대로였다.

"미확인 선박에 알린다. 즉시 접근 중단하라. 그러지 않으면 발포하겠다."

역시 반응이 없었다.

아무리 얕잡아 봐도 예인선 승무원들은 지그문트가 구출을 시도할 때 방해꾼이 될 수 있었다. 경고는 이미 충분히 했다. 지그문트는 주 엑스선 레이저를 발사했다. 우주선 한 척이 가스를 내뿜었다. 두 번째 우주선도 쏘았다. 세 번째 우주선은 도망갔다.

지그문트는 함교가 다시 기지를 향하도록 '호보 켈리'호를 회전시켰다. 손아귀가 이리저리 흔들렸다. 포워드가 움직이고 있는 듯했다. 그는 다시 말굽형 제어장치에 앉아 있었다. 앤젤이 그의 뒤쪽에 서 있었다.

이보다 더 좋은 구출 기회는 오지 않을 거야.

지그문트가 서둘러 우주복을 입고 있는 와중에도 손아귀는 계속 몸부림쳤다. 저게 뭘 잡으려는 거지?

파괴되어 떠 있는 예인선 잔해 중 하나에서 청백색 불빛이 깜빡였다. 불빛 사이의 간격 덕분에 지그문트는 간신히 자기가 있는 방향으로 뭔가 움직이고 있다는 인상을 받았다. 그는 우주복을 반쯤 입다 말고 완충 좌석으로 뛰어들어 우주선을 움직여 피했다. 그런데…… 무엇을 피한 걸까?

갑자기 손아귀가 압축되더니 뒤로 물러났다. 끝에 달린 그릇 같은 장치는 아직 비어 있는 듯했다. 그건 아주 무겁고 아주 작은 것을 붙잡았었다.

상황이 너무 빨리 변해서 제대로 이해하기 힘들었다. 돔 아래서 불빛이 번쩍였다. 손아귀의 상당 부분이 사라졌다. 돔이 밖으로 터져 나왔다. 눈이 아플 정도로 밝은 청백색 점이 돔이 깨진 곳 근처에 나타났다. 앤젤이 그 속으로 빨려 들어갔다. 번쩍이는 광점이 바닥을 향해 떠내려갔다. 포워드가 순식간에 빨려 들어가더니 사라졌다. 빛나는 점이 바닥 아래로 가라앉았다.

생각할 시간이 없었다. 앞으로 일이 분 뒤면 기지 안의 사람들은 전부 압력복을 찾아 입느라 바쁠 터였다. 그리고 일이 분이 더 지나면 지그문트가 구출할 수 있는 사람도 남지 않을 것이다.

지금이 유일한 기회다.

지그문트는 '호보 켈리'호를 자동조종으로 돌리고 헬멧을 밀봉했다. 에어록을 비상 수동 전환으로 돌리자 우주선 안의 기압 때문에 밖으로 튀어 나갔다. 그는 로켓팩을 최대로 가동해 파괴된 돔을 향해 다이빙했다.

어떻게든 추락하지 않는 데는 성공했다. 지그문트는 원을 그리며 권총을 겨누고 주위를 살폈다. 카를로스와 베어울프 외에는 아무도 없었다. 그들은 여전히 두 팔이 중앙 기둥에 묶인 채 귀와 코에서 피를 흘리고 있었다. 입은 벌어진 상태로, 폐에서 마지막 공기가 빠져나오면서 소리 없이 비명을 질렀다.

지그문트는 소형 토치로 카를로스를 묶은 끈을 자른 뒤 그를 구조용 가방에 밀어 넣었다. 가방을 닫자 작은 산소 탱크에서 산소가 흘러나와 팽창하기 시작했다. 베어울프도 똑같이 구조했다.

그때 좀 더 무거워진 듯한 기분이 느껴졌다. 그리고 아래쪽 바닥이 흔들렸다. 가능한 한 빨리 다른 곳으로 가야 했다. 돔에 생긴 구멍은 너무 작아서 구조용 가방 하나도 가지고 나가기 어려웠다. 지그문트는 총을 폭발용 탄약으로 조정하고 좀 더 큰 구멍을 냈다.

때맞춰 '호보 켈리'호가 자동조종장치에 의해 착륙했다. 지그문트는 구조용 가방 둘을 끌어다 에어록에 집어넣으려 했다. 부풀어 있는 가방이 통과하지 않았다. 그는 입을 크게 벌려 신호했다. 베어울프와 카를로스가 가방을 열고 나와 우주선 안으로 기어 들어갔다.

지그문트의 등 뒤로 에어록 문이 닫히자 공기가 들어왔다. 베어울프와 카를로스는 간신히 살아난 꼴을 하고 있었다. 카를로스가 쉰 목소리로 말했다.

"이제 그만 좀 하지."

지그문트는 헬멧을 벗고 웃으며 안심을 시키려 했다.

"안 해도 될 겁니다. 뭘 하셨는지는 모르겠지만, 잘했습니다. 괜찮은 오토닥 두 개가 있으니 여러분을 고쳐 줄 겁니다. 치료하는 동안 소행성 안에서 무슨 보물을 건질 수 있는지 살펴보죠."

"잊어버리시오. 빨리 여기서 떠납시다, 바로."

카를로스가 음울하게 말했다.

이해가 되지 않았다.

"어째서……?"

"시간이 없소. 떠납시다."

"알겠습니다. 일단 오토닥으로 가죠."

지그문트는 몸을 돌렸다. 하지만 카를로스가 힘없는 손으로 소매를 붙잡았다. 그가 속삭였다.

"젠장, 안 돼. 이걸 보고 싶소."

지그문트는 함교로 갔다. 카를로스와 베어울프가 비틀거리며 뒤를 따랐다.

그들은 벨트를 매고 앉았다. 지그문트가 주 추진기를 작동시켜 '호보 켈리'호를 소행성에서 —그리고 그 무엇인가로부터— 떨어뜨렸다. 뭐가 있는 걸까?

이내 카를로스가 속삭였다.

"이 정도면 됐소. 돌리시오."

지그문트는 우주선을 돌렸다.

"뭘 찾는 겁니까?"

반쯤 죽은 듯한 모습의 카를로스가 억지로 미소를 지었다.

"보면 알 거요."

"카를로스, 내가 예인선을 쏜 게 잘한 일입니까?"

"아, 물론이오."

그들이 바라보는 사이 소행성의 일부가 붕괴하면서 깊숙한 분화구를 남겼다.

"원지점遠地點에서는 더 천천히 움직이지. 물질은 더 많이 끌어모으고."

카를로스가 말했다. 코에서 흘러내리는 피에는 관심도 없는 듯했다.

"무슨 얘깁니까?"

물으면서도 지그문트는 추측했다. 블랙홀인가. 포워드를 돌변하게 만든 말이 바로 그거였다.

"나중에, 지그문트. 목이 나아지면 얘기합시다."

"포워드는 주머니에 구멍을 갖고 있었어."

베어울프가 옆에서 도왔다.

이제 소행성 반대쪽이 붕괴하고 있었다. 그곳에서 번개가 순간적으로 번쩍이더니 바위와 얼음 전체가 수축하기 시작했다.

베어울프가 기침했다.

"지그문트, 이 우주선에 자동 차폐막이 있나?"

"물론입니다. 우린……."

앞이 안 보일 정도로 밝은 빛이 번쩍였다. 눈물이 멈추고 다시 초점을 맞추게 된 뒤 계기판을 확인하자 별 외에는 아무것도 보이지 않았다.

5

카를로스는 도움을 많이 받고 나서야 오토닥 안으로 들어갈 수 있었다.

"고맙소, 지그문트. 다음엔 당신하고 우주선 같이 안 탈 거요."

그가 말했다. 진공 속에서 망가진 폐를 통해 공기가 꿀럭거리며 들락거렸다.

"제 탓이 아닙니다만."

지그문트가 닫힘 버튼을 누르자 오토닥의 뚜껑이 내려오기 시작했다. 그는 자신이 마지막으로 말하는 사람이 되려고 시간을 잘 맞춰서 항변했다.

"제 생각에 저와 비행해서 불운했던 건 베어울프 같은데요."

오토닥 위에 불이 들어오고, 화면에 문자가 주르륵 흘렀다.

베어울프는 비틀거리면서도 스스로 오토닥 안으로 들어갔다. 키가 커서 유리하긴 했다.

"예전에 사람들을 태워다 주면서 먹고살았다는 게 믿기지 않는군. 그것도 무사히 말이야."

그가 최근 겪은 일을 생각하면 지그문트도 동의할 수밖에 없었다.

"이제 제가 조종할 차례군요."

베어울프가 고개를 돌렸다. 그렇게 작은 동작만으로도 꽤 아픈 듯했다.

"당신은 우리가 뭐에서 간신히 탈출했는지도 몰라."

불친절한 말도, 질문도 아니었다.

"잘 모르겠습니다."

지그문트는 인정했다.

"블랙홀이었습니까?"

"그래."

"양자 블랙홀……? 아닙니다, 나중에 얘기하죠."

"한때는……."

베어울프가 말을 꺼냈다. 이 남자가 말을 시작한 뒤에는 멈출 방법이 없다.

"양자 블랙홀은 빅뱅 때만 생길 수 있다는 거 알았나? 쿨럭. 사실이야. 포워드는 그게 소행성 안에서 궤도를 돌고 있는 걸 찾았지. 어떻게냐 하면 설명이 너무 길어질 텐데, 일단 믿으라고. 그자가 카를로스와 내게 그렇게 말했으니까."

언제 얘기했다는 거지? 지그문트는 의아했다. 그리고 베어울프와 카를로스가 손아귀 기둥에 묶여 있을 때 수신을 하지 못했던 일을 떠올렸다.

베어울프는 손바닥에 걸쭉한 피를 한 덩이 토했다.

"으. 양자 블랙홀은 아주 작아. 원자보다도 작지. 원자는 대부분 빈 공간이기 때문에 양자 블랙홀은 위협이 되지 않아. 원자 하나를 잡아먹으려고 해도 시간이 너무 오래 걸리니까. 그래서 포워드는……."

"뉴트로늄을 먹였군요."

지그문트는 베어울프의 얼굴에 떠오른 놀란 표정을 음미했다. 베어울프가 기침을 섞어 가며 말했다.

"맞아. 쿨럭. 그러자 큰 소행성을 삼켜 버릴 수 있을 정도로 커졌지. 그가 약탈한 우주선도. 그래도 아직 아주 작았어. 쿨럭. 쿨럭. 아, 맞아. 처음에는 오래된 이온 추진 우주선의 분사 물질도 한 달 동안 먹였다더군."

이온 추진?

"아. 전하를 주기 위해서였군요. 그렇게 해서 예인선들이 그걸 우주선의 항로로 가져갈 수도 있었고, 손아귀가 잡을 수도 있었어요."

지그문트가 말했다.

손아귀를 장난감 용수철처럼 짓눌러 버린 건 아무것도 없었다. 지그문트는 몸을 떨었다.

"제가 공격하자 예인선들은 블랙홀을 떨어뜨렸죠. 하지만 포워드가 다시 붙잡았어요. 그걸 '호보 켈리'호에 던져 버리려고 한 겁니다. 진공 상태에서는 눈에 보이지 않았을 테고, 제가 보고 피했을 가능성은 전혀 없었겠죠."

베어울프가 다시 기침했다. 이번에는 도무지 멈추지 못했다. 마치 기침을 해서 폐를 토해 버릴 것만 같은 소리였다—어쩌면 정말 그럴지도 몰랐다.

"맞아. 그 망할 커다란 전자석이 꺼지기 전까지는 그랬지."

그가 겨우 대답했다. 고통스러운 기침이 마침내 잦아들었다. 베어울프는 역설적인 미소를 반쯤 지어 보였다. 더 할 얘기가 있지만, 나중에 해 주겠다는 뜻이었다.

그것도 살아 있을 때 얘기였다.

"베어울프, 이제 오토닥을 작동시켜야 합니다. 지금."

"당신은……."

그는 연달아 기침했다.

"어떻게인지를 알고 싶다고 했지. 당신이 묶여 있는 나를 발견했을 때, 쿨럭, 혹시 내가 신발을 차 버린 걸 알아챘나?"

신발?

베어울프는 오토닥 안에 누운 채로 발을 입까지 들어 올리고 담배를 피우는 동작을 했다.

"발가락으로 손아귀를 망가뜨렸다는 겁니까?"

이번에 오토닥 버튼을 누른 건 환자였다. 베어울프는 마지막 말을 태평한 미소로 대신했다.

수백만 킬로미터 안쪽에는 드문드문 보이는 바윗덩어리 말고는 아무것도 없었다. 지그문트가 마지막으로 본 바위는 블랙홀로 빨려 들어가 사라졌다. 동행도 없었다. 햇빛과 푹신한 흰 구름, 재활용한 냄새가 나지 않는 공기를 만나려면 며칠은 더 있어야 했다.

오토닥은 전부 사용 중이었다. 하지만 그렇지 않더라도 이용하지는 않았을 것이다. 지그문트는 오토닥이 동맥을 약으로 채우고 지구의 적이 모조리 환상 속으로 아련하게 멀어지도록 만들 때 얼마나 기분이 편안한지 잘 알고 있었다. 일련의 악몽에서 깨어나는 기분이었다. 그는 쉬고 싶었지만, 생각할 시간이 필요했다. 그리고 하늘이 그에게 준 의심 많은 성격이 필요했다.

혼자서 보내는 며칠이라는 시간. 할 일이라고는 오로지 생각뿐이었다.

징크스의 위협에 대해서: 불과 몇 년 전에 지식 연구소, 즉 징크스 정부는 중성자성 임무를 후원했다. GP 선체 안에서 벌어진 라스킨 부부의 처참한 죽음이 지구를 향한 위협은 아니라고 스스로 납득했던 건 너무 순진한 생각이었다. 중성자성으로는 지구의 함대를 위협할 수 없다고 생각했다니!

하지만 징크스인은 그렇게 했다. 뉴트로늄으로 키운 블랙홀을 가지고 거의 단독으로 태양계를 포위했다. 지식 연구소 소유의 시설을 이용해서.

그레고리 펠턴에 대해서: 펠턴은 GP 선체를 파괴할 수 있는 무엇인가를 발견했다. 베어울프도 사실상 그걸 인정했다. 그리고 지금 펠턴은 징크스에서 하는 연구에 돈을 쏟아붓고 있다. 바로 그 기술을 개발하고 있는 걸까?

그리고 퍼페티어에 대해서. 그들은 BVS-1 원정을 가능하게 만들었다. 그때 발견한 사실을 지식 연구소만큼 잘 알고 있었다. 만약 과거에 퍼페티어가 펠턴 가문에 순간 이동 기술을 제공했다면, 현재의 후손도 지원할 수 있지 않을까? 퍼페티어는 출산법 관련 소요 사태의 배후에 있다. 분명히 지그문트의 추적을 따돌리기 위해서 벌인 일이었다.

물리학적인 면에 대한 생각은 머리를 아프게 했다. 내가 이해하는 건 돈이야. 지그문트는 생각했다. 좀 더 깊게 파야 해. 만약 줄리언 포워드가 지식 연구소의 연구비를 잃었다고 한 게 사실이라면, 마지막에 돈을 댄 건 누구지? 역시 징크스인데, 좀 더 세심하게 했을 뿐일까? 펠턴? 퍼페티어?

혼자서 보내는 며칠이라는 시간. 할 일이라고는 오로지 생각뿐이었다.

지그문트의 생각은 빙글빙글 돌다가, 휘몰아치다가, 또다시 시작되었다. 회전하면서 하수구로 빨려 들어가는 물처럼. 여덟 명의 무고한 승무원, 예인선에 탄 죄가 있는 승무원과 앤젤, 줄리언 포워드 그리고 그 바위 위에 있던 사람들은 전부 블랙홀에 빨려 들어가 망각의 세계로 떠났다.

혼자서 보내는 며칠이라는 시간. 할 일이라고는 오로지 생각뿐이었다…….

ARM 함선이 '호보 켈리'호를 따라잡아 승선했을 때, 지그문트는 탈수증에 영양부족이 더해진 상태로 허공을 바라보며 무슨 말인가를 중얼거리고 있었다. 간간이 단어와 짧은 문장만 알아들을 수 있을 뿐이었다. 뉴트로늄. 징크스. 음모. 공모자 퍼페티어. 북쪽을 향한 수수께끼…….

그리고 계속 반복되는 문장 하나.

"우주선은 이제 싫어."

| 잦아듦: 지구력 2652년~2653년 |

1

병원에서는 지구 느낌이 나지 않았다.

지그문트는 복도를 따라 걸었다. 익숙지 않은 자극이 엄습했다. 약품 냄새. 숨죽인 목소리. 연한 색의 벽과 바닥은 먼지나 생각하기 싫은 무언가의 흔적을 더 잘 알아채기 위해서였다. 난 몇 번 거의 죽을 뻔했지. 지그문트는 생각했다. 두 번 다 오토닥이 치료해 줬다. 정말 심각하게 아프지 않은 한 사람이 병원에 오는 일은 없었다.

카를로스처럼.

카를로스의 병실에서 말소리가 들렸다. 웃음도. 고무적이었다. 지그문트는 문가를 두드렸다.

"잘 왔어."

페더가 말했다. 그가 성간 여행을 떠났던 이래 페더는 더욱 신경질적이 되었다. 지그문트가 이동 부스 이용하기를 꺼리는 이유와 카를로스의 앞에서 케르베로스에 대해 이야기하지 않는 이유는 잘 알고 있었다. 페더가 빈정거리는 건 그에게 시비를 걸기 위해서일 뿐이었다.

지그문트는 무시했다. 그뿐 아니라 수면장 속에 떠 있는 카를로스에게 연결된 온갖 튜브와 의료 장비도 무시하려고 노력했다.

"훨씬 나아 보이는군요."

"수호신이 신경 써 준 덕분이겠지."

카를로스의 목소리는 거칠었다. 폐에서 액체가 꾸르륵거렸다.

"페더가 와 줘서 기쁘군요."

페더는 지그문트보다 고작 몇 시간 전에 도착했다. 병원은 멜버른에 있었다. 순간 이동은 언제나 준궤도 비행보다 앞섰다. 카를로스는 전문가가 스물네 시간 지켜보는 가운데 병원의 오토닥 안에서 몇 달 동안 잠을 잤다. 맞춤형 폐를 복제하는 데는 시간이 걸렸다.

"예후는 어떻습니까?"

지그문트가 물었다.

"좋다고 하더군."

헐떡이는 소리.

"내가 이렇게 된 건 다 나 때문이오."

"줄리언 포워드의 짓이에요."

페더가 그를 보호하듯 말했다. 그건 사실에 가까웠고, 누구나 알고 있었다. 지금 포워드에 대해서 이야기할 때는 아니라는 점은 넘어가자. 카를로스도 그걸 알았다.

"그게 무슨 뜻이죠, 카를로스?"

헐떡거리는 소리.

"일단 소위 완벽하다는 내 유전자는 별로 도움이 안 됐소. 오토닥의 여분이 먹혔어야 하는 건데."

보통은 그랬다. 카를로스는 '호보 켈리'호의 오토닥 안에서 거의 죽을 뻔했다. 그의 몸은 실려 있던 여분의 대체용 폐를 광범위하게 거부했다. 그래서 해왕성 궤도를 지나기도 전에 면역억제제를 거의 다 써 버렸다. 약으로 동면 상태에 가깝게 만들어 진공에서 상처를 입은 폐가 움직이지 않게 한 뒤에야 간신히 목숨을 유지시킬 수 있었다.

"아주 겸손한 천재시네요. 당신 유전자는 딱 내 취향이에요."

페더가 그의 팔을 부드럽게 토닥였다. 그녀는 이제 카를로스에게 눈독 들이는 걸까? 지그문트는 그에게 행운을 빌었다.

"일단이라고 하셨죠. 그럼……?"

"천재라면 우선순위를 정할 줄 알아야지."

헐떡이는 소리. 카를로스는 손으로 빽빽한 검은 머리를 쓸어 넘겼다. 카를로스가 단어를 떠올리지 못하는 걸까?

"내 생애 동안 의학은 별로 진보하지 않았소. 내가 몇 년 동안 오토닥을 훨씬 더 낫게 개선할 아이디어를 갖고 있었는데."

헐떡임이 이어졌다.

당신이 우주의 비밀이 아니라 그 문제에 집중했더라면 '호보 켈리'호에는 당신을 치료할 수 있는 오토닥이 실려 있었겠지.

"어떤 아이디어죠?"

카를로스는 힘없이 웃었다.

"아직 준비가……."

헐떡. 쿨럭.

"그래요, 아직 말할 준비가 안 됐군요."

지그문트가 말했다. 이제 카를로스는 비밀을 지킬 수 있었다. 그런다고 누가 죽는 것도 아니었다.

"일단 여기서 나가면 다시 연구할 수 있을 겁니다. 언제 퇴원할 수 있는지 말해 주던가요?"

"며칠 더 있어야 한다는군. 조만간 보통 오토닥으로 옮겨 준다고 했소. 새 폐가 다 자랐으니까."

카를로스는 눈을 감았다. 피곤해 보였다.

"쉬게 해 드려야겠네요. 가지, 페더."

지그문트의 말에, 페더가 고개를 끄덕였다.

"몸조리 잘하세요. 다시 보러 올게요."

부드럽게 코를 고는 카를로스를 두고 둘은 병원 카페테리아로 갔다. 지그문트가 커피 두 잔을 가져왔다.

"그 사람 거의 죽을 뻔했어."

지그문트가 말했다.

"너무 심했지."

페더는 커피를 마시더니 얼굴을 찡그렸다.

"당신 아직도 내가 커피를 어떻게 마시는지 몰라? 크림 안 넣는다고. 지구는 그 사람을 좀 더 잘 돌봐 줘야 해. 천재가 그렇게 많은 건 아니잖아."

지그문트는 카를로스를 좋아하고 존경하지만, 아직 신뢰하지는 않았다.

카를로스가 징크스에 나타난 뒤로 메두사는 쭉 바쁘게 활동했다. 수십 년에 걸친 이메일, 통화, 이동 부스 기록과 연구 관련 질의, 금융 거래에 대해 조사했다. 카를로스와 그의 가까운 동료 그리고 그들의 가까운 동료들로…… 범위를 확대해 가며 메두사는 수백만 개의 기록과 수백만 테라바이트의 데이터를 조사하고 정리했다.

그 결과는 다양한 단계, 다양한 유형의 연결 관계가 어떤 의미인지 추측해 볼 여지가 매우 크고 엄청난 범위를 아우르는 인맥의 그물—동료와 제휴자, 친구와 친척, 오래전 동창, 동료 투자자와 전 애인들—로 나타났다. 그 데이터는 카를로스의 죄를 입증하지도 반증하지도 않았다. 지구의 귀족정치가 정점에 이르면 중요한 위치에 있는 사람들끼리는 서로 다 알고 지내는 듯했다.

바로 그때, 지그문트가 페더를 바라보고 있을 때 모든 조각이 한데 들어맞았다.

카를로스는 거의 죽을 뻔했다. 귀중한 유전자까지 날릴 뻔했다. 그는 경호원이 필요했다. 페더는 카를로스에게 끌리고 있었다. 그리고 카를로스는 페더가 던지는 추파를 잘 받아들이는 것 같았다.

지그문트에게는 타고난 스파이 감각이 있었다. 그는 뱃속 깊은 곳이 텅 빈 것 같은 기분을 느꼈다.

GPC의 첫 번째 돌연한 철수, 이어진 출산법 관련 소요 사태……. 네서스는 경제를 심각한 위기 상황에 빠뜨린 뒤 떠났다. 돌아온 지금 상황은 더욱 나빠 보였다. 모하비 우주 공항의 활주로 위와 일없이 길게 늘어선 우주선 사이로 회전초가 굴러다니고 있었다. '아이기스'호가 돌아온 뒤 며칠 동안 착륙하거나 이륙한 우주선은 거의 없었다. 공공 데이터베이스는 보여 주는 것보다 감질나게 하는 게 더 많았다. 국제연합은 뭔가 큰 사건을 아주 강하게 검열하고 있었다. 그게 무엇인지 알아야 했다.

게다가 네서스는 정신을 다른 데 쏟을 필요가 있었다.

좋은 소식은 이동 부스 납치가 아직 먹힌다는 것이었다.

"이 년 만이군요."

산지타가 말했다. 새로 염색을 하고 멋을 부린 그녀는 나긋나긋한 검은색 연회복을 입고 있었다. 납치당하리라고는 생각도 하지 못한 모양이었다.

"아예 안 나타나기를 기대했는데. 네서스 맞죠?"

"맞습니다."

떠들썩했던 이 년. 네서스는 왜 다시 인간의 우주로 돌아왔는지 확실히 알지 못했다. 아니면 자신에게 솔직하지 못하거나. 니케가 그의 출발을 그렇게 빨리 승인한 이유를 알게 되는 게 두려웠다. 네서스는 임무 때문에 돌아왔다고 스스로를 납득시켰다. 하지만 그게 그와 니케의 죄책감이 느껴지는 비밀에 관련된 건지 끊임없이 걱정이 되었다. 니케와 함께하는 미래에 대한 희망은 그렇게 애매모호한 상황에 간신히 기대고 있었다.

네서스는 한쪽에서만 보이는 거울 뒤에서 갈기를 잡아당겼다. 지구에 닥친 새로운 불행에 집중할 필요가 있었다.

"빨리 끝내도록 하지요."

산지타는 아무 말도 하지 않았다.

"내가 없는 동안 성공했더군요."

네서스가 그냥 이어서 말했다. 공공 데이터베이스에 따르면 그녀는 '부' 자를 떼고 차관이 되어 있었다.

"전에는 정보를 달라고 납치했죠. 지금도 똑같아요?"

네서스는 쿠션 위에서 자세를 바꾸었다.

"그렇습니다. 지그문트 아우스폴러에 대한 정보입니다."

마지못해서이긴 해도 산지타는 뜻에 따랐다. 한 번 해적이란 게 뭔지 물어서 확인하긴 했지만, 조각들이 제자리를 찾기 시작했다. 초라하고 황량한 우주 공항. 네서스가 태양계에 접근하면서 보낸 하이퍼웨이브 메시지에 반응하지 않은 줄리언 포워드. 이 년 전에 그의 주의를 은하 북쪽으로 돌리게 한 실마리를 추적하는 데 실패한 지그문트.

일단 산지타가 입을 열자 말이 쏟아져 나왔다.

"그리고 징크스 정부는 아직도 줄리언 포워드가 어떻게 됐는지 알려 달라고 요구하고 있어요. 아우스폴러는 거부했죠."

그녀는 몸을 앞으로 숙이며 속삭였다.

"내가 보기엔 포워드 그 사람 죽은 거 같아요. 아우스폴러가 죽인 거죠."

네서스는 우연을 믿지 않았다. 산지타의 설명을 들으니 믿을 필요도 없었다.

"그러니까 아우스폴러는 포워드가 어떻게 뉴트로늄을 만들었는지 알아내는 데 집착하고 있다는 거로군요."

네서스가 요약했다.

"맞아요, 맙소사! 안 듣고 있었어요? 아무도 자세히는 몰라요. 아우스폴러가 이야기를 안 하거든요. 해적을 공격하는 일이 끝나면 아무도, ARM의 국장도 아우스폴러에게 정보를 더 내놓으라고는 못 할 거예요. 그 사람은 말하고 싶은 만큼만 말하죠."

네서스는 생각에 잠긴 채 바닥을 발로 찼다. 포워드의 해적 행위는 지그문트의 눈을 퍼페티어 추적으로부터 돌려놓았다. 지그문트는 포워드를 막았다. 네서스는 포워드에게 시민들의 기술을 제공했다. 포워드는 그 기술로 뉴트로늄을 만들었다. 모든 증거는 블랙홀로 빨려 들어가 다시는 볼 수 없다.

"아주 좋습니다. 이만 가도 됩니다."

네서스는 산지타를 멀리 떨어진 부스로 이동시켰다.

그는 포워드가 죽은 사실에 크게 개의치 않았다. 배신자가 되기로 한 건 그 징크스인 스스로의 결정이었다. 하지만 여덟 척의 무고한 승무원들은? 그들은 네서스의 양심에 무겁게 얹혔다.

부드러운 벨 소리가 식사 시간이 됐음을 알렸다. 네서스는 베개 뭉치에서 일어나 혼합 곡물을 조금 합성했다. 대충 식사를 하는 사이 감정은 계속 요동쳤다. 허스가 ARM의 추적에서 안전해졌다는 데서 오는 안도감. 혼자 고향에서 멀리 떨어져 있다는 데서 오는 두려움. 죽음에 대한 죄책감. 지구의 포위망이 풀린 게 경제적인 손해를 복구하는 데 충분할지에 대한 걱정. 두려움과 불확실성, 의심 때문에 기력이 쇠하면서 오는 악영향.

하지만 수많은 익숙한 걱정 속에서 네서스는 흥미로운 아이디어가 새로 떠오르는 것을 느꼈다. 또 다른 인간 공동체가 마음속에 무겁게 자리 잡았다.

지그문트 아우스폴러 같은 사람은 그런 곳에 아주 귀중한 존재일 터였다.

2

살짝 계산식을 건드려 주자 뱀이 똬리를 틀고 있는 메두사의 머리 모양이 변했다. 뱀처럼 구불구불한 다리가 달린 거미로 변신한 메두사는 말도 안 될 정도로 빽빽한 구조 위에서 서둘러 움직였다. 그 구조는 지그문트가 진행 중인 조사를 나타낸 네트워크였다.

– 오, 우리가 정말 복잡한 거미줄을 짠 것 같습니다.

메두사가 말했다.

"귀엽네."

페더도 카를로스 우의 손님용 방에서 네트워크를 이용해 홀로그램으로 참여하고 있었다. 그쪽 반구는 밤이었다. 카를로스는 아마도 자고 있을 터였다. 페더는 하품을 하며 방 안을 서성였다.

"나 피곤해, 지그문트. 빨리 하자고."

나쁠 것 없었다. 그녀에게는 늦은 시간이기도 했다.

"핵심은 이거야. 오랫동안 GPC의 자금은 상당수의 소요 사태를 일으켰다. 아, 물론 증명은 못 하지. 돈 세탁을 정말 잘했거든. 하지만 GPC에서 자산이 빠져나오는 것과 비정상적인 수입 패턴, 세금 회피, '개혁'을 부르짖는 목소리 사이의 상관관계는 단순히 우연이라고 보기 힘들어."

"상관관계는 인과관계가 아니라고 카를로스는 자주 말해."

페더는 손짓으로 지그문트의 말을 막고 계속했다.

"아니, 우리는 당신 조사에 대해서 이야기 안 해. 새로운 오토닥에 쓸 의학 연구 얘기를 하다가 나온 말이야."

당신 조사. 페더의 염색 모양이 갑자기 눈에 들어왔다. 지그문트가 기억하기로 그녀는 피부를 빨갛게 염색한 적이 없었다. '호보 켈리'호에 타고 있을 때 카를로스가 자기가 가장 좋아하는 색이 빨간색이라고 하지 않았던가?

"페더, GPC로 의심되는 이체가 갑자기 사라졌어. 왜일까?"

이번에는 페더가 감추지도 않고 하품했다.

"나도 모르지. 솔직히 말하면 지그문트, 난 왜 당신이 그렇게 신경 쓰는지 모르겠어. 퍼페티어는 사라진 지 오래잖아. 범죄자들은 그냥 돈세탁만 하지 않아. 지금쯤이면 돈을 조종하고 있어야 한다고."

– 소요 사태는 퍼페티어의 자금이 없을 때도 계속됐습니다. 스스

로 유지되는 수준이 됐는데 왜 자꾸 이유를 찾으려는 겁니까?

메두사가 지적했다. 그러고는 네트워크 안에서 돈과 관련되지 않은 연결을 일일이 열거하기 시작했다.

"이건 말도 안 돼, 지그문트."

페더가 끼어들었다.

"우리가 편집증이어야 하는 건 맞아. 하지만 거기에도 선은 있다고. 자, 여기 내가 이론을 하나 말해 줄게. 퍼페티어가 아닌 다른 범죄 집단이 시위를 일으켰어. 그건 전부 그들이 진짜 계획이 끝날 때까지 ARM이 알아채지 못하게 하려는 눈속임이었어."

불량한 태도, 빨간색 염색, 그리고 뭔가 더 있었다. 도대체 뭐가 경보를 울리게 하는 걸까?

"그들의 진짜 계획이라."

지그문트는 그녀의 말을 되풀이했다. 페더가 걸음을 멈추고 통신 장치를 똑바로 노려보았다.

"빌어먹을, 지그문트. 정말 그렇게 바보처럼 굴 거야? 은행 몇 개에 압력을 넣어서 GPC가 버리고 간 계좌 권리를 양도하라고 해. 다른 건 전부 연막이야."

지그문트는 귀에 들리는 말을 믿을 수가 없었다.

"이동 부스를 조작한 게? 그 망할 엘긴 마블스를 훔친 게?"

페더의 눈이 이글거렸다.

"이제야 당신답네, 지그문트. 외계인 관련 내용을 만들어 넣어. 그러면 세상의 절반이 항의하고 있는 부당함을 무시할 수 있잖아. 아무것도 안 하고 우리 관계를 내버려 둔 데 대한 편리한 변명거리도 되고. 뭐, 이제는 우리가 아니지만."

염색. 태도. 그리고 무엇이 신경에 거슬렸는지 지그문트는 깨달았다. 텅 빈 방이었다. 페더는 덜렁이였다. 하지만 방 안은 깔끔했다. 아니, 아무것도 없었다. 센서가 없어도 알 수 있었다. 페더가 짐을 카를로스의 침실로 옮긴 것이다.

사무실 창문으로 쏟아져 들어오는 밝은 아침 햇살에도 불구하고 지그문트는 갑자기 형언할 수 없는 피로를 느꼈다.

"이제 됐어. 잠이나 좀 자."

그는 연결을 끊었다.

– 페더에게 다른 소식을 전하지 않았습니다.

메두사가 말했다. 다시 원래대로 뱀 머리 모양으로 돌아와 있었다. 정교한 관계망은 원래 속해 있는 사이버스페이스로 흩어져 버렸다.

"페더의 임무는 카를로스를 보호하는 데 한정된 걸로 해."

지그문트는 관자놀이를 문지르며 둘의 행복을 바란다고 속으로 중얼거렸다. 하지만 페더의 태도로 보건대 세탁된 자금을 추적하다가 메두사가 얻은 다른 진전을 굳이 공유할 이유는 없어 보였다. 얕잡아 보이듯이 상관관계는 인과관계가 아니라는 충고까지 들을 이유가 어디에 있을까?

지식 연구소는 줄리언 포워드에게 연구비 지원을 끊기 직전에 세탁된 GPC 자금을 엄청나게 기증받았다. 포워드는 또 다른 세탁된 GPC 자금을 받고, 태양계에 포위망을 깔았다.

지그문트는 뼛속부터 알 수 있었다. 숨어 있는 퍼페티어가 아직 활동 중이었다.

3

NP[1]Nature Preserve, 자연 보존 구역은 완전한 시민들의 세상이었다. 그곳에는 위험이 전혀 없었다. 오로지 부끄러움과 비참함뿐이었다.

베데커는 공중 부양 콤바인의 운전대에 앉아서 몸을 떨었다. 바람 부는 소리와 뭔가에 걸린 기계에서 나는 불쾌한 소리가 열린 창문을 통해 들어왔다. 결국 그는 창문을 올렸다. 더 추웠지만, 애초에 창문을 내렸던 것이나 그게 그거였다.

마을로 돌아가는 건 쉬웠다. 거대한 벽처럼 다가오는 검은 구름과 간헐적으로 내리치는 강한 번개면 충분한 핑계가 되었다. 폭풍이 지나가고 아침이 오면, 상당량의 작물이 망가져 있을 테고 베데커는 할당량에서 아주 뒤처지게 될 터였다.

기분 나쁘게 지저귀듯 투덜거리며 그는 작업복의 온도를 올렸다. 작업복은 머리를 보호하는 투명하고 투과성 있는 부분을 빼면 전부 밝은 주황색—재활원을 뜻하는 주황색—이었다. 그는 운전석의 오른쪽 문, 이미 수확한 곳으로 나왔다.

바람이 불어오는 쪽을 향해 몸을 기대고 걷노라니 장화를 신은 발굽 아래에서 그루터기가 부스러졌다. 머리 위 하늘은 가장 밝은 부분조차 아무 형체도 안 보이는 음울한 회색이었다.

피투성이 몸통이 흡입구를 막고 있었다. 오는 길에 흘긋 봤던 땅굴 짐승이었다. 단조음으로 욕을 퍼부으며 베데커는 제어판 덮개를 열었다. 동력을 끊은 뒤 도구 상자에서 꺼낸 지렛대로 시체를 파내기 시작했다.

폭풍이 다가오지 않는다면 아직 오늘 안에 수확을 마칠 가능성이 있었다. 새로 배치받은 이곳에서는 그저 그런 작은 성공에 감사하며 살아야 했다. 그마저도 드물었다.

시체 나머지 부분이 깊숙이 박혀 있었다. 베데커는 자기 인생이 얼마나 추락했는지 생각하며 시체를 자르고 베어 냈다. 작업복에 피가 튀었다.

불과 얼마 전만 해도 존중과 적절한 보상을 받으며 지내던 그였다. 그럴 만했다. 그는 협약체가 꼭 필요로 하는 기술과 전문성을 가졌고, 덕분에 GPC에서 명예와 큰 책임이 있는 지위에 있었다. 지금처럼 농장 행성에서 노예 생활을 하며 합성한 죽을 먹는 게 아니라 그런 행성에서 수확한 천연 음식을 먹고 살았다.

화려했던 시대가 끝나기 전까지 그는 베데커가 아니었다. 하지만 지금 그는 스스로를 베데커라고 부른다. 정확히 어떻게 — 그리고 누구 때문에— 멸시받고 추방당했는지 똑똑히 기억하기 위해서였다. 다시 돌아갈 방법을 찾는 데 집중해야 했다.

모든 건 네서스라는 이름의 구질구질한 정찰대원으로부터 시작되었다.

네서스는 분해검사와 업그레이드를 위해 항성 간 정찰선을 허스 궤도에 있는 GPC 시설에 착륙시켰다. 그리고 순간 이동으로 들어왔다. 세 명의 침입자와 함께.

그 셋 역시 '정찰대원'으로 간주해야만 했다. 어처구니없는 일이었다. 정찰이라는 중요한 일은 오로지 시민의 턱에 달려 있었다. 아무리 견학이라고 해도 다른 종족은 이 시설에 들어올 수 없었다.

베데커는 항의했지만, 네서스에게는 —평판도 나쁜 주제에! — 힘이 있는 친구가 있었다.

"……입니다."

베데커가 억지로 입을 열었다. 통역기는 부드러운 그의 이름을 그냥 먹어 버렸다.

"공장 시설을 안내하겠습니다."

내 시설을.

"오늘은 당신을 베데커라고 부르겠습니다."

네서스가 끼어들었다. 그 부분은 다시 시민에게 통역되지 않았다.

베데커는 곧 작업할 선실 안 업그레이드, 조정 가능한 완충 좌석과 손가락에 적합한 키보드 따위의 사소한 이야기를 늘어놓으면서 '손님'들의 주의를 산만하게 하려고 했다. 이 시설의 주 목적인 '침투 불가능한 선체의 건조'에 대해서는 모호하고 일반적인 이야기밖에 하지 않았다.

하지만 에릭이라는 정찰대원은 쉽게 물러나지 않았다. 계속해서 건조 공정을 보여 달라고 졸랐다.

"그건 허용되지 않습니다. 그곳은 진공 상태를 유지하고 있으니까요."

베데커가 대답했지만, 에릭은 물러서지 않았다.

"압력복을 입으면 됩니다. 우주선 안에 있는……."

"그건 허용되지 않습니다. 압력복 외부에 묻어 있는 가스와 먼지 때문에 공정이 오염됩니다."

베데커는 반복했다. 머리가 목 관절 바로 위에서 왼쪽/오른쪽, 왼쪽/오른쪽으로 강하게 회전했다. 미세 중력밖에 없는 이 시설에서는 갑판에 서 있으려면 발굽의 갈고리로 섬유 고리를 붙잡아야 했다.

"이해가 안 갑니다. 네서스, 우리에게는 '탐험가'호의 선체에 피해를 줄 수 있는 건 많은 양의 반물질밖에 없다고 하지 않았습니까? 어떻게 먼지 조금이 문제가 되는 겁니까?"

다른 인간이 말했다. 오마르였나?

"내가 한 말은 맞습니다. 다만 완성된 선체의 경우를 이야기한 거였지요. 건조 중에는 손상을 입기 쉽습니다."

네서스의 대답을 에릭은 주의 깊게 들었다. 그는 약삭빠른 인간이었다.

"중력의 변이에 굉장히 예민하고, 미세한 오염 물질에도 굉장히 예민하고……. 아주 큰 규모의 나노 기술공정 얘기 같군요."

베데커가 슬로모션으로 보일러가 폭발하는 듯한 소리를 냈다. 그 울부짖는 소리는 통역이 되지 않았다. 네서스는 비슷하지만 좀 더 크고 긴 소리로 니케에게 연락하겠다고 협박했다. 그리고 마치 베데커가 한 말을 아예 무시하듯 평범한 말투로 계속했다.

"GPC는 정보를 거의 공개하지 않습니다. 그 정도를 알아냈으면 나머지 이야기도 하는 게 좋겠군요. 불행히도 여러분은 우주선에 대한 신뢰를 잃게 될지 모릅니다."

식당에서 들리던 소문이 사실이었다! 협약체는 장비를 완전히 갖춘 항성 간 정찰선을 이들 인간—아무 감독도 받지 않는—에게 넘기려 하고 있었다. 베데커는 섬뜩한 기분을 느꼈다. 그는 결심했다. 곧 있을 정밀 수리 때 '탐험가'호의 원격측정기에 감시 장치를 넣어 두기로. 그러면 이 소위 정찰대원들이 무엇을 하고 어디를 가는지 알 수 있었다. 혹시라도 딴짓을 하면 파괴 불가능한 선체 내부에 장착한 폭탄을 터뜨릴 수도 있었다.

네서스의 말이 이어졌다.

"우선, '탐험가'호의 선체는 어떤 손상도 입지 않습니다. 그렇지 않다면 내가 그걸 타고 모험을 떠났을까요? 다만 이야기하지 않은 사실이 하나 있습니다. 선체의 강도는 그 독특한 형태에서 나옵니다. 나노 기술로 원자를 하나씩 붙여 가며 하나의 초분자를 만들지요. 그래서 건조가 끝나지 않은 선체는 불안정합니다. 아주 약간의 오염 물질이나 힘의 불균형만 생겨도 산산이 부서질 수 있습니다. 그런 이유로 이곳에는 인공중력이 없는 겁니다. 통신수단도……."

그는 머리 하나를 빙글 돌려 거대한 궤도 시설 전체를 가리키며 말했다.

"광섬유를 이용하지요."

베데커는 화가 나서 으르렁거리면서 그곳을 빠져나왔다. 시민 외에는 누구도, 설령 시민이라고 해도 대다수는 그렇게 자세히 알 필요가 없었다. 그래 봤자 좋을 게 없었다.

그는 네서스와 인간들이 허스로 가는 셔틀을 타고 떠날 때까지 분을 삭이지 못했다. '탐험가'호에 센서와 원격조종이 가능한 폭탄을 숨겨 놓고서야 간신히 마음을 가라앉힐 수 있었다.

베데커는 투덜거리면서 땅굴 짐승의 남은 갈비뼈 조각을 들어냈다. 그러느라 피와 살덩어리가 작업복 여기저기에 묻었다. 바람이 울부짖었다. 그는 흡입구의 동력을 다시 연결하기 전에 작업복의 온도를 더 올렸다.

'탐험가'호는 시민의 감독 없이 떠났다. 베데커는 자신의 혜안에 자부심을 가졌다. 그는 원격측정 정보를 감시했다. 통역기를 이용해 은밀하게 전달되는 대화를 추출해 들었다. 엿들은 내용에 안심하고 있었다.

그동안 네서스의 정찰대원들은 베데커의 센서를 우회하고, 하이퍼웨이브 부이를 통해 통신을 중계했으며, 폭탄을 해제했다. 아무 감시도 받지 않은 채 그들은 협약체의 가장 은밀하고 보안이 철저한 시설, 잠재성이 큰 무기를 보관하고 있는 시설에 침투했다. 그 무기를 꺼내기 위해 GP 선체를 파괴함으로써 베데커의 운명이 이곳으로 향하게 만들었다. 그리고 그 무기를 이용해 협약체로부터 헤아릴 수 없을 정도로 가치 있는 보상을 빼앗았다.

운전석은 아직 따뜻했다. 전방의 폭풍은 제자리걸음을 하고 있었다. 베데커는 수확을 계속했다. 콤바인은 끌고 다니는 도약 원반을 통해 끝없이 곡물을 멀리 떨어져 있는 창고로 보냈다. 찌꺼기와 먼지, 나뭇가지와 이파리, 땅굴 짐승의 잔해는 땅으로 떨어졌다.

싸락눈이 내리는 소리가 들리자 베데커는 마침내 헛간으로 돌아가는 먼 길에 나섰다. 운전석에 있으면 싸락눈은 아무런 해도 끼치지 못했지만, 그럼에도 그는 몸을 뒤틀었다. 억센 작업복 때문에 갈기를 쥐어뜯을 수도 없었다.

애초에 협약체의 우주선을 넘겨준 것부터가 실수였다. 네서스의 실수였다! 베데커가 스스로 판단해 설치한 안전장치는 실패했다. 하지만 그게 그의 잘못일까? 아무 감독도 안 받은 정찰대원이 별 사이 어딘가에서 반물질을 발견한 건 또 왜 그의 탓이 되어야 하는가!

그러나 베데커는 책망을 받았다. 정찰대원은 희귀한 존재라 책임을 지우기가 어려웠다. 그리고 누군가는 죄를 짊어져야 했다. 과거를 바꿀 수는 없는 노릇이었다. 어디서 많은 양의 반물질을 찾을 수 있는지 알 도리는 없었다. 누구도 알 수 없었다! 그라고 해서 어떻게 그런 걸…….

베데커는 양쪽 목에서 거슬리는 소리를 내며 자기 연민을 헤치고 나아갔다. 뭘 할 수 있지? 반물질을 쓰지 않고도 GP 선체를 분해할 수 있을까?

돌연히, 매우 놀랍게도, 베데커는 그게 불가능하지 않다는 사실을 깨달았다.

4

"요원님 돈은 잘 썼어요. 후한 보너스도요."

앤더가 말했다. 그는 징크스에서 갓 돌아와, 여전히 불어난 몸에 음식을 집어넣고 있었다.

"보너스를 준 기억이 없는데."

지그문트는 이 킬로그램짜리 고베 소고기가 보너스였다는 말은 덧붙이지 않았다. 앤더는 말없이 미소를 짓고, 디저트 수레를 밀며 지나가는 여자를 향해 손가락을 까닥였다. 태도가 건방질수록 더 좋은 소식이 있는 거지. 지그문트는 생각했다.

카놀리 두 개와 바클라바 한 조각이 앤더 앞에 놓이자 지그문트는 통신 장치를 꺼냈다.

"프로토콜 감마."

음성 소거, 도청 방지, 그리고 독순술사를 방해하기 위해 탁자 주위에 두른 반투명한 홀로그램 스크린. 빨강, 노랑, 녹색 점들이 천천히 스크린 위에서 이리저리 돌아다녔다.

"이제 마음대로 말해도 돼."

앤더는 냅킨으로 입술을 닦았다.

"내 보너스 얘기만 빼고 마음대로겠죠. 그건 전적으로 요원님의 판단에 맡겨 둘게요."

지그문트는 대꾸 없이 기다렸다.

"알았어요. 우리 계획을 성공으로 이끌기 위해 내가 떠들썩하게 술을 마셔 댔다는 걸 알면 재미있어하실 거예요."

앤더가 고개를 살짝 기울이고 뭔가 즐거운 기억을 떠올리는 듯 미소 지었다.

"일단 받아들여지면 아무리 서쪽 적도대라고 해도 즐거운 법이죠. 나와 함께 징크스로 가야 해요."

지그문트는 움찔했다. 포워드 기지에서 간신히 지구로 돌아오면서 평지 공포증과 함께 거의 마비 상태에 이르렀기 때문에 지구를 떠난다는 생각만 해도 겁이 났다. 시차가 전혀 없는 하이퍼웨이브가 작동하는 구역인 오르트 구름까지의 짧은 거리도 무리인 상태에서 앤더와 더 먼 길을 떠난다는 건 말도 안 되었다.

"이미 보너스는 탄 것 같군."

지그문트가 말했다. 카놀리 하나가 사라지고, 부스러기가 탁자보 위에 떨어졌다.

"지시받은 대로 그레고리 펠턴이 고용한 일꾼들과 친구가 됐어요. 그 과정이 재미없지 않았다는 건 인정하죠."

"그리고?"

"재촉하면 재미있는 부분은 다 빠지잖아요. 당연히 결국 고용이 됐죠. 술친구 하나가 날 추천했어요. 물론 처음부터 핵심 인원이 될 수는 없었지만, 뒷방 사무실에서 나름 책임 있는 자리를 잡았어요. 무슨 일이 벌어지는지, 누가 핵심 인원인지 알 수 있을 정도 거리는 됐죠, 내 생각에는."

앤더는 포크를 내저으며 말을 이었다.

"맞아요, 알아요. 책임 있는 자리를 잡았다면서 어떻게 떠나올 수 있었냐는 거죠?"

웅성거리는 소리가 음성 소거 효과를 뚫고 들어왔다. 알아들을 수 없는 소리였다. 여기서 흘러 나가는 단편적인 소리 역시 마찬가지일 것이다.

"그래, 어떻게지?"

"중간 관리자가 좋은 게 그런 거예요. 기계 속 부품 하나일 뿐이니까. 좀 쉬어야 된다고 했는데, 별로 신경 쓰는 사람이 없더라고요. 여동생 핑계를 댔죠. 여동생이 평지인 폭동에서 체포되었다고."

앤더는 갑자기 연기하듯 목소리를 낮췄다.

"그리고 여동생을 풀려나오게 할 수 있을 것 같다, 그런 호의를 얻으려면 직접 만나야 한다고 말했죠."

종업원이 갓 내린 커피를 들고 지나갔다. 지그문트는 종업원이 완전히 지나치기를 기다렸다가 물었다.

"그래서 뭘 알아냈기에 암호화한 기록으로는 보낼 수 없었다는 거지?"

앤더는 음모를 전하듯 몸을 앞으로 숙였다.

"펠턴의 작은 비밀이죠. 그가 대규모 탐험을 계획하고 있는 이유요. 물론 목적지 좌표는 못 알아냈지만."

"그 비밀이 뭔데?"

지그문트가 재촉하자 앤더는 거들먹거리는 웃음을 지었다.

"반물질. 그자는 빌어먹을 반물질로 된 세계를 찾았어요."

가장 기이한 세계.

펠턴의 얼굴에 나타난 '나는 네가 모르는 걸 알고 있다'는 식의 능글맞은 웃음은 몇 년 동안이나 지그문트를 성질나게 했다. 이제 그 능글맞은 웃음도 끝이었다.

"앤더, 보너스를 받아야겠군."

"멋지네요. 축하의 의미로 브랜디 어때요?"

앤더는 종업원에게 손짓했다.

"세르보아 아르마냑. 2588년생이면 어떨까요?"

한때 페더가 툭하면 상기시켰듯이, 지그문트에게는 돈을 물려줄 자식이 없었다. 페더와 카를로스를 생각하자 느껴진 고통은 술을 마셔야 하는 또 다른 이유가 되었다.

"좋지."

앤더는 보고를 계속했다.

펠턴이 바라고 도전하는 탐험이 서서히 분명해졌다. 평범한 우주선은 빠르게 움직이는 반물질계와 랑데부하기에 충분한 연료 용량을 갖고 있지 않다. 일단 도착하면 그다음은? 반물질 항성풍이 이미 GP 선체를 파괴한 바 있었다. 생존하기 위해서는 절대 고장 나지 않는 전자기파 보호막으로 대전된 반물질 입자의 방향을 바꿔야 한다. 동시에 역시 동작이 완벽하게 보장된 레이저로 날아오는 중성 반물질 입자를 쏘아 이온화시켜야 한다.

어쩌면 항성풍에서는 반물질을 충분히 채취할 수 없을지도 몰랐다. 지그문트는 메두사를 시켜 앤더가 행성 자체에서 채굴하는 개념에 대해 말하는 세부 사항—일부는 구체적이었지만, 추측성인 게 더 많았다—을 기록하게 했다. 중력을 이용해 떠 있는 기지. 반물질 표면을 증발시키는 고출력 레이저. 이온화된 증기를 붙잡는 자기장 용기.

"위치를 누가 알고 있나?"

지그문트의 물음에 앤더는 눈을 깜빡였다.

"물론 그레고리 펠턴이 알죠. 현장에는 배리 켈러만, 타비타앤웡, 돈 크레이머, 멜라니 도나텔로가 있어요. 그 사람들이 핵심인물이죠. 우리 친구 베어울프도 알고 있을 게 분명하고. 코끼리와 같이 다녀왔으니까요. 하지만 그 시설에서는 본 적이 없네요."

증거만 충분하면 펠턴을 쥐어짤 수 있을 텐데!

사무총장이 앤더의 말만 믿고 그렇게 하리라고는 상상할 수 없었다. 그럴 리가 없다. 시도했다가는 ARM 정보원이 침투했다는 소식이 펠턴에게 전해질 수도 있었다. 펠턴은 접근 불가, 베어울프도 마찬가지. 빌어먹을!

좀 더 확실한 증거가 필요했다.

"방금 말한 내부자들은 다 징크스인인가? 베어울프와 펠턴을 빼면 말이야."

지그문트가 물었다.

향기롭고 더럽게 비싼 브랜디 한 잔이 앞에 놓였다. 시음도 안 한 새 술이었다.

"거의요. 크레이머는 평지인이니까."

"그 안에 관료도 있어?"

앤더는 씩 웃었다.

"징크스 정부요? 없을걸요. 서쪽 적도대는 아주 작고 단단히 엮인 공동체예요. 그래서 들어가는 데 그렇게 오래 걸렸죠. 종국에는 평지인인 게 아마 도움이 됐을 거예요. 크레이머가 인사 문제를 맡고 있는데, 너무 조심스러워요. 정부나 지식 연구소 사람이 끼어드는 걸 싫어하죠."

또 그 이름이었다. 익숙한 이름이지만, 지그문트는 어디서 들었는지 생각이 나지 않았다.

"메두사, 돈 크레이머에 대한 정보가 있나?"

물론 메두사에게 직접 물은 건 아니었다. 그가 들고 다니는 부분은 메두사의 일부였다. 사생활 보호 스크린에 가로막힌 나머지 부분은 넷에 남아 있었다.

– 그레고리 펠턴의 오래된 사업 동료입니다.

그래도 어딘가 익숙했다.

"우리의…… 다른 조사와 관계가 있나?"

앤더는 퍼페티어 추적과 관련이 없었다. 메두사는 그 정도 암시를 알아챌 수 있을 정도로 섬세했다.

– 있습니다. 원하신다면 화면에 띄워 드리겠습니다.

앤더도 눈치를 챈 모양이었다. 지그문트가 자기만 볼 수 있도록 통신 장치를 기울이는 동안 브랜디에 주의를 기울이며 일부러 시선을 다른 데로 돌렸다.

"띄워 봐."

지그문트가 말했다.

복잡하게 얽힌 메두사의 그물망이 조그맣게 나타났다. 그물망을 움직이고 확대하자 그래픽으로 나타난 구석 부분밖에 보이지 않았다. 크레이머가 지닌 것으로 추정되는 GPC의 소규모 자금 근처에 기호가 몇 개 나타났다.

'상관관계는 인과관계가 아니다.'라는 말이 조롱하듯 지그문트에게만 들렸다.

크레이머는 GPC의 자금을 받지 않았을 것 같았다. 그 자신도 돈이 많았다. 혹은 펠턴의 것이거나? 어쩌면. 하지만 지그문트는 다르게 설명할 수 있었다. 그는 접근 불가인 펠턴의 동료에 대해서 전부 알고 있었다. 어쩌면 크레이머는 접근하기에 너무 위험한 사람일지도 몰랐다.

전지전능에 가까운 그의 조수 메두사에게는 문제가 하나 있었다. 드물게 곁에 없을 때의 상황에 대처할 수 없다는 점이었다. 몇 년 전, 전자 기기가 작동하지 않는 맨해튼의 회원 전용 사설 클럽 안에서처럼. 당시 펠턴이 했던 말이 떠올랐다.

'나도, 내 친구도, 내 동료도 마찬가지요. 앞으로 다이애나 거스리, 베어울프 섀퍼, 샤롤 얀스, 돈 크레이머나 나와 가까운 누구에게도 관심을 갖지 마시오.'

지그문트는 돈 크레이머가 누군지 추적해 보기로 마음먹었던 일을 떠올렸다. 너무 많은 일이 벌어지는 바람에 잊고 있었다.

"겹치는 건 없나?"

관계망이 앤더가 언급했던 조직 내의 친구와 동료로까지 확장되었다. 대부분은 '비정상적인 특징 없음'을 뜻하는 단순한 하얀색 아이콘으로만 보였다. 이른바 핵심 인물에 가까운 아이콘 몇 개는 가장자리가 다양한 농도의 보라색을 띠었다. 퍼페티어의 자금이 의심된다는 뜻이었다.

"메두사, 어떻게 생각해?"

뱀이 몸부림쳤다.

– 반물질 항성계의 위치를 알아내려는 건 우리만이 아닙니다.

지그문트는 센트럴 파크를 배회했다. 저녁나절의 미풍이 소맷자락을 펄럭였다. 낙엽이 다리 주위를 감싸며 발아래서 부스러졌다. 캅스아이즈 한 대가 머리 위에 떠 있었다. 음정이 안 맞는 그의 휘파람 소리에는 관심이 없어 보였다.

퍼페티어와 징크스인이 펠턴의 계획에 대해 아는 수준이 지그문트와 비슷하다는 건 거의 확실했다. 그건 펠턴이 위협적이라는 소리였다. 그가 반물질로 무엇을 할 계획인지는 아무도 몰랐다. 계획은 아무래도 상관없었다. 펠턴의 목적이 실용적이고 무해하다고 해도 인간의 우주에 대량의 반물질이 존재한다는 사실 자체를 용납할 수 없었다. 펠턴이나 부패한 그의 동료, 혹은 암약하는 퍼페티어, 어느 쪽이 반물질을 가져가든 그런 위험은 두고 볼 수 없었다.

하지만 반물질을 수집하는 건 확실히 어려운 일이었다. 무슨 일이 어떻게 잘못될지 몰랐다.

이번에 앤더는 꽤나 모호한 액수의 보너스를 기대하며 징크스를 떠났다. 그 보너스를 받기 위해서 할 일은 그저 몇 가지 일이 잘못되도록 만드는 것이었다.

5

인간과 어울려 살면서 공용어를 배우기 전까지 아킬레스는 자신을 제대로 묘사하는 단어를 접하지 못했다. 그는 반항아였다.

시민들 사이에서 의견의 불일치는 드물었다.

물론 의견의 차이는 있었다. 예술과 음악, 패션 쪽에서는. 공공정책에 대해서라면, 협약체는 오래전부터 두 개의 거대 정당으로 나뉘어 있었다. 실험당은 어떤 보수당원도 내놓지 않을 행동을 옹호했다.

하지만 아킬레스는 인간과 크진 세계에서 이미 목격했다. 진짜 정치와 권력을 향한 진정한 싸움을. 허스에는 둘 다 없었다. 허스의 지배권에 대한 책임은 대중의 여론이 압도적으로 뒤집힐 때나 실험당과 보수당 사이를 오갔다. 그래 봤자 아무것도 변하지 않을 때도 많았다. 최후자가 누구든 간에 외계인 업무는 주로 실험당이 담당했고, 사회정의는 보수당의 역할이었다.

그러면 두 당이 뭐가 다르다는 말인가?

아킬레스는 갑판을 두껍게 덮은 풀밭을 앞발굽으로 부드럽게 팠다. 허스 밖으로 나오는 최후자란 드물었다. 하지만 일어날 가능성이 희박한 만약의 사태를 대비해 준비하고 있는 우주선은 사치스러웠다. 그는 고향 세계를 떠나는 데 필요한 정신적인 유연함에 대해 고민해 본 뒤 냉소적인 생각을 털어 냈다. 두 당은 확실히 달랐다. 보수당원 중에는 허스를 떠나 본 자가 전혀 없었다.

아킬레스는 휴게실의 떠들썩한 편안함 속에서 곧 있을 회의를 기다렸다. 혼자만의 생각에 잠긴 채 그곳에 있는 승무원들을 향해 조소를 던졌다. 그들은 아마도 스스로 용감하다고 여기고 있을 터였다. 그래 봤자 농장 행성을 오가는 정기선보다 아주 조금 더 온 수준이었다. 하이퍼스페이스로 도약할 필요는 전혀 없었다. 이번 여행은 네서스와 하이퍼웨이브로 이야기를 나누기 위해 특이점 바로 바깥까지만 나온 것에 불과했다.

과거 그 단어를 알기 전에 아킬레스는 네서스도 자신과 같은 반도이기를 바랐었다. 하지만 이제는 네서스가 그저 얼빠진 녀석에 불과하다는 사실을 알았다.

서로 노래하듯 이야기를 나누며 승무원들이 지나갔다. 몇몇은 생각에 잠긴 아킬레스를 방해한 데 대해 사과했다. 대부분은 신경 쓰지 않거나 알아채지도 못했다. 그는 그들 전부를 무시했다.

휴게실의 주 전망 창을 내다보면 다른 것보다 훨씬 밝은 별이 하나 보였다. '생명의 수여자'라고 불리던 별이었다. 한때는 실제로 그랬다. 그 별은 적색거성으로 팽창하면서 거의 모든 생명을 앗아 갈 뻔했다. 허스를 이동시키는 것만이 무리를 살리는 ―동시에 수많은 이들을 영구적인 마비 상태에 빠뜨렸지만― 유일한 방법이었다.

이제 그들은 천천히 죽어가는 태양이 아니라 은하계 전체의 죽음으로부터 도망가고 있었다.

아킬레스는 '생명의 수여자'를 바라보며 해변을 걷던 일, 그와 마음이 맞는다고 믿던 영혼과 함께했던 일을 떠올렸다. 적색거성은 지평선 아래에 낮게 걸려 있었다. 수천 개로 쪼개진 반사광이 파도 위에서 빛났다.

“탐험을 하면 얻는 게 있습니다. 그중에는 허스에서는 전혀 얻을 수 없는 사생활의 자유가 있지요.”

아킬레스가 말했다. 그건 부분적으로 사실이었다. 이런 목가적인 보존 지역에서는 정찰대원도 조울증이 심한 자아를 좀 더 잘 적응한 자아로부터 떨어뜨려 놓기 쉬웠다.

피보호자 한 명이 아킬레스 옆으로 걸어왔다. 발굽에서 모래가 흩날렸다. 이 어린 친구는 아직 정찰대원으로서의 이름을 고르느라 고민 중이었다. 지금은 네서스라는 켄타우로스 이름에 기울어 있었다.

“여기에 익숙해질 수 있을 겁니다.”

아닐걸. 아킬레스는 생각했다. 너는 생의 대부분을 외부 세계에서 보낼 거고 동료 부적응자조차도 만나기 어려울 정도로 홀로 살아야 할 거다. 아무런 보람도 없이. 나와 뜻을 같이하지 않는다면 말이지.

“일몰이 아름답군요.”

그들은 해변을 따라 천천히 걸었다. 따뜻한 파도가 모래밭을 타고 올라 발굽 주위에서 맴돌았다. 왼쪽으로는 높게 솟은 생태 건물이 해변에 빙 둘러 서서 하늘을 가렸다. 오른쪽, 즉 바다 쪽 경치는 완전히 달랐다. 수평선까지 뻗어 있는 큰 파도 위로 별이 반짝거렸다.

아킬레스는 풍경으로 할 말을 대신했다.

"아주 평화롭습니다. 제가 졸업한 뒤 떠날 때 우리가 보호해야 할 것의 일부로 이 풍경을 기억하겠습니다."

마침내 네서스가 입을 열었다.

"하지만……."

아킬레스는 말을 멈추고 잠시 바다를 바라보았다. 항상 그런 식이었다. 영입하지 않는 게 최선일 것 같았다.

"……아닙니다."

"하지만…… 다음에 하려던 이야기가 뭐지요?"

네서스가 신뢰와 존경의 화음을 담아 섬세하게 노래했다. 아킬레스는 바다 위를 쓱 둘러보았다.

"얼마나 텅 비어 있는지 보십시오. 우리는 행성이 가득 찼다고 배웠습니다. 그래서 소수만 신부를 허락받을 수 있는 거지요."

"물론 가득 차 있습니다."

네서스의 대꾸는 신속했고 배운 대로 정론에서 벗어나지 않는 것이었다. 하지만 그 어조에는 당황스러움이 깔려 있었다.

네서스가 혼란스러워하는 건 이미 예측한 상황이었다. 정찰대원 훈련생들은 이 정도 시점에서 가장 약했다. 외로운 자와 부적응자 모두 난생처음으로 소속될 수 있다는 가능성이 손을 뻗으면 잡을 수 있는 것처럼 보였다. 대부분은 탐험가 무리에 들어오기 위해 무슨 일이든 하려 했다.

바로 이때가 능란하고 능숙하게 네서스를 다른 공동체로 영입할 수 있는 순간이었다. 멀리서 몇몇 젊은 동지들이 새로운 동료를 맞이하라는 신호를 기다리며 지켜보고 있었다.

아킬레스는 걸음을 멈추고 목 하나를 곧게 세워 하늘에서 가장 밝은 별을 가리켰다.

"생명의 수여자, 우리를 보살펴 준 별입니다. 그리고 때가 왔을 때 저 별은 훌륭한 아버지다운 일을 했습니다. 자손으로 하여금 스스로 책임질 수 있게 용기를 북돋아 준 것이지요."

네서스는 한동안 말이 없었다. 비유를 이해하기 위해 애쓰는 듯했다.

"엄격한 부모로군요. 허스를 원래 궤도에 놓아두었다면 모조리 불타 버렸을 겁니다. 멸종입니다."

아킬레스는 머리 둘을 세우고 다리를 넓게 벌려 자신감 넘치는 자세를 취했다.

"가장 간단한 방법은 허스를 아주 천천히 옮기는 것입니다. 생명의 수여자가 확장하는 것에 맞춰서요. 다음으로 간단한 방법은 그 즉시 허스를 최종 궤도로 옮긴 뒤 인공 태양으로 주위를 두르는 겁니다. 하지만 실제로 어떻게 되었습니까?"

"유전공학을 통해 적외선으로 광합성을 할 수 있게 만든 플랑크톤을 바다에 뿌렸습니다. 위험에서 벗어나 항성계 가장자리로 가면 하늘이 어두울 테니까요."

학생이 대답했다.

"무리가 한 일은 위험에서 벗어나는 위치로 옮겨 가는 것 이상이었습니다. 바로 이게 우리가 배우지 않은 역사지요. 우리 세계는 저 별이 최초로 불안정한 기색을 보이기 전부터 위기에 빠져 있었습니다. 허스는 오천억 명에 달하는 주민과 산업에서 나오는 폐열로 뜨거워지고 있었던 겁니다."

아킬레스가 분명히 했다. 다시 걷기 시작하며 그는 젊은 정찰대원과 옆구리가 스치도록 가까이 붙었다. 붐비는 생태건물과 상점가처럼 당연하게 접촉할 수밖에 없는 곳이었다면 마음은 안정돼도 딱히 개인적인 감정은 느껴지지 않았을 터였다. 하지만 이렇게 텅 빈 해변에서의 접촉에는 의미가 있었다.

"우리는 인구를 제한하고 있던 열에서 벗어났습니다. 몇 세대만에 시민의 수는 두 배가 됐지요."

그들은 생각에 잠긴 채 조용히 걸었다.

"그에 따르는 결과도 있었습니다. 많은 이들이 미쳐 버렸다고 들었습니다."

네서스가 마침내 말했다.

물론 일부는 그랬다. 하지만 거의 대부분 보수당원이었다. 그런 고대의 역사는 다른 신입보다 네서스에게 더 많은 의미가 있을 터였다. 아킬레스는 이 정찰대원 후보의 기록을 이미 조사했다. 네서스는 대대로 보수당인 집안 출신이었다.

네서스의 말이 이어졌다.

"하지만 지금은 세계가 가득 찼습니다. 그렇지 않습니까?"

파도에 닳아 둥근 바위 무더기를 파도가 때리며 흩어진 물방울이 바위를 적셨다. 아킬레스는 네서스를 응시했다.

"바다 밑은 아닙니다. 세계 표면의 대부분은 바다지요."

일조 명의 시민 중에서 일부를 제외한 대다수는 거대한 구조물 깊숙한 곳에 켜켜이 쌓인 네모난 공간 속에서 살았다. 숨 쉬는 공기는 도약 원반에 붙은 필터를 통해 공급받았다. 볼 수 있는 하늘이란 홀로비전으로 경험하거나, 순간 이동으로 어딘가에 가서 보는 것이었다. 그런 상자가 바다 속으로 들어간다고 해서 삶이 달라질 게 뭐가 있겠는가?

아킬레스는 자신의 비전을 쏟아 냈다. 침투 불가능한 선체 물질로 만든 생태건물이 대양의 바닥을 가득 채우고 있는 모습을. 그렇게 한다면 물론 허스는 두 배, 아니 세 배나 되는 시민을 부양할 수 있었다.

근처에서 기다리는 젊은 동지들이 늘어났다. 전부 과거에 가입시킨 자들이었다. 아킬레스는 그 절차를 갈고닦아왔다. 첫째, 접근. 호감을 사고 싶어 안달이 난 피보호자를 카리스마로 압도한다. 학교의 고위직이 보이는 개인적인 관심 정도면 대개 충분했다. 다음, 몇몇 동료들의 따뜻한 환대. 마지막으로 전체 모임. 점점 커 가고 있는 아킬레스의 그룹에 신입—모든 정찰대원 훈련생이 그렇듯 외로운 부적응자들이었다—을 받아들인다.

그가 지정한 몇몇 신입 회원이 각자 맡은 역할을 수행하려고 슬그머니 다가왔다. 키가 크고 몸이 유연하며 울리는 콘트랄토 목소리를 지닌 베스타. 춤추는 듯한 녹색 눈과 놀라울 정도인 황동색 얼룩을 지닌 클로소. 줄무늬가 선명한 닉스. 그들이 다가오자 아킬레스는 그들의 멋진 미래를 열광적으로 늘어놓았다. 열정이 가득한 목소리가 울려…….

그때, 네서스가 뒤로 물러났다!

"이해가 안 됩니다. 생태건물들의 폐열은 어떻게 합니까? 해저에서부터 끓어오릅니까? 바다는 세계의 폐로 남아 있어야 합니다."

신경질적인 울음소리가 흘러나왔다.

"전에도 플랑크톤의 유전자를 조작한 적이 있지요. 필요하면 플랑크톤을 다시 조작하면 됩니다. 좀 더 열에 강하도록."

대꾸하는 아킬레스의 목소리에 짜증 난 기색이 어렸다. 방금 다 이야기하지 않았던가? 추종자들이 네서스의 건방진 말투를 들을지도 몰랐다.

"알겠습니다. 이론상으로는 그렇겠지요."

네서스는 신념에 따라 장식을 하지 않은 갈기를 잡아당겼다. 그 반사적인 동작은 그가 한 말이 거짓임을 드러냈다.

닉스가 가까이 다가왔다.

"외람되지만, 방금 해저의 메탄 클래스레이트*를 교란하는 게 어떤 의미인지 궁금해졌습니다."

"메탄 클래스레이트? 그게 뭐 어쨌다는 말입니까?"

아킬레스가 화가 나서 쏘아붙였다.

"해저 침전물 속 얼음 안에 갇힌 메탄입니다. 그게 풀려나면……."

클로소가 끼어들려는데, 아킬레스가 노래하듯 외쳤다.

"조용히 하십시오!"

즉각적인 복종을 요구하는 말투였다.

---

* clathrate, 주인 분자나 주인 분자의 격자에 의해 만들어진 바구니에 손님 분자가 내포된 내포 착화합물.

"나도 그게 뭔지 압니다."

하지만 거짓말이었다. 그런 건 아무래도 상관없었다. 아킬레스가 진짜 관심 있는 건 이론상으로 부양할 수 있는 수조 명의 시민이었다. 물론 온갖 의문이나 예상치 못한 결과가 나올 수 있었다.

하지만 일단 중요한 건 시험 삼아 생태건물 한 채를 해저에 배치해 보는 것이다. 그런 시험에는 자원자가 많이 필요했다. 가능한 한 빨리 충분한 충성 서약을 받아 낼 수 있다면, 정찰대원이야말로 가장 생각하기 쉬운 대상이었다. 그리고 연구 인력에는 잠재적인 신부들이 있는 '여인의 집'이 포함되어야 했다.

아킬레스는 그들의 최후자가 될 터였다. 모두를 지배하는 해저의 지배자.

훈련생 네 명이 그를 둘러싸고 불확실한 점에 대해 시끄럽게 논의했다. 모래 언덕 위에는 다른 무리가 지연 사태에 혼란스러워하며 모여 있었다.

아킬레스는 네서스를 향해 큰 소리로 말했다.

"여기를 떠나십시오. 난 당신이 유치하게 상상력도 발휘하지 못하는 것을 참을 수가 없습니다."

주위에서 웅성거리는 소리가 점점 커지는 일에 대처해야 했다. 마음속에서 아킬레스는 이미 해저 생태건물의 최후자였다. 그의 권위는 존중받아야 했다.

네서스는 추종자들의 마음속에 의구심을 불러일으켰다. 언덕을 굴러 내려가는 조약돌처럼 소란이 더 커질 수 있었다. 불협화음을 가라앉히지 못한 채 아킬레스는 훈련생들에게 기숙사로 돌아가라는 명령을 내렸다.

얼마 뒤, 외무부는 정찰대원 학교의 조직을 개편했다. 그리고 그는 사상 처음으로 크진에 배치되었다.

장식 띠 주머니에 들어 있는 통신기가 나직하게 울렸다.

"아킬레스입니다."

아킬레스는 부드러운 목소리로 대답했다.

"최후자님의 방으로 오시랍니다. 하이퍼웨이브 통신으로 네서스와 연결했습니다. 조만간 회의가 시작됩니다."

공명하는 콘트랄토 목소리였다.

아킬레스는 푹신한 의자에서 내려온 뒤 고개를 돌려 잠시 두 눈을 마주 보았다. 일부 추종자는 여전히 한결같이 남아 있었다. 충성스럽고 유순한 베스타가 현재 '비밀 임원회'의 수장이라는 사실을 생각하면 아킬레스는 마음이 따뜻해졌다.

6

이안 지라드는 조그마한 어린이용 탁자에 웅크리고 앉아 입을 오므리고 집중하고 있었다. 통통한 손으로 잡은 스타일러스 펜으로 태블릿에 뭔가 열심히 그렸다.

LA에 있는 안드레아의 아파트에서 지그문트는 그녀 옆에 앉아 있었다. 안드레아는 염색을 지우고 우주여행에 대비해 깨끗하게 씻은 상태였다—어젯밤까지만 해도 지그문트는 그녀가 금발이라는 사실을 전혀 몰랐다. 죄책감은 쉽게 지워지지 않았다. 아들이 그림을 그리는 모습을 지켜보는 얼굴에 그대로 드러났다. 아들을 떠난다는 죄책감 속에는 일말의 흥분도 있었다. 이번은 안드레아가 처음으로 맡은 장거리 임무였다.

지그문트는 이안의 작품을 좀 더 잘 보기 위해 일어섰다. 막대기 같은 모양 두 개가 보였다. 커다란 머리에서 곧바로 팔과 다리가 나와 있었다. 둘 사이에는 높이가 비슷한 삼각형이 있었다.

"누구지?"

지그문트의 물음에 이안이 고개를 들었다.

"엄마하고 아저씨요."

안드레아는 지그문트가 멍하니 있다가 갑자기 깜짝 놀라는 모습을 보고 웃었다.

"그냥 선배가 여기 있어서 그린 거예요."

그가 여기서 밤을 보냈기 때문이거나, 그걸 보고 떠올린 어린이다운 기대 때문은 아니었다.

"누가 누구니, 이안?"

이안이 손가락으로 가리키며 말했다.

"까만 옷이 아저씨죠, 바보같이. 엄마는 색깔 옷을 입잖아요."

안드레아가 눈을 반짝이며 또 웃었다.

"그림 참 예쁘네. 아저씨는 네 그림에 익숙하지 않아서 그래."

지그문트는 어쩌다 이렇게 됐는지 궁금했다. 그는 즐거운 마음으로 돌아왔다. 이곳은 따뜻하고 편안했다. 안드레아의 의도는 수수께끼였다. 그가 아는 한 어젯밤은 그저 비행 전의 불안함 때문이었다.

"이게 집이니?"

그가 또 물었다.

"아니요!"

이안은 삼각형 아래에 선을 마구 그었다. 불꽃?

"이거 우주선이에요. 엄마가 타고 가는 거 같은 우주선."

물론 '호보 켈리'호가 발사될 때는 무반동추진기를 쓴다. 핵융합 엔진이 있지만, 무기로도 쓸 수 있어 만약 지구에서 핵융합 엔진을 쓰면 조종사는 체포되는 즉시 장기은행으로 직행이었다.

안드레아가 고개를 젓는 모습을 흘긋 보고 지그문트는 입을 다물었다. 세 살짜리 아이에게 그런 말을 굳이 할 필요는 없었다.

"우주선이 멋지구나."

지그문트가 말하자, 안드레아가 입 모양만으로 칭찬했다.

'잘했어요.'

아이를 기른다는 건 얼마나 단순한 즐거움인가. 안드레아는 화학약품을 통해서만 편집증을 겪었다. 출산권을 얻는 데 전혀 문제가 없었다. 비록 짧은 결혼 계약만 맺었다는 사실을 알고 있음에도 지그문트는 떠나 버린 아이 아빠가 바보라고 생각했다.

이안과 시간을 좀 보내다 보니 카를로스의 아이를 기르는 베어울프를 갑자기 이해할 수 있었다. 페더의 집착도 이해가 갈 듯했다. 어쩌면 그를 향한 페더의 분노도.

지그문트는 죄책감이 들었다. 전보다 더 그런 걸까? 그가 반신반의하는 이유를 안드레아가 짚어 낼지도 모른다는 사실 때문에 죄책감이 더 들었다.

"아가야, 좀 있으면 티나 이모가 올 거야. 멋진 그림은 이제 저장하고 태블릿은 치우자."

안드레아가 문가에 놓인 뚱뚱한 가방을 가리키며 말했다. 이안은 화가 난 듯 선을 더 그려 대기만 했다.

"이안, 진짜야. 그만 끝내."

"엄마, 집에 있어요."

이안이 말했다. 그러고는 스타일러스 펜으로 삼각형 모양의 로켓에 동그라미를 그린 뒤 검은 막대기 모양 위로 끌고 가며 덧붙였다.

"아저씨만 가요."

지그문트는 그 자리에 얼어붙었다. 가슴이 두방망이질 쳤다. 그도 부모님에게 떠나지 말라고 간청했었다. 열 살 때의 일이다.

"이안, 엄마는 가야 해."

안드레아는 지그문트를 슬쩍 보더니 태블릿의 저장 버튼을 누른 뒤 들어 올렸다.

"올 수 있으면 아저씨가 올 거야."

하지만 그럴 수 없었다! 어린 시절의 악몽이 카를로스가 안에서 죽어 가고 있는 오토닥의 빨간 불빛과 뒤섞여 나타났다. 지그문트는 고개를 흔들었다. 다시 지구를 떠날 수 있을까? 가능하다고 해도 '호보 켈리'호를 타고서는 아니었다.

"티나 이모랑 있으면 재밌을 거야."

이번에는 진짜라는 투로 안드레아가 강조해서 말했다. 이안은 밖으로 뛰어나갔다.

지그문트는 티나가 도착해 이안을 데리고 갈 때까지 겨우 정신을 유지하고 있었다.

"이번 일 정말 기대돼요. 선배는 아니겠지만, 우리와 같이 가기로 결심만 하면 공간은 얼마든지 있잖아요."

안드레아의 '우리'라는 말은 ARM의 해군 승무원과 해병대를 의미했다. 아마 아무것도 찾지 못할 공산이 컸다. '북쪽'이라는 건 실마리치고는 너무 모호했다. 적을 만나도 속력이나 화력에서 앞설 게 거의 확실했다. 그래도 지그문트는 몸이 계속 떨렸다.

"그건 안 될 것 같아."

그들은 지붕으로 갔다. 지그문트는 빌린 비행 차 문을 열고 모하비 우주 공항으로 떠날 준비를 했다.

"마지막으로 물어볼 거 없어?"

"하나만요. 돌아올 때도 지금처럼 똑같이 열광적으로 축하할 수 있을까요?"

지그문트가 놀란 표정을 지은 모양이었다. 안드레아가 가볍게 팔을 두드렸다.

"아, 물론 돌아올 거예요."

"그건 명령이야. 그리고 질문에 대한 대답은 그렇다야."

지그문트가 말했다.

'호보 켈리'호는 소리 없이 솟아올랐다. 그리고 우주 공항 운항 패턴에 맞춰 천천히 몸을 돌린 뒤 가속했다. 이내 육안으로는 보이지 않는 곳까지 올라갔다.

지그문트는 우주선이 사라질 때까지 구름 한 점 없는 사막의 하늘을 바라보았다.

"행운을 빈다."

그가 속삭였다. 그리고 뉴욕으로 가는 짧은 준궤도 비행 편을 찾아 여객 터미널로 향했다. 그곳에서 가장 서툰 기술을 발휘해야 했다. 바로 기다리는 것이었다.

7

베데커는 삶이란 게 얼마나 갑자기 바뀔 수 있는지 새삼 깨달았다. 재활원에서 겪던 공동생활의 고초는 사라지고 그 대신 화려한 개인 선실이 들어섰다. 다시 전처럼 적절하게 몸을 단장하고 전문적으로 갈기를 꾸미는 일을 즐길 수 있게 되었다. 베데커는 다시 우주에 나와 있었다.

다른 모든 변화를 압도하는 한 가지가 있었다. 비록 임시이기는 해도, 어느새 그는 최후자 본인의 신뢰를 받으며 국정을 관찰하고 있었다. 물론 관찰이지 참가는 아니었다. 최후자는 베데커에게 개인 선실에서 비밀리에 감시하고 있으라고 지시했다. 그는 일어서서 바라보며 이유를 궁금해했다.

최후자는 두 명의 정찰대원이 격의 없이 그저 니케라고 부르는 데 아무런 신경을 쓰지 않는 듯했다. 정찰대원이 제정신이 아니라는 사실은 잘 알려져 있는데, 확실히 이런 부분이 그 사실을 증명했다.

그리고 두 정찰대원 중 한 명, 하이퍼웨이브로 참가하고 있는 이는 베데커의 삶을 망쳐 버린 작자였다. 네서스.

차관인 베스타는 의례적인 인사를 최대한 생략했다.

"네서스, 긴급하게 실시간 회의를 요청했지요."

네서스가 고개를 까닥였다.

"긴급한 문제가 있습니다. 가장 고위층에 있는 제 요원이 ARM의 탐사선이 그쪽으로 향하고 있다고 알려 왔습니다."

"그러면 당신이 실패한 거로군요."

아킬레스가 말했다. 베이스 화음에 경멸하는 마음이 담겨 있었다.

"ARM의 주의를 끈 뉴트로늄 함정은 제가 만든 게 아닙니다."

네서스가 받아쳤다.

"적어도 난 시도는 했습니다. 당신은 GPC의 돈을 그렇게 많이 쓰고도 ARM의 주의를 돌리는 데 실패하지 않았습니까?"

아킬레스가 반박했다.

정찰대원들이 논쟁하는 동안 베데커는 자신이 왜 여기 있는지 이해하려고 애썼다. 그는 가족을 통해 한때 GPC에서 함께 있었던 동료에게 메시지를 보냈다.

'반물질이 없어도 된다.'

그 뒤로 벌어진 일은 놀라울 정도로 신속했다.

"말싸움이 아니라 어떻게 해야 하느냐가 지금 필요한 겁니다."

결국 베스타가 끼어들었다.

베데커는 한 번도 자신이 사교 기술이 능란하다고 생각해 본 적이 없었다. NP_1에 유배돼 거의 고립된 생활을 하면서 그건 바뀌었다. 거기서는 함께할 대상이 오로지 기억뿐일 때도 있었다. 베데커는 과거의 대화를 끝도 없이 계속해서 떠올렸다. 미묘한 어조를 감지할 수 있는 새로운 기술 덕에 그는 숨겨진 동기와 긴장이 팽팽한 관계를 느낄 수 있었다. 베스타가 아킬레스에게 저렇게 공손하게 대하는 이유가 뭘까?

아킬레스가 다시 말을 꺼냈다.

"이렇게 제안합니다. 지구를 파괴하는 겁니다. 그러면 인간의 주의를 분산시킬 수 있습니다. 지그문트가 기웃거리기 시작했을 때쯤 스텔스 우주선 한 척을 가속하면……."

"제정신이 아니군요. 그건 대량 학살입니다. 그것으로는 아무 문제도 해결하지 못합니다. ARM 우주선이 우리의 위치를 알아낸다고 생각해 보십시오. 만약 지구에 해를 입히면, 아니 인간이 사는 모든 세계에 해를 입힌다고 해도 그 우주선 한 척만으로 허스를 박살 낼 수 있습니다."

네서스가 외쳤다.

"그렇지 않습니다. 그 공격의 배후에 크진인이 있다고 생각하게 만들면 됩니다."

아킬레스도 맞서 소리쳤다.

"대량 학살이 두 배가 된다는 소리군요."

네서스는 분노로 몸을 떨었다.

"대안이 뭡니까?"

베스타가 따져 물었다.

"다른 곳으로 유도하는 겁니다. 우리는 ARM 우주선이 하이퍼스페이스에서 나오는 위치를 대략적으로 알고 있습니다. 우리 우주선을 그곳에 대기시켰다가 은근슬쩍 안전한 방향으로 유도하는 거지요."

갈기를 물어뜯으려는 충동과 싸우는 듯 네서스의 목이 떨렸다.

"시도해서 해가 될 건 없겠군요."

베스타가 평가하자, 아킬레스는 키를 최대한 늘이며 반박했다.

"안 됩니다! 만약 다른 데로 이끄는 데 실패하면 인간이 목격한 내용을 하이퍼웨이브로 전송할 수 있습니다."

"어떻게 하든 그건 막을 수 없습니다."

네서스가 다시 반론을 던졌다.

베데커는 혼란스러움에 갑판을 발굽으로 찼다. 두 정찰대원 사이의 긴장은 명백했다. 세계의 운명이 과거 둘의 원한을 되살린 걸까? 그런데 베스타는 왜 하급자에 불과한 아킬레스에게 공손한 걸까?

최후자는 조용히 지켜보고 있었다.

대안이 있습니까?

그가 비밀리에 베데커에게 메시지를 보냈다. 그와 함께 모든 조각이 제자리에 맞아떨어졌다. 베데커는 회답했다.

있습니다. 회의에 참여해도 됩니까, 최후자님?

최후자가 주목하라는 뜻으로 피리 소리를 냈다. 그는 입술 마디를 재빠르게 움직여 홀로그램 회의를 확장했다.

"기술 자문 위원에게 참석해 달라고 했습니다. 베데커?"

네서스는 움찔했다. 그 동작을 통해 베데커는 꾀죄죄한 정찰대원의 생각을 읽을 수 있었다. 저 이름을 지어 준 건 나다. 그걸 지금 쓰는 건 나를 놀리기 위해서일까? 베데커는 네서스가 궁금하도록 내버려 둔 채 말했다.

"인간의 우주선을 파괴하는 겁니다. 그들의 세계는 그대로 두고 말입니다."

"ARM은 분명 GPC의 파괴 불가능한 선체를 이용할 겁니다."

네서스가 두 눈을 서로 마주 보다가 물었다.

"혹시…… 마침내 반물질을 찾은 겁니까?"

베데커는 실제보다 더한 자신감을 보여 줄 수 있기를 바라면서 몸을 곧게 폈다.

"마침내 반물질이 없어도 우리 선체가 파괴될 수 있다는 사실을 알게 된 겁니다. 네서스, 당신의 외계인 정찰대원은 우리가 선체를 만드는 방법에 대해 너무 많이 알아 갔습니다."

당신이 알려 줬기 때문이지.

"하지만 우리는 그런 실책에서 배워야 합니다. 선체가 내장된 동력원에서 나오는 에너지에 의해 정상적인 원자 간 결합력이 강화된 하나의 초분자라는 사실을 상기해 보십시오. 동력을 끄면 바람만 불어도 선체가 날아가 버립니다."

"그 동력원은 밀봉된 상태인 것으로 알고 있습니다만."

아킬레스의 말에 베데커는 고개를 까닥였다.

"맞습니다, 내장된 동력원에는 외부에서 조작할 수 있는 제어장치가 없습니다. 하지만 선체는 투명합니다. 레이저 신호로 끌 수 있지요."

베스타가 혼란스럽다는 듯 휘파람을 불었다.

"안 될 것 같습니다. 애초에 왜 끄는 명령어를 내장합니까?"

"인간은 수학과 컴퓨터에 매우 능합니다."

네서스는 속으로 생각한다는 것을 그냥 말로 내뱉은 것 같았다. 그는 몸을 떨며 다시 회의에 집중했다.

"끄는 명령은 없습니다. 하지만 그 안에는 프로세서가 있지요 투명한 선체 물질에 내장된 광학 컴퓨터. 바로 그겁니다, 니케. 그들이 광학적으로 제어장치를 해킹해서 동력을 끄는 방법을 알아낸 게 분명합니다."

해킹? 베데커는 그게 야생 인간이 쓰는 단어라고 추측했다. 의미는 분명했다.

"확실합니까?"

최후자가 큰 소리로 주의를 끌었다.

"당면한 위험에 대한 이야기로 돌아갑시다. 베데커, 어떻게 해야 최선인지 말해 주십시오."

8

"뭐 재미있는 게 보입니까?"

지그문트가 물었다. 논의를 위해 데려온 카를로스가 임무 요약본을 읽다가 고개를 들었다.

"천문 자료는 전부 지워 버렸으면서 말이오? 뭐, 어쨌든 놀라운 일은 아니지. 놀라운 건 공용 이동 부스에서 이백오십 미터나 걸어왔는데 막상 현관에서 개인용 이동 부스를 발견한 일이라고나 할까."

"제 건 고장 났습니다."

케르베로스가 순간 이동 시스템에 간섭할 수 있다는 사실은 비밀에 부쳐졌지만, 지그문트는 어느 정도 사실대로 말한 셈이었다. 공용 이동 부스로 어디를 간다고 해도 개인용 이동 부스보다는 안전할 게 뻔했다.

잡담을 나누려는 시도는 고통스러웠다. 지그문트는 페더와 관련된 이야기를 조금도 듣고 싶지 않았다. 카를로스도 으레 그러듯이 오토닥 개선품의 연구 개발에 대한 이야기는 잘 하려 들지 않았다. 지그문트가 추측하기에 나노 기술과 관련이 있을 것 같았지만, 직접적으로 물어보면 그저 알 수 없는 미소만 지을 뿐이었다. '성과가 나오고 있소.' 정도가 전부였다.

"그 지워진 자료 말입니다."

지그문트가 말을 꺼내자 카를로스는 어깨를 으쓱했다.

"기밀이겠지. 이해하오. 그런데 내 보안 등급이 얼마나 높은지 알면 아마 깜짝 놀랄 거요."

내가 그걸 몰랐다면 당신은 여기 있지도 않았을 거야. 지그문트는 생각했다.

카를로스가 기운찬 동작으로 두 손을 문지르며 말했다.

"좋았어. 그럼 자세히 좀 봅시다. 신호기는 지향성이었소, 원거리용이었소? 아니면 둘 다였나?"

수수께끼의 신호기는 현 위치에서 은하계 북쪽으로만 송출했다. 위치는 멀어서 인간의 우주로 간주하는, 경계가 명확하지 않은 지역을 충분히 벗어난 곳이었다. 지그문트는 대충이라도 '호보 켈리'호의 위치를 짐작할 수 있는 실마리를 주고 싶지 않았다.

"어느 정도 지향성이었습니다. 반구 형태로 방사하죠. 그건 왜 물으십니까?"

"둘 중 하나여야 하니까. 아니면, 누군가 저걸 오래전에 발견했을 테니까."

지그문트는 일어서서 거실 창문을 바라보았다. 그냥 습관이었다. 사생활 때문에 창문은 불투명했다.

'호보 켈리'호는 은하계 북쪽으로 점점 먼 곳을 헤매고 있었다. 안드레아는 항성에서 멀리 떨어진 채 수동형 센서만 사용하라는 명령을 받았다. 들키지 않고 관찰할 수 있어야 긴급한 순간에도 하이퍼스페이스로 도망치기 쉬웠다.

그들이 조사한 항성계에는 아직 기술의 흔적이 보이지 않았다. 흘러나오는 전파 신호도, 대기오염의 징후도, 인공적인 에너지원도 없었다. 아무것도 없는데 숨어 다니다 보니 탐사대가 퍼페티어 추격자라기보다 오히려 퍼페티어에 가깝게 행동하는 게 아닌가 하는 생각이 들었다. 그러던 중 안드레아가 하이퍼웨이브로 신호기 발견에 대해 알려 왔다.

지그문트는 갑자기 몸을 돌리고 말했다.

“박사님이 맞습니다. 정보를 공유하지 않고서는 박사님의 통찰력 덕을 볼 수 없을 것 같군요.”

“고맙소.”

카를로스가 미소 지었다. ‘그게 그렇게 어려워?’라고 묻는 듯했다.

“그러니까 ARM 우주선이 탐사 중이다, 처음 가 보는 영역에 있는데 지성의 흔적은 없다, 그런데 갑자기 하이퍼웨이브 신호가 웅웅거리는 장소에 도착했다, 메시지의 뜻은 이해 불가능했고 전부 다 짧고 똑같다. 또 뭐가 있소?”

지그문트는 생각했다.

“하이퍼드라이브의 흔적도 일부 있습니다. 우주선이 하이퍼스페이스를 들락거릴 때 생기는 물결 말입니다. 물론 어디서 오는 건지는 알 수 없습니다만.”

“하이퍼웨이브 항법 신호기? 신호 말이오, 물결 말고.”

카를로스가 중얼거렸다.

“GPS 같은 것 말씀이군요.”

지그문트는 알래스카에서 GPS를 써 본 적이 있었다. 그곳은 대부분 텅 빈 황야였다.

“대충 그런 거지. GPS가 있으면 서로 다른 궤도에서 오는 신호 사이의 시간 차를 이용해서 위치를 계산할 수 있소. 반면 하이퍼웨이브 전파는 즉각적이라 모든 신호가 동시에 도착하오. 여러 개의 송신기 방위를 가지고 위치를 계산해야 하지."

"이 신호기가 그 송신기라고 승무원들이 결론을 내렸습니다.'

"누가 정착한 세계도 없는데 하이퍼웨이브 신호는 있다……."

카를로스는 눈을 감고 소파에 머리를 기댔다. 그렇게 한참 동안을 말없이 있었다.

뭔가 지그문트의 신경을 건드렸다. 카를로스가 아무렇게나 중얼거리는 소리였을 수도 있지만, 그렇게 생각되지 않았다.

"말해 보세요, 무슨 생각 하고 있는 겁니까?"

카를로스는 눈을 뜨고 몸을 앞으로 숙였다.

"왜 별을 신호기로 쓰지 않는 걸까?"

"박사님이 알려 줘야죠."

"난 모르겠소."

카를로스는 또다시 의미 없이 중얼거리기 시작했다.

"아무도 없는 영역에 고도의 기술이 있다, 그리고 그 신호는 지향성이다, 그래서 평소에는 우리가 그 신호를 받지 못한다……."

"경계선 표시일까요?"

지그문트가 물었다. '호보 켈리'호가 마침내 퍼페티어의 우주로 들어가는 길을 찾은 걸지도 몰랐다.

"어쩌면."

"그렇게 생각하시지 않는군요."

"나도 모르겠소."

중얼거림.

"지그문트, 당신은 도대체 쉬운 문제는 다루지 않는 거요?"

다른 상황이었다면 카를로스와 페더의 관계에 대해 알고 있는 지그문트는 이 공인받은 천재를 당황하게 만들었다는 데 막연한 만족감을 느꼈을지도 몰랐다. 하지만 ARM의 군 요원과 안드레아가 위험할지도 모르는 상황이었다. 카를로스를 몰아붙일 때가 아니었다.

카를로스가 마침내 입을 열었다.

"경보일지도 모르오. 누군가 경계선을 넘었을 때 알아차리기 위한."

"저희 우주선에는 센서란 센서는 모조리 들어 있습니다. 아무도 접촉해 오지 않았습니다. 전파, 레이저, 메이저 등 어느 파장이든 아무 신호도 없었단 말입니다. 중성자성파도. 전혀."

"아무 신호가 없었던 건 아니지. 하이퍼웨이브 신호를 감지했잖소."

카를로스가 반박했다. 불쾌한 진실이 바로 근처를 어슬렁거리고 있었다.

"무슨 뜻입니까?"

"레이더 말이오. 망할 하이퍼웨이브 레이더일지도 모른다고."

카를로스가 경탄스럽게 말했다.

"그런 건 없잖습니까."

하지만 만약 있다면, 물체의 위치를 즉각 알아낼 수 있었다.

"있습니까?"

"있을지도 모르지."

섬뜩한 확신이 카를로스를 감쌌다.

"음, 엄밀히 말하면 레이더는 아니지만. 하이퍼웨이브 파동은 즉각적으로 이동하오. 그 반향도 마찬가지고. 왕복하는 시간을 갖고 거리를 계산할 수 없소. 하지만 수많은 반향의 방위를 측정한다면, 그리고 수신기가 즉각적으로 정보를 교환한다면……."

하이퍼스페이스 레이더가 된다.

그 하이퍼드라이브 물결!

바로 그게 '호보 켈리'호를 쫓는 우주선의 흔적이었다. 하이퍼스페이스를 넘나들며 쫓고 있었던 것이다!

"메두사, 즉시 귀환 코드를 발송해."

지그문트가 외쳤다.

하지만 '즉시'라고 해 봤자 사우스워스 기지까지 광속으로 가는 시간을 어쩔 수는 없었다. '호보 켈리'호가 귀환 명령을 받는 데는 몇 시간이나 걸렸다.

너무 늦지 않았기를 바랄 뿐이었다.

사우스워스 기지에서 중계되는 통신 화면에 안드레아 지라드가 나타났다. ARM 전시 상황실의 갈채는 그쪽에서 들을 수 없었다.

지그문트는 안도했다. 아직 늦지 않았군.

"귀환 명령은 받았어요, 지그문트. 이 우주선에는 GP 선체가 있다고요. 이제 블랙홀 수작도 알고. 근처에 중성자성도 없어요. 만약 보이면 최대한 멀리 떨어져 있을게요. 그래서 말인데, 누가 우리한테 무슨 짓을 할 수 있다는 거예요?"

혈색이 좋은 금발 하나가 카메라 시야로 들어왔다. 조종사인 캘빈 딜라드였다. 안드레아와 달리 지그문트는 딜라드의 말을 알아들을 수 없었다.

"그쪽으로 갈게요, 캘빈. 지그문트, 우린 여기 좀 더 있어야겠어요. 한 가지 아주 잘못된 가정을 하고 있었던 것 같아요. G형과 K형 항성, 그러니까 황색과 주황색만 스캔하고 있었거든요. 퍼페티어는 지구에서도 햇빛을 가리지 않고 다니니까. 그런데……."

"그런데 뭐?"

지그문트가 수신기를 향해 무력하게 소리쳤다. 그때 접근 경보가 울렸다. 그게 안드레아가 말을 멈춘 이유였다.

"누가 있다."

딜라드가 소리치며 경보를 껐다.

"레이더에 따르면 오십 킬로미터야."

"거기서 도망쳐!"

지그문트는 헛되이 외쳤다. 다른 우주선에 그 정도로 가까운 거리에서 하이퍼스페이스를 빠져나왔다면 선량한 의도일 리가 없었다.

"바로 하이퍼스페이스로 들어가!"

"레이저를 감지했다. 많이 변조된 광선이야. 데이터 같은데."

딜라드가 말했다. 카메라를 향해서라기보다는 승무원들에게 하는 소리 같았다.

"통신기는 아직 의미를 파악하지 못했다. 하지만 분명히 저출력이야. 위협은 아니다."

안드레아는 굳어 있던 몸을 떨치고 말했다.

"정찰한 영상을 보낼 테니 나중에 즐기세요. 지금은 여기에 집중해야겠어요. 하이퍼웨이브로 계속 송신할게요."

"도망치라니까. 너무 가깝다고!"

지그문트가 다시 무력하게 반복했다.

"아직 통역이 안 돼."

딜라드는 계속 이야기하고 있었다.

"우리가 아는 신호 규약을 쓰지 않는군. 우리가 만나 본 적이 없는 종족인 게 분명해."

새로운 경보가 울렸다. 지그문트는 얼어붙었다. 우주선에 발을 들여놓아 본 사람이라면 이 우렁찬 소리에 즉각적으로 반응하도록 훈련받는다. 압력 감소.

"빌어먹을! 선체가……."

딜라드가 외쳤다. 소리가 점점 작아졌다.

적어도 지그문트는 딜라드의 입술을 보고 거기까지 읽을 수 있었다. 바람이 몰아치는 소리와 시끄러운 경보 때문에 소리는 들리지 않았다. 모든 게 침묵 속으로 빠져들었다.

그리고 곧 메시지는 잡음이 되고 말았다.

9

온갖 색으로 염색하고 차려입은 사람들이 극장 로비에서 즐거워하고 있었다. '몽테크리스토 백작'의 브로드웨이 리메이크판은 오늘 개막식 뒤로 몇 주 동안이나 매진 사례였다. 빛나는 구와 디스코볼이 머리 위를 떠다니면서 변화무쌍한 조명을 뿌려 주고 있었다.

그중 몇 개는 위장한 캅스아이즈였다. 지그문트는 관객 중에서 몇 명이나 그런 의심을 하고 있을지 궁금했다.

막스 아데오는 로비의 바에서 줄을 서고 있었다. 조각같이 생긴 여자 한 명이 그의 팔에 매달려 있었다. 은빛으로 염색한 피부와 황금 장신구를 차고 있어 반짝반짝했다.

"막스."

지그문트가 불렀다.

대답이 없었다.

"막스!"

막스가 몸을 돌렸다. 짧게나마 가늘어진 눈이 그가 놀랐다는 사실을 드러냈다.

"지그문트, 반갑군. 이쪽은……."

"안녕하세요, 캐시."

지그문트가 말을 잘랐다.

오로지 가까운 친구만 그렇게 부를 수 있었다. 원래 그녀의 이름은 펠리시아였다. 막스는 지그문트가 그걸 알고 있다는 사실의 중요성을 놓치지 않았다. 예상치 않게 내가 더 알고 있는 게 뭔지 궁금해하도록 내버려 두지. 지그문트는 생각했다.

"잠시 막스를 빌려도 될까요?"

"줄 서 있어, 캐시. 와인 좀 사고. 금방 올게. 가지, 지그문트."

막스가 매끄러운 목소리로 말했다. 그는 군중을 뚫고 지나갔다. 지그문트가 뒤를 따랐다.

조용한 구석에 다다르자 막스가 몸을 돌리며 물었다.

"여기서 대체 뭘 하는 거지?"

지그문트는 주머니에서 휴대용 컴퓨터를 꺼냈다.

"프로토콜 감마."

반투명한 사생활 보호용 스크린이 둘을 감쌌다.

"무슨 일이 생겼으면 사무실로 돌아오라고 전화해야지."

"막스, 이 대화가 기록되는 걸 바라지 않을 거예요."

"그거 협박이야? 네 약을 조절할 필요가 있겠군. 난 연극을……."

막스는 지그문트를 지나쳐 걸어갔다. 하지만 지그문트는 다시 막스를 구석으로 몰아넣었다.

"막스, 잘 들어요. 나 대신 말을 전해요, 네서스에게."

"네서스? 내가 어떻게?"

막스의 시선이 탈출구를 찾아 주위를 훑었다.

"이거 익숙하죠?"

지그문트는 종이 한 장을 내밀었다. 숫자만 한 줄 적혀 있었다. 막스는 사태를 깨닫고 조용해졌다.

"세레크 은행 안티구아 지점의 무기명 계좌. 꽤 많은 예금이 들어 있어요. 이리저리 우회해서 받은 GPC의 자금이죠. 난 '급여'라고 부르겠어요. 당신이라면 중개인 없이 바로 네서스와 연락할 수 있을 것 같은데."

"아니라면?"

지그문트는 고개를 흔들었다.

"날 실망시키고 싶지 않을 거예요, 막스. 정말로요."

종소리가 울렸다. 사생활 보호 스크린 때문에 왜곡된 소리였지만, 서곡이 곧 시작된다는 뜻이었다.

"어쩔 거죠?"

막스는 기가 꺾였다.

"먼저 알고 싶은 게 있는데, 무슨 말을 전하라는 거야?"

"일단, 사진요."

지그문트는 주머니에서 홀로그램 사진을 한 장 꺼냈다. 낡은 판형이었다. 쓸데없이 사소한 데 눈이 가지 않게 하기 위해 의도적으로 만든 것이다.

하지만 내용은 진짜였다. 그렇지 않다면 뭘 봐야 할지 몰랐을 것이다.

사진 위에 비슷한 크기의 구체 다섯 개가 떠 있었다. 각각 오각형의 꼭짓점을 이루는 행성 다섯 개! 네 개는 청백색으로, 작은 태양을 목걸이처럼 두르고 있다는 점을 빼면 지구와 비슷했다. 다섯 번째 세계는 스스로 빛났다. 시커먼 바다 사이에서 대륙이 불타오르고 있었다. 지그문트의 팀원 누구도 그 하나만 다른 이유를 생각해 내지 못했다.

지그문트가 침묵을 깼다.

"이걸 얻기 위해 우주선 한 척과 훌륭한 사람 여럿을 잃었죠."

"이게 뭔데?"

막스가 궁금해하며 물었다.

"퍼페티어의 세계예요, 막스."

지그문트는 그 의미가 가 닿도록 잠시 기다렸다.

"그들은 광속의 삼 퍼센트보다 약간 낮은 속도에 도달했어요. 지금과 같은 가속도라면 정지 상태에서 팔 년 동안 일정하게 가속한 거겠죠. 은하핵의 폭발 소식이 들린 뒤 그들은 떠난다고 했는데, 정말 떠난 모양이에요. 물론 우리는 우주선으로 이뤄진 선단을 생각했지만."

"어디로 가는 거지?"

막스가 물었다. 행성 전체가 비행한다는 생각에 압도돼 목소리가 떨렸다.

"이거 받아요."

지그문트는 막스가 받아 들 때까지 홀로그램 사진을 내밀고 있었다. 물론, 북쪽이었다.

"어디로 가는지는 당신이 알 필요 없어요. 퍼페티어들은 이미 알 테고."

"그러면 이 사진은 ARM이 알고 있다는 뜻이 되겠군."

막스는 심호흡을 했다.

"퍼페티어가 떠나는 게 나와 무슨 상관이지?"

"GPC에서 돈을 많이 받았잖아요, 막스. 당신만이 아니에요. 놈들은 사라진 뒤로 엄청난 돈을 썼어요. 일부는 당신 같은 사람보다 훨씬 더 고약한 사람에게 갔죠. 누구나 아는 사실이지만 퍼페티어는 겁쟁이예요. 알려진 우주에 사는 종족이 퍼페티어에 대해 알게 된 이래 죽 숨어 있었죠. 그리고 우리 모두 핵에 대해서 알게 됐어요. 퍼페티어는 숨어 있던 장소에서 갑자기 떠나야 했어요. 나온다는 건 들킬 수도 있다는 뜻이에요. 그런데 놈들은 발견당하는 걸 참지 못했죠. 그런 상황 때문에 놈들은 우리의 주의를 분산시키려고 작정한 거예요."

"난 아직……."

지그문트가 으르렁거렸다.

"닥치고 듣기나 해요. 당신이 명령을 내리던 시절은 끝났어요. 출산법 소요 사태의 배후에는 GPC 자금이 있어요. 그 폭동에서 몇 명이나 죽었죠? GPC의 자금은 이 년 전 해적질의 배후이기도 해요. 여덟 명의 무고한 승무원이 죽었죠. 전부 우리를 따돌리기 위해서 벌인 일이에요."

그리고 내가 다시 꼬리를 잡았을 때, '호보 켈리'호에 탄 사람이 전부 죽었어.

지그문트는 막스가 손에 들고 있는 사진을 퉁겼다.

"이렇게 하죠, 막스. 내가 퍼페티어에게 메시지를 전달할 수 있는 가장 가능성이 높은 방법이 당신이에요. 네서스에게 그 사진을 줘요. 우리가 이것, 세계 선단에 대해 알고 있다는 증거로. ARM은 놈들이 알려진 우주를 정말로 떠나고 있다고 믿는다고 말해요. 우리를 가만히 두기만 하면 놈들이 조용히 물러나게 하겠다고."

지그문트는 막스에게 종이 한 조각을 더 주었다. 거기에는 태양계 주변의 은행 이름 열댓 개가 쓰여 있었다. 계좌 번호는 없었다. 막스에게 새로운 재산을 안겨 주려는 게 아니었다.

"GPC가 돈을 숨겨 두고 있는 곳이에요. 유일한 용도는 놈들의 등 뒤에 있는 세계에 간섭하는 거죠. 이건 또 다른 임무예요, 막스. 네서스를 설득해서 이 계좌들을 국제연합에 넘기게 해요. GPC로서는 조금이나마 손해배상을 한다고 생각하면 되겠죠."

GPC는 지그문트가 명단에 적지 않은 은행에 세탁된 돈이 더 있었다. 지그문트가 알고 있다는 사실을 퍼페티어가 모른다면 앞으로 다른 간섭이 있는지 감지하는 데 쓸 수 있을지도 몰랐다.

"꿈이 크군, 지그문트."

막스의 뺨이 꿈틀거렸다. 하지만 목소리는 차분했다.

"내가 네서스와 연락할 수 있다고 가정한다고 해도 왜 이런 일을 하지? 네가 어떤 은행 피난처에 있는 어떤 계좌에 대해 알고 있다고 상상하고 있기 때문에?"

지그문트는 냉소했다.

"아무도 그 돈의 주인이 아니라고 주장하니 ARM의 생존자 기금으로 이체시켜야겠군요."

그 자신의 재산 대부분이 이미 익명으로 그곳에 들어갔다. 이안 지라드를 위해서였다. 그렇게 했음에도 지그문트의 기분은 나아지지 않았다.

"그래도 대답은 해 주죠. 막스, 당신이 내가 시키는 대로 해야 하는 이유가 당연히 있어요. 사실 아주 단순하죠. 퍼페티어가 내 말을 따르지 않으면, 나는 당신에게 책임을 돌릴 거예요."

지그문트가 노려보자 결국 배신자는 시선을 돌렸다.

"만약 그렇게 된다면, 진심으로 말하는데, 끝까지 당신을 추격해서 죽일 거예요."

지그문트는 극장 밖으로 나왔다. 온몸의 기운이 다 빠졌다. 간간이 들리는 서곡이 브로드웨이를 걷는 그의 뒤를 따라왔다.

그는 식당 하나를 찾아들어가 의자에 앉은 뒤 맥주를 시켰다. 좀 있자 식사로 시킨 자이로 플래터가 나왔다. 음식은 지그문트가 다른 생각을 하느라 손도 대지 못한 채 식어 갔다.

막스에게는 네서스에게 연락하는 것 말고 다른 방도가 없었다. 그리고 부패가 드러나는 순간 방에 불이 켜지자 도망치는 바퀴벌레처럼 꽁무니를 빼는 수밖에 없었다. 네서스가 고향 행성에 보고하면 퍼페티어 역시 마땅한 선택지가 없을 것이다. ARM이 그들을 찾아냈다는 것과 그들의 치명적인 간섭에 대해서도 알고 있다는 사실을 알게 될 것이다.

퍼페티어는 세계를 움직일 수 있었다! 파괴 불가능한 우주선을 파괴할 줄도 알았다. 그래도 그런 힘이 안전을 보장하지는 않았다. 그들이 피해 없이 떠나는 방법은 지구를 내버려 두는 것뿐이었다.

그러면 안드레아의 희생도 헛되지 않게 될 터였다.

페더는 새 삶을 찾아갔다.

안드레아는 죽었다.

그렇게 오랫동안 지그문트의 존재 이유였던 퍼페티어조차 곧 완전히 사라져 버릴 것이다.

지그문트는 다시 밤 속으로 걸어 들어갔다. 징크스인의 음모가 여전히 다음 날 아침 그를 침대에서 기어 나오게 할 정도로 중요한지 고민하면서.

| 배신: 지구력 2654년~2655년 |

1

"당신은 성공을 제대로 다룰 줄 모르는군요, 지그문트. 최소한 기분 좋은 표정이라도 지어야죠."

칼리스타 멜런캠프가 웃는 모습을 보니 질책은 아니었다.

그녀는 몇 명의 손님만 산장으로 초대했다. 따지고 보면 지그문트로서는 영광이었지만, 전혀 관심이 없었다. 그래도 기분이 우울하다고 곧이곧대로 말하지는 않았다.

"경치가 아주 좋군요."

사무총장의 집을 보호하기 위해 늘어선 레이저포를 빼면 사실이었다. 레이저포는 정말 끔찍할 정도로 경치와 안 어울렸다.

"뭐에라도 즐거워하니까 다행이네요."

멜런캠프는 안뜰을 세 면에서 둘러싸고 있는, 돌을 쌓아 만든 울타리 위에 걸터앉았다. 격의 없이 입은 비행복조차도 멜런캠프 고유의 청록색이었다. 그녀는 고개를 돌려 비스가 산 정상에서 내려다보이는 경치를 감상했다.

국립공원의 숲은 가을철 절정을 맞이하고 있었다. 불타는 듯한 빨간색과 노란색, 주황색이 지평선까지 얼룩덜룩 뻗어 있었다. 멀리 떨어진 빌트모어 성의 폐허가 나무 사이로 엿보였다.

멜런캠프가 말했다.

"사람들은 당신이 무슨 일을 해냈는지 결코 알지 못할 거예요. 우리는 언제나 퍼페티어가 우리보다 뛰어난 능력을 지녔다는 걸 알았지만, 그들이 워낙 겁쟁이라 용납할 수 있었죠. 우리는 놈들의 진정한 힘을 제대로 알지 못하고 있었던 거예요. 두려움이 그런 적개심을 감출 수 있다는 사실도."

비스가 산. 거의 이천 미터에 가까운 높이. 애팔래치아 산맥에서 가장 높은 곳 중 하나였다. 성경에 나오는 모세가 약속의 땅을 본 건 다른 비스가 산이다. 모세는 약속의 땅에 들어가지 못하고 죽었다. 혼자서였지. 지그문트는 기억을 떠올렸다.

그는 아이스티를 받아 들었다. 유리잔에 맺힌 물방울이 흘러내려 손을 간질였다. 맛이 아주 단 게 남쪽 스타일이었다.

"이제 퍼페티어는 우리를 가만두고 있어요. 당신 덕분이죠."

멜런캠프가 말했다.

퍼페티어가 안드레아를 죽이지만 않았어도 지그문트는 그들을 놓쳤을 것이다. 퍼페티어가 그에게 안겨 주었던 삶의 초점은 이제 사라졌다. 그들은 일 년 동안 아무 소식이 없었다. 지그문트는 다시 이동 부스를 이용할 생각도 하고 있었다. 조만간.

징크스인과 크진인도 몇 년째 말썽을 부리지 않았다. 앤더의 교묘한 간섭 덕분에 펠턴의 탐사 준비—아직 멜런캠프와 논의하기가 꺼려지는 화제였다—는 지체되고 있었다.

"지그문트?"

"아주 멋집니다."

지그문트는 나무 위에서 우아하게 활강하는 독수리를 가리키며 말했다. 독수리도 외로움을 느낄지 궁금했다.

멜런캠프는 한숨을 쉬었다. 지그문트의 고집 때문일까? 멜런캠프가 말했다.

"잠시나마 안전하다는 생각이 드니까 좋군요."

안전? 지그문트는 간신히 사무총장 쪽으로 시선을 돌리지 않을 수 있었다. 안전해 보인다는 건 오로지 지구의 적이 사악한 음모를 잘 숨기고 있다는 뜻일 뿐이었다.

베데커는 목이 조여드는 기분 때문에 말을 하기 어려웠다. 숨조차 쉬기 어려울 지경이었다. 그는 분노에 몸을 떨며 사무실을 빙빙 돌았다. 아주 익숙한 홀로그램 하나가 책상 위에서 그를 조롱하고 있었다.

베데커는 결국 정신을 추스르고 아킬레스에게 전화를 걸었다.

"아주 중요한 걸 알아냈습니다. 이쪽으로 올 수 있습니까?"

아킬레스는 거의 즉시 도약해 나타났다.

홀로그램을 본 다음, 그는 씁쓸하다는 어조를 담아 새된 소리로 노래했다.

"난 인간이 싫습니다. 할 수만 있다면……."

그러고는 뒤늦게 베데커와 머리를 비벼 인사했다.

"미안하게 됐습니다. 당신이 저와 같은 믿음을 공유한다는 걸 알기에."

"편하게 하십시오."

베데커는 손님용 방석을 향해 몸짓을 한 뒤, 자기도 푹신한 의자에 앉았다. 다리 근육이 떨렸다.

"무엇이 보입니까?"

아킬레스는 홀로그램, 지그문트의 사진을 디지털화한 아주 익숙한 모습을 자세히 살폈다. 다섯 개의 세계가 흑요석처럼 새까만 배경 위에 떠 있었다. 원뿔 성운의 일부였다. 별 몇 개가 성간 가스 구름을 뚫고 빛났다.

"선단일 수밖에 없군요."

"진짜입니까?"

"확실합니다. 우리 세계입니다."

아킬레스는 조바심을 내며 재우쳐 물었다.

"여기 왜 부른 겁니까?"

"잠시만. 이 이미지와 관련해서 어떤 부분을 또 확신합니까?"

"원본은 외계인의 판형을 썼습니다. 야생 인간이 만들었다는 게 분명하지요. 그리고 이 이미지가 은하계 남쪽을 바라보고 있다는 것. 우리가 모르는 사이에 찍혔다는 것. 우리가 감지하지 못한 탐사선이 있었겠지요."

베데커가 몸을 앞으로 숙였다.

"만약 뒤의 두 개가 오해라면 어떨까요?"

"그렇다면 우리가 속은 거지요."

아킬레스는 가만히 생각에 잠겼다.

"그리고 우리를 위협할 인간의 능력은 아주 과장된 겁니다."

베스타의 안내를 받으면 감옥 같고 치명적인 보안 부스를 우회해서 최후자의 개인 사무실까지 갈 수 있었다. 그래도 아킬레스와 베데커, 베스타는 도약 원반이 있는 객실 세 개와 무장 경호원이 줄지어 있는 방 두 개를 지나고서야 목적지에 도착할 수 있었다.

아킬레스가 마지막으로 들어섰다. 그곳은 일하는 곳이라기보다는 실내 공원에 가까웠다. 아킬레스의 아파트 열 개는 합친 것 같은 공간이었다. 베스타가 그를 불러오는 데 성공한 뒤로 가장 그리웠던 것 중 하나가 바로 공간이었다. 우주선 안에서 머무를 때는 그래도 어느 정도 여유가 있었다. 놀랍게도 베데커는 넓고 자연스럽게 만들어 놓은 이 공간에 별 인상을 받지 못한 듯했다. 문득 아킬레스는 그가 어디서 유배 생활을 했는지 떠올렸다.

"잘 왔습니다."

니케가 말했다. 형식적이지 않아도 된다는 어조는 베데커를 향한 것이었다. 다들 비밀 임원회에 오래 몸담았기에 사적으로 만날 때의 격의 없는 태도를 잘 알고 있었다.

"편안히 앉지요."

아킬레스가 베데커의 옆구리를 찔렀다.

"최후자님이 허락하신다면……."

베데커는 휴대용 컴퓨터를 꺼내 근처의 푹신한 작업대 위에 올려놓았다. 그러고는 초조하게 풀밭이 깔린 바닥을 긁었다. 니케가 환영한다고 말했음에도 마음이 불안했다.

"컴퓨터, 가장 최근의 ARM 감시 파일을 불러내."

익숙한 홀로그램이 나타났다. 검은 배경 위의 다섯 세계.

"이건 가짜입니다."

베데커가 내뱉었다.

"어떻게 그럴 수가 있지요? 만약 그렇다면, 왜 이제야 알아낸 겁니까?"

니케가 물었다.

베데커는 그 신랄한 화음에 움찔했지만 곧 대답했다.

"이건 선단의 진짜 이미지가 맞습니다. 그래서 조작을 눈치채지 못한 겁니다."

"니케, 배경을 조작한 겁니다. 미묘한 변화가 우리의 해석을 오도한 겁니다."

아킬레스가 설명을 더했다.

"계속하십시오."

니케의 말에, 아킬레스는 발굽을 넓게 벌려 절대 도망갈 생각이 없다는 자신감 넘치는 자세를 취했다.

"인간이 우리를 발견했다는 건 압니다. 이 이미지가 충격적인 유일한 이유는 우리가 인간의 정찰선을 파괴한 지 한참 뒤에 찍혔다는 거지요. 우리는 정찰대가 이 사진을 송신했다고 믿습니다. 조작 때문에 최근에 찍힌 것처럼 보이는 것뿐입니다."

니케는 곁에 있는 관목 두 개에 나 있는 주홍색과 보라색 촉수를 만지작거리며 생각에 잠겼다.

"ARM으로 하여금 몰래 우리를 관찰할 수 있다고 생각하게 한 거로군요."

베스타가 목을 가다듬고 대답했다.

"바로 그겁니다, 니케."

"베스타, 이미지가 찍힌 시점에 대한 전문가 의견은 잘 알겠습니다. 그런데 무엇이 조작된 거지요?"

니케의 물음에 베스타는 그대로 얼어붙었다. 실패의 책임을 지워 베데커를 다시 NP_1으로 배치해야 할까?

아킬레스가 끼어들었다.

"복잡한 문제입니다. 배경의 별들은 익숙한데, 카메라가 그쪽으로 이동하면서 청색편이가 돼 있습니다. 그걸로 우주선의 속도를 유추할 수 있습니다. NP 행성을 공전하는 인공 태양은 청색편이가 더 돼 있습니다. 선단이 ARM 우주선 쪽으로 움직이고 있기 때문입니다. 선단은 꾸준히 가속하고 있으므로 이 이미지가 찍혔을 때의 속도를 알면 언제 찍혔는지를 알 수 있습니다."

"뭐가 바뀌었다는 겁니까?"

니케가 슬슬 조바심을 내며 다시 물었다.

아킬레스는 대답을 돌렸다.

"베데커?"

"시점 계산이 너무 우연의 일치라고 생각하기 시작했습니다. 너무 우연합니다. 제 하이퍼스페이스 감지기에 따르면 우리는 ARM 우주선이 선단 근처, 은하계 남쪽에서 우리를 보는 위치에 나타난 시기를 정확히 알 수 있습니다. ARM 우주선이 파괴된 시기도 알 수 있습니다. 그사이에는 승무원들이 자세한 고해상도 이미지를 찍을 수 있는 시간이 아주 짧습니다. 그 시간을 '타임 제로'라고 부르겠습니다. 농장 행성 주위를 도는 인공 태양의 허스의 하루와 비슷한 주기를 만듭니다. 꽃이 거기에 맞춰 진화했기 때문입니다. 그래서 우리는 선단 여러 세계가 각각 다르게 자전한다는 걸 굳이 기억할 필요가 없습니다. 대개 삼십삼 일마다 재정렬하게 되지요."

베데커는 자기 말을 이해하도록 잠시 기다렸다가 홀로그램을 향해 목을 뻗었다.

"이 이미지는 아주 높은 확률로 타임 제로 때의 모습과 일치합니다. 편리하게도 그때라면 보였을 지역을 구름이 가리고 있습니다만."

시민들이 쓰는 시간은 허스의 자전에 따른 하루로 정의되었다. 퍼페티어 달력은 아주 오래전부터 아직까지 행성의 공전주기를 일 년으로 정하는 방식을 쓰고 있었다. 최초의 궤도에서 벗어나 태양이 없어진 이제는 둘 다 그저 관습일 뿐이었다. 장거리 여행을 자주 하는 정찰대원과 베데커—공로를 인정하자면—가 아니라면 누가 그런 생각을 하겠는가?

베스타가 천천히 앞으로 나섰다.

"네서스는 우리가 ARM 우주선을 파괴한 지 불과 칠십일 일 만에 이 이미지를 받았습니다. 따라서 이런 우연의 일치가 얼마나 가능성이 적은지 아실 수 있을 겁니다."

"하루의 길이가 다르다……. 비상한 생각이군요."

니케는 그렇게 말하고 머리를 넓게 벌려 이미지를 더 자세히 관찰했다.

"원뿔 성운이 배경으로 잡힌 것으로 봐서 이건 은하계 북쪽에서 바라본 겁니다. 하지만 동기화 원리는 같겠지요."

관찰 지점이 달라지면 보이는 것도 달라진다. 원래 이미지에서 ARM 우주선에서 멀어지는 선단의 속도에 의한 적색편이를 선단이 진행하는 방향 앞에 있는 센서에서 잡힌 것처럼 청색편이로 바꾼다. 그리고 눈에 띄는 몇 안 되는 별의 스펙트럼을 조정해 가상의 우주선에 속도를 부여한다.

"확실해야 합니다. 감지할 수 없는 ARM 우주선, 특히 그게 선단의 진행 방향에 있다는 건 받아들일 수 없는 일입니다. 이 이미지가 가짜라는 게 확실해야 합니다."

니케가 말했다.

멀리서 바라본 구름의 경계는 불분명했다. 그리고 어떤 지역은 영구적으로 구름에 덮여 있었다. 구름이 덮인 부분에 대한 통계적인 분석은 정치가가 이해하기에는 다소 어려웠다. 아킬레스와 베데커가 서로 중얼거리면서 좀 더 명확한 논지를 세우는 동안 베스타가 다시 목을 가다듬었다. 베스타에게는 장점이 많았지만, 기술적인 통찰력은 없었다. 아킬레스는 자신의 부하가 무슨 공헌을 할 수 있을지 궁금했다.

베스타가 말했다.

"제가 보기에는 필요 이상으로 문제를 어렵게 생각하는 것 같습니다."

네서스는 음료수를 마셨다. 정신이 없어서 무엇을 마시는지도 알아차리지 못했다. 그는 베스타의 메시지를 세 번이나 돌려 보았다. 보면 볼수록 그 의미가 점점 더 음울해졌다.

지그문트가 또다시 네서스를 속였다는 건 아무것도 아니었다.

감지할 수 없는 우주선이 감지할 수 없는 물체를 선단의 진행 경로에 놓아둘 수 있다는 사실 때문에 어쩔 수 없이 지구와 전략적인 휴전을 맺은 것이다. 선단은 광속의 삼 퍼센트에 도달해 있었다. 질량이 작은 물체라고 해도 그 정도 속도로 부딪친다면 무서운 무기가 될 수 있었다. 게다가 ARM이 질량이 작은 물체를 놓아둔다는 보장이 어디 있겠는가?

지그문트가 노린 게 바로 이것이었을 터다.

'아이기스'호는 스텔스 상태로 오르트 구름 속 깊숙한 곳, 안전하고 바라건대 보이지 않을 정도로 먼 곳에서 태양계 안의 방송을 감시하고 있었다. 혹시 '아이기스'호가 보이지 않는다는 것 또한 겁에 질린 막스 아데오가 건네준 홀로그램처럼 환상에 불과한 것일까?

잔이 비었다. 네서스는 마침내 자기가 마시고 있던 게 그냥 물이라는 사실을 깨달았다. 그는 휴게실을 한 바퀴 돌아 합성기로 가서 따뜻한 당근 주스를 골랐다.

선단의 진행 경로에 우주선이 들키지 않고 나타난다면 대단히 위험하다. 게다가 ARM 우주선이 무엇을 알아낼지 모른다는 문제도 있었다. 네서스의 간섭이 이제까지 일으킨 온갖 사태보다 훨씬 더 큰 도발이었다.

선단의 앞에 무엇이 있는지 알아낸다면 지그문트는 어떻게 반응할까? 그 생각만 해도 몸이 떨렸다. 네서스는 갈기 깊숙한 곳을 물어뜯었다.

인간의 우주에 머물던 그 짧은 시간 동안 아킬레스는 카드로 쌓아 올린 집을 본 적이 있을까? 아마도 없을 터였다. 하지만 이제 여러 세계 사이의 평화는 그만큼이나 불안정해졌다. 한 곳은 반물질을 통제하에 두고 있다고 넌지시 비침—베데커는 여기에 의심의 눈초리를 던졌다—으로써 방어하고 있었고, 다른 곳은 탐지할 수 없는 우주선이 있다—이 역시 베데커가 얼마 전 교묘한 속임수라고 밝혔다—는 이유로 건드리면 안 될 것처럼 되어 버렸다. 그 사이에서 선단의 여러 세계가 불안해하고 있었다.

그리고 이제 그 카드로 쌓은 집은 산산이 무너져 버렸다.

이 두 세계에 대항해 어떤 행동을 취하려면 먼저 아주 신중하게 계획을 세워야 했다. 적어도 그때까지는 평화가 유지될 수 있었다.

ARM 우주선이 파괴되고 육십이 일 뒤에 NP_3에서 가장 큰 화산이 폭발했다. 그랑소 산이 하늘을 연기와 재로 물들이지 않았다면, 지그문트의 속임수는 아직도 허스에서 의심을 불러일으키고 있었을지도 몰랐다. 그런 식으로 지구를 보호하고 있을지도 몰랐다.

운이란 것은 때때로 그냥 사라진다.

네서스는 생각에 잠긴 채 당근 주스를 마셨다. 혹시 지그문트의 재능을 다른 세계를 구하는 데 쓸 수 있을지 궁금했다.

2

특별 수사대장은 원하는 곳이면 어디든 갈 수 있었다. 지그문트는 ARM의 막사를 자주 찾았지만, 누구도 굳이 이유를 묻지 않았다. 알고 보면 애처로운 일이었다. 그는 잃어버린 사랑을 낡은 동료애로 대체하고 있었던 것이다. 하지만 언젠가는 극복해낼 터였다.

이렇게 어슬렁거리는 데는 다른 이유도 있다고 지그문트는 스스로에게 중얼거렸다. 일단 베어울프 섀퍼를 감시하는 일을 감추는 데 도움이 되었다. 베어울프는 삼 년 동안 지구에서, 적어도 합법적으로는 하루도 일한 적이 없었다. 있었다면 납세 기록이 남았을 것이다. 퍼페티어가 핵을 탐험하는 대가로 준 돈—GPC에서 받은 마지막 돈이라고 지그문트는 거의 확신했다—은 다 써 버린 지 오래였다. 카를로스는 돈이 많았지만 베어울프에게 돈을 보낸 흔적은 없었다. 지그문트가 생각하기에도 베어울프가 카를로스에게서 돈을 받았을 것 같지는 않았다. 자기 아이를 가질 수 없다면 보살피는 일이라도 잘해야 했다.

그 행복한 가족이 샤롤 얀스의 돈으로 살고 있는 것도 아니었다. 샤롤은 돈이 많았던 적도, 많이 벌어 본 적도 없었다. 게다가 루이스가 태어나자 일을 그만두었다.

그러면 그레고리 펠턴이 남았다. 지그문트는 베어울프가 그에게서 돈을 받기 위해 무슨 일을 하고 있는지가 궁금했다.

– 재미있을 겁니다.

메두사가 말했다.

지그문트는 다소 지저분한 탁자에 앉아 팔짱을 끼고 있다가 고개를 들었다. 비번인 ARM 요원들이 쉬는 곳이었다. 그런 휴게실은 어디나 모습이 비슷했다. 런던에 있다는 사실을 떠올리는 데 몇 초나 걸릴 정도였다. 생체 시계는 자정이 지나 있었다.

"뭐지?"

뱀이 미끄러지듯 움직였다.

– 샤롤 얀스가 매리 오르테가의 휴대용 컴퓨터에 거는 전화를 가로챘습니다.

휴게실 건너편에서는 비번인 ARM 요원 둘이 커피 탁자에 발을 올려놓고 앉아서 럭비 이야기를 하고 있었다. 지그문트가 조는 사이에 들어온 모양이었다.

오르테가가 샤롤과 베어울프의 베이비시터라는 사실을 깨닫는 데 시간이 좀 걸렸다. 메두사가 소식을 전할 정도면 엄마가 아이에 대해 묻는 건 아닐 터였다.

"계속해."

– 패킷을 분석한 결과 전화를 건 곳이 프로스페린이었습니다.

지그문트는 똑바로 일어나 앉았다. 호주의 프로스페린은 대산호초 안에 있는 카를로스 우의 집에서 가장 가까운 공동체—아주 잘 쳐줘야 마을이라고 부를 정도인—였다. 통신 서비스를 쓰려면 마을까지 광섬유를 연결하는 게 가장 논리적인 방법이었다. 제아무리 카를로스라고 해도 산호초 위에 전파 안테나를 설치해서 돌려 댈 수는 없는 노릇 아닌가.

"애 엄마와 카를로스 사이에 뭔가 낌새가 있나?"

메두사가 웃자 뱀의 이빨이 드러났다.

– 그랬다면 아주 재미있었을 겁니다. 양아버지 휴대용 컴퓨터에 잘못된 번호로 신호를 보내 봤는데, 그쪽 역시 거기에 있습니다.

무슨 계획인지는 모르겠지만, 지그문트는 은근히 돌려 말하는 게 귀찮았다. 비번인 두 명의 요원에게 나가라고 명령하거나 사무실을 하나 얻어 들어가거나, 아니면 다른 데로 갈 수도 있었지만…….

"프로토콜 감마."

지그문트의 명령에 사생활 보호 스크린이 주위를 감쌌다.

그 해적 주택에는 초소형 감시 장치가 많이 설치돼 있었다. 페더의 통신로가 신호를 중계했다. 지그문트는 언제 마지막으로 들어 봤는지 기억이 나지 않았다. 이유는 기억났다. 카를로스를 믿었기 때문이었다.

스스로 솔직해져. 사실 듣지 않은 이유는 페더와 카를로스가 함께 있는 모습을 볼 수 없었기 때문이다.

"메두사, 가장 최근 영상을 보여 줘."

홀로그램 속에는 네 명이 움직이고 있었다. 방을 가득 채울 정도로 큰 게 분명한 수면장 안에서 수많은 옷가지에 휩싸여 몸을 비비 꼬며 꿈틀거리고 있었다. 전원 염색한 상태였다. 다행히 얼굴을 볼 수 없었지만, 고리인 특유의 볏 머리를 한 키다리는 베어울프가 분명했다.

그리고 저 활발하고 하늘거리는 형체는…….

페더가 몸을 굴리더니 똑바로 센서를 바라보았다. 지그문트는 아마 우연일 거라고 생각했다.

"화면 종료."

하지만 목소리가 떨렸다.

"마지막으로 베어울프와 카를로스가 함께 있었던 게 언제지?"

– 우리가 아는 한 52년에 카를로스가 새 폐를 이식받고 퇴원한 뒤로는 없습니다.

이 년. 지그문트는 저들이 모인 이유가 난교 말고도 더 있는지 알아야 했다. 왜 지금일까?

소리만 들리는 상태에서 상상을 덧붙이자 보는 것보다 더 고통스러웠다. 신음과 날카로운 비명, 어떻게 해 달라는 소리, 무슨 말인지 불분명한 한숨 같은 소리 그리고…….

침묵.

– 여기서 신호가 끊겼습니다. ARM의 표준 전파방해 방식입니다.

마침내 분별력이 생긴 건가. 지그문트는 생각했다.

"베어울프와 샤롤이 거기 있는 동안 계속 감시해."

페더가 오전에 전화를 걸었다.

"지그문트, 나 폐소성 발열이 심한데, 뉴욕으로 가도 될까? 카를로스가 곯아떨어져서 그래."

페더와 카를로스에게는 새벽 한 시가 좀 지난 시간이었다. 지그문트가 쓰고 있는 보고서는 좀 미룰 수 있었다.

"일어났을 때 당신이 없어도 카를로스가 가만히 있어?"

"카를로스는 말 잘 들어, 지그문트."

며칠 전에 충분히 예시를 본 바 있었다. 지그문트는 가능한 한 침착한 목소리로 말했다.

"그래, 술이나 한잔하지."

어쩌다 보니 한잔으로 그치지 않았다. 그들은 이스트 빌리지의 술집을 옮겨 다니며 마시다가 점심을 먹었다. 메뉴를 묻자 페더는 이렇게 말했다.

"생선만 먹고 살았어. 물고기만 봐도 토할 것 같아."

그들은 이탈리아 음식점으로 갔다.

네 번째 술집에서 페더는 지그문트에게 진하게 키스했다.

"빌어먹을, 이거 기분 좋네."

페더가 말했다.

"카를로스 집에서는 할 게 별로 없어."

그래도 즐길 건 즐기던데. 지그문트는 그 말을 마음속에 담아 두었다.

"얼굴 보니까 좋군. 어쩌면 임무를 순환해야 할 때인지도 모르겠어. 이제 카를로스가 경호에 익숙해졌으니까 다른 사람을 받아들일지도 몰라."

"그건 좀 나중에."

페더는 의자에서 벌떡 일어나더니 가라오케 무대로 올라갔다. 엘비스 홀로그램을 틀어 놓고 자이브를 추며 기운 없는 목소리로 노래를 불렀다. 그리고 다시 자리로 돌아왔다.

"재미있었다. 새 임무라고? 어쩌면. 잘 모르겠어, 지그문트."

온갖 생각이 뒤끓었다. 다시 합치고 싶은 걸까? 카를로스, 그리고 이제는 베어울프에게서까지 페더를 멀리 떨어지게 하고 싶은 것뿐일까? 아이를 원하는 한 페더가 누군가와 오래도록 행복하게 살 수 있으리라는 생각이 들지 않았다.

페더가 갑자기 말했다.

"어쩌면. 카를로스와 난 순전히 직업적으로 만난 거야. 조금 떨어져서 내 감정이 어떤지 알아볼 시간이 필요해."

그녀는 지그문트의 팔을 건드렸다.

"내 지금 임무를 포기하지 않고서 좀 떨어져 있을 수 있을까? 그거 해 줄 수 있어?"

지그문트가 ARM에서 할 수 없는 일은 별로 없었다.

"뭘 생각하고 있는데?"

"뭔가 진정한 변화가 있을지 모른다는 소문이 들리던데."

페더는 말을 멈추고 보드카 토닉을 들이켠 뒤 키보드를 쳐 한 잔 더 주문했다. 술집이 너무 시끄러워서 음성 인식을 쓸 수는 없었다.

“화성에 퇴역한 ARM 우주선이 있는데 그걸 스미소니언에 가져다줘야 한데. 4차 전쟁 유물이라나. 믿거나 말거나지만.”

지그문트가 무슨 소린지 모르겠다는 표정을 하자 페더가 덧붙였다.

“그 이송 계획을 못 들었어도 이상할 건 없지. 박물관 사람이 그러는데 고리인이 반대할 거랬어. 아마 실제로 그럴 테고. 그래서 조용히 하고 있나 봐. 카를로스가 알려 줬어. 그 사람 박물관 이사진이거든.”

화성은 매력적이지 않은 부동산이었다. 자원은 부족하고 쓸모있는 대기를 갖고 있기에는 너무 작았다. 사는 사람도 거의 없었다. 화성이 국제연합의 영토인 건 고리인이 거기서 가치 있는 것을 찾지 못했기 때문인 셈이었다. 고리인은 통상적인 태양계 내의 항로에서 벗어난 물체는 뭐든지 권리를 주장했다. 화성도 거기 속했다.

“고리인답군.”

지그문트가 말했다.

“나도 몰라.”

페더가 미소 지었다.

“어떤 고리인은 괜찮아.”

지그문트는 그녀가 베어울프를 감싸 안고 있던 모습을 떠올렸다. 잠시 세계 밖으로 떠난다는 소리가 더욱 괜찮게 들렸다.

4차 전쟁이면 그 우주선은 지그문트의 나이만큼 오래된 것이었다. 공룡이었다. 적절한 박물관에 들어가 있는 게 옳았다. 고리인이 심술부리는 건 그냥 하는 짓이었다.

"내가 얘기 좀 해 놓을게. 누구한테 해야 하지?"

페더는 작은 탁자 너머로 몸을 숙여 지그문트에게 키스했다.

"당신 멋져. 그럴 줄 알고 아예 정보도 가져왔지."

그러고는 휴대용 컴퓨터를 꺼내 오래된 착륙선과 ARM의 수송선 '보이 조지'호에 대한 인도요청서를 불러왔다.

"당신이 찬성할 수 있는 거면 그냥 오케이해 줘. 카를로스가 스미소니언 쪽은 해결할 거야."

술집이 시끄러워서 지그문트는 프로토콜 감마를 소환한 뒤 음성 지문을 인식시켰다. 그리고 페더는 그를 끌고 가라오케 무대로 올라갔고, 화끈한 시간이 시작되었다.

3

감독관이 지그문트를 바라보았다. '보이 조지'호가 올 때가 지나 있었다. 조난신호는 없었지만, 교통 제어용 송수신기의 흔적이 전혀 없었다.

페더가 지그문트를 갖고 놀았던 것이다. 바보같이.

지그문트의 육감이 확인되는 데는 얼마 걸리지 않았다. 통화 몇 번으로 카를로스의 해저 저택에 숨겨 놓은 센서에 연결하자 카를로스와 페더가 사라졌다는 사실을 알 수 있었다. 베어울프와 샤롤 그리고 아이들도 마찬가지였다. 지그문트가 보낸 요원들은 양쪽 집에서 모두 급히 짐을 싼 흔적을 발견했다. 나노 기술의 경이라고 하는 카를로스의 수제 오토닥도 없었다.

메두사가 낡은 착륙선에 대한 기억을 들춰내자 커다란 조각 하나가 맞춰졌다.

– 페더는 착륙선이 스텔스 장비를 갖췄다는 말을 안 했습니다.

"페더를 믿을 수 있는 줄 알았는데."

가슴이 아팠다.

결국 낡은 착륙선이 몰래 도망자들을 태운 덕에 '보이 조지'호는 착륙할 필요가 없었다. 착륙선과 수송선은 나중에 랑데부한 뒤, 어디론가 가 버린 것이다. 어디로? 어디로 가든 들키지 않고 착륙할 수 있었다.

– 이해가 안 됩니다. 왜 우주선을 훔칩니까? 이민을 가도 되지 않습니까? 심지어 베어울프는 태양계 거주민도 아닙니다. 그리고 어느 세계든 카를로스를 기꺼이 환영할 겁니다.

같은 의문이 지그문트를 괴롭혔다. 그는 거실을 가로질러 자신과 페더가 좋았던 시절에 찍은 홀로큐브를 바라보았다.

"무슨 생각인 거야?"

베어울프와 샤롤은 오래전에 지구를 떠나고도 남았겠지만, 샤롤이 평지 공포증이었다. 그게 바로 카를로스가 아이를 낳아 줘야 했던 이유였다.

"이런 이론이 있을 수 있겠지. 그 사람들 중에서 페더만 이민이 불가능해. ARM 요원으로, 너무 많이 알고 있으니까. 은퇴 뒤에도 국제연합 영토에 머물러야 하지. 문제는 페더가 아이를 갖고 싶어 하는데, 그게 안 된다는 거야. 여기서는. 그래서 탈출하고 싶은 거지. 이름을 바꾸고 사라질 수 있게."

– 제 의문에 대한 대답은 되지 않습니다.

지그문트는 거실을 거닐기 시작했다.

"알아. 음, 이런 이론은 어떨까? 페더는 카를로스가 자기 아이의 아버지가 되어 주기를 원해. 그래서 함께 도망가자고 설득한 거야."

페더는 국제연합이 카를로스의 DNA와 그가 자랑스러워하는 새 오토닥을 소유하고 있다고 생각하는 것 같다고 말했을 것이다. 그리고 자신의 임무는 카를로스를 지구에 붙잡아 두는 것이라고. 카를로스가 안 믿을 이유가 어디 있을까? 따라서 멋모르고 고마워하며 함께 도망친 것이다.

"하지만 카를로스는 루이스와 타냐를 사랑해서 그 아이들하고 베어울프와 함께가 아니면 가지 않으려 해."

그리고 샤롤도. 베어울프를 데려가려면 그가 이제 지구를 떠나도 된다는 허가를 받지 못하게 되었다고 설득해야만 했을 것이다. 지그문트는 페더가 무슨 이야기를 지어냈든 그가 덥석 받아들였을 것이라고 추측했다.

"내 상상은 여기서 문제가 생겨. 심각한 평지 공포증이 있는 샤롤을 어떻게 설득해서 우주여행을 하게 했을까?"

여행과 이어지는 새로운 세계의 삶. 지그문트는 식은땀을 흘렸다. 이 상황을 해결하려면 바깥 세계로 나가야 할 게 분명하다는 음울한 사실은 잘 알고 있었다. 그가 잘못된 사람을 믿은 탓에 착륙선의 도난과 사실상 카를로스의 납치 사건이라고 할 만한 일이 벌어진 것이다. 어쩌면 타인에 대한 믿음이 전부 잘못돼 있을지도 몰랐다. 그래도 지그문트는 카를로스를 구할 작정이었다. 그러자면 도움이 필요했다.

"메두사. 앤더에게 소환 명령을 보내. 새 임무가 있다고."

4

"짜잔!"

'탐색자'호를 노멀 스페이스로 떨어뜨리며 앤더가 말했다.

정면에서 별 하나가 빛나고 있었다. 태양보다 나이가 많고 더 뜨거웠지만, 비슷한 거리에서 보면 비슷한 황백색 별로 보였다. 지그문트는 안도의 한숨을 내쉬었다.

조종은 거의 대부분 앤더가 맡았다. 오래전에 징크스로 함께 갔을 때처럼 그는 한시도 쉬지 않고 말을 해 댔다. 이번에는 지그문트도 반갑게 받아들였다. 굶주리고 있는 무無로부터 주의를 돌릴 수만 있다면 무엇이라도 반가웠을 터였다. 우주가 여전히 존재하고 있다는 사실을 확인해야 안심이 되는 지그문트를 위해 하이퍼스페이스를 자주 빠져나온 탓에 그러지 않아도 긴 여행이 더 지루해졌다.

"자, 여기는 뭐가 있을까요."

앤더가 주 조종 장치의 버튼을 건드렸다. 심부 레이더 화면에 그림자 같은 구체가 나타나더니 천천히 팽창했다.

급박하게 하이퍼스페이스로 돌아온 일이 부담스럽지는 않았다. 지그문트는 지난 몇 주보다 기분이 더 좋았다. 심지어는 재미있기도 했다.

"정지장 상자라도 찾길 바라는 거야? 여기가 한 번도 탐사되지 않은 항성계도 아니고."

앤더가 웃었다.

"밑져야 본전이죠. 하나라도 찾으면 생기는 게 엄청나잖아요."

아주 오래전, 고대의 두 종족이 은하계 규모의 절멸 사태를 일으킨 전쟁을 치렀다. 여기에 관한 이야기는 거의 전해지지 않은 가운데, 정지장 안에 영구히 보존된 소수의 인공 물체만 흔적으로 남아 있었다. 정지장 상자 안에서 발견된 물체는 거의 대부분 이해할 수 없는 수준이었다. 그 안에 내재된 기술은 무서운 힘을 갖고 있었다. 통상적으로 생각해 보면 무기 저장고라는 설명이 그럴싸했다. 당연히 알려진 우주의 모든 종족은 새 정지장 상자를 찾아오는 자에게 크게 보상했다. ARM이 상자 하나에 제공하는 표준 보상금만 받아도 한 사람이 평생 동안 왕자처럼 살 수 있었다. 지그문트가 아는 한 그런 일은 매우 드물었다.

정지장은 빛, 전파, 심지어는 심부 레이더에서 나오는 뉴트리노 파동까지 모든 것을 반사했다. 우주선 조종사들이 어떤 항성계가 됐든 접근할 때마다 심부 레이더 스캔을 하는 건 몸에 익은 습관이었다. 따라서 오래전부터 누군가 거주하고 있는 항성계에서 정지장 상자를 발견하지 못한다는 건 당연한 일이었다. 지그문트는 앤더 같은 낙천주의자가 이 항성계를 몇 번이나 스캔했을지 감도 오지 않았다.

결국 앤더가 말했다.

"아. 해 보는 데 돈 드는 것도 아닌데요, 뭐. 다음 행선지는 파프니르입니다."

이동 부스 납치는 파프니르에서도 먹혔다.

"괜찮을 테니 걱정 마십시오."

네서스는 고립된 부스 안에서 당황하고 있는 남자에게 말했다.

남자는 어디선가 들려오는 목소리를 향해 몸을 돌리더니 일방으로만 보이는 거울에 반사된 자기 모습이 마음에 들지 않는 모양인지 몸을 부르르 떨다가 가만히 있었다.

"숨어 있지 말고 나와."

그럴 리가 없었다.

"당신은 드레이크 호텔의 설비 담당인 로건 존스가 맞지요?"

"맞는데."

남자는 갑자기 난공불락—평범한 상황에서라면—의 벽을 주먹으로 쳤다. 주먹으로는 선체 구성 물질에 손상을 입힐 수 없었다.

"난 돈도 별로 없어. 나와 가까운 사람들도 마찬가지고. 그냥 풀어 주지."

"때가 되면 그럴 겁니다, 존스 씨."

네서스는 그 말이 효과를 발휘하도록 잠시 가만히 있었다.

"내가 바라는 건 이런 불편한 일을 겪는 대가로 존스 씨를 좀 더 부유하게 만드는 것입니다."

존스가 눈을 가늘게 떴다.

"무슨 일을 하는 대가로?"

지그문트가 이동 부스를 이용했다면 일이 얼마나 쉬웠을까. 그는 ARM 사무실 사이를 오가며 지냈는데, 사람들이 많은 다양한 공공장소, 즉 접근이 불가능한 곳을 통해서만 다녔다. 네서스가 누군가를 고용해 지그문트를 납치하려고 했다가는 아무리 비밀리에 시도한다고 해도 최소한 우발적으로 상해를 입힐 가능성이 있었다.

산지타 쿠드린은 이렇게 말했다.

'이제 그만해요. 지그문트는 너무 영리하다고요. GPC의 돈을 추적해서 도달한 게 내가 아니라 막스 아데오였다는 건 운이 더럽게 좋은 거였어요. 네서스, 이제 더는 날 이용하면 안 돼요.'

네서스는 말했다.

'당신의 과거를 지그문트에게 알려 줄 수도 있습니다. 계속 돕지 않겠다면.'

산지타는 고개를 끄덕였다. 두려움과 절망이 얼굴에 가감 없이 떠올랐다. 정보는 끊임없이 흘렀다. 마침내 지그문트가 다시 바깥 세계로 나간다는 소식까지. 환경이 바뀐다는 건 최소한 ARM에 안전하게 접근할 가능성이 열린다는 뜻이었다.

존스가 다시 말했다.

"뭘 하라는 거지? 말해 봐!"

네서스는 자기도 모르게 반쯤 몸을 말았다. 지그문트와 얼굴을 맞대고 만나는 건 두려워.

네서스는 억지로 몸을 풀었다.

"평지인 두 명, 지그문트 아우스폴러와 앤더 스미타라시드가 당신네 호텔에 투숙할 겁니다."

바꿔 말해, 납치한 카운터 직원의 말에 따르면 그들은 아직 투숙하지 않았다. 지그문트가 먼저 출발했지만, 도착은 네서스가 먼저였다. 산지타의 말을 들으니, 지그문트가 억지로 몸을 이끌고 다시 우주선에 탔다는 사실이 놀라웠다. 네서스는 '탐색자'호가 하이퍼스페이스에서 자주 빠져나올 것으로 예상했다.

"오른쪽을 보십시오, 존스 씨. 당신은 그들이 도착하기 전에 저 납작한 장치를 각각의 방 카펫 아래에 숨겨야 합니다."

납작한 장치란 도약 원반이었다.

"그 일과 향후 침묵에 대한 대가로 내가 저 원반이 적절히 설치됐는지를 원격으로 확인한 뒤에 지구 화폐로 십만 스타를 지불하겠습니다."

"저거 폭탄인가?"

"순간 이동 장치입니다. 지금 당신 아래에 있는 거지요."

존스의 시선이 부스 바닥에서 근처에 쌓여 있는 원반으로 향했다.

"호텔에 이동 부스가 있어. 객실 아니고 로비에. 하지만……."

혼란스러운 듯 말꼬리가 흐려졌다.

"난 둘 중 누구도 다치게 하고 싶지 않습니다. 약속하지요. 더 알고 싶은 게 있습니까?"

네서스의 질문에 존스가 답했다.

"아니. 그렇게 하지."

파프니르에 오신 것을 환영합니다.

세관 위쪽에 매달려 있는 표지판을 보니 피부가 근질거렸다. 지그문트는 숨을 쉬는 데 집중했다. 중력은 크게 다르지 않아. 게다가 지금은 실내에 있잖아. 참을 수 있어. 지그문트는 속으로 되뇌었다.

앤더는 지그문트 뒤쪽에 줄을 서서 방금 도착한 정기선에서 내린 예쁘장한 갈색 머리 여자와 수다를 떨고 있었다. 그는 언제나 일과 즐거움을 함께 누릴 줄 알았다.

세관원은 크진인이었다. 털가죽 대부분이 회색으로 한쪽 팔에는 톱니 같은 흉터가 나 있었다. 참전 군인이군. 지그문트는 추측했다. 네가 우리 부모님을 먹었나?

마침내 지그문트의 차례가 돌아왔다. 세관원은 지그문트의 민간인용 신분증을 건성으로 스캔했다.

"파프니르에 온 걸 환영한다. 무슨 일로 왔는가?"

일 년 동안 갈수록 필사적이 되어 가며 수행한 데이터 마이닝 결과, 페더가 사라졌을 즈음 ARM의 무기고에서 대구경 총 한 정이 사라졌다. 파프니르의 공공 네트워크에는 몇 달 전에 바다에서 구조된 한 남자에 대한 보고서가 올라와 있었다. 그의 구명조끼에는 앞뒤로 크게 찢어진 구멍이 있었다. 남자는 바다 생물이 조끼를 찢었다고 주장했다.

"관광입니다."

지그문트가 대답했다.

"워터 워도요."

앤더가 뒤에서 튀어나와 끼어들었다. 워터 워는 파프니르에서 즐기는 스포츠로, 인간—호흡기를 낀—과 돌고래가 함께 팀을 이뤄 수중에서 진행하는 난투 경기였다. 열 개 팀이 거북처럼 생긴 바다 생물을 추격하거나 한데 몰았다. 거의 대부분이 바다로 이뤄진 세계에서는 괴상하지만 그럴듯한 경기였다.

쥐고양이는 입가를 찡그렸다. 크진인이 물에 대해 느끼는 건 지구의 고양이와 똑같은 것 같았다.

"좋은 때 왔다. 곧 퍼시피카에서 대규모 토너먼트가 열린다."

"알려 줘서 고맙습니다."

지그문트는 가방을 들었다.

앤더가 심사를 통과한 뒤, 그들은 짐을 챙겨 도착 구역으로 갔다. 앤더가 이동 부스가 늘어서 있는 곳으로 가려 하자 지그문트는 고개를 저었다.

"우리는 관광객이야, 앤더. 택시를 타지."

그들은 공중 부양 택시를 잡았다. 지그문트가 너무 연한 하늘을 보며 눈을 감은 채 말했다.

"드레이크 호텔로."

– 훌륭한 선택입니다. 여기서 가장 좋은 호텔이라고 들었습니다.

택시의 AI가 말했다.

물론 가장 비싸기도 했다. 앤더가 조사해서 고른 호텔이었다.

둘은 방에 짐을 풀었다. 두 방을 잇는 문은 열어 두었다. 앤더는 아직도 지그문트가 바다가 안 보이는 방을 잡자고 고집 부린 게 불만인 듯했다. 지그문트는 무시했다. 십 층 아래의 도시 풍경을 보니 마치 고향에 있는 기분이었다. 그는 컴퓨터와 화면 여러 개를 설치하고 정렬했다. 앤더가 뿌리고 다닐 ARM 센서가 조만간 화면을 모두 채울 터였다.

"우리가 찾을 수 있을 것 같아요?"

앤더가 연결 문으로 들어오며 물었다.

"솔직히? 나도 몰라."

페더는 편집증이었고, 카를로스는 천재였고, 베어울프는 약았다. 거기다 일 년이나 뒤늦은 시작. 어쩌면 베어울프는 그레고리 펠턴이 바깥 세계에 소유한 재산에 접근할 수 있었던 건지도 몰랐다. 도난당한 우주선이 여기 있었다고 해도 확률은 아주 낮아 보였다. 그들은 찢어진 조끼가 바다 괴물이 아니라 총 때문이었다는 데 희망을 걸고 이 먼 곳까지 왔다.

"이 정도 했으면 운이 좀 따라야 하는 거 아냐?"

5

지그문트에게는 파프니르가 꽤 잘 맞았다. 이동 부스를 쓰지 않겠다고 거부해도 현지인들은 별로 신경 쓰지 않았다. 서두를 필요가 별로 느껴지지 않았다.

이동 부스는 한정된 양의 운동에너지만 흡수할 수 있었다. 그리고 회전하는 구체 위의 두 지점은 각각 자전속도가 달랐다. 지구의 이동 부스 시스템은 여러 이동 부스가 연속적으로 연결돼 있었다. 장거리 여행을 할 때는 부스에서 부스로 너무 빨리 이동하기 때문에 눈치채지 못했다. 대양을 건널 때는 우주에 깔린 인공위성의 중계 기지를 이용했다. 파프니르에서는 안 그랬다. 아직 크진식 이름인 샤슈트로 부르는 작은 대륙을 제외한 나머지 장소에서 현지인들은 대부분 배나 비행선을 타고 다녔다.

이 주에 걸친 집중적인 탐색으로 얻은 결과를 보고 지그문트는 비행선을 타고 세계 일주나 하는 편이 나았겠다는 생각이 들었다. 그래 봤자 선실 안에 처박혀 있었겠지만…….

메두사는 재빨리 파프니르의 컴퓨터 네트워크를 해킹했다. 도망자들의 흔적은 전혀 없었다. 유일하게 고무적인 결과 역시 '없는 것'이었다. 조끼를 싫어하는 바다 괴물과 만났다고 주장한 조난자, 퍼시얼 재뉴어리 허버트 역시 일 년 동안 아무 흔적이 없었다. 가짜 이름일 가능성이 높았다.

문제는 이곳 사람들이 한 번에 몇 달씩 항해에 나선다는 점이었다. 또 상당수의 사람들이 광대한 바다에 드문드문, 수도 없이 박힌 섬에서 독립적으로 살았다. 결국, 연락을 취하거나 만나기가 쉽지 않았다.

앤더는 샤슈트의 주요 공공장소에 센서를 심어 놓았다. 그리고 인근의, 인구가 좀 되는 섬을 찾아가 똑같은 일을 했다. 앤더는 ARM의 감시용 장비를 이용했다. 과거 지그문트가 베어울프와 카를로스에게 빌려 준 귀마개형 송수신기와 그보다 더 놀라운 장치인 전송 가능한 콘택트렌즈였다. 지그문트는 앤더의 눈에 보이는 장면을 그대로 화면에 불러올 수 있었다.

하지만 지금까지는 아무 성과가 없었다.

"앤더."

앤더의 시야가 살짝 위로 올라갔다 내려오는 건 지그문트의 말을 들었다는 뜻이었다. 눈앞에 작은 상점가가 보였다.

"다음 섬으로 가지."

시민들 사이에서는 소심함이 덕목이었다. 네서스가 지금 허스에서 몇 광년 떨어진 파프니르에 있는 건 그가 다른 이들보다 그 덕목을 조금 덜 갖추고 있기 때문이었다. 그래도 여전히 겁쟁이는 겁쟁이였다. 그리고 지그문트 아우스폴러는 여전히 아주, 아주 무서운 존재였다.

네서스는 언제라도 지그문트의 방으로 전화를 걸 수 있었다. 곧바로 도약할 수도 있었다. 방 안을 거니는 지그문트를 '아이기스'호에 있는 고립된 부스로 데려올 수도 있었다.

그런데 무슨 말을 하지?

그가 몇 년 동안 쫓아온 광적인 편집증 환자에게서 신뢰를 구한다. 그 미친 편집증 환자에게 전혀 모르는 이들의 세계가 그의 도움을 필요로 한다고 말한다. 협약체가 자신의 가장 무서운 적수를 상대로 저지른 가장 어두운 비밀을 밝힌다.

네서스는 활기를 되찾기 위해 필사적으로 노력하며 빠른 속도로 걸었다. 행동하게끔 만드는 광기의 상태로부터 아직 한참 멀리 떨어져 있었다.

지그문트는 앤더가 몇 개나 되는 섬을 방문했는지 세다가 잊어버렸다. 메두사는 앤더가 이미 뿌려 놓은 센서에서 들어오는 수천 개의 데이터를 감시하느라 애쓰고 있었다. 지그문트는 뭐라도 하고 있다는 느낌을 받기 위해 샘플 데이터로 자기 주위를 둘러쌌다. 아직 실마리는 찾지 못했다. 지그문트가 돌아가는 여행길을 두려워하지만 않았더라면 벌써 떠났을지도 몰랐다.

어느 날 밤잠을 못 이루던 지그문트는 문득 생각이 떠올랐다. 베어울프 섀퍼는 타고난 여행가였다. 이 낙후되고 물만 많은 세계에서 가장 큰 관광거리는 워터 워였다. 지그문트는 앤더를 퍼시피카로 보내 확인하게 했다.

퍼시피카는 일종의 해저 동물원 직원들이 살기 위해 생긴 해저 마을이었다. 워터 워는 그 이후에 생겼다. 크진인이 육지에서만 하던 사냥 게임을 변형해 만들었지만, 돔 아래의 할 일 없던 마을에 번영을 가져왔다.

마치 당연하다는 듯이 앤더는 팬들이 모인 돔 경기장에 들어가기 전에 음식점부터 찾았다. 앤더가 메뉴판을 보는 동안 지그문트도 같은 광경을 보고 있었다. 근처에 있는 다른 가게를 보다가, 이 층 발코니를 슬쩍 보고, 다시 메뉴로, 그중 하나를 골라서…….

“앤더! 다시 위층을 봐. 저거……?”

지그문트가 외쳤다. 심장이 뛰었다.

앤더가 발코니를 훑는 동안 지그문트는 화면을 일 분 앞으로 돌렸다가 다시 빠르게 재생했다. 아는 얼굴이었다!

“베어울프다! 저 위로 올라가!”

앤더는 계단을 한 번에 세 칸씩 올라갔다. 베어울프는 전화 겸 이동 부스 안에서 휴대용 컴퓨터를 들고 있었다. 키가 오십 센티미터쯤 줄었다는 것을 빼면 베어울프 새퍼가 확실했다! 얼굴 인식 소프트웨어도 그렇게 말했다.

부스를 나온 베어울프는 앤더와 정면으로 부딪쳤다.

“에구!”

“거짓으로 내는 소리야.”

지그문트가 말했다. 베어울프도 앤더를 알아본 것이다.

“내가 듣고 있는 걸 모르게 해.”

“미안해요. 베어울프, 정말 많이 변했네요!”

앤더는 베어울프가 부스 밖으로 나오지 못하도록 움직이지 않았다.

“미안합니다. 일부러 민 거 아닙니다.”

베어울프는 일부러 굽실대는 척했다.

“이상하게 구는군. 일부러 모르는 척하는 거야, 앤더. 감시 장치 설치해.”

앤더는 베어울프의 손을 잡고 위아래로 흔들었다.

"앤더 스미타라시드예요."

주위가 시끄러워서 앤더는 큰 소리로 말했다. 그리고 거의 징크스인만 한 힘으로 손이 으스러질 정도로 세게 쥐었다. 그 정도면 피하 감시 장치를 삽입할 때 나는 따끔한 느낌을 덮을 수 있을 터였다.

지그문트는 화면을 확인했다.

"메두사가 신호를 잡았어. 잘했어."

앤더는 계속 이야기하는 중이었다.

"우리 함께 여행 일지 영상을 두 개 만들었잖아요. 베어울프, 당신은 할 얘기가 참 많겠어요."

"아, 숨길 얘기야. 숨길 얘기가 많아, 앤더."

"이제는 아니죠."

앤더가 대답했다.

"그래, 그렇지. 일행이 있나?"

앤더는 대답할 말을 기억했다.

"아뇨, 혼자 왔어요."

"경기를 같이 보지. 아마 내 옆자리가 비었을 거야."

"앤더, 좌석 번호가 잘 보이게 해. 누가 표를 샀는지 메두사가 알아낼 수 있을지도 모르니까."

지그문트가 말했다. 베어울프 섀퍼라는 이름으로 표를 사지 않았을 건 확실했다. 그가 여기서 쓰는 가명을 알면 도망자들을 추적하는 실마리가 될 수 있었다.

앤더와 베어울프는 이동 부스가 있는 곳으로 갔다.

"앤더, 베어울프의 팔을 잡아. 도망갈까 봐 걱정스러운 것처럼 행동해. 그러면 우리가 추적할 수 있다고 의심하지 못할 거야."

"휴대용 컴퓨터를 쓰는데 왜 이동 부스 안에 들어가요?"

앤더는 말하면서 손으로 베어울프의 가느다란 위팔을 붙잡았다. 베어울프는 그 질문이 재미있다는 표정을 지었다.

"시끄러워서!"

때마침 사람들이 그들을 둘러싸더니 다 함께 경기장으로 이어지는 다리로 향했다. 지그문트는 안마 의자에 몸을 묻었다. 아무 의심도 하지 못하는 베어울프 섀퍼를 도청하는 일은 점점 나쁜 버릇이 되어 가고 있었다.

– 그들을 찾았습니다, 지그문트.

메두사가 말했다.

"그들?"

– 베어울프와 앤더가 앉아 있는 두 좌석은 마틴 월레스 그레이노어라는 이름으로 구입한 것입니다.

베어울프는 워터 워의 훌륭한 점에 대해 지껄이고 있었다.

"원래 자리 주인이 도망가는 동안 베어울프가 시간을 벌고 있는 것으로 생각되는군."

메두사가 미소를 짓자 머리 위의 뱀들도 같이 미소를 지었다.

– 더 재미있는 이야기가 있습니다. 여섯 명으로 이뤄진 그레이노어 가족은 몇 년 전에 파프니르에서 분더란트로 이주했습니다. 남자 둘, 여자 둘, 아이 둘이었습니다.

"마틴도 포함해서겠지?"

– 그렇습니다.

지그문트는 생각했다.

"또 누가 동시에 두 곳에 있지?"

– 밀센타는 퍼시피카에서 일합니다. 존과 두 아이, 네이선과 트위나는 일 년 반 전에 샤슈트에서 냉동선을 타고 홈*으로 떠났습니다.

샤롤 얀스는 해저에서 카를로스와 살면서 아이를 낳았다. 중증 평지 공포증 환자로서 퍼시피카는 파프니르에서 샤롤이 살기에 가장 적당한 장소일지도 몰랐다.

샤롤이 밀센타일까?

카를로스 역시도 약한 평지 공포증이 있었다. 간접 감시 결과가 암시하는 바를 믿을 수 있다면 타냐도 마찬가지였다.

그래도 냉동 상태로 파프니르까지 와서 그레이노어로 변신할 수는 있었다. 다시 냉동 상태로 홈, 가장 지구와 가까운 개척 세계로 떠난다면?

상황이 맞아떨어지기 시작했다. 그런데 왜 일행이 둘로 갈라졌을까?

"메두사, 그럼 다섯 명이잖아. 여섯 번째는 어떻게 된 거지?"

– 아델레이드입니다. 여기에는 흔적이 없습니다.

등골이 서늘해졌다. 뭔가 나쁜 일이 여기서 일어난 것이다. 사라진 여자는 누구일까?

---

* 알려진 우주에서 인간이 거주하는 행성. 지구와 비슷해서 홈Home이라는 이름이 붙었다.

샤롤일까, 페더일까?

헛기침하는 소리가 들려와 지그문트는 정신을 차렸다. 앤더가 조언을 구하고 있었다. 상관없었다. 메두사는 한동안 혼자서도 데이터 마이닝을 할 수 있었다.

"앤더, 파프니르에는 왜 왔지?"

베어울프가 물었다.

"내가 지구에 없다는 얘기는 하지 마."

지그문트의 말에, 아주 미세하게 시야가 살짝 위아래로 움직였다. 알겠다는 신호였다.

"당신을 찾고 있었어요."

앤더가 대답했다.

"아아. 그럴 줄 알았어. 당신, 국제연합 경찰과 같이 일했지."

베어울프의 말투에는 국제연합을 썩 좋아하지 않는 듯한 기색이 있었다.

아니면 그냥 내가 싫은 걸지도 모르지. 지그문트는 생각했다.

"앤더, 공적인 일로 왔다고 하지 마."

"꼭…… 그렇진 않아요. 전 ARM이 아니잖아요. 지그문트 아우르폴러 요원하고 일하는데, 그는 ARM이지만 자기 나름의 일이 있죠. 그러니까 당신을 데려가려고 온 건 아니라는 얘기예요."

앤더가 느릿느릿 말했다.

"잘됐군. 난 돌아가고 싶지 않거든."

잠시 의미심장한 침묵이 감돌더니 베어울프가 물었다.

"그러면 왜?"

"페더에 대해서 물어봐."

지그문트가 끼어들었다.

"페더 필립이 어떻게 됐는지 알려 줄 수 있어요?"

앤더의 질문에 베어울프는 얼굴을 찡그렸다.

"길고 지저분한 얘기야."

"상관없어요. 저녁은 내가 사죠."

앤더는 태연하게 대답했고, 지그문트는 말없이 몸을 떨었다.

"고맙군."

베어울프가 몸을 앞으로 숙이며 음모를 꾸미는 투로 말했다.

"아주 귀중한 물건이 하나 엮여 있어, 앤더. 나도 못 건드리는 거지. 그거랑 페더, 내가 보기엔 전부 엮여 있어."

"앤더, 베어울프를 계속 감시해. 저녁 자리에 데리고 가서 말을 시켜 봐."

지그문트는 지시를 내렸다. 베어울프가 이야기를 하게 만드는 건 어렵지 않았다.

"메두사와 난 계속 파고 있지."

지그문트가 앤더와 베어울프의 대화를 엿듣는 동안 메두사는 카를로스의 개인 오토닥을 추적했다.

그 물건을 오토닥이라고 부르는 건 공정하지 않았다. 그건 나노 기술의 기적이었다. 장기, 팔다리 등 뭐든지 필요하면 자라게 할 수 있었다. 어쨌든 카를로스는 그렇게 주장했다. 국제연합은 그 장치를 만드는 데 적은 금액을 투자했다.

그 오토닥은 덩치가 컸다. 너무 크고 무거워서 부양 판이 없으면 옮기기 어려웠다. '좀비 여왕'—냉동선치고는 거창한 이름이었다—호 적하목록에는 그만한 크기와 무게에 가까운 화물조차 없었다. 그 오토닥은 카를로스와 함께 지구에서는 사라졌다. 카를로스가 그것 없이도 기꺼이 홈으로 가려고 할까?

지그문트는 앤더에게 명령했다.

"계속 말을 시켜. 시간이 더 필요해."

그리고 메두사에게 말했다.

"메두사, 새 우선순위야. 밀센타 그레이노어를 찾아."

만약 베어울프가 시간을 끌고 있는 거라면 누군가의 탈출을 돕는 것일 터였다.

"그리고 시리우스 메이터에 당신이 있었지. 내 이야기를 쓰려고 완벽하게 준비하고서. 그때 지그문트가 두 번 다 당신을 보낸 게 분명하다고 추측했어."

베어울프가 말했다. 핵폭발에 대한 이야기였다.

"그런데 왜 날 고용했어요?"

"상관없었으니까. 은하계가 초신성으로 폭발하고 있었잖아. 중요한 건 내가 이걸 어떻게 인류에게 전해 주나, 어떻게 하면 내 말을 믿게 만드나였지. 난 당신이 ARM이길 바랐어. 그러면 뭔가 할 수 있을지도 모르니까."

갈수록 시간을 끄는 것처럼 들렸다. 지그문트가 말했다.

"이 친구 좀 놀라게 해 주자고."

6

워터 워 경기에는 이제 다섯 팀만 남아 있었다. 체력도 최상이 아니었다. 지그문트는 거북 비슷한 동물을 두 마리밖에 볼 수 없었다. 중요한 순간인 건 분명했다. 팬들이 일어서서 함성을 지르고 있었다.

지그문트도 소리를 쳐야 했다.

"영상을 하나 전송했어. 베어울프에게 보여 줘."

앤더는 고개를 끄덕이더니 휴대용 컴퓨터를 꺼내 베어울프의 무릎에 올려놓았다. 홀로그램이 나타났다.

다섯 개의 공깃돌이 검은 배경 위에서 돌고 있었다. 잠깐 동안 퍼페티어 영토에 들어갔던 '호보 켈리'호의 자료로 추정해 만든 영상이었다. 가상의 카메라가 확대하자 각각 하나의 세계로 변했다. 넷은 주위를 도는 작은 인공 태양 무리 너머 풍경이 워낙 지구와 비슷해서 보고 있자니 목이 메어 왔다. 수수께끼의 다섯 번째 행성은 항성도 없는데 마치 불이 붙은 것처럼 빛났다.

지그문트가 영상을 묘사하는 대로 앤더는 똑같이 따라 했다.

"퍼페티어는 아직 알려진 우주 안에 있어요. 상대론적인 속도로 행성을 통째로 움직이면서 멀어지는 중이죠."

그러고는 컴퓨터를 낚아채 껐다.

"행성 다섯 개는 거의 크기가 비슷해요. 오각형을 그리면서 서로 돌고 있죠. 수학은 알아서 해 봐요. 중심에 항성이 있든 없든 궤도는 안정하니까. 퍼페티어도 조석력을 잘 이해하고 있어요,

베어울프. 그게 그들이 당신에게서 숨긴 거죠."

베어울프는 놀란 기색이었다. 그는 영리한 질문을 몇 개 던졌다. 상대론적 속도라는 말에는 별다른 반응을 보이지 않았다. 광속의 삼 퍼센트는 상대론적 속도로 보지 않기 때문일까? 아니면 그저 뭘 모르기 때문일까?

어쨌든 베어울프는 분위기를 탔다. 45년에 그레고리 펠턴과 떠났던 탐사 이야기를 꺼내더니 묻지도 않았는데 반물질 항성계를 발견했다고 말했다. 그건 이미 비밀도 아니었으므로 뭔가 다른 중요한 정보를 보호하고 있는 게 분명했다. 혹은 사람이거나.

샤롤 얀스가 틀림없었다.

베어울프는 페쿼드 그릴—지그문트는 3V에서 광고를 본 적이 있었다. 퍼시피카에서 바가지를 많이 씌우기로 가장 유명한 곳이었다—이라는 식당으로 이끌었다. 앤더는 이동 부스 안에 함께 들어감으로써 베어울프가 도망갈까 봐 걱정하고 있다는 점을 몸으로 보여 주었다. 식당에서도 재순환기에 다녀올 때도 그와 함께 갔다.

베어울프는 거의 쉬지 않고 이야기를 해 댔다. 음식이 나온 뒤에도 마찬가지였다. 그 와중에 퍼페티어 세계에 대해, 그 세계가 어디로 향하고 있는지 추측해 보였다. 아웃사이더가 핵폭발에 적응하는 방법에 대한 이론도 세웠다.

상황만 달랐다면, 지그문트도 푹 빠졌을 법한 이야기였다. 메두사가 녹음을 하고 있으니 다음에 언젠가 생각해 볼 수 있을 듯 싶었다.

지그문트가 재촉하자 앤더는 징크스에서 벌어지는 펠턴의 연구 계획과 그 계획이 틀어진 이유에 대해서 말도 되지 않는 소리를 늘어놓았다. 이번에도 베어울프는 눈에 띄는 반응을 보이지 않았다.

메두사가 끼어들었다.

– 찾았습니다, 지그문트. 밀센타를 찾았습니다. 방금 아웃바운드 엔터프라이즈에 수속했습니다.

“그게 뭐지?”

– 냉동선 운항 회사입니다. 카를로스가 아이들과 함께 이용했던 회사죠. 그리고 한 가지 더…….

“뭐야?”

지그문트가 재촉했다.

– 창문을 투명하게 만들고 아래를 내려다보면 바로 길가에 있는 낮은 초록색 건물이 아웃바운드 엔터프라이즈입니다.

마침내 베어울프의 말이 뜸해졌다. 퍼시피카에서는 늦은 시간이었으니 지쳤을 수도 있고, 샤롤/밀센타가 빠져나갈 시간을 충분히 벌었다고 생각했을 수도 있었다. 아까 말했던 것과 달리 페더에 대해서는 별말이 없었다.

“그래서 여기 온 건가?”

베어울프가 물었다.

“지그문트 요원님한테 여기 온 보람이 있었다고 말할 수 있을 것 같아요. 이제 페더 필립하고 카를로스 우가 어떻게 됐는지 말해 줄래요?"

베어울프는 몸을 숙였다.

"그래, 그리고 카를로스의 오토닥도 말이지?"

"페더 필립은 당신과 카를로스 우, 샤롤 얀스와 같은 시각 같은 장소에서 사라졌어요. 난 누가 죽었는지 알아내야 해요."

지그문트는 움찔했다.

하지만 앤더가 거의 확실히 옳았다. 그리고 만약 누군가 죽었다면, 논리적으로 페더여야 했다. 지그문트는 앤더의 렌즈를 통해 베어울프의 반응을 관찰했다.

베어울프는 목에 손을 갖다 대더니 초조한 듯 문질렀다.

"당신하고 식사를 하는 게 아니었어, 앤더."

"누가 죽었죠?"

앤더가 무뚝뚝하게 물었다.

"적어도 카를로스는 죽었지. 처음부터 듣고 싶나?"

카를로스는 홈으로 갔다. 베어울프의 말 중에서 또 뭐가 거짓일까?

마침내 베어울프가 이야기를 정리해서 들려줬다.

"그러니까 이렇게 된 거야. 카를로스는 죽었어. 페더가 날 쏘기 전에 그 사람을 쏘는 걸 봤지. 샤롤은 아이들하고 도망간 게 분명하고. 페더는 남아서 나를 오토닥 안에 넣은 뒤에 다른 배를 타고 갔어. 날 아무도 없는 섬에 혼자 내버려 뒀지. 내 생각에 그때 이미 샤롤을 붙잡는 건 포기한 것 같아. 아니면 날 인질로 살려 둘 필요가 없잖아? 지금은 다들 어디 있는지 모르겠어. 그런데 만약 페더가 샤롤을 잡고 있다면, 내가 알아챘을 거야."

거짓말들 사이에서 일부 이야기가 진실의 종소리를 울렸다. 지그문트는 주동자와 배경에 대해 충분히 알고 있었기 때문에 기만의 안개를 꿰뚫어 볼 수 있었다.

수송선과 착륙선을 획득하고, 파프니르로 몰래 날아와 그레이노어 가족의 삶을 대신하고, 외딴섬의 착륙장에서 누군가 배신을……. 전부 들어맞았다. 도둑맞은 무기 그리고 구명조끼를 뚫고 지나간 큰 구멍. 그것 때문에 지그문트가 이곳에 온 게 아닌가. 다만 일부 역할이 바뀌었을 뿐.

페더는 영원히 사라졌다. 그녀가 확실히 미쳐 버렸다고 해도 그 사실을 받아들이는 건 쉽지 않았다. 지그문트는 갑자기 베어울프 섀퍼의 목소리를 참을 수가 없었다.

그렇다고 베어울프가 말을 멈추지는 않았다.

"다른 얘긴데, 카를로스의 실험용 오토닥 그거 아주 귀중한 물건이야. 당신한테 팔고 싶은데."

지그문트는 간신히 입을 열었다.

"우리가 정말 원하는 바야. 긴장하지 말고 말해."

앤더가 잠시 뜸을 들이다가 말했다.

"당신이 별로 유리한 위치에 있지는 않은데요."

베어울프는 설득하려 들었다.

"싸게 팔지. 어쨌든 내가 만질 수 있는 물건은 아니고, 당신들도 잃어버리고 싶진 않잖아. 날 봐! 그게 잘린 머리만 갖고 날 다시 만들었다고!"

지그문트는 속이 울렁거렸다. 마침내 그림이 그려졌다. 페더가 약을 못 맞은 지 얼마나 오래됐지? 동료들을 적으로 여길 정도로 오래됐나? 그러면……?

베어울프를 가장 먼저 조각냈을 것이다. 잠재적으로 가장 위험한 적이었으니까. 다른 사람들은 간신히 페더를 죽인 뒤 베어울프의 머리를 오토닥에 넣고, 평지 공포증 때문에 공황 상태에 빠져 배를 타고 도망갔을 터.

베어울프는 거의 오십 센티미터나 키가 작아졌다. 오토닥이 집중 치료를 수행할 수 있는 공간에는 베어울프의 원래 몸이 다 들어가지 않았을 것이다.

방이 빙글 돌았다.

"앤더, 거래해서 오토닥을 다시 사. 난 이만 끊지."

마침내 참을 수 없는 진실이 머릿속에 자리 잡았다. 머리만 가지고 베어울프를 재생하려면 상당한 양의 생물 구성 물질이 필요했다. 아주 많이.

페더의 시체?

지그문트는 속이 텅 빌 때까지 구역질을 하고 또 했다.

7

파프니르의 공공 네트워크에 올라와 있는 기상 영상에서 지그문트는 작은 점이 섬에서 섬으로 천천히 움직이는 모습을 지켜보고 있었다. 그 점은 비행선 '와이번'호였다. 점이 그리는 선의 끝은 샤슈트 노스 우주 공항과 아웃바운드 엔터프라이즈의 터미널 그리고 지그문트가 머무는 호텔에서 몇 킬로미터 떨어져 있는 정박 탑이었다.

승객 중 한 명의 이름은 마틴 월레스 그레이노어. 앤더가 심은 추적기로 확인할 수 있었다.

베어울프가 '탈출'한 뒤, 앤더는 신중하게 떨어져서 그의 뒤를 따랐다. 베어울프는 오토닥을 가지러 가지 않았다. '와이번'호의 노선에 있는 마지막 섬은 샤슈트에서 이동 부스로 갈 수 있는 거리에 있었다. 앤더는 나머지 노선을 순간 이동으로 비행선을 앞질렀다.

앤더가 설득한 끝에 지그문트는 방을 나와 호텔 안의 식당까지 왔다. 지그문트는 끝없는 파도와 어딘가 느낌이 이상한 하늘이 보이는 창문 벽을 등지고 앉았다. 그들은 자리를 바꿨다. 크진인 한 쌍이 들어오자 바다와 하늘이 갑자기 최악의 풍경을 면했다. 너희가 우리 부모님을 먹었나?

"베어울프가 저한테서 도망갔다고 생각하게 만들다니 잔인한데요."

앤더가 말했다.

아웃바운드 엔터프라이즈가 아니라면 베어울프가 갈 데가 어디 있을까? 샤롤은 이미 홈으로 가는 다음 냉동선에 타기 위해 딱딱하게 얼어 있었다. 베어울프를 미행하기 전에 앤더는 그레이노어 가족이 살던 버려진 아파트와 바다 괴물 사건의 생존자인 퍼시얼 재뉴어리 허버트가 방금 빌린 호텔 방을 조사했다. 아마도 샤롤이 퍼시피카를 떠나면서 베어울프를 위해 빌려 둔 것 같았다.

앤더는 샤롤과 아이들의 홀로그램 외에는 별다른 것을 찾지 못했다. 몇 개 남은 개인 소지품은 깨끗이 소독되어 있었다. 오토닥의 행방에 대해서도 아무 흔적이 없었다.

아무래도 앤더가 다시 베어울프를 '찾아' 물밑 협상으로 거래해야 할 것 같았다. 만약 그를 설득해 적당한 가격까지 내린다면 지그문트는 돈을 주고 소위 '그레이노어 가족'이 자유롭게 떠나게 해 줄 의향이 있었다. 베어울프는 수없이 많은 절차상의 문제를 저질렀다. 이민법 위반부터 신분 위조, 교통 제어 침해 행위 등등. 그런데 그게 어쨌다는 걸까? 사실 베어울프라기보다는 페더가 한 짓이었다.

아직 슬픔으로 마비되지 않은 지그문트의 마음 한구석은 베어울프가 만약 다시 체포된다면 어떻게 반응할지 궁금했다. 자유의 대가로 반물질 항성계의 좌표를 털어놓을까?

앤더는 와인 목록을 훑어보았다. 가격 대신 '소믈리에에게 문의하세요.'라고 쓰여 있었다.

"요원님, 우리 오늘 일이 아주 잘된 것 같네요. 병으로……."

페더가 죽었는데 앤더는 축하를 하려고 한다? 지그문트는 따지고 싶지 않았지만 샴페인을 주문할 생각도 없었다.

"그거 한 병 살 돈으로 네가 내게 빚진 걸 충당하지. 잃어버린 감시용 렌즈와 귀마개는 싼 게 아니야."

앤더는 안타까운 표정을 지으며 와인 목록을 닫았다.

"잃어버린 게 아니에요. 그런 걸 며칠 동안 계속 끼고 있을 수는 없다고요. 눈하고 귀가 아파서 죽을 것 같았어요. 잠깐 빼서 탁자 위에 뒀던 것뿐인데."

"됐어."

지그문트는 퍼시피카에서 앤더가 머물렀던 호텔의 청소부에 대해 더 불평할 기분이 아니었다.

– 저기 있습니다.

메두사가 말했다.

'저기'는 아웃바운드 익스프레스의 로비였다. 지그문트가 있는 곳에서 십 층 아래, 바로 길 아래쪽이었다. 앤더가 세 시간 전에 심어 놓은 센서를 통해 메두사가 감시하고 있었다.

"시간을 허비하지 않았군."

베어울프가 탄 비행선은 불과 한 시간 전에 도착했다. 지그문트는 명령했다.

"보여 줘."

이제 평지인만 한 몸집이 된 베어울프 섀퍼가 접수처의 둥근 책상에 앉은 여자와 이야기하며 서 있었다. 머리는 빨갛게 염색하고 피부를 태우는 약을 먹었다. 하지만 분명히 베어울프였다. 책상에서 돌아서는 모습을 보니 수속 절차가 끝난 모양이었다.

"메두사, 로비에 연결해."

"아웃바운드 익스프레스, 마치입니다."

"지그문트 아우스폴러라고 합니다. 방금 등록한 빨간 머리 남자와 긴급히 할 이야기가 있습니다."

마치는 베어울프를 부른 뒤 창문 벽 옆에 있는 공용 전화기로 연결했다.

베어울프와 눈을 맞대고 이야기하려니 기분이 이상했다. 그도 마찬가지인 게 분명했다.

"얘기가 길어, 앤더에게 물어보라고."

"그래서 이제 이름이 그레이노어입니까?"

"브레이나드지."

베어울프는 발음을 이상하게 했다. 교활한 수작이었다.

"지금 어딘가?"

"내가 어디에 있어야 할까요?"

지그문트가 되물었다.

"카를로스의 오토닥을 회수하고 있나?"

"곧 하겠죠. 그걸 여기 둬서는 안 되니까요."

그는 베어울프를 갖고 놀고 있었다. 스스로 생각해도 잘하는 짓은 아닌 것 같았다. 습관일까? 엉뚱한 사람을 탓하고 있는 걸까? 형언할 수 없는 피로감이 밀려왔다. 이제 끝낼 시간이었다.

지그문트는 창문으로 다가갔다. 아래를 내려다보는 기분이 과히 나쁘지 않았다. 그는 손을 흔들었다.

"바깥을 봐요, 베어울프. 왼쪽으로. 좀 더. 위를 봐요. 난 지금 당신 머리 꼭대기에 있습니다. 당신이 냉동되려면 몇 시간은 걸리겠죠. 우주선을 타고 떠나려면 며칠이 더 걸릴지도 모르고요. 난 길만 건너면 당신을 막을 수 있어요. 합리적으로 얘기를 해 보자고요."

"당신은 항상 내가 거절할 수 없는 제안을 갖고 오는군. 왜 자꾸 날 괴롭히는 거지? 알고 싶은 건 앤더에게 다 말했어."

"아직 앤더와 얘기 안 했거든요."

아침 먹은 뒤로는 말이야.

"페더, 카를로스, 퍼페티어."

"그래도 나와 함께 집으로 가야죠, 베어울프."

그들은 똑같은 일을 반복했다. 베어울프는 같은 이야기를 고수했고, 지그문트는 그걸 믿는 척했다.

"카를로스가 죽은 건 확실합니까?"

"페더가 구멍을 뚫어 버렸으니까. 그런데 나노 기술로 만든 오토닥은 그 사람의 마지막 유산이지. 국제연합의 소유고. 그걸 넘겨줄 수 있을지도 몰라."

지그문트가 모든 카드를 손에 쥐고 있었지만, 베어울프는 계속 게임을 하려다 괴로운 결말을 맞이할 판이었다. 당신이 그리워질 거야, 지그문트는 생각했다.

눈을 꼭 감고, 두 머리를 배 아래쪽에 단단히 박아 몸을 공처럼 말았다. 아무도 찾을 수 없는 파프니르의 바다 속, 거의 난공불락인 선체로 만든 '아이기스'호 안에서 네서스는 겁을 먹고 움츠러들었다.

지그문트와 대면할 엄두는 나지 않았다. 하지만 해 보지 않고 고향으로 돌아갈 수도 없었다. 아킬레스가 쌀쌀맞게 노래했듯이 '부주의하게 놓쳐 버린 것을 다시 회수하기 위해' 앞서 계획을 세우는 내내 그랬다.

네서스는 의지력을 발휘해 억지로 몸을 풀었다. 지그문트의 방에 설치한 도약 원반 가장자리에 있는 센서를 통해 들리는 대화 소리가 점점 커졌다. 대부분은 알아들을 수 없었다. 앤더의 방은 조용했다. '아이기스'호의 컴퓨터가 방해전파와 암호를 뚫고 접근할 수 있는 건 전체의 일부에 불과했다. 하지만 '집Home에 간다'는 말—지구를 의미하는지 행성 홈을 의미하는지는 모르겠지만—은 네서스에게 남은 시간이 얼마 없다는 사실을 확실히 알려 주었다. 지그문트는 곧 떠날 예정이었다.

네서스가 여기까지 온 건 우수한 인물을 영입하기 위해서였다. 그런 생각을 한 이후로 두려움 때문에 몸을 움직이기 힘들었다. 지그문트와 얼굴을 마주하고 만나려면, 가능한 한 빨리 해야 했다. 그러면 지금이라고 안 될 게 있을까?

네서스는 몸을 떨며 발굽을 딛고 섰다. 센서에 따르면 앤더의 방은 계속 조용했다. 그는 입으로 제어장치를 조작해 그 방으로 도약했다. 그리고 휴대용 레이저를 좁게 만들어 방 사이에 있는 벽에 작은 구멍을 뚫었다.

지그문트는 혼자서 화상 통화를 하고 있었다. 네서스가 용기를 모아 지그문트의 방에 몰래 숨겨 놓은 도약 원반으로 가려는 참에 희미한 벨 소리가 들렸다. 구멍을 통해 보니 지그문트의 방문이 열리고…….

네서스는 재빨리 도약 원반으로 뛰어들어 안전한 '아이기스'호로 돌아왔다.

벨 소리가 울리고 부드럽게 문을 두드리는 소리가 났다. 똑. 똑똑똑. 똑똑. 앤더였다. '탐색자'호의 출발 전 점검 사항을 확인한 뒤 돌아온 것이다.

"문 열어!"

지그문트는 실내 자동 개폐 장치에 대고 소리친 후, 다시 베어울프의 홀로그램을 향해 몸을 돌렸다.

"페너는요? 알잖습니까, 우린 페더가 외계 세계에서 마음대로 돌아다니게 할 작정이 아니었습니다. 무기도 돌려받아야죠."

페더가 훔친 펀치 건은 아마 해저에서 파프니르의 조개껍데기 같은 것에 뒤덮여 있겠지만, 진작 물어봤어야 했다. 순간, 등을 코끼리가 발로 찬 듯한 느낌이 들었다. 걸쭉한 피가 화면과 박살이 나 불꽃이 튀는 컴퓨터 위에 흩뿌려졌다. 지그문트는 넘어지면서 몸을 비틀었다. 머리가 문가를 향했다.

앤더! 손에는 펀치 건이 들려 있었다. 굵은 총구에서는 아직도 연기가 흘러나왔다. 페더가 훔친 것인가? 위험한 무기는 쉽게 구할 수 있는 물건이 아니었다. 상상도 못 한 고통이 점차 흐려지면서 아무 감각도 느껴지지 않자 훨씬 더 두려웠다. 생각이 멈춘 듯했다. 도대체…….

앤더가 지그문트의 머리를 붙잡아 바닥에서 들어 올려 카메라 앞으로 가져갔다. 베어울프는 눈을 휘둥그레 뜨고 있었다. 창문에 비친 모습을 보니 지그문트의 가슴에는 구멍이 뚫려 있었다.

베어울프가 항의하는 소리가 들렸던가? 지그문트는 그랬으면 좋겠다고 생각했다. 앤더의 목소리가 아득히 멀게 느껴졌다.

"베어울프, 어떻게…… 지그문트가 알지 못하면…… 팔 수가……."

배신당했다.

생각할 시간이 거의 없었다. 언젠가 이렇게 비참하게 끝날 줄 알았지. 모든 것이 어둠 속으로 빠져들기 전에 지그문트의 머릿속에 떠오른 생각이었다.

| 아웃사이더: 지구력 2656년~2657년 |

1

지그문트 아우스폴러!

죽은 뒤에도 재앙을 일으키는 인간이라니!

지구에서 온 영상을 보던 아킬레스는 니케의 사무실에 깔린 초원 카펫을 발굽으로 차지 않을 수 없었다. 홀로그램 속 네서스는 갈기를 잡아당겨 삐뚤삐뚤하게 몇 가닥으로 땋았다. 조금이나마 예의를 차리려고 한 일이겠지만, 어떻게 그럴 수 있는지 몰라도 평소보다 더 흐트러져 보였다.

메시지가 끝났다.

니케는 사무실에서 의자로 쓰는, 풀이 두껍게 깔린 작은 언덕 위에 걸터앉았다. 그의 갈기는 금속 조각과 주황색 보석으로 장식해 번쩍번쩍 빛이 났다.

"어떻습니까?"

내게 묻고 있군. 아킬레스는 생각했다.

베스타와 니케는 이미 그를 부르기 전에 영상을 보았다. 하지만 그래서는 아니었다. 아킬레스는 몇 년의 시간 동안 인간 세계의 정보라는, 귀에 거슬리는 소리를 들으며 살았다. 베어울프 섀퍼 같은 주동자들도 거의 다 알고 있었다. 개인적으로가 아니라면, 직접 관찰하거나 이력을 광범위하게 조사한 정보를 통해서라도 알았다. 앤더 스미타라시드가 유일하게 처음 듣는 인물이었다. 네서스가 인간의 세계에 머무는 한 아킬레스는 꼭 필요한 전문가였다.

무슨 말을 해야 할까?

갈기 모양에 대해 신경 쓰는 건 자기도 모르게 발굽으로 땅을 차는 것처럼 방어기제였다. 숨거나 도망갈 수 없는 어려운 문제로부터 주의를 돌리는 행위. 아킬레스는 네서스의 보고에서 눈에 띄는 점을 정리하려고 애썼다.

"지그문트 아우스폴러 살해 사건은 그가 죽을 경우에 대비한 메시지가 진짜였음을 보여 줍니다."

항상 그게 두려운 점이었다. 그렇지 않았다면 지그문트는 오래전에 고용한 범죄자들에 의해 제거됐을 것이다. 영리한 편집증 환자였던 지그문트는 누구도 믿을 수 없다는 사실을 알고 있었다. 산지타 쿠드린을 제외한 여러 관료들은 지그문트가 여러 사람 중에서 특히 그레고리 펠턴을 의심했다는 사실을 알게 되었다. 그걸 막을 방도는 없었다.

아킬레스는 말을 이었다.

"더 큰 문제는 살해범입니다. 지그문트 아우스폴러와 함께 파프니르에 오기 전에 앤더 스미타라시드는 징크스에서 그레고리 펠턴과 일했지요. 반물질 항성계를 찾아가는 탐사 계획을 세우는 시설에서였습니다."

베스타가 멍하니 허공을 바라보며 한참을 침묵하더니 말했다.

"파프니르 경찰이 용의자를 죽인 건 다소 불행한 일입니다."

"하지만 당연합니다. 잡으러 온 경찰에게 총을 쐈으니까요."

어쩌면 크진인 경찰이 다가오자 앤더가 놀랐을지도 몰랐다. 아킬레스는 몸을 떨었다. 상상만 해도 두려웠다. 제정신이라면 누가 무장한 크진인 분대를 공격하겠는가?

"앤더 스미타라시드는 불법 무기를 소지하고 있었고, 지그문트 아우스폴러의 피를 뒤집어쓰고 있었습니다."

"우리가 아는 게 좀 더 많으면 좋겠군요."

베스타가 말했다.

"파프니르 당국은 세부 내용을 발표하지 않았습니다."

아킬레스가 상기시켰다. 따지고 보면 베스타와 니케는 둘 다 인간의 우주에 가 본 적이 없었다. 야생 인간의 행동거지를 어떻게 이해하겠는가?

"경찰은 앤더 스미타라시드에게 공범이 있다고 확신을 하고 있습니다. 경찰이 무엇을 알아냈는지 공범이 알지 못하게 하고 싶은 거지요."

여직원은 총소리를 듣고, 시체를 발견하고, 비명을 지르며 방을 뛰쳐나간 뒤, 증인 보호 프로그램—그게 뭔지는 모르겠지만—에 들어갔다.

돌연히 니케가 말했다.

"지그문트는 잊으십시오. 중요한 건 반물질 항성계입니다. 우리는 그 위치를 아는 인간이 두 명뿐이라는 점을 위안으로 삼고 있었지요. 그런데……."

이제 베어울프는 사라져 버렸다. 그리고 펠턴은 질문을 피하기 위해 징크스에 은신 중이다.

아킬레스는 멍하니 도미노가 무너지는 모습을 떠올렸다. 그 자신밖에 이해할 수 없는 비유였지만, 상황에 딱 들어맞았다.

지그문트가 세계 선단의 위치를 알아낸다. 과거 시민들이 지구에 간섭했다는 사실도. 앤더 스미타라시드는 지그문트를 죽인다. 편리하게도, 그 역시 죽는다. 그들의 죽음은 각기 다른 방법으로 펠턴과 관련된다. 펠턴은 의심을 지우기 위해 도망간다. 사무총장은 ARM으로 하여금 반물질 항성계의 위치를 알아내고 확보하게 한다…….

다음에 쓰러질 도미노는 무엇일까?

"어떤 대가를 치르더라도 반물질을 먼저 찾아야 합니다."

베스타가 부드럽게 중얼거렸다.

"어떤 대가를 치르더라도."

니케도 동의했다.

네서스를 징크스로 보낼 명령서 초안을 작성하는 일을 맡은 건 아킬레스였다. 몇 번이나 시작을 했지만, 자꾸 마음이 다른 곳을 헤맸다.

핵폭발 소식과 부름을 받기 전까지 오랫동안 고립돼 살던 일이 어쩌면 두려움을 모두 소진시켰을 수도 있었다. 어쩌면 발뒤꿈치를 보일 때만 약점이 드러난다는 무모한 용기를 받아들인 걸지도 몰랐다. 혹은, 지그문트가 사라진 이상 지구를 더 이상 진정한 위협으로 보지 않는 걸 수도 있었다.

아킬레스의 생각이 지닌 이론적인 위험 뒤에는 정말 좋은 기회가 계속 쫓아다니고 있었다. 니케가 선단의 뒤쪽에 도사린 위험을 걱정하고 있는 동안 잃어버린 세계를 되찾기 위해 진행된 일은 전혀 없었다. 최후자의 선언에 따르면 관련 상황은 '나중에 대처해도 되는 위기'였다.

니케의 주의를 계속 산만하게 하자! 그 시간과 그 빈틈을 이용하면 이익을 꾀할 수 있으리라.

아킬레스는 그제야 깨달았다. 그의 운명은 해저에 있지 않았다. 해저 생태건물은 포부가 작은 이에게는 너무 웅장한 개념이었다.

하지만 한때 NP_4라고 불렀던 세계를 너무 느슨하게 통치했다는 데는 누구도 이견이 있을 수 없었다. 그 세계를 다시 협약체에 통합시킬 때가 오면 엄격한 통제가 필요할 게 분명했다.

그 영광스러운 날, 최후자의 자리에 오르기에 통합 계획을 지휘한 나보다 적합한 이가 있을까? 그리고 내 이전 계획을 배신한 자만큼 멀리 떠나보내야 할 이가 또 있을까?

아킬레스는 다시 명령서를 작성하기 시작했다. 이제 목적이 명확해졌다. 그는 펠턴의 조직을 관찰하거나 그 조직에 침투하거나 영향을 끼칠 수 있을 만한 방법을 가능한 한 많이, 베스타나니케도 의문을 가질 수 없을 정도로 상세하게 늘어놓았다.

네서스가 징크스에 오래 머무를수록 더 좋았다.

네서스는 허스에서 보내온 명령을 바라보았다. 지그문트도 펠턴의 비밀을 알아내지 못했다. 현실적으로 내가 그걸 어떻게 한단 말인가?

함교의 전망 창 밖에서 별들이 반짝였다. 네서스는 '아이기스'호의 출항을 준비하며 그 광경을 즐기려고 노력했다. 질량 표시기는 애써 외면했다. 어차피 곧 그것만 쳐다보게 될 터였다.

그가 받은 지시에서 말이 되는 건 오로지 세 단어뿐이었다. 어떤 대가를 치르더라도. 네서스는 바로 그게 명령이라고 생각하기로 했다. 나머지는 그저 쓸데없이 길기만 한 조언이었다. 비록 니케의 전자 서명이 들어 있긴 했지만, 그 세세한 지시는 아킬레스가 쓴 게 분명했다.

옆자리 의자에는 오래된 합성 곡물 그릇이 놓여 있었다. 네서스는 식사 시간도 아까워서 일을 하면서 먹었다. 지시받은 대로 징크스로 가야 했다.

그러나…….

'탐험가'호에는 베데커가 설치한 감시 장치와 원격으로 터뜨릴 수 있는 폭탄이 있었다. '호보 켈리'호는 원거리 공격을 받아 파괴되었다. 네서스는 '아이기스'호에 자기가 모르는 무엇인가가 있을지도 모른다고 생각했다. 그가 우주선 안에서 말하고 듣고 행하는 모든 것이 허스로 전송된다고 가정했다.

그래서 네서스는 먼저 징크스로 향할 계획이었다. 거기서부터는 비밀리에 행동해야 했다. 퍼페티어를 추적하고 있을 ARM 우주선을 비롯해 누구도, 어떤 것도 임무를 방해하게 할 수 없었다.

어떤 대가를 치르더라도 반물질 항성계를 찾아라.

그게 네서스의 의무였다. 니케가 원하는 일이었다. 네서스는 해낼 생각이었다. 그레고리 펠턴은 반물질 항성계의 위치를 아웃사이더에게서 얻었다.

네서스 역시 똑같은 출처를 찾아가야 했다.

2

"저걸 봐요."

앤마리 파판드레우가 말했다. '궁중 광대'호가 하이퍼스페이스에서 나와 그것을 처음 본 뒤로 벌써 세 번째였다. 가까이 접근할수록 그녀의 목소리에 점점 경이감이 실렸다.

네서스도 부정할 수 없었다.

사방 몇 광년 안에 아무것도 없는 공간, 바로 눈앞에 아웃사이더의 우주선/도시가 있었다. 막대의 한쪽 끝에는 인공 태양이, 반대쪽 끝에는 드라이브 캡슐이 있는 모양이었다. 그 사이로 수없이 많은 리본이 이리저리 구부러져 엮이면서 한눈에 파악하기 어려울 정도로 정교한 패턴을 이루었다.

그보다 더 위협적인 건 우주선의 움직임이었다. '궁중 광대'호가 나타나자 몇 초 만에 속도를 광속의 0.9에서 상대속도 0이 되도록 떨어뜨렸던 것이다. 무슨 원리인지 에너지를 방출한 흔적도 전혀 없었다.

세계 선단을 움직이는 것도 비슷한 기술이었다. 그 드라이브가 어떻게 작동하는지, 어디서 에너지를 얻는지, 멈출 때는 어디로 에너지를 방출하는지 등은 아웃사이더의 사업 기밀이었다.

시민 공동체는 한때 기술 자립을 신봉했다. 그 신념은 항성이 부풀어 올라 허스의 생명체를 모두 절멸시킬 위험이 다가왔을 때 순식간에 사라졌다. 그 뒤로 아웃사이더에게 구매한 기술을 대상으로는 더 이상 실험을 하지 않았다. 행성 드라이브는 멋대로 주물러 보기에 너무 큰 에너지를 다뤘다.

앤마리가 조종 장치에서 고개를 들었다.

"사 킬로미터예요, 저 막대기 길이가 사 킬로미터나 된다고요. 놀랍네요."

제이슨 파판드레우는 드러내 놓고 즐거워하는 아내의 모습을 보며 웃기만 했다.

엄밀히 말하면 제이슨은 평지인이다. 하지만 그 어떤 평지인보다 여행을 많이 다녔다. 사랑해 마지않는 아내보다 더 많이 돌아다닌 건 분명했다. 전부 상업 비행만 한 것도 아니었다. 제이슨은 마지막 인간-크진 전쟁의 참전 용사였다.

징크스에 있는 네서스의 앞잡이들이 파판드레우 부부는 종종 인간이 아닌 승객도 태운다고 안심시켜 준 덕분에 네서스는 우주선에서 편안하게 지낼 수 있었다. 음, 편안하다는 건 조금 과장된 표현일 수도 있겠군.

제이슨의 조종 장치에 불이 깜빡이기 시작했다.

"아웃사이더가 신호를 보내고 있어요. 네서스?"

"스피커로 들려주십시오."

네서스가 말했다.

"14호 우주선에 방문한 것을 환영한다. 십 킬로미터 떨어진 거리를 유지하고 안내를 기다려라."

건조하고 억양이 없는 공용어였다.

"혼자 가고 싶은 거 맞아요?"

제이슨이 물었다.

네서스는 우주복을 입기 시작했다. 덕분에 쓸데없이 갈기를 물어뜯고 있지 않을 수 있었다. 대답을 하지 않는 핑계도 되었다. 아웃사이더와 거래할 내용은 인간이 들어서는 안 되었다.

이내 제이슨은 어깨를 으쓱였다. 대답이 없는 상황에 이미 익숙한 것이었다.

"좋아요, 그럼. 앤마리하고 여기서 기다리고 있을게요. 필요하면 연락해요."

네서스는 우주복을 밀봉하고, 혀로 통신기를 활성화시켰다.

"통신 점검. 하나. 둘. 셋."

제이슨이 고개를 끄덕이자 네서스는 실제보다 더 확신에 찬 동작으로 에어록을 향해 걸어갔다.

에어록 건너편에는 아웃사이더 세 명이 떠 있었다.

아웃사이더는 초유체 액체헬륨으로 이뤄진 생명체였다. 별에서 멀리 떨어진 곳의 진공과 극도의 추위에 적응한 종족. 허스에 살았던 어떤 생명체와도 비슷하지 않았다. 지구식으로 말하면 아웃사이더는 피를 빨아서 뚱뚱해진 손잡이가 있는 구조편을 닮았다. 뇌와 감각기관은 손잡이 안 어딘가에 있었다. 채찍 부분은 운동성이 있는 뿌리였다.

아웃사이더 세 명은 모두 금속으로 만든 외골격을 입고 있었다. 그중 둘이 네서스가 잡을 수 있도록 촉수를 내밀었다. 문득 네서스는 그들이 그런 옷을 입은 이유를 알아챘다. 아무것도 입지 않았다면, 네서스의 우주복이 발산하는 열이 그들을 끓여 버렸을 것이다. 네서스의 관성질량은 그들의 몸을 찢어 버릴 수도 있었다.

다른 촉수에는 가스총이 있었다. 그들은 가스를 분사해 14호 우주선으로 날아갔다. 속도는 짜증 날 정도로 느렸다.

네서스는 앞으로 나눌 대화에 대해 생각하지 않고 우주선을 관찰했다. 호기심은 거의 없었다. 그건 인간의 특징이었다. 굳이 더 찾지 않아도 우주에는 위험이 충분히 넘쳐 났다.

가까이 다가가자 우주선의 자세한 모습을 볼 수 있었다. 각각의 리본은 거대했다. 폭이 몇 미터에, 길이가 몇 킬로미터인 리본이 이리저리 뒤엉켜 경사로를 만들고 있었다.

그 경사로를 따라 무수히 많은 아웃사이더가 줄지어 서서 여러 갈래로 갈라진 꼬리는 그늘에, 손잡이는 희미한 인공 태양 빛 속에 두고 있었다. 열전소자* 발전으로 충전하는 중이었다. 많은 아웃사이더가 뿌리를 용기에 담그고 있었다. 네서스는 영양분이 액체헬륨 안에 녹아 있는가 보다고 생각했다. 그래서 하이퍼드라이브를 이용하지 않는 거로군!

아웃사이더는 하이퍼드라이브를 발명했다. 팔기도 했지만 — 다른 모든 종족이 아는 한— 절대로 쓰지는 않았다. 네서스는 이제 그 이유를 알 수 있었다. 하이퍼스페이스에서는 빛이 어딘가 다르게 변해 버리는 것이다. 정확히 어떻게인지는 알 수 없었지만, 하이퍼스페이스에서는 아무것도 보이지 않는 게 사실이었다. 하이퍼스페이스에서 아웃사이더는 인공 태양에 몸을 담글 수 없었다. 굶주리게 될 수도 있는 것이다.

마침내 엉켜 있는 리본 하나에 발이 닿았다. 네서스를 안내한 아웃사이더들이 구불구불한 가지를 이리저리 움직이며 —네서스가 아는 단어로는 표현할 수 없는 동작이었다— 가까운 문으로 움직였다. 인공중력은 그를 붙잡아 놓기에 적당해 보였다. 그는 따라가기 전에 신발의 전자석을 활성화시켰다.

"들어오라."

헬멧의 수신기에서 목소리가 들렸다. 외계인이 말을 한 건지는 알 수 없었다. 어쩌면 아무도 말을 하지 않았을지도 몰랐다.

---

* 熱電素子. 열에너지와 전기 에너지의 변환을 행하는 반도체 소자. 열전발전이나 전자냉동 따위에 쓴다.

네서스는 문을 닫았다. 불이 켜지더니 공기가 들어왔다. 이방체 모양의 방 안에 있는 유일한 물체는 한쪽 구석의 투명한 돔이었다. 돔 안에서 아웃사이더 한 명이 기다리고 있었다. 네서스는 빛과 열, 기압을 차단하는 보호막이라고 추측했다.

"우주복을 벗고 편안히 있어도 좋다. 기후는 당신 종족에 맞추어 놓았다."

다시 목소리가 들렸다. 전파가 아니라 직접 전달된 음성이었다. 아까 들었던 공용어처럼 억양은 없었다.

아웃사이더는 진공 속에서 살았다. 따라서 의사소통에 소리를 이용하지 않을 게 분명했다. 네서스는 주위를 둘러보며 숨겨진 스피커나 안테나, 적외선센서가 있는지 찾다가 그만두었다. 어떻게 이야기를 하든 그건 중요하지 않았다.

"통신을 끊겠습니다."

네서스는 제이슨과 앤마리에게 말한 뒤 혀로 통신기를 껐다. 이 대화를 인간에게 들려줄 수는 없었다.

"감사합니다. 하지만 우주복을 입고 있는 게 더 편합니다. 옷을 벗으면 시간을 허비하게 됩니다."

네서스는 아웃사이더를 향해 노래했다. 물론 우주복을 입고 있지 않으면 여기서 도망갈 선택—문이 열린다고 가정할 때의 얘기지만—의 여지도 잃게 된다.

"네서스라고 합니다. 협약체를 대신해 왔습니다."

공식적으로는 아니지만.

"뭐라고 부르면 되겠습니까?"

당황스러운 질문이었는지 한동안 침묵이 감돌았다.

"14호라고 불러라."

좀 더 긴 침묵.

"이 영역에서는 시민이나 인간을 거의 만날 수 없다. 당신 연락을 받고 놀랐다. 우리를 찾는 것이 어려웠는가?"

"그랬습니다."

거짓말이었다.

수없이 많은 세대에 걸쳐 아웃사이더를 관찰해 왔지만 드러난 건 거의 없었다. 그렇다고 그들의 행동에 대해 전혀 무지한 건 아니었다. 아웃사이더는 시민들, 심지어는 미치광이 정찰대원조차 두려워하는 곳을 자유롭게 넘나들었다. 거의 유일하게 한 가지 확실히 알고 있는 건 아웃사이더 우주선이 긴 세월에 걸쳐 성간 종자를 따라다닌다—이유는 모르겠지만—는 사실이었다.

시민 과학자들이 성간 종자를 불러들일 수 있다는 건 최고급 비밀이었다.

오랫동안 성간 종자를 관찰한 결과 한 가지 상관관계를 찾을 수 있었다. 성간 종자는 죽어 가는 별을 향해 움직인다. 협약체의 전문가들이 '생명의 수여자'에게 곧 닥칠 노쇠를 확실히 알아내기 얼마 전—별의 일생을 기준으로—에 아웃사이더가 처음 찾아왔던 건 아마 그런 이유 때문이었을 것이다.

결국 천문학자들은 성간 종자가 반응하는 빛의 스펙트럼과 강도를 알아냈다. 물리학자들은 그런 빛을 방출하도록 별을 일시적으로 불안정하게 만드는 방법을 개발했다. 공학자들은 불안정하게 만드는 빔을 발사하는 작은 장치—성간 종자 유인기—를 만들었다.

현재 성간 종자 유인기는 스텔스 상태로 많은 별 주위를 돌고 있었다. 하이퍼웨이브로 원격조종할 수 있으며, 행성 드라이브에 문제가 생길 경우에 대비해 아웃사이더 우주선 몇 척을 항상 접근 가능한 위치에 머물게 하는 역할을 했다. 인간이라면 그걸 보험이라고 불렀으리라.

"어려웠지요. 14호를 찾는 데 시간이 좀 걸렸습니다."

네서스가 반복했다.

"그러하였군. 연락을 한 것은 정보를 구입하기 위해서일 것이다. 어떠한 정보를 원하는가?"

14호가 물었다.

네서스는 심호흡으로 마음을 가라앉힌 다음 말했다.

"일전에 어떤 방문객이, 아니 손님이라고 해야 하겠습니다만, 알려진 우주에서 '가장 기이한 세계'의 위치를 물어봤을 겁니다. 반물질 행성 말이지요. 그걸 보고 싶습니다."

아웃사이더가 잠시 생각하다가 대꾸했다.

"당신 종족이 가기에는 좀 위험한 목적지 같다."

"멀리서만 볼 겁니다. 그 장소와 그곳까지의 경로를 구입하러 왔습니다."

대수롭지 않다는 뜻의 우아한 음조는 굳이 넣을 필요가 없었다. 다만 네서스는 그것도 통역이 될지 궁금했다.

"이미 반물질에 대하여 많이 알고 있을 것이다. 왜 전에 다녀

온 이들에게 묻지 않는가?"

지그문트라면 뭐라고 했을까?

네서스는 스스로에게 그런 질문을 던지고 또 던졌다. 틀린 정보나 절반만 진실인 이야기를 들려줬을 게 분명했다. 인간의 우주선을 타고 온 이상 인간의 우주와 전혀 상관없다고 주장할 수는 없었다.

"베어울프 섀퍼와 그레고리 펠턴은 비밀을 지키고 싶어 했기 때문입니다."

"우리가 상당한 액수를 청구하였으니 어쩌면 그리할 만도 할 것이다."

어쩌면?

"독점권을 약속하지 않았다면 내게 팔지 않을 이유도 없지 않습니까? 난 앞으로 이 정보를 독점하고 싶습니다. 항성계의 위치와 존재 자체까지도."

선단의 안전을 위해서 또 무슨 주문을 할 수 있을까?

"그리고 거래의 일부로 당신들이 앞으로는 그곳에 어느 누구도 데려다 주지 않기를 요청합니다."

통역기가 조용해졌다. 하지만 투명한 돔의 아래쪽에 있는 뿌리는 꿈틀거렸다. 보이지 않는 동료들과 협의하는 중일까? 화가 나서 몸부림치는 걸까? 재미있어하는 걸까?

"무슨 뜻인지 알겠다. 그러한 독점권까지 보장하여야 한다면 가격은 지구 화폐로 오백만 스타다."

네서스가 튼튼한 우주복을 입고 있지 않았더라면 머리 두 개를 갈기 깊숙이 묻을 뻔했다.

오백만 스타는 상당한 액수였다. 한때는 가능했겠지만 이미 지난 일이었다. GPC가 수출 사업을 포기하기 전에는 가능했다. 여러 세계에서 계약을 파기하면서 배상금과 위약금을 내기 전에는 가능했다. 줄리언 포워드의 돈이 아주 많이 드는 실험을 지원하기 전에는, 장막 뒤에서 영향력을 발휘하게 위해 끊임없이 뇌물을 주고 협박하고 매수하기 전에는, 지그문트가 퍼페티어의 간섭을 알아내고 남은 돈을 압류하기 전에는, GP 선체가 파괴된 데 대해 그레고리 펠턴에게 막대한 보상금을 지불하기 전에는…….

이 돈을 내야 해. 우린 반물질을 꼭 찾아야 해. 네서스는 생각했다.

가격은 변하지 않을 터였다. 아웃사이더는 할인이나 흥정을 하지 않는다. 오백만 스타면 해냈어, 다운, 플래토에 있는 GPC의 계좌가 텅 비게 된다.

하지만 니케의 명령은 명확했다.

어떤 대가를 치르더라도.

"거래하겠습니다."

은행 크레딧 형태의 일련번호와 항법용 숫자 몇 개를 교환하는 실제 거래는 기괴할 정도로 싱거웠다. 그리고 네서스는 자신이 구입한 것의 진면목을 보았다.

'가장 기이한 행성'은 거의 광속에 가까운 속도로 알려진 우주를 간신히 스치고 지나갔다. 노멀 스페이스에서 움직이는 속도로는 접근이 불가능했다. 위험한 물질의 궁극이라고 할 수 있었다. 그리고 이제는 거리가 아주 멀고, 계속해서 멀어지고 있었다. 펠턴이 아직 재탐사를 떠나지 않은 것도 무리는 아니었다. 국제연합이 위치를 알아낸다고 해도 비슷한 어려움을 겪을 터였다. 게다가 방금 그 정보에 대한 독점권을 구입했으니 국제연합이 그 위치를 알아내는 것도 훨씬 더 어렵게 만든 셈이었다.

성공적인 거래였다. 네서스는 휴대용 컴퓨터를 우주선 주머니에 넣고 단단히 봉인한 뒤 떠나려고 몸을 돌렸다.

"당신이 가치 있게 생각할지도 모를 상품이 또 있다."

아웃사이더가 말했다.

네서스는 다시 몸을 돌렸다. 잔고는 거의 바닥난 상태였다. 그의 정신력도 마찬가지였다. 그나마 익숙한 '궁중 광대'호로 돌아가고 싶은 마음을 누르고 억지로 입을 열었다.

"무슨 정보를 제안하는 겁니까?"

14호의 뿌리가 꿈틀거렸다. 돔 안에 반짝거리는 물체가 나타났다. 무엇에 쓰는 물체인지 분명하지 않았다. 네서스는 천천히 다가갔지만, 더 자세히 보이는 것도 없었다. 그저 손잡이가 달린 반짝이는 원통일 뿐이었다. 표면은 모든 것을 반사했다.

모두 반사한다고?

네서스는 그렇게 복잡한 표면을 따라 생긴 정지장에 대해서는 들어 본 적이 없었다. 하지만 그가 보고 있는 건 분명히 정지장이었다. 그건 종종 그 안에 무기가 들어있다는 것을 뜻했다.

"14호, 이건 어디서 얻었습니까?"

"은하핵에 상당히 가까운 곳에서 찾았다."

'상당히 가까운'이라는 건 아주 잘 얼버무린 답변이었다. 네서스가 정찰대원으로 일하기 전부터 팔리기를 기다리고 있었던 게 아니라면, 알려진 우주 안이나 근처에서 찾았다는 뜻이다. 성간 종자 유인기는 그 정도로 오랫동안 이 우주선을 근처 성간 공간에 붙잡아 놓았다.

네서스는 고대의 보관함에 들어 있는 미지의 물체보다 다른 종족이 그것을 획득하는 게 더 무서웠다. 그는 몸을 떨며 물었다.

"얼마입니까?"

"천사백만 스타."

14호라고 천사백만 스타를 달라는 건지……. 이건 한 번도 예상하지 못했던 아웃사이더의 별난 재치일까?

불과 조금 전까지 네서스는 오백만 스타를 쓰면서도 의심 때문에 몸이 마비될 뻔했다. 그래도 상관없었다.

"지금은 그런 돈이 없습니다."

"이해한다. 시민으로서의 당신 발언을 명예로운 것으로 받아들이겠다."

천사백만 스타! 그 빚을 청산하려면 GPC가 지구에 남겨 둔 재산은 모조리 없어질 것이다.

하지만 다른 방법이 있을까? 네서스가 여기 온 건 반물질이 ARM의 손아귀에 들어가지 못하게 하기 위해서였다. 정지장 안에 어떤 비밀이 숨어 있을지는 몰라도 마찬가지로 위험할 가능성이 있었다. 만약 여기서 내가 구입하지 않는다면, 아웃사이더는 누구에게 제안할까? 크진인?

그 물체를 허스에 가지고 가려면 일단 '궁중 광대'호에 실어야 했다. 놀랍게도 네서스는 그 점에 대해서는 별로 신경이 쓰이지 않는다는 사실을 깨달았다. 그는 제이슨과 앤마리를 믿고 여기까지 왔다가 다시 돌아가는 일을 맡겼다. 이 독특한 화물과 함께라고 해도 그들을 신뢰했다.

네서스는 떨리는 목소리로 말했다.

"명예롭게 약속합니다."

거울처럼 반짝이는 물체가 돔 밖에서 실체화되었다. 네서스의 목 정도 되는 길이였다. 너무 커서 주머니에는 들어가지 않았기에 우주복에 단단히 묶었다. 다시 네서스가 몸을 돌렸다.

"하나 더 있다. 협약체를 대표하여 왔다니 말하겠다."

14호가 말했다. 그/그녀/그것은 거래 내내 유지하던 편안한 자세에서 몸을 일으켰다. 자세를 바꾸려면 손잡이 끝 부분, 즉 몸통과 빠르게 움직이는 촉수를 구부려야 했다.

"아주 흥미로운 사실을 알아낸 것이 있다. 우리는 당신네 세계가 움직이는 이유를 이해한다. 어느 시기가 되면 우리도 따라갈 것이다. 하지만 그 위험은 아주 멀리 있다. 비상사태라고 할 수 없다는 뜻이다."

14호는 잠시 사이를 두었다가 말을 이었다.

"우리는 당신들이 과거의 계약을 명예롭게 지키기를 바란다."

"물론입니다."

그냥 하는 소리일까, 아니면 아주 심각한 문제일까?

아웃사이더에 대해서는 알려진 게 거의 없었다. 의미가 있는지 없는지도 모르겠지만, 이들의 몸짓을 해석하는 것은 불가능했다. 새로 취한 자세에는 중요한 의미가 있을 수도, 아무런 의미가 없을 수도 있었다.

"우리는 행성 드라이브를 협약체에만 팔았다. 농장 행성을 획득하는 방법, 허스와 개척지를 모항성으로부터 멀리 떨어뜨리는 방법, 모두 다른 종족에 알려져서는 안 될 기술이다."

소용돌이치는 촉수는 마음의 동요를 나타내는 걸지도 몰랐다. 아웃사이더는 잠시 조용히 있다가 덧붙였다.

"그 오래전의 계약은 독점적이라는 뜻이다."

그리고 말도 못 하게 비쌌다. 네서스가 죽고 기억 속에서 사라져 버린 뒤에도 할부금은 계속 내야 했다.

"이해가 안 됩니다."

촉수가 굽이쳤다. 여섯 개의 세계로 이뤄진 선단이 홀로그램으로 나타났다. 몇 년 전까지의 모습이었다. 여러 세계가 정교하게 움직이기 시작하더니 한 세계가 앞서서 선단에서 빠져나왔고, 다른 세계는 뒤처지며 오각형으로 다시 편대를 형성했다.

네서스는 딱딱한 갑판을 발굽으로 찼다. 두려워서 참을 수가 없었다. 언제든지 지원을 받기 위해 아웃사이더 우주선을 곁에 두는 데는 또 다른 의미가 있었다. 아웃사이더가 항상 협약체의 세계를 잘 볼 수 있다는 뜻이다. 저들이 그 기회를 놓쳤을 리가 없었다.

네서스는 간신히 입을 열었다.

"정찰입니다. 우리가 은하계를 떠나는 동안 저 세계, NP_4가 앞서 나가 위험한 일을 먼저 맞을 겁니다. 나머지에게 경고할 수 있게 말입니다."

"우리도 처음에는 그러한 것으로 생각하였다. 그러나 통신을 듣고 당황스러웠다. 시민의 언어가 아니었기 때문이다. 마치 공용어처럼 들렸다."

네서스가 대답할 말을 찾지 못하는 사이 14호가 덧붙였다.

"만약 협약체가 독점 사용 약속을 어기고 행성 드라이브 기술을 이전하였다면 그 결과는 무서울 것이다."

"이전한 건 전혀 없습니다. NP_4는 우리 대표단의 감독하에 있습니다."

네서스는 더듬거렸다. 떨려서 소리가 제대로 나오지 않았다. 저렇게 강력한 종족이 '무섭다'고 했을 때 그 의미는 무엇일까?

"우리 중에는 탐사를 나설 수 있는 이가 거의 없어서지요."

"그 점에 대해서는 아직 확신하지 못하겠다."

14호가 다시 한 번 촉수를 흔들었다. 이번에는 보이지 않는 저장고를 향해 공기가 빠져나갔다. 문이 열렸다.

"증거를 가져오라."

3

네서스는 에어록에서 기어 나왔다. 움직이기도 힘들었다. 아웃사이더 두 명이 '궁중 광대'호로 끌고 와 준 것도 거의 기억이 나지 않았다.

제이슨이 네서스의 가슴에 매달린 물체를 보고 물었다.

"맙소사. 그거 정지장 상자예요?"

"맞습니다."

네서스는 멍한 목소리로 대답했다. 인내심의 한계를 넘어선 상태였다. 스스로를 유지시켰던 광기가 이제는 먼 기억 속의 일처럼 느껴졌다.

"어디에 넣어 둬야 합니다."

"내가 해 줄게요."

네서스가 띠를 풀기 위해 더듬거리는 모습을 보고 앤마리가 나섰다. 죔쇠를 연 그녀는 그 물체를 들고 생각보다 많이 무거운지 눈을 깜빡거렸다.

제이슨이 대신 받아 들고 이리저리 돌리며 여러 각도에서 살펴보더니 말했다.

"앞쪽 사물함에 넣어 둘게요. 앤마리, 네서스가 우주복 벗는 걸 도와줘."

네서스는 그런 귀중한 보물을 제이슨에게 넘기면서도 아무 생각이 들지 않았다. 정지장 상자를 열기 위해서는 어떤 해적선도 가지고 다니지 못하는 특별한 장치가 필요했다. 네서스는 머리가 텅 비어 있었다. 몸을 구부리고 비틀어 우주복을 벗는 과정도 어딘가 먼 곳에서 일어나는 일 같은 기분이었다. 무리한 데다 겁에 질려 마비된 것이다. 네서스를 꺼내려고 두 사람 다 달려들어야 했다.

네서스는 비틀비틀 선실로 들어가면서 등 뒤를 향해 외쳤다.

“징크스로 돌아갑시다.”

문이 쾅 소리를 내며 닫혔다. 뒷발굽으로 세게 차서 진동하던 문은 만족스러운 소리를 내며 자물쇠를 작동시켰다. 네서스는 갑판 위에 무너지듯 쓰러져 몸을 단단히 말고 잠시 모든 것을 잊기 위해 애썼다.

먹고, 배설하고, 부정하고.

생리 현상 때문에 네서스는 가끔씩 마비 상태를 풀어야 했다. 개인용 합성기 근처에 쌓여 있는 더러운 접시가 일종의 달력 역할을 했다. 쌓여 가는 접시로 대충 여러 날이 흘렀다는 건 알 수 있었지만 정확히 며칠이 지났는지는 추측조차 하지 못했다.

큰 소리로 울리는 비명이 네서스를 현재로 불러냈다. 인간 여자가 놀라서 지르는 높은 비명을 증폭한 소리였다. 네서스는 문을 열고 함교로 뛰어갔다.

“무슨 일입니까?”

제이슨이 돌아보았다.

“아무 일도 없는데요.”

“창밖을 좀 봐요. 이쪽 창문요.”

앤마리였다.

네서스가 움츠리고 있는 동안 하이퍼스페이스에서 빠져나온 모양이었다. 전망 창 밖으로 별 두 개가 보였다. 하나는 노르스름한 색, 다른 하나는 눈을 찌를 듯한 자백紫白색이었다. 빨갛게 빛나는 연기가 소용돌이치며 여러 개의 고리를 만들어 두 별을 감쌌다. 소용돌이의 바깥쪽 끝은 채찍을 휘두르듯이 퍼져 나가며 하늘의 절반을 채우는 빨간 베일이 되었다.

이루 말할 수 없이 아름다웠다! 비록 잠시였지만, 그 광경은 네서스를 마비시켰던 두려움을 해소시켜 주었다. 승무원을 참 현명하게 고른 덕분이었다.

"이 별을 압니다. 놀랍군요. 내가 나서서 들렀다 가자고 했어야 하는 건데 말입니다. 우울하지만 않았다면 분명히 그랬을 겁니다. 고맙습니다, 제이슨."

네서스가 말했다.

"천만에요. 준비되면 다시 출발하죠."

제이슨이 대꾸했다.

"심부 레이더 한번 돌릴게."

앤마리가 조종 장치 위로 몸을 숙이며 말했다.

제이슨은 빙긋 웃으며 되물었다.

"여기를 스캔한 우주선이 몇 척이나 되는지 알아?"

앤마리는 고집을 부렸다.

"혹시 모르잖아."

삑 소리가 났다.

"말도 안 돼. 여행 한 번에 두 개라니."

제이슨이 중얼거렸다.

"제이슨, 이건 기록이야."

앤마리가 외쳤다.

네서스의 머릿속은 빙빙 돌았다. 인간이 '거문고자리 베타성'이라고 부르는 이 항성계는 알려진 우주에서 유명한 풍경이었다. 당연히 수많은 조종사들이 그들처럼 경치를 구경하러 들렀다. 그리고 그만큼 많은 사람들이 정지장 상자를 찾아 스캔했을 게 분명했다. 뭔가 느낌이 이상했다.

"일단 위치를 확인하고 그대로 둡시다. 친구를 보내서 찾아올 수 있을 겁니다."

"당신이 내 우주선을 빌렸으니 그냥 가자면 그렇게 하죠."

제이슨이 말했다.

그러나…….

만약 지금 이 정지장 상자를 회수한다면 네서스는 이들의 지분을 살 수도 있었다. 설마 아웃사이더처럼 높은 가격을 부를 리는 없을 것이다. 아직 찬성할 준비는 안 되었지만, 좀 더 토의해 볼 가치가 있는 것 같았다.

"아닙니다. 당신 종족은 먼 여정을 짧은 시간에 달려왔지요. 신중함은 없을지 몰라도 그 대신 다른 자질이 있다고 봅니다."

"저기 있어요. 대략 삼십억 킬로미터 떨어진 행성에 있는 작은 얼룩이에요."

앤마리의 말에 네서스는 목을 길게 빼고 새로 들어온 심부 레이더 이미지를 관찰했다.

그 물체는 행성을 나타내는 반투명한 구체 위, 혹은 살짝 안쪽에 놓여 있었다. 네서스는 은밀하게 방사선 수치를 보고 비정상적인 게 전혀 없음을 확인했다. 동시에 마침내 그의 무의식이 노래하던 내용을 이해했다.

정지장 상자를 찾는 조종사는 한 가지에 의존했다. 정지장이 중성미자에 완벽히 불투명하다는 사실이었다. 한 가지 빼먹고 있는 —그러지 않을 이유가 없지 않은가?— 점은 뉴트로늄 역시 중성자성에 거의 불투명하다는 점이었다. 그 망할 놈의 아킬레스가 선단의 후방에 있는 괜찮아 보이는 항성계에 커다란 뉴트로늄 덩어리를 뿌려 놓은 이유였다. 값어치가 무한한 정지장 상자를 발견하고 회수하기 위해 달려왔다가는 깊고 가파른 중력우물에 잡아먹히는 것이다. 정체를 깨달았을 때는 이미 늦게 마련이었다.

인간의 우주선 세 척이 바로 그런 함정에 걸려 사라졌다. 우주선이 실종된 사건은 선단을 보호하기는커녕 지그문트 아우스폴러의 주의를 끌었다. 그의 시선을 다시 다른 데로 돌리기 위해 비슷한 뉴트로늄을 만들려 했던 필사적인 시도를 떠올리자 씁쓸한 기분이 들었다. 줄리언 포워드가 상대적으로 작은 뉴트로늄을 키워서 만든 블랙홀도 거의 비슷한 일을 해냈다.

이건 아킬레스의 함정일 리가 없었다. 행성 표면에 커다란 뉴트로늄 덩어리가 있었다면, 물질을 빨아들이면서 깊숙이 파고들었을 터였다. 그리고 중심부 근처에서 진동하며 몸집을 불리면서 막대한 양의 방사선을 뿜어냈을 것이다.

제이슨이 심부 레이더 영상을 보면서 옆으로 움직였다.

"어렵지 않겠는데. 좋았어. 내려가지."

자신의 침묵은 곧 결정을 뜻한다는 사실을 아는 네서스는 조용히 있었다.

"큐볼이라고 부를래."

앤마리가 말했다.

네서스는 앤마리가 제이슨을 따라 양쪽을 열어 둔 에어록 위에 쳐 놓은 압력 커튼을 뚫고 나가는 모습을 지켜보았다. 그들은 자동 사다리를 타고 작은 세계의 얼어붙은 표면으로 내려갔다. 붉게 빛나는 거대한 아치 모양의 성운이 머리 위에서 빛났다. 이 미약한 대기의 원천이자 공급원이었다. 네서스는 전망 창 밖에서 그들이 휴대용 심부 레이더로 착륙 지점 주변을 신중하게 조사하는 모습을 한쪽 머리로 바라보았다. 전파로 연결된 함교의 보조 화면은 심부 레이더 영상을 그대로 보여 주었다.

불투명한 육면체가 얼음 속에 묻혀 있었다. 하지만 곧 육면체가 사라지고 얼음 아래에서 증기가 뿜어 나왔다. 거대한 형체가 나타났다. 갑옷을 입고 무기를 든 크진인이었다! 제이슨과 앤마리가 우주선을 향해 도망치려다 맞아서 쓰러졌다.

네서스는 황급히 에어록을 닫았다. 문이 닫히기 시작했지만 너무 느렸다. 제이슨보다 키도 더 크고 몸무게는 너끈히 두 배나 나갈 성싶은 크진인은 단 한 방에 함교 문을 부숴 버렸다.

"따라와라."

그가 으르렁거렸다.

네서스는 호박 속에 갇힌 벌레처럼 꼼짝도 못한 채 경찰용 구속 장치에 붙잡혀 있었다. 제이슨과 앤마리는 누군가 거칠게 압력복을 벗겨 놓은 꼴로 기절한 채 아무 반응이 없었다. 둘 다 어색한 자세로 구속 장치의 역장에 붙잡힌 채였다. 압력복은 다른 곳에 치워 둔 모양이었다. 네서스는 얼음 아래 숨어 있던 크진인 우주선으로 걸어갈 수 있을 정도로 옷을 갖춰 입을 시간밖에 없었다.

방 안에는 무늬가 거의 없는 밝은 주황색 털가죽의 크진인이 기절한 인간들이 빨리 의식을 되찾지 않자 조바심 내고 있었다.

네서스는 기다리는 게 지겨워졌다.

"이런 행동의 목적이 뭡니까?"

그는 영웅의 언어로 말했다. 정찰대원은 알려진 우주의 언어를 모두 익혔다. 하지만 크진인은 무시했다. 네서스는 그가 전사임을 짐작했다. 초식동물과 대화하기를 극도로 꺼릴 터였다.

제이슨이 신음했다.

"결국 아무도 도망가지 못했군요."

"그렇습니다. 내가 충고한 게……."

네서스가 말했다.

"그걸 어떻게 잊겠어요? 미안해요, 네서스. 어떻게 된 거죠?"

"현재로써는 아는 게 거의 없습니다."

역장에 걸려 있어서 움직일 수 있는 건 머리뿐이었다. 제이슨은 납치범을 향해 고개를 돌렸다.

“당신 누구야?”

“선장이라고 불러라. 앞으로 벌어질 일에 따라 너는 납치의 희생자가 될 수도, 전쟁 포로가 될 수도 있다. 넌 누구지?”

크진인이 되물었다.

“제이슨 파판드레우. 지구 출신이다.”

“좋아. 제이슨, 네가 정지장 상자를 갖고 있나? 슬레이버 제국의 유물 말이다.”

역장이 없었더라면 네서스는 두려움에 질려 무너져 버렸을 것이다. 텔레파시 능력이 잠재된 크진인은 아주 드물었다. 그중에서도 극히 일부만이 그 힘을 깨우는 약물을 견딜 수 있었다. 크진 전함에는 종종 텔레파시 능력자가 타고 있었다. 조약에 따르면 크진인은 전함을 가질 수 없었다. 치명적인 무기도 가질 수 없었다. 그럼에도 이건 분명히 군사용 함선이었다.

텔레파시 능력자의 도움이 없었다면 ‘궁중 광대’호에 슬레이버 유물이 있다는 사실을 선장이 어떻게 알았겠는가?

크진인은 과거 인간을 만나는 불행을 겪기 전까지만 해도 제국을 다스리던 종족이었다. 크진인이 정복한 종족은 노예가 되었다. 헤아릴 수 없을 만큼 오래전에 정지장 상자를 남긴 종족은 스스로 스린트라고 불렀다. 크진인 변종보다 훨씬 먼 거리까지 텔레파시 능력을 발휘했던 그들은 세계 전체를 하나로 묶었다. 크진인이 그들의 흔적을 숭배하는 건 당연했다. 오로지 크진인만이 그들을 슬레이버*라고 부르는 것을 명예롭게 생각했다. 스린트의 초강력 무기는 인간-크진 전쟁에 다시 불을 붙일 수도 있었다. 게다가 선단까지 위협할 수도 있었다. 너무 큰 두려움에 벌벌 떨고 있던 네서스는 제이슨이 부정하는 소리도 거의 듣지 못했다.

물론 선장의 질문은 형식적이었다. 정지장 상자에 대한 생각을 감지한 텔레파시 능력자는 인간의 마음을 양파 껍질처럼 벗길 수 있었다. 선장은 네서스와 이야기하지 않을 것이다. 크진인이 과연 하찮은 초식동물의 마음을 읽으려고 하겠는가?

네서스는 그런 시도를 겪으면 조건반사적으로 즉시 목숨을 잃게 되어 있었다. 죽음이 두렵지는 않았다. 그와 함께 사라질 정보와 경각에 달린 여러 목숨 때문에 두려웠다. 여기서 죽을 수는 없었다. 탈출할 기회를 엿봐야 했다.

지그문트라면 어떻게 했을까?

"너희가 걸린 함정은 아주 오래된 것이다. 마지막 전쟁 이후로 우주선 한 척 정도는 계속 이 세계에서 기다리고 있었지. 우리는 그보다 훨씬 오래전부터 새로운 무기를 얻기를 바라며 슬레이버 정지장 상자를 찾고 있었다."

선장이 말했다. 그때, 털 정리가 좀 덜 된 두 번째 크진인이 문가에 다타났다. 그는 경의를 표하며 선장의 말이 끝나기를 기다렸다. 텔레파시 능력자일까?

"이 생각이 떠오른 건 최근이었다. 이곳의 기이한 별을 보기

* Slaver. 스린트는 정복과 노예화를 통해 알려진 우주를 포함하는 거대한 제국을 이루었으며, 이로 인해 후대에 '노예로 만드는 자'라는 의미의 슬레이버라 불리게 되었다.

위해 우주선이 종종 들른다는 건 알고 있겠지. 어떤 종족이든 항성계를 지나갈 때마다 습관적으로 심부 레이더 파를 보낸다."

아킬레스가 인간을 향해 폭언을 퍼부으며 인간의 대항마로 크진 부족을 후원해야 한다던 일을 떠올리는 건 어렵지 않았다. 그조차도 스린트의 무기를 얻도록 꾀하지는 않았을 것이다. 하지만 그가 간섭했기 때문에 크진인이 스스로 무기를 찾아 나선 걸까?

"몇십 년 전 우리는 정지장 상자를 발견했다. 불행히도 그 안에는 쓸모 있는 게 없었다. 하지만 결국 우리는 정지장을 끄고 켜는 방법을 알아냈지. 그건 괜찮은 함정이었다. 우리는 사십 크진 년 동안 정지장 상자를 싣고 있는 우주선이 지나가기를 기다렸다. 너희는 두 번째로 우리에게 잡힌 것이다."

'혹시 몰라' 보낸 심부 레이더파의 반사파는 때맞춰 행성에서 나오는 신호를 가렸다. 그들은 텔레파시 범위 안에 들어오기도 전에 스스로를 노출하고 귀중한 화물의 정체까지 밝힌 셈이었다.

앤마리가 정신을 차렸다. 선장의 설명을 들은 그녀는 눈을 동그랗게 떴다. 그리고 입모양만으로 네서스에게 말했다.

'미안해요.'

"그냥 상자를 찾아다니는 게 더 쉬웠을 텐데."

제이슨이 말했다.

"그랬으면 목격당했겠지. 지구가 우리를 막으려 했을 것이다."

설명을 마치자 선장은 털이 고르지 못한 문가의 크진인을 향해 영웅의 언어로 으르렁거리며 명령을 내렸다.

털이 헝클어진 크진인은 감응자라고 불렸다. 선장은 '추프트'

라는 부분적인 이름을 부여받은 귀족이었다. 감응자는 굽실굽실 선장에게 경의를 표하며 제이슨의 마음을 읽는 작업에 들어갔다. 얼굴에는 고통스러워 찡그리는 표정이 떠올랐다.

아직 역장이 제이슨을 붙잡고 있었다. 그는 감응자의 고통스러운 시도가 앤마리를 향할 때까지 이를 갈며 눈을 감고 있었다. 앤마리 역시 호된 시련을 잘 참아 냈다. 감응자가 몸을 부르르 떨더니 다시 눈을 떴다.

"추프트 선장, 이들은 정지장 상자를 숨기지 않았습니다. 그건 제어실 왼쪽 사물함 안에 있을 가능성이 높습니다."

두 인간이 네서스와 아웃사이더의 거래에 대해 거의 모른다는 사실을 들은 추프트 선장은 실망한 나머지 큰 소리로 울부짖었다. 그래도 감응자에게 네서스의 마음을 읽으라고 하지는 않았다. 아무리 이름이 없는 크진인이라도 먹잇감의 마음을 읽는다는 건 너무 품위 없는 일일지도 몰랐다. 아니면 그런 시도를 하는 즉시 네서스가 죽어 버려서 어떤 가치 있는 정보도 얻지 못한다는 사실을 알고 있는지도 몰랐다.

어쨌든 네서스로서는 고마운 일이었다. 살아 있어야 탈출 계획도 세울 수 있었다.

마침내 힘을 다 소진한 감응자가 자리를 떴다. 곧 다른 크진인이 다시 들어왔다. 압력복은 입었지만, 헬멧은 봉하지 않은 채였다. 그들은 빼앗은 압력복을 들고 왔다. 추프트 선장은 정지장 상자를 들고 있는 크진인을 슬레이버 연구자라고 불렀다.

"열어라."

선장이 명령하자 슬레이버 연구자가 짐을 내려놓았다. 거울 같은 원통에 시야가 가려서 네서스는 크진인이 정지장을 깨기 위해 무엇을 어떻게 하는지 볼 수 없었다. 거울 같은 표면이 사라지더니 칙칙한 청동색 상자가 나타났다. 상자는 자동으로 열렸다. 슬레이버 연구자는 그 안에서 갈고리 세 개가 달린 외계인 손, 투명한 포장 안에 들어 있는 날고기 조각으로 보이는 것, 조각해서 만든 손잡이가 달린 작은 구를 꺼냈다.

손은 스린트의 손이었다. 기념품? 확실히 무기처럼 보이는 것에 달린 손잡이는 그 손에 맞지 않았다. 네서스가 기대고 있던 미약한 희망이 사라졌다.

그것들은 트닉팁Tnuctip의 유물이었다. 오래전에 사라진 제국에 복속되어 있던 재능이 뛰어난 종족. 수 세대에 걸쳐 노예였던 트닉팁은 스린트 제국에서 가장 발달한 기술을 개발했다. 그동안 비밀리에 스스로 사용할 다른 기술도 개발하고 있었다. 마침내 트닉팁은 반기를 들었고, 은하계의 모든 지성체가 절멸할 때까지 주인과 전쟁을 벌였다.

이 크진인들이 손에 넣은 것은 역사상 처음 발견된 트닉팁의 정지장 상자였다.

4

네서스는 인간 승무원 둘과 함께 큐볼 위에 서 있었다. 추프트 선장과 슬레이버 연구자가 무기를 시험하는 동안 통찰력을 제공하기 위해서였다. 더 이상 도움이 안 된다고 생각하면 과녁으로도 쓸 수 있었다. 휴대용 구속 장치에 의해 움직일 수 없는 상태인 그들이 어떻게 할 수 있는 건 없었다.

안 돼! 네서스는 스스로를 꾸짖었다. 운명론에 빠지지 마. 탈출할 기회가 올지도 모르니 집중하고 있어.

'궁중 광대'호는 근처에 있었다. 땅딸막한 원통 모양의 우주선은 닿기 어려운 거리에서 놀리듯 얼음 위에 서 있었다. 네서스는 크진 우주선—이제는 우주선 이름이 '반역자의 손톱'호라는 사실을 알고 있었다—이 얼음 밖으로 완전히 나오기 전에 하이퍼드라이브를 작동시켜도 안전할 만큼 거문고자리 베타성에서 멀어질 수 있을지 궁금했다.

"왜 우리가 아직 살아있는지 모르겠어요."

앤마리의 말에, 네서스가 조심스럽게 대꾸했다.

"선장은 무기로 추정되는 물체에 대한 우리 의견을 원합니다. 직접 물어보지 않고 텔레파시로 알아서 가져갈 겁니다."

"당신은 해당 안 되겠죠?"

"네. 크진인은 내 마음을 읽지 않을 겁니다. 어쩌면 날 죽이려는 크진인도 없을지 모릅니다. 우리 종족은 개인의 안전에 대해 강력한 정책을 유지하고 있으니까요."

납치범들은 전원 우주복 통신기를 공용 주파수에 맞춰 두었다.

네서스는 추프트 선장이 명예를 걸고 싸워야 한다고 느낄 만한 위협이 되지 않도록 조심하면서 협약체의 힘과 오래도록 잊지 않는 기억력을 넌지시 비췄다. 시민들은 크진인식으로 반격하지 않았다. 하지만 그들에게는 상업이라는 힘, 세계를 만들거나 망가뜨릴 수 있는 영향력이 있었다.

물론 그건 과거의 일이었다. GPC의 돈과 영향력은 이제 사라지고 없다.

"어쨌든 시간은 좀 있습니다."

"뭘 할 시간요?"

"앤마리, 기다려야 합니다. 만약 저 물체가 무기라면 우리가 되찾아야 합니다. 아니라면 살아남아서 크진인이 슬레이버 정지장 상자를 찾아다니고 있다고 당신 종족에게 경고해야 합니다. 어느 쪽일지 알려면 일단 기다려야지요."

기다리는 것 말고 달리 할 수 있는 게 있기는 하던가.

구속장 때문에 네서스는 고개를 돌릴 수가 없었다. 그건 아주 실망스러웠다. 두 눈을 서로 마주 보고 싶었다. 크진인은 퍼페티어의 허세를 재미있어할 게 분명했다. 그들을 재미있게 하면 목숨을 건지는 데 도움이 될까?

"그리고 어떻게 해요?"

앤마리가 끈질기게 물었다.

"우리는 방법을 찾아야 합니다."

"우리요?"

제이슨이 끼어들었다.

"맞습니다. 우리 모두 목적이 같으니까요."

탈출을 목적이라고 한다면 그건 사실이었다. 네서스의 가장 중요한 목표는 이후에 아웃사이더의 요구를 허스에 전달하는 것이다. 그에 비하면 크진인이 고대의 무기를 찾는 건 문제도 아니었다.

"지금은 설명할 수 없습니다."

아니면, 영원히.

추프트 선장은 공과 손잡이로 이뤄진 유물의 조종 장치를 체계적으로 조사했다. 그리고 먼 곳을 향해 조준한 뒤 방아쇠처럼 보이는 것을 눌렀다.

아무 일도 일어나지 않았다.

다음으로 손잡이 아래 있는 작은 장치를 잡고 위로 밀어 올렸다. 표면이 거울 같던 구가 마치 살아 있는 것처럼 몸부림치면서 흘러내리더니 한쪽 끝에는 빨간 공이, 다른 쪽 끝에는 똑딱이가 있는 길고 가느다란 원통으로 모양이 변했다. 손잡이는 그대로였다. 선장이 똑딱이를 올리자 빨간 공이 밝아지면서 얼음 위로 멀리 나갔다. 그대로 휘두르니 빛나는 공이 그에 맞춰 움직였다.

"가변검이군."

선장은 그렇게 추측했다. 그가 멀리 떨어져 있는 뾰족한 바위를 향해 물체를 움직이자 바위의 꼭대기 부분이 미끄러지며 떨어졌다.

네서스는 가변검이 무엇인지 알고 있었다. 정지장으로 강화한 보이지 않는 가느다란 단섬유. 거의 무엇이든 자를 수 있는 물건이었다. 빨간 공은 섬유의 끝을 나타냈다. 조준을 하기 위한 용도였다.

"가변검이야. 하지만 슬레이버식은 아니군. 연구자, 모양이 변하는 무기에 대해 들어 본 적 있나?"

선장이 물었다.

"없습니다, 추프트 선장. 과거에도 지금도 없습니다."

"우리가 새로운 걸 찾았다는 말이군."

"맞습니다!"

연구자가 열광적으로 으르렁거렸다.

손잡이의 미끄러지는 부분을 이용하면 설정을 여덟 가지로 바꿀 수 있었다. 그 첫 번째가 가변검이었다.

두 번째 설정으로는 포물선 모양의 거울과 음파 발신기로 변했다. 큐볼의 미약한 대기에서는 가장 강하게 전송해도 희미하게 웅웅거리는 소리밖에 나지 않았다. 추프트 선장이 과녁으로 이용했기에 네서스는 직접 느낄 수 있었다. 슬레이버 연구자가 이미 아주 제한적인 에너지만 방출되었다고 보고한 상태였다. 선장도 알고 있었다. 그는 이미 네서스를 희생시켜도 되는 존재로 간주한 게 분명했다.

세 번째 설정은 뭔가 발사하는 무기였다. 슬레이버 연구자가 정지장 상자 안에 들어 있던 탄약을 건네주었다. 추프트 선장은 그중 하나가 크게 폭발하자 고맙다는 듯 으르렁거렸다.

다음 설정으로 바꾸자 장치가 다시 꿈틀거렸다. 그리고 안에 남아 있던 탄약을 뱉어 낸 뒤에 원래보다 조금 더 작은 다른 구로 변했다. 바위를 과녁으로 삼아 쏴 보았지만 연구자가 에너지 방출이 있다고 보고했음에도 아무런 일이 일어나지 않았다. 추프트 선장은 각각의 포로에게 한 번씩 쏴 보았다. 이번에는 네서스도 아무것도 느끼지 못했다.

"점점 지겨워지는군."

선장이 투덜거렸다.

다섯 번째 설정은 납작한 금속 돌출부와 땅딸막한 총구가 나란히 있는 모습이었다. 그건 네서스가 보기에도 위험할 것 같았다. 추프트 선장이 바위를 향해 발사했다.

그리고 모든 일이 거의 동시에 일어났다.

선장이 몸을 빙글 돌렸다. 그는 무기를 통제하려고 애썼지만 마치 소방 호스를 들고 있는 것처럼 타오르는 광선이 사방을 때렸다. 감응자가 뜨거운 플라스마에 닿자 비명을 질렀다. 고통과 두려움으로 인한 끔찍한 울부짖음은 금세 사그라졌다. 크진인 두 명이 감응자를 붙잡아 '반역자의 손톱'호로 이어지는 얼음 터널로 끌고 갔다.

앤마리는 '궁중 광대'호를 향해 달려가고 있었다! 감응자가 몸부림치면서 그녀를 구속장 밖으로 밀어내 버렸던 것이다. 네서스는 희망이 솟아오르는 것을 느꼈다. 하지만 추프트 선장이 아무 일도 아니라는 듯이 마비 총으로 앤마리를 쓰러뜨렸다. 그는 마비된 채 얼음 위로 다시 튀어 올랐다가 미끄러지는 앤마리를 향해 터벅터벅 걸어갔다.

크진 행성으로 돌아가 응급치료를 받을 수 있도록 감응자를 급속 냉동 처치한 뒤 돌아온 연구자가 말했다.

"그건 로켓엔진입니다. 옆에 달린 납작한 돌출부는 발을 보호하기 위해서 있는 것 같습니다."

여섯 번째 설정은 망원경과 통신용 레이저였다. 네서스는 크진인이 실험을 계속하는 동안 잽싸게 제이슨과 상의했다. 로켓엔진은 크기에 비해 너무 강력해 보였다.

설마…….

"물질을 완전히 변환시키는 게 틀림없어요."

제이슨이 말했다.

네서스 역시 이미 같은 결론을 내렸다. 슬레이버 연구자도 마찬가지였을 것이다. 네서스는 더 우울해졌다. 물질을 완전히 에너지로 변환할 수 있는 소형 장치라……. 상대적으로 반물질은 사소한 위험처럼 보였다. 그런 기술은 GP 선체를 파괴하는 또 다른 기술이 될 수 있었다.

"상황이 더 나빠지겠어요. 크진 전함이 완전한 변환 기술로 무장하고 움직이는 게 상상이 돼요?"

제이슨의 말에, 앤마리가 불쑥 내뱉었다.

"빌어먹을 쥐고양이 새끼들."

그녀는 구속장 때문에 몸을 세워 앉지도 못한 채로 욕설을 더 늘어놓았다.

"잘했어."

제이슨이 아내에게 말했다.

추프트 선장은 일곱 번째 설정을 시험 중이었다. 뭔지 모를 원통과 와이어로 된 격자가 나타났다. 슬레이버 연구자는 에너지

방출이 있다고 보고했다. 하지만 아무 데도 영향을 주지는 않았다. 네서스는 이번에도 선장이 그를 겨눴을 때 아무런 느낌을 받지 못했다. 그는 격자가 마이크처럼 보인다고 생각했다.

슬레이버 연구자도 같은 생각이었던 모양이다. 그는 무기를 받아 들고 우주선으로 들어가더니 금방 다시 나왔다.

“제 생각이 옳았습니다. 이 물체는 제 질문에 대해 알 수 없는 언어로 대답했습니다. 추프트 선장, 전 이게 컴퓨터라고 생각합니다.”

선장은 영웅의 언어를 가르칠 수 없는 한 컴퓨터에는 별 관심이 없었다. 그는 여덟 번째 설정으로 옮겨 갔다.

이번에는 뭐라고 부를 수 없을 정도로 이상하게 생긴 모양이 되었다. 네서스는 오래전 위상수학 수업에서 그와 비슷한 것을 본 적이 있다고 생각했다. 그게 무엇일지 궁금했다. 확실히 무기처럼 생기지는 않았다.

추프트 선장은 바위를 향해 겨누고 방아쇠를 당겼다. 다음 순간, 제이슨이 비틀거렸다. 그는 앤마리를 ‘궁중 광대’호 쪽으로 밀고, 추프트 선장을 향해 돌진하려고 몸을 돌렸다. 구속장이 사라졌다! 여덟 번째 설정은 에너지를 흡수했다.

모종의 감정이 네서스를 뒤덮었다. 절망? 광기? 어쨌든 비정상의 일종임은 분명했다. 분석하고 있을 시간이 없었다. 네서스는 제이슨을 지나쳐 곧바로 추프트 선장을 향해 돌진했다.

선장은 아직 트넉팁 유물을 든 채 당황하고 있었다. 네서스가 코앞에 닥치자 크진인이 고개를 들었다. 네서스는 움직이면서 몸을 돌렸다. 뒷다리를 곧게 펴고 관절에 힘을 주었다. 그리고 발굽을 추프트 선장의 옆구리에 깊숙이 박아 넣었다. 발굽 아래서 갈비뼈가 부서졌다. 충격 때문에 엉덩이까지 흔들렸다.

선장은 비명을 지르며 유물을 떨어뜨렸다. 제이슨이 달려가면서 낚아챘다.

네서스도 발굽을 빼고 달리기 시작했다. '궁중 광대'호에 도착하기도 전에 에어록 문이 닫힌 채로 녹아 붙어 있는 게 보였다. 주머니에 있는 도구를 이용하면 열 수 있었지만, 그 전에 크진인에게 다시 잡히고 말 터였다.

크진인 하나가 앤마리를 붙잡았다. 다른 크진인은 제이슨을 향해 마비 총을 겨누고 있었다. 왜 총이 작동하지 않는지 궁금해하고 있을 게 분명했다. 제이슨은 무력한 표정으로 사방을 둘러보았다. 그가 트넉텁 유물의 설정을 무기로 바꾸는 순간 마비 총이 그 자신을 마비시킬 터였다.

앤마리가 외쳤다.

"뛰어! 젠장, 제이슨! 뛰라고!"

네서스와 제이슨은 멀리 떨어져 있는 언덕을 향해 질주했다.

5

"제이슨! 시간이 없어. 놈들이 내 헬멧을 벗기고 있어. 다치지는 않았는데 도망갈 수가 없어. 우주선은 이륙하는 중이야. 무기를 어디에 묻……."

앤마리였다.

네서스는 제이슨이 무력하게 욕설을 내뱉는 소리를 들었다.

"제이슨, 비공개 주파수로 바꾸십시오."

지금까지는 감히 비공개로 대화할 생각을 하지 못했다. 그랬다가는 납치범들의 화를 더 돋울 수 있었다.

"들립니까?"

"들려요. 어디예요?"

"위치를 어떻게 설명해야 할지 모르겠습니다. 동쪽으로 십 킬로미터쯤 뛰었습니다만."

"서로 찾을 수 있는 방법을 생각해 보죠."

"왜지요, 제이슨?"

네서스가 이 얼음 동굴 안에 머무는 한 공중에서는 보이지 않았다. 게다가 우주복에서 나올 수밖에 없는 열도 대부분 분산시킬 수 있었다. 움직이는 건 크진인에게 발견될 확률만 높이는 셈이었다.

"혼자 있는 게 안전하다고 생각해요? 난 아니에요. 우주복은 얼마나 더 버틸 수 있죠?"

"표준년으로 몇 년은 가능합니다."

네서스는 지구 표준으로 말했다. 인간의 우주복은 그 정도 재순환 능력이 없다는 사실은 알고 있었다.

"그 전에 도와줄 이가 올 겁니다."

"어떻게요?"

"크진인이 압력 커튼 안으로 들어오기 전에 동족에게 구원 요청을 보냈습니다."

"뭐라고요? 어떻게?"

"최근 들어 우리 종족의 운명에 여러 가지 변화가 생겼지만, 이것만큼은 아직 극비입니다."

거문고자리 베타성의 혜성대에는 성간 종자 유인기가 숨어 있었다. 물론 이 유인기는 원격으로 조종할 수 있었다. 네서스가 암호화해 보낸 조난신호는 유인기에 도착하자마자 하이퍼웨이브로 선단을 향해 날아갔다.

인간이 들으면 안 될 비밀은 아니었다. 네서스는 제이슨의 희망을 꺾지 않기 위해 퍼페티어가 아직 알려진 우주에 남아 있다는 사실을 인정했다. 지구의 ARM도 이미 그 정도는 알고 있었다. 네서스가 그 뒤에 했거나 암시한 게 일부러 잘못 말한 내용이었다. 만약 절망에 빠진다면, 제이슨은 유물을 아내와 교환하려고 할 수도 있었다.

'반역자의 손톱'호는 청백색 화염을 내뿜으며 하늘로 솟아올랐다. 곧 머리 위에서 눈부시도록 밝게 작은 점이 되어 붉은 아치 모양의 성운 속에서 빛나며 선회하기 시작했다.

제이슨이 묘사한 대로라면 그랬다. 하늘을 보려고 나갔다가는 공중에서 발각될 위험이 있었다. 네서스는 얼음 동굴 속에 가만히 있었다.

"우리가 갖고 있는 건 그 무기밖에 없어요."

제이슨이 말했다.

"맞습니다. 레이저와 화염을 발사하는 로켓, 마비 총을 막을 수 있는 장치가 있지요. 하지만 동시에는 안 됩니다."

네서스도 조심스럽게 동의했다.

슬레이버 연구자는 각각의 설정에서 방출되는 에너지의 양을 세심하게 측정했다. 그 지식을 염두에 두고 전투함의 고도를 정했을 것이다. 거리가 너무 멀면 레이저 빔도 빗나간다. 제이슨이 아내가 잡혀 있는 우주선을 쏜다—네서스는 그럴 리가 없다고 생각했지만—고 해도 크진인에게 손상을 입힐 수 없었다.

"내가 보기에 우리가 설정을 하나 빼먹은 것 같아요."

제이슨이 말했다.

"제이슨, 희망에 기대는 건 퍼페티어의 자질이 아닙니다."

"무기에 대해 아는 것도 없잖아요. 네서스, 이게 무슨 무기죠? 내가 말하는 건 어떤 특정한 설정이 아니라 전체예요."

"당신이 말했다시피, 난 전투 전문가가 아닙니다."

하지만 제이슨은 전문가였다. 그는 전사라면 이런 무기를 원하지 않을 게 분명하다고 확신했다. 설정에 따라 변하는 동안 무방비 상태가 되지 않는가. 하지만 첩자라면 이렇게 다양한 기능을 이렇게 작은 데 욱여넣는 게 좋다고 생각할 수도 있었다. 그들은 트넉팁 첩자의 모습을 상상해 보았다. 노예 생활을 하는 동족 사이로 잠입해 들어가 슬레이버를 상대로 음모를 꾸미는…….

제이슨의 가설에 따른 미지의 설정은 첩자를 생각할 때만 말이 되는 소리였다. 제이슨은 그 장치에 자폭 기능이 있는 게 확실하다고 주장했다. 그는 조종 장치를 밀어도 보고, 눌러도 보고, 부품을 온갖 각도로 뒤틀어 보기도 했다. 그러면서 계속 말을 했지만, 네서스는 볼 수가 없어서 알아들을 수도 없었다.

그러는 동안 인공 태양이 밝아졌다.

표면에 더 가까이 내려온 걸까? 더 뜨거운 화염을 내뿜는 걸까? 네서스는 둘 다라고 추측했다. 낮은 고도를 유지하기 위해서 중력 평탄 화기*로 핵융합 엔진과 반대 방향의 힘을 가하고 있었던 것이다.

왜 그러는지는 알 수 없었다. 제이슨이 녹은 물속에 깊이 잠겨 있다고 알려 오기까지는. 조만간 화염을 끄면 제이슨은 얼음 속에 갇히게 된다. 그다음에는…….

"찾았어요, 네서스. 뭔가 찾았어요."

"새로운 설정 말입니까? 어떻게 생겼습니까?"

"바닥이 둥근 원뿔 모양이에요. 그리고 손잡이에서 바깥쪽으로 뻗어 있어요."

"써 보십시오. 성공한다면…… 안녕입니다, 제이슨. 당신과 함께해서 즐거웠습니다."

네서스는 자신이 진심으로 말했다는 데 별로 놀라지 않았다.

"잘 있어요, 네서스."

얼음 동굴 속의 작은 공간에 꼭 끼여 있던 네서스는 꽤 한참 동안 아무것도 느끼지 못했다. 그때 진동이 왔다. 땅이 흔들리고

* gravity planer. 크진 제국이 사용하는 우주선 추진 방법. 우주선 내부에 인공중력을 발생시킨 뒤 분극화시켜 한쪽 방향으로만 힘을 받게 한다.

네서스는 튕겨 나 천장에 부딪쳤다. 땅에 떨어졌다가 다시 날아가고, 또다시…….

그 움직임이 멈추기 전에 의식을 잃었다.

네서스는 협상처럼 들리는 대화를 듣고 정신을 차렸다. 제이슨과 추프트 선장이 공용 채널에서 이야기 중이었다. 제이슨이 비밀 무기 설정을 발견한 게 분명했다. 그뿐이었다. 자폭장치 같은 건 없었다. 제이슨은 분명히 절망스러운 심정일 터였다.

네서스는 대화를 들으려고 노력했다. 구조될 때까지는 살아남아야 했다. 아웃사이더의 최후통첩을 선단에 알려야 했다.

"넌 새로운 무기 설정을 알아냈다."

추프트 선장이 말했다.

"내가?"

제이슨이 되물었다.

"난 너와 장난을 칠 생각이 없다. 전사로서 너는 존중받을 가치가 있다. 하지만 네 초식동물 친구는 그렇지 않다."

"갈비뼈는 어떠신가?"

제이슨의 목소리를 들으며 네서스는 두 눈을 서로 마주 보았다. 그의 발차기는 단순히 추프트 선장에게 부상만 입힌 게 아니었다. 그를 모욕했던 것이다. 선장은 개인적으로 네서스를 처리하기 전까지 어떤 도움도 요청하지 않을 작정이었다. 그 고집은 네서스가 구조될 때까지 살아남는 데 도움이 될 수 있었다. 하지만 선장이 트넉팁의 무기를 얻는다면……. 무엇도 그가 마지막 비밀의 설정을 사용하지 못하게 막을 수 없으리라. 그는 복수를 위해서라면 행성이라도 파괴할 것이다.

추프트 선장이 으르렁거렸다.

"그 이야기는 두 번 다시 하지 마라. 너와 나는 서로 교환할 게 있다. 너에게는 독특한 무기가, 내게는 네 짝인지도 모르는 인간 여자가 있지."

네서스가 비공개 채널로 외쳤다.

"안 됩니다, 제이슨! 교환하면 안 됩니다!"

하지만 제이슨은 무시했다.

"말 잘했다. 그래서?"

"무기를 넘겨라. 그리고 새로 발견한 설정을 보여라. 그러면 너와 네 짝은 너희 우주선을 타고 무사히 구속되지 않은 상태에서 떠날 수 있다."

"이름을 걸고 약속하는 건가?"

크진 사회에서는 이름을 얻기가 어려웠다. 대부분은 죽을지언정 가문의 이름에 먹칠을 하지 않았다.

통신기에 침묵이 감돌았다.

"이 거짓말쟁……."

"기다려라. 약속은 유효하다. 단, 너희 하이퍼드라이브를 부수겠다. 노멀 스페이스를 통해 돌아가라. 그 조건이라면 내 이름을 걸고 약속한다."

"네서스는?"

으르렁거리는 소리.

"그 초식동물은 알아서 자신을 보호해야 한다."

뭔가 이상했다. 이건 개인적인 증오가 아니었다. 네서스는 그 점을 알아챌 수 있었다. 추프트 선장이 너무 쉽게 동의하는 것 같았다. 정말로 목격자를 가게 해 줄 생각일까?

"여자는 괜찮나?"

제이슨이 물었다.

"물론."

"증명해."

"들어 봐라."

"제이슨, 여보, 잘 들어. 일곱 번째 설정을 써. 일곱 번째. 내 말 들려?"

앤마리가 아주 서둘러 말했다.

"앤마리, 자기 괜찮아?"

"난 괜찮아. 일곱 번째……."

통신이 끊겼다. 그사이 비공개 채널로 네서스가 말했다.

"일곱 번째? 그건 트넉텁 컴퓨터입니다. 이해가 안 가는군요."

절망적인 욕설이 들렸다.

"제이슨? 제이슨!"

답이 없었다. 네서스는 재빨리 머리를 굴렸다. 지금까지 한 이야기, 그건 전부 수작이었다. 제이슨은 얼음 속에 갇혀 있었다. 그리고 이제 적이 그를 그리고 무기를 다시 획득한 것이다.

네서스는 얼음 동굴 안에서 몸을 부들부들 떨었다. 그 어느 때보다도 외로웠다.

6

네서스는 근처에서 전파가 나오는 유일한 곳을 향해 얼음 위를 기어갔다. 우주복 통신기로 신호를 감지할 수 있지만 해독은 불가능했다. 크진인 비공개 주파수로 통신하고 있는 듯했다.

본능은 그로 하여금 뒤돌아 도망가라고 말하고 있었다. 시민들은 포식자로부터 도망치지 거꾸로 공격하지 않았다!

반대로 시민들은 무리에서 벗어나지도 않았다. 정찰도 하지 않았다. 만약 네서스가 무리 전체의 안녕을 위해 그런 공을 세울 정도로 제정신이 아니라면, 마찬가지로 트넉텁 무기를 되찾을 정도로 제정신이 아니어야 했다.

그리고 시민들은 어린아이라고 해도 발차기를 할 줄 알았다.

네서스는 아킬레스가 유일한 약점이 발뒤꿈치라고 자랑스럽게 떠벌리던 전설을 떠올렸다. 추프트 선장은 네서스의 발차기를 죽을 때까지 잊지 못할 것이다.

황량한 얼음 벌판 위를 걸어가면서 네서스는 앤마리가 황급히 외친 말이 무슨 뜻인지 고심했다.

일곱 번째 설정. 왜 컴퓨터를 쓰라고 한 걸까? 그건 전파에 반응하지 않았다.

슬레이버 연구자가 우주선 안으로 갖고 들어가서야 알 수 없는 응답을 얻어 냈다. 첩자. 무기. 사라진 고대 언어. 네서스는 이 세 가지와 관련된 기술이 전혀 없었다. 그렇게 보면 정말 제정신이 아닌 게 분명했다. 망상에 빠져 있거나.

지그문트 아우스폴러는 회계사였다. 그가 무엇을 이뤘는가.

일종의 광기가 네서스를 앞으로 나아가게 만들었다. 계기를 이용해 우주선으로 가는 길을 찾았다. 가까운 언덕 너머에 불빛이 보였다. 거의 다 왔음을 알 수 있었다. 네서스는 꼭대기 너머로 고개를 내밀었다. '반역자의 손톱'호였다. 에어록의 바깥쪽 문이 열려 있었다. 불빛은 거기서 나왔다. 네서스는 제이슨과 앤마리가 아직 살아 있을지 궁금했다.

크진인 한 명이 압력복을 입고 얼음 위를 걸어 다녔다. 장갑 낀 손 밖으로 튀어나와 있는 장치는 처음 보는 것이었지만, 어색한 손잡이는 익숙했다. 추프트 선장이었다. 그는 치명적인 비밀 설정으로 맞춰 놓은 트넉팁 무기를 들고 있었다.

무기. 스파이. 사라진 고대 언어. 내가 뭔가 중요한 것을 간과하고 있는 걸까? 아니면 무의식중에 드물게도 이성을 발휘해 무장한 크진인을 향해 또다시 돌진하는 행위를 늦추고 있는 걸까? 지그문트라면 무엇을 보았을까?

네서스는 추프트 선장의 손에 들린 무기를 바라보았다. 총구는 원통이었다. 제이슨은 원뿔이라고 했다. 두 번째 비밀 설정이 있는 것이라면, 제이슨은 언제 그걸 발견했을까?

선장이 사격하는 자세를 취했다. 네서스는 아직 움직일 수 없었다. 트넉팁의 언어가 아닌 게 분명한, 정체불명의 언어로 말을 걸면 컴퓨터가 어떻게 반응할까? 지그문트라면 첩자용 무기를 어떻게 설계했을까?

인증받지 않은 언어로 말을 걸면 자폭장치가 발동하도록 만들었을 것이다!

네서스는 머리를 언덕 꼭대기에 묻었다. 눈을 뜰 수 없을 정도로 세상이 밝게 빛났다. 네서스는 이미 우주복이 허용하는 한 재빨리 단단한 공으로 몸을 말았다. 폭풍에 휩싸인 바다처럼 땅이 요동쳤다. 네서스는 옅은 대기를 뚫고 높이 날아갔다. 요동치는 땅은 내려오는 네서스를 붙잡아 다시 내팽개쳤다. 그리고 또다시. 이번에는 뇌가 들어 있는 혹부터 착지했다. 다시 한 번 세상이 까맣게 변했다.

네서스는 등을 땅에 대고 다리를 허공에 둔 채 깨어났다.

그는 뻣뻣한 동작으로 똑바로 일어섰다. 온몸이 엄청나게 아팠다. 숨어 있던 언덕에서 먼 곳까지 날아와 있었다. 뒤를 돌아보자, '반역자의 손톱'호가 소리 없이 웅장하게 언덕 위로 솟아오르고 있었다. 우주선은 천천히 회전하더니 얼어붙은 평원 위로 추락했다. 한쪽 부분이 빨갛게 불타올랐다. 물줄기가 점점 커지면서 우주선 잔해는 얼음을 녹이고 얼마 전까지만 해도 숨어 있었던 곳으로 가라앉기 시작했다.

누구도 살아남을 수 없으리라.

네서스는 조심스럽게 다가갔다. 에어록의 바깥쪽 문은 뜯겨 나가고 없었다. 에어록 안을 비춰 주는 건 네서스의 헬멧에서 나오는 불빛뿐이었다. 내부 조명은 아마도 모두 파괴됐을 것이다. 안쪽 문은 아직 압력을 유지하고 있었다.

네서스는 안전장치를 우회해 문을 열었다. 밀려 나오는 바람을 뚫고 안으로 들어가 안쪽 문을 닫았다. 바람은 줄어들었지만 완전히 멈추지는 않았다. 환경 시스템이 그가 내보낸 공기를 보충하기 위해 작동했기 때문이다.

네서스는 선실과 화물칸, 복도를 차례대로 수색했다. 아무것도 나오지 않았다. 그러다…….

그가 심문실로 기억하는 방의 벽에 튀어 있는 잔해는 크진인이라고 믿을 수가 없는 수준이었다. 주황색 피가 벽에서 흘러내려 웅덩이를 만들었다. 방 한가운데에는 구속장에 갇혀 허공에 매달린 제이슨과 앤마리가 있었다. 간신히 숨은 쉬고 있었지만 둘 다 의식이 없었다. 구속장이 머리까지 감싸고 있던 게 틀림없었다. 다행이었다. 그렇지 않았다면 충돌하는 순간 목이 꺾여 버렸을 것이다.

마침내 네서스는 제어장치를 발견했다. 제이슨과 앤마리가 바닥에 떨어졌다. 기운을 모조리 소진해 버린 네서스는 그들과 함께 의식을 잃었다.

익숙한 배경 소음과 딸깍거리는 소리, 웅웅거리는 소리가 네서스를 감쌌다. 문이 굳게 잠긴 익숙한 선실 속에서 안전한 기분을 느끼며, 그는 휴대용 합성기에서 인공으로 만든 동족의 페로몬을 깊숙이 들이마셨다. 몸은 단단히 둥글게 만 상태였다.

가까운 선실에 있는 크진인은 별 걱정거리가 아니었다. 단단히 얼어붙은 감응자는 추락에서 생존했다. 징크스 당국이 언제 그를 해동할지 결정할 터였다. 그것도 며칠 남지 않았다.

네서스를 괴롭히는 건 다른 크진인이었다.

발굽 아래서 추프트 선장의 갈비뼈가 만족스럽게 부러지던 기분을 잊을 수만 있다면!

더 곤란한 문제는 일단 '아이기스'호에 올라 안전을 확보하고 혼자만 있게 됐을 때 보낼 메시지였다. 반물질 항성계의 그림자는 이제 선단에서 걷힌 상태였다. 그러나 그 대신 강력한 종족인 아웃사이더라는 더 긴 그림자가 들어섰다.

눈앞에 중요한 일들이 놓여 있었다. 네서스는 벌벌 떨면서 허스를 간절히 그리워했다. 허스에 가야 했다. 곧 다가올 논쟁에서 힘을 써야만 했다.

하지만 그 전에 긴급히 처리해야 할 의무가 하나 있었다.

| 폭로: 지구력 2658년 |

1

힘이 넘쳐 났다. 트라우마로 몸을 떨면서, 방향감각을 완전히 상실한 채, 지그문트는 깨어났다. 등을 대고 누워 있었다. 얼굴에서 몇 센티미터 앞에 투명한 돔이 있었다. 그 바깥쪽은 온통 까맸다. 둥근 플라스틱금속에 반사된 정보 표시는 지그문트의 눈이 어둠에 적응하지 못하게 만들었다.

내가 오토닥 안에 있어!

지그문트는 자신이 무슨 치료를 받고 있는지 끊임없이 보여 주는 화면에서 시선을 돌렸다. 마음속에 하나같이 끔찍하고 혼란스러운 온갖 이미지가 떠올랐다.

여기 와 본 적이 있어, 아닌가? 여길 나가면 페더를 만나겠지……. 말이 안 돼. 아직 만나지도 않았는데 어떻게 페더를 알고 있다는 거야? 마지막으로 기억하는 게 뭐지? 참을 수 없는 고통. 가슴에 뚫린 구멍. 오토닥이라고 해도 그걸 치료할 수는…….

또 다른 기억이 또렷해졌다. 베어울프 섀퍼가 앤더에게 했던 말이었다.

'그게 잘린 머리만 갖고 날 다시 만들었다고!'

그거란 카를로스 우가 만든 오토닥이었다. 현실이 쿵 하고 떨어졌다. 베어울프는 그 오토닥을 이용해 앤더를 매수하려 했다. 앤더는 손에 연기 나는 펀치 건을 들고 있었다. 베어울프는 화상 통화로 지그문트의 생명이 빠져나가는 모습을 지켜보고 있었다.

하지만 난 죽지 않았어. 베어울프가 날 구해 준 걸까? 카를로스의 오토닥으로?

지그문트는 긴급 개폐 버튼을 눌렀다. 다급한 마음과는 상관없이 뚜껑이 아주 천천히 열렸다. 그는 오토닥 밖으로 기어 나왔다. 이렇게 가벼운 느낌을 받아 본 게 얼마 만인가? 백 년? 그는 아주 평범한 숲 속 공터에 있었다. 달도 없는 밤하늘에 별이 반짝였다. 별자리는 익숙하지 않았다. 하지만 도심의 불빛에서 멀리 와 본 게 여기…….

파프니르! 그게 기억나지 않았다.

또 무엇을 기억하지 못하는 걸까? 서늘함이 느껴져 지그문트는 몸을 떨었다. 밤공기나 오토닥에서 갓 나와 벌거벗고 있기 때문이 아니었다. 나뭇잎이 사각거리는 소리가 마치 크진인이 쫓아오는 소리처럼 들렸다. 과거 그 어느 때에도 지금 지구를 그리워하는 것처럼 간절히 무언가를 원한 적이 없었다.

누군가 그를 구출한 뒤 샤슈트의 수도에서 멀리 떨어진 곳으로 데리고 왔다. 그 누군가가 베어울프일지 아닐지는 모르겠지만, 지그문트나 엄청난 가치가 있는 오토닥을 쉽사리 포기할 리는 없었다.

숲 속 공터는 비록 낯설지만 특별히 위험해 보이지는 않았다. 지그문트는 몸서리가 나도록 깊게 숨을 두 번 들이마시며 마음을 진정시켰다. 눈이 어둠에 적응하자 주변을 둘러보기 시작했다. 오토닥 발치에 두꺼운 로브가 있어서 걸쳐 입었다.

"아, 일어났군요."

목소리가 들려와 고개를 홱 돌렸다. 긴 머리를 뒤로 묶은, 키가 작고 단단해 보이는 남자가 숲 속에서 걸어 나왔다. 지그문트는 별빛에 의지해 관찰했지만 남자가 입고 있는 비행복의 형태나 무늬를 식별할 수 없었다. 무기를 지니고 있지는 않은 것 같았다.

"놀라게 했다면 미안합니다. 나는 에릭 후앙음베케라고 합니다. 에릭이라고 부르세요. 지그문트라고 불러도 될까요?"

남자가 말을 하자, 허리에 있는 장치에서 좀 더 깨끗한 말소리가 약간의 시간 차를 두고 흘러나왔다. 통역기였다.

"안녕하십니까, 에릭. 그거 끌 수 없습니까?"

지그문트는 조심스럽게 대답했다. 장치가 그 말도 다듬어 주었다. 에릭이 그 장치에 뭔가 조작을 가했지만 지그문트는 알아볼 수 없었다.

"이제 어때요?"

에릭이 물었다.

어떻냐고? 억양이 강하고 어딘가 모르게 익숙했다. 정확한 공용어는 아니었다. 스팽글리시도 아니었다. 그 전에 뭐가 있었지? 이 낯선 사람의 말을 들으니 떠오를락 말락 하는 게…… 센트럴 파크에 있는 셰익스피어!

"영어를 쓰는 겁니까?"

어둠 속에서 하얀 치아가 빛났다.

"맞아요."

이제 처음 깨어났을 때만큼 어둡지는 않았다. 지그문트는 에릭의 피부가 거무스름하고 입술이 두껍다는 사실을 알아챘다. 머리도 검었고, 눈은 생각이 깊은 듯하며 강렬했다.

새벽이 오면서 숲 속 생명이 기지개를 켰다. 지그문트는 무슨 소리가 들릴 때마다 몸을 움찔했다. 방울뱀, 퓨마, 그리즐리 베어 그리고 크진인이 떠올랐다.

"여기는 안전합니까?"

"안전? 물론이죠."

에릭은 어리둥절한 표정을 지었다.

이내 나무 위로 해가 떠올랐다. 하늘이 놀랍게도 빠른 속도로 밝아지자 지그문트는 에릭의 얼굴을 자세히 관찰했다. 그는 안절부절못하는 것처럼 보였다. 뭔가 기대하는 표정이었다. 지그문트는 긴장했다.

밝은 햇빛이 공터를 밝혔다. 지그문트는 위를 올려다보았다. 나무 위로 조그만 태양 여러 개가 하늘을 가로지르는 호를 그리며 늘어서 있었다. 숨이 막혀 왔다! 새로 생긴 심장이 갑자기 조여들었다. 사지가 터무니없이 무거워졌다. 세상이 빙글 돌았다. 지그문트는 땅에 쓰러지기도 전에 의식을 잃었다.

"지그문트? 지그문트? 괜찮아요."

지그문트는 기운 없는 듯 가만히 누워 있었다. 이곳에도 주머니쥐가 있을지 궁금했다. 마침내 에릭이 한숨을 내쉬었다. 희미한 소리가 들리는 것을 보니 어디론가 가는 모양이었다.

지그문트는 눈을 살짝 떴다. 에릭은 공터 건너편에 있었다. 등을 돌린 상태였다. 지그문트는 벌떡 일어났다. 맨발에 밟혀 나뭇가지가 부러졌다. 에릭이 몸을 돌릴 때 지그문트가 덮쳤다. 둘은 함께 덤불 속으로 쓰러졌다. 지그문트가 위에 올라탔다. 에릭은 풍선처럼 납작해졌다.

누군가는 지그문트의 질문에 대답을 해야 했다. 그리고 여기 에릭이 있었다. 지그문트는 로브에 있던 띠로 에릭의 팔을 나무에 묶었다. 여러 개의 태양에서 나오는 새벽빛 아래서 보니 평범한 듯했던 소나무도 전혀 정상이 아니었다. 지그문트는 에릭의 등 뒤에서 팔을 감아 그의 허리띠를 뺐다.

"발뒤꿈치를 나무에 붙여."

지그문트는 에릭의 발목을 튼튼한 나무줄기에 고정했다. 그리고 흐트러진 로브를 제대로 입었다.

"이제 솔직하게 얘기해 볼 시간이야. 일단, 내가 어떻게 여기로 온 거지?"

"일단."

에릭의 입에서 그 단어가 나오니 어딘가 어색하게 들렸다.

"풀어 주세요. 해칠 생각 없습니다. 아무도 안 그럴 거예요. 정반대죠."

지그문트는 몸을 떨며 목걸이처럼 이어진 태양을 바라보았다. 나뭇잎 사이를 뚫고 나오는 빛을 보니 태양이 더 있는 모양이었다. 또 다른 기억이 그를 흔들었다. 안드레아는 이런 세계의 모습을 목격하고 죽었다.

"그건 내가 판단할 일이지."

"판단? 그런 단어는 모르는데요. 통역기를 켜는 게 나을지도 모르겠군요."

에릭이 주저하며 말했다. 하지만 지그문트는 그 제안을 무시했다. 통역기에는 아마도 휴대용 컴퓨터와 통신기 기능까지 있을 터였다. 다른 사람과 마주치기 전에 대답을 들어야 했다.

태양이 줄줄이 달린 네 개의 세계와 불타오르는 하나의 세계.

"지금 우린 행성으로 이뤄진 선단에 있는 거로군. 맞지?"

에릭이 알 수 없는 미소를 지었다.

"이제는 아니죠. 우린 여기를 '뉴 테라'라고 불러요. 우린……."

"여기가 퍼페티어 행성 다섯 개 중 하난가?"

지그문트가 끼어들었다.

"몇 년 전까지만 해도 그랬죠. 여섯 세계 중 하나, 그때는 NP_4라고 불렀어요. 지금은 선단에서 분리된 상탭니다. 퍼페티어가 뭔지는 모르겠는데요. 지그문트, 혹시 시민을 뜻하는 건가요?"

"목이 긴 머리 두 개가 달린 놈들. 다리는 셋이고. 목소리는 오케스트라나 멋진 여자 소리처럼 들리는 놈들."

"그게 시민들이에요. 정확히 말하면 그렇게 부르라고 우리에게 가르쳤던 거지만."

에릭의 말에는 씁쓸함이 감돌았다.

"우린, 그자들의 '개척민'으로……."

뭔가 덤불 속에서 소리를 냈다. 지그문트는 몸을 돌렸지만, 나뭇잎이 떨리는 모습밖에 보이지 않았다. 주변에 뭐가 있을지 몰랐다.

"저건 뭐지?"

"사슴……인가? 다람쥐? 내가 어떻게 알아요?"

에릭은 한숨을 쉬었다.

"날 풀어 줘요, 지그문트. 도와줄게요. 당신이 어려움을 겪을 거라고 네서스가 경고했죠."

"네서스! 그놈을 알아? 너와 무슨 관계지?"

지그문트가 외쳤다.

"잘 알죠. 네서스가 당신을 여기로 데려왔거든요."

2

드넓은 광장에 셀 수 없을 만큼 많은 시민들이 모여 있었다. 그들은 마치 하나가 된 듯이 두려움에 질린 시선으로 키의 천 배도 넘게 우뚝 솟은 환영을 올려다보고 있었다.

평소 가짜 햇빛으로 광장을 밝혀 주던 생태건물의 벽이 지금은 이세계의 환영 같은 모습으로 빛나고 있었다. 광장을 둘러싼 여섯 개의 생태건물. 그 거대한 벽에 희미하게 떠올라 있는 건 어둡고 형언할 수 없을 정도로 이질적인 여섯 개의 물체였다. 바로 아웃사이더의 도시/우주선이었다.

그 앞에 있는 GP 2호 선체는 상대적으로 아주 작은 크기로 협약체가 이룩한 성과를 초라해 보이게 만들 뿐이었다.

낮게 울부짖는 소리가 베데커의 주의를 끌었다. 그는 목을 돌려 탄식이 어디서 흘러나왔는지 찾았지만, 부질없는 짓이었다. 소리는 사방에서 들렸다. 군중이 발산하는 힘 빠지는 열기나 공포 페로몬의 독기와도 같았다. 실체 없는 우주선이 사방을 둘러싸고 있어 도망갈 곳은 없었다. 이렇게 많은 군중 속에서는 머리를 배 아래에 처박고 안전하다고 착각하고 있어 봤자 짓밟힐 위험만 늘어났다.

건물 벽에서 큰 목소리가 울려 퍼지자 군중이 침묵했다.

"아웃사이더의 신뢰를 회복하는 일을 누구에게 의존하겠습니까? 한 번도 그들과 거래해 본 적이 없는 이들입니까? 아무것도 하지 않아서 생명의 수여자가 허스를 불태워 버리게 만들 뻔한 이들입니까? 사고가 굳어 은하핵에서 날아오는 재앙 앞에 우리를 무력하게 만들 뻔한 이들입니까?"

다른 소리가 화음을 이뤘다.

"실제 위기 앞에서 보수당에 의지하지 맙시다."

베데커는 은밀한 시선을 광장으로 던졌다. 정상적인 시절이었다면 온갖 색깔과 유형의 배지, 메달, 리본, 띠, 액세서리가 온갖 종류의 취미, 전문 단체, 사회적 관심사를 나타냈을 것이다. 하지만 시절은 정상이 아니었고, 대세는 주황색과 녹색이었다. 주황색 상징을 쓰는 집권당인 실험당은 최근의 위기 속에서, 위임받은 통치권을 재신임받으려고 했다. 녹색 상징을 쓰는 야당 보수당은 경쟁자인 실험당이 최근의 위기를 불러왔으며 해결할 능력이 없다고 주장했다.

날이 갈수록 더 많은 시민들이 허스 전역의 광장과 상점, 강당, 공공 식당, 공원에 모여들었다. 가만히 있을 수가 없었다. 절망적인 시기에는 검증된 수단이 필요했다.

먼 옛날부터 변화와 위기의 순간이 오면 시민들은 한데 모였다. 베데커는 그 모습을 상상해 보려고 했다. 원시적이고 아직 소규모 집단을 이루며 살던 시절 새로운 목초지를 찾아 떠나거나 불을 도입할지 말지 논의하기 위해 모여든 모습을.

이제 그들은 곧 닥쳐올 재앙에 맞서기 위해 조상들이 상상도 못 할 환경에서 상상도 못 할 규모로 다시 모였다. 익숙한 의식과 마음을 편안하게 하는 전통을 가지고 오랜 세월에 걸쳐 위기가 닥칠 때마다 모여서 이야기했던 것처럼 수없이 많은 시민들은 다시 합의점을 추구했다.

아웃사이더의 최후통첩—그게 뭔지 모르기 때문에 더욱 두려웠다—에는 반드시 답변을 해야 했다. 마찬가지로 대중의 마음과 기분을 재평가하고, 형성하고, 조작하고, 조언하며, 대중에게 정보를 제공해야 했다. 궁극적으로 어느 한 당을 압도적으로 선호하게 될 때까지. 적어도 잠시 동안이나마 모두가 같은 색으로 꾸며야 했다. 현재 상황으로는 실험당의 주황색으로 새로운 합의가 모아질 가능성이 커 보였다.

"아웃사이더의 요구가 무섭긴 하지만, 우리 앞에는 그보다 더 힘든 일이 놓여 있습니다."

희망과 가능성이 깔린 익숙한 운율이 광장에 울려 퍼졌다. 몇 개의 생태건물 벽에 비친 심우주의 모습이 흐려지더니 새로운 이미지로 바뀌었다.

최후자였다! 최후자의 초상이 천천히 나타났다. 다른 벽 세 개에 그대로 남아 있는 아웃사이더 우주선만큼 컸다. 구부리거나 땋거나 보풀을 세우고, 황금빛 리본을 두껍게 누벼 놓고, 주황색 석류석과 불꽃 같은 오팔을 아낌없이 써서 현란하게 장식한 갈기는 숨이 멎을 정도로 아름다웠다. 그런 자세와 광휘는 가장 화음이 잘 어울리는 소리로도 전달할 수 없는 차분한 자신감을 드러냈다. 군중은 한숨을 내쉬었다.

"우리는 앞으로도 핵폭발로부터 탈출합니다. 우리는 앞으로도 헌신적인 정찰대원을 양성해서 우리 앞에 놓인 위험 가능성에 대해 경고하게 할 겁니다. 이 일 역시 당연히 실험당만이 잘할 수 있는 일입니다."

"아웃사이더를 화나게 한 건 뭡니까?"

군중 속에서 누군가 속삭였다. 아무도 대답하지 않았고, 그는 집요한 요청을 받고 입을 다물었다.

어느 당도 현재 위기의 원인으로 가장 가까운 NP_4를 둘러싼 최근 사건을 언급하지 않았다. 베데커는 둘 다 그러지 않으리라는 사실을 알고 있었다. 지난번 사건에는 두 당 모두의 설문舌紋이 덕지덕지 묻어 있었다. 그러나 현재의 비상사태를 해결하는 방법 또한 모두 그 도망간 세계와 관련이 있었다.

돌연 베데커는 이 과정이 얼마나 비현실적으로 느껴지는지 깨달았다. 어쩌면 지금까지 모든 합의 과정이 이랬을지도 몰랐다. 실제로 무슨 일이 일어나는지, 그 안에 있는 행위자가 누군지를 안다면 이런 사건과 이런 유세를 분리할 수 있게 되는 걸지도 몰랐다.

베데커는 알았다. 위기 상황 초반에 최후자가 직접 그의 의견을 구했던 것이다. 놀랍게도, 보수당 출신의 한때 최후자였으며 다시 한 번 최후자를 노리는 이도 같은 행동을 했다. 베데커는 이 상황에서는 기적적인 기술적 해결책을 제공할 수 없다고 말할 수밖에 없었고, 둘 다 그런 말을 듣고 싶어 하지 않았다.

한때 그는 엘리트의 주목을 받기를 간절히 원했다. 재활을 위해. 해명을 위해. 이제 그 목표는 달성했다. 그가 원하는 건 그저 무명 생활과 평안함이었다. 하나 남은 그의 야망은 모든 야망을 버리는 것이었다.

몇 년 전 네서스가 부하 정찰대원들을 GPC 시설에 데려오기 전에 베데커의 의견을 들었다면 어떻게 됐을까. 오늘날 상황이 얼마나 달라졌을까. 베데커는 안절부절못하며 광장의 탄력 있는 바닥을 발굽으로 찼다. 네서스도 이 사태를 초래했다. 지금 그는 어디론가 사라짐으로써 오히려 주목을 받고 있었다. 아킬레스나 베스타, 심지어 니케도 네서스가 어디 있는지 모른다고 했다.

최근 들어 평안함을 추구하고 있음에도 베데커는 궁금증을 억누를 수 없었다. 네서스는 어디 있을까? 무엇을 하고 있을까?

최후자가 말을 이었다.

"동료 시민 여러분, 중대한 결정을 내릴 시간이 이제 곧 찾아옵니다."

결정의 시간이 아직도 지나가지 않았다는 게 놀라운 일이었다. 베데커는 겉으로는 작아 보이는 우주선을 자세히 관찰했다. 아킬레스는 이 우주선을 타고 집행 연기를 얻어 내기 위해 협상하러 다녀왔다. 수수께끼에 휩싸인 종족이었던 만큼 아웃사이더는 시민들을 이해했다. 그들은 협약체가 신중하게 논의하고 있으니 잠시 기다려 달라는 아킬레스의 요청을 군소리 없이 받아들였다. 이해심이 넘치는 행동이었다. 이렇게 간단할 수가 있을까?

어쩌면 알 수 없는 모종의 목적이 있을 수도 있었다. 아웃사이더는 뉴 테라가 협약체의 통제하에 있을 가능성을 아직은 받아들일지도 몰랐다. 가장 가까운 아웃사이더 우주선까지의 거리를 생각하면 그들은 어디까지 알 수 있을까? 하이퍼스페이스 기술로 알 수 있는 내용만 알고 있을 터였다. 하이퍼웨이브로 이뤄지는 대화를 우연히 가로챈 것. 선단에서 NP_4가 분리된 건 질량 표시기에 나타난 특이점의 위치가 변경되는 것으로 알 수 있었다.

"그들은 현명하고 능력 있는 종족입니다. 우리는 그들의 우정을 소중히 여깁니다. 그리고 그 우정을 유지하고 더 튼튼하게 만들어야 합니다. 나는 다시 여러분의 신뢰를 얻고자 합니다."

최후자가 외쳤다.

위로/아래로, 아래로/위로, 위로/아래로, 아래로/위로……. 광장에 널린 머리가 두 개씩 짝지어 번갈아 끄덕이면서 동의를 표했다.

지금 이 순간에도 개척민 사태에 대한 부정할 수 없는 진실이 광속으로 퍼져 나가고 있었다. 개척민들이 램스쿠프 우주선을 자유롭게 해방시키면서 일어난 혼돈. 그 우주선의 핵융합 엔진 불꽃을 허스에 뿌리겠다던 위협. 뉴 테라에 자유를 허용하기로 한 합의. 그 오래된 전파에는 모든 사실이 담겨 있었다. 몇 년이 지나면 그 전파의 물결은 가장 가까운 아웃사이더 우주선에 닿을 것이다.

아웃사이더가 집행을 연기하기로 동의한 건 의심했던 내용을 확인할 때까지 기다렸다가 의도했던 끔찍한 징벌을 더욱 정당화하기 위해서였을지도 몰랐다. 그 외계인의 목적이 바로 이것일까? 생각만 해도 우울해졌다. 엄청나게 느린 속도로 이동하는 액체헬륨 존재에게 있어 허스의 몇 년은 아무것도 아닐 터였다.

주위에서는 동료 시민들이 지금 이 순간에 푹 빠진 채 시민의 의무에 전념하고 있었다. 그들이 친밀하게 교감하는 모습을 베데커는 볼 수 있었다. 그는 허스로 돌아왔지만, 마음이 편하지는 않았다. 한때 외로운 유배 생활을 했던 그로서는 다시 이곳에 어울리게 될 수 있을지 궁금했다.

사방에서 수많은 목소리가 제각기 울려 퍼졌다. 베데커는 무리와 함께하지 못한 채 조용히 서 있었다.

액체헬륨으로 이뤄진 존재. 추위는 베데커가 다른 또 하나의 이유였다. 그는 추위를 이해했다. 추위를 기억했다. 땀이 뚝뚝 떨어지는 지금도 그는 몸을 떨고 있었다.

산업과 일조 명의 시민들이 내뿜는 열은 오랜 세월에 걸쳐 태양이 없는 허스를 달궈 왔다. 살아남아서 땅에 떨어지는 눈송이는 굉장히 드물었다. 가장 처음이자 가장 보수적으로 개조한 동반 행성인 NP_1은 완전히 달랐다. 적도를 공전하는 인공 태양의 연간 방출량 주기는 허스의 동식물이 진화 과정에서 적응한 모든 기후와 계절 변화를 만들어 냈다. 개체수가 이제 막 시작하는 단계일 때도 고향 세계의 표면 전체가 필요했다. 이곳을 지배하는 기조는 신중함이었고, 그 결과 NP_1은 —안전한 거리에서— 가능한 한 모든 허스의 생태계를 보존했다.

몇 년에 걸친 유배 생활을 통해 베데커는 기후와 계절, 날씨를 이해하게 되었다. 산속에 눈이 높게 쌓인 뒤 눈보라가 치는 모습을 본 적도 있었다. 큰 소리 한 번에 눈사태가 일어나 진행 방향에 있는 모든 것을 쓸어 버리는 광경을 목격하기도 했다. 눈사태. 그건 합의의 속성이었다. 무작위적이고 무자비한 —하지만 충분히 멀리 떨어져 있기만 하다면— 피할 수 있는 것. 그를 둘러싸고 있는 군중은 무엇이 다가와 자신들을 쓸어 갈지 이해할 수 없을 터였다.

귀에 거슬리는 소리와 함께 베데커는 다시 광장으로 주의를 돌렸다. 발굽 아래서 바닥이 진동했다. 시민들은 이미 서로 옆구리를 밀착하고 있었다. 깜짝 놀란 시민들은 군중을 향해 몸을 밀었다. 불협화음이 이가 떨릴 정도로 커졌다.

최후자의 연설은 끊어지지 않고 계속되고 있었다.

뼈가 울릴 듯한 불협화음이 베데커 근처의 군중을 몰아내고 열린 공간을 만들어 냈다. 소음이 커지면서 공간이 따라서 커졌다. 그 중심에는 도약 원반이 모여 있었다.

비상사태에 따른 수동 조작! 비어 있는 원반은 이제 공공 안전부에서만 접근할 수 있었다.

광장에 시민 세 명이 실체화되었다. 그런데 공공 안전부가 아니었다. 억세 보이는 모습으로, 모두 외무부의 보안 요원임을 나타내는 흑회색 띠를 둘렀다. 경호원이나 범죄자가 지을 법한 다소 미친 표정이었다. 웅성거리는 소리가 다시 들렸다. 이번에는 당황스러워하는 소리였다.

낯선 이들 중 한 명이 베데커를 지목했다.

"따라오십시오."

3

네서스가 날 구했다고? 베어울프와 공모한 건가? 아무리 생각해 봐도 뾰족한 답이 나오지 않았다.

"뒤로 물러서요."

단호한 목소리가 들려왔다. 다른 남자 하나, 아니 둘이 숲 속에서 나타났다. 그들은 에릭과 비슷한 위장용 비행복을 입고 있었다.

지그문트는 그 자리에 얼어붙었다. 왜 사람들이 다가오는 소리를 못 들었지? 생각하느라 정신이 팔려 있었는지도 모르지만, 믿기지가 않았다.

새로 온 남자 중 한 명이 말했다.

"해칠 생각 없습니다. 에릭에게서 떨어지세요."

말을 한 남자는 키가 크고 강인해 보였다. 어깨는 아래로 처져 있고, 두툼한 대걸레처럼 흐트러진 갈색 머리 아래 얼굴은 여위어 있었다. 조용하지만 설득력 있는 목소리로 말을 했다. 두 번째 남자도 구부정하게 있지만 않는다면 키가 비슷할 것 같았다. 부드럽고 전문가적인 느낌이 났다. 머리는 다채로운 색으로 염색하고 땋은 게 꼭 퍼페티어 같았다. 둘 다 눈에 띄는 무기는 없었다.

ARM 요원은 집중적인 무술 훈련을 받는다. 비무장이라면 지그문트는 둘 다 제압할 수 있을 것 같았다. 하지만 그러고 나면? 이 세계에 사는 사람들을 전부 하나씩 때려눕히나? 사실 에릭을 덮친 건 당황한 때문이었다.

지그문트는 세 발짝 물러서서 바위에 앉았다. 손바닥을 위로 향한 채 두 손을 허벅지에 올렸다. 풀 때문에 맨발이 근질거렸다.

학자 같은 사람이 에릭을 풀어 주러 갔다. 그는 띠로 묶어 놓은 매듭을 보고 회의적인 표정을 지으며 두 손을 꽉 쥐었다.

다른 남자가 웃었다.

"고맙습니다. 협조해 줘서 일이 쉽게 풀리겠군요. 난 오마르다나카싱입니다. 오마르라고 부르면 돼요. 지금 매듭에 도전하고 있는 친구는 스벤 허버트드라코빅스라고 하죠. 스벤, 그냥 잘라 버려요."

지그문트는 로브의 옷깃을 펄럭여 보이며 말했다.

"그냥 내가 풀죠. 띠가 있어야 하니까."

오마르가 키득거리며 웃었다.

"곧 진짜 옷을 가져다 드리죠. 네서스가 말하길 오토닥 위에 놓인 로브가 익숙할 거라더군요."

에릭이 풀려나 발로 땅을 구르고 손목을 문지르며 피가 통하게 했다. 한참 그러고 있다가 몸을 숙여 자기 허리띠를 풀더니 지그문트에게 던졌다.

"이걸 써요."

지그문트는 문득 자신이 그림자를 드리우지 않는다는 사실을 깨달았다. 오마르도 마찬가지였다. 인공 태양이 이루는 직선에서 비켜나 있는 에릭과 스벤 그리고 근처의 나무들은 각각 그림자가 여러 개였다. 가슴이 조여들었다. 머리 위를 날아가는 불덩어리들을 올려다보고 싶지 않았다.

"내가 여기 어떻게 왔는지 알고 싶습니다. 네서스와 이야기하게 해 주세요."

"네서스도 당신과 이야기하고 싶어 합니다. 그리고 당신이 어떻게 여기까지 왔는지는……."

오마르는 어깨를 으쓱해 보였다.

"네서스밖에 몰라요. 오토닥이 치료를 끝내면 온다고 했습니다. 익숙한 얼굴을 보는 게 더 나을 거라고 생각한 거죠. 다른 데서 중요한 일도 생겼고."

그러고는 떨어진 나뭇가지에서 껍질을 벗겨 냈다.

저 사람이 왜 초조해하는 거지?

오마르가 껍질을 벗긴 나뭇가지를 던졌다.

"지그문트, 사과해야 한다면 사과하죠. 어딘가에서는 깨워야 했는데, 밤이면 적어도 숲이…… 정상적으로 보일 거라고 기대한 겁니다. 네서스 말이 우리 건물은 그렇지 않을 거라고 해서요."

지그문트는 에릭이 준 허리띠로 옷을 여몄다.

"정상적이라. 지구 같다는 뜻이겠죠."

"지구에 대해서 얘기해 주세요. 알고 싶은 게 정말 많아요."

스벤이 갈구하는 목소리로 말했다.

"그럴 시간이 있을 거예요. 일단, 우리 손님에게 옷과 식사를 챙겨 줍시다."

오마르가 두 손을 맞잡으며 말했다.

그들은 네서스의 부하인 듯했다. 지그문트는 무엇인지 모르겠지만 왜 이야기를 해 달라는 건지 궁금했다. 깊게 생각하지 않는 게 나을 수도 있었다. 그는 오마르를 따라 숲 속으로 들어갔다. 에릭과 스벤이 그 뒤를 따랐다. 오마르는 걸어가면서 비행복 주머니에서 뭔가를 꺼내 들었다. 조종 장치나 컴퓨터처럼 보였다.

그들은 몇 걸음을 더 간 뒤 걸음을 멈췄다.

"날 따라서 올라오세요."

그렇게 말한 오마르는 주머니에서 꺼낸 장치를 손으로 건드린 뒤 땅 위에 놓여 있는 얇고 광택이 나는 원반 위로 올라가 사라졌다. 지름이 일 미터가 될까 말까 한 원반이 개방된 이동 부스처럼 작동하다니! 누가 접근하는 소리를 듣지 못한 것도 당연했다.

"어디로 가는 겁니까?"

지그문트의 물음에 에릭은 한숨을 내쉬었다.

"옷하고 먹을 걸 가지러요. 지그문트, 일단 의심을 뒤로 미뤄두면 대답을 더 빨리 얻을 수 있을 겁니다. 그냥 오마르 따라서 도약 원반에 올라가세요."

앤더는 그를 배신하고 총으로 쏘았다. 누군가는 죽어 가는 그를 납치했다. 지그문트에게 신뢰란 꽤나 큰 요구였다.

"오토닥은 어떻게 하죠?"

그 물건을 노리던 앤더의 탐욕 때문에 지그문트는 거의 죽을 뻔했다. 반대로 오토닥은 그의 목숨을 구했다. 지그문트는 오토닥을 쉽게 포기할 수 없었다.

"내가 보관할 곳을 찾아보죠. 당신하고 스벤은 가세요."

에릭이 대답했다.

지그문트는 원반을 바라보았다. 마지막으로 이동 부스를 이용한 게 언제인지 기억도 나지 않았다. 그러나 에릭의 말이 사실이라면, 그렇게 조심해 놓고도 퍼페티어의 입에서 벗어나지 못한 셈이었다.

지그문트는 조명이 희미한 공간 속에 나타났다. 평범한 창고 같았다. 아주 평범하지는 않지만. 처마 밑의 창문은 생김새가 이상했다. 그늘진 구석에서 낯선 기계장치가 듣기 싫은 음조로 웅웅거렸다. 색깔이고 뭐고 모든 게 미묘하게 잘못돼 보였다. 그는 오마르가 팔꿈치를 잡고 도약 원반에서 내려오게 이끄는 것도 거의 알아채지 못했다. 바닥은 이상하게 따뜻하고 탄력이 있었다.

잠시 후, 스벤이 나타났다.

벽에 걸린 거울에 비친 지그문트는 기분보다 젊어 보였다. 스무 살이라고 해도 믿을 정도였다.

'나노 기술이지.'

카를로스는 그렇게 말했다. 그의 오토닥이 지그문트를 세포 수준에서 고쳐 놓았을지도, 살아오면서 생긴 모든 DNA 가닥의 전사 오류를 되돌려 놓았을지도 모른다는 뜻이었다. 갑자기 젊어진 건 너무 기적적이라 받아들이기가 어려웠다.

지그문트는 당황한 상태로 곁에 있는 사람들이 입은 것과 같은 종류의 비행복을 입고 신발을 신었다. 기분 나쁠 정도로 매끄러운 느낌이 나는 소재였다. 어쩌다가 섬유를 손가락으로 집으니 만화경 같은 다채로운 색이 나타났다. 동적 프로그램이 가능한 나노 소재였다! 스벤이 어떤 조작을 가해 옷이 수수하고 정적인 패턴을 띠도록 설정해 주었다.

달걀형 탁자에 평범해 보이는 과일이 담긴 그릇이 있었다. 지그문트는 가운데서 아무거나 꺼냈다. 녹색 사과가 분명했다. 갑자기 배가 매우 고팠다. 그는 사과와 바나나 두 개를 해치운 뒤 물이 담긴 큰 잔을 단번에 비웠다. 손등으로 입을 닦으며 그가 말했다.

"적어도 이건 정상이군요. 자, 이제 뭡니까?"

오마르는 먹고 있던 배 알맹이를 버렸다.

"구경할 차례요. 앞으로 무엇을 보게 되든 그 전에 뉴 테라는 인간 세계라는 점을 확실히 해 두죠."

지그문트는 오마르를 따라 실체화돼 나타났다.

부산한 마을 광장이었다. 남녀가 온갖 색깔의 옷을 입고 종종걸음으로 걸어 다니고 있었다. 지구도 옷과 피부 염색의 다양함으로 치자면 어느 세계에도 꿀리지 않았다. 하지만 이런 건물이라니! 각각의 색깔은 끔찍할 정도로 어울리지 않았다. 게다가 모양과 재질을 보니 마음이 심란해졌다. 지그문트는 시선을 돌리며, 다른 도약 원반에 올라서는 오마르를 따라갔다.

공원이었다. 가족들이 산책하며 햇빛을 즐기고 있었다. 안 돼! 태양에 대해 생각할 수가 없어. 지그문트는 사람들에게 집중했다. 남녀 모두 평지인보다 보석을 훨씬 더 많이 차고 다녔다. 자녀가 있는 성인이 가장 심했다. 그리고 수많은 아이들이……. 이번에 지그문트는 스벤을 따라 이동했다.

농장이었다. 농부들이 시선 닿는 곳까지 광활하게 펼쳐진 옥수수의 바다 위에 떠 있는 수송기를 조종하고 있었다. 새는 없나? 지그문트가 이상하게 여기는 사이 스벤이 길을 이끌었다.

학교 운동장이었다. 아이들이 놀이터 주위에서 시끄럽게 소리를 지르며 뛰어다니고 있었다. 그런데 놀이 기구가 눈에 띄었다. 모든 게 낮고 부드럽고 곡면 처리가 돼 있었다! 퍼페티어의 영향을 부정할 수 없었다. 지그문트가 입을 열기도 전에 오마르가 이동했다.

가게로 둘러싸인 상점가였다. 사람들이 —그리고 소수의 퍼페티어들이— 줄지어 가게를 들락거렸다. 여러 개씩 배열된 도약 원반에서도 사람들이 나타났다 사라졌다.

지그문트가 온갖 장소에서 본 것만 해도 수천 명이었다. 수만 명이 넘을 가능성이 컸다. 어떤 곳은 인공 태양이 여러 개 떠 있는 한낮이었고, 어떤 곳은 새벽이 오고 있었으며, 어떤 곳은 저녁이 내리고 있었다. 지그문트는 도무지 이곳이 어딘지, 되살아난 뒤 시간이 얼마나 지났는지 알 수 없었다.

번쩍. 또 다른 장소였다. 공원인 것 같았다. 갑자기 어두워진 주위에 눈이 적응하는 가운데 머리 위에 하늘을 가로지르는 밝은 물체가 보였다.

"궤도 정거장입니까?"

지그문트가 짐작해 보았다.

"고대의 램스쿠프 우주선이 궤도를 돌고 있는 겁니다. 바로 저기서 우리 이야기가, 우리가 자유를 얻은 과정이 시작되죠."

스벤의 목소리에는 자부심과 분노가 섞여 있었다.

"물론 현대적인 우주선도 더 갖고 있어요."

오마르가 덧붙였다.

이 낯선 사람들에게는 우주선이 있었다! 그렇다면 지그문트도 지구로 돌아갈 수 있을 터였다! 안드레아는 '호보 켈리'호를 타고 그걸 찾아서…….

무엇을 찾아서?

너무나 간단한 것이었다. 혀끝에서 맴돌았다. 명확히 말을 하려고 애를 쓰면 쓸수록 해답은 더 빨리 달아나 버렸다. 마치…….

"네서스가 내 기억을 지웠어!"

낯선 별이 머리 위에서 지그문트를 조롱하듯 반짝이고 있었다. 그는 주먹으로 다른 손을 세게 쳤다.

"지구를 찾을 수가 없어."

오마르가 주춤했다.

"그렇다면 새로 찾은 희망을 전부 잃어버린 셈이로군요."

지그문트를 안내하는—납치한?— 이들은 좀 더 붐비는 광장으로 갔다. 그곳은 한낮이었다. 인공 태양 세 줄이 머리 위에서 빛났다. 행인들은 지그문트 일행을 무시한 채 각자 용무를 보고 있었다.

스벤은 아무렇게나 휘파람을 불더니 길게 뻗어 있는 낮은 건물로 이어지는 넓은 계단을 올라갔다. 긴 복도를 따라가자 커다란 사무실이 나왔다. 신중한 글씨체로 '뉴 테라 기록보관소'라고 쓰여 있었다. 기록 관리인들이 일하는 사무실이었다. 사람들은 스벤을 따뜻하게 맞이했다. 심지어 공경하는 듯했다.

마침내 지그문트는 자신을 안내하는 사람이 단순한 네서스의 앞잡이가 아니라는 사실을 깨달았다.

"이쪽입니다."

스벤이 복도 끝에 있는 ID 패드에 손바닥을 대자 문이 열렸다. 그는 출력물을 아무렇게나 쌓아 둔 책상 뒤로 갔다. 벽에는 지그문트가 도무지 성격을 파악할 수 없는 이상한 그림과 저해상도 홀로그램, 유화, 수공예품 액자가 걸려 있었다. 선반 위에도 오래된 물건이 마구 쌓여 있었다.

"편히 앉으시죠."

지그문트는 의자에 앉았다.

"당신이 이 세계의 기록 관리인입니까?"

"맞아요."

스벤은 지그문트와 눈을 마주치지 않은 채 물통을 들어 창턱에 있는, 무슨 식물을 부실하게 심어 놓은 화분에 물을 주었다.

"내가 당신과 얼마나 이야기하고 싶어 하는지 아시겠죠."

수줍은 듯도 하고 공경하는 듯도 한 태도가 너무 초현실적이었다. 모든 게 그랬다.

"빌어먹을! 대답을 해 보세요! 왜 날 납치한 겁니까? 네서스는 언제 와서 설명을 한답니까?"

지그문트는 몸을 돌려 오마르와 에릭을 노려보았다.

"당신들은 대체 네서스와 무슨 관계죠? 당신들도 정보 요원입니까?"

에릭이 고개를 갸웃거렸다.

"빌어먹을? 납치? 못 알아듣겠네요. 지그문트, 통역기를 다시 켜야겠어요. 당신 말은 엄밀히 말해 영어가 아니에요."

하지만 '납치'라는 단어는 영어로 말했다. 린드버그의 아기는 스팽글리쉬나 공용어가 있기도 전에 납치당했다.

"무슨 일입니까? 당신들이 쓰는 영어는 뭐가 부족해요."

"우리 언어요?"

에릭의 눈이 이글거렸다.

"우리 언어? 우린 그보다 훨씬 많은 걸 잃어버렸습니다."

그는 스벤에게 말했다.

"보여 줘요."

홀로그램 속 남자는 검은 눈에 검은 머리였다. 피부색도 검었다. 근심이 많은 탓에 생긴 듯한 주름이 가득한 얼굴만으로는 나이를 알기 어려웠다. 기이한 격자무늬가 있는 비행복은 땅딸막한 체구를 가려 주지 못했다. 눈에는 세속의 지혜와 피로가 담겨 있었지만, 일말의 유머 감각도 엿보였다.

남자가 말했다.

"저는 '긴 통로'호의 항법사입니다. 들려주고 싶은 이야기가 있습니다. 제 이름은 디에고 맥밀런입니다. 인간 대 인간으로, 조상으로서 후손에게 이야기합니다. 모든 게 잘못됐지만, 언젠가 인간이 이 메시지를 발견하기를 바랍니다. 열쇠는 평범한 곳에 숨겨야 했습니다. 오로지 인간에게만 의미 있게 보이는 실마리를 만들 수 있을지는 제 능력을 믿을 수밖에 없습니다. 하지만……."

디에고는 얼굴을 찡그렸다.

"거기에만 의존할 수도 없습니다. 만약 후손 여러분이 이걸 보고 있다면 아마도 고향인 지구의 위치를 간절히 원하고 있을 겁니다. 하지만 그 정보를 남기려다가는 자칫 시민들에게 들켜 이 살인자들이 지구로 향하게 만들 위험이 있습니다. 그래서 그러지는 않겠습니다."

"이게 어떻게?"

지그문트가 끼어들었다. 그는 ARM 요원이었다. 제기랄. 이건 지구에 대한 범죄였다. 인류에 대한 범죄.

스벤이 패드를 건드리자 홀로그램이 멈췄다.

"길고 복잡한 얘기예요. 하지만 몇 년 전에 우리는 이 기록을 발견했습니다. 위장과 암호 아래 숨어 있었죠. '긴 통로'호라는 오래된 램스쿠프 우주선의 컴퓨터 안에요."

"우리?"

지그문트의 물음에 스벤은 고개를 끄덕였다.

"오마르, 에릭과 그 아내 키어스틴, 그때는 두 사람이 부부가 아니었지만요. 그리고 저도 조금 도왔죠."

"이 행성을 공전한다는 우주선 말이군요. 그건 뻔히 보이는 데 있었잖습니까."

지그문트가 회의적인 투로 말하자 오마르가 끼어들었다.

"우리가 그렇게 바보는 아니죠. 우리는 오래전에 우주를 떠돌던 잔해 속에서 시민들이 수정란 보관소와 손상된 컴퓨터 몇 개를 인양했다고 배우면서 자랐습니다. 우리의 존재는 그저 시민들의 인내심과 기술, 관대함을 입증하는 증거였죠."

에릭이 이를 드러내며 말했다.

"그런데 사실 우주선은 빼앗긴 거였어요. 거의 멀쩡했죠. GP 4호 선체 안에 숨겨 뒀던 거예요. 그리고 내가 그걸 부숴 버렸죠."

지그문트는 움찔했다.

"GP 선체를 파괴했다고요?"

스벤이 다시 나섰다.

"우리도 발전하고 있었죠. 저들이 세계 선단에 도착한 뒤에 어떻게 됐는지 들어 보세요."

그는 영상을 뒤로 돌렸다.

디에고 맥밀란이 다시 움직였다.

"우리의 악몽은 그곳에서 더 심해졌습니다. '긴 통로'호에는 만 명의 승객이 타고 있었습니다. 대부분은 냉동 수정란이었죠. 우리의 '자애로우신 주인님들'은 협약체가 불쌍하게 여겨서 그렇게 많은 수가 죽게 내버려 둘 수 없다고 했습니다. 일부 시민들은 무력한 우리 승객들을 노예 종족으로 만들 생각이라고 인정하기도 했습니다. 영원히 우주선을 떠날 수 없는 우리에게만 해 준 말이었지요. 적어도 솔직하게 이야기하고는 있구나, 생각했습니다."

디에고의 눈에 눈물이 비쳤다.

"수정란들 중 둘은 저와 제이미의 아이들이었습니다. 시민들은 우주선에 있던 동면 탱크를 꺼내 'NP$_3$'라고 부르는 행성으로 가져갔습니다. 깨어난 사람들에게는 표류하는 우주선을 발견했다고 거짓말을 했죠. 그래도 사람들은 대부분 의심했습니다. 시민들이 원래 계획처럼 개척지를 만들라고 종용하자 여자들은 곧바로 수정란을 이식받는 데 저항했습니다. '긴 통로'호에는 포유류의 수정란도 있었습니다. 소나 양 따위의, 뉴 테라에 가져가려고 했던 동물들입니다. 물론 동물 수정란을 기를 인공 태반도 있었습니다. 시민들은 개척지를 만드는 일에 단호하게 굴었습니다. 인간의 수정란을 동물용 인공 태반에 이식하는 실험을 한 겁니다. 우리가 '자발적으로 멸하는 쪽을 택하겠다'고 해도 막무가내였습니다."

지그문트는 몸을 떨었다. 퍼페티어에 대해 가졌던 온갖 우려와 의심이……. 이건 더 심했다. 혐오스러웠다.

"저절로 유산이 되거나, 기형아가 태어나거나, 발달 장애가 일어나기도 했습니다."

끔찍한 기억을 떠올린 디에고는 잠시 말을 멈추고 눈을 깜빡였다.

"놈들에게 그건 실험에 불과했습니다. 하지만 우리에게는…… 하나하나가 누군가의 아이였습니다. 몇몇 여성이 이런 실험을 막기 위해 대리모가 되겠다고 나섰습니다……."

디에고는 다시 평정을 되찾았다.

"……이 우주선에 있던 남자들은 어떻게 됐을까요? 우리는 놈들에게 인간 사회를 구성하는 방법을 알려 주는 상담역이었습니다. 그래도 어떻게든 고통을 줄일 수 있는 쪽으로 조언하려고 했죠. 강제 임신, 특히 뇌를 지우는 방식으로 임신하게 하는 것을 막으려고 애썼습니다. 우리 모두 아이를 낳는 과정에서 어머니의 활동적인 역할이 꼭 필요하다고 강조했습니다. 두 세기에 걸친 양성평등은 여자들의 정신을 구하기 위해서 꼭 필요한 작은 희생이었습니다."

"두 세기? '긴 통로'호는 이십이 세기 말에 지구를 떠난 게 분명합니다. 이 가짜 세계는 사백 년이 넘었군요."

지그문트가 중얼거렸다.

"우리가 세는 식으로는 오백 년이에요."

에릭이 고개를 저었다.

"물론 그건 허스의 일 년 기준이죠. 우리는 지구의 일 년이 얼마나 긴지도 모르니까요."

이 사실이 뜻하는 더 큰 의미가 떠오르자 지그문트는 할 말을 잃었다. '긴 통로'호는 퍼페티어가 인간의 우주에 처음 나타나기 훨씬 전에 납치되었다. 그들이 인간을 그렇게 빨리 이해한 것도 무리가 아니었다. 수십 년에 걸쳐 연습을 했을 테니. 퍼페티어란 정녕…….

영상은 끝나지 않았다.

"우리는 될 수 있는 대로 여러 가지를 하려고 했습니다. 때로는 아이들에게 가르치려고 축약한 영어에 우리가 보존하고 싶었던 어휘와 개념 들을 담기도 했습니다. 때로는 시민들이 저지른 실수 때문에 생긴 효과를 되돌리기도 했고요."

디에고는 자기도 모르게 미소를 지었다.

"시민들은 거의 실수를 저지르지 않습니다. 자기들이 옷을 입지 않으니까 개척민이 옷을 입는 것도 자원 낭비라고 생각했죠. 하지만 곧 인간을 나체로 살게 두면 원하는 대로 산아제한을 하거나 혈통을 관리할 수 없다는 사실을 알게 됐습니다."

미소가 사라졌다.

"우리가 간접적으로나마 간섭한 걸 알아챘을까 봐 두렵습니다. 새로운 개척지를 만든다는 이야기를 들었죠. 이번에는 NP_4입니다. 시민들의 관리 감독 아래 아이들로만 시작한다고 하더군요. 이제 제게 남은 건 아이들을 위한 희망뿐입니다. 이 기록을 보고 있는 당신이 나와 같다면, 인간이라면, 이 사실을 알아 두세요. 여러분은 뛰어난 성취를 이룬 사람들의 후손입니다. 우리는 우리 태양계 전체에 자리를 잡았습니다. 다른 항성에 딸린 행성에도 평화로운 방식으로 개척지를 만들었습니다."

디에고는 침을 꿀꺽 삼켰다.

"고향으로 가는 길을 여러분에게 알려 주고 싶군요. 지구는 아름다운 행성이랍니다. 그리고 만약 지금 이 기록을 보고 있는 게 시민이라면, 지옥으로 꺼져 버려라."

지그문트는 수면장 속에 떠서 천장을 바라보았다. 잠은 못 잘 것 같았다. 함께 있는 건 희미하게 빛나는 조명판뿐이었다. 세 사람은 그를 남겨 두고 나갔다.

뉴 테라의 음울하고 비비 꼬인 역사에 대해서는 아직도 공부해야 할 게 많이 남아 있었다. 지그문트는 새 친구들과 끝도 없이 이야기를 하다가 그만 스벤의 사무실 바닥에 뻗어 버렸다. 기운이 다 빠졌던 걸까, 배가 고팠던 걸까? 평지 공포증 때문에 과부하가 걸렸던 걸까? 오토닥의 후유증일까? 아마 전부 해당됐겠지만, 아무래도 상관없었다.

그들은 식사를 했다. 스벤은 그 마음 이해한다는 듯 혀를 차며 지그문트를 집으로 데려갔다. 그리고 식구들을 조용히 물린 뒤 그를 손님방으로 안내해 주었다. 좀 나았지만, 지그문트는 약이 없이 잠을 잘 수 있다는 생각이 들지 않았다.

그는 쥐를 걱정하는 테리어처럼 그날 하루 만에 알게 된 사실과 맞붙어 싸웠다. 몇 세기 동안 노예로 살았던 수백만 명의 인간들. 희박한 가능성을 뚫고 억압된 과거를 되살린 영웅들. 공중에 떠 있는 램스쿠프 우주선이 핵융합 불꽃으로 위협하자 꼼짝도 못한 일조 명의 퍼페티어. 오랫동안 인류의 재앙이었던 네서스가 뉴 테라를 옹호했다!

밤이 깊어지고 마침내 휴식과 무관한 망각 속으로 빠져들기 전, 지그문트는 마지막으로 네서스에 대해 생각했다. 인류의 적. 그러나 뉴 테라의 동맹자.

네서스가 나를 이곳으로 납치해 온 이유는 뭐지?

4

최후자의 은신처는 해안가의 푸른 산자락을 품고 있었다. 아주 멋진 경치가 있는 극도로 사적인 공간이었다. 기후 차폐용 역장 뒤에 있는 베란다에 서면 바위투성이 해안가와 거기에 부딪쳐 스러지는 파도가 만드는 전경에 숨이 멎을 지경이었다. 저택도 사치스러울 정도로 넓었고 장식은 어디 하나 나무랄 데가 없었으며 가구도 화려했다. 나도 여기에 필적할 만한 저택을 짓겠어. 언젠가는……. 아킬레스는 결심했다.

하지만 일단 급한 일이 먼저였다. 아직 공식 관저를 설계하기에는 너무 일렀다. 그는 베스타와 함께 베란다에서 아웃사이더 우주선의 홀로그램을 바라보고 있었다.

'저걸 보면 진짜 문제에 집중하게 됩니다.'

니케는 방송 스튜디오로 도약하기 전, 묻지도 않았는데 이렇게 말했다.

연설이 끝나자 니케는 곧바로 도약해서 돌아왔다. 베스타가 재빨리 그동안의 상황을 보고했다. 즉각적인 반응을 중점적으로 관찰한 결과는 호의적이었다. 의미론적 분석 결과, 언론 매체는 실험당의 관점으로 기울고 있었다. 허스 전역에 있는 공공 안전 감시 카메라에 찍힌 실시간 장면 분석 결과는 군중 속에 주황색이 전보다 더 늘어났음을 보여 주었다. 보수당의 반대 집회는 참석률이 저조했다. 실험당 지지율이 티핑 포인트*에 이르고 있는 게 확실했다.

니케가 모두를 향해 말했다.

"위임을 받았다는 게 정책이 되지는 않습니다."

베스타는 이 말을 질책으로 받아들이며 바닥을 발로 긁었다. 대리석 바닥이 미려한 발굽 아래서 부드럽게 울렸다.

"물론입니다, 니케. 이해하고 있습니다. 아직 우리는 아웃사이더를 회유해야 합니다. NP_4가 우리 통제하에 있다는 사실을 증명하기는 불가능한 관계로 돈을 지불하고 드라이브의 권한을 이양

---

* tipping point. 작은 변화들이 어느 정도 기간을 두고 쌓여, 이제 작은 변화가 하나만 더 일어나도 갑자기 큰 영향을 초래할 수 있는 상태가 된 단계.

받아야 합니다. 엄청난 돈이 들 겁니다."

그는 우울한 기분으로 덧붙였다.

"인간의 돈이건 크진인의 돈이건 말이지요."

"내게 필요한 건 새로운 선택지입니다. 불평불만이 아니라."

니케가 꾸짖었다.

"다행히 아웃사이더가 일 년의 유예기간을 줬지 않습니까. 이제 어떻게 할 겁니까?"

베스타는 복종의 의미로 머리를 낮췄다.

불쌍한 베스타가 애써 설명하는 동안 아킬레스는 궁금증이 일었다. 베스타는 어떤 화폐로 지불을 하려는 걸까? 무리가 은하계에서 도망가고 있는 상황에서 아웃사이더는 협약체의 화폐에 관심이 없을 게 분명했다. 어떤 화폐인지는 중요한 게 아니었다. 문제는 액수였다. 행성 이동 드라이브의 가격은 어마어마했다.

아킬레스는 현실적인 고민을 하고 있는 자신이 자랑스러웠다. 협약체는 돈을 지불할 능력이 없었다. 부정하게 얻은 세계를 가지고 도망간 골칫거리들—아무도 그들을 끌어들이자고 제안하지도 않았지만—은 그런 액수를 체감하지도 못할 게 뻔했다. 그렇다면 NP_4를 다시 선단 소속으로 빼앗아 오는 방법밖에 남지 않았다. NP_4의 주민들이 원하든 원하지 않든 간에.

아니면, 확실히 하기 위해 아예 NP_4를 없애 버림으로써 아웃사이더가 불평할 근거를 없애 버릴 수도 있었다. 다만 안전하게 파괴하는 게 문제였다. 이제 협약체는 반물질만 두려워하고 있을 처지가 아니었다. 전 개척민들은 여전히 GPC 우주선을 보유한 데다 그 조상들이 쓰던 램스쿠프 우주선도 아직 갖고 있었다. NP_4를 성공적으로 파괴한다고 해도 그 파편이 선단의 진행 방향에 뿌려진다면 대단히 위험했다. 그런 행동이 가능한 건 극도의 자포자기 상황뿐…….

게다가 파괴해 버리면 내가 NP_4를 다스릴 수 없잖아.

장식 띠에 달린 주머니에서 부드러운 비브라토 음이 들렸다. 임무의 성공을 알리는 판의 메시지였다. 판은 베데커를 데려오는 임무를 맡은 수석 조수였다.

"니케, 베스타, 외부 전문가를 데려왔습니다."

잠시 후, 베데커가 들어왔다. 그는 주위에 펼쳐진 장관에 무관심한 채 뻣뻣한 동작으로 걸었다. 최후자의 개인 경호원 네 명이 그를 안내했다.

"은둔해 있던 대가의 귀환이로군요."

니케가 노래했다. 다소 놀랍고 내키지 않는다는 투였다. 네트워크에서 떨어져 나오는 건 물론 합법적이었지만, 정상은 아니었다. 최후자의 소환에 응답할 수 없는 상태가 된다는 건…… 그래도 불법은 아니었지만, 전례가 없는 일이었다.

"그렇습니다."

아킬레스는 베스타가 지위를 남용해 도약 원반 시스템을 통한 베데커의 움직임을 추적했으며 보안 요원을 보내 그를 협박했다는 사실을 굳이 언급하지 않았다.

"새로운 선택지를 요구하셨지요. 우리는 모두 야생 인간이 선단의 모습을 포착했던 일을 기억하고 있습니다. 당시 베데커의 통찰력 덕분에 우리는 먼 거리에서 그 우주선의 선체를 해체했습니다. 아웃사이더가 불평하는 건 자유롭게 우리를 앞질러 나가고 있는 행성 때문입니다. 그 문제를 직접적으로 해결해야 합니다. 전 베데커에게 지난번 승리와 똑같은 방법으로 먼 거리에서 행성 드라이브를 망가뜨려 달라고 요구합니다."

표류하게 만들자!

베데커는 피가 차가워졌다. 하지만 혹 안의 머릿속에서는 끈덕진 목소리가 들렸다. 할 수 있을까? 행성 드라이브는 협약체의 가장 엄중한 감시를 받고 있는 자산이었다. 그곳에 가까이 다가가 연구하고, 혹시 작동 방법을 알아낸다면…….

안 돼! 본능적인 혐오감이 옳았다.

"아웃사이더를 회유하기 위해 뉴 테라가 아무것도 없는 공간을 떠돌게 만들 셈입니까?"

아킬레스는 두 머리를 빙글 돌렸다. 그렇게 조롱하듯 두 눈을 서로 마주 보다가 말했다.

"할 수 있다고 생각하지 않는 거로군요."

"그 말이 아닙니다."

베데커는 단조 음으로 당황스러운 심정을 강조해 노래했다. 그는 NP_1에서 노예 생활을 한 적이 있었다. 그 경험은 그를 바꿔 놓았다. 네서스 휘하의 정찰대원 세 명—베데커는 이들과 얽힌 사연이 있었다. 하지만 자유를 원한다는 이유만으로 세계 하나를 통째로 희생시킨다?

그나저나, 네서스는 어디 있는 걸까? 전 개척민들은 그 어느 때보다도 더 자신들을 옹호해 줄 이가 필요했다.

"네서스는 뉴 테라의 인간들을 누구보다도 잘 이해합니다. 어쩌면 그의 제안을 들을 수 있을지도 모릅니다."

니케는 휘파람을 불어 거부의 뜻을 나타냈다.

"네서스 역시 당신만큼 소환에 잘 응하지 않습니다."

베데커는 몸을 움찔했다.

"이 일은 수백만 명을 위험에 빠뜨릴 겁니다."

베스타가 피리 소리를 냈다.

"좋습니다, 할 수 있다는 뜻이군요. 일단 이 배은망덕한 인간들을 무력하게 만들고 나면 저들이 다시 돌아오게 해 달라고 빌 겁니다. 그러면 우리가 조건을 정할 수 있지요."

그러고는 의미심장한 눈으로 아킬레스를 바라보았다. 베데커는 그 시선의 의미를 전혀 몰랐다. 이야기를 안 듣고 있는 건가? 아니면 그 정도로 절망적인 심정인가?

"이건 사악한 짓입니다. 전 참여하지 않겠습니다."

베데커가 말했다.

방 건너편 낮은 탁자 위에는 부순 견과류와 갓 자른 풀을 담아 놓은 접시와 투명한 유리병에 담긴 여러 가지 주스가 놓여 있었다. 아킬레스는 그쪽으로 걸어가 음료수를 한 잔 따랐다.

"아웃사이더에게 돈을 지불하는 건 불가능합니다. 설령 선단에 다시 합류하기로 동의한다고 해도 무장한 뉴 테라의 인간들과 어울려 사는 일 역시 있을 수 없습니다. 하지만 아웃사이더의 분노가 우리 종족의 머리 위에 떨어지지 않도록 뭔가를 해야만 합니다."

그는 양심에 조금도 거리낌이 없는 듯, 느긋하게 음료수를 마신 다음 계속했다.

"이성적으로 생각합시다, 베데커. 우리가 다른 선택을 하지 않도록 하기 위해서라도 당신은 사악한 짓을 해야 할 겁니다. 다른 대안이 없다면, 적당한 시기에 '비밀 임원회'가 당신 대신, 좀 더 직접적인 방법으로, 행성 드라이브를 무력화시킬 겁니다. 우주에서 갑자기 폭격을 한다든가. 내 마음속의 물리학자는 그러면 어떤 일이 벌어질지 궁금해합니다만."

최후자가 앞으로 나섰다.

"이건 가능성이 높은 계획이군요, 아킬레스. 뉴 테라가 우주에서 표류한다면 인간들이 가지고 있는 우주선은 구명선이 되고 말겠지요. 우주선이 그렇게 귀중해지면 보복 공격에 나서지 못할 겁니다."

수수께끼의 기술. 한순간에 행성을 움직이기에 충분할 정도로 분출되는 미지의 에너지. 무슨 일이 벌어질지는 아무도 몰랐다. 그 효과가 선단에 영향을 끼치지 않으리라고 누가 장담할 수 있으랴? 이 계획은 사악할 뿐 아니라 무모했다.

베데커는 우울하게 말했다.

"우리 행성 드라이브에 대한 접근 권한을 주십시오. 뭘 알아낼 수 있는지 보겠습니다."

보는 눈을 피해 모인 베스타의 '비밀 임원회' 사무실에서 아킬레스는 잔을 들었다.

"진보를 위해."

"진보를 위해."

베스타가 화답했다.

"아직 의문은 남아 있습니다. 베데커가 성공할까요?"

아킬레스는 잔을 비우고 쿠션 위에 길게 엎드렸다. 단둘이 있을 때는 열렬한 추종자로부터 명령받는 척을 할 필요가 없었다.

"베데커는 성공할 겁니다. 뉴 테라에 대한 쓸데없는 걱정 때문에 동기를 부여받았으니 분명히 그럴 테지요."

사실 아킬레스는 너무나 확신에 찬 나머지 마침내 NP_4에 마련할 본인 사유지에 지을 관저를 설계할 때가 왔다고 생각했다.

5

허스에 있는 것은 전부 오래되었다.

사무실을 둘러싸고 있는 대리석 벽은 오래된 데다 웅장했다. 은은한 반투명으로 불그스름하게 빛나는 벌꿀색 돌은 누구도 부정할 수 없는 거장의 손에 의해 다시 태어났다. 신과 인간, 말들은 보는 이로 하여금 경탄을 자아내게 했다. 세세한 근육 묘사부터 주름 잡힌 옷의 미묘한 차이, 허공을 가르는 말굽과 나부끼는 갈기까지 어느 모로 보나 완벽했다. 엘긴 경이 이 뛰어난 조각을 파르테논 신전에 그대로 두었다면 오래전에 파괴됐을 것이다.

그리고 내가 대영박물관에서 이걸 가져오지 않았다면?

피디아스*의 걸작은 지구보다 이곳에서 더 안전하다고 네서스는 되뇌었다. 시민들이 지구의 가장 큰 위협이 되었다는 사실은 무시했다. 게다가 그 대리석 조각을 여기까지 가져온 건 전혀 이타적인 이유에서가 아니었다.

어쩌면 니케가 최후자가 되면서 조각을 함께 가져왔다는 사실은 좋은 징조일지도 몰랐다. 둘 사이에는 아직 하지 못한 말이 많았다. 네서스는 암시와 추측에 의존하고 있을 뿐이지만, 멀리 나가 있던 몇 년 사이 니케에 대한 열망은 —만약 가능하다면— 더욱 커졌다. 만의 하나 그가 전 개척민들의 단순한 옹호자 이상이었다는 사실을 니케가 알아내면……. 네서스는 단정치 못하게 땋은 갈기를 매만지면서 자신을 안내해 온 경호원이 사무실을 나가기를 기다렸다.

"다시 만나서 반갑습니다, 네서스."

니케가 머리를 스치며 인사했다. 환영의 뜻은 분명했지만 뭔가 보류해 둔 느낌이었다.

"오랜만입니다."

네서스가 노래했다. 니케의 자세를 조금이나마 따라 할 수 있기를 얼마나 바랐던가.

니케는 쿠션을 쌓아 둔 곳으로 몸짓한 뒤, 자신도 다른 쿠션 위에 앉았다.

* Fidias, 고대 그리스의 유명한 조각가. 파르테논 등 신전들의 조각상으로 유명하다.

"저 대리석 조각에 감탄하는 모습을 봤습니다. 독특한 작품이지요. 당신이 준 선물은 우리 우정의 상징으로 귀중하게 여기고 있답니다."

우정! 한때는 그보다 더 큰 가능성이 있었다. 뉴 테라가 자유를 찾기 전에는. 원하는 결과를 확실히 하기 위해 서로 얼마나 멀리 나아갈 수 있는지 의심하기 전에는.

네서스는 고통을 드러내지 않았다.

"제 우정은 언제나 당신 것입니다."

"궁금하군요. 왜 이렇게 오래 걸렸지요? 귀환 명령을 무시하는 건 당신답지 않습니다만."

니케는 쿠션 속에서 몸을 곧게 폈다. 목소리에는 형식적인 어투가 묻어났다. 개인적으로 처리할 일이 너무 많았다.

"죄송합니다, 니케. 최대한 빨리 돌아온 겁니다. 너무 많은 인간 세계에서 GPC의 사무를 처리하다 보니……."

네서스는 모호하게 말했을 뿐 거짓은 아니라고 속으로 중얼거렸다. 거짓말에는 진력이 났다.

"무슨 사무 말입니까? 어느 세계에서지요?"

"지구, 징크스, 다운…… 어디나 다 있었습니다."

파프니르만 언급하지 말아 주기를.

"더 빨리 올 수는 없었습니까?"

아무리 최후자라고 해도 정찰대원을 강하게 압박하는 법은 없었다. 협약체에는 네서스가 하는 일을 할 수 있는 부적응자가 많지 않았다. 대탈출 초기에 대규모 광기가 휩쓸고 지나가며 우주선도 실종된 뒤로는 더욱 그랬다.

“최대한 빨리 온 겁니다. 우주 공항에서 곧장 여기로 왔지요.”

네서스는 진심을 담아 말했다. 카를로스 우의 오토닥을 찾기 위해 파프니르의 대양에 있는 수천 개의 작은 섬을 수색한 뒤였지만.

긴급 귀환 명령이었다. 늦은 대가로 놓친 것은 무엇일까?

“아웃사이더에 대한 일 말인데, 물론 저 역시 합의화 과정에 대해서는 알고 있습니다. 하지만 연설만 들어서는 어떤 정책을 제안하는 건지 전혀 모르겠더군요.”

‘아이기스’호가 선단에 최종 접근을 시행하는 동안 네서스는 방송에 몰두했다. 하지만 알 수 있는 건 별로 없었다.

“알고 있어요.”

내가 회피하고 있었다는 걸 대놓고 떠올리게 해 주는군. 네서스는 생각했다.

“아웃사이더의 불평을 처음 들은 게 바로 접니다. 제가 관심을 갖고 있다는 사실을 이해해 주셔야 합니다.”

“그 문제는 믿을 만한 자가 맡고 있습니다.”

니케는 명백히 둘러대고 있었다. 그의 등 뒤, 대리석 조각의 한 장면이 네서스의 시선을 끌었다. 제우스, 신들의 최후자. 아테나, 지혜의 여신. 어떤 지혜가 이 최후자에게 조언이 될까?

협약체는 먼 훗날까지 아웃사이더에게 할부금을 지불해야 했다. 이제 선단이 모두 떠나고 있는 마당에 아웃사이더가 약속을 더 받아들일 리 만무했다. 신용이 떨어져 돈을 더 낼 수도 없는 상황에서 선단에 남은 선택지는 무엇일까?

"어떻게 하기로 한 겁니까?"

"아킬레스와 베데커가 함께 해결책을 찾고 있습니다."

니케는 솔직하게 두 머리로 네서스를 똑바로 바라보았다.

"허스에 있었……."

"아킬레스는 무모하고 이기적입니다."

네서스가 내뱉었다. 그리고 아킬레스는 인간을 싫어했다.

"그자가 예전에 어떤 유행을 이끌었는지 아셔야 합……."

이건 심각한 모욕이었다. 니케는 놀라움으로 인해 눈을 깜빡였다.

"그만! 알아 두십시오, 네서스. 아킬레스는 최후자의 호의를 누리고 있습니다. 가장 도움이 많이 됐지요."

부들부들 떨리는 그의 목소리는 어떠한 간섭도 용납하지 않겠다는 사실을 나타냈다.

"우리는 정찰대원이 너무 부족합니다. 훈련 프로그램을 다시 시작하도록 하십시오."

니케가 벌떡 일어섰다. 면담은 끝났다.

"아웃사이더 건은 다른 이들이 맡을 겁니다."

"전에는 절 신뢰하셨잖습니까."

네서스는 절망적으로 노래했다.

"그 결과 어떻게 됐는지 보십시오."

니케가 차갑게 대꾸했다.

6

지그문트는 며칠째 우울한 기분으로 잠에서 깨어났다. 습관적으로 수면장을 벗어난 그는 스벤의 집 손님방에서 나왔다. 아직도 조작이 어색한 음파 샤워를 하며 어떻게 하루를 보내는 게 최선일지 궁리했다. 죽을 수도 있었잖아. 그는 스스로를 타일렀다. 정신 차리라고.

하지만 설득이 되지 않았다. 그는 삶을, 사랑을, 목적을, 심지어는 일부 기억까지 잃어버렸다. 불과 얼마 전까지만 해도 이곳의 여자들은 아무 의지 없이 자궁 역할만 잘할 수 있도록 뇌가 지워졌다. 실험을 통해 퍼페티어들은 기억을 선택적으로 지울 수 있는 방법을 알아낸 게 분명했다. 그런 가능성은 지그문트의 온전한 기억을 모조리 죄책감으로 오염시켰다.

난 우울하게 지내도 돼. 빌어먹을.

스벤을 만나는 건 급한 일이 아니었다. 그는 언제나 정중했으며 지그문트를 거의 공경하다시피 했다. '긴 통로'호가 뒤로하고 온 세계에 대한 질문은 언제나 넘쳤다. 선사시대. 기록 보관인은 그렇게 불렀다.

지그문트의 기억에 따르면 영어는 새로 시작하기에는 너무 합리적이지 않은 언어였다. 정치적인 문제로 인해 외계인이 정화해버리는 바람에 역사적인 맥락이 사라진……. 뉴 테라의 언어학자들이 종종 난처해하는 것도 무리는 아니었다.

지그문트의 앞길에는 지루한 삶이 놓여 있었다. 태어나기도 전에 일어났던 일에 대해 학자연하는 사람들이 던지는 끝도 없는 질문으로 가득한 삶이. 그들을 만족시키려면 완전한 역사 기록이 있어야 했기 때문에 그는 온갖 사소한 내용과 기묘한 사실을 생각해 냈다.

지그문트는 옷을 입었다. 뉴 테라의 비행복은 익숙한 검정색으로 설정돼 있었다. 그 역시 스벤이 계속 잔소리하는 주제였다. 옷의 색깔. 지그문트는 한 번도 옷차림에 신경을 쓰느라 시간을 낭비한 적이 없었다. 이제부터 그렇게 할 생각도 없었다.

부엌에서 기분 좋은 휘파람 소리가 들려와 생각을 방해했다. 스벤은 아니었다. 스벤은 박자를 맞추지 못했다. 모퉁이를 돌아 스벤의 사촌을 보자 기분이 나아졌다.

"안녕하세요, 정숙한 페넬로페*."

페넬로페 미첼드라코빅스는 거의 지그문트만큼이나 키가 컸다. 말할 때면 열정이 넘쳤고 움직일 때는 운동선수다운 우아한 동작을 선보였다. 축구라고 했던가? 크고 파란 두 눈은 보통 반짝반짝 빛났으며 뺨은 장밋빛이었다. 페넬로페 역시 다른 사람만큼이나 질문을 많이 했다. 지그문트는 그녀의 질문은 꺼리지 않았다.

"안녕하세요! 딱 맞췄네요. 아침은 뭘 드시겠어요?"

페넬로페가 인사하며 물었다.

* Penelope, 그리스신화에 나오는 오디세우스의 아내. 남편이 트로이 전쟁에 출정하여 돌아올 때까지 이십 년 동안 많은 귀족에게 구혼을 받았으나 모두 물리치고 끝까지 정절을 지킴으로써 정숙함의 표상이 되었다.

지그문트는 잠시 생각한 다음, 대답했다.

"덴버 오믈렛으로요."

페넬로페는 오믈렛은 알았지만, 당연히 덴버는 알지 못했다. 지그문트가 재료를 모으는 동안 둘은 이야기를 나눴다—지구였다면 간단히 합성기로 만들었으리라. 일단 재료 비율을 맞추면 합성기에 견본으로 쓸 수 있을 것이다. 둘은 모든 것과 아무것도 아닌 것에 대해 이야기를 나눴다. 덴버, 수 킬로미터 높이로 솟은 도시. 로키산맥. 그리즐리 베어. 스키.

여기서는 스키를 타지 않았다. 알고 보니 겨울이랄 게 별로 없었다. 극궤도를 도는 인공 태양에 의해 농업에 최적화된 기후는 어디나 비슷했다. 그 점은 왠지 모르게 슬펐다.

마침내 아침이 완성되었다. 지그문트는 산더미처럼 떠서 페넬로페의 접시에 얹어 주었다.

"정숙한 페넬로페 양에게 덴버가 대접하는 겁니다."

페넬로페는 포크를 허공에 든 채 잠시 가만히 있었다.

"왜 항상 그렇게 부르는 거예요, 정숙하다는 거?"

이야기는 일리아드와 오디세이로 이어졌다. 신화와 전설, 영웅적인 모험, 이타카로 향하는 오디세우스의 오래 지체된 귀환과 그의 아내 페넬로페가 원치 않는 구혼자들을 물리치기 위해 꾸민 계략…….

"냄새가 좋네요."

스벤이 말했다.

지그문트는 그가 부엌에 들어온 것도 눈치채지 못했다. 어디까지 이야기했는지 —사이클롭스까지였다— 계속 떠올리면서 그에게도 한 접시 떠 주었다.

스벤은 입맛을 다시더니 아침을 먹으면서 말했다.

"아침을 든든하게 먹어서 다행이네요. 오늘 큰일이 기다리고 있거든요."

네서스는 따뜻한 당근 주스 잔을 받아 들었다. 그리고 키어스틴에게 말했다.

"기억하고 있다니 기쁘군요."

키어스틴은 합성기를 두드렸다.

"어떻게 잊어요, 우리 넷은 여기서 오래 함께 지냈잖아요."

합성기는 익숙했다. '탐험가'호에 실린 그 외의 것들은 모두 변했다. 한때 시민이 살았다는 흔적은 대부분 사라졌다. 네서스가 섰던 Y 자 모양의 완충 좌석도, 입으로 조작하기 쉽게 만들어진 조종 장치도 없어졌다. 우주선 전체의 승강구에서 푹신한 패드가 사라졌다. 휴게실에는 인간용 운동기구만 있었다.

한때 그의 정찰대원이었던 인간들 역시 변했다. 한때 순종적인 선장이었던 오마르는 이제 계산적이고 독단적이었다. 한때 충성심이 강한 공학자였던 에릭은 이제 대놓고 의심을 드러냈다. 몇 년 전만 해도 시민들처럼 다채로운 색으로 염색하고 꾸몄던 머리도 지금은 검은색에, 단순히 뒤로 묶었을 뿐이다. 컴퓨터 전문가이자 전 항법사인 키어스틴은 이제 에릭과 부부가 되었고, 아이 둘의 엄마였다.

그런 건 중요하지 않았다. 몇 년 동안 일한 결과가 눈앞이었다. 지금 할 수 있는 건 도망치지 않는 게 전부였다.

"난 준비됐습니다."

네서스가 말했다.

키어스틴은 휴대용 컴퓨터를 꺼내 전화를 걸었다.

"저쪽도 준비됐어요."

이 회의를 준비하면서 휴게실에는 두 번째 도약 원반을 새로 놓았다. 네서스는 그 위에 올라섰다.

"시작해요."

스벤이 휴게실 반대쪽에 있는 도약 원반에 나타났다. 그가 옆으로 물러났다.

스벤의 집 근처에 있는 마을 광장에서 지그문트는 스벤을 따라 도약했다.

우주선이었다.

그가 기겁하지 않은 건 익숙한 얼굴 덕분이었다. 오마르와 에릭. 스벤. 처음 보는 여자가 에릭 곁에 서 있었다. 지그문트는 몸을 떨며 도약 원반에서 내려…….

그때, 뭔가 눈에 들어왔다. 사람이 가득 찬 방 건너편에 있는 퍼페티어였다. 두 눈 색깔이 서로 달랐다. 하나는 빨갛고 하나는 노란색이었다.

네서스! 가슴 속에서 분노가 끓어올랐다. 지그문트는 돌진했다. 뭔가 딱딱거리는 소리가 났다.

지그문트는 바닥에 누운 채로 깨어났다. 마비 총의 후유증으로 사지가 따끔거렸다.

오마르가 그를 일으켜 주었다.

“네서스는 이야기를 하러 온 겁니다. 당신을 믿어도 될까요?”

지그문트는 고개를 끄덕였다. 그들은 지그문트를 믿을 수 있었다. 그를 두려워해야 하는 건 네서스였다. 하지만 네서스가 아니면 누가 설명을 해 줄 수 있겠는가?

“왜 내가 여기 있지, 네서스?”

네서스가 조금씩 다가왔다.

“당신은 날 믿지 않습니다. 그럴 만한 이유가 충분하지요. 하지만 이제는 바뀌어야 합니다.”

지그문트는 아무 말도 하지 않았다.

네서스는 잔을 들어 주황색 음료수를 마셨다. 무슨 성분인지는 몰라도 마음을 진정시켜 주는 것 같았다.

“맞습니다, 내가 당신을 데려왔습니다. 난 당신을 따라 파프니르로 갔습니다. 지금은 그 이유에 대해 감사하고 있을 겁니다.”

진정하기 위해 한 모금 더.

“지구에서는 당신에게 접근할 수가 없었지요.”

“왜냐하면 내가 이동 부스를 이용하지 않았으니까. 왜냐하면 네가 케르베로스 협박 사건의 배후에 있었으니까.”

네서스는 풍선이 빠지는 듯한 소리를 냈다.

“맞습니다, 둘 다. 하지만 당신이 여기에 꼭 필요한 건 통찰력을 발휘하게 하는 바로 그 편집증적인 영민함 때문입니다.”

지그문트는 갑자기 움직이지 않으려고 조심하면서 합성기로 다가가 커피 한 잔을 만들었다.

"납치를 한 이유도 아첨을 하는 이유도 모르겠군. 내가 왜 여기 있는 거지?"

네서스는 도약 원반으로 뒷걸음질 쳐 올라갔다. 머리 하나가 다용도 띠에 달린 주머니로 들어갔다. 지그문트는 뉴 테라에 머물면서 퍼페티어가 순간 이동 조종 장치를 가지고 다닌다는 사실을 알게 되었다. 네서스는 도망갈 준비를 한 것이다. 뭔가 기분 좋지 않은 말을 하려는 게 분명했다.

네서스는 한참 동안 이야기했다. 그가 결론을 내렸다.

"여러분은 졸입니다. 허스의 정부가 원하는 건 오로지 이 위기가 안정되는 겁니다."

"그건 곧 뉴 테라가 행성 드라이브를 쓰는 대가로 아웃사이더에게 돈을 내야 한다는 뜻이고."

지그문트가 요약했다.

"다만 너희는 낼 수 없다. 뉴 테라도 낼 수 없다. 그리고 너희 정부는 조정을 해 볼 여지가 전혀 없다고 보고. 다른 생각이 있었다면 협상의 여지를 열어 놓았겠지. 대신 자기들만 알고 있었다. 따라서 네가 우리를 졸에 비유한 건 여기 사람들이 희생될 거라는 뜻이겠지. 어떻게 되는 거지? 독립을 무너뜨릴 건가? 행성 드라이브를 파괴할 건가? 세계를 파괴할 건가?"

"두렵지만 그럴 것 같습니다."

네서스의 목소리는 가늘었다. 그리고 한쪽 머리로만 말했다. 다른 머리는 아직 주머니 깊숙이 들어가 있었다. 혀를 한 번만 놀리면 도약 원반을 활성화시킬 수 있으리라.

"다른 해답이 뭔지는 모르겠군요. 어떻게 이 일을 막아야 할지 상상이 안 됩니다."

당장 근처에 있는 유일한 퍼페티어로서 네서스는 겁에 질려 있을 게 분명했다.

뉴 테라 사람들은 어안이 벙벙했다. 당장 위협을 느끼기보다는 흡수해야 할 지식이 더 많았다. 지그문트는 이들이 은하계의 그 원로 종족에 대해 들어 본 게 처음이라고 추측했다. 아웃사이더는 지구와도 거래를 했다. 퍼페티어가 하인들에게 아웃사이더에 대해 언급하지 않은 게 당연했다.

에릭이 먼저 충격을 떨쳐 버렸다.

"그러면 허스도 같이 죽는 거예요! 내가 직접 이 우주선을 몰고 허스에 충돌할 겁니다!"

"죽는다고 뭐가 나아져?"

키어스틴이 외쳤다. 하지만 이내 부드러운 목소리로 말을 더 했다.

"난 당신이 필요해. 아이들한테도 아빠가 있어야지. 다른 방법을 찾아야 해."

"네서스."

지그문트가 나직한 목소리로 불렀다. 사실 그는 두 손으로 누군가의 목숨을 뭉개 버리고 싶었다. 해서 등 뒤로 양손을 세게 움켜줘어야 했다.

"ARM에 연락하게 해 줘."

주머니에 들어가 있지 않은 네서스의 머리가 경첩이라도 달린 듯 양쪽으로 빙글 돌았다. 어쩌면 그런 구조였는지도 몰랐다.

"그걸 하나의 선택지라고 생각했다면 진작 그렇게 했을 겁니다. 지구를 끌어들인다는 건 우리의 과거 개척지를 드러내야 한다는 뜻입니다. 우리가 선단의 위치를 지키려고 그렇게 애쓰는 이유가 바로 그건데 말입니다."

"실패했잖아."

지그문트가 말했다.

그리고 우린 대가를 치러야 했지. 망할 놈들.

"이 사람들을 지키기 위해서라면 ARM은 전쟁도 불사할걸."

"그러면 스텔스 모드의 GPC 우주선이 지구를 칠 겁니다. 인간 세계 전부를 말입니다. 만약 허스가 위험에 처한다면 전혀 주저하지도 않을 것이며 어떤 자비도 없을 겁니다."

지그문트는 집요하게 퍼페티어를 추적했던 일을 떠올렸다. 뇌물부터 출산법 시위, 우주 해적에 이르기까지 그를 방해하려 했던 온갖 시도도.

"지금까지는 좀 더 교묘한 방법으로 우리를 포기하게 만들려고 했지. 넌 날 납치했어. 내가 다른 인간 세계의 도움을 받지 못하도록 내 기억을 가지고 장난도 쳤지. 정확히 내게서 원하는 게 뭐야?"

네서스는 아무것도 인정하지 않는 게 더 안전하다고 판단했다.

"나도 모릅니다."

그러고는 주머니 밖에 있는 머리를 갈기 깊숙이 넣어 광포하게 물어뜯었다. 그가 숨죽인 목소리로 말을 더했다.

"모두를 위해 당신이 뭔가 생각해 내 주기를 바랄 뿐입니다."

지그문트는 깊이 숨을 들이마셨다.

"네서스, 내가 무슨 일이든 하기 전에 우선 내 질문에 대답을 해. 일단……."

하지만 화가 가라앉지 않아서 말을 더듬다가 잠시 멈췄다.

"일단, 도대체 내가 어떻게 죽지 않은 거지?"

"내가 갔을 땐 너무 늦었습니다."

네서스가 말했다. 그리고 겁먹은 목소리를 내지 않으려고 애쓰며 생각했다. 나는 무장한 크진인을 발로 찼어. 비무장 인간과 이야기하는 건 문제없다고.

지그문트의 도움이 없다면 이 세계는 죽게 된다. 에릭과 다른 인간들은 허스의 수많은 퍼페티어를 함께 데려가려고 할 터였다. 지그문트가 요구한 대가는 대답이었다. 진실. 큐볼에서 겪은 아픈 기억처럼 그는 이것을 이겨 내고 살아야 했다.

아니면 굳이 모든 진실을 알 필요는 없을지도…….

"너무 늦었다고?"

"난 호텔 매니저에게 뇌물을 주고 당신 방에 감시 장치와 도약 원반을 설치했습니다. 뉴 테라를 돕는 일에 대해 당신과 이야기하려는 목적이었지요."

그게 아웃사이더의 최후통첩보다 앞선 일이라는 사실은 적당히 설명하고 넘어가는 게 가장 좋았다. 너무 많은 진실은 중요한 문제를 가릴 뿐이었다.

"내가 앤더의 방에 도약해 들어갔을 때 마침 당신이 총에 맞았습니다."

너무 겁을 먹은 나머지 며칠이나 망설이다가 갔다는 사실도 말하지 않는 게 나았다.

"앤더는 당신 돈을 들고 현장을 떠났습니다. 청소부가 방에 들어와서…… 당신을 보고 다시 뛰쳐나갔습니다."

네서스의 머리보다 더 큰 구멍이 뚫린 시체. 사방에 널린 피.

"나중에 경찰 보고서에 접속해 보니 청소부는 당신 머리를 차갑게 하려고 얼음을 가지러 간 것이었습니다. 부상이 경미했다면 그 여자가 당신을 살렸을지도 모르지요. 청소부가 방을 나가자 나는 당신 방으로 도약해 가서 당신을 끌어다가 원반 위에 올려놓고 빼돌렸습니다. 청소부가 호텔 경비원과 함께 돌아왔을 때는 흥건한 피밖에 없었겠지요."

양쪽 방에 설치해 둔 도약 원반이 불타 버리면서 생긴 재와.

"앤더에게 공범이 있다고 경찰이 생각하게 했군. 어쩌면 공범이 있었을지도 모르지. 바로 너."

지그문트는 고개를 바짝 세웠다.

"아닙니다! 증명할 수는 없지만, 아닙니다. 앤더는 욕심 때문에 그런 겁니다."

"너도 뇌물에서 완전히 자유롭지는 않잖아? 내 상관을 매수한 적도 있고. 네가 카를로스의 마술 같은 오토닥을 얻기 위해 앤더와 짰다고 믿으면 안 될 이유가 있나?"

네서스는 사라져 버리고 싶은 충동을 억눌렀다. 죄책감을 — 실제로 얼마나 많이 느끼든 간에— 인정할 용기는 없었다.

"내가 부패시킨 관료는 한둘이 아닙니다. 덕분에 당연해 보이는 당신의 죽음에 대한 파프니르 경찰 보고서에 접근할 수 있었지요. 하지만 아닙니다, 당신을 공격한 것과는 아무 관련이 없습니다."

"경찰은 우연의 일치를 별로 믿지 않아. 편집증인 사람은 특히 그러지. 그러니까 설명해 봐. 어째서 네가 카를로스의 오토닥을 갖고 있었지?"

네서스는 몸을 다른 쪽으로 기울였다.

"사실 오토닥을 갖고 있지는 않았습니다. 마지막 순간에 방에 있긴 했지만. 앤더와 베어울프가 이야기하는 소리를 들었지요. 오토닥을 한 섬에 숨겨 놓았다는 얘기와 대강의 경도를 들은 겁니다. 그 뒤에는 수색을 해야 했습니다."

지그문트는 살짝 네서스 쪽으로 다가갔다.

"난 심장에 맞았어. 그럴 시간이 없었을걸."

웬일인지 네서스는 물러나지 않고 버텼다.

"없었습니다. 우리는 당신 호텔 방에서 곧바로 내 우주선으로 갔습니다. 거기서 당신을 정지장 안에 넣었지요. 내가 오토닥을 찾을 때까지 당신은 그 안에 있었습니다."

징크스로 가라는 명령을 받고 파판드레우 부부와 아웃사이더를 찾아간 뒤의 이야기, 절망적인 상황에서 크진인을 공격한 뒤의 이야기, 수많은 섬을 하나씩 수색하느라 최후자의 소환에 불응한 뒤의 이야기……. 네서스는 당시에도 얼마나 주저했는지는 이야기하지 않았다. 지그문트가 어떻게 반응할지 확실하지 않아서였다. 이제 곧 그 모든 게 헛된 일이었는지 알 수 있을 터였다.

지그문트는 제자리에 섰다.

"앤더는 어떻게 됐지?"

"파프니르 경찰과 총격전 끝에 죽었습니다. 크진인으로 이뤄진 분대였지요."

네서스는 더 이상 참지 못하고 발굽으로 바닥을 긁었다.

"꼴좋군."

지그문트가 투덜거렸다.

"베어울프는?"

이 질문만큼은 둘러대지 않고 대답할 수 있었다.

"베어울프 섀퍼 말입니까? 조사 보고서 어디에도 그자의 이름은 안 나옵니다."

"그럼 누가 나오는데?"

"호텔 직원, 웨이터, 바텐더, 바에 왔던 손님들. 당국은 충분히 조사했습니다. 심지어 출발하려고 기다리던 냉동선에서 냉동돼 있던 사람까지 끌어냈으니까요. 며칠 앞서 앤더와 저녁을 먹었던 남자였지요. 알고 보니 워터 워에서 만났더군요."

"그 콥시클*의 이름이 뭐였지?"

---

* corpsicle, corpse + popsicle, 냉동 인간을 희화화한 말.

네서스는 곧바로 이름을 떠올리지 못했다.

"마틴 그레이노어. 아는 인간입니까?"

지그문트는 잠시 생각하다가 천천히 고개를 저었다.

"아니."

그 순간 네서스는 생각했다.

나만 속이는 게 아니군.

7

"믿고 싶겠죠, 지그문트. 지금까지는 안 믿었지만."

키어스틴이 말했다.

지그문트는 몸을 움직이려고 굳은 마음을 먹은 채 복도에 처박혀 있었다. 우주선은 아직 두려웠다. 함교에 가면 우주선이 아닌 다른 곳에 있다고 상상할 수가 없었다. 그는 억지로 몸을 움직여 함교로 향했다.

"복도에 센서라도 있습니까?"

"귀만 좋아도 되죠. 게다가 복도에서 슬그머니 숨어 있다니 당신일 수밖에 없잖아요. 앉으세요."

키어스틴은 옆자리 의자를 두드렸다.

완충 좌석은 '호보 켈리'호나 '탐색자'호의 함교에서 가져왔다고 해도 될 정도였다. 두 우주선을 생각하니 구역질이 났다. 그래도 완충 좌석만큼은 정말로 그가 타고 다니던 우주선과 똑같았다. 팔걸이 위의 조종 장치 배열도 동일했다. 몸을 꿈틀거리자 천이 버스럭거렸다. 과거 수천 번 그랬을 때와 같았다. 사실 이상할 건 없었다. 퍼페티어가 하인들을 위해 인간용으로 만든 물건을 수입하지 않을 이유가 어디 있겠는가?

그건 곧 그가 완충 좌석의 비상 보호 역장 회로를 조작해서 구속장으로 쓸 수 있다는 뜻이었다. 당장 누구를 구속할 필요는 없었지만, 그런 생각을 하자 마음이 좀 편안해졌다.

"그 얘기 하고 싶어요?"

키어스틴이 물었다.

그런가? 스벤은 키어스틴이 천재라고 했다. 개척지의 진짜 과거가 바로 이 우주선 컴퓨터에 숨겨져 있다는 사실을 처음 알아낸 것도 키어스틴이었다. 스스로 놀랍게도, 지그문트는 한번 시험해 보기로 했다.

"뭘 믿는다는 거죠? 어떤 퍼페티어는 착하다?"

"대부분은 우리랑 비슷해요. 다른 데 신경 쓰지 않고 자기 인생을 살기를 원하죠."

"네서스는 왜 나를 여기 우주선 안에서 만나자고 한 겁니까?"

"우주선을 진짜 싫어하시는군요, 그렇죠? 이곳 사람들은 탐험가의 후손이에요. 네서스가 평지 공포증에 대해서 알려 줬을 때 정말 믿을 수가 없었죠."

키어스틴이 조종 장치를 조작하자 함교의 화면이 투명해졌다. 활주로가 눈앞에 길게 뻗어 있었다. 놀랍게도 우주선이 거의 없었다.

"봐요, 우린 땅 위에 있어요. 대답을 하자면, 네서스가 우주선을 고른 건 당신 때문이 아니에요. 에릭과 오마르, 나를 안심시키려고 이곳을 택한 거죠. 이해해 줘요, 지그문트. 우린 네서스를 완전히 믿을 수가 없어요. 물론 네서스가 중개인 역할을 하고 있긴 하죠. 때로는 찬반을 논하기도 하면서. 그래도 네서스는 시민이에요. 협약체와 뉴 테라의 이익 중에서 한쪽만 골라야 하는 상황이 된다면……."

"바로 그겁니다."

네서스가 말했다. 그는 승강구에 서 있었다. 여차하면 도망갈 준비를 태세를 갖춘 듯했다—아마도 실제로 그랬을 것이다.

"지그문트, 당신이 할 일은 그런 상황이 절대 일어나지 않게 하는 겁니다."

칼날 위에서 균형 잡기. 이건 인간의 속담일 수밖에 없었다. 하지만 그 뜻은 적절했다. 의문은 아직 남아 있었다. 지그문트가 적과 동맹을 맺을 수 있을까?

"아직 의심하고 있는 것 같군요."

지그문트는 완충 좌석에서 나와 네서스와 얼굴을 마주했다.

"당연히 조심스럽지. 대답해 줄 게 많잖아."

당신이 아는 것보다 더 많지. 네서스는 생각했다. 공격 충동을 불러일으키지 않고 밝힐 수 있는 것보다 더 많았다. 문제는 지그문트가 믿게 만들기 위해 줄 수 있는 건 정보뿐이라는 점이었다. 한참 동안 고민한 끝에 네서스는 알려 줄 수 있는 비밀을 골랐다.

"상호 신뢰의 증거로 그레고리 펠턴과 반물질에 대해 말해 주겠습니다."

그 말을 듣고 지그문트와 키어스틴 둘 다 움찔했다. 반물질이라는 말을 들으면 어떤 지성체라도 그렇게 반응하리라.

"말해 봐."

지그문트가 조심스럽게 재촉했다.

"당신이 알고 있으리라고 생각하는 것부터 시작하지요. 펠턴은 뭔가 웅장한 일을 하고 싶었습니다. 그래서 베어울프 섀퍼와 함께 '무한보다 느린'호를 타고 아웃사이더의 우주선을 찾아갔지요. 거기서 '가장 기이한 세계'의 좌표를 샀습니다. 어떻습니까?"

"막스 아데오. 네 돈을 받을 만했군."

산지타 쿠드린도 마찬가지였다. 네서스는 그 사실까지 알려줄 생각은 없었다.

"선체가 분해된 뒤에 펠턴과 베어울프가 징크스에 비상 신호를 보냈다는 건 알고 있겠지요. 당신이 모르는 건 펠턴이 징크스에 숨어 있는 내 동료 중 한 명에게 연락했다는 겁니다. 그가 무슨 일이 일어났는지 추론해 냈습니다. 가장 기이한 행성과 그 모항성은 반물질로 이뤄져 있습니다. 반물질 항성풍은 결국 선체를 파괴했지요. GPC는 보상금을 최대로 지급했습니다."

"그 동료가 누구지?"

"아킬레스라고도 부르는 자입니다. 그는 바보같이 무슨 일이 일어났는지 드러내 보였지요. 다행히 펠턴은 웅장한 성과를 이루는 데 집착하고 있었습니다. 그래서 자신이 알고 있는 걸 정부에 비밀로 했습니다."

"내게는 아니지."

잘난 척하게 내버려 두자. 네서스는 그렇게 생각하며 말했다.

"펠턴의 모험은 핵폭발이 발견된 지 얼마 되지 않아서 일어난 일입니다. 협약체는 이미 겁에 질려 있었지요. 고장 난 펠턴의 우주선이 광속에 가까운 속도로 시리우스계 안으로 들어왔기 때문에 반물질 항성계 역시 비슷한 속도로 움직이고 있을 게 분명했으니까요. 그건 곧 펠턴이 아웃사이더의 견인을 받지 않고서는 그곳에 갈 수 없었다는 뜻입니다. 반물질 항성계가 엄청난 속도로 인간의 도달 범위 밖으로 벗어날 때까지 그저 상황을 감시만 하면 된다는 생각을 하기에 충분했지요."

지그문트는 고개를 끄덕였다.

"내가 문의한 전문가들도 아웃사이더가 관련됐을 거라고 똑같은 결론을 내렸지. 그렇다고 해서 경계를 푼 건 아니었지만."

네서스는 죽어 가는 지그문트를 거의 삼 년 동안이나 정지장 안에 보관했다는 것을 설명하고 싶지 않았다. 따라서 다음에 할 말을 아주 신중하게 골랐다.

"그러다 마침 당신이 대외적으로는 죽은 상태가 됐습니다. 당신이 알 수 없는 이유로 죽은 뒤 사라지자, 당신이 '내가 죽었을 경우에 대비해 마련해 놓은 조치'가 상당히 믿을 만했다는 사실이 입증됐지요. 펠턴이 징크스에 있는 은신처로 도망가기도 전의 일입니다. ARM은 갑자기 비상이 걸려서 반물질 항성계를 찾아서 확보하려고 애쓰고 있습니다."

지그문트는 팔짱을 꼈다.

"갑자기? 이쯤이면 찾지 않았을까?"

아니었다. 만약 그랬다면 그건 지구에 선제공격을 날려야 할 또 하나의 이유가 된다.

"최후자님은 우리가 ARM보다 먼저 반물질을 찾는 게 시급하다고 생각하셨습니다. 아웃사이더에게서 좌표를 사는 것도 이제는 자원 낭비라고 할 수 없었지요. 기술적인 이유로……."

내 우주선이 감시당할까 봐서였지.

"난 인간의 우주선 한 척을 고용해 그 일에 착수했습니다. 그리고 우리는 14호 우주선을 발견……."

지그문트는 믿지 못하는 표정이었다.

그는 독특한 인간이었다. 하지만 이건 전부 그의 경험의 범위를 뛰어넘는 일이었다. 아주 조심스럽게 편집한 일말의 진실조차 너무 무거운 걸까? 아웃사이더가 트넉텁 정지장 상자를 가지고 있던 것에 대해서는 어떻게 생각하나, 지그문트?

간단하게 하자. 네서스는 생각했다.

"난 인간 우주선에는 없는 수단을 갖고 있었습니다. 승무원들에게 좌표를 주고 아웃사이더를 찾으라고 했지요. 랑데부한 뒤에는 GPC에 남아 있는 마지막 돈을 상당액 써서 반물질 항성계의 위치를 구입했습니다. 그레고리 펠턴과 달리 아웃사이더의 침묵까지 샀지요. 다음에 누가 찾아가도 그 정보는 알려 주지 않을 겁니다. 다행히 그건 알려진 우주를 스쳐 지나가고 있습니다. 그런 경로에 그런 엄청난 속도라면 반물질을 이용하는 건 사실상 불가능합니다."

"그 말을 들어서 내 마음이 편안해져야 하나, 네서스?"
"아마도 아니겠지요. 내 의도는 그게 아닙니다. 당신 마음이 편안해진다면 나나 뉴 테라 사람들에게 아무 쓸모가 없습니다."

"내내 조용하더군요. 어떤 결론을 내렸습니까?"
지그문트가 물었다. 키어스틴은 이마 위로 아무렇게나 내려온 앞머리를 쓸어 넘기며 대답했다.
"네서스가 말한 것보다 더 많이 알고 있다는 거요."
"언제나 그렇죠. 그가 말한 것과 내가 아는 게 다르지 않아요."
지그문트는 두 손을 주머니에 찔렀다. 안 그랬으면, 플라스틱 금속 격벽을 주먹으로 뚫어 버리려고 했을 것이다.
퍼페티어가 망쳐 놓은 기억이 지구의 위치를 제외하고 또 무엇이 있을까?

8

"저기요."
에릭이 괜스레 입을 열었다.
지그문트의 눈앞에는 궤도를 도는 망원경에서 내려받은 영상이 떠 있었다. 망원경의 원래 임무는 어두운 항성 간 우주 공간으로 속도를 내는 뉴 테라에 위협이 되는 우주 쓰레기를 수색하는 것이었다. 지금은 지그문트의 요청에 따라 훨씬 더 위험한 대상을 비추고 있었다.

방 한가운데서 다섯 개의 공이 질량중심 주위를 공전하고 있었다. 지그문트는 전에도 이와 같은 것을 본 적이 있었다. 하지만 이렇게, 이렇게 가까이, 이렇게 현실감 있게는 아니었다.

'호보 켈리'호는 수 광년 밖에서 세계 선단을 잠깐 보았다. 어느 방향에서였는지 자문했지만 답은 아직 찾지 못했다. 뉴 테라는 선단의 앞쪽으로 고작 0.03광년 떨어져 있었다. 물론 허스의 일 년 기준이었다. 지구의 일 년은 지구를 찾는 데 너무 귀중한 실마리였다. 물론 기억에서도 사라졌다. 뉴 테라는 행성 드라이브를 최대로 가동해서 천천히 앞으로 나아갔다. 당연하게도, 퍼페티어는 행성 드라이브를 적정 출력보다 한참 아래로 가동했다.

"이게 우리가 아는 유일한 하늘이에요. 그리고 이제는 망원경으로 보지 않으면 아예 안 보이게 됐죠."

에릭이 말했다.

지그문트는 무슨 뜻인지 공감이 되지 않아 눈만 깜빡였다.

다섯 개의 세계. 그중 넷은 작은 인공 태양 고리로 둘러싸여 있고, 나머지 하나는 불타고 있는 곳. 전과 같지만, 완전히 같지는 않았다. 네 개의 세계는 대륙의 윤곽도 뚜렷하고 구름이 소용돌이치는 안개 같은 폭풍도 선명했다.

그런데 다섯 번째 세계는…….

"에릭, 허스의 영상은 뭐가 문제죠?"

"아무 문제 없는데요."

지그문트는 홀로그램 속으로 손가락을 찔렀다.

"여기 간섭 안 보여요? 회절격자* 같은데."

에릭이 고개를 저었다.

"간섭 아니에요. 회절은 있는데, 지표면에 실제로 있는 구조물 때문이죠."

"퍼페티어가 일조 명이나 되니까."

에릭이 그렇다는 듯 고개를 끄덕였다. 하지만 너무 큰 수치라와 닿지가 않았다. 그것을 놀라운 현실로 만들어 준 건 홀로그램 속의 패턴이었다.

"우주를 날아가는 행성 전체를 아주 커다란 건물이 뒤덮고 있어서 그 거리…… 이천구백육십억 킬로미터 떨어진 곳에서는 격자로 보이죠."

어딘가 말이 어색했지만, 지그문트는 에릭이 영어 단위로 생각해야 하기 때문임을 알고 있었다. 그는 격하게 진저리를 치면서 영상을 껐다. 퍼페티어의 영향력이 미치는 곳에서 너무 오래 산다면 결코 행동에 나설 수 없을 것 같았다.

지그문트는 마치 죄지은 사람이 된 기분으로 이 세계의 지도자를 만나러 가는 도중 이곳저곳을 돌아다녔다. 페넬로페가 안내라기보다는 지원하려는 목적으로 동행했다. 어디를 가나 처음 보는 사람들이 다가와 따뜻하게 그를 맞이했다. 지그문트는 이곳에

* 빛의 회절 현상을 이용하여 스펙트럼을 얻는 장치. 평면 또는 요면凹面 위에 같은 간격으로 여러 개의 평행한 홈을 새긴 평면 살창을 사용한다. 이 장치에 반사하거나 투과한 회절 빛의 간섭을 이용하여 스펙트럼의 파장을 구한다.

서 뉴스거리였다.

멋지군. 실망할 사람이 더 있다니.

둘은 도약 원반을 타고 들판과 계곡, 산꼭대기와 상점가 등 아르카디아 대륙의 곳곳을 돌아다녔다. 이 세계에는 아직 그가 보지 못한 곳이 많았다. 하지만 아르카디아야말로 퍼페티어가 인간 하인들을 정착시킨 곳이었다. 다른 곳의 감옥으로 소환되는 것보다는 뉴 테라에서의 자유를 선택한 퍼페티어 망명자와 죄수들을 만나는 건 급할 게 없었다.

아르카디아는 유럽보다 약간 더 넓었다. 하와이에서 캘리포니아 북부에 해당하는 기후 분포를 보였다. 인구는 그레이터 페오리아보다 조금 적었다. 이곳은 천국이라고 할 수 있었다. 하지만 곧 퍼페티어가…….

아냐, 빌어먹을! 그걸 막으러 온 게 바로 나잖아. 다만 지금 너무 마음을 잡지 못하고 있을 뿐…….

고문당한 기억 속 이곳저곳에서 뭔가 번득이며 떠올랐다. 가장 깊은 계곡이나 가장 높은 고원 꼭대기를 제외하고는 거주할 수 없는 세계. 바람이 너무 맹렬하게 불어와 사람들이 거의 일 년 내내 지하에서 살아야 하는 행성. 또 다른 행성은 짓누르는 듯한 중력이 너무 강했다. 물에 잠기다시피 한 세계, 파프니르. 잊고 싶은 장소였지만 마음속에서는 너무나 선명했다. 죽음은 한 사람에게 아주 강한 인상을 남기는 모양이었다.

이 회의가 성사된 게 정확히 언제인지는 알 수 없었다. 다만 오마르가 때가 되었다고 결정했을 뿐이다. 지그문트의 새 친구들은 어떤 식으로든 다들 정부를 위해 일했다. 약속한 시간이 다가오자 두 사람은 수수한 모습의 정부 청사 안마당으로 도약했다. 페넬로페는 최근 나타난 식물 전염병과 싸우기 위해 연구실로 가기 전에 그를 위해 행운을 빌어 주고 그가 가야 할 건물을 가리켰다. 고향에 있는 큰 도시의 시장이라면 누구라도 복합건물 단지를 깔봤을 것이다. 지그문트는 산꼭대기에 있던 사무총장의 별장을 기억 속에서 끄집어냈다. 이쪽이 훨씬 나았다.

로비로 들어간 지그문트는 안내원에게 이름을 댔다. 얼마 기다리지 않아서 한 젊은 남자가 다가왔다.

"이쪽입니다."

그의 안내를 받아 조금 걷자 검소한 사무실이 나타났다.

"의장님."

비서는 나가면서 문을 닫았다.

보랏빛 눈이 강렬한 여자가 육중한 책상 뒤에서 걸어 나와 지그문트를 맞았다. 사무실에는 화분 몇 개와 가족 홀로그램을 빼고는 장식이 없었다.

"사브리나 고메즈반더호프예요."

지그문트는 뉴 테라에서 이렇게 다채로운 색상과 질감의 옷을 입은 사람을 본 기억이 없었다. 이곳에서 옷과 장신구는 지위와 현재 상태를 나타났다. 물론 그게 무슨 뜻인지는 전부 알지 못했다. 이곳의 나노 기술로 보석은 마음만 먹으면 만들 수 있었다. 옷의 외양도 프로그래밍이 가능했다. 그래 봤자 지그문트는 그 의미를 이해하지 못했다.

지구에서 옷은 단순히 다운로드하는 것을 넘어섰다. 게다가 전부 하나같이 제각각이었다. 온갖 색의 옷과 피부 염색이 기억 속에서 선명하게 떠올랐다. 아마도 그 기억은 쓸모가 없기에 아직 남아 있는 듯했다.

지그문트가 입고 있는 스웨터와 헐거운 바지도 검정색으로 프로그래밍할 수 있었다. 그러고 보니 이곳에서는 검은 옷을 별로 못 본 것 같았다. 내 옷은 무슨 뜻일까?

지그문트는 손을 내밀었다. 하지만 사브리나가 당황한 표정으로 손을 바라보자 그대로 거둬들였다.

"미안합니다. 지구 관습이라서요. 만나서 반갑습니다, 의장님. 지그문트 아우스폴러입니다."

"국정과 관련된 일이 아니면 우린 그렇게 격식을 따지지 않습니다. 사브리나라고 불러요."

사브리나는 그를 감정하듯 바라보았다.

"사연이 많다고 들었습니다. 이야기를 나눌 준비가 됐나요? 이곳에 좀 익숙해졌어요?"

그녀가 회의용 탁자와 의자를 가리켰다. 푹신하게 덧댄 탁자와 의자 다리는 퍼페티어의 영향을 보여 주었다. 하지만 느긋하게 행동할 만큼 여유가 있을 것 같지는 않았다.

"지금도 괜찮습니다, 사브리나."

"당신과 지구에 대해서 이야기해 주세요."

지그문트는 목이 쉬도록 이야기했다. 비서가 얼음물을 가져왔을 때를 빼고는 계속 이야기했다. 사브리나의 호기심은 여간해서는 만족시킬 수 없었다. 하지만 그녀의 관심도 상황을 바꿀 수는 없었다.

"사브리나, 난 이곳 사람들과 지구를 만나게 해 줄 수 없습니다. 전부 잊어버렸거든요. 지구가 어디 있는지, 지구가 공전하는 태양이 어떤 별인지, 이웃 행성이 무엇인지……."

이미지 하나가 머릿속에 순간적으로 떠올랐다. 감질나고 도저히 붙잡을 수 없는 이미지. 이번에는 부활절 달걀 위에 사는 사람들이었다. 마음이 속절없이 뭔가에 씐 것 같았다.

"인간이 사는 어떤 세계도, 어떤 별을 도는지, 어떻게 생겼는지, 전부 기억이 사라졌어요. 네서스가 한 짓입니다."

사브리나는 실망스러운 표정이 역력했다.

"그래도 계속 알아봐야 합니다. 달리 할 게 뭐가 있겠어요? 당신이 무엇을 기억하든 그건 우리가 모르던 거예요. 어쩌면 기억을 떠올리게 하는 뭔가를 알아볼 수 있을지도 모르잖아요."

뭔가 알아보리라는 기대를 안고 성간 우주를 무작위로 날아다닌다고? 만약 그게 최선의 방법이라면 뉴 테라는 망했다고 봐야 했다.

안 돼! 빌어먹을!

만약 다시 죽는다고 해도 지그문트는 한 세계를 퍼페티어에게 희생시키지 않을 작정이었다. 속이 끓어올랐다. 하지만 그런 심정을 계획으로 바꿀 수가 없었다.

"내가 만약 지구를 찾는다면 그건 곧 전쟁을 뜻합니다. 네서스가 어느 정도까지 우리를 돕겠다는 건지는 명확해요. 동족에게 해를 끼치는 일은 절대 하지 않겠죠. 그래서 내 뇌를 지워 버린 겁니다."

– 전쟁이란 두 국가 사이의 갈등을 강압적으로 해결하는 방법입니다. 때로는 치명적인 수단도 이용합니다.

지그문트는 누가 말했는지 몰라 주위를 둘러보았다.

"고마워, 지브스."

사브리나가 말했다.

"우리 조상들의 램스쿠프 우주선에 있던 AI의 복사본이에요. 어휘가 삭제되지 않은 영어를 알고 있죠."

퍼페티어가 승인한 방언에 '전쟁'이라는 단어가 없는 건 당연했다. 그런 개념은 폭정에 저항하는 수단이 될 수도 있었다.

"더 나쁜 소식이 있습니다. 여러분의 조상들은 아주 특정한 시기에 지구를 떠났어요. 당시 국가는 지금 세계정부로 통합됐죠. 기술이 발달하고 우주여행이 가능해진 덕에 음식과 자원이 부족하지 않게 됐거든요."

그리고 출산법은 그 한계 이상으로 인구가 늘어나지 않게 막았다. 그 이야기는 하지 않았다. 지그문트는 이미 뉴 테라 사람들의 성정치학을 이해하려는 시도를 몇 번 해 보았다. 어떤 사람들은 멍한 표정을 보여 줬고, 어떤 사람들은 얼굴을 붉혔다. 지구의 기준에 따르면 이곳 사람들은 정숙했다.

사브리나가 몸을 앞으로 숙였다.

"전쟁이란 게 쓸모없어졌단 말인가요? 그건 나쁜 소식 같지는 않은데요."

지그문트는 몸을 부르르 떨었다.

“여러분의 조상들이 떠난 지 얼마 되지 않아 우리는 크진인을 만났습니다. 우주여행을 하는 육식동물이자 제국주의자들이죠.”

지브스가 알아서 제국주의의 뜻을 설명해 주었다. 그렇게 고지식한 설명이 아니었다면 기묘하게 들렸을 것이다.

“몸무게 삼백육십 킬로그램에 머리가 좋은 호랑이라고 생각하면 됩니다.”

사브리나는 턱을 긁적였다.

“호랑이요?”

“지브스, 데이터베이스에 호랑이가 있나?”

지그문트가 물었다.

– 있습니다.

탁자 위에 홀로그램 호랑이가 나타났다. 눈을 번득이며 이빨을 드러내고 달려들 기세였다. 사브리나가 몸을 떨며 의자 뒤로 몸을 젖혔다.

“이런! 저렇게 큰 육식동물은 처음 봐요.”

“이제 됐어, 지브스.”

영상이 사라졌다.

“사브리나, 크진인이 새로운 세계나 새로운 노예보다 더 원하는 건…… 먹잇감입니다.”

그리고 잡아먹지요.

사브리나는 침을 삼켰다.

“알겠습니다. 은하계에는 아직 전쟁이 남아 있군요.”

"여러분의 우주선 중 한 척이 크진인을 이곳으로 끌어온다면 아주 빠른 시일 안에 전쟁을 볼 수 있을 겁니다. 퍼페티어는 그렇게 당해야 마땅하죠."

사브리나는 한숨을 쉬다가 어깨를 곧게 폈다.

"정찰대는 나가 있습니다. 지그문트, 우리가 뭘 할 수 있는지 알려 주세요."

네서스도 몰랐다. 사브리나도 몰랐다.

도대체 왜 다들 나는 안다고 여기는 걸까? 하지만 지그문트도 몰랐다.

차가운 결심이 마음속에 자리 잡았다. 그는 어떤 일 한 가지에 뛰어났다—아주 뛰어났다. 그리고 그 기억은 네서스도 건드리지 않았다.

"우리가 할 수 있는 건, 정보 부서를 만드는 겁니다."

지그문트가 말했다.

9

"퍼페티어가 확실히 세계를 고를 줄 알아요. 그건 인정하죠."

지그문트가 말했다.

"시민들요."

식탁 맞은편에 앉은 페넬로페가 정정했다. 드레스의 분홍색 덕분에 장밋빛 뺨이 더욱 도드라졌다.

"퍼페티어."

"시민이라고요."

페넬로페는 머그잔을 들어 마시면서 손가락을 하나를 —한참 동안— 들어 올렸다. 아이리시 커피는 지그문트가 도입한 또 다른 혁신이었다.

"퍼페티어에 무슨 뜻이라도 있다면 모를까."

다른 걸 보여 줘야 할 모양이었다.

"여기서 기다려요."

지그문트는 침실로 달려가 양손에 양말을 끼운 채 돌아왔다. 각 양말에는 눈 하나와 입 하나도 그려 넣었다.

"그게 뭐예요?"

"인형이죠."

지그문트는 소파 뒤 바닥에 앉아 몸을 웅크리고 머리만 위로 빠끔히 내밀었다. 그리고 양말을 뒤집어 끼운 양손을 위로 들어 올린 뒤 일부러 높은 목소리를 흉내 내 말했다.

"난 네서스입니다. 난 내 그림자가 두렵습니다."

페넬로페가 웃으며 다가와 그의 머리를 헝클어뜨렸다.

"이래야 네서스죠."

"기다려 봐요."

지그문트는 페넬로페가 좋아하는 오래된 인형 하나도 꺼내 왔다. 그걸 기다란 끈에 묶어 손목에 매달았다. 인형을 소파 등 위로 늘어뜨리고 아직 양말을 뒤집어쓰고 있는 양손으로 끈을 잡았다. 그는 노래를 흥얼거리며 하늘거리는 인형을 한쪽 끝에서 다른 쪽 끝으로 움직였다.

페넬로페는 더 이상 웃지 않았다.

이 노래. 무슨 노래였지?

"'마리오네트의 장례 행렬'이죠."

샤를 구노.*

현실이 밀려들었다. 뉴 테라에는 드레스가 없었다. 페넬로페가 입는 남녀 공용 복장은 항상 연한 회색이었다. 지그문트가 알게 된 바에 따르면 그건 '누구를 정해 놓고 만나지 않으며, 그럴 뜻이 없지는 않지만, 당장 누군가를 찾고 있는 건 아님'이라는 뜻이었다. 그가 상상한 분홍색은 꽤나 도발적인 색일 수 있었다.

지그문트는 신음을 내며 잠에서 깨어났다. 우주선 선실, 그는 혼자였다.

"수면장 해제."

수면장이 사라지면서 몸이 부드럽게 갑판으로 내려왔다. 씻고 옷을 입으면서 그는 페넬로페가 친구 이상을 바랄지 궁금해했다.

'탐험가'호의 휴게실에는 에릭이 있었다. 무슈 부리또를 게걸스럽게 먹는 중이었다. 표정으로 보건대 지그문트가 도입한 또 다른 혁신인 멕시코-인간 음식에 맛을 들인 모양이었다. 지그문트는 이 젊은이가 이제 자신을 그만 따라 했으면 좋겠다고 생각했다.

"안녕하십니까, 에릭."

---

* Charles Francois Gounod, 1818-1893, 프랑스 가극에 신국면을 전개했다고 평가받는 작곡가. 「파우스트」, 「로미오와 줄리엣」, 「아베 마리아」 등이 대표작이다.

"안녕하세요, 지그문트."

에릭이 접시를 들어 보였다.

"아주 맛있어요."

"얼마나 더 있어야 빠져나가죠?"

이번 임무에서는 아무것도 얻지 못할 게 거의 확실했다. 그저 선체 바깥쪽의 탐욕스러운 무無에 대한 인상만 그만큼 더 나빠질 뿐이었다. 그래도 뉴 테라의 한심한 해군을 시험해 볼 필요가 있었다. 그중 '탐험가'호는 지그문트가 상세하게 요구한 대로 무장한 첫 번째 함선이었다. 뉴 테라의 데이터베이스에는 통신용 레이저의 상세한 사양이 있었다. 지금 '탐험가'호에는 다섯 개가 실려 있었다. 가까운 거리라면 무기로 쓸 수 있었다. 물론 핵융합 엔진은 없었다. 핵융합 엔진을 빨리 장착할 수 있으리라는 희망은 오래된 램스쿠프 우주선의 것을 역공학해서 만들어 내는 데 달려 있었다.

에릭은 금욕주의자 같은 표정을 한 채 아침 식사를 마지막으로 삼켰다.

"언제든지요. 기다리고 있었죠."

지그문트가 커피 잔을 채운 뒤 둘은 함께 함교로 향했다. 질량 표시기에는 짧은 선 몇 개뿐이었다. 그들은 어디에서부터든 멀리 떨어져 있었다.

"에릭, 시작하세요."

별들이 화면을 가득 채웠다. 동시에 지그문트의 마음을 갉아먹던 두려움도 멀어졌다. 조금뿐이었지만.

"수동 스캔을 해 보세요."

"아무것도 없네요. 레이더를 쓸까요?"

에릭이 물었다.

"잠깐만."

지그문트는 커피를 마시며 뭔가 일어나기를 기다렸다. 아무 일도 일어나지 않자 그들은 레이더 신호를 방출했다. 근처에는 역시 아무것도 없었다.

"좋아. 표적을 전개하세요."

프로그래밍을 맡은 키어스틴은 불필요하다고 생각했지만 새로운 표적 시스템을 어느 정도 현실적인 환경에서 시험하는 게 목적이었다. 그녀는 가상의 동전 던지기 게임—무작위로 홀짝을 맞추는 게임—에서 지는 바람에 아들 디에고, 딸 제이미와 함께 뉴 테라에 남았다.

에릭이 에어록을 열라고 명령했다. 공기가 빠져나가면서 드론과 개조한 부이가 우주선 밖으로 날아갔다.

"추진력은 최소예요. 넓게 퍼뜨리죠."

레이더 화면을 보니 드론을 나타내는 점이 천천히 멀어지고 있었다. 지그문트는 무기를 장전했다.

"이 정도면 충분히 멀군요. 1번 드론, 회피 동작."

레이더 화면 속의 점들이 위엄 있는 움직임으로 곧은 직선에 가깝게 멀어졌다.

"빌어먹을."

에릭의 공용어 욕설은 어색했다.

"고장인가 봐요. 다른 걸로 해 볼까요?"

지그문트가 고개를 끄덕이자, 에릭은 조종 장치 쪽으로 몸을 더 기울였다.

"2번 드론, 회피 동작."

아무 일도 일어나지 않았다.

"키어스틴이 드론 프로그래밍을 하지 않은 게 아쉽군요."

지그문트가 말했다.

드론이 잇달아 아무 반응도 보이지 않자 에릭은 다시 영어로 욕설 내뱉었다. 그쪽이 좀 더 기분이 풀리는 듯했다.

"드론이 다 저런 건 사고가 아닐지도 몰라요. 누가 의도적으로 기능하지 않게 만든 게 아닐까요?"

"사보타주. 그걸 그렇게 부르죠."

첩보 활동 기초 중의 기초인데. 지그문트는 잠깐 생각했다.

"사실, 누군가 드론에 장난을 쳤을 가능성이 있지만 이렇게는 아닐 겁니다. 범인은 아마 드론의 목적에 대해 알고 있겠죠. 회피 동작 코드를 깬 뒤 덜 무작위로 움직이게 만드는 게 낫죠. 그러면 발포 시험은 우리 생각만큼 제대로 이뤄지지 않을 것이고, 우리는 과도한 자신감을 가질 테니까요."

에릭은 당혹스러워하며 고개를 숙였다.

"아직 배워야 할 게 많군요. 조사해 보죠. 약속해요."

그런 반응은 드론 소프트웨어의 버그보다 더 지그문트의 기분을 안 좋게 만들었다.

"그냥 드론을 불러들이세요. 문제가 뭔지는 키어스틴이 알아낼 겁니다."

다시 주 화면이 별로 가득 찼다. 이번에는 하나가 눈에 띄게 더 밝았다.

"수동 스캔 부탁합니다, 에릭."

에릭은 계기를 살폈다.

"아무것도 없어요. 레이더를 쓸까요?"

"좋아요. 얼음덩어리 하나만 찾읍시다."

그들은 그 항성의 특이점에서 멀리 떨어져 있었다. 레이더 신호가 출발했다. 그들은 기다렸다. 계속 기다렸다. 지그문트는 하이퍼스페이스에 있을 때와는 다른 방식으로 피부가 스멀거렸다. 여기엔 위험한 게 없어. 속으로 중얼거렸다. 네서스가 이들과 함께 앞서 이 항성계를 조사했다. 독립 전의 일이었다. 아무도 없는, 거주 불가능한 곳이었다. 지그문트는 크진인이 어디 있을지 전혀 모르는 반면, 퍼페티어는 알았다. 그리고 선단의 지금 경로를 설정한 건 퍼페티어였다. 뉴 테라는 똑같은 경로에서 조금 앞으로 나와 있을 뿐이었다.

그리고 똑같은 이유로 이곳에서 아웃사이더를 마주칠 가능성은 거의 없었다.

반향은 한 시간이 넘어서야 돌아왔다. 또 다른 얼음덩어리처럼 보이는 천체가 주 화면에 떠올랐다.

"됐어요, 에릭. 가까이 갑시다."

에릭은 완충 좌석 속으로 몸을 파묻고 추진기를 작동시켰다. 점점 가까워지던 도중 지그문트가 외쳤다.

"충분해요."

그는 다른 완충 좌석에 앉아 새로운 무기 제어장치를 작동시키고 십자선을 화면 가운데 조준했다.

"삼…… 이…… 일…… 발사."

표적에서 증기가 분출했다. 레이저 빔이 산란하면서 화려하게 빛났다. 지그문트는 방아쇠를 놓았다.

"에릭, 당신이 해 보세요."

둘은 돌아가면서 선수의 레이저 세 대, 그리고 우주선을 돌려 선미에 있는 두 대를 발사하며 점점 작은 표적을 맞혔다.

"에릭의 아내가 일을 정말 훌륭하게 했군요."

그들은 오르트 구름의 천체를 몇 개 추적해 파괴했다. 에릭의 눈이 빛났다.

"할 수 있어요, 지그문트. 당신이 우리를 구할 거예요."

얼음을 쏘는 건 쉬웠다. 하지만 회피 동작을 하며 반격도 하는 크진인 우주선이라면…….

지그문트는 그 말은 하지 않았다.

"이제 됐습니다."

지그문트가 선언했다. 멍청한 표적을 가지고 배울 수 있는 건 다 배운 상태였다.

"그럼 돌아갈까요? 떠날 때보다는 안전하게 갈 수 있겠군요."

에릭이 말했다.

하지만 '아주 조금 더'일 뿐이었다. 레이저는 GP 선체를 관통했다. 아마도 고객 종족의 눈에도 보이는 모든 파장대에서 그럴 터였다. 그러면 그 위를 칠해 버리자. 하이퍼스페이스 때문에 미쳐 버리지라도 않도록.

그랬다. 레이저는 선체를 관통했지만, 퍼페티어는 그들을 파괴할 수 있었다. '호보 켈리'호는 몇 초 만에 사라져 버렸다.

"퍼페티어가 멀리 떨어진 상태에서 선체를 어떻게 파괴했는지 모른다는 게 확실합니까? 당신이 램스쿠프 우주선을 빼내려고 했던 것과 똑같이 한 게 아니고? 그 일을 다시 할 수 없습니까?"

지그문트의 물음에 에릭은 고개를 저었다.

"'긴 통로'호는 GP 선체 안쪽에 숨겨져 있었어요. 움직이지 않게 고정된 상태였죠. 우리는 강화용 동력 장치가 어디 있는지 정확히 알았어요. 그래서 '긴 통로'호의 통신용 레이저로 태워 버릴 수 있었던 거죠. 움직이는 표적의 동력 장치를 레이저로 파괴할 확률은……."

"그렇군요."

지그문트는 좁은 함교 안을 서성였다. 주요 센서에는 계속 아무것도 나타나지 않았다. 그건 곧 그가 실패했다는 뜻이었다. 레이저로 무장한 뉴 테라의 우주선 몇 대는 사기를 돋울 수 있을지언정 선단의 막강한 힘 앞에서는 무용지물이었다.

"램스쿠프 우주선은 아직 무기로 쓸 수 있잖아요."

에릭이 말했다. 그리고 불안한지 덧붙였다.

"아닌가요?"

지그문트는 걸음을 멈추고 에릭의 어깨를 강하게 잡았다.

"이제는 아닐 겁니다. 처음에 먹혔던 건 마침 '긴 통로'호를 편리하게 조사하기 위해 선단 안에 보관했기 때문이죠. 당신이 그걸 빼냈을 때 퍼페티어들에게는 반응할 시간이 없었어요. 그런데 이제는 뉴 테라에 있죠. 핵융합 엔진은 수십억 킬로미터 밖에서도 보일 겁니다. 레이저를 쏘거나 원격조종으로 우주선을 충돌시키기만 해도 가까이 다가오기 전에 파괴할 수 있겠죠."

뉴 테라를 구할 수 있는 힘을 가진 건 아웃사이더뿐이었다. 그게 바로 '탐험가'호가 여기 나와 있는 이유였다. 지그문트는 아무에게도 그런 의중을 말하지 않았다. 에릭에게도. 에릭은 키어스틴에게 말할지도 몰랐고, 키어스틴은 네서스에게 말할지도 몰랐다. 그리고 분명히 네서스는 새로운 고향 세계가 극단적인 경우 아웃사이더의 분노에 희생될 위기에 처한 지그문트와 다른 견해를 갖고 있을 터였다.

지그문트는 함교를 빙빙 돌았다. 센서 계기판을 지날 때마다 확인했지만, 아무것도 없었다. 기분이 점점 처지기 시작했다. 그는 무작위로 지구를 찾아다니는 것보다는 은하계를 떠도는 아웃사이더를 무작위로 찾아다니는 게 그나마 조금 덜 불쌍해 보인다고 혼자서 중얼거렸다.

"일어나요!"

지그문트는 깜짝 놀라 일어났다. 선실이 아니라 함교의 완충좌석에서 잠자고 있었다. 집에 가깝다는 건 퍼페티어에게 가깝다는 뜻이었다.

"뉴 테라에 도착했습니까?"

"조금 지나쳤어요."

에릭이 버튼을 누르자 주 전망 창이 투명해졌다.

동전 크기만 한 다섯 개의 세계!

"선단으로 온 겁니까? 어째서?"

"걱정 마세요, 지그문트. 우린 지금 스텔스 상태인 데다 거의 광속의 이 퍼센트로 지나가고 있어요. 상대속도로요. 키어스틴하고 오마르, 나는 멀리서 정찰을 하고 있어야 했을 때 바로 이 우주선을 타고 몰래 돌아왔었죠. 그렇게 해서 '긴 통로'호를 찾은 거예요. 당신이 가까이서 보고 싶을 거라고 생각했어요."

바라보는 동안 행성이 점점 커졌다. 보조 화면 한 곳에는 수백 척의 우주선이 교통 제어 신호기에 인증을 받는 모습이 보였다. 다른 화면에는 확대한 허스, 거대한 건물로 뒤덮인 세계가 있었다. 수십억 킬로미터 떨어진 곳에서도 그곳은 두려웠다. 그런데 지금은 손만 뻗으면 닿을 수 있을 것 같았다. 심장이 두근거렸다. 에릭은 재미있는지 혼자서 입이 찢어지도록 웃고 있었다.

영웅 숭배 따위는 바란 적도 없어. 이제 그것 때문에 내가 죽을 판이군.

"하이퍼웨이브 신호가 많아요."

에릭이 말했다.

질량 표시기에는 선 다섯 개가 지그문트를 향해 내리꽂혀 있었다. '탐험가'호는 그곳의 특이점에서 불과 몇 초밖에 떨어져 있지 않았다. 지그문트는 조종 장치 위로 손바닥을 내리쳤다.

고개를 들지 마!

억지로 발끝을 바라보면서 지그문트는 전망 창 버튼을 찾아 손을 더듬거렸다.

에릭은 초점을 잃은 눈으로 앞을 바라보고 있었다.

“에릭.”

지그문트가 소리쳐 불렀다.

“에릭!”

에릭이 몸을 부르르 떨면서 혼수상태에서 빠져나왔다.

“어떻게 된 거예요?”

카를로스 우. 뉴 테라에는 카를로스 같은 천재가 필요했다.

“하이퍼스페이스로 다시 진입했습니다. 당신은 맹점을 똑바로 바라보고 있었고요. 그 하이퍼웨이브 신호는…… 아마도 하이퍼웨이브 레이더일 겁니다.”

‘호보 켈리’호를 파멸의 길로 이끈.

에릭의 안색이 창백해졌다. 그는 뉴 테라로 돌아가는 나머지 시간 동안 오로지 한마디로만 대꾸하며 더는 아무 말도 하지 않았다.

10

그들은 착륙을 미루고 뉴 테라를 몇 바퀴 더 돌았다. 지그문트는 이런 투어 가이드 역할이 에릭의 산산조각 난 자신감을 조금이나마 회복시켜 줄 수 있기를 바랐다. 베어울프 섀퍼라면 더 잘 했을 것 같았다.

저궤도에서 본 아르카디아는 도약 원반으로 돌아다니면서 봤을 때보다 훨씬 더 유토피아 같았다. 광활하게 펼쳐진 농장. 농장과 농장 사이의 우거진 숲. 훌륭한 하천 시스템. 세 개의 해안선 각각에 있는 자연 항구. 오랜 세월의 풍화로 부드러운 언덕이 된 기다란 산맥. 여기저기 흩어져 있는 도시들—지구 기준으로는 마을에 불과했지만. 오랫동안 방치된 고속도로와 철도 같은 흉물은 없었다. 이 개척지는 처음부터 도약 원반 시스템을 기반으로 만들어졌다.

아르카디아는 세 대륙 중에서 가장 작았다. 더 큰 대륙인 엘리시움과 아틀란티스에도 생명은 살고 있었지만, 어딘가 달랐다. 빨간색이 우세한 건 어떻게든 받아들일 수가 있었다. 낙엽이라고 생각하면 되었다. 하지만 자주색, 자홍색, 칙칙한 노란색 그리고 그런 색들이 섞인 모습은…… 전부 허스의 생명체였다.

엘리시움은 세 대륙 중에서 가장 나이가 어렸다. 그곳의 산은 높이 솟아 있었으며, 가장자리가 날카롭고 정상도 뾰족했다. 활화산이 양쪽 끝을 붙잡고 있는 커다란 단층이 삼각형의 대륙 한쪽 구석을 가로질렀다. 대륙의 대부분은 숲과 초원이었으며, 원시의 허스를 길들인 모습이었다. 독립 전에는 퍼페티어 관광객이 그곳에 있는 공원을 자주 찾았다.

아틀란티스는 벙어리장갑 모양이었다. 엄지손가락 부분 양쪽 면이 대양 위로 높이 솟아 있고, 지류가 많은 커다란 강 네 개가 산맥 사면에서 흘러내렸다. 강에서 물을 공급받는 정글은 녹색을 제외한 온갖 색이 넘쳤다.

선단에 대항하는 건 하나의 세계가 아니었다. 작고 거주민도 별로 없는 대륙 하나였다! 이렇게 잠시 돌아가는 게 에릭의 자신감에 어떤 영향을 끼쳤는지는 알 수 없었지만, 오히려 지그문트의 자신감은 흔들어 놓았다.

페넬로페와 지그문트는 근처 해변에 부딪치는 평온한 파도 소리를 들으며 걸었다. 지그문트의 비행복은 으레 그렇듯 검정색이었다. 하지만 —에릭과 상의한 뒤— 앞트임 부분과 소맷부리를 연한 파란색으로 바꿨다. 온통 검은색은 페넬로페가 늘 입는 회색보다 '당장 누군가를 찾고 있는 것은 아님.'이라는 메시지를 훨씬 더 강조하는 듯했다. 페넬로페가 기뻐하자 그도 기뻤다.

보도에는 다른 연인과 가족도 많았다. 지그문트는 어른들 사이를 마구 뛰어다니는 떠들썩한 두 소년을 보고 페넬로페가 미소 짓는 것을 보았다.

"오늘 날씨가 참 좋군요."

지그문트가 말했다. 사실 날씨가 좋은 곳으로 도약만 한다면 날은 언제나 좋았다.

"그러네요. 같이 걷자고 해 줘서 고마워요."

페넬로페가 수줍게 대답했다.

"천만에요. 아가씨가 '농작물 유해 동물'만 들여다보며 살아서는 안 되죠."

"지구의 농작물 유해 동물에 대해 말해 주세요."

페넬로페가 그의 팔꿈치를 건드리며 말했다.

두 사람은 이곳에서 서로 몸을 많이 만졌다. 하지만 결코 사교적인 수준을 넘기지 않았다. 지그문트는 생식은 엄격한 통제를 받으나 섹스는 분출구처럼 자유로운 분위기에 익숙했다. 뉴 테라에서는 진행이 더뎠다. 하지만 마침내 일이 성사됐을 때는 마치 토끼처럼 아이를 낳았다. 어쨌거나 페넬로페는 아직 '그냥 친구' 상태였다.

"난 옥수수를 굉장히 좋아합니다. 그러면 내가 옥수수 유해 동물이 될까요?"

"장난하지 말고요, 지그문트."

지그문트는 행복한 연인들을 다시 바라보았다. 그의 시선이 꺅꺅 소리를 지르며 뛰어다니는 천진난만한 어린 소녀를 따라갔다. 여기서 결혼을 할 수도 있을 것이다. 이 모든 사태에도 불구하고 난생처음으로 한 가정을 꾸리는 모습을 진정으로 상상할 수 있었다.

지그문트는 오싹해졌다. 내가 제정신이 아니구나.

집중하자 익숙하지 않은 평온함을 느낄 수 있었다. ARM의 오토닥이라면 지금 당장 약물을 주입했을 것이다. 말이 안 되었다. 그는 타고난 편집증 환자였다.

지그문트는 익숙하지 않은 감정과 예상치 못한 행동의 안개 속에서 방황하고 있었다. 처음에는 죽을 뻔했던 경험과 납치당한 충격 그리고 평지 공포증 때문인 줄 알았다. 하지만 그 어느 것도 도움이 되지는 않았다.

전부 원인이 아니었다. 카를로스의 오토닥이 편집증마저 치료해 버렸던 것이다. 그 오토닥은 ARM의 것과 달랐다. 지그문트는 생화학적으로 초기화된 상태로 이 세계에 왔다. 몇 년 동안이나 지구의 안전에 집착했던 터라 기억을 삭제당했어도 오래된 습관은 당장 초점을 맞출 대상이 없는 채로 남아 있었다. 그 일에서 손을 털었다는 기분이 든 것도 당연했다.

"지그문트? 말이 없네요."

지그문트는 페넬로페의 손을 잡았다.

"미안해요. 금방 지나갈 겁니다."

지나갈 것은 이 익숙하지 않은 평온함이었다. 오랜 습관이 뒤늦게 자기 존재를 주장하고 있었다. 지그문트는 느낄 수 있었다. 과거 그의 망령은 늦기 전에 '탐험가'호가 선단에서 벗어나게 했다. 스트레스와 반사 신경은 다시 편집증의 길로 그를 잡아당기고 있었다. ARM 요원이 오로지 그들끼리만 사귀는 이유는 어느 누구도 그들을 원하지 않기 때문이었다.

보도 약간 앞쪽에 매점이 있었다.

"아이스크림 먹을래요, 정숙한 페넬로페?"

"좋아요."

아주 간단할 터다. 무슨 핑계를 대서든 오토닥을 정기적으로 사용하도록 수를 쓴다. 그리고 페넬로페에게 구애한다. 가정을 꾸린다. 종국에는 새로운 습관이 오래된 습관을 대체할 것이다.

하지만…….

무슨 변화가 없다면, 뉴 테라는 끝장이었다. 행성 말살? 무의한 저항과 대량 학살? 항복하고 다시 노예가 된다? 어떻게 될지 알 수 없었다. 지그문트가 아는 건 하나였다. 이 세계에서 그 일을 막을 사람은 아마도 자신이 유일하다는 것. 그리고 그렇게 하려면 그는…… 자기 자신이 되어야 했다.

지그문트는 페넬로페의 손을 꼭 잡았다.

"아이스크림 먹으러 가죠."

사실 아는 게 하나 더 있었다. 오늘 이후로 그의 옷은 오랫동안 검정 외에 아무 색도 띠지 않을 것이다.

디에고는 머리 위로 장난감 우주선을 든 채 부릉부릉 소리를 내며 현관으로 뛰어나갔다. 실제로는 추진기를 쓸 때나 하이퍼드라이브를 쓸 때나 우주선은 똑같이 아무 소리도 내지 않았다. 제이미가 그 뒤를 따라가며 장난감을 잡으려고 펄쩍펄쩍 뛰었다.

"난 지그문트가 되고 싶어."

두 아이가 다시 집 안으로 들어오는데 제이미가 외쳤다.

키어스틴이 배우자를 향해 시선을 날렸다. 에릭의 영웅 숭배가 그녀마저 진력나게 한 모양이라고 지그문트는 생각했다.

망할, 나 자신도 지그문트가 되기 싫은데.

그와 에릭, 키어스틴은 이 문제를 가지고 몇 번이나 이야기했다. 결론은 언제나 똑같았다. 퍼페티어는 뉴 테라가 할 수 있는 어떤 행위보다 아웃사이더를 더 두려워한다—꽤 합리적인 판단이었다. 그런 상황에서는 지그문트가 어떤 일을 하든 도움이 되지 않았다. 뉴 테라가 실질적인 위협 행위를 한다면 예정돼 있는 퍼페티어의 공격만 앞당김으로써 상황이 더 악화될 것이다. 협약체는 인간이 고려해 볼 만한 조건을 제시할 생각이 없는 게 명확했다.

지그문트는 뭔가 끔찍한 일이 일어난 뒤에야 퍼페티어가 조건을 제시하리라고 추측했다. 행성 드라이브를 넘겨주는 건 가능한 선택지가 아니었다. 그러면 뉴 테라는 우주를 떠돌다가 근처를 지나가는 별의 중력에 붙잡혀 먹이가 될 터였다. 이 전략을 설명하려고 러시안룰렛 비유를 든 것도 별로 도움은 안 되었다.

"그럼 어떻게 될까요? 완전한 파괴, 아니면 다시 노예로?"

키어스틴이 부드럽게 물었다.

집 안에서는 아이들이 신나게 떠들고 있었다. 아이들은 평화와 자유를 누려야 마땅했다. 그들과 다른 모든 무고한 사람들 또한 마찬가지였다.

지그문트는 의자를 뒤로 밀며 벌떡 일어났다.

"둘 다 안 되죠. 빌어먹을! 둘 다 안 됩니다!"

"……최후자님은 아주 초조해하십니다. 선단에 외계 우주선이 침입하기 전부터 그러셨지요. 이제는 내가 참을성을 잃을 지경입니다. 그걸 원하지는 않겠지요."

베데커는 복종의 의미로 고개를 숙인 채 아킬레스가 쏟아붓는 화를 받아 냈다. 들은 바에 따르면, 침입자는 하이퍼스페이스에서 나왔다가 다시 사라졌다고 했다. 아웃사이더는 아니란 뜻이었다. 야생 인간은 이곳에서 우주선이 안전하지 않다는 사실을 알게 된 뒤로 거리를 유지하고 있었다. 그러면 전 개척민밖에 남지 않았다.

"그자들이 왜……?"

"그만! 당신의 일은 신무기를 만드는 것이지 추측을 하는 게 아닙니다."

아킬레스가 외쳤다.

베데커는 정기적으로 진행 상황을 보고하고 있었다. 아니, 뭐가 진행이 되고 있긴 한 걸까? 행성 드라이브는 진공의 영점에너지*를 이용하는 것 같았다. 어떤 원리인지는 몰라도 그 과정에서 추진력을 내재하고 있는 비대칭을 형성했다. 거기에 관련된 에너지는 어마어마한 수준이었다.

실험실에 들어갈 때마다 베데커는 행성 드라이브를 가지고 연구한다는 생각만 해도 몸이 떨렸다. 아킬레스가 그렇게 간섭하면서 보이는 열망은 영원히 배 아래로 숨어 버리고 싶다고 생각하게 만들었다. 살 속에 머리를 파묻는다고 자신을 보호할 수 있는 건 아니었지만…….

아킬레스는 계속 폭언을 쏟아 내고 있었다.

"아니면 당신을 다시 NP_1으로 돌려보내 잡초나 뽑게 하는 게 좋을까요? 전에도 풀밭을 보고 창의적인 영감을 받은 모양이니."

밭에서 느끼는 평온함이 이상하게 매혹적으로 느껴졌다. 돌아

* zero point energy. 절대온도에서 물질 분자가 가지고 있는 운동에너지.

가는 것도 베데커가 상상할 수 있는 최악의 운명은 아니었다. 만약 행성 드라이브가 손상을 입는다면 그 효과는 얼마나 멀리까지 미칠까? 전 개척민의 제정신을 되돌릴 다른 방법이 있을 게 분명했다. 베데커는 비굴한 투로 노래했다.

"두 배로 더 노력하겠습니다."

"아무것도 하지 않고 협약체가 우리를 파괴하기를 기다린다. 뭔가 시도해서 그 공격을 앞당긴다."

방금 보고받은 내용을 읊조리는 사브리나의 표정은 엄숙했다.

"둘 다 아주 매력적이진 않군요."

"그렇죠."

지그문트도 동의했다. 사브리나의 등 뒤로는 아르카디아의 모습을 보여 주는 파노라마 홀로그램이 돌아가고 있었다. 지구에서 가 본 정치인 사무실은 하나같이…… 정치인의 이미지로 가득 차 있었다. 사브리나는 절대 그렇지 않았다.

"우리에겐 확실히 좋지 않아요. 퍼페티어라면 선택이 쉽겠지만. 왜 당장 해치워버리지 않는 걸까요? 우리가 뭔가 시도할 가능성만 높이고 있잖아요."

사브리나는 손가락에 잔뜩 끼고 있는 반지 하나를 돌리며 생각에 잠겼다.

"네서스가 우리한테 이야기했다는 걸 모르는 거예요. 우리가 안다는 걸 모르고 있어요."

지그문트는 고개를 저었다.

"저놈들은 퍼페티어입니다. 우리가 어떻게 해서든 알아낼지 걱정하고 있을 겁니다."

"그러면 나도 왜 그러는지 모르겠군요."

"미루는 건 한 가지 이유 때문입니다. 그 시간을 이용하려는 거죠. 놈들이 무슨 짓을 하고 있는지는 모릅니다. 그리고 미룬다는 건 우리가 알아내고 행동할 가능성을 높인다는 뜻이기 때문에 퍼페티어는 우리를 면밀하게 감시하고 있을 게 분명합니다."

사브리나는 반지 돌리기를 멈췄다.

"우리를 감시한다고요? 어떻게?"

이런 대화를 계속할 수 있는 건 에릭이 영입한 전자공학 전문가들이 지그문트가 요구한 일—비록 헛된 일일지는 몰라도—을 해냈기 때문이었다. 그들은 사브리나의 사무실을 완전히 차폐했다.

"우리가 개조한 우주선은 협약체에 아무런 위협이 되지 않습니다. 놈들은 먼 거리에서 GP 선체를 분해할 수 있으니까요."

"나도 알아요. 그건 사기 진작 차원에서 하는 거죠. 아니면 정찰대가 우연히 그 크진이라는 종족과 마주칠 경우에 대비해서."

사브리나에게도 이야기하지 않은 게 있었다. 지그문트는 그녀의 진실성을 믿었지만, 행동 능력에 대해서는 전혀 알지 못했다.

"사실 나는 전부터 우리가 감시당하고 있다고 가정했습니다. 그걸 확인하려면 첩자들에게 할 일을 만들어 줘야 했죠."

– 은밀하게 비밀을 알아내도록 고용된 사람을 뜻합니다.

지브스가 단어의 뜻을 설명하자, 사브리나의 얼굴에서 핏기가 사라졌다.

"우리 동족을?"

"뉴 테라에는 수백만 명의 사람이 있습니다. 어떤 사람들은 과거 방식에 충실할지도 모르죠. 어떤 사람들은 독립 전부터 정보원이었을 수도 있고요. 그 사실을 밝히겠다고 협박하면 선택의 여지가 없습니다. 자기 행위의 결과가 무엇일지 정확히 모를 수도 있죠. 그러나……."

지그문트는 미소를 지었다.

"이곳 사람들은 첩자 일에 별로 능하지 않더군요."

ARM의 기준에 따르면 그랬다.

그는 사브리나로 하여금 새로 만든 해군을 위해 아르카디아에서 가장 큰 우주 공항의 교통을 차단하게 한 적이 있었다. 우주 공항에서 일하는 사람들은 수천 명에 달했다. 기술자에서 화물 운송 담당, 경비원까지 최대 수용치를 가득 채웠다. 그 모든 사람들에게서 보이지 않는 곳, 오로지 도약 원반으로만 접근할 수 있는 통제실에서 소수의 전문가가 나머지를 감시했다. 지그문트가 개인적으로 심사하고 훈련시킨 인원이었다.

조선소에는 어슬렁거리며 이것저것 관찰하는 첩자가 우글거렸다. 그들은 승인 없이 파일을 복사했다. 그들이 외부로 나가면 지그문트는 믿을 만한 직원을 시켜 제한적인 범위 내에서 뒤를 쫓게 했다. 첩자들은 밤이 되면 으슥한 곳에 비밀리에 모여서 전파 메시지를 송신했다.

'탐험가'호를 타고 '무기 실험'을 위해 떠났다가 돌아오는 길에 지그문트는 찾을 수 있으리라고 확신했던 것을 확인했다. 암호화된 하이퍼웨이브 신호. 그 신호가 나올 수 있는 곳은 오로지 한 군데였다. 첩자들이 보내는 신호를 중계하기 위해 뉴 테라의 뒤를 따라오고 있거나 궤도를 돌고 있는 스텔스 부이였다.

"이해가 안 가는데요. 어찌 된 일인지는 모르겠지만, 좋은 일처럼 들리는군요."

사브리나가 병에 담긴 얼음물을 따라 지그문트에게 건넸다. 지그문트는 고개를 끄덕여 감사의 뜻을 표하며 잔을 받았다.

"맞습니다. 비밀을 알아내거나 지키는 게 내가 하던 일이었죠. 그래서 과거에는 아주 커다란 비밀을 어떻게 지켰는지를 공부하기도 했고요. 우리를 지키기 위해서 무슨 일을 하든 비밀리에 준비해야 합니다."

아무도 들여다볼 생각을 하지 못하는 곳에서.

"그러니까 우주선을 무장한 건 전부 쇼였군요. 첩자들의 시선을 다른 데로 돌리기 위해서……. 그런데 무엇으로부터죠?"

지그문트는 이미 할 일을 생각해 두었다. 계획이라고 부르기에는 보잘것없었다. 하지만 의장이라고 해도 몇 가닥 희망 정도는 가지고 있어야 마땅했다.

"일단은 그냥 가능성이라고 해 두죠."

| 구원: 지구력 2659년 |

1

“당신 종족이 어떤 선택을 해야 할지 미리 알려 주지 못한 건 인정합니다, 의장님. 하지만 믿으십시오, 우리는 계속 알아보고 있었습니다. 그럴 기회를 갖게 된 데 감사하고 있지요.”

네서스가 말했다.

그들은 사브리나의 검소한 사무실에서 만났다. 그녀는 한 일주일은 잠을 못 잔 것 같은 기색이었다. 사브리나가 방금 들어온 동료를 향해 손짓했다.

“네서스, 에런 트레몬티루이스를 아나요? 내가 여기 와 달라고 했어요. 우리 공공 안전부 장관이죠.”

에런이 작은 소파 끄트머리에 걸터앉으며 말했다.

“공공 안전부는 화재 진압이나 폭풍우 수습, 난폭해진 파티 수

습 같은 일을 담당합니다. 당신 종족의 적개심이 아니고요. 협약체는 우리를 벌레 죽이듯 짓밟아 버릴 수 있죠. 거기에 대해서 우리가 어떤 계획을 세울 수 있을까요?"

너무 무리하지 맙시다. 지그문트는 생각했다. 그는 의장의 사무실에 붙어 있는 어두운 방 안에 있었다. 네서스가 감지기를 가지고 있을까 봐 아주 초보적인 기술을 이용해 감시 중이었다. 바로 최근 사브리나의 사무실 벽에 장식용으로 걸어 놓은 일방 거울을 통해서. 귀에 꽂은 증폭기는 옆방에서 간신히 들려오는 소리를 높여 주었다.

네서스는 제대로 된 시민용 의자에 걸터앉아 있었다. 뉴 테라가 독립하기 전에는 당연히 그런 가구가 의장 사무실에 있었다. 그 의자가 다시 원래 자리로 돌아왔다는 건 조만간 더 큰 변화를 되돌리겠다는 의도를 상징했다.

"지그문트 아우스폴러와 내 전 정찰대원을 몇 명 만날 수 있을 줄 알았습니다만."

"쉬익."

사브리나가 말했다. 지그문트는 그 말을 정확히 이해할 수 없었지만, 뭔가를 날려 버리는 것 같은 소리였다.

"네서스, 당신이 좋은 일을 해 준 건 알아요. 하지만 지그문트는 정신적으로 문제가 있어요. 정신착란 같은 거죠. 크진인이 우리를 찾아낼 거라고 끝도 없이 걱정하고 있답니다. 만약 크진인이 우리를 찾아낸다면, 선단도 찾을 거고, 난 계속……."

소심하게 문을 두드리는 소리가 사브리나의 말을 끊었다.

"들어와요."

사브리나가 조급하게 말했다.

문이 열리고 하급 비서 한 명이 과자와 음료수가 쌓인 카트를 밀고 들어왔다.

"실례합니다, 의장님."

사브리나는 재빨리 뒤로 물러났고, 에런이 카트를 향해 어슬렁거리며 걸어갔다.

"커피, 차, 주스가 있네요. 맥주는 없군요."

적당히 하라니까. 지그문트가 다시 생각했다. 사브리나, 시작.

사브리나가 책상 뒤에서 나와 차를 한 잔 따랐다.

"당근 주스도 있어요, 네서스. 내 기억이 맞다면 그걸 마셨죠."

네서스는 Y 자 모양의 의자에서 내려와 잔을 채웠다.

"그러면 지그문트는 오지 않겠군요. 나는 그가 여러분을 구해줄지도 모른다고 생각했습니다."

"그자는 미쳤어요."

에런이 말했다.

"그만해요, 에런."

사브리나는 한숨을 쉬었다.

"네서스, 와 달라고 한 건 지도를 받고 싶어서예요. 우리 소수로는 선단의 강한 힘에 저항할 수 없어요. 슬프지만, 뉴 테라는 허스와 새로운 관계를 맺어야 해요. 아웃사이더가 제시한 마감 시간 때문에 협약체가 행동에 나서게 된다면 그때는 이미 늦을 거예요."

지그문트는 이미 주변에서 오가는 소리를 듣고 있지 않았다. 지금 시작해.

다시 문을 두드리는 소리가 났다. 아까 그 비서였다.

"죄송합니다. 쓰레기를 치우겠습니다."

비서는 사브리나의 눈길에 굽실거리며 비어 있거나 아직 음료가 조금 남아 있는 잔을 그러모았다.

잠시 후, 지그문트가 있는 방의 문을 두드리는 소리가 났다. 비서가 들어왔다. 이제는 굽실거리는 태도가 아니었다.

"여기요, 네서스가 쓴 잔입니다."

"잘했습니다."

지그문트가 말했다. 그들은 실험실로 도약했다. 에릭과 키어스틴이 기다리고 있었다. 대부분 지그문트가 처음 보는 기술자들과 함께였다.

기술자 한 명이 네서스의 입술 설문이 찍힌 유리잔을 들어 올릴 때 지그문트는 숨조차 제대로 쉬지 못했다. 에릭에게 이 아이디어를 준 건 그 자신이었지만 실제로 행하려면 그에게는 없는 기술—지문을 위조하는 것과 크게 다르지는 않았다—이 필요했다.

기술자는 설문을 떠서 실제보다 큰 홀로그램으로 띄워 놓은 뒤 주변을 돌아다니며 이리저리 관찰했다. 그가 말했다.

"완전해 보입니다. 오 분이면 복사본을 만들 수 있습니다."

키어스틴이 미소를 지었다. 지그문트가 느끼는 것보다 자신감이 더해 보였다. 어쩌면 일부러 그러는 걸지도 몰랐다. 그녀가 말했다.

"그 정도면 충분해요. 하죠."

그들은 지그문트가 숨어 있던 곳으로 다시 도약했다. 사브리나의 사무실 안에서는 항복에 대한 우울한 대화가 이어졌다. 네서스는 사브리나의 책상을 마주 보며 의자에 앉아 있었다.

지그문트는 거울 뒷면을 밀었다. 윤활유를 잘 발라 놓아서 아무 소리도 없이 빙글 돌았다. 네서스는 무슨 일이 벌어졌는지 눈치도 못 챈 채 마비 총을 맞고 쓰러졌다.

"됐어요. 오른쪽 설문이 먹혔어요."

키어스틴이 말했다.

네서스의 휴대용 컴퓨터 위에 뜬 홀로그램 속에서 글자가 주르륵 흘러갔다. 지그문트는 하나도 읽을 수 없었지만, 키어스틴은 가능했다. 끝이 좋지 않았던 네서스의 개척민 정찰대 프로그램에 속해 있던 사람은 협약체의 문서를 읽을 수 있었다. 필요한 문서를 일일이 번역하는 것보다는 읽는 법을 가르치는 편이 쉬웠던 것이다.

"네서스는 얼마나 있으면 깨어나죠?"

에린이 초조한 듯 물었다.

이 계획을 제안한 이래 지그문트는 계속해서 같은 질문을 받았다. 대답은 항상 똑같았다. 인간과 퍼페티어의 상대적인 몸무게를 바탕으로 최대한 그럴듯하게 추정하면 몇 분이었다.

"가능한 한 빨리 해야 합니다."

"검색…… 검색…… 검색……."

키어스틴이 중얼거렸다. 터치스크린으로 열어 볼 수 있는 기본 기능 외에는 접근이 불가능했다. 휴대용 컴퓨터에는 완전한 키패드도 없었고, 인간은 퍼페티어와 비슷한 목소리—퍼페티어의 목에는 세 쌍의 성대가 있다—를 낼 수 없었다. 키어스틴은 얼굴을 찡그렸다.

"항법 데이터는 없어요. 그랬으면 쉬웠을 텐데."

"꿈틀거리고 있습니다."

옆방에서 비서가 외쳤다.

빌어먹을! 마비 총 효과가 빠른 속도로 사라지고 있었다. 지그문트는 한 번 더 쏘고 싶지 않았다.

"키어스틴, 그걸……."

"알아요. '아이기스'호로 가는 길. 도약 원반 주소와 보안 코드를 찾았어요."

키어스틴은 네서스의 휴대용 컴퓨터 터치스크린을 건드린 뒤 자신의 휴대용 컴퓨터로 방향을 돌렸다.

"전송 완료. 이제 로그아웃합니다."

네서스가 깨어나기 전에 휴대용 컴퓨터를 원래 자리에 가져다 놓으려고 비서가 달려 나갔다. 키어스틴은 복사한 데이터를 지그문트의 휴대용 컴퓨터로 전송했다.

"준비 완료."

몇 초 뒤, 지그문트와 키어스틴은 네서스의 우주선 안에 있었다. 운이 좋다면 훔쳐 낸 설문으로 함교의 항법용 컴퓨터에 접속

할 수 있을지 몰랐다.

누군가 손으로 밀고 있었다. 누구지? 왜지? 눈을 떴다. 네서스는 의장의 사무실 의자 위에서 반쯤 허물어진 상태였다. 다리와 목이 따끔거렸다.

"어떻게 된 겁니까?"

네서스가 물었다.

"모르겠어요. 갑자기 기절하더군요. 에런이 시민용 오토닥을 찾으러 갔어요. 창고에 넣어 뒀거든요."

사브리나가 당황스러운 표정으로 대답한 뒤, 물었다.

"엘리시움에 연락할까요?"

네서스는 몸을 똑바로 일으키려 애썼다.

"필요 없습니다. 나아졌습니다."

네서스가 알고 있는 게 맞다면, 협약체는 엘리시움에 있는 도망자와 망명자들 사이에 첩자를 심어 두었다. 그 자신이라도 그랬을 터. 아킬레스 역시 같은 생각을 했을 것이다.

"아직 시민용 합성기가 있는데, 뭘 좀 갖다 줄까요? 음식이나 뭔가 기운을 차릴 수 있는 것으로?"

사브리나는 네서스 주위를 맴돌았다.

네서스는 마음속에 뭔가 걸리는 게 있었다. 방금 무슨 생각을 했더라? 아킬레스였다면 첩자를…….

지그문트라면 어떨까?

순간, 몸이 굳었다. 지그문트는 이 자리에 없었다. 이제 생각해 보니 과거 정찰대원들이 어디 있는지에 대한 답변도 듣지 못했다. 사브리나는 초조한 듯 굴고 있었다.

만약 지그문트가 뭔가 꾸미고 있는 거라면?

어떻게? 무엇을? 왜? 지구에 대한 기억을 지우면서 지그문트를 무너뜨린 걸까? 아니면……?

지그문트라면 무슨 짓을 할까?

네서스의 생각은 이런 식으로 돌아가지 않았다. 지그문트를 이 세계로 데려온 것도 바로 그래서였다. 그는 오른쪽 앞발굽으로 사브리나의 카펫을 긁었다. 도망가야 한다. 지금.

"다시 생각해 보니 몸이 좋지 않군요."

네서스는 의자에서 내려와 일부러 비틀거렸다. 사무실 밖 현관에 도약 원반이 있던 게 기억났다. 사브리나는 훨씬 더 초조한 표정으로 그를 뒤따랐다.

"다시 이야기할 수 있도록 빨리 연락하지요."

네서스는 그 말을 남긴 채 안전한 '아이기스'호로 도약했다.

키어스틴은 노래를 흥얼거리며 작업했다. 홀로그램 문서가 빠른 속도로 바뀌었다. 그동안 지그문트는 보안 시스템을 감시했다. 함교의 보안 카메라에 비친 복도와 방은 비어 있었다.

"이거 재미있는데."

키어스틴이 중얼거렸다. 해독할 수 없는 문서가 계속 깜빡이고 있었다.

"뭐라고요? 항법 데이터입니까?"

지그문트가 묻자 키어스틴은 고개를 저었다.

"아니요, 현재 위치예요. 네서스는 '아이기스'호를 물속에 넣어 뒀어요."

"그러면 우린 에어록으로 나가지 못하겠군요."

화면 한 곳에서 뭔가 움직였다.

"제기랄! 네서스가 방금 휴게실에 나타났어요!"

잠시 후, 지그문트의 휴대용 컴퓨터가 울렸다. 사브리나의 뒤늦은 경고였다.

키어스틴의 두 손은 아직도 키패드 위를 날아다니고 있었다.

"계속 지구를 찾아봐야 해요?"

지그문트는 주머니 속에 있는 마비 총을 만졌다. 어느 정도 의심하고 있던 네서스도 자기 우주선 안에서 다시 기절한다면 분명히 더 이상 의심하지 않을 터였다.

엄밀히 말하면 네서스는 동맹이 아니었다. 하지만 적도 아니었다. 협약체의 생각을 간파할 수 있는 출처로서 이 퍼페티어는 꼭 필요한 존재였다. ARM 내부의 소문에 따르면, 아마도 과거 크진인의 실험에서 나온 말인 듯했지만, 퍼페티어는 강제로 심문을 당하면 조건반사로 자살 반응을 일으킨다고 했다.

피를 흘리며 죽어 가는 나를 네서스가 그대로 방에 내버려 두지 않았다는 건 어때? 그거면 그를 협박하지 않을 이유가 될까?

"휴게실에 있는 도약 원반 외에 '아이기스'호 밖으로 나갈 방법이 있습니까?"

지그문트가 되물었다.

"도약 원반이 몇 개 더 있을 거예요. 네서스의 휴대용 컴퓨터에서 주소 몇 개를 얻었거든요. 화물칸을 확인해 봐요. '탐험가'호에도 화물칸에 도약 원반이 있어요. 물건 싣는 용도죠."

그는 카메라 몇 개를 움직여 보았다.

"여기 있군요."

"지구나 태양계에 대해서는 아무것도 못 찾겠어요."

키어스틴이 얼굴을 찡그리며 말했다.

"검색 범위를 넓혀 보세요."

네서스는 휴게실 선반 위에서 뭔가 찾고 있었다. 무기일까?

"빨리."

키어스틴이 홀로그램을 더욱 빠른 속도로 전환하자 거의 스트로보스코프* 같은 효과가 났다.

"추적 흔적을 덮는 데 얼마나 필요합니까?"

뉴 테라에는 사냥이 없기 때문에 이 비유는 지그문트에게 또 다시 멍한 표정을 답으로 돌려주었다.

"조사한 흔적을 지우고 로그아웃하는 데 얼마나 걸리느냐는 말입니다."

"일 분 정도요."

네서스가 출발한다면, 들키지 않고 함교를 나가 다른 복도를

---

* stroboscope. 회전운동 혹은 진동의 주기를 재거나 그 상태를 관찰하는 장치. 회전하는 물체를 주기적으로 점멸하는 빛으로 비출 때 점멸 주기와 운동 주기가 같으면 운동체가 정지한 것처럼 보이는 원리를 이용하여 운동체가 정지한 것처럼 보일 때의 점멸 주기에서 운동 주기를 측정한다.

통해서 화물칸으로 가는 데 삼십 초 정도가 있었다. 결정할 시간이었다. 여기서 네서스와 마주친다면 그가 제공할지도 모르는 원조를 모두 잃게 될 것이다. 지금 떠나. 실제로 무엇을 알아내려고 하는지 네서스에게 들키기 전에. 지그문트는 생각했다.

네서스가 뭔가 집어 들더니 휴게실을 나섰다.

"키어스틴, 흔적을 지워요!"

지그문트는 소리를 내지 않으면서 가능한 한 빨리 가장 가까운 화물칸으로 달려갔다. 거기서 휴게실로 도약했다. 지금쯤이면 네서스는 함교까지 절반 정도 갔을 터였다.

합성기 옆의 선반에는 밀봉된 꾸러미가 여럿 놓여 있었다. 뭐라고 쓰여 있는지 읽을 수는 없었지만, 아마도 비상식량이라고 추측했다. 퍼페티어라면 예비 합성기와 예비 합성기까지 고장 났을 경우에 대비해 미리 합성해 놓은 식량을 가지고 있을 터였다.

사실 그게 뭐든 중요한 건 아니었다. 지그문트는 꾸러미 몇 개를 쓸어서 갑판에 떨어뜨렸다. 아주 조용한 우주선 안에서 그게 떨어지는 소리는 크게 울렸다. 이 모습을 본 네서스는 자기가 선반을 흔들었다고 생각할 터였다. 잠시 흔들리다가 쓰러져 내렸다는 게 침입자보다는 훨씬 더 그럴듯한 설명이었다. 그들은 다음에 네서스가 사브리나와 만날 때 다시 오면 그만이었다.

지그문트는 화물칸으로 다시 도약한 뒤 휴대용 컴퓨터로 키어스틴을 불렀다.

"화면 확인해 보세요. 네서스가 돌아가고 있습니까?"

"네, 휴게실로 다시 갔어요. 뭘 어지른 거예요?"

"화물칸으로 오세요. 당장."

"분부대로 합죠."

그들은 화물칸에서 합류했다. 지그문트는 키어스틴을 먼저 손짓해 보냈다. 그러고 나서 도약해 돌아오자 에릭과 키어스틴이 포옹하는 모습이 보였다.

지그문트는 자연스럽게 페넬로페가 떠올랐다. 하지만 아무것도 변하지 않았다. 뉴 테라를 위해서는 그가 그 자신이어야 했다. 그리고 페넬로페는…… 평범한 사람을 만날 자격이 있었다.

"지구에는 한 발짝도 더 다가가지 못했군요."

그는 씁쓸하게 말했다.

키어스틴이 에릭의 품에서 빠져나와 몸을 돌렸다. 왠지 모르게 그녀는 희색이 만면했다.

"하지만 완전히 헛된 일은 아니었어요. 네서스가 찾아갔던 아웃사이더 우주선을 찾았거든요."

2

"시간 다 됐습니다."

베데커는 침입자의 목소리를 듣고 몸을 움찔했다. 그의 연구실 접속 코드를 아는 이는 거의 없었다. 그중에서도 미리 알리지 않고 오는 이는 드물었다. 베데커는 몸을 돌려 두려워하던 일을 확인했다.

"안녕하십니까, 아킬레스."

아킬레스는 줄줄이 늘어서 있는 각종 장비와 컴퓨터를 둘러보았다. 그의 갈기 장식은 어느 때보다 더 정교하고 화려했다.

"당신에 대한 지원을 아끼지 않았습니다."

그 아래 깔린 뜻은 명확했다. '성공하지 못하면 그 책임은 내게 돌아올 것이다.' 협약체의 과학기술자들이 행성 드라이브 기술을 역공학하려는 시도를 수 세대 동안이나 엄두조차 내지 못했다는 사실에도 불구하고.

"저쪽으로 가서 편하게 얘기하시지요."

베데커는 자신이 쓰는 작은 사무 공간을 향해 몸짓했다. 잠시 둘러보고, 자리를 잡고, 음료를 권하고 하는 일은 전부 시간을 잡아먹었다. 아킬레스가 이렇게 불시에 찾아온 건 그를 당황하게 하기 위해서였다. 그리고 그의 의도는 성공했다.

정신을 차려야 했다.

베데커는 행성 드라이브에 대해 몇 가지 사실을 알아냈다. 기저에 깔린 기술은 분명히 영점에너지를 이용하는 것이었다. 관련된 에너지의 양은 어마어마했다. 그 외에 베데커가 시도해 볼 수 있었던 건 몇 가지 비침투 스캔뿐이었다. 그 결과는 지금까지 알아낸 것보다 훨씬 많은 무엇인가가 있음을 암시했다.

베데커는 양자 논리를 추정해 보았다. 그리고 그 논리를 흐트러뜨린 결과에 기가 죽었다. 만약 그가 옳다면, 그건 얼마나 복잡한지 상상도 할 수 없을 정도의 실시간 계산을 통해 막대한 에너지를 나르고 특정 방향으로 이끌었다. 어떤 방식으로 조사를 해도 그 계산은 의도하지 않은 상태로 붕괴해 버릴 위험이 있었다. 만약 그렇게 되면 무슨 일이……?

아킬레스는 베데커가 쿠션 더미 위에 앉기를 기다렸다. 그 자신은 선 채였다.

"전 개척민들과의 상황은 해결책을 필요로 하고 있습니다. 당신이 보낸 보고서는 아직 소용이 없더군요. 원격으로 행성 드라이브를 무력하게 만드는 방법을 찾았습니까?"

"외람되지만, 관련된 에너지의 양이……."

"질문에 대답하십시오."

아킬레스가 조급한 말투로 재촉했다.

베데커는 자리에서 일어나 앞발을 넓게 벌리고 실제와 달리 자신감이 넘치는 자세를 취했다. 사실은 도망가고 싶었다. 하지만 아킬레스가 강력한 힘을 갖고 열심히 간섭하고 있었기 때문에 도망친다 해도 의미가 없었다.

"원격으로 제어하는 방법은 못 찾았습니다."

그뿐 아니라 이용할 만한 예상치 못했던 약점도 찾지 못했다. 설계 방식 자체가 거의 말이 안 되는데 어떻게 그게 가능하단 말인가?

"좋지 않습니다. 최후자님은 더 이상 기다리지 않기로 결심하셨습니다."

"선단을 지나쳐 간 우주선 때문입니까?"

"그건 당신 잘못은 아니지요."

아킬레스가 잘라 말했다.

"당신이 실패한 관계로 우리는 아무래도 행성 드라이브를 다른 방식으로 무력화해야 할 것 같습니다."

베데커는 갈기를 물어뜯었다. 다른 방법이란 곧 폭격이었다. 행성 드라이브에 대해 알게 되면 알게 될수록 그런 생각이 더욱 더 두려워졌다.

"그건 대량 학살이 될 수도 있습니다."

아킬레스는 목을 앞으로 뻗어 조그만 장식용 홀로그램을 자세히 들여다보았다.

"아웃사이더를 화나게 하는 게 곧 대량 학살이지요. 우리의 대량 학살 말입니다. 과거 개척지에서 예상치 못했던 일이 일어난다? 그건 그저 불행한 일일 뿐입니다."

대수롭지 않다는 듯 냉정하게 하는 말이 왜 그런지 거짓말처럼 들렸다. 베데커는 희망을 걸어 보기로 했다.

"어쩌면 다른 방법이 있을지도 모릅니다."

최근 그가 했던 조사는 대부분 좀 더 안전하게 시도해 볼 수 있는 방법을 찾는 쪽으로 집중돼 있었다.

"그렇습니까?"

무관심을 가장한 말투 아래에서 관심을 뜻하는 우아한 음조를 느낄 수 있었다.

"우리는 예상치 못하게 행성 드라이브를 무력화시키려 했습니다. 뉴 테라가 우주선을 아껴서 허스를 공격하지 못하게 하려 했던 거지요. 그걸 반대로 바꾸면, 불시에 그들의 우주선을 전부 파괴한다면 어떨까요? 그러면 방어 수단이 없어질 테고, 행성 드라이브를 파괴하겠다는 위협만으로도 충분할 겁니다."

아킬레스가 휘파람 소리를 냈다.

"흥미롭군요. 우주선을 한꺼번에 파괴할 방법이 있다니."

베데커는 두 머리를 격렬하게 까딱거렸다.

"개별 선체를 파괴했던 방법을 일반화하기만 하면 됩니다. 스텔스 통신 부이 네트워크를 뉴 테라 주위에 깔아 놓는 겁니다. 적당한 때가 되면 거기서 동력 장치를 정지시키는 명령을 행성 표면이나 근처 궤도에 있는 GP 선체 모두로 전송하는 거지요."

아킬레스의 눈이 빛났다.

"적당한 때?"

"그들의 우주선 위치가 모두 확인된 상태에서 행동에 나설 수 있습니다. 제 기억이 정확하다면 분리 협약에 따라 그들에게는 우주선이 몇 대 없습니다. GPC에 관련 기록이 있을 겁니다. 우주선이 몇 척 있는지 알면 찾는 데 집중할 수 있지요."

베데커는 원격 감지를 염두에 두고 있었다.

"아, 좋습니다. 우주선의 위치를 확인할 방법은 많지요. 당신이 또 해낸 걸지도 모르겠군요."

아킬레스가 노래했다. 갑자기 매우 행복해진 모습이었다.

'회상'호의 함교에 있는 화면 속에서 행성 하나가 희미하게 빛나고 있었다. 밝게 빛나는 푸른색 바다. 숲과 평원으로 가득한 대륙. 소용돌이치는 하얀 구름. 밝은 노란색의 황옥 목걸이 같은 조그만 인공 태양으로 둘러싸인 곳.

아킬레스의 인생에서 이 세계는 대부분 허스의 하늘에 걸려 있었다. 그리고 다시 그렇게 될 것이다. 다만 그는 그 모습을 보는 대신 그 위에서 다스리고 있을 터였다. 그가 받을 보상. 니케는 약속했다.

"준비됐습니까?"

우뚝 선 자세로 아킬레스가 물었다.

베데커는 다른 지휘석에 앉아 불안해하고 있었다. 그는 근무시간의 대부분을 강박적으로 제어장치를 자세히 살펴보는 데 썼으면서도 전부 또다시 확인했다.

"세 척은 지표면, 주 우주 공항에 있습니다. 두 척은 아르카디아 상공 정지궤도에 있습니다. 다섯 척 전부 확인했습니다."

제어장치를 향해 속삭이자 다섯 개의 작은 홀로그램이 모습을 나타냈다. 각각은 멀리서 바라본 GP 선체의 중심을 나타냈다. 첩자들이 보고한 대로였다.

"한꺼번에 처리할 준비가 됐습니까?"

낮은 음의 쉰 목소리가 속삭였다.

"네, 아킬레스. 모든 부이가 목표에 고정됐습니다. 명령에 따라 준비를 끝냈습니다."

명령에 따라. 이 말에 익숙해져야겠군.

스텔스 상태인 '회상'호는 하이퍼웨이브 레이더—인간에게는 없는 기술이었다— 외의 다른 수단으로 볼 수 없었다. 아킬레스는 마치 번개로 저 아래에 있는 하찮은 인간을 강타하려는 제우스가 된 기분이었다. 자신의 통치가 시작되면 어쩌면 이름을 바꾸는 게 좋을지도 몰랐다.

여섯 번째로 작은 영상 하나를 띄웠다. 그건 또 다른 우주선 한 척의 중심을 나타냈다. 인간의 대륙을 지키기 위해 배치한 것이었지만, 그게 무슨 일을 할 수 있으랴. 이 목표에는 의미도 있었다. 바로 개척민들이 덧없는 자유를 쟁취했을 때 사용한 오래된 램스쿠프 우주선이었다.

"내 신호에 맞춰서."

아킬레스가 노래했다.

"셋, 둘, 하나, 지금입니다."

레이저가 오래된 우주선을 가르고 지나갔다. 기쁨에 겨워 소리를 지르며 아킬레스는 가장 커다란 파편을 향해 레이저를 조준했다. 또다시 가장 큰 파편에, 그리고 또다시……. 마침내 그는 탑재하고 있던 액체수소 탱크를 맞혔다. 수소는 불타올라 가스와 플라스마가 되었고, 탱크가 찢어지며 폭발했다. 파편은 대부분 눈에 보이지 않을 정도로 작았지만, 그보다 큰 잔해를 뒤흔들어 놓았다. 베데커는 그 옆에서 입을 떡 벌리고 있었다.

화면에 있던 다섯 척의 우주선이 스텔스 통신 부이의 미묘한 조작으로 사라졌다. 활주로 위에 불규칙한 형태의 덩어리 세 개가 무너져 내렸다. 덩어리 하나에서 연기가 뿜어져 나왔다. 어떤 화물에서 불이 났는지는 알 수 없었다. 이 정도 거리에서, 특히 연기를 뚫고서 잔해의 정체를 알아내는 건 불가능했다. 하지만 아킬레스는 상상으로 세부적인 모습을 채웠다. 갑판과 내벽, 화물과 보급품, 추진기와 하이퍼드라이브 전환기, 생명 유지 장치…… 그리고 물론, 시체 몇 구도.

궤도에 있다가 갑자기 선체가 사라진 우주선은 어떨까. 공기압 때문에 내부 격벽이 모두 날아가 버리고, 구름 같은 파편이 잔해 주위를 맴도는 모습. 떨어져 나왔거나 파열된 부품은 선체가 분해되면서 빠져나오는 공기에 밀려 나가고.

모반자들의 함대는 순식간에 파괴되었다. 선단은 이제 다시 안전해졌다. 이 세계—아킬레스의 세계—는 항복하는 수밖에 없었다.

올림포스의 신이 된 듯한 무적의 감성에 흠뻑 젖은 아킬레스는 발굽 아래 행성을 향해 협약체의 최후통첩을 전송했다.

3

뉴 테라에 없는 유산 중 하나는 포커였다. 좀 더 깊이 들어가 보니 뉴 테라에는 아예 확률을 가지고 노는 게임 자체가 없었다. '블러핑'과 '야바위'라는 말을 쓰면 상대는 멍하니 쳐다보기 마련이었다.

운이 좋다면, 퍼페티어에게도 그런 개념이 생소할지 몰랐다.

실어 놓았던 화학물질이 연기를 뿜어내 아르카디아의 주 우주공항 위에 가림막을 만들어 준 사이에도 지그문트가 손수 선발한 대원들은 보이지 않는 세계를 오가며 조립을 계속했다.

비밀은 지그문트를 매혹시켰다. 비밀을 밝히는 일—사람들이 다른 사람들에게 어떻게 비밀을 숨기는지 연구함으로써—도.

그는 오랫동안 은밀하게 원자폭탄을 개발했던 일화보다 더 나은 사례를 알지 못했다. 출처가 —조작당한— 기억밖에 없다 보니 대략적인 틀만 참고할 수밖에 없었다. 극도로 비밀에 부친 때문에 관련 과학자와 기술자들은 아무도 살지 않는 황폐한 곳 한가운데, 아무도 눈길을 돌리지 않을 만한 곳에 위치한 새로운 일터로 안내받을 때까지 프로젝트 Y가 뭔지 알지 못했다.

수 세기, 수 광년이나 떨어진 첫 번째 원폭 전쟁 때는 뉴멕시코의 산맥 깊숙한 곳, 로스앨러모스Los Alamos가 바로 그런 장소였다. 황야에 새로 생긴 이 마을은 의심을 사지 않고서는 다가갈 수 없을 정도로 외진 곳이었으며, 정부는 그 존재를 부정했다. 전쟁 중에 그곳에서 태어난 아기는 공식적인 출생 장소로 다른 도시의 우체국 사서함 번호를 함께 썼다.

지그문트의 로스앨러모스는 엘리시움 대륙의 황무지 끄트머리, 움푹 팬 커다란 분지 안, 절벽의 옆구리에 나 있는 복잡한 동굴 속이었다. 시민 관광객이나 망명자들도 피하는 황폐한 곳. 처음에는 어쩔 수 없이 비행기를 이용해 들어갔지만, 그다음부터는 모든 인원과 장비를 도약 원반으로 날랐다. 물론 아무나는 아니었다.

이동 부스와 마찬가지로 도약 원반 역시 비슷한 수준의 운동에너지만 흡수할 수 있었다. 원반이 좀 더 큰 에너지를 다뤘지만, 그래도 대양을 건너는 도약을 할 정도는 아니었다. 궤도를 거쳐 가지 않는 한 개척민들은 퍼페티어 관광객을 놀라게 하거나 당황하게 만들 수 없는 아르카디아에 머물 수밖에 없었다.

하지만 바다 위를 거쳐 가는 것은 무방했다. 게다가 '해양학 연구'라는 건 믿음직한 핑계였다. 뉴 테라의 바다에는 아직 허스의 바다 생물이 살고 있었다. 지금 나가 있는 선박은 표면상으로는 플랑크톤이나 크릴 같은 '긴 통로'호의 화물에서 꺼낸 지구 생물이 살 수 있는지, 그리고 장기적으로는 아직 냉동 수정란 상태로 있는 지구 어류를 퍼뜨릴 수 있는지 알아보는 게 목적이었다.

공공 원반 네트워크에는 선박에 실린 중계용 원반이나 엘리시움에 있는 종착지 원반에 대한 기록이 전혀 없었다. 그 비밀 주소를 알고 있는 아르카디아의 극소수 원반은 공공 네트워크와 다른 주파수로 설정돼 있었고, 감시가 엄중한 건물 안에 숨겨져 있었으며, 보안 접속 코드에만 반응했다.

아기를 낳는 데는 시간이 걸린다. 지그문트는 출생 등록이 화제가 되리라고는 결코 기대하지 않았다. 오늘 일어난 일은 그가 옳았음을 입증했다.

잠입 공격으로부터 행성 반 바퀴 떨어진 곳에서 지그문트는 자신이 뽑은 대원들이 동굴과 우주선 사이를 도약해 오가는 모습을 자랑스럽게 지켜보았다. 눈앞에는 우주선이 빛나고 있었다. 플라스틱금속으로 만든 선체는 바라건대 GP 선체를 공격한 무기로부터 안전할 것이며, 거울 코팅은 레이저 공격에 최소한 몇 초는 견뎌 줄 것이다. 모든 부품—플라스틱금속 패널, 우주 공항에 착륙시켜 둔 미끼 장치에서 분해하거나 건져 낸 추진기와 하이퍼드라이브 전환기, 조종 장치, 생명 유지 장치—은 비밀 원반 시스템을 통해서 날랐다. 그리고 팀을 나눠 스물네 시간 내내 교대로 작업하며 서둘러 조립했다. 불과 며칠 전에야 우주선은 압력 테스트를 통과했다. 외부가 진공일 때 내부가 일 기압이어야 하므로 내부를 이 기압으로 설정하고 모의실험을 했다. 퍼페티어가 공격해 왔을 때 보급품은 아직도 들어오던 중이었다.

통신기가 울리고 에릭의 목소리가 이어졌다.

"준비됐어요, 지그문트."

"금방 가죠."

지그문트는 동굴을 다시 한 번 둘러보고 지상의 대원들에게 조심스럽게 넓혀 놓은 동굴 입구를 가리고 있던 커다란 위장막을 제거하라고 신호를 보냈다. 그리고 가까운 도약 원반까지 두 걸음 걸어간 뒤 곧바로 우주선 안에 나타나 함교로 향했다.

에릭과 키어스틴이 기대에 가득 찬 눈으로 그를 바라보았다. 지그문트는 고개를 끄덕였다.

"시작합시다."

추진기는 작동하지만 으스스할 정도로 침묵이 감도는 가운데 거대한 우주선이 동굴 바닥 위로 떠올라 산속 분지를 향해 움직였다. 그곳에서 지그문트는 잠시 뜬 채로 공격이 날아오기를 기다렸다.

아무 일도 일어나지 않았다. 아마도 퍼페티어는 야바위 게임에 대해 전혀 모르는 모양이었다.

"출발."

지그문트가 말했다.

뉴 테라의 우주선 '왜 아니겠어'호는 최대 출력으로 하늘을 향해 솟아올랐다. 그리고 몇 시간 뒤에는 행성의 특이점을 벗어나 하이퍼스페이스로 돌입했다.

4

아킬레스는 순간적인 깨달음을 얻었다. 군림과 통치를 혼동하고 있었던 것이다.

군림은 과시와 특권이었다. 통치는 온갖 자질구레한 일을 처리하는 것이었다. 일단 지상에 질서를 가져온 뒤에는 행정 관료를 데려와야 했다. 베스타는 그런 세부적인 일에 신경을 썼다. 그가 알아서 하게 하자. 베스타가 그 여자를 다루게 하자.

최근 아킬레스를 즐겁게 했던 '긴 통로'호의 파괴 장면을 보여준 함교의 화면에는 한 여자가 나타나 열정적으로 끝도 없이 주절대고 있었다.

"가장 뛰어난 사람들도 팀을 꾸려서 일하고 있습니다."

사브리나 고메즈반더호프는 진심으로 비굴하게 굽실거리며 말했다. 아킬레스의 궁정에서 한자리 차지해 보겠다는 생각인 게 분명했다. 마치 독립한답시고 이 폭도들을 이끈 게 누구인지 그가 잊었다는 것처럼.

미래를 두고 어떤 꿈을 꾸고 있든 맘대로 생각하게 내버려 두

자. 당장은 지상에서 협력할 누군가가 필요했다. 그것도 사브리나가 당장의 화제에 집중하게 만들 수 있을 때 얘기지만.

"그건 나중에 해도 됩니다. 턱에 걸린 문제에 집중하십시오."

아킬레스가 말을 잘랐다. 그런 사소한 일이 나중에 다시 돌아온다고 생각하니 머리가 아팠다. 항복은 빨리 받았지만 아직 실행이 되었다고 하긴 어려웠다.

"행성 드라이브는 어떻게 됐습니까?"

"죄송합니다, 아킬레스. 잠시만."

사브리나는 화면 밖으로 나가더니 누군가와 속삭이는 소리로 이야기했다.

"아주 믿을 만한 기술진을 파견했습니다. 그 사람들이 관리 직원에게서 권한을 가져올 겁니다. 거기서 문제가 좀 있습니다."

항상 문제가 있었다.

"난 문제를 좋아하지 않습니다."

아킬레스가 소리쳤다.

사브리나는 순종적으로 시선을 돌렸다. 적어도 그녀는 시민들 앞에서 어떻게 행동해야 하는지 기억하고 있었다. 좀 누그러진 어조로 그가 물었다.

"뭐가 문젭니까?"

"드라이브를 확보하는 겁니다. 그 시설에 있는 직원들이 거부하고 있습니다. 공공 안전부 사무실에서 훔쳐 간 마비 총도 갖고 있다고 합니다. 저항하는 자들은 제거하겠지만, 시간이 걸릴 겁니다. 드라이브는 도약 원반 범위 밖인 아틀란티스에 있는데, 충성스러운 직원들을 배로 아틀란티스까지 보내려면 시간이 필요합니다."

당연히 드라이브 시설은 아르카디아에 없었다. 제정신이 시민이라면 아무리 길들여진 인간이라고 해도 행성 드라이브가 있는 대륙을 활보하게 하지 않을 터였다. 게다가 지금은 유순한 척하지도 않는다. 과거의 조심성이 갑자기 문제가 되고 말았다.

아킬레스는 짜증을 내며 카메라 화면 아래로 바닥을 발로 찼다. 인간의 우주선은 전부 파괴되었다. 승리가 턱 안에 있었다. 만에 하나라도 불복하는 인간들이 드라이브에 손상을 가하는 일은 용납할 수 없었다.

"조심스럽게 진행하십시오. 하지만 일단 그 일이 끝나면 난 당신이 행동에 나서기를 바랍니다."

아킬레스의 말에 사브리나가 고개를 숙였다.

"물어볼 게……."

"뭐 말입니까?"

사브리나의 어깨가 축 처지면서 목소리도 낮아졌다.

"그다음엔 어쩌느냐는 겁니다. 행성 드라이브를 장악한 다음에는 어떻게 하지요? 선단과 경로를 맞춰야 할까요? 아니면 속도를 늦추거나 멈춰서 선단이 우리를 따라잡게 할까요?"

통신 지연 때문에 대화가 오갈수록 짜증이 났다. '회상'호는 스텔스 상태를 유지하고 있었다. 우주선이 노출되면 지상의 레이저도 위협적일 수 있기 때문—베데커가 재빨리 알려 주었다—이었다. '회상'호의 위치가 드러나지 않도록 통신은 스텔스 부이의 중계를 받아 이뤄졌다. 그 짧은 시간이 이렇게 성가실 수 있다니.

"직접 만나서 이야기하면 더 편할 겁니다. 가능할까요?"

사브리나가 물었다.

그럴까? 지상에 내려가면 스텔스 기능은 방어 수단이 되지 않았다. 레이저가 정말로 위협이 될 수 있었다. 선체 근처에서 충분히 강력한 폭발이 일어나면 선체는 멀쩡하다고 해도 흔들리면서 벽에 부딪쳐 충격을 받을 수도 있었다. 결론. 아직 착륙은 안 된다. '회상'호를 저 여자에게 가깝게 띄워 놓은 채 몇 명만 우주선에 올라오게 하는 게 나았다. 그건 가능할 것 같…….

그때 문득, 지그문트 아우스폴러가 베어울프 섀퍼를 협박하기 위해 GP 선체 안에 폭탄을 숨겼던 일이 떠올랐다. 오래전 일이지만, 당시 해냈어 행성의 GPC 지사장이었던 아킬레스는 그 계획을 듣고 재미있어했다. 다른 인간이 똑같은 계략을 생각해 내지 못한다는 데 목숨을 건 도박을 할 것인가?

아니다. 먼저 베데커가 선체 물질로 밀폐 부스를 만들고 센서를 설치해야 한다. 그 뒤에야 뉴 테라의 인간이 우주선에 오를 수 있을 것이다.

"조만간 그러지요. 일정을 정해 보겠습니다."

지그문트! 그 인간은 죽은 뒤에도 성가셨다.

우주가 미쳐 버렸다.

네서스는 니케의 메시지를 몇 번이고 반복해서 들었다. 매번 조금이나마 긍정적인 요소를 찾을 수 있기를 기대했다. 그리고 매번 실패했다. 필사적인 심정으로 사브리나에게 보낸 하이퍼웨이브 메시지에도 아무 답이 없었다.

뉴 테라는 공격을 받았다. 보잘것없던 우주선 몇 척도 파괴되었다. 아킬레스는 만약 저항을 받으면 뉴 테라의 행성 드라이브를 빼앗거나 파괴할 작정이었다. 미친 짓이었다.

네서스는 오마르의 응답을 기다리며 갈기를 물어뜯었다. 그리고 마침내 답신이 도착했다.

지그문트는 아웃사이더를 만나러 떠났다. 아웃사이더는 지구의 위치를 알았다. 그게 일으킬 반향은 상상하기 어려웠다. 하지만 지그문트는 아웃사이더가 정확히 어디에 있는지 몰랐다. 찾으려면 시간이 걸릴 터였다.

성간 종자 유인기 네트워크 덕분에 네서스는 꽤 정확한 위치를 알 수 있었다. 먼저 아웃사이더를 찾아갈 수 있을지도 몰랐다. 그래야만 했다.

네서스는 니케에게 뒤늦은 답신—또다시 둘의 사이를 곪게 만들 거짓말, 기만이었다—을 보냈다. 그리고 '아이기스'호는 하이퍼스페이스로 돌입했다. 먼저 아웃사이더를 찾아가야 했다.

우주가 미쳐 버렸다.

'왜 아니겠어'호는 하이퍼스페이스에서 빠져나왔다. 그리고…… 아무것도 없었다.

지그문트는 실제 기분과 달리 침착하고 자신감 있는 미소를 지으며 함교의 센서 화면을 관찰했다. 에릭과 키어스틴은 기대에 가득 찬 얼굴로 서 있었다. 둘 다 일주일은 잠을 안 잔 꼴이었다. 우주선 승무원들은 통신기를 통해 좋은 소식이 들려오기를 기다리고 있었다. 임시변통으로 만든 우주선이라 뭔가 고장이 나서 수리해야 할 일이 생기기 전까지는 딱히 할 일이 없었다. 그들은 지그문트를 지원하기 위해 그 자리에 있었다. 그 때문에 절멸의 위기에 처한 채로.

키어스틴과 함께 '아이기스'호에 다시 갈 수만 있었다면! 그 기회는 다시 오지 않았다. 의심스러워서인지 정기적인 일인지는 모르겠지만 네서스는 접근 코드를 바꿨다. 이유를 알 수 없이 기절한다는 수법을 또 쓰는 건 위험했다. 게다가 좀 더 직접적인 행동을 취할 기회도 사라졌다. 네서스가 협약체의 일에 다시 신경을 써야 했던 것이다. 그는 떠났고, 지구의 위치도 사라졌다.

하지만 우리에겐 아웃사이더의 좌표가 있어. 이 일을 성사시켜 보자고. 지그문트는 기운 찬 동작으로 두 손을 문질렀다.

"좋아. 수동 스캔으로 아웃사이더를 발견한다는 건 무리한 기대였나 봅니다. 키어스틴이 알아낸 건 아웃사이더가 어디에 '있었냐'지 어디에 '있냐'는 아니죠. 에릭, 레이더 신호를 쏘세요."

"예, 알겠습니다! 이제 앉아서 기다리면 됩니다."

에릭의 대답에 지그문트는 고개를 저었다.

"이제 망원경을 써야죠. 가장 가까운 별 근처에서 성간 종자를 찾아보세요. 성간 종자를 찾으면 아웃사이더가 그걸 따라가고 있을 가능성이 높으니까. 왜 그런지는 나한테 묻지 마시고."

"근처요? 그건 좀 모호한데, 뭘 찾고 있는지도 모르잖아요."

키어스틴이 말했다.

지그문트는 베어울프의 묘사를 들은 적이 있어서 판단할 수 있었지만, 그만한 달변가는 아니었다.

"보통 그건 지름이 일에서 삼 킬로미터쯤 되는 혹처럼 생겼답니다. 바위나 소행성처럼 보일 수도 있죠. 우리도 본 적은 없지만, 가끔씩…… 음, 그 공 모양의 대부분은 거미줄처럼 얇은 은빛 돛이 단단하게 말려 있는 거랍니다. 그게 펴지면 지름이 수천 킬로미터가 되는데, 그게 햇빛을 받아서……."

갑자기 목이 메었다. 지그문트는 베어울프에게 몹쓸 인간이었다. 어쩌면, 진짜 어쩌면, 베어울프는 지금 그의 손이 닿지 않는 곳에서 멋진 삶을 살고 있을지도 몰랐다. 지그문트는 그러길 바랐다.

"알았어요. 행성처럼 움직이지 않는데 반짝이는 걸 찾으면 되는 거죠."

키어스틴이 말했다.

몇 시간 뒤에도, 레이더와 무작위 관측 모두 아무것도 찾아내지 못했다. 지그문트는 대답을 두려워했던 질문을 던졌다.

"키어스틴, 네서스가 아웃사이더를 찾아갔던 날짜도 알아냈습니까?"

"전에 물어본 적이 없잖아요."

"지금은 필요합니다. 얼마 전이죠."

키어스틴이 휴대용 컴퓨터를 확인했다.

"'아이기스'호에 있던 좌표를 마지막으로 방문한 건 약 이 년

반 전이에요. 그런데 네서스가 다른 우주선을 고용했다고 하지 않았어요? 알려진 우주의 인간 우주선이었던가요?"

지그문트는 꿈틀했다. 내가 죽고, 네서스가 나를 데려오고, 아웃사이더에게 갔다가, 내가 깨어났지. 네서스가 뭐라고 했더라?

'최후자님은 우리가 ARM보다 먼저 반물질을 찾는 게 시급하다고 생각하셨습니다. 아웃사이더에게서 좌표를 사는 것도 자원 낭비라고 할 수 없었지요. 기술적인 이유로 난 인간의 우주선 한 척을 고용해 그 일에 착수했습니다. 그리고 우리는 14호 우주선을 발견…….'

다만 네서스는 한 가지 사소한 부분을 둘러대고 넘어갔다. 몇 년이나 기다렸다가 나를 되살렸어. 왜지? 이 일이 끝나면 물어봐야겠어. 지그문트는 생각했다. 열쇠가 여기 있었다.

"이 년 좀 넘게요? 나쁘지 않군요. 아웃사이더는 하이퍼드라이브를 쓰지 않습니다. 거의 순식간에 효과적으로 광속에 가깝게 가속할 수 있죠. 그러니까 대략 반경이 이 광년인 구체 안 어딘가에 있을 겁니다."

"그 안 어딘가라고요? 그게 얼마나 큰 공간인지 알아요?"

키어스틴이 되묻자 지그문트는 잘라 말했다.

"은하계 전체보다는 훨씬 작죠. 그리고 우리는 그 정도 거리를 며칠이면 주파할 수 있어요. 수색 패턴을 만드세요. 더 가까운 별부터 중점적으로 수색하는 겁니다. 도약한 뒤 레이더와 망원경으로 살펴보죠. 열 시간쯤 하고, 또 그걸 반복해 봅시다."

"예, 알겠습니다!"

하지만 키어스틴은 회의적인 기색이었다.

"전원 주목. 우리는 곧 다시 하이퍼스페이스로 진입합니다. 세부 사항은 나중에 전달합니다."

에릭이 통신기에다 대고 말했다.

키어스틴은 언제나처럼 소름 끼칠 듯한 속도로 경로를 계획했고, 실행했다.

허공 너머의 무無가 둘러쌀 때, 지그문트는 사브리나가 어떻게 하고 있는지 궁금해했다. '왜 아니겠어'호가 필사의 임무를 위해 떠나기 직전 지그문트가 마지막으로 건넨 조언은 이랬다.

'시간을 끄세요.'

개척민 여자는 밀폐용 칸막이 뒤에서 쉬지도 않고 중얼거렸다. 일부러 말을 시키지 않아도 온갖 사소한 내용까지 줄줄이 늘어놓을 판이었다. 소위 사람들의 권리라는 것. 긴급 원조. 공격으로 발생한 파편이 일으키는 위성 서비스 장애. 지치지 않고 증가 중인 게 분명한 극단주의자들로부터 불쌍한 상황에 처한 아르카디아 정부 청사를 보호할 높다란 벽을 황급히 세워야 한다는 이야기까지. 지금은 어찌어찌 곡물 수출을 재개하는 문제로 넘어가 있었다.

"……그래서 예전에 허스 곡물을 길렀던 밭에는 지구 작물을 심었습니다. 화물 부양기는 다른 용도로 쓰려고 여기저기 가 있죠. 새 씨앗과 허스 비료도 필요합니다. 물론 우주선도."

적어도 행성 드라이브 시설을 점거한 극단주의자들과는 협상이 진전되고 있었다. 필요하다면 아킬레스는 선단으로 돌아가 로봇을 싣고 올 생각이었다. 그러면 건물을 장악할 수 있었다.

하지만 끝이 너무나도 가까웠다. 성공의 맛을 느낄 수 있을 정도였다. 아킬레스는 조금만 더 기다려보기로 했다.

에릭이 미안하다는 표정을 지으며 휴게실로 들어왔다.

"아무것도 없어요, 지그문트."

지그문트는 억지로 미소를 지어 보였다.

"고마워요. 그것도 진전이죠. 아웃사이더가 없는 곳을 하나 더 찾은 거니까."

이번에 몇 번째였더라, 네 번째? 은하계를 영원히 떠돌아다니는 원로 종족치고 아웃사이더는 굉장히 찾기가 어려웠다. 지그문트는 둥근 잔에 담긴 커피를 길게 들이켰다.

"시간이 너무 오래 걸리는군요. 무슨 13호 우주선을 찾는 것 같겠습니다."

불운의 숫자는 확률 게임만큼이나 생소한 개념이었다.

"시간이 오래 걸릴 겁니다, 에릭. 잠깐만요."

그는 함교에 있는 키어스틴을 호출했다.

"다음 장소로 도약해도 됩니다."

키어스틴은 통신기로 경고 메시지를 날린 뒤 다시 무의 세계로 뛰어들었다.

의식의 경계에서 뭔가 계속 거슬렸다. 에릭과 방금 나눈 이야기와 관련이 있는 무엇인가가. 지그문트는 그 생각을 흘려 보냈다. 말도 안 되는 미신에 대한 이야기였다.

미신에 대해 설명해 주는 건 적어도 지그문트에게 하이퍼스페이스에서 이틀이라는 시간을 보낼 일거리를 만들어 주었다. 나무를 두드리는 것. 검은 고양이—사실, 어떤 고양이든. 사다리 아래로 걷는 것. 타로 카드. 아인슈타인 공간으로 돌아왔을 때도 화제는 다 떨어지지 않은 상태였다.

그리고 또다시, 그들은 아무것도 찾지 못했다.

"그 무능력한 바보 녀석! 잡혀 버리다니."

아킬레스가 고함쳤다. 우주선 안에 거친 불협화음이 울려 퍼졌다. 천천히 함교로 들어서던 베데커가 조심스럽게 물었다.

"누구 말입니까?"

아킬레스는 허스에서 날아온 메시지를 요약해 주었다.

"네서스 말입니다. 휴대용 컴퓨터를 빼앗기기 전에 짧은 메시지를 보냈다는군요."

베데커는 신중하게 말을 골랐다. 화난 아킬레스는 무서웠다.

"누구에게 잡혔다는 겁니까? 어디서?"

함교의 주 화면에는 뉴 테라가 떠 있었다. 아킬레스가 목 하나를 곧게 세워 그쪽을 가리켰다.

"저깁니다. 비밀리에 친구들과 협상을 한답시고 몰래 돌아왔다는군요. 멍청하게도 그들을 우주선에 태웠는데, '아이기스'호가 장악당했습니다."

아킬레스의 첩자들도 위치를 모르는 스텔스 우주선이라니. 베데커는 몸을 떨었다. 위치도 모르는 우주선을 분해할 수는 없었다. 더 위험한 건, '아이기스'호에는 선단의 우주 교통 제어 송신기가 있다는 사실이었다. 송신기의 식별 코드를 바꾸면 빼앗긴 우주선은 아무런 질문도 받지 않고 선단, 심지어는 허스에 접근할 수 있었다.

베데커는 몸이 마비될 듯한 두려움을 털어 냈다. 그들—물론 그 자신을 포함해서—은 뉴 테라의 인간들을 공격했다. 이제 인간들에게는 무기가 있었다.

"그 우주선을 수색하겠습니다."

"난……."

아킬레스는 말을 멈췄다. 화음이 허공에 맴돌았다.

"당신이 성공하기를 기다리겠습니다. 그때까지는 우리의 인간 '손님'에게 네서스나 그의 우주선에 대해 절대 이야기하지 마십시오."

한 걸음, 두 걸음, 빙글.

지그문트는 녹초가 되었지만 잠이 오지 않았다. 가만히 앉아 있을 수도 없었다. 그 자신이 흔들리고 있다는 사실을 승무원들에게 절대 알릴 수는 없었다. 그래서 그는 좁은 선실 안을 계속 거닐었다.

한 걸음, 두 걸음, 빙글.

이미 여섯 번을 도약하며 같은 패턴으로 찾았지만, 아직 소득이 없었다. 논리적으로 아웃사이더가 있어야 할 공간 속을 이리저리 움직였다. 실패할지도 모른다는 두려움이 그를 갉아먹고 있었다. 선실 벽 바깥에 있는 무보다 그게 더 무서웠다. 수색은 별 소득이 없었지만, 그것 말고는 달리 할 게 떠오르지 않았다.

한 걸음, 두 걸음, 빙글.

통신기가 짧게 세 번 딸깍거리는 소리를 냈다. 곧 알림이 있다는 뜻이었다.

"하이퍼스페이스에서 빠져나갑니다. 오, 사, 삼……."

키어스틴이 지휘를 맡고 있었다. 그녀의 목소리는 지그문트의 기분만큼이나 지친 듯이 들렸다.

한 걸음, 두 걸음, 빙글.

'왜 아니겠어'호가 하이퍼스페이스에서 나올 때마다 에릭은 멀리 떨어진 통신용 부이에서 하이퍼웨이브 전파 메시지를 수신했다. 전해 온 소식에 따르면 사브리나는 아직 아킬레스의 우주선에 있었다. 아마도 협상을 하고 있겠지만, 사실상 인질이었다. 그리고 네서스가 오마르에게 연락했을 때, 오마르는 누구와도 연락이 닿지 않자 독자적으로 판단을 내렸다. 네서스에게 '왜 아니겠어'호와 지그문트가 그걸 타고 어디로 갔는지 알렸던 것이다.

그 정보를 가지고 네서스가 무엇을 할지는 아무도 몰랐다.

지그문트는 물컵을 기울여 오목하게 만든 손바닥 위에 물을 따른 뒤 얼굴에 뿌렸다. 미지근한 물이 조금이나마 도움이 되었다. 다시 희망적이고 긍정적으로 행동할 시간이었다. 지그문트는 함교로 가서 센서 관찰하는 일을 돕기 위해 선실 문을 열었다.

그때, 의기양양한 목소리가 통신기에서 울려 퍼졌다. 키어스틴이 기쁨에 겨워 외치고 있었다.

"성간 종자를 찾았다!"

5

"아웃사이더. 아웃사이더. 여기는 인간 우주선 '왜 아니겠어'호입니다."

성간 종자는 일 광년쯤 떨어져 있었다. 돛이 반사하는 빛의 양을 추측한 결과를 바탕으로 판단한 거리였다. 에릭은 겨우 감지할 수 있는 돛의 겉보기 기울기와 가장 가까운 행성에서 나와 돛에 반사된 빛의 적색편이를 이용해 속도를 대략적으로 추산해 냈다.

"아웃사이더. 아웃사이더. 여기는 인간 우주선 '왜 아니겠어'호입니다."

지그문트가 공용어로 녹음한 이 메시지는 끊임없이 반복되며, 하이퍼웨이브를 통해 매번 조금씩 다른 경로로 전송되었다.

네서스가 일전에 모든 것을 걸고 도박을 했던 아웃사이더가 이 성간 종자를 추적해 왔기를! 그 만남이 끝나고 얼마나 빨리 추적을 시작했을까? 얼마나 빠른 속도로 움직였을까? 오는 길에 다른 데 정신을 팔지는 않았을까?

성간 종자를 찾았다는 건 구형의 광대한 수색 범위가 그래도 여전히 넓긴 하지만 원뿔 모양으로 줄어들었다는 뜻이었다. 만약 지그문트가 온갖 변수를 다 고려해야 했다면 아마 미쳐 버렸을 것이다.

"아웃사이더. 아웃사이더. 여기는 인간 우주선 '왜 아니겠어'호입니다."

"여기는 아웃사이더……."

환호성이 너무 커서 지그문트는 수신한 메시지를 다시 재생해야 했다.

"여기는 아웃사이더 14호 우주선. 반갑다, '왜 아니겠어'호. 무슨 일인가?"

지그문트는 똑같은 방위로 하이퍼웨이브 메시지를 보냈다.

"거래할 정보가 있습니다. 합류해도 될까요?"

14호 우주선에서 대답이 왔다.

"우리는 약 0.9광년 떨어져 있다. 기다리겠다."

그게 얼마나 먼 거지? 네서스 때문에 지그문트는 지구의 일 년이 얼마나 긴지 전혀 알지 못했다. 뉴 테라의 달력은 허스를 따랐다. 일 년의 길이를 측정하는 게 물리적인 중요성을 상실한 지는 오래였다. 퍼페티어가 배신했다는 사실은 지그문트가 거래해야 할 정보에서 큰 비중을 차지했다. 거리를 퍼페티어식 광년으로 나타내 달라고 요청함으로써 그 비밀을 흘릴 생각은 없었다.

뭔가 기억하고 있는 게 분명히 있을 터였다. 달력과 관련해 네서스가 지울 생각을 미처 하지 못한 뭔가가…….

기억이 날 듯했다. 뉴 테라 사람들은 성에 대해 엄격하지. 지그문트는 생각했다. 아마도 퍼페티어에게서 배운 관습일 것이다.

"키어스틴, 조금 무례한 질문이지만, 여자가 아기를 낳는 데 걸리는 시간이 일 년의 몇분의 몇입니까? 수태하면서부터요?"

키어스틴은 얼굴을 붉혔다.

"대략 육분의 오예요."

지구에서는 —운 좋게 출산권을 얻는다면— 구 개월이었다. 그런고로…….

"지구에서는 사분의 삼이죠. 지구의 일 년은 여러분의 일 년보다 약 십일 퍼센트 깁니다."

사흘 뒤, '왜 아니겠어'호는 다시 하이퍼스페이스에서 빠져나왔다. 자체적인 인공 태양 불빛을 받는, 리본으로 이뤄진 도시는 베어울프가 예전에 묘사한 대로였다. 아웃사이더 우주선은 기다리고 있었다.

그 옆에 상대적으로 작은 GP 선체가 하나 떠 있었다.

베어울프가 해 준 이야기가 아니었다면 지그문트는 결코 여기까지 오지 못했을 것이다. 그리고 그 이야기가 미리 알려 준 게 아니었다면, 지금 이 순간 미쳐 버렸을 것이다.

외골격을 입은 거대한 구조편이 '왜 아니겠어'호로 다가왔다. 속도가 너무 느려서 지그문트는 거의 소리를 지를 뻔했다. 그들은 지그문트를 자기네 우주선으로 데려갔다. 그들이 사용하는 가스총은 간신히 몸을 밀어 주는 수준이었다. 지그문트는 양쪽 우주선에서 몇 킬로미터나 떨어져 있었다. 만약 그들이 손을 놓아 버린다면…….

그는 눈을 감고 우주를 차단했다.

미묘한 움직임이 곧 도착한다는 사실을 알려 주었다. 눈을 뜨자 아웃사이더 우주선이 모습을 드러냈다. 너무나도 많은 띠가 서로 복잡하게 짜인 모습이었다! 서로 엮이고 꼬이면서 지그문트의 머리로는 파악할 엄두조차 내지 못할 소용돌이를 이뤘다. 가까이 다가가자 무작위한 고르디우스의 매듭* 사이로 언뜻 보이는 중심 구조물은 기둥이라기보다는 산 같았다.

그들은 리본 하나에 내려섰다. 미약한 인공중력은 걷기에 부적합할 듯해서 걸음을 떼기 전에 신발의 전자석을 작동시켰다. 안심이 되는 충격과 함께 뒤꿈치가 리본에 달라붙었다—이 우주선에는 금속이 많이 있었다. 지그문트는 뒤를 따라 움직였다. 빛과 그림자에 몸을 내놓고 있는 수백 명의 아웃사이더를 지나자 문이 나왔다. 안내자 중 하나가 문을 열었다. 지그문트는 약한 역장을 밀고 안으로 들어갔고, 등 뒤에서 문이 닫혔다.

흐트러진 갈기를 한 퍼페티어가 안에서 기다리고 있었다. 그가 돌아섰다. 한쪽 눈은 빨갛고, 한쪽 눈은 노랬다.

네서스였다. '왜 아니겠어'호가 훨씬 먼저 출발했다. 어떻게 네서스가 먼저 도착했을까? 정확한 위치를 알고 있었던 게 분명했다. 하지만 어떻게?

투명한 돔 하나를 빼면 방은 아무런 특색이 없었다. 돔 아래에 아웃사이더가 누워 있었다.

---

* Gordian knot, 알렉산더 대왕이 칼로 잘랐다고 하는 전설 속의 매듭. '대담한 방법을 써야만 풀 수 있는 문제'라는 뜻으로 쓰인다.

"여기에 있는 동안은 압력복을 벗어도 된다. 상당히 편안할 것이다."

목소리가 어디서 나오는지 도무지 감을 잡을 수 없었다. 벽과 천장에 스피커가 있겠지. 지그문트는 생각했다. 진공에서 사는 생물은 소리를 이용하지 않았다.

"지그문트 아우스폴러입니다. 당신을 뭐라고 불러야 합니까?"

"14호라고 불러라."

지그문트는 헬멧을 벗었다.

"우리는 똑같은 인물을 하나 알고 있습니다, 14호. 베어울프 섀퍼라는 인간이죠."

"그러하다. 베어울프는 당신보다 먼저 여기에 왔다. 이제 당신이 팔고 싶다는 정보 이야기를 하라."

목소리가 들렸지만 돔 안의 아웃사이더는 미동도 하지 않았다.

인간이 들어섰을 때, 네서스는 화들짝 놀랐다. 그 인간이 그를 향해 몸을 돌렸다. 당연히, 지그문트 아우스폴러였다.

너무 빨라! 네서스 자신도 막 도착한 참이었다. 아직 뭔가…… 할 시간이 없었다. 너무 빨리 화제가 일 이야기로 바뀌고 있었다.

"이제 당신이 팔고 싶다는 정보 이야기를 하라."

14호가 말했다.

그것은 보나 마나 뉴 테라의 비밀이었다.

"지그문트! 잠시 생각해 보십시오. 그 결과는……."

네서스가 외쳤다. 하지만 적당한 단어를 찾지 못해 잠시 말을 멈춰야 했다.

"……미루어 짐작할 수 없을 정도로 거대할 겁니다."

"아킬레스를 그만두게 할 수 있나? 전부 원래대로 돌릴 수 있어? 다시 그런 일이 일어나지 않게 하겠다고 장담할 수 있어?"

네서스는 두 머리를 숙였다.

"내가 할 수 없다는 걸 알지 않습니까. 하지만 이건 그보다 더 나쁠 겁니다."

지그문트는 이를 드러내며 말했다.

"네게는 그럴지도 모르지. 그건 내가 알 바 아니야."

그는 헬멧을 내려놓고 말을 이었다.

"먼저 가격부터 이야기해야겠습니다."

"그 정보에 얼마나 가치가 있다고 생각하는가?"

14호가 되물었다.

뉴 테라에 사는 모든 이의 목숨. 거기에 어떻게 가격을 붙일 수 있을까?

"베어울프는 당신들이 정직한 상인이라고 보장했습니다."

"그것이 우리의 취지다."

이제 그걸 확인해 봐야지. 지그문트는 생각했다.

"내가 아는 것을 밝히고 당신들이 가격을 매기는 방식에 만족합니까?"

"우리가 정직한 가격을 부담하지 못할지도 모른다."

"분명히 알 수 있습니다. 만약 우리가 다른 조건에 합의하지 못한다면, 행성 드라이브 하나를 독립적으로 운용할 수 있는 권리를 대가로 받아들이겠습니다."

"흥미롭군."

방 안은 쥐 죽은 듯이 조용해졌다. 지그문트는 14호가 모종의 방법을 통해 다른 동족의 의견을 듣고 있다는 인상을 받았다.

"그러면 그 가격은 협약체가 진 빚에서 제하여야 하는 만큼이 되겠군."

"그렇습니다."

"그럭저럭 불렀군. 우리는 흥미가 있다."

"그러면 내 조건을 받아들이는 겁니까?"

지그문트는 밀어붙였다.

"그러하다. 계속 말하여 보라."

지그문트가 '긴 통로'호와 뉴 테라의 오랜 비밀 역사를 털어놓는 동안 네서스는 옆에서 부드럽게 신음했다.

6

"상의를 하여야겠다. 각자 우주선으로 돌아가라. 허스 기준으로 하루 뒤에 다시 만나겠다."

14호가 갑자기 말했다.

각자의 우주선이라. 지그문트는 문득 네서스의 파괴 불가능한 우주선이 조잡하게 만든 자신의 우주선을 뚫고 지나가는 모습을 떠올렸다. 버터를 자르는 레이저처럼.

네서스는 지그문트를 정지장 안에 넣어 —몇 년은 그렇게 한 게 분명했다— 보관했다. 그 자신도 정지장 안에 들어가 그런 충격으로부터 몸을 보호할 수 있었다. 그런 사태를 대비한 게 아니라면 일인용 정지장 발생기를 왜 싣고 다니겠는가?

지그문트는 헛기침을 하고 말했다.

"14호, 내 우주선을 당신 우주선 옆에 정박시키고 싶습니다."

"그것은 관례에 어긋난다. 이유를 설명하라."

"내 승무원들의 안전을 위해서입니다. 방금 들은 이야기를 생각해 보면 이유를 이해할 수 있을 겁니다."

"네서스, 이곳을 방문하는 모든 이들은 우리의 보호하에 있다. 우리가 지닌 힘에 대하여 알고 있을 것이다. 협약체를 위하여라도 우리 규칙을 지켜야 한다."

14호가 말했다.

지그문트는 네서스가 몸을 부르르 떠는 것을 동의의 의미로 받아들였다.

"네서스. 네서스. 네서스, 응답하라."

조만간 지그문트와 대면할 수밖에 없겠지. 네서스는 생각했다. 그때는 얼굴을 맞대고 있을 터였다. 지금 통신으로 대화를 나눠서 나쁠 게 뭐가 있을까? 그는 베개 무더기 밖으로 굴러 나왔다. 전 개척민들은 흐트러진 그의 모습에서 좌절과 당황스러움을 엿볼 수 있을 것이다. 네서스는 영상을 껐다.

"네서스입니다."

"보안 채널로 얘기하지. 에릭이 말하길 우리는 선단 표준 암호화 코드를 쓴다는군. 독립 전부터 말이야. 네 장치도 그 알고리즘을 알고 있겠지."

이제 지그문트는 아웃사이더로부터 비밀을 지키려 하고 있었다. 처음은 아니지만, 네서스는 자신이 얼마나 미쳤었기에 ARM 요원을 뉴 테라에 데리고 온 건지 궁금했다.

"'아이기스'호에 그 알고리즘이 있습니다. 하지만 공용 비밀 키가 필요합니다."

"날 죽인 녀석의 이름을 쓰지."

그러면 아웃사이더도 혼란스러워할 게 분명했다. 그럼에도 불구하고 네서스는 두 눈을 마주 볼 수밖에 없었다.

"알겠습니다."

통신 채널에서 암호 소프트웨어가 작동하면서 잠시 잡음이 일었다.

"됐습니다, 지그문트. 지금 우리가 이야기할 게 뭡니까?"

"성간 종자."

"이해가 안 가는군요."

네서스는 정말 그랬으면 좋겠다고 생각했다.

"네가 오고 있다는 건 오마르가 알려 줬어. 넌 선단의 앞쪽에서 정찰을 하고 있었지. 아킬레스의 공격에 대해서는 허스로부터 보고를 받았고, 그러고 나서 뉴 테라에 연락했어."

영상은 꺼져 있었다. 네서스는 헝클어진 갈기를 미친 듯이 물어뜯으며 말했다.

"맞습니다. 난 당신이 아킬레스에게 대항하는 일을 돕기를 바랐습니다. 그 대신 당신이 사라졌다는 이야기를 들었지요. 이제 나는 당신을 저지해야 합니다."

"선단의 앞쪽이라. 우리는 여기서 몇 광년밖에 떨어져 있지 않았어. 그런데 넌 우리보다 먼저 14호 우주선에 도착했지. 즉, 넌 그게 어디 있는지 알고 있었다는 거야."

단순하게 하자. 지그문트가 간파할 수 있는 거짓말은 하지 마. 그저 진실을 전부 말하지만 않으면 돼.

"난 전에 여기 온 적이 있습니다."

"바로 그거야. 넌 정확히 '여기' 온 적이 없어. 네가 14호 우주선에 왔던 건 이 년도 더 전이지. 우리는 14호 우주선이 있었던 곳에 가 봤어. 네가 지난번에 갔던 곳으로 간 거야. '아이기스'호의 항법 컴퓨터에 따라서. 그런데 넌…… 여기로 왔지."

진실이 통하지 않을 것 같았다. 어떻게든 거짓말을 해야 했다.

"센서로 찾았습니다."

"아니야. 이 우주선에 있는 센서는 '탐험가'호에서 가져온 거지. 협약체의 정찰선이라면 당연히 가능한 한 최고의 센서를 갖추고 있을 거야."

지그문트의 담담한 어조는 확신을 드러내고 있었다. 네서스가 우려했던 대로 거짓말이 들통 났다.

"왜 거기에 신경을 쓰는 겁니까? 다른 문제를 걱정해야 할 판국이 아닙니까?"

"지식에 대한 갈망이라고 해 두지. 편집증이 아닌 인간이라도 그런 성질은 있어."

"아, 호기심이란 말이군요."

아주 인간다운 특징.

무리에서 떨어져 나와 방랑하는 동물은 목숨을 잃는다. 호기심과 비슷한 특질은 네서스의 조상이 지성을 갖추기도 훨씬 전에 도태돼 버렸다. 그게 바로 정찰대원이 드문 이유 중 하나였다. 그리고 어리석게도 네서스가 한때 개척민들이 그 역할을 할 수 있다고 생각했던 이유이기도 했다.

호기심이란 걸 다루기 어려운 이유는 경계가 없기 때문이었다.

"계속하지. 넌 멀리 떨어져 있는 아웃사이더 우주선을 향해 곧바로 갔어. 처음에 든 생각은 네가 아웃사이더 우주선에 몰래 신호기를 숨겨 뒀다는 거였지. 하이퍼웨이브로 즉시 신호를 보낼 수 있게 말이야. 하지만 네가 아웃사이더와 함께 있는 모습을 봤어. 겁에 질려 있더군. 그런 위험한 시도는 하지 않았을 거야."

"수수께끼에 그렇게 끌리는 모습에는 경탄하지 않을 수 없군요. 하지만 지금은 때가 아닙니다. 곧 안내자가 와서 다시 우리를 14호에게 데려갈 겁니다."

지그문트가 그런 수작에 넘어갈 리 없었다.

"우리가 14호를 어떻게 찾았는지 아나? 먼저 성간 종자를 찾았지. 아웃사이더가 그 영역에 있다면 근처에 있을 가능성이 높으니까. 아웃사이더가 성간 종자를 따라다니는 이유를 아나?"

"솔직히 모릅니다."

"이제야 조금 솔직하게 얘기하는군. 네서스, 영상을 켜 줬으면 좋겠는데. 너도 말했듯이, 조만안 안내자가 다시 올 거야. 그때 다시 보겠지. 뭔가 숨기는 게 없다면 말이야."

"없습니다. 하지만 내가 가지 않으면 뭔가 숨긴다고 생각을 할 겁니다."

영상 링크를 켜기 전에 네서스는 두 눈을 서로 마주 보았다.

"갈기 장식 좀 보라지. 꼴좋구나."

겉모습으로 보건대 지그문트 역시 푹 쉰 것 같지는 않았다. 하지만 눈 아래 다크서클에도 불구하고 눈빛만큼은 반짝거렸다.

"내 생각은 이래, 네서스. 아웃사이더는 성간 종자를 따라다니지. 그래서 성간 종자가 어디 있는지를 알면 아웃사이더를 찾을 가능성이 높은 거야. 나는 너희가 감히 아웃사이더 우주선에 신호기를 설치했을 거라고 생각하지 않은 것처럼 성간 종자에 신호기를 설치했을 거라고도 생각하지 않아. 아마 손도 대지 않으려 했겠지. 아웃사이더에게 성간 종자가 특별하다는 건 모르는 이가 없으니까."

"그만 좀 하지요, 지그문트. 이제 준비를 해야 할 시간이……."

"그러면 한 가지 가능성만 남아. 아웃사이더는 성간 종자를 따라다니지. 그러면 성간 종자는 뭘 따라다닐까?"

네서스는 입을 열기가 두려웠다.

"너무 겸손해할 것 없어. 협약체는 일종의 미끼를 갖고 있는 게 분명해. 아웃사이더는 퍼페티어가 조종하는 미끼를 따라다니는 성간 종자를 따라다니는 거지. 14호가 그 정보에 얼마를 낼 거라고 생각하나?"

7

지그문트는 압력복을 입고 헬멧을 손에 든 채 주 에어록 옆 복도에 서 있었다. 에릭과 키어스틴이 배웅하러 나왔다.

“혼자서 하지 않아도 돼요. 우리 둘 중 하나나 둘 다 같이 가도 되는데.”

키어스틴이 말했다.

지그문트도 물론 그렇게 생각했다. 하지만 내심 그들에게는 다른 역할을 맡길 작정이었다.

“내가 여러분을 믿을 수 있을까요?”

“물론이죠.”

키어스틴이 말했다.

“누구를 못 믿는데요?”

에릭이 동시에 말했다. 그러고는 시선을 이리저리 굴리며 엿듣는 사람을 찾았다. 아내가 걱정스러운 표정을 짓는 것은 눈치채지 못한 듯했다.

키어스틴의 정이 떨어지고 있어. 지그문트는 생각했다. 나를 흉내 내는 행동이 키어스틴을 멀어지게 하는 거야. 그건 지그문트를 슬프게 했다.

“두 사람에게 파일을 하나 보냈습니다. 퍼페티어와 아웃사이더에 대해 내가 알고 있거나 수상하게 여기는 내용이 전부 들어 있죠. 만약 내가 돌아오지 않으면…… 알아서 그 정보를 이용하세요.”

일이 어떻게 잘못될지 알 수 없기 때문에 구체적으로 집어서 얘기해 줄 수가 없었다.

"즉시 하이퍼웨이브로 뉴 테라에 모든 걸 전송하는 방안도 고려하세요. 그때까지는 열어 보지 말고."

말을 마친 지그문트는 헬멧을 쓰고 에어록 안으로 들어갔다.

아웃사이더 네 명이 에어록 바깥에 떠 있었다. 둘이 그의 손을 잡았다. 그들은 이제 좀 익숙해진 특유의 느릿느릿한 속도로 14호 우주선을 향해 그를 끌고 갔다. '왜 아니겠어'호가 등 뒤의 어둠 속으로 사라졌다. 믿을 수 없을 정도로 멀리 떨어져 있는 별들이 그를 둘러쌌다.

지그문트를 가장 두렵게 만드는 건 텅 비어 있는 광대한 공간이 아니었다. 비어 있다는 사실이 상징하는 외로움이었다. 우주에 있는 그 누구로부터도 몇 광년이나 떨어져 있는 그의 삶.

지그문트는 만약 여기서 살아남는다면 변하리라고 맹세했다.

안내자들은 어제와 구별이 되지 않는 방으로 그를 안내했다. 방에 들어서자 조명이 켜지면서 공기가 밀려들었다. 문 반대쪽에 있는 투명한 돔은 어두침침했고, 아직 안에 아무도 없었다. 이번에는 그가 먼저였다. 네서스가 도착하는 모습이 보였다. 그들은 말없이 압력복을 벗었다.

돔이 밝아지더니 아웃사이더 한 명이 나타났다. 돔 자체에 이동 부스 기능이 있거나, 도약 원반 같은 장치가 들어 있거나, 정말 실제와 같은 홀로그램을 투사하는 기능이 있는 듯했다. 어느 쪽이든 상관은 없었다.

네서스가 돔을 향해 슬그머니 다가갔다.

"14호?"

전과 마찬가지로 보이지 않는 스피커에서 소리가 나왔다.

"본론부터 이야기하겠다. 길지 않을 것이다."

지그문트는 일부러 입을 다물고 있었다.

"지그문트 아우스폴러, 당신은 소식을 가져와서 우리에게 공정한 가격을 정하라고 하였다. 숙고하여 본 결과 그 정보는 오로지 뉴 테라와 협약체에만 의미가 있고, 우리에게는 어떠한 가치도 없다."

지그문트는 멍하니 바라볼 수밖에 없었다.

"퍼페티어는 당신들에게 큰 빚이 있습니다. 그들의 이중성에 대한 지식은 분명히 중요합니다."

"당신이 상상하는 것만큼 놀랄 일은 아니다."

14호의 말에 네서스는 몸을 움찔했다.

아웃사이더의 개입은 지그문트의 마지막 희망이었다. 전능한 아웃사이더가 어찌 이렇게 무관심하게 반응할 수 있을까? 그리고 왜?

"퍼페티어는 인간 세계 하나를 노예로 만들 겁니다. 아니면 파괴하거나 우주를 떠돌게 만들겠죠. 어느 쪽이든 그건 당신들 아웃사이더를 회유하기 위해서입니다. 이 일은 우리 책임이 아닙니다. 어떻게 아무 일도 하지 않을 수 있습니까?"

"당신들의 하찮은 불화 따위는 알아서 해결하라. 우리는 우리가 받기로 된 금액에만 흥미가 있다. 누가 지불하는가는 당신들의 문제다. 우리가 당신의 추측에 의거하여 행동하지 않는 것을 기쁘게 여기라."

"감사합니다, 14호. 협약체는 여러분이 이 문제를 우리 턱에 맡겨 주신 데 대해 감사하게 생각합니다."

네서스가 말했다.

다른 방안이 있을 게 분명했다.

"지구라면 이 정보에 상당한 금액을 지불할 겁니다."

지그문트의 말에 14호가 즉시 대꾸했다.

"당신이 그러하다고 생각한다면 우리는 필요 없을 것이다. 직접 그곳으로 가서 팔라."

그렇다면 지구의 좌표를 얻기 위해 무엇을 팔 수 있을까? 퍼페티어가 성간 종자를 유인하고 있다는 혐의?

네서스는 지그문트 옆에서 부들부들 떨고 있었다. 승리했음에도 여느 때처럼 겁에 질렸다. 퍼페티어는 겁을 먹는 성격을 도무지 고치지 못했다. 두려움이 그들의 유전자에 박혀 있는 것이다.

바로 그 순간, 마침내 지그문트는 이해했다. 진실은 내내 눈앞에 있었다.

"내 생각에는 당신이 우리를 도와줄 것 같습니다, 14호. 아니, 다시 말하죠. 도와줄 겁니다."

지그문트의 말에, 돔 아래서 촉수가 꿈틀거렸다.

"도와줄 겁니다, 14호. 관련되지 않고 싶다는 바로 그 이유 때문이죠. 당신들은 막강한 힘을 가졌지만, 다른 이들이 상상도 하지 못할 정도로 수가 적고 약합니다. 하지만 난 압니다. 우리 종족도 압니다. 만약 이 문제를 내가 만족할 정도로 해결하지 못한다면…… 모두가 알게 될 겁니다."

그가 추측해 낸 진실은 에릭과 케어스틴에게 남긴 파일 여기저기에 흩어져 있었다. 시간이 좀 지나면 그들도 방금 그가 했던 것처럼 점들을 이을 수 있을 것이다. 지그문트는 일이 거기까지 이르지 않기를 바랐다.

네서스가 바닥을 발로 긁으며 말했다.

"14호, 지그문트가 왜 저러는지 난 모릅니다. 그가 내 생각을 대변하는 건 아닙니다."

"알겠다, 네서스. 지그문트 아우스폴러, 설명하라."

"우리가 당신 종족에 대해 아는 게 뭘까요?"

지그문트는 자기 생각을 음미하듯 말을 이었다.

"아주 적습니다. 거대한 우주선에 산다는 것. 성간 종자를 따라다닌다는 것. 정보와 기술을 항상 고가의 가격에 판다는 것. 외진 곳에 있는 행성이나 위성을 후한 가격을 쳐주고 가끔씩 빌린다는 것. 그리고 가끔씩 물자를 구입한다는 것. 당신들은 쓸모없는 부동산에 과도한 금액을 지불하면서 부를 과시하죠. 그렇게 해서 아무도 당신들이 진짜 필요로 하는 게 뭔지 생각하지 못하게 하는 겁니다. 그건 바로 금속이죠. 표면에 노출된 금속이 있는 항성계 안쪽에서는 보호 장비가 잠깐만 작동하지 않아도 당신들은 끓어올라 버립니다. 바로 거기에 우리가 알고 있다고 생각한, 하지만 몰랐던 사실이 있습니다. 당신들은 은하계의 고대 문명이라는 것입니다. 아웃사이더 문명에 대한 거의 모든 질문에 대해서는 누구도 답을 얻지 못했습니다. 가격이 엄청나거든요. 일조스타라니, 거의 상징적인 금액이죠. 사실상 아무도 살 수 없습니다. 난 '거의 모든'이라고 강조했습니다. 당신 종족의 활동 범위와 유서 깊은 기원에 대한 '사실'…… 이건 돈을 내지 않아도 다 알 수 있습니다. 공짜죠."

퍼페티어의 표정을 읽을 수 있게 된 걸까? 네서스가 당혹스러워하는 것 같았다. 지그문트는 계속 밀어붙였다.

"그러면 아광속으로 은하계를 방랑하는 원로 종족이라는 점은 어떨까요? 외곽에서 핵으로, 그리고 다시 돌아가는 성간 종자의 느릿느릿한 이주와 모종의 관계가 있는 문명이란 점은요? 그건 상식이죠. 하지만 그건 퍼페티어나 인간, 크진인이 사실상 알아낼 수 없는 지식입니다. 우리 중 어느 종족도 그 사실을 확인할 정도로 오래된 지성 종족이 아니니까요. 그렇게 멀리 여행을 한 적도 없고요. 만약 그게 사실이 아니라면 어떨까요?"

"우리가 무엇을 하든지 그건 당신과 관계가 없다. 압력복을 입고 떠나라."

14호가 말했다. 촉수는 계속 꿈틀거리고 있었다.

지그문트는 무시했다.

"고대에 은하계 전체에 걸쳐 살던 종족. 이게 사실일 수 있을까요? 인간과 크진인은 수백 년 동안 별 사이를 여행하다가 비로소 아웃사이더를 처음 만났습니다. 전부 아광속 여행이었죠. 당신들이 팔기 전에 우리는 하이퍼드라이브가 없었으니까요. 이게 인간이 호기롭게 알려진 우주라고 부르는 이 영역에 있는 유일한 아웃사이더 우주선이라고 상상해 보죠. 은하계 전체에는 얼마나 많이 있을까요? 십억은 되겠죠. 그런데 여기 지금 우리는 14호 우주선에 있습니다. 숫자가 이렇게 낮을 확률이 얼마나 될까요? 천문학적인 수준일 것 같군요."

네서스가 간신히 입을 열었다.

"지그문트, 이해가 안 됩니다."

"너도 네 생각보다 많이 알고 있어, 네서스. 만약 우리가 들은 이야기가 사실이라면 왜 아웃사이더 우주선이 사방에 널려 있지 않을까? 그렇지 않다는 건 알잖아. 만약 아웃사이더와 마주칠 가능성이 크다면 네가 '탐험가'호를 인간 승무원에게만 맡겼을까?"

"당신의 수비학數秘學 이야기를 듣는 대가로 내가 도와주기를 바라는가? 이 대화는 무의미하다. 떠날 준비를 하라."

14호가 말했다.

"아. 우리가 아는 게 하나 더 있다고 알려 줘야겠군요. 아웃사이더는 흥정을 하지 않습니다. 이제 보니 왜 그런지 알겠군요. 사든지 말든지 알아서 하라는 태도는 힘 있는 존재라는 분위기를 만들어 주죠. 협약체가 행성 드라이브 기술을 이전하는 걸 간과하지 않는 이유도 그래서고. 관용을 베풀었다가는 당신들이 약하다는 사실을 퍼페티어가 추측할지도 모르니까요. 당신들의 행동으로 인한……."

'소심함으로 인한'이겠지. 지그문트는 속으로만 생각했다.

"……추악한 결과보다는 이미지를 유지하는 게 더 중요한 겁니다. 있어 보이는 척할 때는 지났습니다, 14호. 결정을 재고하세요. 뉴 테라를 도와주세요."

촉수가 꿈틀거리며 비비 꼬였다.

"거절한다면? 그런 추측을 알려진 우주에 퍼뜨릴 생각인가?"

지그문트는 미소를 지었다.

"어쩔 수 없다면 그래야죠. 하지만 다른 방법이 있습니다."

승리와 절망은 서로 꼬리를 물고 원을 그렸다. 네서스는 자기 기분을 종잡을 수가 없었다. 피로와 두려움만이 한결같았다.

지그문트는 아웃사이더를 조롱해서 도대체 무엇을 얻어 낼 생각일까?

부끄러운 건 협약체가 오래전에 이런 가면을 꿰뚫어 봤어야 마땅하다는 점이었다. 시민은 인간의 조상이 아직 나무에 매달려 있을 때부터 아웃사이더와 거래했다. 알 수 없는 건 지그문트가 간파한 내용을 아무 조건 없이 네서스 자신과 공유한 이유였다.

지그문트는 공용어로 말했다. 그는 베어울프 섀퍼를 알았다. 물론 14호는 그가 아웃사이더의 비밀을 알려진 우주에 퍼뜨릴 수 있다고 믿었다. 하지만 지그문트는 알려진 우주로 가는 길을 잊어버렸다. 그리고 네서스가 그 사실을 알고 있다는 것을 알았다.

성간 종자 유인기에 이어 이것까지.

지그문트는 나에게 뭔가 바라고 있어. 그게 뭐지?

"14호, 만약 당신들이 필요로 하는 게 우리에게 있다면 어쩌겠습니까?"

지그문트가 돌연히 물었다.

"그러할 리가 없다."

"성간 종자에 대해 얘기해 보죠."

방 건너편에서 네서스는 이미 엉켜 버린 갈기를 물어뜯고 있었다. 거의 마비 상태에 빠져들 지경이었다. 과연 그에게 지그문트의 말에 맞장구를 쳐 줄 재치가 있을까?

"무슨 성간 종자 말인가?"

14호가 물었다.

"퍼페티어가 당신들이 지어낸 역사를 받아들인 걸 보면 당신들은 퍼페티어보다 오래된 종족이겠죠. 지금 허스에는 일조 명의 퍼페티어가 살고 있지만, 당신들은 수가 적습니다. 다른 지성 종족들에 비하면 당신들은 약하고요."

키어스틴이 얼굴을 붉히던 모습을 생각하며 지그문트는 쓸 단어를 신중하게 골랐다.

"아웃사이더 아이들은 이루 말할 수 없을 정도로 소중할 게 분명합니다."

침묵.

"성간 종자가 당신들의 생애 주기에 얼마나 중요한 위치를 차지하는지를 나로서는 추측할 수밖에 없군요."

아웃사이더는 진공 속에서, 거의 인지할 수도 없을 정도의 중력을 받으며 누운 채 희미한 태양—혹은 인공 태양—의 빛을 쬐며 살았다. 영겁의 시간 전에 모항성으로부터 멀리 떨어진 작고 차가운 바위 위에서 진화한 게 분명했다. 지그문트는 그런 바위에서 우주를 향해 방출된 뒤 희박한 항성풍과 우주먼지를 먹으며 자라는 포자 혹은 알을 상상해 보았다. 그게 폭이 몇 킬로미터나 되는 성간 종자로 자라는 데 시간이 얼마나 걸릴까? 성간 종자가 방랑하는 목적은 무엇일까? 씨앗이 발아하기 위해서는 어떤 흔치 않은 우주 규모의 사건이 필요한 걸까? 그로서는 알 도리가 없었다.

하지만 네서스가 알고 있다는 것으로 충분했다.

"솔직히 '어떻게'는 중요하지 않습니다. 14호, 꼴사납게 굴어서 미안하군요. 중요한 건 성간 종자가 당신들을 따라다니는 게 아니라 당신들이 성간 종자를 따라다닌다는 점입니다. 그러니까 핵폭발에서 나온 방사선의 물결이 도착한다면 유구한 당신들의 역사도 끝날 수밖에 없다는 얘기가 됩니다. 성간 종자가 은하핵을 향해 이주하는 게 사실이라면 그 시기는 더 빨라지겠죠."

만약 지그문트가 옳다면…….

희망이 다시 절망을 몰아냈다.

성간 종자 유인기! 그게 있으면 아웃사이더는 자신들의 다음 세대가 핵을 향해 이주하면서 맞이할 느린 죽음을 막을 수 있다. 그게 있으면, 아웃사이더는 인공 태양을 조절할 수 있다. 성간 종자를 쫓는 대신 이끌 수 있다.

그리고 지그문트는 그 사실을 어떻게 밝힐지를 네서스에게 떠맡긴 것이다!

그런 배려의 가격이 얼마인지는 아직 정해지지 않았다. 네서스는 두 앞발굽을 넓게 벌린 자세로 확신에 가득 찬 모습을 꾸며냈다. 도망갈 곳이 없었다. 자신 있는 태도를 보인다고 해가 될

게 없었다. 제 목소리도 되찾았다.

"우리 과학자들이 성간 종자를 연구했습니다."

"무슨 목적으로?"

14호가 물었다. 굴곡이 없는 목소리에서 네서스는 의심하는 기색을 읽었다. 그는 시치미를 뗐다.

"과학자 아닙니까. 과학자가 연구하는 목적이야 뻔합니다. 연구를 했다는 게 다행한 일이지요. 그들은 성간 종자가 이끌리는 항성 스펙트럼을 발견했습니다."

이제는 거짓말을 할 차례였다.

"이론적으로는 먼 거리에서 항성의 자기권을 활발하게 만들어 성간 종자를 유인하는 게 가능하다고 합니다. 거래하겠습니까?"

"거래라. 가능할지도 모르겠군. 의논을 하고 와야겠다."

14호의 대답에, 지그문트가 큰 소리로 헛기침을 하며 끼어들었다.

"아직은 아닙니다."

"나와 협약체의 거래는 당신이 상관할 바가 아니다. 그와 상관없이 당신은 기뻐하리라고 생각되는데. 행성 드라이브를 뉴 테라에 이전한 일을 우리가 용서한다면 문제는 해결되는 것이다."

그건 사실일 수도 있었다. 하지만 이제는 아니다. 아킬레스의 공격 때문에 모든 게 바뀌었다. 뉴 테라는 무력해졌다. 선단은 할 수 있을 때 잃어버린 개척지를 되찾으려 할 것이다.

아니면 내가 괜히 편집증적으로 굴고 있는 건가? 지그문트는 생각했다.

젠장, 난 편집증적이어야 해. 그렇지 않다면 왜 여기 와 있겠어? 그것 말고 잘하는 게 뭐가 있다고?

"문제는 해결될 겁니다, 14호. 조금만 더 해 준다면요. 거래의 일환으로 우리의 독립을 지지하세요. 우리 뜻대로 뉴 테라에서 행성 드라이브를 사용할 영구적인 권리를 승인하세요. 그리고 확실하게 우리에게 이런 권리를 보장하세요."

촉수가 더 꿈틀거렸다. 섬뜩하게도 메두사를 떠올리게 했다.

"수도 적고 연약한 존재에게 거는 기대가 크군."

아웃사이더가 빈정거리다니. 난 아직 배워야 할 게 많군. 지그문트는 생각했다.

"지금 이야기한 내용을 허스에서는 전혀 모릅니다. 아직 당신들을 두려워하죠."

14호는 잠시 생각하다가 말했다.

"다른 종족의 일에 간섭하지 않는 것이 우리의 방침이다."

"방침은 바뀌게 마련이죠. 독립과 퍼페티어의 불간섭을 거래 조건으로 넣으세요. 그러면 간섭할 필요도 없습니다."

지그문트의 말에 14호가 되물었다.

"만약 우리가 거절한다면?"

퍼페티어는 '블러핑'이라는 개념을 이해하지 못했다. 만약 지그문트의 생각이 상상에 불과한 게 아니라면 아웃사이더는 블러핑에 대단히 능한 종족이었다. 그야, 지그문트 역시 마찬가지였지만.

"그러면 우리가 이야기한 내용 전부가 알려진 우주의 상식이 되겠죠.”

지그문트는 알려진 우주가 어디 있는지도 몰랐다. 따라서 그건 공허한 협박이었다. 네서스도 그걸 알았다. 지그문트는 퍼페티어를 흘긋 쳐다보았다. 협약체 역시 아웃사이더를 속였다.

“얼마 전에 우리가 사적으로 논의했던 문제 말인데…….”

“알고 있습니다.”

네서스가 말했다.

촉수가 더 많이 꿈틀거렸다.

“거꾸로 만약 우리가 합의에 도달하려면 당신들은 이 문제에 대하여 영원히 침묵하여야 한다. 나는 의논을 하고 와야…….”

“저 역시 요구 조건이 있습니다.”

네서스가 끼어들었다.

지그문트는 얼어붙었다. 무슨 수작을 부리려는 거지?

“조건은 이렇습니다, 14호. 첫째, 앞으로 지그문트 아우스폴러나 그가 타고 온 우주선, 혹은 뉴 테라에서 온 것으로 추정할 수 있는 어떤 인물에게도 위치나 항법 자료를 절대로 넘겨줘서는 안 됩니다. 둘째, 뉴 테라에 대한 사실을 알려진 우주의 그 어떤 종족에게도 알려선 안 됩니다.”

방 전체가 네서스의 눈 크기로 줄어든 것 같았다. 뉴 테라의 평화와 독립. 고향으로 돌아간다는 희망을 완전히 버리기. 지그문트는 둘을 거래하자는 뜻을 이해했다.

그는 14호가 기꺼이 협정을 마무리하는 동안 침묵을 지켰다.

8

화물칸에서 사라진 갖가지 소지품과 보급품은 다시 돌아오지 않았다. 한계 범위를 넘어서서 재조정해야 하는 장비도 많았다. 수십 개의 빈 식판과 수백 개의 음료수 잔이 널브러져 있었다. 온갖 종류의 포장지, 상자, 끈, 패딩, 포장지도 마찬가지였다. 뉴 테라 상공에서 작전을 수행하는 동안 '회상'호의 복도와 선실, 방은 점점 무질서하게 바뀌어 갔다.

이런 난장판이 지닌 위험성을 생각하기만 해도 베데커는 정강이가 아팠다.

그는 일하면서 노래를 불렀다. 쓰레기를 재활용하고, 각종 장비를 확인해 분류한 뒤 다시 패드를 대고 재포장해서 화물칸으로 옮겼다. 평상시였다면 자신에게 어울리지 않는 일이라며 하지 않았겠지만, 이번에는 달랐다. 이건 고향으로 돌아가는 한 걸음을 내딛는 것과 같았다.

어떻게 해서인지 모르겠지만 —구체적인 내용은 아직 알 수 없었다— 네서스가 위기를 해결했다. 베데커가 마지막으로 소식을 들었을 때 그는 포로가 된 상태였다. 인간들이 네서스와 그의 우주선을 포획해서 아웃사이더로 데려갔다. 네서스는 그곳에서 탈출했고 삼자 간 협상을 성공시켰다. 거래의 형태는 굉장히 모호했다. 한 가지만 빼고—뉴 테라는 제 갈 길을 가게 되었다.

그러므로 전쟁은 끝났다. '회상'호는 소환 명령을 받았다.

베데커는 노래에 푹 빠져 있었다. 즐거운 마음으로 다시 포장한 장비를 집어넣고 있을 때 이상한 소리가 들렸다. 누군가 숨죽여 대화를 나누는 소리일까? 그렇다면 아킬레스와 사브리나라는 인간 여자일 수밖에 없었다. 사브리나 역시 조만간 고향으로 돌아갈 터였다. 그녀의 고향으로.

다만 그건 대화처럼 들리지 않았다.

베데커는 모든 게 화물칸으로 순식간에 되돌아가는 모습을 보고 놀라며 즐거웠다. 이곳으로 올 때만 해도 전부 가득 차 있는 것 같았다. 작전 초기에는 필요한 물건이 항상 필요 없는 물건 뒤나 아래에 처박혀 있었다. 방금 우주선 길이 반만큼 떨어진 곳에서 찾은 화물 부양기 두 개처럼. 그게 담겨 있었던 커다란 상자처럼…….

큰 상자 두 개가 사라지고 없었다.

"하고 싶은 대로 이야기하십시오. 개인적으로 난 입을 다물고 있겠습니다."

아킬레스가 말했다.

사브리나는 알아듣기도 어렵게 지껄여 댔다. 보이지 않는 구속장이 그녀를 머리부터 발끝까지 둘러싸고 있었다. 함교의 두 번째 완충 좌석에 그녀를 고정시킨 것과 같은 역장이었다. 완충 좌석은 물론 시민용이었다. 인간이 앉으니 전혀 편안해 보이지 않았다.

"끄응. 캑."

아킬레스는 역장을 최대로 강하게 해 놓았다. 숨 쉬는 것조차 힘들 게 분명했다. 곧 조용해질 터였다.

"아주 멋진 실험입니다. 고도로 발달한 과학이지요. 당신들 세계가 여기 참여한다는 사실을 영광스럽게 생각해야 할 겁니다."

사브리나의 눈은 아킬레스를 떠나지 않았다. 그녀는 애써서 간신히 입 밖으로 소리를 냈다.

"으으. 끄윽."

"개시 절차 완료."

뻔히 사브리나가 들으라고 하는 소리였다.

"전 탐사선 작동."

보조 화면에 수신된 각종 정보가 나타났다. 아킬레스는 계속 상황을 소리 내어 말했다.

"추진기, 정상. 유도, 정상. 센서, 정상."

센서는 가장 가까운 인공 태양을 조준하고 있었다. 아킬레스는 무작위로 아틀란티스의 한 지점을 향해 통신용 레이저를 발사했다. 탐사선에 달린 센서가 그 즉시 조준 목표를 바꿨다. 레이저를 끄자 다시 인공 태양 추적이 재개되었다.

"추적, 정상."

주 홀로그램에는 뉴 테라의 실시간 영상이 떠올라 있었다. 그들은 아틀란티스 대륙 상공의 정지궤도에 있었다. 너무 작아서 식별하기는 어려웠지만, 그 위치는 행성 드라이브 시설이 있는 곳에서 거의 곧바로 위쪽이기도 했다.

사브리나의 이마와 목에 핏줄이 솟았다. 얼굴이 자주색으로 변하기 시작했다. 구속장이 숨을 쉴 수 있도록 허용하는 일말의 여지마저 말을 하려고 분투하는 데 써 버린 것이다. 곧 기절할 것 같았다. 그러면 누가 아킬레스의 성취를 목격할 것인가?

"좋습니다. 하지만 여차하면 다시 구속시킬 겁니다."

아킬레스는 구속장을 조절해 사브리나의 머리를 자유롭게 풀어 주었다.

"……이, 이럴 필요…… 없……. 제……발, 그러지……."

사브리나가 숨을 헐떡이며 말했다.

"탐사선 귀환."

아킬레스는 베데커 모르게 탐사선 두 대를 행성 지름의 열 배 거리에 배치했다. 탐사선은 사실 꽤 단순했다. 추진기와 약간의 전자장치, 납보다 훨씬 밀도가 높은 많은 양의 열화우라늄.

그는 탐사선의 진행 상황을 감시하면서 말했다.

"이렇게 해야만 합니다. 어찌 된 일인지 당신들의 힘이 너무 강해졌습니다."

사브리나는 간신히 턱을 내밀어 무력하게 앉아 있는 자신을 가리켰다.

"너무 강하다고요?"

"몇 년 전에 당신들은 협약체를 협박했습니다. 이제는 어떻게 해서인지는 모르겠지만 아웃사이더까지 위협했습니다. 어떤 경로를 택하든 뉴 테라는 한동안 선단 근처에 있을 겁니다. 이웃으로 삼기에는 너무 위험한 존재지요."

사브리나는 잠시 숨을 깊이 들이마시면서 기운을 회복했다.

"하지만 최후자는 당신에게 허스로 돌아오라고 명령했습니다.

우리를 내버려 두라고 명령했죠. 당신이 그렇게 말했잖습니까."

"당신들이 너무 위험하다는 증거일 뿐입니다. 최후자님조차 아웃사이더의 뜻에 따라 당신들이 원하는 대로 하게 됐지요. 난 할 수 있을 때 당신들을 멸망시킬 겁니다."

"최후자의 명령을 무시하면 추방될 겁니다. 무리가 없어지는 거라고요."

사브리나는 바닥에 침을 뱉었다.

아킬레스는 움찔했다. 그 모욕에는 뼈가 있었다. 이 여자는 시민의 방식을 좀 알았다. 그래도 상관없었다. 시간이 지나면 무리는 아킬레스가 한 행동이 현명했다는 것을 알게 될 터였다.

탐사선들은 무서운 속도로 돌진하고 있었다.

"30G로 가속하면 앞으로 십칠 분 뒤에 충돌할 겁니다. 그때 움직이는 속도는 초속 삼백오십 킬로미터입니다. 행성 드라이브가 파괴되는 모습을 지켜보는 건 좋은 교훈이 될 겁니다."

베데커는 마비 상태로 멍하니 정신을 놓은 채 함교 밖에 서 있었다. 이건 미친 짓이었다.

충돌로 발생하는 에너지만 따져도 엄청났다. 파괴된 행성 드라이브에서 흘러나올지도 모르는 에너지는 상상할 수 있는 수준을 넘어섰다. 뉴 테라와 이 우주선에 있는 모든 이들의 죽음? 상상하기 어려운 것도 아니었다. 그 재앙이 행성 표면에만 한정되리라는 생각은 들지 않았다.

베데커는 도망가고 싶은 욕구가 간절했다. 숨고 싶었다. 하지만 도망가거나 숨는다고 해도 목숨을 건질 수는 없었다. 재앙은 벌어질 것이다.

……내가 막지 않는다면.

아킬레스는 점점 재미있어하며 탐사선의 하강 궤도를 추적했다. 포로는 격노했다. 간청도 하다가 이윽고 결국 조용해졌다.

"충돌 삼 분 전."

아킬레스가 말했다. 하지만 사브리나는 아무 대꾸도 하지 않았다.

"충돌 이 분 전."

"그만, 그만! 당신이 이겼습니다. 행성을 당신에게 넘겨주죠."

사브리나가 외쳤다.

정말일까? 이번에는 정말일까, 아니면 또 다른 계략일까? 아킬레스가 느끼는 허기를 나타낼 수 있는 음조나 선율이나 화음은 없었다. 세계를 다스리고자 하는 욕망!

하지만 아웃사이더는 뉴 테라의 독립을 요구했다. 그가 이곳을 다스리게 니케가 허락할 리 없었다. 인간들은 선단에서 도와줄 누군가가 올 때까지 시간을 끌고 있는 것뿐이었다.

아킬레스는 항의하는 사브리나의 목소리를 묵살했다.

"행성 드라이브 시설에 레이저 조준. 탐사선 목표를 조준. 기록장치 작동 및 기록 시작. 충돌 구십 초 전."

함교를 향해 천천히 걸어가는 건 베데커가 겪은 그 어떤 일보다도 어려웠다. 그곳에는 광기와 죽음이 서려 있었다. 말로 설득할 수 있을까? 아킬레스는 이미 최후자의 명령도 무시했다. 베데커는 제자리에 서서 멍하니 몇 초를 보냈다. 이 마지막 순간에 무슨 짓을 한들 재앙을 막을 수 있을까?

어떻게 해서인지 베데커는 간신히 앞으로 두 걸음을 나갔다.

"아킬레스, 이러면 안 됩니다! 어떤 결과가 나올지 난 모릅니다. 아무도 모릅니다. 심지어 선단도 위험에 빠뜨리게 되는 겁니다. 모든 시민의 목숨을 위험에 빠뜨리는 거란 말입니다!"

아킬레스가 머리 하나를 빙글 돌렸다. 다른 머리는 여전히 제어장치에 못 박혀 있었다.

"난 이 일을 할 겁니다. 이건 선단을 위한 일입니다. 과거 우리 하인이었던 자들이 무슨 수작을 부렸는지 아웃사이더까지 조종했습니다. 할 수 있을 때 뉴 테라를 파괴해야 합니다. 그러니까 지금 여기서 행성 드라이브가 파괴되는 모습을 볼 수 있게 된 걸 고맙게 여기십시오. 보고 배우십시오."

베데커를 바라보던 머리가 잠시 돌아가더니 시간을 확인했다.

"사십오 초."

구속장은 인간 포로를 완충 좌석 위에 활처럼 구부려 놓고 있었다. 고통스러울 게 분명했다. 여자가 말했다.

"아킬레스를 막아야 합니다. 저자는 미쳤습니다."

"삼십 초."

임박한 죽음. 무지비한 눈빛. 위험에 처한 전체 무리. 불가능한 도주. 뭘 어떻게 할 수 있을까?

"이십 초."

베데커는 앞발굽을 축으로 몸을 돌려 마치 함교에서 도망갈 것 같은 자세를 취했다. 하지만 도망가지 않았다.

두 머리가 뒤로 돌았다. 거리를 측정하기 위해 양옆으로 머리를 넓게 벌린 채 베데커는 육중한 뒷다리를 뒤로 뻗었다. 충격이 오기 직전 그는 엉덩이와 무릎을 단단히 고정했다. 다리에 충격이 오자 턱이 닫히고 이가 흔들렸다.

있는 대로 체중을 실은 일격이 아킬레스의 둥근 두개골을 강타했다. 베데커의 발굽이 갈기 속으로 파묻히더니 갈기를 뚫고, 뼈를 부수며 들어갔다.

아킬레스는 바람 빠진 풍선처럼 허물어졌다.

"레이저를 꺼요. 빨리!"

여자가 소리쳤다.

베데커는 몽롱한 기분으로 비틀거리며 서 있었다.

무엇도 탐사선을 막을 수는 없었다. 너무 가까워서 멈출 수가 없었다. 빗나가게 하기에도 너무 가까웠다. 바다에 충돌하게 만든다고 해도 —레이저빔의 방향을 바꾸고 탐사선이 현재 경로에서 그만큼 멀리 벗어날 수 있을 때 얘기지만— 거대한 파도가 일어날 것이다.

"날 믿어요! 빨리 해요!"

충돌 십오 초 전.

생각할 시간이 없다! 베데커는 레이저빔을 껐다.

충돌 십 초 전…… 오 초 전…….

주 화면이 말도 안 될 정도로 밝게 빛났다. 곧바로 눈을 감았지만, 잔상조차도 눈이 부셨다. 눈물이 얼굴과 목을 타고 흘러내렸다.

하지만 살아 있었다!

베데커는 고통과 눈물 때문에 깜빡거리면서 눈을 떴다. 안전장치가 함교의 주요 화면을 차단한 상태였다. 그는 아킬레스에게 다가가 구속장에 묶여 있던 여자를 풀어 주었다.

여자가 신음하며 일어나 앉았다.

"보여 주세요."

베데커는 외부 광학 센서와 주 홀로그램 화면을 초기화했다. 그러자 뉴 테라가 나타났다! 겉보기에는…… 멀쩡한 것 같았다. 하지만 뭔가 조금 달랐다.

아틀란티스 위쪽의 하늘에 있던 인공 태양 두 개가…….

| 에필로그: 지구력 2660년 |

등에 와 닿는 햇볕이 뜨거웠다.

베데커는 갈기가 땀에 흠뻑 젖어 지저분한 채로 웅크리고 앉아 일했다. 레드멜론 덩굴에 엉켜 있는 잡초를 힘들여 풀었다. 한 줄 전체를 끝내고 난 뒤에는 작은 모종삽을 들고, 느릿느릿하게 —입에 물고 있는 건 날카로운 도구였다!— 하나씩 잡초를 솎아 냈다.

레드멜론은 네 줄을 더 해야 했다. 그 뒤에는 레비치 아홉 줄이 있었다. 그러고 나면 풀이 빽빽하게 난 초원 지대가 남았다.

한때 베데커는 엘리트 계층의 주목을 받기를 갈망했었다. 사회 복귀를 위해. 오명을 벗기 위해. 그러다가 오로지 익명성과 평안함만 추구했다.

그런데 지금은?

이제 인간 세계가 그를 거두어 주는 한 베데커는 그저 이곳,

자신의 정원에서 일하고 싶을 뿐이었다.

⊠

유연하고 잽싼 천여 명의 무용수가 무대 위를 미끄러져 다녔다. 가끔은 아예 소리도 내지 않고 움직였으며, 가끔은 전부 동시에 발굽으로 바닥을 차 천둥 같은 소리를 내기도 했다. 그들이 노래를 부를 때면 너무나 순수하고 통렬한 목소리 때문에 가슴이 쪼개질 것만 같았다. 리듬과 움직임과 멜로디가 하나가 되었다. 시간이 느려졌다.

무엇에도 비할 데 없는 대무용극보다 더 영광스러운 건 내가 니케의 손님으로 왔다는 거야. 네서스는 생각했다.

그는 좀 더 가까이 몸을 기울였다. 니케도 계속 몸을 기울였다. 두 몸이 마주 닿았다. 그러다가 어쩌다 서로 목이 비비 꼬였다. 그들은 막간이 될 때까지 그렇게 있었다.

니케가 한숨을 쉬었다.

“시간이 지나면 정찰대원이 더 생길 겁니다.”

그리고 뉴 테라는 다시 스스로 우주선을 더 갖출 터였다. 그리고 난 다시는 멀리 떠나지 않을 거야. 허스로부터, 무리로부터, ……그리고 당신으로부터.

“압니다.”

네서스가 말했다.

그러나…….

한번 노래했던 분노의 말은 거둬들일 수 없었다. 잃어버린 신뢰는 다시 쌓기 어려웠다. 거절당한 일은 아직 아팠다. 둘 사이에 드리워진 거짓과 기만은 과거를 건드리지 못하게, 미래를 불투명하게 만들고 있었다. 그랬다. 최후자에게는 네서스가 필요했다.

과연 니케는 어떻게 느낄까? 그는 어떻게 느끼고 있을까?

다행히 무용극이 다시 시작되고 대화가 불가능해질 때까지 그들은 모호한 침묵 속에서 계속 목을 꼰 채 앉아 있었다.

⊠

양파를 써는 지그문트 앞에 쌓인 양파 무더기가 점점 커지고 있었다. 그는 다용도 칼의 옆면으로 양파 무더기를 밀어낸 뒤 피망을 썰었다. 마지막으로 햄을 자르고 버터를 녹이기 시작했다. 언젠가는 덴버 오믈렛을 만드는 제대로 된 비율을 알아낼 수 있을 것이다.

그리고 어쩌면 알아내도 합성기에는 입력하지 않을지 몰랐다. 시간만 있다면 요리하는 건 기분이 좋았다.

브란덴부르크 협주곡이 부드럽게 울려 퍼졌다. 퍼페티어는 베토벤과 리처드 스트라우스, 맥워튼—너무 군사적인가?—을 지워 버렸지만, 바흐와 모차르트는 남아 있었다.

바흐. 안전한 뉴 테라. 진정한 친구들. 키어스틴, 에릭, 사브리나, 오마르, 스벤…….

다만…….

지그문트는 그쪽으로 생각이 흘러가지 않게 막았다.

버터가 갈색으로 변하기 시작하자 그는 썰어 놓은 재료들을 넣고 볶기 시작했다. 부드럽게 문을 두드리는 소리가 들렸다. 어렴풋이 여자 목소리도 들렸다. 아마도 키어스틴일 터였다.

'아이기스'호가 지난번에 떠난 뒤로 키어스틴은 계속 마음을 잡지 못했다. 지그문트는 에릭과 네서스가 공동 정찰 임무에서 돌아오면 그녀와 에릭이 다시 잘되기를 바랐다. 키어스틴을 떠나게 한다면 에릭은 바보일 것이다.

"누구세요?"

지그문트가 물었다.

"정숙한 페넬로페예요."

스벤은 결국 지그문트에게 이곳에서는 색이 중요하다는 사실을 인식시켰다. 지그문트는 바지와 셔츠를 확인했다. 짙은 회색이었다. 열정이 없고, 세상으로부터 숨고 싶다는 뜻의 회색.

"잠시만요."

양파가 시커멓게 타는 동안 그는 회색을 좀 더 연하게 바꾸고 옷깃과 앞트임 부분을 밝은 파란색으로 바꿨다. 너무 냉랭하게 보일까? 너무 들이대는 것처럼 보일까? 그는 집 안을 가로질러 가 문을 열었다.

머리부터 발끝까지 온통 밝은 분홍색으로 차려입은 페넬로페가 기다리고 있었다. 지그문트는 입을 떡 벌렸다.

페넬로페가 미소를 지었다.

"위대한 영웅이 별의 바다를 건너 대장정을 마치고 돌아왔군요. 그런데 마지막으로 들러야 할 곳을 빼먹었어요. 그 마지막 몇 발자국은 내가 채워도 괜찮을까요?"

삶과 고향, 사랑—모두 잃어버린 뒤 다시 태어나 새로운 고향과 새로운 사랑을 얻었다. 역사상 가장 아름다운 음악이 주위를 채웠다. 마침내 지그문트가 입을 열었다.

"괜찮은 정도가 아니죠. 더할 나위 없이 좋아요."

※

콤바인은 아무 힘도 들이지 않은 양 밭 위에 떠 있었다. 엔진이 웅웅거리는 소리가 운전석을 가득 채웠다. 콤바인 뒤에는 작은 트레일러가 떠 있었다. 작은 주황색 씨앗 무더기가 끝도 없이 그곳으로 흘러 들어갔다. 수확물은 멀리 떨어져 있는 창고로 순간 이동을 해 순식간에 사라졌다.

끝도 없는 수확. 끝도 없는 밭. 끝도 없는 울리는 단조로운 소리. 끝도 없는 천한 노동. 그리고 계속해서 비워지는 트레일러처럼 노력의 흔적을 보여 줄 수 있는 게 전혀 없었다.

아킬레스는 앞쪽에서 저물어 가는 해를 바라보았다. 밭과 웅웅거리는 소리처럼 그의 생각도 오로지 한 가지였다. 이와 같은 세계를 다스릴 권력이 거의 턱 안에 들어와 있었다. 정확히 어떤 일이 벌어졌는지는 몰라도 자신이 배신당했다는 사실만큼은 확실히 알았다. 분명 네서스에게 다시 한 번. 불온한 인간들에게. 베데커에게.

아킬레스는 매일매일 기억을 떠올리려고 애썼다. 어떻게 일이 잘못된 걸까? 무슨 실마리를 간과했던 걸까? 언젠가 기억하게 될까? 아니면…… 그 기억은 영원히 사라진 걸까?

아킬레스는 오토닥에 들어간 채로 불명예스럽게 허스로 돌아왔다. 두개골은 다시 붙었다. 갈기도 다시 자라 풍성해지고 윤기가 생겼다. 손상을 입은 두뇌의 일부도 재생되었다. 하지만 기억 속에 생긴 구멍은…….

기억나는 것도 있었다. 허스에서 보낸 삶의 화려함. 신부의 아름다움. 위성이 뉴트로늄으로 변하는 믿을 수 없는 순간. 추종자들의 아침.

베데커는 유배지에서 한 번 빠져나왔다.

나도 그렇게 하리라. 아킬레스는 생각했다. 그날이 오면 내게 세계 하나를 빚지고 있는 자를…….

그리고 그 세계에 대한 권리를 주장하리라.

『세계의 배후자』 끝